JÉSUS DE SRINAGAR

Paru dans Le Livre de Poche :

L'AFFAIRE MARIE-MADELEINE
DAVID, ROI.
L'HOMME QUI DEVINT DIEU.
MADAME SOCRATE

Moïse :
1. UN PRINCE SANS COURONNE.
2. LE PROPHÈTE FONDATEUR.

25, RUE SOLIMAN PACHA

GERALD MESSADIÉ

L'HOMME
QUI DEVINT DIEU

****

Jésus de Srinagar

LAFFONT

Avant-propos

Quelle fut la vie de Jésus après avoir réchappé de la crucifixion ? Où alla-t-il ? Que devint-il et que fit-il ? Où mourut-il ? Tel est l'objet de ces pages, qui découlent d'une enquête commencée il y a quelque trente ans, et en particulier des analyses exposées dans le premier tome de *L'Homme qui devint Dieu*. J'y ai ajouté les résultats d'autres recherches et d'autres analyses.

Pour le lecteur qui n'en aurait pas eu connaissance, je résumerai ici les points principaux qui fondent l'hypothèse de la survie de Jésus. Le premier est que le séjour sur la croix se limita, selon les Evangiles canoniques mêmes, à quelque trois heures, alors que ce supplice n'entraîne la mort, par tétanisation des muscles thoraciques, et donc asphyxie progressive et défaillance cardiaque, qu'au terme de plusieurs jours d'exposition. Les blessures infligées aux poignets et aux pieds lors d'une crucifixion ne sont pas de nature fatale, comme le prouve d'ailleurs la longue durée du supplice. La plaie infligée par la lance, souvent invoquée à titre de coup de grâce, fut ouverte au « flanc » et n'atteignit donc pas le cœur, contrairement à ce que suggère la tradition. Enfin, et contrairement à la tradition, dans le cas de Jésus les tibias du supplicié ne furent pas brisés, comme en témoignent également les Evangiles. Cet ultime supplice entraînait une mort rapide, par asphyxie accélérée ; en effet l'effondrement du crucifié, jusqu'alors soutenu par la pièce de bois sur laquelle ses pieds étaient cloués et désormais pendu par ses poignets, bloquait la respiration*.

Deux autres ensembles d'éléments convergents, toujours empruntés aux Evangiles canoniques, renforcent l'hypothèse de la survie. D'abord, la démarche singulière de deux notables juifs, Joseph d'Arimathie et Nicodème, auprès de Pilate pour récupérer le corps, l'achat d'un linceul à la veille de la Pâque et la manipulation d'un cadavre présumé, qui étaient proscrits par la Loi, puis encore la surprise et la méfiance de Pilate à l'annonce de la mort de Jésus, les circonstances de l'inhumation (qui s'effectua, très paradoxalement, sinon scandaleusement, sans lavement du corps) et, plus encore, celle de la découverte du sépulcre vide avec le *soudarion* intact et plié sur le sol, selon l'Evangile dit de Jean, signifiant que, très bizarrement, ce linge n'avait pas été posé sur le visage de Jésus. Le *soudarion*, rappelons-le, est le linge qu'on posait sur le visage pour absorber les sueurs cadavéreuses et ne doit pas être confondu avec le suaire, en dépit de l'apparentement étymologique*.

L'autre ensemble d'éléments ancrant l'intime conviction que Jésus a survécu à la crucifixion est également tiré des textes évangéliques : c'est leur description de la désinvolture avec laquelle Jésus et ses disciples se séparent après deux ou trois rencontres en des lieux différents de la Palestine, en Judée et en Galilée. Bultmann, exégète qui fait autorité, et d'autres ont établi que l'épisode de l'Ascension, qu'on ne trouve que chez Marc et chez lui seul, est un ajout tardif, de la fin du IIe ou du début du IIIe siècle.

De plus, dans les Actes et les Epîtres de Saül-Paul, l'ambiguïté et la contradiction dans la formulation des passages où cet apôtre tardif est censé avoir eu la vision de Jésus (tantôt il n'a fait que l'entendre et

* V. *Les Sources*, de l'auteur.

tantôt il l'a vu lui-même) renforcent encore cette conviction. Luc, qui est l'auteur probable des Actes, n'est certes pas un historien, les disciples n'étant pas des mémorialistes, mais des propagandistes ; et bien qu'il laisse, en plusieurs points, percer des détails déconcertants, il est bien trop enclin à l'hagiographie pour que son récit du voyage de Saül en Syrie soit fiable ; d'ailleurs, il n'y était pas et ne fait que rapporter ce que ce dernier lui a dit. C'est Saül, lui, qui semble proche de dire la vérité : il a bien vu Jésus à Damas : « N'ai-je pas vu Jésus notre Seigneur ? » (Cor. I, IX ; 1) écrit-il, et encore que Jésus a été vu « en tout dernier lieu, par moi aussi, l'avorton » (Cor. I, XV ; 8). Ces aveux répétés sont d'autant plus déconcertants que, dans ses versions de l'éblouissement sur le chemin de Damas, Saül ne prétend jamais avoir « vu » Jésus, mais seulement avoir entendu sa voix. Pourquoi ne dit-il donc pas plus clairement qu'il a bien rencontré Jésus en chair et en os ? On le comprend sans peine : s'il l'avait admis, le miracle de la résurrection eût été nul et non avenu, et sa mission n'eût plus eu d'objet. Voilà bien le dilemme de ces deux apôtres : s'ils disent ce qu'ils savent, ils n'ont plus lieu de le dire.

Voilà donc les trois faisceaux convergents imposant l'idée que Jésus a bien survécu à la crucifixion. S'y ajoutent d'autres indices. Les premiers sont offerts par les Actes de Thomas : lors du récit du voyage en Inde de l'apôtre, Jésus y apparaît par intermittence, de façon réaliste et déconcertante ; par exemple, pour vendre Thomas à un marchand hindou, et en encaisser le prix. Les Actes sont, certes, et comme beaucoup de textes apocryphes, des fabrications romanesques pieuses, et d'une valeur historique tout aussi aléatoire que celle des textes néo-testamentaires canoniques, mais la présence de Jésus après la crucifixion n'y est pas moins certaine autant qu'ambiguë. Or, géographiquement, cette présence dans un itinéraire asiatique se cheville remarquablement bien avec l'hypothèse d'un séjour à Damas après la crucifixion.

Le voyage du Proche-Orient à l'Asie n'a rien d'exotique ou d'aventureux à l'époque : c'est un itinéraire très ancien, qui est, à quelques variantes près, celui de la Route de la soie, de la Route des épices et de celle des parfums, dont plusieurs segments se recouvraient ; ces routes convoyaient les marchandises dont les pays de la Méditerranée, et surtout l'Empire romain, faisaient grande consommation. Elles étaient fréquentées par des marchands, des explorateurs et des légats, mais aussi par des Juifs, car la Route de la soie en particulier menait aux colonies juives d'Asie, les unes très anciennes, comme celles de Mésopotamie, qui avaient été favorisées par l'attitude bienveillante de Darius à l'égard des Juifs après l'effondrement de Babylone, les autres plus récentes, créées par la diaspora. Une conception contemporaine répandue, mais erronée, voudrait que l'Asie ait été pour l'Antiquité aussi lointaine et mystérieuse qu'elle l'était devenue au Moyen Age, quand Marco Polo partit à sa découverte. Or, il n'en est rien. Dès le IVe siècle avant notre ère, Alexandre a ouvert l'Asie à l'Europe, et les rois séleucides qui lui succédèrent emmenèrent avec eux des Juifs autant qu'ils ramenèrent d'Asie des philosophes et des idées. Jésus ne se rendait certes pas en terres mystérieuses.

La thèse d'un séjour de Jésus en Asie, à la fin de sa vie, n'est pas neuve. A la fin du siècle dernier, déjà, un voyageur russe, Nicolas Notovitch, rapporta de Chine un témoignage tibétain, qu'il publia chez Paul Ollendorf à Paris, en 1894, sous le titre *La Vie inconnue de Jésus-Christ*. Des experts tels que Montague Douglas Rhodes ne lui accordèrent pas de crédit. Le texte n'a sans doute pas de valeur historique au sens moderne du mot, pour les raisons exposées dans les notes en fin d'ouvrage, mais il mérite pourtant de l'intérêt pour ce qu'il reflète de l'importance attribuée en Asie à Jésus au début de notre ère. Je n'en ai pas fait usage. Néanmoins, il serait hâtif, comme on le verra plus bas, de penser que tous les textes indiquant une présence de Jésus en Asie après la crucifixion seraient des fabrications intégrales, sans aucune valeur, des équivalents exotiques de la fameuse lettre de Jésus à Marie-Madeleine en vieux français, dont l'infortuné mathématicien Chasles fit l'acquisition au XIXe siècle.

En effet, il existe un autre texte, sanskrit celui-là, et plus concluant à plusieurs égards, les *Bhavishya Mahapurana**, qui fait, avec plus de précisions mais toujours sans qualité historique intrinsèque, état d'un séjour de Jésus en Inde, et qui me paraît en fonder beaucoup mieux la thèse. Et cela d'autant plus qu'il existe à Srinagar, capitale du Cachemire, un monument peu connu de la chrétienté, le Rauza Bal, dans lequel se trouvent deux tombes, dont l'une est celle d'un certain Yuz Asaf, prophète étranger mort à Srinagar au Ier siècle. Pour les raisons exposées également dans les notes en fin d'ouvrage, il semble bien qu'à la fois Yuz Asaf soit Jésus, et que le tombeau soit bien le sien.

Voilà donc les principaux éléments qui fondent pour moi la conviction de l'exil de Jésus en Asie pendant la dernière partie de sa vie, mais non la totalité de la reconstitution qu'est ce livre.

On peut, en effet, se demander pourquoi Jésus aurait choisi de se rendre si loin de la Palestine. Or, les grandes cités voisines de Syrie et de Mésopotamie, comme Antioche ou Nisibe, comptaient toutes des colonies juives importantes, en liaison constante avec Jérusalem, donc informées de l'affaire Jésus ; même masqué par l'anonymat, un homme tel que Jésus n'y pouvait longtemps passer inaperçu et, en dépit de la protection de quelques princes locaux, son aura d'agitateur, de surcroît condamné à mort par le Sanhédrin, eût alarmé à coup sûr des rabbins soucieux de la tranquillité de

* On trouvera en p. 460, note 101, une analyse détaillée du texte des Bhavishya Mahapurana.

leurs communautés en terres étrangères. Comme les Actes le rapportent en termes à peine voilés, Saül-Paul projeta même d'aller l'arrêter à Damas, avant de changer plus tard d'avis. Mais l'alerte avait été chaude : même en territoire syrien, Jésus se trouvait à portée de coups de main possibles de Jérusalem. Arrêté une deuxième fois, son sort eût été certain.

Son enseignement avait été donné ; il n'eût rien gagné à demeurer trop près du théâtre de sa Passion. Il partit plus à l'est. Puis, parvenu sur les Routes de la soie, il gagna donc l'Asie. Or, les territoires d'Asie n'assuraient pas seulement au proscrit la sécurité physique ; ils pouvaient aussi lui offrir l'occasion d'approfondir des religions anciennes comme le mazdéisme, puis le bouddhisme, le jinisme et l'hindouisme. Le devoir de compassion et la prescription de pauvreté du bouddhisme, par exemple, étaient assez proches de son propre enseignement pour l'intriguer, sinon le séduire.

Là résidait l'essentiel : comment Jésus, une fois isolé du peuple juif et des fermentations messianiques de Palestine, avait-il vécu sa rencontre avec les religions de l'Inde, les plus anciennes du monde ? Et comment l'homme que les Juifs avaient voulu couronner roi et chef religieux (c'est le sens originel exact du terme « messie », si lourdement adultéré par la suite), une semaine avant sa condamnation par le Sanhédrin et lui seul, avait-il vécu le souvenir de son ministère et l'échec de la mission qu'il s'était assignée ?

Questions brûlantes en cette époque d'intolérances fulminantes : les religions actuelles de l'humanité sont-elles réellement inconciliables ? Ne pourra-t-on un jour se résoudre à un véritable œcuménisme qui permette aux hindouistes, par exemple, de célébrer leurs rites dans une église ou une mosquée ?

Les années de réflexion et de recherche personnelles, l'incessant travail des exégètes, archéologues, épigraphistes, poursuivis depuis que j'écrivis le premier tome de cette série ont évidemment affiné, approfondi et parfois modifié de nombreux éléments de la toile de fond historique de l'époque. On trouvera les reflets de ces changements, surtout en ce qui touche à l'antijudaïsme foncier de l'Empire à l'époque, à l'enseignement puisé par Saül-Paul auprès des Esséniens de Kochba, aux origines de Jésus, à la persistance de l'attente messianique de nombreuses années après la crucifixion, à l'importance de l'agitation révolutionnaire et à ses liens avec l'enseignement de Jésus, à l'hostilité des disciples de Jean le Baptiste (Jokanaan) à l'égard de ceux de Jésus.

Ce récit est, faut-il le préciser, un roman. Le choix de cette forme s'explique en partie par l'absence quasi totale de données sur la dernière partie de la vie de Jésus en Asie. La méthode que j'y ai utilisée est la même que dans les trois volumes précédents : elle se résume en l'analyse logique des textes, à la lumière de l'histoire. Elle se fonde sur le choix des conjectures les plus plausibles.

Jésus en exil reste pour nous un inconnu, du moins pour le moment. On peut toujours espérer de nouvelles découvertes archéologiques. Avant qu'un berger bédouin en Jordanie découvrît les Manuscrits de la mer Morte en 1947, en courant après une chèvre égarée, les idées sur les Esséniens n'avaient été que fragmentaires et spéculatives, bien que plausibles. Renan, par exemple, les tenait pour les adeptes d'une secte influencée par le « haut Orient » (ce qui était intuitif, mais très sommaire). Pareillement, avant qu'on découvrît en Haute-Egypte, dans des jarres une fois de plus, l'Evangile de Thomas, l'influence du mouvement gnostique sur le christianisme primitif avait été également fragmentaire et spéculative, et les opinions de l'abbé Loisy sur le gnosticisme de l'Evangile de Jean lui avaient valu l'excommunication.

Mais l'histoire ne s'achève jamais.

Première partie

LA POURSUITE

1

UN CAUCHEMAR

Le ciel noircit et le vent se leva avec fureur. Les nuages se tordirent comme des entrailles empoisonnées. Du haut de la croix, l'homme hurla. Les élancements de la douleur se mélangèrent aux éclairs qui zébraient le ciel. Des gens criaient aussi. Il s'efforça de ne pas perdre conscience, mais il sombrait inexorablement dans une vaste pustule de sanies, de nausée et de sang, où des lames folles tranchaient le vif des chairs. L'urine lui coulait entre les jambes, elle lui apporta un soulagement. Puis la pluie crépita sur le bois de la croix et le sol, et le lava, et il se ressaisit. Il eût souhaité n'être pas sorti de sa torpeur. Une douleur sans fin lui paralysait le torse et sa langue n'était plus qu'une pierre ponce. En bas, des voix d'hommes affolés par l'orage. « Avons-nous des ordres ? Il faut aller en demander ! » Il attendit, mais seul l'épuisement vint à sa rencontre et un voile noir tomba lentement devant ses yeux. Il glissa dans les soies de la mort, au-delà même du désespoir, là où la chair n'est plus que chair et où l'esprit ne prétend plus la gouverner.

Un peu plus tard, les yeux fermés, il entendit une voix qui lui parut familière déclarer en grec :

« Ordre de Pilate. Nous avons le droit de disposer du condamné. »

Des éclats de voix, à diverses distances. Un cri atroce, là-bas. Puis on arracha le clou qui tenait les pieds, mais il avait fui au-delà de la douleur. Des mains lui soutenaient les jambes. Bruit de bois traîné sur le sol. Des mains lui soutinrent les aisselles tandis qu'on enlevait les clous qui lui transperçaient les poignets. Il tomba. Une épaule lui entra dans l'abdomen et un liquide noirâtre lui sortit de la bouche. Que de mains sur lui, ses jambes, ses fesses, ses reins, son torse.

« Pansez-le. Les poignets, les pieds et le torse. Du plantain, beaucoup de plantain. » Un manteau odorant l'enveloppa et étouffa les bruits extérieurs.

« Portez-le sur le cheval. Que le cheval aille au pas. Un homme de chaque côté. »

Il glissa de nouveau dans le noir. Il lui sembla se souvenir, une chandelle, des hommes, des cris étouffés, des murmures énervés, on l'emportait de nouveau.

Il râla. Une femme se pencha vers lui pour essuyer son front, son visage, son cou et son torse trempés de sueur. Un jeune homme glissa une main sous sa tête pour la soulever et, de l'autre, lui fit boire une potion au goulot d'une fiole.

« Non ! » hurla-t-il, les yeux révulsés.

Mais, en dépit de son délire, il distingua entre le goût du vin amer mêlé de myrrhe et la saveur douceâtre de la potion. Il reconnut un élixir d'opium, additionné de miel pour masquer une amertume. Il se passa la langue sur les lèvres et identifia également le goût de la jusquiame. Il ouvrit les yeux et reconnut aussi l'homme qui tenait la fiole et lut sur son visage, d'ordinaire si lisse, la sollicitude alarmée. Il referma les yeux et soupira.

Bien plus tard, dans la nuit, il se redressa sur sa couche, et la femme qui veillait à son chevet gémit d'inquiétude.

« Faibles », dit-il d'une voix étranglée, « tous des faibles ! Ils fuient ! Les voyez-vous fuir ? » Sa voix se brisa dans un sanglot. La femme, les yeux fardés de veilles et d'horreur, lui passa sur le front un linge trempé d'eau vinaigrée. Il tendit la main et la vit, sa propre main, enserrée dans des bandages. « Ma main ? » demanda-t-il d'une voix d'enfant plaintif. Elle se saisit de la fiole. « Non », dit-il, « de l'eau. » Elle porta la gargoulette à ses lèvres et il la but avidement, tout entière, l'eau coulant sur son torse émacié. Il se rallongea.

« Des mensonges », murmura-t-il. « Des erreurs et des mensonges. Il n'y a que des ombres, ils sont morts avant que de naître ! Simon, tu es un menteur ! »

Le jeune homme qui dormait au pied de sa couche l'entendit et pleura. La femme écouta son souffle. Quand il se fut apaisé, peu avant l'aube, elle se pencha pour toucher l'épaule du jeune homme, puis quitta la pièce. En une fraction d'instant, l'homme rêva que la croix basculait, des visages atroces se penchèrent vers lui et ricanèrent, il rouvrit les yeux et fut surpris de ne pas retrouver la voûte du caveau dans lequel il avait passé ses premières heures après l'épouvante. Il perçut avec stupeur la lumière de l'aube. La voix d'un enfant lui parvint.

« Quel est cet enfant ? » demanda-t-il au jeune homme qui le veillait.

« Il s'appelle Bartholomé », répondit-il, surpris.

« Je veux le voir. »

Un garçonnet pénétra un peu plus tard dans la pièce. Il examina le visage rongé de fièvre et les yeux enfoncés dans les orbites par la souffrance, et il fut pris de peur. Mais le regard de l'homme l'avait enchaîné.

« Approche », dit l'homme.

Le garçonnet approcha.

« Donne-moi à boire. »

Le garçonnet s'empara de la gargoulette et la porta aux lèvres de l'homme. Celui-ci but tout son soûl et leva la main pour signifier « assez ». Puis il tourna son regard vers Bartholomé et lui dit :

« Ne meurs pas, toi, ne meurs pas, je te le dis. » Il se rallongea et ses yeux roulèrent dans la pièce et tombèrent sur le jeune homme. Enfin il le reconnut.

« Lazare », murmura-t-il.

Et Lazare s'assit à la tête du lit et prit la tête de l'homme entre ses bras.

« Lazare, Lazare ! C'est toi qui me tires de la mort ! »

Le souvenir des tendresses d'antan s'éleva dans la pièce, un instant, mais, dit l'Ecclésiaste, il y a un temps pour vivre et un temps pour mourir.

2

LES ÂMES FRAGILES

Peu après minuit, ils partirent de Tabgha, le port où hivernaient les pêcheurs de Capharnaüm. Ils étaient deux douzaines d'hommes sur six barques, allant deux par deux, et le petit vent qui courait sous les jupes de la nuit les emmena vite et loin vers le sud, au large de Gennesar. Ils s'étaient adjoint des journaliers, qu'ils payaient quelques pièces à tirer les filets et les paniers, puis trier les poissons et rejeter les silures*[1], ils ne savaient plus combien de ces mains de fortune ils avaient engagées la veille, on s'en débrouillerait au retour et, si la pêche avait été bonne, on leur donnerait un panier de poisson. Il y en avait un qui se trouvait dans l'équipage de Cephas, et dont ils se dirent qu'il s'était trompé de barque. Il était glabre comme un Romain et il n'était pas assez jeune pour être imberbe. Il n'avait pas non plus l'air d'un eunuque, son ventre était plat et ses épaules étaient puissantes.

« Tu es avec nous, tu es sûr ? » lui demanda Cephas. « Tu ne serais pas plutôt avec Jérémie ? »

* Les notes se trouvent en fin d'ouvrage.

« Non, je suis avec vous, je suis sûr », répondit l'inconnu.

« Comment t'appelles-tu ? »

« Emmanuel[2], tu le sais. »

Son visage, à la lueur de la lanterne de poupe, parut vaguement familier à Cephas, et même à son frère André, mais avant de partir, quoi, ils avaient un peu bu, ils avaient sans doute engagé l'un au lieu de l'autre et ils ne voulaient pas se déjuger en plein milieu du lac. N'importe, il avait aussi de bons bras, il semblait connaître le métier.

Par quatre fois dans la nuit, ils tirèrent les filets et ne ramenèrent presque rien, quelques carpes dérisoires, des silures, quelques douzaines de sardines et deux barbues. Ils erraient au milieu du lac Yam Kinneret, puis le vent tomba et les voiles flapirent. Il fallut ramer, et le journalier Emmanuel s'y mit, quoique sans vigueur excessive.

« Rien », dit Cephas alors que l'aube commençait de verser son eau dans le vin noir du ciel. « Rien ! » Et sa voix en disait long de dépit.

Ce fut alors qu'Emmanuel cessa de ramer. Il se leva et ils le regardèrent, surpris.

« Nous sommes dans le courant d'eau douce du Jourdain, nous n'y trouverons rien. Vous devriez le savoir. Revenez vers le bord. Nous sommes à peu près à la hauteur de Magdala. C'est là que vous trouverez le poisson, qui est descendu en fuyant les eaux douces. »

Cephas et André plissèrent les yeux. Ils le regardèrent, interloqués. Ce gars-là, debout à la poupe, semblait connaître le métier mieux qu'eux. De toute façon, en l'état où l'on était, personne ne perdrait rien à suivre son conseil. Ils se trouvaient à portée de voix de la barque voisine et lui crièrent de virer par tribord vers Magdala. Moins d'une heure plus tard, les tensions sur les cordages qui retenaient les seines les informèrent que celles-ci étaient déjà lourdement chargées, et tant, que la barque penchait périlleusement sous la traction. Ils ramenèrent les seines une fois, archipleines, surtout de sardines, et quatre hommes ne furent pas de trop pour en haler les cordes maîtresses, et le bateau fut soudain plein de frétillements furieux. Ils commencèrent le tri avec des cris rauques dans les premières lueurs de l'aube, les barbets dans ce panier, les carpes dans cet autre, les sardines dans ceux-là, les barbues à longue tête dans cet autre encore... Puis ils rejetèrent les filets et la deuxième prise fut aussi bonne. On entendait les hommes crier dans la barque voisine.

Le jour argentait déjà les eaux, les écailles argentaient les pieds des pêcheurs quand les chefs des deux barques, à la hauteur de Tibériade, décidèrent de rentrer. Un bon vent d'ouest gonfla au plus près les voiles carrées. Cephas, encore haletant et le crâne luisant, tira de sous un banc une gourde de vin et s'en offrit une goulée, puis la tendit à Emmanuel, qui en but aussi, puis la passa à André, qui se tenait devant lui, interrogateur et ravi.

« Tu connais ton métier, mon gars ! » s'écria Cephas. « Tu es pêcheur ? »

« Un peu », répondit l'autre.

« Tu es sûr que je te connais ? Je ne me rappelle pas vraiment t'avoir engagé hier soir ? »

« Je suis certain de te connaître, Cephas », répondit Emmanuel en le fixant dans les yeux.

Cephas se pencha vers l'homme, il aperçut les vilaines cicatrices sur le dos des mains, sa mâchoire tomba, l'épouvante le défigura et il cria comme une vieille femme. André aussi avait perdu toute sa joie ; penché sur Emmanuel, il semblait malade. Il se raccrocha à un espar.

« Lui ! » hurla Cephas. Et il trébucha en arrière et tomba sur son dos, les quatre fers en l'air.

« Jésus », articula André, d'une voix rauque et se rattrapant au mât.

Ils lui saisirent les genoux, les bras, lui touchèrent le visage.

« C'est bien moi », répondit-il en tentant de se dégager.

Ce fut Cephas qui se releva le premier et il cria à l'autre barque :

« Jean ! Jean ! Jacques ! Jésus est à bord ! » Et il répéta ces mots avec tant de force qu'on eût pensé qu'il voulait éclater dans le vent.

André était accroupi à l'arrière du bateau, la tête entre les mains. Les deux autres pêcheurs, désemparés par la scène, avaient perdu le contrôle du bateau, qui dériva un instant.

« La voile », leur dit Jésus en s'emparant de la rame gouvernail.

Quand les deux bateaux eurent accosté à Tabgha, les pêcheurs se jetèrent sur Emmanuel avec tant d'élan qu'ils faillirent lui faire perdre l'équilibre. Jean lui serrait les jambes, Jacques et Cephas lui pressaient le torse, le cou, la tête, André lui baisait les mains. Une heure leur suffit à peine à se remettre.

« Le poisson », dit Emmanuel.

Les marchands qui fournissaient la garnison romaine de Capharnaüm observaient la scène sans excessive indulgence. Car ils attendaient la marée avec impatience. Comme Cephas et les autres semblaient paralysés par l'émotion, ce fut Emmanuel qui discuta les prix. Tant pour les barbues, tant pour les carpes, tant pour les sardines, et tant pour les silures réchappées du dernier tri et dont les Romains raffolaient. Ce fut Emmanuel que les marchands payèrent, et il distribua l'argent, l'air de n'en penser pas moins.

« Vous avez de quoi acheter du pain et du vin », dit-il, « et nous pourrions faire frire un peu de ce poisson. »

Ils s'empressèrent avec des ho ! et ha !, la larme obstinée dans la voix. Moins d'une heure plus tard, ils étaient tous attablés dans une taverne du rivage, Cephas, André, Jacques, Jean et Nathanaël. L'aubergiste apporta deux cruches de vin, des gobelets et des trompe-la-faim. Emmanuel lui indiqua le panier de poissons posé sur le seuil, et l'aubergiste manda deux aides qui vinrent emporter cette marée. Emmanuel servit lui-même le vin, il rompit le pain, il poussa devant eux les assiettes de sardines séchées, les concombres, la laitue, les petits oignons, les olives et le fromage blanc dans des coupelles et des bols de terre cuite, mais ils ne buvaient ni ne mangeaient, ils le regardaient. Ils ne cillaient presque pas. Le vent d'automne qui s'engouffrait par la porte enflait son manteau et sa robe, et ils le considéraient comme s'il allait s'envoler.

« Tu es ressuscité », murmura enfin Jean.

« Ressuscité ! » reprirent-ils en chœur, en mineur, en majeur, mais surtout avec des voix blanches, assortissant leurs cris d'invocations au Seigneur.

« Presque », dit Emmanuel.

« Comment ? » demanda André.

« Est-ce important ? »

« Ta barbe », dit Jean en passant une main sur le visage d'Emmanuel.

« Une barbe de moins », dit Emmanuel, regardant Jean dans les yeux, « et c'est la mémoire qui est rasée. Mangez donc. »

« Tu as un reproche », dit André.

Emmanuel tourna vers lui ses yeux noisette.

« Vous pêchiez donc », dit-il tranquillement. « Je suis passé dans vos vies, peut-être étais-je pour vous un songe, celui-ci s'est achevé, et voilà, vous êtes retournés à vos vies antérieures comme si de rien n'avait été. »

« Jérusalem, maître, est dangereux », dit Cephas.

« O combien, Cephas ! » s'écria Emmanuel.

Quelques rires embarrassés secouèrent les convives.

« Je n'étais pas encore en croix que tu ne me connaissais plus, Cephas. Et trois jours plus tard, je l'ai appris, quand vous avez trouvé vide le caveau de Joseph d'Arimathie, vous tous avez filé en Galilée. Vous avez eu peur d'être arrêtés et questionnés, je le comprends. Qui m'a transporté hors du sépulcre ? Ce n'était pas vous. »

Cephas se prit la tête dans les mains et gémit. Au son, on eût dit une idiote de village. Les autres restaient là, accablés, humiliés, la larme encore prête à jaillir. Sans doute répugnaient-ils à cette forme-là de plaidoirie, la plus abjecte de toutes, celles des femmes.

« Je t'ai vu porter au tombeau », dit Jean, se penchant vers Emmanuel de telle sorte que leurs nez se touchèrent presque. « Voulais-tu que ma tête démente mes yeux ? »

Emmanuel le fixa longuement. « Tu m'as vu porter au tombeau, Jean, alors mes mots, pour toi, me devançaient dans la poussière ! » Il baissa la tête, la releva. « L'heure n'est pas au partage des mérites », dit-il enfin. « Vous portez le poids de votre chair. Car la chair demande à vivre et vous avez cru que si vous me suiviez, c'était dans la mort. Vous croyez que la mort est la fin d'un homme. Elle n'en est souvent que le commencement. Mais vous êtes comme l'homme, qui est intermittent. Si les anges ne le portent sans arrêt, il tombe après avoir volé. »

Dans la cuisine voisine, les poissons écaillés et vidés commençaient de grésiller dans la friture. L'aubergiste revint et jeta un coup d'œil réprobateur sur les plats intacts et les verres pleins.

« Où est Matthieu ? » demanda Emmanuel, rompant enfin le silence qui devenait insupportable de reproches.

« A Jéricho. »

« Et Philippe ? »

« Il est à Jérusalem, lui », dit Cephas.

« Et Simon le Zélote ? »

« Nul ne le sait. »

« Et Judas de Jacques ? »

« On l'a vu à Béthanie, je crois », répondit Jean.

« Et Thaddée ? »

« A Emmaüs. »

« Et Bartholomé ? »

« Je ne sais pas », avoua Cephas.

« Et Jacques d'Alphée ? »

« Je le crois aussi à Béthanie. A moins qu'il soit aussi à Jéricho », répondit Cephas.

Emmanuel prit la moitié d'un petit oignon, l'écrasa du pouce sur du pain et le couvrit de fromage brisé et par-dessus, de feuilles de menthe. Eux détaillaient ses gestes avec incrédulité.

« Tous égaillés comme des moineaux devant l'épervier. »

L'œil fixe et la bouche entrouverte, ils l'observaient, finalement malades d'étonnement.

« Et Thomas ? »

« Thomas », répéta André. « Thomas. Il ne croit à rien, ni au contraire de rien. Il t'a cherché à Magdala. Il t'y cherche encore, sans doute. »

« Buvez au moins », dit Emmanuel en remplissant les verres. « Parlez-moi encore de Thomas. »

« Thomas est un Grec à la fin », dit André, une olive entre le pouce et l'index. « Quand Joseph et Nicodème et leurs serviteurs t'ont descendu de croix, il épiait à distance, il nous l'a dit. Tu connais l'œil de pie de Thomas. Il est revenu en disant : "Ils ne l'ont pas lavé, c'est étrange." Nous l'avons cru fou. Puis il a dit aussi : "Ils ont donc touché un cadavre à la veille de la Pâque, c'est étrange." Il a vu que Nicodème portait des pansements en même temps que le linceul, et il a dit : "Ce n'est pas un Egyptien, ils ne vont quand même pas l'emmailloter dans des bandelettes." Une semaine plus tard, il a encore dit : "Je ne le croirai mort que lorsque j'aurai touché son cadavre, pas avant." Mais tu connais Thomas. »

Emmanuel se mit à rire. Le rire les déconcerta au lieu de les rassurer.

« Mangez donc », dit-il sans ressentiment.

Ils s'empressèrent, mangèrent et burent, la circonstance exigeait qu'on se donnât du cœur. Puis Jacques fondit en larmes, et les yeux des autres, par mimétisme, se mouillèrent.

« Pourquoi pleures-tu, Jacques ? Est-ce de joie ou de confusion ? »

Le visage défait de Jacques se tourna vers lui.

« Tu étais notre maître. Tu es mort et nous n'avions donc plus de maître. On nous pourchassait. Nous avons tenté de survivre. Qu'étions-nous sans toi ? Tu es ressuscité et plus rien n'a de sens. Nous sommes humiliés par la conscience de notre couardise. Nous voulions protéger nos vies et soudain, elles n'ont plus de sens. Es-tu vraiment ressuscité ? Ou bien n'es-tu qu'un spectre délégué par des esprits mauvais pour nous confondre ? »

Il tendit les mains, ils les prirent dans les leurs, examinèrent les cicatrices aux poignets et les baisèrent en pleurant. Il tendit les pieds et ils se jetèrent dessus et les prirent dans les mains. Il échancra sa robe, ils tendirent leurs cous et ils virent, sous le sein droit, un bourrelet rose et ils le touchèrent sans fin.

« Tu es ressuscité ! » répéta Jean. « Tu es vraiment ressuscité ! »

« D'une certaine manière, Jean, c'est vrai. Mais est-ce mon histoire qui compte ? Ou bien ce que j'étais venu vous dire ? »

L'aubergiste se tenait derrière eux, poêles en mains. Intrigué, il attendait la fin de la conversation. Ces pêcheurs semblaient décidément bien sérieux. Qui était cet homme glabre qu'ils courtisaient comme une femme ? Il posa les poêles sur la table.

Emmanuel mit la main au plat, saisissant un poisson par la queue et le posant rapidement sur son plat, car l'huile brûlait ; ils se servirent ensuite. Il but et ils burent. Il dépiauta le poisson du couteau et ils firent de même. Il s'arrêta de manger et ils s'arrêtèrent.

« Vous n'avez pas cru à la Parole », dit-il. « Vous n'avez vu que ma personne. »

« Que faire, maintenant ? » demanda Cephas.

« Croire à la Parole. Et la propager. »

« Il faudrait l'écrire », dit Jean.

« Ecris-la donc. »

« Je ne sais pas écrire. »

« Dicte-la. »

« Tu feras confiance à ma mémoire. C'est donc que tu ne restes pas avec nous. »

La lumière grise lui argentait le visage.

« Tout recommencerait », dit-il après un temps. « Et peut-être nous retrouverions-nous dans cette même auberge dans trois ans », conclut-il avec l'ombre d'un sourire.

« Mais comment ferons-nous ? » s'écria Jean. « Tu libérais les possédés et guérissais les paralytiques ! Nous, nous, que ferons-nous ? »

« Vous vous rappellerez. Vous vous laisserez posséder par l'esprit. Vous retrouverez votre innocence. Vous vous rappellerez ce que j'ai dit. »

Il parcourut du regard les visages défaits, anxieux, incrédules, désespérés. Il mangea. Ils mangèrent aussi leur poisson, en silence. De temps à autre, l'un d'eux, à la dérobée, jetait sur lui un coup d'œil. Il mâchait, il mâchait vraiment ses aliments, avec des dents, une langue, un palais. Ils vérifiaient aux mouvements de sa pomme d'Adam qu'il avalait ses bouchées.

« Que nous as-tu donc dit ? » demanda Jacques.

L'impertinence de la question suspendit les mastications. La lumière de l'après-midi vacilla sur le seuil, Emmanuel pencha la tête. Le temps eût pu s'arrêter là, fatigué de courir sans escale.

« Que l'homme ne peut être éternellement adultéré », répondit-il. « Prenez exemple sur l'arbre. Il plonge ses racines dans le sol et ses branches se tendent vers le ciel. Allez droit, les pieds assurés sur la vérité de la Loi et les paumes ouvertes vers l'étranger. Le Fils de Dieu est pur, le fils de l'homme voudrait l'être. C'est l'Esprit qui commande l'homme. Nourrissez l'Esprit. »

« Et ceux de Jokanaan, le Baptiste, que devrons-nous penser d'eux ? »

Emmanuel posa les mains sur ses genoux.

« Tu me demandes cela parce que tu es troublé, Jacques, et que tu sais qu'ils se répandent sur moi en propos amers. Ceux du Baptiste se sont confinés dans l'isolement et le refus dédaigneux de ceux de Quoumrân. Vous ai-je jamais paru préférer l'isolement et le silence ? Nous n'aurions alors rien fait et je ne vous aurais jamais connus. Allez sur les routes, par les fleuves et les mers, dites la parole du Seigneur. Elle est simple, parce qu'elle est claire. »

Il recommença à manger, détachant le dernier filet de son poisson, puis un morceau de pain qu'il mit en bouche.

« Et Simon ? » demanda André. « Ses prodiges lui valent des foules. »

« Dois-je vraiment te répondre, André ? Les pièces fausses finissent immanquablement par être jetées au rebut, parce que, à force de passer de main en main, l'argenture s'en efface. Simon le Magicien ne travaille que pour sa gloire. »

« Il est un disciple de Jokanaan », insista André.

« L'amandier ne pousse pas comme la vigne », répondit Emmanuel après un temps.

« Il faudra donc faire sans toi », dit Jean, lentement. « Pourquoi es-tu revenu ? »

Emmanuel ne répondit pas non plus sur-le-champ.

« L'homme est jardinier. Il revient toujours sur ses pas pour voir si les graines qu'il avait semées ont germé. »

« Ont-elles germé ? » demanda Jacques.

« Les oiseaux en ont mangé certaines. Et le vent a soufflé sur les autres, qui poussent tordues. Mais il est vrai que c'est un temps de grands vents. »

« Et où iras-tu ? » demanda Cephas.

« Ma mission s'est achevée. La vôtre commence. »

Le visage de Jean s'était creusé. Le temps reprit stoïquement sa course, comme avec un soupir.

3

LES FUGITIFS

Le ciel du crépuscule, peu après le départ de Joppé[3], sembla soudain pris de sollicitude pour la mer et la couvrit de grandes draperies nuageuses. La houle se creusa et le temps fraîchit d'un coup, gonflant la grande voile carrée et la voile d'artimon. C'était une mer d'avant l'équinoxe d'automne, elle ne devrait pas être trop méchante, quand même. Les cordages crièrent. La grande tête d'oie peinturlurée qui se dressait sur une anse, à la poupe de l'*histikiopos triskalmos*, c'est-à-dire de la galère marchande à six rameurs, trois de chaque côté, se balança comme une matrone un peu soûle et plutôt rigolarde. Nommée *Soteria Antiochos*, *Sécurité d'Antioche*, la galère fonça vers le nord.

Des mots en grec se perdirent dans le vent. « ... Tire à gauche... un nœud chypriote, que diable ! »

La tête d'oie dominait deux passagers entortillés dans des couvertures de poil de chèvre, à la poupe donc. L'un d'eux cala entre leurs corps un panier oblong contenant une petite jarre de vin, une autre d'eau, et de petits sacs de noix, de dattes et de figues sèches, de raisins secs et de pain au sésame, et puis, accoudé sur le pont, se pencha vers son voisin. Celui-là dormait, apparemment rompu de fatigue. Le premier était un quadragénaire maigre et creusé, dont le bouc, parsemé de poils blancs, rebiquait si raidement qu'il semblait défier tout interlocuteur, fût-ce le ciel. L'autre, d'à peu près son âge, avait été rasé de frais ; on lui voyait un teint à peine hâlé. Sa bouche entrouverte aurait pu sembler amère, mais sait-on jamais ce qu'exprime vraiment une bouche de dormeur. Le premier le considéra un moment comme les femmes, d'ordinaire, quand elles veillent maris ou enfants. Son regard s'appesantit sur les mains, à moitié enfouies dans la couverture, et sur la cicatrice qui défigurait le dos de la plus exposée au vent. Son expression s'agita. Puis il se rallongea, les yeux tournés vers le ciel, joliment marbré. Ou plutôt, de marbre.

Il revoyait les quatre émissaires du Sanhédrin qui, au port, dévisageaient les gens sur les quais et le môle, cherchant visiblement l'homme qui avait échappé à la mort, quelques mois plus tôt, afin de le mener cette fois à son rendez-vous. L'un était un vieux renard fouineur, les autres, sans doute des sicaires. Ils auraient, à l'écart, déclenché quelque querelle et auraient usé des couteaux, puis auraient jeté un ou deux cadavres à la mer.

Le barbichu soupira. S'il n'avait pas donné la pièce au capitaine grec de la *Soteria Antiochos* pour appareiller plus rapidement que prévu, les quatre émissaires de Jérusalem auraient peut-être abouti à leurs fins. Au moment où la galère avait enfin levé l'ancre et s'écartait de terre, ils s'étaient rangés tous quatre sur le quai, le regard sourcilleux, tout prêts à aboyer, fixant les têtes qui dépassaient des rambardes, humant sans doute la proie qui leur échappait.

Le petit frais qui précède l'aube titilla vessies et boyaux, et les six passagers de la galère firent donc la queue près des réduits qui, sous la poupe, offraient des rudiments de siège au-dessus des deux écoutilles biaisées, ouvertes à droite et à gauche de l'étambot. Là, les fesses à l'air jusqu'à mi-cuisses, l'on se soulageait tant bien que mal, et par grosse houle on se faisait aussi bien rincer gratis, quand la poupe penchait jusqu'au ras des flots. Avec les six rameurs, le capitaine, son lieutenant, ses deux hommes d'équipage, cela faisait assez de monde pour occuper la meilleure partie d'une heure et, quand tout le monde en eut fini, une eau grise commença de diluer l'encre de la nuit. La brise était bonne, elle faisait déjà le ménage dans le ciel, et l'on eût parié sans peine qu'avant que le soleil montât au zénith on aurait soif.

Assis au milieu du pont, et se massant les pieds, l'homme glabre partageait son regard entre le tribord et une famille pelotonnée sur elle-même, au point qu'on pouvait douter qu'il demeurât le moindre interstice entre le père, la mère et les deux enfants ; ils étaient serrés les uns contre les autres comme harengs en caque. Et terrorisés de surcroît. Au moindre roulis, la femme se cramponnait à la rambarde comme si le bateau, animé de mauvaises intentions, se préparait à la jeter par-dessus bord. L'un des enfants, un garçon, était étalé sur le dos, livide. Le père n'en menait pas plus large ; son visage suait à la fois le malheur et la résignation. A la fin, ils finirent par lui rendre son regard. Il se leva pour aller s'accroupir devant l'enfant.

Celui-ci, qui devait compter sept ou huit ans, porta sur lui un regard de mourant. L'homme glabre lui sourit et posa la main sur son front.

« A-t-il mangé quelque chose ? » demanda-t-il aux parents.

« Il rend tout », dit le père. « Dieu sait s'il sera vivant quand nous arriverons à Antioche ! »

L'homme glabre tira de sa besace un citron doux, le pela et en détacha un quartier qu'il tendit à l'enfant.

« Tu mâches, tu suces le jus et tu craches le reste », dit-il.

Le garçon saisit le quartier d'un air dolent et fit comme on lui avait dit. Un deuxième quartier suivit et le fruit entier y passa. L'enfant soupira. La mère le couvrit d'un regard alarmé. L'enfant soupira de nouveau et s'étira. L'homme glabre le considéra un instant puis tira de sa besace une figue sèche. Le garçonnet tendit la main vers la figue et l'homme glabre se mit à rire.

« Elle était pour moi », dit-il, joueur.

L'enfant la grignotait déjà, d'un air de voleur malicieux. L'homme glabre sortit une autre figue et la mangea posément. De la poupe, le barbichu l'observait avec perplexité.

« Comment t'appelles-tu ? » demanda le garçonnet.

Sa mère le gourmanda pour l'impertinence.

« Emmanuel », dit l'homme glabre. « Et toi ? »

« Micah. »

« Emmanuel, donne-moi une autre figue. »

Nouvelle réprimande maternelle. Le père observait la scène d'un air abruti et toujours résigné.

« Je te donnerai une autre figue si tu te lèves. »

« Il ne peut pas se tenir debout », dit la mère. « Il a le vertige et vomit. »

« Ce n'est pas difficile de se tenir debout sur un bateau », répondit Emmanuel. « C'est comme si l'on était sur une balançoire. Ou un mulet en montagne. Il faut jouer des pieds et du dos. »

L'enfant s'assit péniblement et son frère et ses parents le surveillèrent avec alarme. Emmanuel se leva et tendit la main à Micah, qui se leva avec la souplesse abandonnée de l'enfance. Puis trébucha et se rattrapa à la main de son bienfaiteur. Celui-ci lui indiqua du menton la ligne d'horizon.

« Regarde toujours cette ligne et fais danser tes jambes. Garde cette ligne dans ta tête et tu ne seras jamais malade. »

L'enfant se trémoussa et tira sur le bras d'Emmanuel, dans un mouvement d'affection pétulante.

« Emmanuel ! » cria-t-il. « Je me tiens debout. »

« Tous les marins se tiennent debout. Pourquoi ne le ferais-tu pas, toi aussi ? »

L'enfant enlaça amoureusement le bras d'Emmanuel et s'y pendit. Les parents observaient à distance ce rétablissement inespéré, mais n'en perdaient pas leur air chagrin pour autant.

« Tes parents s'inquiètent. Va les aider à faire un bon voyage. Va aider ton frère. »

Ils se séparèrent, Emmanuel retourna près du barbichu, qui se donnait l'expression de n'en penser pas moins. Il s'assit sur le banc de fortune qui cerclait la poupe, retira ses sandales et se massa de nouveau les pieds, insistant du pouce sur une région en amont de deux cicatrices pourpres. Le barbichu l'observait encore.

« Il ne te reste plus plus de thériaque ? » demanda-t-il.

« Si. Mais il faut aider la nature à se réparer d'elle-même. »

L'autre balaya l'horizon de son regard chassieux et maussade.

« Qu'est-ce que tu cherches des yeux ? La galère du Sanhédrin ? » demanda Emmanuel.

« Je ne serais pas surpris qu'ils en dépêchassent une. »

« Pour nous arrêter en pleine mer ? »

« Tout est possible. »

« Ils sont trop heureux de me savoir loin de la Judée », dit Emmanuel, suivant des yeux la ligne grise de la côte. Car la *Soteria Antiochos*, peu encline à braver les caprices de la haute mer d'été, prompte à des humeurs infantiles, cabotait prudemment à deux ou trois lieues de la côte. « Toujours inquiet, toujours sceptique, Thomas. Un vrai Grec », dit Emmanuel avec un sourire.

Thomas accepta l'ironie avec une grimace. « Toujours est-il que je suis plus heureux d'être sur ce bateau qu'à la place de Jean, de Philippe, de Cephas, d'André, des deux Jacques et des autres, qui me paraissent bien plus en danger que nous. »

Emmanuel accueillit la réflexion d'un air impassible. « Ils peuvent toujours fuir en Galilée, ou en Syrie, que sais-je. Je ne m'inquiéterais pas outre mesure de leur sort. »

« Ils courent toujours le risque d'être arrêtés pour interrogatoire », objecta Thomas.

« Que diraient-ils donc ? » rétorqua Emmanuel en haussant les épaules. « Que je suis vivant et qu'ils m'ont vu ? On les dira fous et c'est tout. »

Thomas se caressa la barbe plusieurs fois de suite et puis plongea la main dans la besace commune pour en tirer des figues sèches.

« Tu les as revus, non, tu as été les chercher en Galilée, tu les as ramenés en Judée, à Jérusalem, tu as parlé avec eux. N'aurais-tu plus confiance en eux ? » demanda-t-il.

Emmanuel réserva sa réponse pendant un long moment. Son regard suivait les moires de l'écume.

« Bien fragiles », murmura-t-il. « Quand je suis retourné à Capharnaüm, qu'est-ce que j'ai vu ? André et Cephas qui avaient repris leurs activités de pêcheurs, comme si de rien n'avait été. Et même Jean, Jean, oui, et Jacques, qui avaient repris leur bateau et s'étaient adjoint Nathanaël ! Et Matthieu, qui tentait de renouer avec son métier de collecteur d'impôts ! Et toi, qu'est-ce que tu faisais donc, Thomas, quand je t'ai retrouvé ? On m'avait assuré que tu me cherchais. Tu ne me croyais ni mort ni vivant. Lazare s'est enquis de toi à Magdala. Il est vrai qu'on t'y avait aperçu. Tu supposais sans doute que j'étais dans la famille de Lazare, ou dans un tombeau secret si j'étais mort. Mais où t'ai-je retrouvé ? A Jérusalem, Thomas, où tu traînais dans les tavernes et racontais des histoires aux voyageurs sur un certain Jésus ! » Emmanuel éclata de rire. « Rien ne s'était passé ! Vous aviez fait un rêve ! Je ne me suis pas beaucoup étonné, Thomas. Je n'étais pas encore sur la croix que Cephas m'avait déjà renié. Les autres, Matthieu, Bartholomé, Nathanaël, André, Jacques d'Alphée, Thaddée, Simon le Zélote, Judas de Jacques, Barnabé, Jacques de Zébédée, et même toi, Thomas, vous ne me suiviez plus vraiment depuis que j'avais pris la parole à la synagogue de Capharnaüm. Vous êtes revenus à Jérusalem quand la foule m'a accueilli comme le futur roi. Là, vous vouliez votre part du festin. Vous avez soudain rengainé vos hésitations. Il n'y avait que Jean qui n'avait pas pris la fuite, et son frère Jacques, parce qu'il ne voulait pas faillir à son cadet, et Lazare, qui n'avaient pas déserté. Où étiez-vous, pendant qu'on me crucifiait ? Où[4] ? » cria Emmanuel, élevant la voix pour la première fois depuis qu'ils étaient en mer.

« Nous avons déjà eu cette conversation », observa placidement Thomas. « Il est déplacé de nous comparer à Jean et Lazare : Jean avait toujours été ton favori. Tu entretenais avec Lazare, ses sœurs Marie et Marthe et le reste de leur famille, des relations privilégiées. Je te l'ai dit : pour nous, tout était fini. La fin des temps était imminente. Et nous ne voulions pas te suivre sur le gibet. Aucun de nous n'avait eu ta préférence comme Jean et... »

« C'étaient les plus jeunes, lui et Lazare, ils ont eu plus de courage que vous ! Lazare m'a suivi jusqu'au moment de l'arrestation[5]. Ils n'ont pas quitté Jérusalem, alors que vous vous étiez égaillés dans la campagne comme des poules effrayées par le renard ! »

Le vent passa entre eux et sécha les salives.

« M'avez-vous assez reproché mon attachement pour Marie, Marthe et leur frère Lazare ! » reprit Emmanuel. « Quel discours de pauvres, Thomas ! Quel être humain mérite son nom s'il ne nourrit son prochain ? Ils m'ont apporté du vin, de la viande et du pain, de la musique et des parfums ! Ils ne sont jamais venus à ma table les mains vides ! »

« Et nous, nous venions les mains vides », dit Thomas.

« Et vous veniez les mains vides », répéta Emmanuel. « Je n'ai jamais compté, mais j'ai certainement compté vos reproches. Et je n'ai pu ignorer que c'étaient les mains des étrangers qui étaient les plus chargées de dons. Qui donc m'a donné l'argent qui est dans cette besace ? Joseph d'Arimathie ! Marie ! Lazare ! Et pourtant Matthieu était riche. »

« Mais c'est avec moi que tu as choisi de voyager ! » s'écria Thomas, impatienté[6].

Emmanuel esquissa un demi-sourire.

« Parce que tu es voyageur et que je t'ai déjà rencontré au cours de mes voyages, Thomas. Tu parles plusieurs langues et il y a en toi de la graine de canaille. Et peut-être aussi parce que ta tournure d'esprit insolente cache mal ta candeur. Peut-être les sceptiques sont-ils les plus croyants. »

Thomas hocha la tête.

« Cephas n'est pas un sceptique, pourtant. C'est un couard, mais il n'a pas quitté Jérusalem non plus. »

« Allons-nous instruire sur un bateau le procès de la faiblesse humaine ? Il s'est terré chez Philippe, le rapport m'en a été fait, croyant que la police du Temple le cherchait, puis il est parti avec André pour la Galilée dès que les routes lui ont paru plus sûres. »

« Je me demanderai toujours qui et quoi ont motivé la réaction du Sanhédrin », dit Thomas. « Il y a plus d'un an qu'ils te savent dans les parages[7]. »

« Vingt personnes », répondit Emmanuel, « et vaine question. Ils m'ont d'abord cru mort. Puis ils ont craint que je n'eusse réellement ressuscité. Puis ils ont compris que ma condamnation n'avait servi à rien. Puis encore ils m'ont cherché et ne m'ont pas trouvé. Enfin ils m'ont trouvé, grâce aux sbires de Saül. Ils se sont inquiétés. Tout allait-il donc recommencer ? Ils sont pareils à ces chiens qui aboient à la lune pour qu'elle s'éteigne. »

« Saül ! » grommela Thomas. « Ce Nabatéen de mère juive qui se prétend à la fois romain et juif. Il faut le voir, courant les rues de Jérusalem au petit matin, avec sa bande de sicaires, ce flic du Temple ! »

« C'est un Hérodien et de surcroît, le fils d'un disgrâcié[8] », observa Emmanuel, se drapant dans le vent qui fraîchissait. Au bout d'un temps, il reprit : « Maintenant, c'est le Magicien[9] qui va avoir le champ libre. »

Il fouilla à son tour dans la besace et en tira un pot de terre dont il défit le couvercle de cuir lacé d'une cordelette, y plongea l'index et, l'ayant chargé d'une graisse translucide, s'en massa le dessus des pieds, reboucha le pot et s'allongea pour dormir.

Thomas le veilla longuement, d'un œil à la fois

tendre et maussade, celui que montrent parfois les sceptiques quand le spectacle de l'infortune leur rappelle qu'une chose au moins est sûre, c'est que le ciel est injuste.

4

« LA MÈRE DU TOUT »

La Lune glissa à travers les nuages comme la fortune de l'avare, une perle démesurée à travers des haillons. Assemblée dans les jardins de Simon, à Sébaste, une foule de quelque deux cents personnes cria : « La voilà ! La voilà ! »

Des torches dorèrent la terrasse autour d'une forme drapée de blanc, qui s'avançait lentement vers la balustrade.

« Hélène ! La Mère du Tout ! »

Ils se pressèrent au bas de la balustrade, leurs visages tendus vers celui de la femme, blanchi de céruse et les yeux redessinés à l'antimoine, des copeaux de sa crinière rousse étincelant sous le manteau. Elle leva un bras nu, plein, blanc comme le marbre.

« Saluez l'Esprit pur et bon ! » s'écria-t-elle d'une voix de gorge puissante, tandis que sa main se tendait vers la Lune. « Saluez l'Esprit de liberté, celui qui délivre des anges et des démons[10] ! »

Un murmure indistinct s'éleva de la foule en même temps que les bras, et l'on pouvait distinguer les redites de l'incantation d'Hélène.

« Saluez l'Esprit qui unit les sexes comme il unit les âmes et les corps ! » cria encore la voix d'Hélène, chauffée au lait sucré de miel.

« L'Esprit ! L'Esprit bon et libérateur ! » cria un homme, en écho.

Une femme poussa un cri aigu.

« Hélène, Hélène ! Libère-moi ! Je suis sèche depuis trois mois ! »

« Approche », dit Hélène.

On poussa la femme vers les marches de la maison, elle trébucha, en gravit deux, on la poussa encore, puis Hélène vint vers elle et se pencha de telle sorte que son visage toucha presque celui de la femme. Celle-ci était fiévreuse d'anxiété, les mains tremblantes tendues vers la Mère du Tout. La foule émit alors un bourdonnement sourd, scandé de ha ! réguliers.

« Intercession suprême, ô notre Mère la Lune, guéris cette femme ! »

« Femme », dit Hélène, tandis que les porteurs de torches s'étaient rapprochés d'elle, de telle sorte qu'un brasier semblait flamber au-dessus de sa tête, « femme, tu es sèche parce que tu es sans amour ! Tu couches avec la mort ! Sors de ton grabat funèbre ! Porte ton âme vers la Puissance céleste, celle qui confond les différences ! Ouvre ton esprit et ton corps à la Lumière du Tout ! Ouvre-toi à l'Ennoia ! Emplis ton corps de la vie ! »

Et ce disant, Hélène ne détachait pas son regard charbonneux des yeux noyés de la femme, agenouillée, tremblante, gémissante, prête à s'effondrer.

« Je suis l'Esprit de la Lune et je te libère ! Femme, entends-moi, je te libère, tu n'es plus sèche ! »

La femme poussa un cri strident et s'écroula, en proie à des convulsions. Des invocations extatiques montèrent de la foule, emplissant le ciel avec les bras et les mains. « Hélène ! Hélène ! Puissance suprême, liqueur de la Lune ! Hélène, Ennoia, libératrice des humains ! »

On emporta la femme, secouée de convulsions et de râles. Hélène leva le bras.

« Soyez l'un et l'androgyne ! Libérez-vous des anges et des démons ! »

« Hélène ! Hélène ! »

Celle-ci recula lentement, puis les porteurs de

torches refermèrent leur cercle autour d'elle, et elle rentra dans la maison. Dans les jardins, des domestiques avaient apporté des jarres de vin. Bientôt des cris aigus retentirent. On devina des fragments de corps nus dans la nuit qui s'épaississait. Des râles animèrent les bosquets avinés[11]. Un jeune homme s'enfuit nu dans la nuit, levant les bras au ciel.

Quand l'espion d'Hérode Antipas lui fit son rapport, le lendemain, le tétrarque l'écouta patiemment, ensemble excédé et ironique.

« A chaque pleine Lune, c'est donc la même chose », dit-il. « Les Grecs avaient bien raison d'organiser la prostitution sacrée. Cela nous évitait pareilles sottises ! La Mère du Tout ! Mais que doit-on encore entendre ! »

L'espion, qui était un Juif sans éducation, écouta, respectueux mais scandalisé, cette allusion à cette abomination qu'il ignorait. « Prostitution sacrée » en vérité !

« Et dis-moi », reprit le tétrarque, « la femme a-t-elle été vraiment guérie ? »

« Ce matin, on assure dans tout Sébaste qu'elle a eu en une nuit les règles qu'elle n'avait pas eues depuis trois mois. »

Le regard reptilien du tétrarque l'interrogeait toujours avec insistance.

« Mais il est vrai, reprit l'espion, contrarié, qu'elle a forniqué avec trois hommes cette nuit. »

Le tétrarque hocha la tête. Puis il se mit à rire.

« Tous les mêmes ! » marmonna-t-il. « Toutes les mêmes ! »

5

HUMEURS ET RUMEURS

Ce fut deux jours plus tard que les émissaires identifiés par Thomas sur le quai de Joppé revinrent à Jérusalem, de fort méchante humeur. La nuit tombait sur des chemins traîtres, les chevaux étaient rendus, un vent acide agaçait la peau. Ils franchirent à pas pressés la cour de l'ancien palais hasmonéen, habitée par les crinières énervées des torches et les ombres des soldats, jetèrent un coup d'œil morne à l'étage qu'habitait Pilate et franchirent le porche menant aux appartements du grand-prêtre Caïphe. Deux lévites veillaient sans gaieté, sous des chandelles dont le vent projetait les larmes de cire sur le sol de pierre. Ils demandèrent avec autorité à voir le pontife. Les lévites entendirent le ton des messagers, coururent les annoncer en dépit de l'heure tardive et revinrent au bout d'un temps plutôt long pour les conduire à la salle où l'on daignerait les recevoir. Enfin, l'hiérarque apparut, le pas compté et suivi d'un petit homme que les messagers connaissaient bien. Les ayant dévisagés obliquement, et leurs mines en disaient long, il se frotta laborieusement les mains et finit par dire, sans les regarder :

« Raté, donc. »

Leur silence dépité parla encore pour eux.

« Tant mieux, finalement », dit le vieillard d'un ton placide. « Ce n'était pas lui qui comptait. Les plus importuns sont ceux qui restent. »

Le petit homme, qui était allé s'asseoir sur un siège bas, dans la pénombre, remua un peu ; les émissaires lui jetèrent un coup d'œil et tentèrent de déchiffrer une expression entre la barre de ses sourcils, qui courait quasiment d'une oreille à l'autre, son regard charbonneux et ses rides maussades. C'était l'Hérodien Saül, policier en chef du Temple.

Les paroles du grand-prêtre parurent forger en lui quelque résolution farouche.

« Ceux qui restent », répéta-t-il songeusement.

« Oui, ceux qui restent », répéta le grand-prêtre. Puis, se tournant vers les émissaires, il demanda : « Sait-on où ils allaient ? »

« Antioche », dit l'un des émissaires.

« Le vagabondage est donc son fait », conclut le grand-prêtre. « La poussière ne collera jamais à ses semelles. Et connaît-on le nom de l'autre ? »

« Thomas Didyme. »

« Toujours deux de moins », dit avec lassitude le grand-prêtre, comme s'il s'empêchait de bâiller. « Restent donc les autres, qui vont nous donner du fil à retordre. » Il sortit de sa poche une bourse pleine et une vide, et tira de la première des shekels, dont le tintement argentin fit tourner plus d'un regard, puis les laissa tomber dans la bourse vide de façon encore plus bruyante.

« Je n'attends que l'autorisation de les arrêter tous et de les dépêcher au gibet. Nous connaissons leurs identités, les lieux qu'ils hantent et leurs propos », dit Saül.

« C'est prématuré, cela créera de l'agitation », dit Caïphe. Et s'adressant aux messagers en leur tendant la bourse qu'il venait de remplir : « Vous pouvez disposer. »

Ils sortirent en s'inclinant à plusieurs reprises. Ils iraient sans doute au bain, puis s'ils trouvaient encore une taverne ouverte à cette heure, iraient boire un coup de trop. Saül se leva pour se servir de l'eau à l'aiguière qui fraîchissait sur une table.

« Je suis tout à fait d'accord avec toi à propos de ceux des adeptes de Jésus qui restent », dit-il, « mais je conseille d'agir vite et fermement. Leurs propos se répandent. Ils gagnent des adeptes. Mieux vaut tuer le serpent dans l'œuf. »

Caïphe l'épia du regard.

« On en a en tout cas coupé la tête », dit-il.

« Ils vont partout répétant que Jésus est ressuscité », objecta Saül. « Les gens croient ces balivernes. Ceux qui ont revu ce Jésus en témoignent. C'est un abcès. Je suis d'avis d'en finir au plus vite. »

« On ne peut pas dépêcher vingt personnes au gibet », observa le grand-prêtre en chassant un papillon de nuit qui s'obstinait autour de son visage.

« Demain, ils seront deux cents. Et après, deux mille. »

« Je ne le crois pas », dit Caïphe. « Il me paraît plus prudent d'expédier un meneur au gibet de temps à autre. Les autres finiront par prendre peur. » Il frappa dans ses mains et l'un des lévites accourut. « Est-ce qu'il y a du vin au frais ? » demanda-t-il.

« Je ne comprendrai jamais que tu aies laissé échapper ce Jésus », grommela Saül en arpentant la pièce. « Pourquoi ne m'as-tu pas confié la mission de le rechercher et de l'arrêter ? Je ne vous comprends pas, vous autres du Sanhédrin ! Vous le faites crucifier, on le descend de croix trois heures plus tard, sans même prendre la peine de l'achever, on le met au tombeau dans des circonstances incompréhensibles, sans aucune surveillance policière, et le lendemain, le prétendu cadavre est dérobé. Personne ne réagit. Puis trois mois plus tard, on raconte que Jésus est vivant en Galilée et personne ne va le vérifier. On le revoit ensuite dans les environs de Jérusalem et la rumeur s'enfle, et ses acolytes redressent la tête. Il traîne encore des mois en Judée, en Galilée, en Samarie, que sais-je. Enfin, le voilà qui prend le bateau comme n'importe quel commerçant paisible qui s'en va vendre de la caque aux Phéniciens ou aux Ciliciens, je m'impatiente, mais trop tard, certes, tu mandes enfin des émissaires pour l'arrêter, voire le mettre à mort, ils arrivent trop tard aussi. A quoi sert mon travail ? Ce n'est pas mon grand-père qui eût procédé de la sorte[12] ! »

Le lévite était revenu avec une jarre de terre. Il la posa sur la table, en emplit un gobelet en verre de

Syrie et le porta à Caïphe. Celui-ci y trempa les lèvres, hocha la tête et le lévite s'en fut.

« L'impatience, Saül », dit le vieillard, « est mauvaise conseillère. Ce Jésus irritait mes frères de longue date, par son insolence, ses promesses étourdies et cet air vague et pénétré de son pouvoir qu'il prenait pour promettre le royaume futur. Il vient de chez les Esséniens qui nous exècrent. Il impressionne les Romains et surtout la femme de Pilate, qui est piquée de mystères, superstitieuse comme une chèvre et finalement plus orientale qu'une Orientale. Le peuple, lui, le prend pour un nouveau David. Peu avant Pâque dernière, ils l'accueillent comme un roi, avec des palmes sous les pas de son âne. La cervelle de Pilate commence à fermenter, nos espions nous en informent. S'il est couronné, c'en est fait de notre pouvoir, et peut-être de Jérusalem. Pilate aussi bien que mes collègues pense, non sans raison, que devenu roi d'Israël, il va tenter de chasser les Romains et qu'un bain de sang s'ensuivra. Mais Pilate, qui a la tête perverse et pleine de contradictions, se demande également si, après tout, il ne pourrait pas se concilier les bonnes grâces de ce prétendant-là, ce qui lui permettrait d'en finir avec l'hostilité entre Juifs et Romains qui empoisonne sa procure. Il rêve qu'ainsi, l'on reviendra aux temps paisibles d'Hérode le Grand. Veux-tu du vin ? Il est frais. »

Saül se servit d'un air contraint. Caïphe le suivit d'un œil rond, peut-être ironique.

« Plusieurs éminences du Sanhédrin viennent alors me consulter, et me font part de leurs alarmes. Si ce Jésus est couronné roi, disent-ils avec raison, nous allons vers un désastre et surtout, la confusion. Il faut l'arrêter et mettre fin à son mouvement. Et il faut le faire avant la Pâque. J'en conviens. Il faut pour cela l'assentiment de Pilate, qui est indécis, car il craint un soulèvement. Nous le persuadons qu'il y aura au contraire un soulèvement si l'arrestation n'a pas lieu. Pilate finit donc par se laisser forcer la main, sous prétexte de se la laver. Nous arrêtons donc Jésus, comme tu sais, puisque tu faisais partie du détachement qui est allé s'emparer de lui au jardin des Oliviers. Nous le mettons en jugement ; il se comporte avec tant d'arrogance que l'évidence s'impose : il n'y a rien à en espérer. C'est un dangereux illuminé. Dans la nuit du mercredi qui précède la Pâque, nous le condamnons donc à mort. Jusque-là, tout va bien. Mais nous n'avions pas compté avec ceux du Sanhédrin même qui s'étaient, eux aussi, fait des idées sur la prédestination de ce Jésus. »

Saül concentrait son regard charbonneux sur le grand-prêtre, qui s'en rendait compte et prit le temps de boire une longue gorgée.

« Deux d'entre nos collègues, Joseph d'Arimathie et Nicodème, s'alarment de cette mise à mort. D'abord, ils s'imaginent que la crucifixion même de Jésus va déclencher des émeutes et s'efforcent désespérément de contrebattre la détermination de ceux de leurs collègues qui en ont assez d'être tournés en bourriques par les disciples du Nazaréen. Entre nous, je crois qu'ils ont cédé à l'ascendant de ce Jésus. Il séduit les vieillards, qui voient en lui un fils, et les jeunes gens, qui voient en lui un frère ou un père. Bref. Comme ils ne parviennent pas à leurs fins auprès de nous, ils vont faire le siège de la femme de Pilate, Procula, afin qu'elle influence son époux. Ils sont riches, ils soudoient les uns, soudoient les autres, qu'y pouvons-nous ? Chaque homme a son prix », dit Caïphe en levant sur ces mots son regard sur Saül. « Sur ces entrefaites, mes collègues du Sanhédrin expriment de nouvelles exigences : il faut que, la veille du grand sabbat, le Golgotha ne porte plus aucun condamné à mort. Joseph d'Arimathie et Nicodème se saisissent de cet argument. Ils savent qu'avant le coucher du soleil, jeudi, les trois crucifiés seront mis à mort sur leurs croix mêmes, et que les cadavres seront descendus sur-le-champ et mis rapidement à la fosse commune. Ils soudoient donc les exécuteurs, ce qui est facile, puisque ce sont des païens. Ils leur donnent l'ordre, nous l'avons appris plus tard, que les tibias de Jésus ne soient pas brisés. Ils font le calcul, juste, qu'au bout de trois heures seulement, Jésus ne sera pas mort. Me suis-tu ? »

« Je te suis. »

« Reverse-moi un peu de vin, je te prie. »

S'étant ainsi humecté la bouche, Caïphe reprit :

« Ils obtiennent ainsi de Pilate la permission d'emporter le corps, pour éviter qu'il soit, comme c'est la coutume pour tous les crucifiés, jeté à la fosse commune. Pilate l'accorde. Nous ne sommes, nous, au Sanhédrin, informés de tout cela qu'à la nuit tombée. Or, nous sommes alors absorbés par les préparatifs de la Pâque. Tu n'es pas juif, Saül, n'est-ce pas ? »

« Ma mère l'est », répondit Saül avec un regain de maussaderie. « Tu le sais bien. »

« Oui, oui. Bref, certains de mes collègues s'indignent. Qu'est-ce à dire ? Deux membres du tribunal des Juifs ont été réclamer à un païen, Pilate, le corps d'un homme condamné à mort selon la loi juive, pour l'inhumer dans un tombeau tout neuf ? C'est une provocation ! Mais nous n'allons pas, juste la veille de la Pâque, déclencher des dissensions dans le Sanhédrin. Nous remettons donc les explications à plus tard. Dans la nuit de vendredi à samedi[13], comme de bien entendu, Joseph d'Arimathie, Nicodème et une bande de factieux et de vieilles femmes vont rouvrir le sépulcre neuf, en sortent le condamné, qui est toujours vivant, mais sans doute en piteux état, et l'expédient dans la clandestinité, pour se rétablir. »

Saül écoutait, imperturbablement sombre.

« Qu'est-ce qui compte pour nous, Saül ? Que le bâtard dénommé Jésus ait été crucifié nu, infamie majeure, et qu'il ait disparu de la circulation. Voilà, pour le peuple, le fait principal. De fait, et tu le sais aussi, les disciples de l'Essénien se tiennent cois. Trois mois plus tard, un peu rétabli, ce Jésus se manifeste en Galilée. Personne ne le reconnaît. Tu fais beaucoup de critiques, Saül, mais au début, tu n'étais pas plus au courant de cette réapparition que nous. La Galilée pullule d'exaltés. Quelqu'un a cru reconnaître un disparu ; allez vérifier ! De fait, l'ont-ils vraiment reconnu ? Non ! Ils ont pensé que c'était lui, mais personne ne l'a reconnu ! Nous concluons que ce sont là des radotages. Et je n'ai pas souvenir que tu aies attaché de l'intérêt à ces rumeurs. Or, celles-ci persistent, ici et là. Ce Jésus, on le voit ici, on le voit là, les rumeurs se font insistantes. A ce moment-là, tu oublies un peu vite de le rappeler, nous te demandons de t'informer sur les manifestations de cet homme qui serait ressorti de chez les morts. Qu'apprenons-nous ? Qu'il est devenu glabre ! Voilà donc pourquoi personne ne l'a reconnu[14] ! Et nous, comment le reconnaîtrions-nous ?

« Mes hommes ont à la fin réussi à l'identifier, quand même », objecta Saül.

« Tes hommes auraient pu se tromper. Nous aurions arrêté aussi bien un homme glabre qui n'avait rien à faire dans cette histoire. Incident stupide qui eût donné de nous l'image de gérontes épouvantés par un prétendu fantôme. Et de toutes manière, si nous l'avions bien identifié, qu'aurions-nous fait ? L'aurions-nous arrêté de nouveau ? C'était lui conférer une notoriété supplémentaire. De plus, on ne peut pas, juridiquement, crucifier deux fois le même homme. D'abord, cela prouverait qu'il n'était pas mort, comme ses disciples le soutenaient ; ensuite, cela risquerait de créer des soulèvements, donc d'indisposer dangereusement Pilate. Nous décidons donc de traiter l'affaire par le mépris. Bien nous en a pris, Saül : au bout d'un an, l'homme est parti. Ce qu'il racontera à Antioche, à Césarée ou ailleurs, peu nous en chaut. »

« Je répète qu'il faut en finir au plus vite avec ses disciples. »

« On verra bien », répondit Caïphe en se levant

pour mettre fin à l'entretien. L'arthrose lui rendit le geste difficile. Il frappa dans ses paumes et le même lévite apparut. Caïphe tendit la main et l'autre le bras. Le grand-prêtre s'appuya sur lui et se dirigea vers la porte. Là, il se retourna lentement et dit :

« Bonne nuit, Saül. »

« Je te souhaite également une nuit paisible », répondit l'autre.

Campé sur ses jambes torses, il regarda le vieillard s'enfoncer dans l'ombre. Les éphémères et les phalènes tournoyèrent autour de lui. Il s'énerva de la main et partit par la grande porte en se drapant dans son manteau. La nuit l'avala à son tour comme la baleine avait gobé Jonas.

Tandis qu'il traversait la cour du palais hasmonéen, il n'entendit évidemment pas Caïphe qui, dans l'escalier qui le menait à ses appartements, s'était arrêté sur une marche et l'observait par une meurtrière grillagée.

« Un domestique arrogant », marmonna Caïphe avec mépris. « Au fond, un zélote à l'envers. »

6

L'AFFRONTEMENT

C'était une petite maison au nord de Jérusalem, presque une masure, à brève distance de la Maison de la Miséricorde, la Bethesda. On eût difficilement cru qu'à si brève distance du Temple, il y eut eu si modeste habitation. Noyée dans les buissons de jasmins et les orangers nains, elle ne se révélait au regard des milans et des hiboux que par les lumières qui tremblotaient au travers des volets.

Mais les robes fraîchement pansées de deux chevaux, l'un bai et l'autre gris et sellé de cuir fauve, incrusté d'argent, luisaient devant la porte. Pas des ânes, pas des mulets, non, de superbes coursiers arabes, que l'amateur eût reconnu au dos court, parce que tenu par dix-sept vertèbres au lieu des dix-huit habituelles, à leurs yeux de femmes amoureuses, à la queue haute et soyeuse. Des montures royales.

A l'intérieur de la maison, un petit homme au front barré d'un seul sourcil continu, qui courait d'une oreille à l'autre, se tenait debout, le dos à la porte. La cape noire doublée de pourpre agrafée par une broche d'or et de grenats sur l'épaule, les bottes souples graissées de frais, la main sur la hanche, protégé par un Syrien de haute taille, aux yeux maquillés, qui se tenait entre lui et la porte, arrogant de beauté et de force et la main sur la poignée de son épée, il fixait d'un regard menaçant l'habitant évident de l'humble lieu. Devant lui, assis par terre, un autre jeune homme, bien moins magnifique, en effet, le considérait d'un regard mi-clos, passablement ennuyé et pailleté de défi.

« Je te préviens pour la dernière fois, Philippe, que, si toi ou l'un de tes séides recommencez à tenir des propos séditieux, je te ferai arrêter et probablement crucifier comme ton maître. »

« Je ne suis qu'un simple Juif qui respecte sa religion et la Loi, comme l'enseignent les Livres », répondit calmement Philippe. « Tu as forcé la porte de ma maison, Saül, mais je t'ai offert du vin. Tu l'as refusé et tu me menaces. Pour quelle raison ? Parce que mon maître Jésus prêchait le respect de la Loi ? Pourquoi ne vas-tu donc pas, pour la même raison, arrêter tes maîtres du Sanhédrin, Saül ? »

« L'impertinence ! » s'écria Saül.

« Il n'y a là aucune impertinence, Saül, le respect de la Loi n'est pas un crime. Ce qui te motive, Saül, n'est pas le respect de la Loi, mais ton ambition de déshérité. »

« Je t'arrête sur-le-champ ! » cria Saül, avançant vers Philippe.

Philippe leva son regard un peu plus haut et l'arrêta sans émotion dans les yeux de Saül.

« Arrête-le ! » cria Saül au Syrien.

Celui-ci avança. Un homme apparut soudain derrière Philippe. Il s'était tenu jusqu'alors derrière un misérable tapis qui servait de portière. De forte carrure, l'embonpoint naissant, l'habit opulent, il faisait déjà forte impression. Sa crinière grise et soignée, mais rebelle, prêtait à sa tête un volume majestueux et qui forçait le respect.

« Arrière », dit-il simplement.

Saül reconnut l'intrus et son visage, déjà livide, prit une plus mauvaise couleur encore.

« Tu n'agis qu'en fonction des pouvoirs que le Temple et le Sanhédrin t'autorisent, Saül, c'est-à-dire grâce aux deniers que je paie aux deux. Je suis donc ton employeur. Cet homme est sous ma protection. Touche à un seul de ses cheveux et je te fais jeter en prison. »

Saül recula.

« Tu prends encore des risques, Joseph », dit-il esquissant un sourire.

« Moins que toi, Saül. Tu es un païen et tu prétends te mêler d'histoires de Juifs. Je ne te laisserai pas faire. Cet homme n'a commis ni crime, ni faute. Sors d'ici », dit Joseph d'Arimathie.

« Tu parles au chef de la police ! » s'écria Saül.

« Mais non, Saül, tu n'es déjà que mercenaire, pas chef de la police[15], et je te démets ici, ainsi que j'en ai le droit. »

« Nous nous en expliquerons devant Caïphe ! Il est notoire que c'est toi, avec le scribe Nicodème, qui avez manigancé la survie du Nazaréen ! Tu ne t'en tireras pas ainsi. »

Un jeune homme de bonne carrure apparut par la même entrée que Joseph d'Arimathie. Puis un autre. Puis encore un troisième, qui s'assit à côté de Philippe. Celui-ci, toujours par terre, suivait la scène placidement.

« Qui sont ces hommes ? » demanda Saül, la voix étranglée.

« Le dernier entré est Jacques de Zébédée », répondit Joseph. « Les deux autres sont mes deux fils, Hérodien. Ils ont le sang chaud et le sens de l'honneur aussi aiguisé que leurs dagues. Tu aurais pu, païen, m'offenser. Ils auraient pris ma défense et t'auraient enfoncé une lame dans ce qui te sert de cœur, fils de fils tué par son père ! Aucun tribunal ne les condamnerait pour cela. Caïphe ne serait d'aucun secours à tes mânes, parce qu'il connaît ton engeance ! Et ne compte pas non plus sur Pilate, sa femme t'exècre, parce qu'elle pense que ta laideur est un signe de ton destin ! »

« Tu m'insultes ! » cria Saül.

« Et ce n'est là qu'un modeste avertissement, Saül », dit Joseph, en faisant un pas vers le petit homme. « Tu cours beaucoup les rues, la nuit, Saül. Un malentendu est vite arrivé. Personne ne te regretterait alors, nabot ! Prends garde à toi. Sors vite avec ton mignon de Syrie ! Quitte le monde juif, Nabatéen ! » cria Joseph avec colère.

« Tu me menaces, moi ? »

« Je te témoigne au contraire beaucoup de sollicitude, Saül d'Antipater, puisque je te préviens. »

Défiguré par la peur et la haine, Saül dévisagea une à une chaque personne de l'assistance, ouvrit la bouche comme pour cracher une invective, mais la retint et tourna les talons, poussant devant lui le Syrien vers la porte. Peu d'instants plus tard, le bruit des sabots informa son interlocuteur de son départ.

Philippe hocha la tête.

« C'était la volonté du Seigneur que tu m'aies rendu visite, Joseph. Mais Saül reviendra », dit-il.

La femme de Philippe était entrée, pâle et tenant une cruche de vin ; elle en remplit un verre en tremblant et le tendit au visiteur. Joseph prit le verre, le but d'un trait, s'essuya la barbe et secoua la tête.

« Il n'osera pas. Il sait que Caïphe le déteste. Il s'en prendra à d'autres. S'il devenait à nouveau agressif, descendez dans les galeries souterraines[16] et gagnez Béthanie, mes gens et ceux de Marie de Cléophas prendront soin de vous. »

« Nous ne l'effraierons que par le nombre », dit Jacques. « Jésus est en mer ? »

« Il est en mer », répondit Joseph. « En compagnie de Thomas. »

« En mer ? » répéta Philippe étonné. « Mais il vole dans les airs ! »

Joseph hocha la tête, souhaita la bonne nuit à son hôte et, suivi de ses deux fils, il gagna la porte.

« Le plus simple », murmura-t-il quand ils furent dans la nuit, « serait de tuer ce Saül. »

7

« GLOIRE À LA LUNE ! »

Vers la sixième heure de la matinée, l'aîné de ses trente disciples, Satornil, un homme d'expérience, vint le prévenir que des citadins lui avaient amené un cas très difficile : une femme nouée depuis des années. Ils étaient dans le jardin, huit ou neuf, dont deux notables de Sébaste, une matrone de la maison d'Hérode et un riche marchand phénicien qui se déclarait responsable de la femme malade. Simon regarda par la fenêtre et distingua sous l'ombre des amandiers un paquet humain recroquevillé et posé sur une couverture. Quelques disciples l'entouraient et plusieurs visages se tournaient vers la maison.

Simon sortit sur le perron de sa maison et demeura un moment presque immobile, afin que tous pussent se pénétrer de sa présence. Dans son ample robe blanche, il eût évoqué une statue, n'était son abondante chevelure sombre et sa barbe généreuse. Il descendit lentement, suivi de Satornil, les marches qui menaient au jardin. C'était la cinquième malade qu'on lui amenait de la semaine. Sa réputation s'amplifiait. Un des visiteurs s'avança vers lui, l'expression théâtralement pathétique. Au bonnet brodé et à la barbe tressée, on reconnaissait un Phénicien.

« Je suis Pharès, maître, un marchand de Tyr. Je te supplie de prendre la misère de cette femme en considération. Ton prix est le mien. Je suis riche. Aucun prix ne peut être trop élevé pour le privilège de ton savoir ; je... »

Simon l'écoutait sans le regarder, tout en continuant d'avancer. Pharès tendit la main vers le bras du maître, mais un geste de Satornil le dissuada de l'achever. Simon arriva à la femme. D'un mouvement de la main, il écarta les assistants. Elle était si voûtée que son menton semblait cimenté à sa poitrine. Pis, elle tenait une jambe pliée de telle sorte que son genou lui arrivait à la poitrine et semblait fixé dans cette position. Il ne put dire son âge au premier regard, car elle était incapable de lever la tête. Elle pouvait quand même remuer ses bras ou tout au moins un d'eux, car elle le leva vers Simon sans le voir et sa main esquissa un geste indéchiffrable.

« Depuis combien d'années est-elle ainsi ? » demanda Simon.

« Quatre ans ! Quatre ans ! » s'écria Pharès.

« Il faut que je voie son visage », dit Simon.

Ils parurent tous saisis de perplexité.

« Mettez-la donc sur le dos », dit Satornil.

La matrone de la maison d'Hérode s'empressa de prêter son secours, et replia la robe de la malheureuse pour qu'elle n'offensât pas la pudeur. Les hommes mirent ce paquet humain sur le dos, de sorte qu'enfin elle pût voir et Simon et le ciel. Ses pieds nus battirent l'air, comme si elle avait été figée dans une cabriole insane. Elle gémit. Mais enfin, le maître put la dévisager. Elle devait avoir cinquante ans. Ses yeux gris adressèrent à Simon un appel si brûlant qu'il en fut troublé.

« Quelle langue parle-t-elle ? » demanda-t-il en grec.

« Elle parle grec comme nous tous, Seigneur ! » répondit Pharès.

« Faites-la porter dans la maison. Et je veux alors rester seul avec elle. »

Quatre hommes s'emparèrent chacun d'un coin de la couverture et portèrent la femme dans la maison. Là, Simon ordonna qu'on la disposât de telle sorte qu'il pût, comme au jardin, voir son visage. On lui cala la tête sur des coussins et les jambes furent posées sur un tabouret. Simon fit fermer les volets. Les disciples repoussèrent les visiteurs dans le jardin. Il alluma une chandelle et la prit en main, de façon que la flamme éclairât le visage de la femme.

« Comment t'appelles-tu ? »

« Sarah », parvint-elle à articuler.

« Sarah, je vais te guérir. Tu es la victime d'un démon que tu as laissé élire demeure dans ton corps. Je suis l'Esprit du Très-Haut, l'Innommé. »

Elle ne détachait pas les yeux de la flamme.

« Regarde-moi, Sarah, je suis l'Esprit du Très-Haut[17]. »

Elle lui rendit un regard de bête terrifiée, celui d'un veau qui sait qu'il va à l'abattoir.

« Le Très-Haut est la bonté, Sarah. Il est la bonté suprême, il veut le bonheur de toutes les créatures et il veut le tien. Me comprends-tu ? »

Elle cligna des yeux, possédée d'une capacité animale d'attention.

« Le Très-Haut va descendre en toi, Sarah, dès que tu lui auras fait la place dans ton esprit et ton cœur. Alors, les démons qui causent ta souffrance s'en iront dans l'épouvante. Détends-toi, Sarah, sois comme l'enfant nouveau-né dans les bras de sa mère. »

Elle fixait des yeux la flamme de la chandelle, dont les larmes brûlantes se figeaient sur les doigts de Simon. Un temps très long passa ; mais qui a jamais su mesurer le temps ? Elle soupira. Le tabouret craqua sous le poids accru de ses jambes, de ses pauvres jambes squelettiques qui pesaient à peine plus que les os d'un moineau. Elle ouvrit la bouche pour aspirer plus d'air.

« Le Très-Haut descend en toi, Sarah, il n'y a plus de place que pour lui dans ton esprit. Il est lumière, il est chaleur, il est bien-être, il est bonté, il est sourire. »

Etait-elle morte ? Ses yeux ne cillaient plus, ils étaient vitreux, elle ne semblait même plus voir la flamme qui se reflétait dans ses prunelles. Simon porta la chandelle devant sa bouche, le dévoiement de la flamme devant le souffle l'informa qu'elle était encore vivante.

« Le Très-Haut est en toi, Sarah, il dénoue lentement ton corps. Il détend ta poitrine et ton cou, et les démons s'en vont. »

Penché sur elle, il suivait chaque tressaillement des muscles de la malheureuse, et la tête se pencha imperceptiblement en arrière. Elle haletait, la sueur faisait luire sa gorge livide.

« Le Très-Haut se bat avec les démons, Sarah, qui s'enfuient en poussant des cris, il instille la chaleur dans ton corps, il veut que ton torse se détende. »

Les accrétions accumulées de cire brûlante avaient déformé les doigts de Simon, les recouvrant d'une fausse chair translucide et rigide. Il se redressa et saisit une autre chandelle, dont il alluma la mèche à la flamme de la première. La femme cria. Une voix d'une puissance animale inattendue dans cette loque.

« Le Très-Haut, qui est l'irrésistible bonté de l'univers, le Très-Haut qui est la puissance infinie, veut que tu redresses la tête, parce que les démons s'en sont allés. »

Il retira délicatement le tabouret de sous les jambes de la femme, qui reposèrent sur la couverture dans laquelle on l'avait transportée. L'angle du genou bloqué s'était considérablement élargi. Le torse était presque incurvé, et la tête tendait à se renverser en arrière. Simon appuya sur le genou, arrachant un gémissement étouffé à la femme.

« La légion des démons se retire de ton corps, Sarah, je la vois courir vers les issues de cette chambre », dit-il en portant la flamme aussi près que ce fut possible sans brûler le nez de la femme, « et l'Esprit du Très-Haut que je suis, l'Esprit de bonté, te donne l'ordre de te détendre entièrement. »

Il plongeait son regard dans celui de la femme, dont les yeux exorbités restaient attachés à la flamme. Des gouttes de cire en fusion tombèrent sur la poitrine dénudée, mais elle ne broncha pas. Elle tendit les mains et sa poitrine se gonfla. Elle respira amplement. Il retira les coussins et la tête de la femme reposa sur le sol, presque dans le prolongement du corps.

« Maintenant, Sarah, tu peux étendre les deux jambes. Tu es libre, habitée par l'Esprit de bonté. »

Un tremblement irrépressible agita les jambes de la femme, et surtout la jambe droite, qu'elle avait gardée pliée pendant des années. Il posa la main dessus pour contrôler les spasmes qui l'agitaient, et l'étendit presque entièrement droite. Les bras maigres comme des ailes de poule déplumée battirent l'air.

« Tu es la servante de l'Esprit de bonté, tu te tiens droite devant lui, Sarah. Eveille-toi. Eveille-toi, Sarah, les démons sont partis. Tu es droite devant le Très-Haut. »

Il souffla la chandelle et la pièce replongea dans la pénombre naturelle. Il lui passa la main devant les yeux. Elle poussa plusieurs cris brefs. Simon s'épongea le front de sa manche.

« Tu es droite devant le Très-Haut, Sarah. Relève-toi. »

Elle s'assit et fondit en larmes. Debout, Simon le Magicien regardait, le cœur blessé, ce corps infortuné qui exhalait sa souffrance passée. Toujours secouée de sanglots entrecoupés de cris d'oiseau, elle s'appuya sur l'un de ses coudes squelettiques, incapable de tenir debout sur ses membres affaiblis. Il lui tendit le bras, la soutint par le bassin, elle parvint enfin à tenir plus ou moins debout, puis il l'adossa au mur.

« Tu es guérie, Sarah. Il faudra marcher. Ne pleure plus, célèbre le Très-Haut qui t'a prise en pitié. »

Il alla ouvrir la porte et appeler Satornil.

« Aide-moi à la porter dehors. »

Ils la soutinrent jusqu'au perron. Elle cilla, affolée, dans la lumière aveuglante, la bouche gobant l'air et bavant. Ce fut une ruée jusqu'au perron, visiteurs et disciples mêlés.

« Elle est debout ! » criaient-ils. « Gloire au Très-Haut ! Gloire à Simon le Messie ! Gloire à la bonté du Très-Haut ! Gloire à ce jour de joie ! Gloire à ceux qui croient ! Sarah est debout ! »

Pharès s'élança vers Simon et, lui saisissant la main, la couvrit de larmes et de baisers. Simon ne la retira pas. Les autres baisaient sa robe.

« Célébrez le Très-Haut », dit-il seulement.

Des regards se tournèrent vers une présence nouvelle. Simon tourna la tête et vit dans l'embrasure de la porte sa compagne Hélène, drapée dans une robe blanche qui lui couvrait la tête.

« Célébrez la Lune comme vous célébrez le Soleil[18] », dit-il.

Ils levèrent les bras.

« Gloire à la Lune ! » crièrent-ils. « Gloire au Soleil. »

Sarah titubait. On lui tendit un verre d'hydromel. La matrone de la maison hérodienne la tenait dans ses bras, lui portant le verre aux lèvres.

« Allez », dit enfin Simon, épuisé.

Il les regarda s'éloigner, les chevaux, les mulets, une litière, la poussière argenta la route et les amandiers. Une autre foule s'était amassée aux portes du jardin.

« Misère du corps », dit-il en posant la main sur le bras d'Hélène, qui le regardait avec émotion du fond de ses yeux faits, « splendeur du corps. Insignifiance du corps. »

8

« LA TERRE ENTIÈRE T'ATTEND, SIMON ! »

Pharès n'avait pas fait de fausses promesses ; il avait laissé à Satornil une bourse de dix talents d'argent. D'autres avaient fait porter à la villa de Simon deux oies, une douzaine de poules, des guirlandes de cailles, un agneau prêt à rôtir et des légumes, deux jarres de vin, six pots de miel, du pain, on ne comptait plus les paniers. Sur le tard, des gens venaient crier jusque dans son jardin qu'il était le Messie. Il était sorti trois fois, pour les saluer, ils baisaient ses mains, sa robe, ses pieds, cela n'en finissait plus, ils demandaient tous qu'il leur imposât la main sur la tête, la chaleur lui parut soudain écrasante et sur le crépuscule, il décida d'aller aux bains avec Satornil et le jeune Carpocrate. Dans la grande maison de la route de César, à Sébaste, les domestiques plumaient la volaille, hachaient l'ail et faisaient chauffer la graisse pour la cuisine. Un feu avait été dressé à l'extrémité du jardin pour rôtir l'agneau et les disciples s'affairaient à transporter des jarres de vin qu'ils installaient sur des trépieds. Les chats et les chiens du voisinage rôdaient déjà, tandis que les pauvres avaient pris leurs quartiers sous les orangers et les amandiers du verger, escomptant les reliefs eux aussi. Les miracles de Simon, c'était pour eux ripaille. On comptait bien cent personnes par souper les soirs de ces prodiges.

Aux bains, Simon et ses deux compagnons demandèrent pour suer deux cruches de petit vin coupé d'eau et des pistaches grillées et salées pour exciter leur soif. Le maître des bains défit lui-même, et cérémonieusement, Simon de ses vêtements, tandis que des aides, masseurs, épileurs et autres mouches des vapeurs, s'empressaient autour de l'anatomie majestueuse de Satornil et des formes maigrelettes de Carpocrate. Simon considéra celles-ci avec agacement, car ce n'était pas grand mystère à Sébaste qu'Hélène accordait ses faveurs au jeune homme, fût-ce par intermittence. Etait-elle donc intermittente ! Il eût préféré que sa compagne choisît des amants plus développés, mais s'il fallait s'inquiéter des caprices d'Hélène... Les trois hommes s'installèrent au caldarium et ne tardèrent pas à ruisseler.

« Des compagnons venus de Jérusalem m'ont appris que Jésus était parti », dit Satornil.

« Parti ? » demanda Simon en se versant un gobelet de vin.

« En mer. »

« Pour quelle destination ? »

« Antioche », dit-on.

Simon vida pensivement son gobelet.

« C'est une non-nouvelle », observa-t-il au bout d'un temps.

« Je n'ai pas compris », dit Satornil.

« Il était mort. Alors, qu'il soit parti pour Antioche ou ailleurs... » Il remplit son gobelet. « Et Philippe ? »

« Toujours à Jérusalem. »

« Et les autres ? »

« Avec lui. »

Epongeant avec une serviette la sueur, dont il était apparemment généreux, Carpocrate dit : « Cephas, Philippe et Jean se proposent de venir prochainement à Sébaste. »

Simon et Satornil l'interrogèrent du regard.

« Pour quoi faire ? » demanda Simon.

« T'interroger. Ils s'alarment de tes prodiges et de tes discours sur le Très-Haut. »

« Comment le sais-tu ? »

« Marie de Cléophas, qui venait de Jérusalem, a rendu visite à notre ami Judas le Sage hier soir. Elle lui a porté ces nouvelles tard dans la soirée. Il me les a transmises ce matin. »

La sueur sembla perler un peu plus abondamment aussi sur le torse lisse de Simon.

« Que disent-ils encore ? » demanda-t-il, faussement détaché.

« Ils ont eu connaissance de tes discours sur le Démiurge », répondit Carpocrate. « Ils les trouvent... blasphématoires. »

« Philippe aussi ? » demanda Simon.

« Je le crains », répondit Carpocrate.

« Je ne comprends pas », murmura Simon d'un ton offensé. « N'ont-ils pas entendu leur propre maître ? N'était-il pas un Essénien, comme Dosithée mon maître[19] ? » Il s'agita sur le banc de pierre du tepidarium, se pencha vers la tablette sur laquelle reposaient les deux cruches de vin et remplit son gobelet. « Je ne comprends pas du tout ces gens », répéta-t-il après avoir étanché sa soif. « N'est-ce pas Jésus qui a dit à ses disciples que si le bon Dieu était leur père, ils l'aimeraient, car il était issu de Dieu, mais qu'ils ne l'aimaient pas, car ils étaient les créatures de Satan ? C'est-à-dire qu'ils avaient été créés par le mauvais Dieu[20] ? Ne voient-ils pas que leur Dieu est un Dieu cruel qui les a abandonnés et qui les laisse en esclavage ? » Et se tournant vers Satornil : « N'ont-ils pas lu leurs propres Livres ? N'ont-ils pas lu comme tous les scribes, dans le Livre de Job, que leur Dieu a partie liée avec Satan[21] ? »

« Nous savons tout cela », dit Satornil d'un ton conciliateur. « Tout le monde sait tout cela. Ces gens s'inquiètent parce que leur maître est parti. Ils se raccrochent à l'idée qu'il est ressuscité d'entre les morts, alors qu'ils ont compris, en leur âme et conscience, qu'il a été sauvé de la croix par des disciples fidèles. A mon avis, il ne faut pas s'alarmer de leur vindicte. »

Simon se leva, agité, et fit quelques pas dans un sens et quelques autres en sens inverse.

« Nous sommes en Samarie », reprit Satornil. « Ici, ils n'ont aucun pouvoir. Et puis, Simon, rien ne te cantonne à la Samarie. Tu peux aller ailleurs, à Antioche, à Edesse, à Rome même, où tu veux, parce que ta gloire s'est étendue au loin, et que c'est cette gloire qu'ils te jalousent. Nous, les trente, nous te suivrons où tu iras. Nous savons que la Lumière est en toi et qu'elle éclaire tes pas. »

Simon s'arrêta. Les masseurs attendaient à la porte de la salle de massage.

« Simon ! » s'écria Satornil, et l'interpellé s'étonna de la véhémence du ton et se retourna. « La Terre entière t'attend, Simon ! »

Simon lissa sa barbe assombrie par la sueur. Il hocha la tête et passa le seuil de la salle suivante. Les mafflus le suivirent, le pas lourd et les mains chargées de pots de baume de Judée.

« Ne prête pas trop d'attention à son indignation », dit Satornil à Carpocrate, en se levant pour rejoindre Simon. « L'homme est un chef. Il répète sa plaidoirie contre Philippe. »

« Je sais, Satornil, je sais. Simon est un chef. Cela se voit. Tout le monde le voit. »

9

UN SOUPER AGITÉ

Ils arrivèrent tard, le lendemain du sabbat, et descendirent dans l'auberge la plus pauvre de Sébaste, chez le Chypriote Cosmas ; et dans l'heure, tous ceux qui avaient quelques raisons justifiées d'en savoir et quelques autres que cela laissait indifférents, en furent informés par le caquet des servantes et des marchands. Jacques, Philippe, Cephas et Jean. Abdias, l'un des trente disciples, l'apprit par le premier domestique, qui le répéta à Carpocrate, qui le dit à Satornil, qui avisa Simon. Hélène aussi l'apprit et haussa les épaules, puis se claquemura dans ses quartiers avec ses suivantes et servantes. Ces Galiléens l'ennuyaient. Elle avait bien voulu s'entretenir avec Jésus, c'était un homme exceptionnel et, par ailleurs, de belle prestance. Mais les autres, disait-elle, sentaient l'écaille de poisson.

« Je serais étonné que leurs intentions soient bienveillantes. Mais fais quand même dresser une grande table et préparer un dîner », dit Simon à Satornil. Puis il appela un domestique et le manda chez Cosmas pour inviter les quatre étrangers à se rendre aux bains et à venir souper chez Simon d'Alexandrie.

On eût pu craindre un refus plus ou moins courtois. Mais ils arrivèrent, frottés de frais et le cheveu huilé, Jacques en tête, à l'heure où la dernière tache de cuivre dans le ciel s'oxydait à l'ouest et où les pipistrelles reprenaient du service au ras des arbres. Les torches dansaient du jardin à la maison. Simon les accueillit debout sur le perron. Ils s'embrassèrent et Jacques remercia le Samaritain de son hospitalité. Satornil, Carpocrate et plusieurs autres faisaient cercle autour de leur maître. Ce ne fut pas la chaleur qui distingua les regards des Galiléens sur l'assemblée. Que signifiait ce nombre de trente ? disaient leurs yeux. Puis cette table à la romaine, en arc de cercle, où l'on était censé se tenir couché ?

L'on se mit à table, les visiteurs s'accommodant de mauvaise grâce et gauchement des postures qu'on leur imposait. Le premier vin était de Chypre ; coupé d'eau fraîche, il accompagna la *gustatio*, composée d'œufs frits aux herbes, de mauves et de poisson en saumure. Venait ensuite la *prima mensa*, cailles rissolées au raisin, filets de soles bouclés au poivre, puis des salades. Pour l'agneau, on servit du vin fumé de Marseille, coupé cette fois d'eau à peine tiède. Vint enfin la *seconda mensa*, des figues au lait, et l'on changea encore de vin, pour passer à du lesbos, de nouveau coupé d'eau fraîche, ce qui en adoucissait le corps vigoureux.

Les Galiléens observaient ce luxe d'un œil de plus en plus pointu.

« Tu ne vas pas nous faire écouter des chansons, maintenant, Simon ? » finit par s'écrier Philippe. « Tu sembles devenu romain ou bien grec... »

« En tout cas riche », ajouta Cephas.

« Je suis heureux de partager ces richesses avec vous », répondit Simon. « Elles m'ont été offertes par des Samaritains reconnaissants. »

« Pour tes prodiges ? » demanda Philippe, l'œil rond.

Le silence courait autour de la table. Les trente écoutaient attentivement. Les gobelets ne choquèrent plus la vaisselle. Les plats étaient enlevés par les serviteurs avec une prestesse ouatée.

« Pour des guérisons », répondit posément Simon.

Les visiteurs échangèrent des regards. Ils avaient dû débattre entre eux de ces guérisons, dont l'écho leur était parvenu en Judée.

« Au nom de quelle puissance guéris-tu donc ? » demanda Philippe d'un ton aiguisé par le mélange des vins.

« Au nom du Très-Haut », répondit Simon.

« Le Très-Haut ? » demanda Cephas. « Tu veux dire Dieu le Père ? »

« Je connais mon vocabulaire », rétorqua posément Simon. « Je veux dire le Très-Haut. »

« Le Très-Haut n'est donc pas Dieu le Père ? » demanda, avec un étonnement excessif, Jacques, qu'on n'avait guère beaucoup entendu jusqu'alors.

Satornil se pencha sur la table pour mieux écouter.

« Non, le Très-Haut n'est pas Dieu le Père. Il est au-dessus de lui. »

« Ecoutez ! Ecoutez ! » cria Philippe. « As-tu donc

inventé un nouveau dieu ? Sommes-nous à une table d'infidèle ? »

« C'est toi qui m'as baptisé, Philippe. Modère ta surprise. Je ne suis pas un infidèle. »

« Qu'est donc ce Très-Haut, si ce n'est Dieu le Père, au nom duquel tu as été baptisé ? » demanda Jacques.

« Il est le Dieu bon », répondit Simon sur un ton dont la froideur finissait par paraître provocatrice.

« Dieu le Père n'est donc pas le Dieu bon ? » cria Philippe, se penchant vers Simon.

Simon prit son temps pour répondre. Il but une gorgée de vin.

« Incroyable ! » s'écria Cephas sans avoir attendu la réponse. « Qu'est-ce que nous entendons ! »

« Ce que tu entends, Cephas, tu ne l'as pas assez entendu. Appelles-tu Dieu bon celui qui a tenté de noyer l'humanité après l'avoir créée ? Appelles-tu Dieu bon celui dont sort un esprit mauvais qui s'infiltre en Saül... »

« Prends garde ! » cria Jacques.

« Prends garde toi-même à ce qui est écrit dans les Livres, Jacques. Connais-tu donc le Livre de Samuel ? N'y est-il pas dit, dans les termes que je répète, qu'un esprit mauvais sorti du Seigneur s'infiltra en Saül alors qu'il écoutait, la lance en main, David jouer de la harpe[22] ? »

« Mais tu blasphèmes, Simon ! » s'écria Jean, la voix étranglée.

« Je te répète les termes des Livres, Jean. Aurais-tu suivi ton maître de si près que tu as perdu le temps de lire les Livres ? » s'écria Simon d'un ton menaçant. Et Jean s'empourpra, mais demeura silencieux. « Je vous le demande, un esprit mauvais peut-il sortir d'un Dieu bon ? Si vous avez une réponse, donnez-la-moi. »

« Tu n'es pas docteur, Simon, ces questions ne sont pas de ton ressort », dit Philippe.

« Tu n'es pas docteur non plus, Philippe, n'outrepasse donc pas tes prérogatives. Ton maître n'était pas docteur, Philippe[23]. »

« Nies-tu donc la mission de Jésus ? » demanda Philippe.

« Je dis qu'il n'était pas le Messie », répondit Simon.

« Qui t'a donc instruit, Samaritain ? » demanda encore Philippe, contenant mal son exaspération.

« Tu ne le sais que trop, Philippe, c'est Dosithée, qui fut avec Jésus à Quoumrân. »

« Dosithée n'est pas des nôtres », objecta Jean.

« Il était le compagnon de Jokanaan », observa Satornil.

« Nous ne parlons pas ici du Baptiste, mais de toi. Les disciples du Baptiste se répandent partout en propos outrageants à l'égard de Jésus et au nôtre[24]. »

« Je voudrais vous rappeler que c'est en Samarie que Jésus est venu pour se faire baptiser », répondit Simon. « Il a choisi pour cela le Baptiste qui est, je vous le rappelle aussi, enterré dans cette ville[25]. Je ne sais si c'est après Jésus ou bien après ce que vous en dites qu'en ont les disciples de Jokanaan, mais j'entends vous dire que vous n'avez pas autorité sur moi pour me réprimander. »

« Tu nous insultes ! » s'écrièrent Cephas et Jean, se levant à demi.

« Si la récitation des Livres est une insulte pour vous, c'est à moi de me demander si je n'ai pas des infidèles à ma table », répondit Simon. « C'est l'ignorance des Livres qui vous rend tellement arrogants ! Je vous le dis ici : votre Dieu n'est pas le Dieu bon ! Il a partie liée avec Satan ! »

« Blasphème ! » hurla Cephas.

« Satan siège à ses côtés », poursuivit Simon.

« Blasphème ! » crièrent les quatre Galiléens à la fois, se levant pour de bon afin de quitter la table.

« Vous pouvez prendre congé, vous n'êtes pas des juges, et votre opinion n'est que celle d'hommes qui ont failli à leur maître ! » tonna Simon soudain dressé. « S'il vous reste du courage, nierez-vous ici ce qui est écrit dans le Livre de Job ? »

« Qu'est-ce qui est écrit dans le Livre de Job ? » cria Jean, exaspéré, rouge et décoiffé.

« Ecoute bien, écoute, favori ! » Et se tournant vers Carpocrate, Simon lui dit : « Va me chercher le rouleau du Livre de Job. » Un silence épais tomba sur la pièce. Les Galiléens se tenaient côte à côte, têtes baissées et fronts sourcilleux. Carpocrate revint, tenant le rouleau. Simon le déroula : « Ecoutez, vous tous, je vais vous lire ce Livre que vous ignorez donc. "Le jour vint où les membres du conseil céleste s'assemblèrent en présence du Seigneur et Satan était parmi eux. Le Seigneur lui demanda où il avait été. Je parcourais la Terre, répondit-il, de part en part. Alors le Seigneur demanda à Satan..." »

« Assez ! » cria Philippe.

« Es-tu satisfait, Philippe ? » s'écria Simon. « Satan siège en présence de ton Dieu ! Et ils sont de mèche tous deux pour tenter Job ! Et tu l'appelles un Dieu de bonté, Philippe ? Non, le vrai Dieu de bonté est au-dessus ! »

« Partons ! » s'écria Cephas. « Cet homme est un impie. »

« Un impie dont tu as pris de l'argent, Cephas. »

« Croyais-tu donc m'acheter, Simon ? » hurla le vieillard.

« Je n'achète que les coqs chanteurs, Cephas », répondit Simon en souriant.

Cephas, écarlate, s'élança vers la sortie. Les autres lui emboîtèrent le pas. Les trente, les domestiques et Simon les suivirent du regard, tandis que les Galiléens traversaient la haie de torches.

10

LE PREMIER MARTYR

L'homme était nu, agenouillé sur des genoux sanglants, le torse penché en avant, le dos lacéré de zébrures également sanglantes.

« Où ? » demanda la voix de Saül.

« Je ne sais pas », articula faiblement l'homme.

Saül leva la main et le Syrien administra trois coups de fouet. La voix du torturé sortait à peine de son torse. Il avait vingt-huit ou trente ans, mais là, il n'avait plus d'âge.

« Dis-moi où il va et je te fais libérer, Etienne », dit Saül, assis en face de l'autre. « Dis-moi qui sont ses complices là-bas, où il va. Ceux d'ici, je les connais, comme tu sais. »

« ... Pas. »

Le silence emplit la cave où le nain[26] nommé Saül mettait l'accusé Etienne à la question. Le Syrien se tenait debout, impassible, le fouet en main.

« Tu sais que tu dois choisir entre la liberté et la lapidation, Etienne. Est-ce un choix raisonnable pour un homme sensé ? Pense aux tiens, à tes amis. Ils seront heureux de te revoir et tu seras également heureux de les revoir. Quelques mots suffiront. »

Etienne tomba sur le côté.

« Délie-le », ordonna Saül.

Le Syrien se pencha sur Etienne et lui délia les poignets.

« Quelques mots, rien de plus », dit Saül.

Etienne roula sur le côté, haletant.

« Je peux faire arrêter tous les autres, Philippe, Prochore, Nicanor, Timon, Parmenas, Nicolas d'Antioche ! Tu serais responsable de leurs souffrances et de leur mort ! » cria Saül.

« La mort n'est rien, Saül », dit Etienne, haletant. « Vivre en compagnie de chiens enragés comme toi est bien pire. »

« Quoi ? » hurla Saül.

« Je te le dis, Saül, tu es l'excrément de l'engeance hérodienne. Tu es glissant comme la merde et empoisonné comme elle. Sois éternellement maudit, chien des chiens ! Un jour, un homme viendra qui révélera ton infamie d'empuse ! »

« Tu seras lapidé demain ! » hurla Saül.

Et ces mots à peine proférés, il fut saisi d'une crise de spasmes et tomba de son siège, les bras battant l'air, les jambes pédalant à vide, la mousse aux lèvres. Le Syrien courut alerter Pedanius, le secrétaire de Saül. Celui-ci accourut, une boîte à la main, en tira trois boulettes noirâtres et, ayant desserré les dents de Saül à l'aide de son poignard, tandis que le Syrien tenait la tête du Romain, enfonça de ses doigts la drogue dans la gorge de son maître et glissa dessus une goulée d'eau.

Pendant quelques moments, deux corps gisaient face à face, celui de Saül et celui d'Etienne, presque inanimés l'un et l'autre.

« Chien enragé », murmura Etienne.

Deux gardes traînèrent son corps ensanglanté pour le rejeter dans sa cellule. Dix heures plus tard, il rendait l'âme sous les pierres dont les séides de Saül lui avaient fracassé le corps[27].

Quand Pilate rentra à Jéricho, l'affaire lui fut rapportée par le tribun Claudius Lysias, chef de la cohorte chargée de veiller à la police de Jérusalem. Il traversa la cour du palais hasmonéen pour se rendre chez Caïphe. Ils se rencontrèrent dans l'antichambre.

« Vous avez fait mettre un homme à mort », dit Pilate.

« Je ne me souviens pas », dit Caïphe.

« Etienne. »

« Etienne », répéta Caïphe. « Ah oui, un Nazaréen. Il semait le trouble. »

« Aucune mise à mort ne peut avoir lieu sans mon autorisation. »

« Tu étais en vacances, Pilate. »

« Vous eussiez dû attendre mon retour. »

« Il a été mis à mort par lapidation en dehors de la ville. Il n'y a pas eu de troubles. »

« Qui l'a arrêté ? »

« Saül d'Antipater, citoyen romain », répondit Caïphe, l'œil plissé. « Il a ton assentiment. »

« Personne n'a mon assentiment pour mettre qui que ce soit à mort sans mon autorisation expresse. »

« Certainement », admit Caïphe. « Il faudra en débattre avec lui. »

Pilate observa le silence, sans manifester par aucun geste que l'entretien avait, pour lui, pris fin.

« C'est toi qui as donné l'ordre de l'arrêter ? »

« Non, c'est toi. »

« Moi ? » s'écria Pilate.

« Tu as donné la consigne à la police du Temple d'arrêter les fomentateurs de troubles. »

« Pas de les mettre à mort. Vous n'en avez pas le pouvoir. »

« Quand le pouvoir est vacant, il faut bien y pourvoir. De toute façon, il faudra, je le répète, en débattre avec Saül d'Antipater, citoyen romain », répéta Caïphe avec une lassitude excessive.

Pilate laissa tomber sa mâchoire et tourna les talons, sans aucune formule de politesse.

« Convoque Saül d'Antipater », dit-il à Lysias, quand il fut de retour dans ses quartiers.

Celui-ci prit son temps ; il arriva vers le soir, escorté de deux gardes syriens. La garde consulaire les retint à la porte, non sans quelque bisbille et des éclats de voix.

« Tu as demandé à me voir, procurateur. »

« La mort d'Etienne », dit Pilate, restant assis avec un mépris évident.

Saül tira un siège.

« Debout, visiteur. Je ne t'ai pas donné l'autorisation de t'asseoir devant le procurateur de Judée. »

« Je suis citoyen romain. »

« Un citoyen romain est astreint au respect des

ordres, encore plus que les autres. Reste debout. Qui t'a autorisé à faire mettre Etienne à mort ? »

« Un chrétien », dit Saül. « Il semait le désordre. Tu étais à Jéricho. Nous ne pouvions pas te consulter. »

« Il eût dû être mis en prison en attendant mon retour. Aucun ordre de mise à mort ici ne peut être donné sans mon autorisation, Saül ! » cria Pilate en fixant Saül dans les yeux.

« Nous nous contenterons donc de les arrêter, procurateur », répondit Saül, ironique.

« Si je suis absent, tu en demanderas l'autorisation à Lysias. »

« Il n'est pas citoyen romain », dit Saül, obstiné et provocateur.

« Il l'est, Saül. Et pour le moment, je suis ici, Saül. Et je n'entends pas qu'on contrevienne à mes ordres », dit lentement Pilate. « J'ai fini », dit-il en jetant une main dédaigneuse vers le petit policier.

Celui-ci attendit un moment, dévisageant Pilate. Puis il gagna lentement la porte, où il retrouva ses gardes syriens. Pilate écouta leurs pas décliner dans l'escalier.

Ce n'était pas commode que de faire entendre raison à un flic du Temple qui était citoyen romain. Mais quelle haine, quand même, dans cet homme ! songea-t-il. Quelle crapuleuse engeance que celle des Hérodiens !

Quelle horreur que l'Orient !

11

LA PAROLE D'UN HOMME

La *Soteria Antiochos* toucha Tyr dans la troisième heure du jour. Elle accosta au plus petit des deux ports de la péninsule, dans un pullulement vermineux de barques et barcasses, dont la plus modeste portait sa petite cargaison de murex. Emmanuel et Thomas furent les deux seuls qui descendirent, au chagrin du jeune Micah, qui tenta de suivre Emmanuel à terre, cependant que son père le hélait avec véhémence. La besace sur le dos, les deux voyageurs se dépêtraient à peine de l'encombrement des quais, tentant de gagner la ville, qu'un courtier les prenant pour des marchands leur proposa de leur vendre ceci et cela, la meilleure pourpre du monde, disait-il, et comme Emmanuel secouait la tête, une toge bordée de pourpre qui siérait à un noble Grec tel que lui. Emmanuel sourit d'un air entendu et secoua de nouveau la tête. Non, il espérait ne plus revêtir de pourpre de sitôt. La pourpre ! Des monceaux de coquillages qui blanchissaient au pied des quais, sous le soleil, attestaient de la furieuse consommation qu'en faisait le monde.

Ils parvinrent enfin, jouant des coudes, à quitter le quartier des ports et s'avancèrent dans la ville. De rue en rue, ils arrivèrent devant le temple blanc et or qu'Hérode le Grand avait offert à la ville. Emmanuel le considéra un moment du regard. L'affluence n'y semblait pas excessive. Ils demandèrent à un passant où se trouvaient les bains, l'homme leur répondit qu'ils se trouvaient devant l'un des trois meilleurs établissements de Tyr.

« Il nous faut trois heures au moins pour atteindre Damas », dit Thomas, une fois qu'ils furent entrés, dévêtus et mis à suer, sous la surveillance d'un malabar qui semblait nubien. « Je propose que nous passions la nuit dans cette ville. »

Emmanuel hocha la tête.

« L'exil », finit-il par murmurer.

« Mais qu'as-tu jamais été, si ce n'est un exilé ? » répondit Thomas. « Davidien en pays conquis, Galiléen en Judée, et prophète sans honneur dans ton propre pays ? Et tes attachements... »

Emmanuel tourna soudain la tête vers son interlocuteur, dans un mouvement que tout étranger eût interprété comme une mise en garde. Thomas saisit la nuance au vol.

« Et tes attachements t'ont-ils jamais attaché ? » reprit-il.

« C'était plus sage ainsi », dit Emmanuel. « Le désir est l'élan du cœur vers l'autre, c'est-à-dire un reflet de l'élan vers la splendeur du Père. Mais l'homme n'est pas un ange, la pesanteur s'empare de lui. Il ne trouve plus dans l'autre le reflet désiré. L'amour se change en compassion, ce qui reste du désir devient presque incestueux. »

Le Nubien vint jeter un regard sur ses clients. Souhaitaient-ils se soumettre à ses soins ? Ils se levèrent en guise d'acquiescement et burent aux gargoulettes d'eau fraîche qui ruisselaient sur une tablette.

« Toujours est-il que tu n'as jamais prêché d'exemple », s'enhardit à dire Thomas. « Tu ne t'es jamais marié. »

« Le pouvais-je ? N'avais-je pas une mission ? Me laissait-elle le loisir de mener la vie d'un autre ? » répondit Emmanuel en s'allongeant sur l'un des bancs où officiait le Nubien. Celui-ci s'enduisit les vastes paumes roses d'une huile camphrée et commença de pétrir les épaules et le dos de son client. Puis il descendit aux fesses, aux cuisses et aux mollets, dont il expulsa par des pressions, des martèlements, des pincements, des roulements et des étirements, les poisons de la fatigue. Cela fait, il commença à travailler les articulations, repliant une jambe après l'autre aussi près que possible du dos, puis tordant son client en hélice, le torse dans un axe, le bassin dans l'autre, le tout comme s'il pétrissait de la pâte. Emmanuel soupira.

« Mais s'ils t'avaient vraiment nommé roi, cette semaine-là de la Pâque ? » insista Thomas. « Là, tu aurais été l'époux de ce royaume. Il aurait fallu lutter contre la pesanteur. »

« Il eût alors fallu lutter contre la pesanteur, en effet », admit Emmanuel en se rasseyant. « Peut-être aurait-ce été la fin des temps. Ou la fin d'autre chose, je ne sais, peut-être de moi-même. »

Le barbier vint le raser pendant que Thomas subissait à son tour les sévices exquis du masseur. Ce barbier était un enfant déjà vieux, et ses gestes étaient aussi précis que s'il les avait accomplis pendant de longues années. Cela fendait le cœur de voir un garçon si précocement exact ; il n'y avait donc plus rien à en attendre. Qu'est donc la jeunesse, si ce n'est l'inexactitude ? Emmanuel soupesait cependant les silences de Thomas. Il les filtrait, les déchirait, les broyait entre les doigts. Les ayant enfin compris, il s'impatienta.

« Thomas », dit-il, et même le Nubien s'interrompit. Dans la buée des bains, l'interpellation d'Emmanuel parvint à faire vibrer l'air. « Thomas, tu me crois mélancolique, n'est-ce pas ? » Mais Thomas ne répondait pas. Dressé sur ses coudes, les tranches des pognes nubiennes suspendues au-dessus de ses reins, il écoutait. « Tu crois que j'ai perdu ma vie, n'est-ce pas ? » Et Thomas ne répondait toujours pas. « Tu crois que je suis amer ? Mais je n'ai rien perdu, Thomas, pas un instant de ma vie. Ce que j'ai fait et dit, certains s'en souviennent et d'autres peut-être s'en souviendront. »

« Qu'est-ce qui te rend si sûr ? » articula Thomas.

« Que j'aie parlé du fond de mon cœur, et c'est une voix que nul homme ne peut oublier. » Le jeune barbier lui essuya le visage avec un linge mouillé. Emmanuel tira une pièce de la bourse au fond de la sacoche pour la lui tendre. Le garçon la prit et demeura pourtant sur place, considérant Emmanuel avec une fixité presque hagarde. « Si la parole d'un homme ne vaut que tant qu'il est vivant, Emmanuel, elle ne vaut rien. »

Thomas devint silencieux, partagé entre les traitements vigoureux du Nubien et ses propres réflexions. Son dos maigre tressaillait sous la machinerie formidable que constituaient les tranches des mains du Nubien.

« Voudrais-tu que les prophètes fussent toujours vivants pour que leur parole demeurât ? » demanda Emmanuel.

Des gémissements sortirent d'entre la moustache et la barbiche. Emmanuel se mit à rire. Le barbier se tenait toujours devant lui, la pièce en main.

« Eh bien, mon garçon ? » demanda Emmanuel.

L'autre s'empara de sa main, la baisa et s'en fut en courant, comme s'il avait volé ce baiser.

Emmanuel se leva pensivement pour gagner la piscine dans la salle voisine. Les dimensions en étaient relativement modestes, mais l'eau en semblait très pure. Il y descendit lentement et s'y laissa flotter sur le dos, les yeux fermés. Un autre baigneur l'entendit murmurer :

« Il faudrait vraiment que je fusse éternel ! »

12

CELUI QUI N'ÉTAIT PLUS JUIF

Ils croquaient des pépins de courge grillés sur la terrasse, tandis que le soir tombait sur la Samarie. Deux domestiques allumaient des torches. D'autres préparaient le souper. En bas, dans le jardin, les nuages de moucherons qui dérivaient au gré de la brise, courant des buissons de lauriers aux buissons de rose, s'élancèrent vers les flammes et grésillèrent.

Dans quelques instants, le ciel passerait soudain à l'indigo.

« Ils proclameront donc que tu n'es plus juif », dit l'un des deux hommes. « Mais l'es-tu ? L'es-tu encore ? On m'a souvent posé la question. Il faudrait que je réponde juste. »

« Juif », répéta l'autre d'un ton songeur. « Juif. Qu'est-ce donc qu'être juif ? » Il se massa le pied qu'il tenait replié sous sa cuisse. « Si c'est un peuple, il n'est plus libre. Une moitié parle araméen et l'autre, grec. Si c'est une religion, elle s'est tellement divisée qu'elle se perd. Les Samaritains ne parlent plus aux Judéens, et les Esséniens exècrent tout le monde. Quel Juif serais-je donc, Satornil ? Je suis né Samaritain, à Gitton. Les Samaritains ne parlaient déjà plus aux Juifs depuis longtemps. Quand ceux-ci prononcent le nom de Jéhovah, ce n'est pas le même Dieu que le nôtre. »

« Essénien, peut-être alors. N'as-tu pas été le disciple de Dosithée ? »

« Et quel Essénien, alors ? » s'écria Simon. « Me vois-tu voué au célibat ? Ou bien me vois-tu attendant comme eux la fin du monde dans l'heure qui suit ? » Il jeta par-dessus la balustrade les cosses vides des pépins qu'il avait mangés. « Dosithée lui-même était-il essénien ? Tu sais ce qu'il en est autant que moi, il vit à Kochba[28] entouré de femmes et de jeunes gens, et ce n'est certes pas l'abstinence qui les ronge ! »

« Et le Baptiste ? » demanda Satornil. « Considères-tu qu'il était essénien, lui ? »

« Il faudrait plutôt demander aux Esséniens s'ils le considéraient encore comme l'un des leurs », répondit Simon. « Il a séjourné avec son cousin Jésus à Quoumrân, ils ont donc été novices et ils ont été admis dans la communauté essénienne, voilà un fait sûr. Que disait essentiellement le Baptiste ? Qu'il fallait se purifier par le baptême et se préparer à la venue du Messie, c'est-à-dire à la fin des temps. C'est un discours essénien sans aucun doute. Mais pourquoi a-t-il quitté la communauté essénienne ? Nul ne le sait. Quant à l'enseignement de Jésus, qu'en est-il si je puis juger d'après ce qu'on m'en a rapporté ? Qu'il était aussi le même que celui des Esséniens. Il demandait qu'on rejetât l'autorité du clergé du Temple et les richesses de ce monde, et qu'on se référât à la Loi et aux Livres, pas à leur interprétation par les Pharisiens et les Sadducéens. C'était donc par là un Juif et un Juif essénien. Mais pourquoi a-t-il quitté la communauté, lui aussi ? Nul n'en sait rien non plus. Je peux imaginer à cela deux ou trois raisons, telles que le refus de l'abstinence et la désinvolture à l'égard des préceptes esséniens de propreté corporelle. »

Un domestique vint demander quel vin il fallait servir. Simon répondit qu'il fallait choisir celui qui était à la cave, parce que ce serait le plus frais.

« Toujours est-il qu'après la mort du Baptiste, nous savons qu'il y a eu scission entre ses disciples et ceux de Jésus. Ceux du Baptiste se sont répandus partout, et pas seulement en Samarie, pour assurer que Jésus n'était pas le Messie comme on l'avançait, et qu'il ne visait qu'à se faire couronner roi de Judée. Dans ce cas, il aurait abandonné les préceptes esséniens. »

« Ou bien, au contraire, il voulait devenir roi pour renverser le clergé et faire triompher les préceptes esséniens. »

« Le point est ambigu », conclut Simon. « Mais la situation générale exprime clairement, elle, la dissolution de la foi juive. Une partie de ce qui fut le peuple juif rejette l'autorité du clergé qui est le seul habilité à interpréter la Loi, ce qui est grave. Outre les Samaritains, il faut compter les Esséniens, donc, les zélotes, qui assassineraient des prêtres de Jérusalem aussi aisément que des Romains, et peut-être aussi une bonne partie des Galiléens, qui échappent à l'influence de Jérusalem. C'est d'ailleurs parmi les Galiléens que Jésus avait choisi presque tous ses disciples, ce qui en dit long. Je te demande donc », dit-il en se levant, « si ta question a encore un sens : qu'est-ce donc qu'être juif aujourd'hui ? Honorer un Dieu cruel qui laisse aujourd'hui ses fidèles dans la sujétion abjecte où ils se trouvent, comme il avait abandonné Saül pour une raison incroyable[29] ? »

Satornil méditait sur ces réfutations quand Simon s'écria : « Ah ! voilà Ménandre[30] qui nous amènera sans doute des nouvelles d'Antioche ! » Il descendit l'accueillir. En même temps que la Lune, Hélène apparut, entourée de ses suivantes, sur le perron du gynécée. Elle était accoutumée de cette mise en scène symbolique, mais les regards se tournèrent quand même vers elle. Elle était, en effet, très belle.

13

AFFAIRES COURANTES DANS LE BUREAU DE SAÜL D'ANTIPATER

Après les pluies de la nuit, qui s'étaient prolongées jusqu'à l'aube, un soleil sans défaut emplit le bureau de Saül, à l'administration des édiles, dans la ville haute, à l'ouest de Jérusalem. Il peignit sur le sol trois parallélépipèdes d'or dans lesquels des mouches s'empressèrent de tracer des équations fantastiques et transitoires. Le Romain demanda à son secrétaire Pedanius de fermer les volets et de faire entrer les informateurs.

« Il n'y en a qu'un », répondit Pedanius, « en ce qui touche à l'affaire de Jésus. Les autres sont ceux que tu as chargés des renseignements sur les affaires de la ville. »

« Commençons par celui-là », dit Saül. Il avala deux boulettes d'opium et se leva pour boire de l'eau à la gargoulette qui fraîchissait à la fenêtre. La nuit avait été difficile, infestée de cauchemars, et c'était souvent après de telles nuits que survenaient les crises[31]. Puis il tira son siège près du brasero.

L'individu qui entra était un quadragénaire rabougri, dont l'un des yeux était blanchi par une taie qui lui prêtait un regard faux. Prêt inutile, car le corps et les attitudes n'en disaient guère mieux. Il se tenait l'échine courbe et le sourire véreux, exprimant de tout son être cautèle, servilité et vilenie méré-tricieuse. Saül en avait connu de pittoresques, mais celui-là eût enlevé la couronne d'orties à un concours de merlans. Il s'inclina tant que Saül lui ordonna de se mettre au repos.

« Je m'appelle Ishyo ben Amnon », dit l'informateur. « Je suis de Béthanie. »

Saül hocha la tête.

« On m'a dit que tu serais désireux d'avoir des informations sur le voyage actuel du crucifié Jésus de Joseph. »

« Qui te l'a dit ? »

« Un de tes serviteurs, Alexandre. »

« Alexandre ? » demanda Saül, levant les sourcils et se tournant vers Pedanius qui se pencha vers son maître pour lui chuchoter le nom entier de l'informateur, Alexandre Protoscalkos.

« Je l'ai d'ailleurs aperçu tout à l'heure, dans le hall d'entrée », précisa l'homme.

Saül hocha encore la tête.

« Il m'a dit que tu serais prêt à payer une somme considérable pour avoir cette information », poursuivit le prénommé Ishyo, interrogeant Saül du regard.

« Je pourrais te la faire cracher pour rien », répondit froidement Saül. Mais comme l'autre avait blêmi et qu'il risquait de refiler une fausse nouvelle, il ajouta : « Je veux bien t'écouter, toutefois, et je déciderai après t'avoir entendu ce que peut valoir cette information. »

« Il est parti pour Damas. Il a pris le bateau de Joppé et il sera donc descendu à Tyr. »

« Comment le sais-tu ? »

« Je travaille chez Joseph d'Arimathie, dans sa maison de Jérusalem. J'écoute ce qui se dit. »

Il comptait ses mots, bien décidé à en obtenir le meilleur prix.

« Et qu'est-ce qui se dit ? » demanda Saül, impatienté.

« J'écoutais derrière la porte de la chambre de Joseph. J'étais pieds nus et donc silencieux. J'ai entendu une conversation entre Joseph et son fils. Joseph disait : "A ce jour, le bateau a dû arriver à Tyr. Ils seront à Damas ce soir ou demain." Son fils a dit : "Je me demande toujours comment les gens de Caïphe le savaient." Joseph a répondu : "Les espions de Caïphe ont dû finir par retrouver sa trace et ils l'auront suivi jusqu'à Joppé, sans être pourtant certains que c'était bien lui." Le fils a dit : "De toute façon, il est en sécurité à Damas. Arétas est de nos amis." Sur quoi Joseph a dit : "Je ne suis pas certain que Damas soit aussi sûr que cela. C'est trop près de la Judée. Mais enfin, nous aviserons." Voilà ce que j'ai entendu. J'ai dû ensuite m'enfuir, parce que le fils de Joseph se dirigeait vers la porte. »

« Comment peux-tu savoir que c'est de Jésus qu'il s'agissait ? »

« Pour deux raisons. D'abord, parce que je sais que Joseph est ami des disciples du Nazaréen et qu'il les voit souvent. Il se rend chez Philippe, où il semble avoir récemment eu une altercation avec quelqu'un de la police du Temple. Ensuite, parce que je ne vois guère qui d'autre que Jésus intéresserait à ce point les gens de Caïphe, pour lequel tu travailles. »

« Tu travailles donc pour Joseph d'Arimathie », dit Saül au bout d'un temps. « Peut-être pourrais-tu nous rapporter quelques bonnes informations. »

« Certainement ! Certainement ! » s'écria Ishyo, qui se voyait sans doute promu sur la liste des informateurs de Saül.

« Donne-lui trois deniers », dit Saül à Pedanius.

« Trois deniers ? » s'écria Ishyo. « Mais cela en vaut au moins dix ! »

« Cela n'aurait pas valu une pièce de cuivre si je t'avais fait mettre à la question », répondit Saül avec lassitude. « Prends l'argent et va-t'en. » Et quand l'homme eût empoché l'argent et que Pedanius l'eût mené vers la porte : « Et prends garde de n'avoir pas la bouche qui fuit, Ishyo ben Amnon. » Il se leva, ouvrit les volets et embrassa du regard le paysage qui se dorait au-delà des remparts. Un pays divisé, des autorités en conflit, une religion qui ressemblait à un nid de vipères. Lui qui révérait par-dessus tout l'ordre et le pouvoir, comment ne pas en souffrir ? Puis il se rassit et médita l'information qui venait de lui être vendue. Donc Jésus était à Damas, hors de portée immédiate de la police du Temple, fort de ses arrières, d'un groupe puissant et de disciples dont le nombre croissait lentement, mais sûrement. Il avait une quarantaine d'années. Il pouvait revenir en triomphateur, à l'heure dite, quand il serait sûr que le pouvoir en place serait suffisamment vermoulu. Un tel homme et de telles gens étaient dangereux.

Les renseignements offerts par les autres informateurs ne le rassérénèrent pas davantage. Un autre Messie en Samarie, qui, comme l'autre, rassemblait des foules, accomplissait des prodiges et guérissait des gens, et tout risquait donc de recommencer ! Il eût fallu, cette fois-ci, aller en Samarie mettre de l'ordre dans tout cela, mais cette province était sous le contrôle de Pilate, qui ne tolérerait pas qu'on empiétât sur ses prérogatives. Saül soupira. Vers midi, les informateurs ayant été entendus et leurs témoignages notés par Pedanius, il envoya celui-ci acheter un poulet rôti et une salade, ainsi qu'un pichet de vin frais. Ils déjeûnèrent dans le bureau, sans entrain excessif.

« Donc, il est à Damas », dit enfin Saül en s'essuyant la bouche.

Il ne pouvait penser à autre chose. Cet homme qui avait failli renverser le peu d'ordre qui régnait encore en Judée vivait impuni à Damas, après avoir réchappé d'une crucifixion. Voilà qui était extraordinaire.

« Je me demande s'il ne faudra pas aller à Damas », dit-il en s'allongeant pour une sieste.

« A la condition que cet homme se soit installé à Damas », observa Pedanius.

14

LES ROIS ET LE VENT

Le chemin qu'ils avaient choisi n'était certes pas le plus aisé. Celui-ci eût été la Voie royale, qui allait de Capharnaüm à Damas en passant par la rive sud du lac Merom, puis par Chorazim. Mais Arétas IV, roi de Damas, étant en guerre avec Hérode Antipas, qui avait répudié sa fille, les deux voyageurs eussent risqué des tracasseries policières aux frontières et, qui sait, l'attention des sbires d'Hérode, qui surveillait lui aussi la route. Après Tyr, ils avaient donc choisi, sur le conseil de Thomas, de longer la côte vers le nord, jusqu'à l'embouchure du Chrysorrhoas, puis de suivre les rives de ce fleuve qui les mènerait jusqu'à Damas. Ils croisèrent une petite caravane de Nabatéens, riche d'une dizaine de chevaux et d'autant de mules. Moyennant quelques pièces, ces marchands les prirent en selle et les ajoutèrent aux ballots de soie et aux paniers de corail rose.

Ils furent un jour et demi en route, le plus long étant la traversée des montagnes qui séparaient la côte phénicienne du royaume d'Arétas. Tandis que les mulets sur lesquels ils étaient montés se dandinaient aux flancs des précipices, Thomas, qui suivait, cria :

« Te souviens-tu, c'est un peu plus au nord que tu m'as rencontré. »

« Sur les rives de l'Oronte », répondit Emmanuel en hochant la tête. « Le blé germait alors. Puis l'été l'a fait mûrir et les moissonneurs l'ont coupé. »

Sa voix se réverbéra sur les roches et Thomas leva les yeux vers le ciel où montait Vénus. « Mais c'est lui l'Etoile », murmura-t-il.

Le vent du nord arriva avec la nuit, givrant le sol et les manteaux ; les marchands firent halte et s'empressèrent de ramasser des broussailles, qu'ils enflammèrent avec un silex et de l'étoupe roidie de naphte, pour tenir les bêtes sauvages à distance. Puis ils partagèrent avec leurs passagers des olives, des pistaches et du vin. Emmanuel les épiait d'un œil mi-clos. Ils parlaient peu, dans un mauvais araméen coupé de grec. Ils demandèrent si Emmanuel était grec, parce qu'il était presque glabre. Il répondit qu'il était galiléen et leur regard s'éveilla. Fuyaient-ils Hérode ? « L'homme ne fuit pas le renard », répondit Emmanuel, ce qui déclencha leur hilarité. Ils dormirent à tour de rôle, les manteaux rabattus sur la tête, et se remirent en route, les membres gourds, dès que l'aube éclaira leurs pas. Bientôt les plaines ensoleillées réchauffèrent les voyageurs. Des vergers endormis par l'automne se succédèrent jusqu'aux murailles de la ville.

« Et dire que ce pays a été le nôtre ! » murmura Emmanuel en considérant le paysage. « Le nom de David rayonnait jusqu'ici ! Pourquoi donc nous sommes-nous affaiblis ? »

« Peut-être les nations sont-elles comme les hommes », suggéra Thomas. « Elles grandissent, se déploient, et puis se courbent sous le poids du temps et enfin se recroquevillent. Que reste-t-il aujourd'hui de l'empire d'Alexandre ? Des souvenirs ! »

Emmanuel hocha pensivement la tête, et puis la caravane accéléra son allure et c'est au trot qu'elle parvint aux faubourgs, puis aux portes de Damas. Des fumets de cuisine et des cris de marchands les accueillirent. On faisait frire de l'ail, et l'on préparait sans doute des salades. « Demandez mes laitues ! Cent feuilles de délices ! »

La garde était romaine, puisque la ville était gouvernée par Vitellius, bien que les affaires fussent régies par le roi Arétas IV et son éparque Antonius. Les légionnaires à la porte ne prêtèrent pas d'attention aux passagers qui se trouvèrent bientôt dans la plus vieille ville du monde[32]. Ces gens soignaient leurs pelages. Emmanuel s'émerveilla de l'huile qu'ils dépensaient sur leurs cheveux et leurs barbes. « Qui séduisent-ils donc de la sorte ! » dit-il, « je crains que ce soit d'abord eux-mêmes. »

Ce fut vite fait que de trouver une auberge, car Damas, cité de voyageurs, en était abondamment pourvue. Les bains et un repas d'agneau grillé eurent vite fait de revigorer Emmanuel et Thomas.

« Il conviendrait d'aller au plus tôt présenter notre recommandation au roi », dit Thomas.

Mais Emmanuel sembla d'abord ne pas l'avoir entendu. Et Thomas l'ayant sollicité du regard, il répondit à la fin :

« Qu'avons-nous à faire de la faveur des rois ? Elle est comme le vent, un jour ici, un autre ailleurs. Comme lui, elle commande les peuples, mais elle n'en a même pas les vertus, elle ne rafraîchit pas et n'aide pas les oiseaux à voler. Elle ne tient de lui que le talent d'agiter la poussière. Distinguons-nous aux yeux de ce monarque, et l'on nous enviera notre faveur. Puis nous craindrons de la perdre et, l'ayant perdue, nous aurons des ennemis que nous ne connaissions pas. Pourquoi donc voir Arétas ? »

Thomas argua qu'il serait discourtois à l'égard de Joseph de dédaigner la lettre qu'il leur avait remise à l'intention du roi, et que de plus ils n'étaient pas défaits de leurs ennemis et pourraient avoir besoin de la protection royale. Tandis qu'ils déambulaient le long de l'allée de César, une colonnade de mille coudées qui traversait la ville, et qui, même à l'heure de la sieste, ne dormait pas, Emmanuel médita ces arguments et finit par s'y rendre.

Ils se mirent donc en route vers le palais d'Arétas. Sur les indications de l'aubergiste, ils n'eurent, pour y arriver, qu'à longer la rive septentrionale du fleuve ; ils passèrent le grand temple qu'Hérode avait fait construire à ses frais, puis le stade, et enfin abordèrent à des jardins odorants et bientôt des gardes les arrêtèrent. Ils les prièrent d'informer leur monarque qu'ils étaient des envoyés de Joseph d'Arimathie. N'avaient-ils point de nom ? Non, répondit Emmanuel, cela devait suffire. L'un des gardes partit alerter une autorité supérieure. Un homme vêtu d'un ample manteau compliqué de soie rayée de pourpre arriva, escorté de deux suivants aux mises excessivement apprêtées. Il s'arrêta à distance, considérant, sans doute avec surprise, des voyageurs aussi négligents de leur mise. Leurs manteaux étaient, en effet, poussiéreux, et leurs sandales, fatiguées, et Emmanuel plissa des yeux en examinant l'examinateur. Enfin, celui-ci vint à eux, courtois, mais réservé.

« L'un de vous deux est-il le mage Jésus ? » demanda-t-il.

« Lui », répondit Thomas en indiquant Emmanuel, dont le visage était tendu.

Emmanuel et cette sorte de chambellan croisèrent leurs regards et le sourire sceptique du Syrien s'effaça peu à peu.

« Tu es Jésus ? »

Hochement de tête.

« Mais ils t'ont crucifié ! » s'écria le chambellan, les yeux écarquillés.

Nouveau hochement de tête.

« Es-tu un homme ou un esprit ? » cria le chambellan, effrayé.

« Un homme, comme tu le vois », répondit Emmanuel, sans détacher son regard de l'interlocuteur. « Un homme porteur d'une lettre pour ton roi. »

La bouche de l'autre trembla. Il respira profondément et s'empressa de devancer les visiteurs, écartant d'une main autoritaire, au passage, les autres gardes qui s'inquiétaient des visiteurs. Ils parvinrent tous trois sur une terrasse. Arétas semblait y siéger, puisqu'il s'y entretenait avec les courtisans qui l'entouraient. C'était un quadragénaire qui semblait plein de vigueur, si l'on en jugeait par le bras musclé qui s'allongeait sur l'accoudoir de son siège. Le chambellan s'élança vers le monarque, qui interrompit sa conversation, tourna soudain la tête vers Emmanuel et se leva sur-le-champ pour aller à la rencontre du visiteur. Il le considéra un bref instant, lui prit les mains, puis lui donna une chaleureuse accolade. Celle-ci, releva Thomas plus tard, avait servi à vérifier qu'il y avait bien un corps sous le manteau, ce qui faillit faire sourire Emmanuel.

« Cet homme », dit Arétas[33], tenant Emmanuel par le bras, « cet homme... » Il sembla à court de mots. « Cet homme », cria-t-il, « est le Messager des Toutes-Puissances célestes ! Les complices d'Hérode l'ont fait crucifier, et le voilà ! Le voilà vivant ! »

Il leva les bras au ciel. L'éparque Omar, puis les courtisans accoururent. Certains se jetèrent aux pieds d'Emmanuel. Il tendit une main, ils la saisirent et la baisèrent, profitant de l'occasion pour examiner la cicatrice au poignet. On n'en eût plus fini des génuflexions, demandes de grâces célestes et corporelles et exclamations, si Thomas n'avait eu la présence d'esprit de tirer de son manteau la lettre de Joseph d'Arimathie et de la tendre au monarque. Celui-ci la parcourut rapidement, puis s'écria :

« Cet envoyé des Toutes-Puissances est persécuté dans son propre pays ! Des gens impies tels qu'Hérode et son engeance veulent sa deuxième mort ! » Un brouhaha indigné monta des gosiers courtisans. « Infamie ! Race d'impies ! » Et Arétas s'écria : « Son peuple a voulu le couronner roi, des intrigues infectes l'ont au contraire jeté dans les griffes des jaloux. Ecoutez-moi tous, cet homme, Jésus, est l'hôte d'honneur de Damas, d'ici à la fin des siècles ! » Des clameurs enthousiastes succédèrent aux expressions indignées. Tels étaient les inconvénients des faveurs et de l'éloquence royales, la vie se résumait à une écume bouillonnante. Il n'eût plus manqué qu'un défilé triomphal à travers la ville, avec danseurs et guirlandes. Pendant ces effusions, Emmanuel n'avait dit mot, n'en ayant eu ni le loisir ni le désir.

« Laissez-le se reposer », dit Thomas, à la fin.

Ils se tournèrent vers l'importun. Le roi leva la main. Qu'on laissât, en effet, son hôte prendre quelque repos avant le dîner. Car il y aurait, en eût-on douté, un festin. Emmanuel fut enfin autorisé à aller s'asseoir sur un lit, devant les jardins qui descendaient jusqu'au fleuve. Arétas alla s'asseoir près de lui, Thomas, de l'autre côté. On leur servit un vin frais aux épices dans des verres décorés de filets d'or. Le roi méditait une question.

« Ils t'ont donc contraint à fuir », dit-il enfin.

« Ils ne m'y ont pas contraint. Si j'étais demeuré, tout aurait recommencé », répondit Emmanuel. « Vingt crucifixions ne les auraient pas dissuadés. »

« Mais tu es le miraculé ! N'ont-ils pas compris à ce signe que tu es le Messager céleste ? » s'écria le roi.

Emmanuel hocha la tête. « Tel est l'homme », dit-il, « qu'il ne voit que ce qu'il veut voir et n'entend que ce qu'il veut entendre. Sans quoi, y eût-il tant de prophètes pour ne dire à la fin qu'une seule vérité ? Un seul prophète eût suffi. »

« Veux-tu dire à la fin que le peuple juif est maudit dans sa folie ? » demanda Arétas.

« Il n'est de malédiction que celle que l'homme attire sur lui », répondit Emmanuel. « Dieu sème la graine et le champ la fait germer selon le savoir et le labeur du cultivateur. L'homme pieux remplit un champ d'une poignée de graines et l'autre ne fait d'un boisseau entier qu'un lopin dévoré par l'ivraie. »

« Et ce Dieu dont tu leur as dit la parole, t'aurait-il

abandonné comme il les a abandonnés ? » demanda encore Arétas.

Le regard d'Emmanuel parcourut l'horizon, les vergers qui somnolaient en attendant de s'endormir pour l'hiver, puis les montagnes qui cernaient cette terre où le Dieu qui s'était révélé à Samuel et qui avait déserté Saül n'avait jamais soutenu ni déserté personne. Cette terre était livrée à des dieux inconnus, que ses habitants se représentaient dans l'or et l'argent et la pierre. Son Dieu à lui l'avait-il abandonné ? Car il l'avait crié sur la croix, que ce Dieu l'avait abandonné ! Puis il se rendit compte qu'Arétas et Thomas attendaient sa réponse. « Dieu n'abandonne que ceux qui l'abandonnent », dit-il enfin, se tournant vers son hôte. Il en scruta le visage et y déchiffra, dans le masque basané et plein, les stigmates de la jeunesse, appétit de jouissance, ruse des ambitieux et ivresse de soi. Mais l'homme n'était pourtant pas mauvais, car ses yeux reflétaient aussi la bonté des chevaux. Thomas plaida une fois de plus pour un peu de repos. Le roi donna des ordres et s'en fut, un appartement, un domestique et des vêtements neufs furent mis à la disposition des visiteurs. Emmanuel s'endormit jusque vers le soir, quand Thomas l'éveilla d'une pression de la main sur le bras. Il fallait s'apprêter au souper.

« J'aurais dîné d'une cuisse de poulet et d'un œuf », dit Emmanuel, avec regret.

« Ce sera pour une autre fois », dit Thomas, plaisamment.

Arétas avait convié sa cour, parents, prêtres, notables, puis encore des fonctionnaires de la procure. L'assemblée valait le coup d'œil. Pour rencontrer celui qu'on avait sans doute défini, à ceux qui l'ignoraient, comme l'envoyé des Toutes-Puissances, pour reprendre les termes courtois d'Arétas, mais pourtant un homme qu'on avait pendu nu à une croix, ils s'étaient parés de leurs plus beaux atours. Manteaux brodés, robes de soie d'Asie bordées de pourpre jusqu'au mollet, bottes molles de cuir d'agneau frottées à l'or ou sandales ornées de pierreries, et des bijoux comme un jardin de printemps. Broches, colliers, bracelets, bagues, perles, grenats, saphirs, et l'on en passait. Les chevelures et les barbes ruisselaient de lumières, et ces gens s'étaient frottés de parfums à en avoir des vapeurs. Même les officiers du roi, vêtus à la mode romaine, mais reconnaissables à leurs masques cuivrés et prématurément affaissés, comme en fait l'Orient, s'étaient fait huiler la couenne et le poil. Quant aux fonctionnaires consulaires, trop bien acclimatés et conquis par la mode damascène, à moins que ce fût un prétexte, ils s'étaient fait les yeux, ce qui leur prêtait un air de comédiens défraîchis, aggravé par des coquetteries capillaires destinées à faire oublier que les cheveux avaient déserté leurs crânes encombrés d'ambitions. Mais quand Emmanuel apparut, le pas lent, presque las, dans son manteau de laine sombre et sa robe de lin d'un bleu délavé, suivi de Thomas, vêtu de même, le silence se fit. Ils considérèrent l'injure et la hauteur, le visage creusé, adouci par la barbe renaissante, et l'ombre de sourire qui le creusait encore plus. Le seul bijou que portât cet homme, ils ne pouvaient se l'offrir, c'était la cicatrice de rubis sombre qui constellait son poignet blanc. Ils se redressèrent.

« Voici l'homme », dit Arétas, inconscient de l'atroce redite, et s'avançant aux côtés d'Emmanuel. « Il a le pouvoir de la parole, car il est prophète. Qu'il soit d'une autre religion que celle du royaume ne change rien à son essence divine. Il guérit les souffrances, il est donc porteur de pouvoirs suprêmes. Je le proclame ici l'hôte de Damas entière en même temps que le mien. »

Le roi présenta ses trois enfants mâles, Emmanuel posa la main sur leurs têtes. Vinrent ensuite l'éparque Omar, des princes, puis des prêtres, les fonctionnaires consulaires, puis des gens, favoris, puissants, clients, qu'importait, des gens, trop de gens. L'an dernier, à Jérusalem, c'était Emmanuel lui-même qu'on avait acclamé comme roi, mais le vent avait fait tourner les cœurs, les lauriers et les palmes avaient séché et c'était une vieille histoire. Le monde était plein de rois. Des cithares dominèrent le brouhaha, un jeune homme gras et fardé vint réciter un poème de circonstance en grec sur la lumière divine qui visitait le royaume d'Arétas ; sa voix était aussi ampoulée que ses vers, mais il les avait à coup sûr écrits dans l'heure qui précédait et l'indulgence inspira des applaudissements flasques. Les cithares reprirent de plus belle, des flûtes et des sistres étant accourus à leur rescousse. On se mit à table, Emmanuel à la droite d'Arétas, puis un prêtre à sa propre droite, Thomas, un peu dépité, se trouvant repoussé à cinq ou six places de là, entre un fonctionnaire consulaire et un général dont il se promit de déranger la digestion par des propos alarmants. Une armée de serviteurs, commandés par des lieutenants de table, eux-mêmes placés sous la direction de stratèges, commença de faire défiler des plats qui eussent suffi à nourrir le même monde pendant une semaine. Mais à la fin, se laissant amuser par la puérilité avantageuse de la fête, Emmanuel considérait ces débordements de victuailles d'un œil intéressé ; il n'en avait pas vu de pareils depuis de longs mois, depuis que sa renommée s'était élevée en Judée, et que même les Pharisiens l'avaient honoré de fêtes. Il se servit d'un pigeon farci aux raisins. Puis il s'avisa que le prêtre l'épiait du regard.

« Je m'appelle Isgadda et je suis prêtre de Baal. Ton histoire s'est répandue dans le monde », dit ce convive. Il s'exprimait d'une voix cultivée, en grec et non plus en araméen. Emmanuel tourna par courtoisie le visage vers son interlocuteur et hocha la tête, mais ne répondit pas. C'était là un préambule, il convenait d'en attendre la suite.

« Tu n'es plus un héros juif, mais tu es désormais universel », poursuivit le prêtre. « Je sais qu'on parle de toi à Edesse et à Antioche, sans doute bientôt à Chypre, à Rhodes, en Crète. »

Emmanuel le dévisagea plus attentivement. Un petit homme tassé, recuit dans des rancœurs incertaines, des astuces finaudes, et le plus probablement, des impostures plus ou moins réussies, mais la cervelle sans doute alerte.

« Tu as accompli une histoire magnifique, celle d'un homme venu rappeler à son peuple sa vérité fondatrice. »

Emmanuel reposa sur le bord de son plat les os délicats de la cuisse de son pigeon. Il attaqua du bout de l'ongle la chair que partageait le bréchet, comme une lame. La farce commençait de se répandre dans le plat. Le compliment ne présageait rien de bon.

« Tu as donc quitté ton peuple, mais à qui donc as-tu laissé ton héritage ? » demanda Isgadda.

« Aux Juifs », répondit Emmanuel, prudemment.

Le petit homme hocha la tête avec un sourire entendu.

« Tu as enseigné l'honneur et la droiture, la révolte aussi. Ceux qui t'auront entendu se soulèveront donc, comme les zélotes, chez vous, depuis tant d'années. D'autres, excédés de l'humiliation romaine, se soulèveront aussi. Ils seront tous inéluctablement écrasés. Il s'agit donc là d'une cause perdue. Quand le sang sera versé, que les enfants seront massacrés, et que le dernier homme vaillant ne sera plus qu'un cadavre de plus sur les remparts, qui se souviendra d'un crucifié de plus ? »

Emmanuel but une gorgée de vin, toujours circonspect et désagréablement impressionné par ces pronostics tragiques.

« Ce n'aurait été, en effet, qu'un crucifié de plus, s'il n'y avait eu son enseignement », répondit-il. « Ton nom signifie "message", je suis certain que tu me comprends. »

« Quelques-uns s'empareront donc de ta légende et de ton enseignement pour les porter au-delà des mers », reprit le prêtre, qui croquait allègrement les os avec la chair de son pigeon. « On les persécutera à nouveau et le sang coulera partout où le feu se propagera. » Il dirigea vers Emmanuel des yeux charbonneux que le mouvement des sourcils rendait insolents. « Voilà beaucoup de sang, il me semble. Qu'en dis-tu ? »

« Qu'en dis-tu toi-même ? » rétorqua Emmanuel.

Isgadda s'accouda pour boire à son tour une longue gorgée de vin.

« J'en déduis, pardonne-moi, que voilà un dieu assoiffé de sang », dit-il.

« N'avez-vous pas sacrifié des hommes à Baal ? » demanda Emmanuel.

« Des prisonniers de guerre », répondit Isgadda. « Bien moins que les ennemis que vous dépêchiez au trépas par bataillons entiers au nom de Yahweh. Car j'ai lu vos Livres. »

« La Loi n'exige-t-elle pas qu'on la défende ? N'est-elle pas plus précieuse que la vie ? »

« C'est exactement ce que nous pensons, nous autres, fidèles de Baal. Mais pas un seul des nôtres n'a pourtant perdu la vie au nom de ce dieu. Nous ne comptons pas un seul crucifié parmi nos fidèles. »

« Que dit donc à notre hôte notre révéré Isgadda ? » demanda Arétas, qui s'inquiétait de la mine grave d'Emmanuel. Et l'éparque, assis à la gauche du roi, se pencha aussi.

« Isgadda s'aventurait à faire des comparaisons », répondit le prêtre d'un ton enjoué. « Un messager s'adressait à l'autre[34] », conclut-il sur un ton jovial.

La présentation de nouveaux plats, des quartiers d'agneau et de canard sur un plat grand comme un bouclier, interrompit à point nommé une conversation qui avait sourdement irrité Emmanuel. Des applaudissements crépitèrent. Les serviteurs changèrent de vin, précisant que celui-là venait d'Apulie, mais ils prononçaient mal le nom de cette région et l'on entendait « Abalie », mais il était aussi vrai que les convives commençaient à faire du bruit. A distance, Thomas interrogeait Emmanuel d'un œil inquiet. Mais celui-ci gardait une expression égale et presque amène. Il écoutait son hôte, qui vitupérait son gendre une fois de plus.

« Il s'est corrompu au soleil de Judée », dit Isgadda.

« Une râclée administrée par les armes lui rendrait ses esprits », dit l'éparque, et un militaire assis près de ce dernier renchérit.

« Qu'en dit notre éminent hôte Emmanuel ? » demanda Arétas.

« Suis-je l'homme à parler de lui ? » répondit Emmanuel. « Il m'a insulté dans l'infortune. Répond-on au chien qui aboie ? »

« Il a aussi mis à mort ton cousin Jokanaan, parce que celui-ci dénonçait ce qu'il appelait un inceste, non ? » demanda Isgadda.

« C'est exact », dit Emmanuel, « et ce geste aussi fut dicté par sa seconde épouse Hérodiade. Hérode Antipas, je l'ai dit, est commandé par ses sens, et ces chiens ont pour maîtresse l'Hécate qui se nomme Hérodiade. »

Arétas écoutait attentivement. Mais il fallait se nourrir et la conversation s'interrompit jusqu'à ce que Isgadda la reprit, du ton faussement détaché qui voilait mal une disposition querelleuse.

« Je crois savoir », dit-il, en se servant d'une salade de concombres, « que la religion des Juifs les engage à épouser leurs nièces ou leurs cousines, n'est-ce pas vrai[35] ? »

« C'est exact », répondit Emmanuel, sourcilleux.

« Pourquoi donc ton cousin Jokanaan a-t-il donc prétendu que le mariage d'Hérode Antipas avec sa nièce Hérodiade était incestueux[36] ? »

« Parce que le roi doit donner l'exemple. Un homme pieux ne doit avoir qu'une seule épouse et n'a pas le droit d'en divorcer », répondit Emmanuel, agacé.

« Est-ce vraiment le cas ? » demanda Isgadda. « Il me semble que le divorce est parfaitement prévu par votre Loi ? Ou bien alors Jokanaan aurait-il jugé préférable qu'Hérode Antipas eût deux épouses, puisque cela est également admis par votre Loi[37] ? »

« Nos Livres ne l'admettent pas », répondit Emmanuel[38].

« Pardon, ils le permettent au roi et aux Juifs riches », releva Isgadda. « Donc, si Hérode Antipas avait usé de son privilège de roi, il eût évité de se mettre dans la situation désagréable d'avoir un ennemi aussi redoutable qu'Arétas. »

Arétas écoutait toujours avec attention, se gardant d'intervenir dans la discussion.

« Il eût mieux valu qu'il conservât sa première épouse », répondit Emmanuel.

« Tu conseilles, je le vois, la monogamie pour les Juifs ordinaires et la polygamie pour leurs rois », poursuivit Isgadda. Et sentant monter l'agacement de son interlocuteur, Isgadda se tourna vers le roi et dit avec un feint détachement : « Mais pourquoi donc aller imposer sa loi aux autres ? Il se trouve qu'Hérode Antipas n'est justement pas juif ! Il est nabatéen ! »

L'affaire était désormais claire : Isgadda était hostile à Emmanuel. Celui-ci se remémora avec regret la prescription des Livres : « Il ne faut pas répondre aux questions des impies. » Trois jeunes gens apparurent soudain et firent résonner des cymbales au bout de leurs bras tendus ; la diversion était bienvenue ; suivis par un orchestrion de sistres et de flûtes, des danseurs et danseuses, en fait des jouvenceaux et jouvencelles, débouchèrent dans la salle, faisant vibrer le sol dallé de leurs talons nus rougis au henné, et l'air de leurs tambourins. Le vacarme interdisait la conversation. Des serviteurs changèrent de vin et de plats, tandis que d'autres présentaient les desserts, dattes confites arrosées de lait fermenté, gâteaux de raisin, feuilletés au miel, pommes cuites au vin. Emmanuel tourna la tête vers sa droite et rencontra le regard de plus en plus inquiet de Thomas.

L'exil était humiliant ; on était donc l'obligé d'un

autre. Emmanuel se servit de dattes. Le dialogue était décidément moins facile avec des païens qu'avec les Juifs les plus revêches. La soirée commençait à dériver, les danseurs et les danseuses cédant aux aguichements des convives. Des rires canailles, de petits cris affétés, des grivoiseries fusèrent. Emmanuel soupira en attendant que le roi donnât le signal de se lever. Cela vint enfin, le roi devant partir de bonne heure pour regagner Pétra ; il délégua à Omar le soin de veiller à la sécurité et au bien-être d'Emmanuel. C'était un fort jeune homme que cet éparque, chargé de gouverner les Nabatéens de Damas, mais il convenait de dire à sa louange qu'il s'était levé de table parfaitement sobre, alors que les autres titubaient en clabaudant.

« Nous sommes des gens du désert », murmura Emmanuel, tandis qu'un serviteur les escortait à leur appartement. « Comme eux, nous n'avons pas le temps de perdre du temps. C'est dans les villes qu'on acquiert le goût de l'inutile. »

Toujours était-il que Damas ne serait pas un séjour de roses.

15

NI JUIF NI ESSÉNIEN

Thomas trouva, dès le lendemain, avec l'aide de l'éparque, des chambres au deuxième étage d'une maison privée. Celle-ci se situait dans une rue montante qui achevait son parcours en serpentant le long des remparts de Damas. On l'appelait la rue de l'Orfèvre-Nimrod. Cet artisan au nom de chasseur était depuis longtemps mort, mais ses fils, dans la maison voisine, avaient repris son commerce, qui consistait en la fabrication d'amulettes d'or, d'argent et de bronze et en l'enrichissement d'armes de prix.

Dès que l'intendant mandé par l'éparque leur eût donné la clef de leur porte, Emmanuel et Thomas descendirent acheter des rudiments de confort domestique, des plats, des brocs, des verres, avec l'argent dont Joseph les avait généreusement pourvus. Dans l'escalier, ils croisèrent une chèvre à l'expression philosophique, qui avait traîné son fourrage sur les marches, ainsi devenues dangereusement glissantes. Une famille vivait, en effet, sur les toits, où elle élevait une chèvre et des poules. Ils passèrent ensuite devant la boutique des fils de Nimrod. L'un d'entre eux les invita à entrer.

« Nous n'achetons pas d'amulettes », dit Thomas, sur le pas de la porte. « Nous sommes juifs. »

« Entrez, entrez quand même, votre regard nous honore ! Peut-être un beau poignard le retiendra-t-il ! »

Emmanuel franchit le seuil de la boutique et le jeune homme s'empressa auprès d'eux, ouvrit le tiroir d'un meuble et produisit une statuette d'or, assez petite pour être pendue au cou au bout d'une chaîne. Elle représentait un dieu à corps d'homme et à tête de taureau.

« Baal ! » s'écria le vendeur. « Baal-Haddad ! On l'appelle Melkart à Tyr. C'est le roi des dieux ! » Emmanuel sourit. Le jeune homme tira une autre statuette qui représentait, celle-là, le même dieu, mais pourvu d'un phallus démesuré. « Une autre image de Baal-Haddad ! Le dieu de la Fertilité ! Il attire les naissances d'enfants mâles ! Pour ta femme ! » Thomas fit de la main un geste agacé. Le vendeur n'en eut cure ; il sortit du tiroir une troisième amulette, mais d'argent cette fois. « Nikkal ! L'épouse du dieu de la Lune ! » Emmanuel la prit dans la main : un corps de femme dont la tête s'appuyait à un disque représentant la Lune, en effet. L'orfèvre s'était attardé sur les organes génitaux. « Dionysos ? Dionysos ? » demanda le vendeur, d'une amabilité imparable, sortant du même tiroir une statuette de bronze poli, représentant un jouvenceau alangui et nu, tenant une grappe de raisin d'une main féminine.

« Combien le Dionysos ? » demanda un client qui venait d'entrer.

« Cinquante sesterces, maître, ton œil est supérieur à celui de l'artiste », dit le fils de Nimrod en tendant l'objet au nouveau venu.

« Vingt-cinq. »

« Quarante. »

« Trente. »

« Trente-cinq, tu m'affames, maître. »

« Je le prends à trente-cinq », répondit le client, caressant voluptueusement la statuette et mettant la main à sa poche. Le vendeur compta les pièces, glissa la statuette dans une bourse de cuir et la tendit avec obséquiosité au client, qui s'en fut comme un voleur.

« Apollon ? » demanda le vendeur, se tournant de nouveau vers Emmanuel, et tirant du mirifique tiroir une autre statuette d'un jeune homme nu, mais en argent celle-là. « C'est ton portrait craché, je jure que l'artiste t'a rencontré et qu'il en a été tellement frappé qu'il t'a immortalisé dans le métal ! Deux cents sesterces seulement, pour toi, parce que tu es beau ! Tu ne la trouverais pas ailleurs pour le double de ce prix ! »

Les épaules d'Emmanuel furent secouées d'un rire contenu.

« Cent quatre-vingts sesterces ! Ton portrait, maître ! Ton portrait craché ! Tes épaules ! Ton nez ! Ton sourire ! »

Emmanuel battait en retrait vers la porte, précédé par Thomas, qui fumait d'impatience.

« Cent soixante-dix sesterces, pour toi, parce que tu m'as charmé, maître ! » cria le vendeur sur le pas de la porte, tendant la statuette qui étincelait au soleil, mais Emmanuel était déjà dehors, un salut vague et souriant au bout de la main.

« Revenez, revenez quand vous voudrez ! J'aurai ce qu'il vous faut ! »

« Un bordel de dieux, cette boutique ! » marmonna Emmanuel.

« Ce n'est pas la boutique, c'est le monde entier qui est un bordel de dieux ! » s'écria Thomas. « Des dieux de rêve et de métal ! Des dieux sans chair ! Exsangues ! Exsangues ! »

Emmanuel lui adressa un regard sans aménité. Thomas le saisit, soupira, leva les bras au ciel. Ils descendirent les remparts jusqu'aux rues basses, et bientôt abordèrent l'allée de César, longue colonnade bordée de boutiques et grouillante de monde, domestiques traînards, vieilles femmes et matrones virilisées par l'âge et le masque désenchanté, qui marchandaient de l'agneau, de la volaille, du saucisson, des brochettes d'oiseaux, légionnaires qui croquaient de la laitue ou des pommes, le mollet mou, l'œil félin, guettant la donzelle sans chaperon, commissionnaires affairés qui se donnaient l'air important en pressant le pas, entremetteurs qui dominaient les carrefours d'un regard voilé, prêts à vendre de la perle ou du garçon, un singe ou un esclave, au gré du client. Deux hommes qui passaient, le manteau rabattu sur le visage, comme s'ils s'efforçaient d'éviter le spectacle d'un monde de mercenaires impies, retinrent les regards des promeneurs.

« Des Juifs », murmura Thomas.

Emmanuel les suivit du regard.

« Irons-nous donc à la synagogue ? » demanda Thomas, quand ils eurent ramené à la maison leurs emplettes, tassées dans un filet de chanvre. « Car il y a, en effet, des Juifs à Damas. L'éparque les chiffre à quinze mille. »

« Que diront-ils d'un crucifié ? » demanda Emmanuel, appuyé à la fenêtre et le regard perdu jusqu'aux montagnes. « Les uns en auront peur, les autres l'acclameront, un rabbin conseillera la prudence. Puis ils se disputeront, il y aura un autre

Caïphe, puis un autre Joseph d'Arimathie, ils débattront ce qui a déjà été débattu. Des Juifs, des Romains, des esprits étroits et d'autres qui sont généreux, des hommes qui ne croient qu'à la lettre des Livres et d'autres qui espèrent des Livres nouveaux, j'ai vécu tout cela. Non, nous n'irons pas à la synagogue. Les Juifs ne connaissent désormais qu'une histoire et une seule façon de la dire. »

Il se versa du vin, y goûta, l'étendit d'eau et reprit : « Les Juifs étaient un peuple du désert, ils avaient la vertu des gens du désert, car le vice est aux gens des villes. Ils étaient tendres et beaux, et leurs jeunes gens étaient ardents, leurs pères étaient sages et leurs femmes étaient fertiles. Ils ont conquis la terre de Juda et se sont installés et ont construit des villes. Il fallait alors écrire la loi de Moïse, et puis l'interpréter, et la voix s'est alors changée en paroles. Les prêtres n'étaient plus que des prêtres et comme le pouvoir corrompt toujours la chair humaine, ils se sont corrompus. Ils n'étaient plus que chair corrompue et paroles, au lieu d'être des corps vibrant d'une voix. Il fallut traiter avec d'autres puissances, et pour cela, protéger leur pouvoir, et la corruption augmentait. C'est ainsi qu'en Israël comme dans le reste du monde, Thomas, un homme n'avait plus qu'une alternative, être prêtre ou se voiler la face. »

Il posa son verre vide sur l'entablement de la fenêtre, et dit d'une voix lasse : « D'ici la fin des siècles, Thomas, là où il y aura des villes, il n'y aura que des prêtres et des voyous. J'ai espéré mettre fin à ce conflit, les prêtres ont triomphé, comme ils avaient triomphé de l'un des leurs, jadis, le Maître de Justice. Je ne suis plus des leurs, car je ne suis ni prêtre, ni voyou. Que le reste du monde me prenne, s'il est prêt à m'accueillir. »

Thomas s'assit et se plongea dans des pensées mystérieuses et sans gaieté. Il ressembla soudain à l'un de ces animaux de la religion égyptienne qu'une phrase indéchiffrable saisie dans le ciel a figés dans une posture. Car, dans leur sagesse, les Egyptiens avaient compris que chaque homme est tour à tour singe méditatif, hippopotame résigné, chacal frustré, ibis dédaigneux, symboles. Seule une révélation divine l'arrachera à l'ensorcellement et lui rendra sa forme humaine, et peut-être des sentiments accordés.

« Nous ne sommes donc plus juifs », murmura-t-il.

Un esclave délégué par l'éparque entra silencieusement, puis s'immobilisa, comme s'il attendait que les maîtres des lieux s'accoutumassent à son visage, à son existence, au rôle qui lui avait été assigné. Emmanuel l'interrogea des yeux et ne trouva que des prunelles d'ivoire garnies d'ambre au-dessus d'une bouche impassible.

« Je m'appelle Epicrate. Je suis phrygien. Mes maîtres désirent-ils quelque chose ? »

Ils demandèrent qu'il allât puiser de l'eau, acheter de la nourriture, du vin, des fruits, du pain.

« Et des dattes », précisa Thomas en fouillant dans sa poche pour en tirer quelques pièces.

« Des pigeons grillés plairaient-ils à mes maîtres ? » demanda Epicrate.

Emmanuel hocha la tête. Epicrate s'en fut, portant deux jarres neuves. Thomas soupira de nouveau.

« N'est-ce pas à Kochba, près d'ici, que Dosithée a élu domicile ? » finit-il par dire.

« Et qu'ai-je à faire avec Dosithée ? » dit Emmanuel en s'asseyant à son tour, après avoir mis par terre le petit pot d'onguent qu'il avait emporté de Judée. Il y plongea l'index et l'en retira garni d'une lichée de pâte brune dont il se massa les pieds. « Qu'aurais-je à faire des esséniens ? » Il leva le visage vers Thomas. « Ils avaient réduit le monde à la peur et au ressentiment, et leur espoir n'était que celui que la peur et l'espoir de vengeance font naître. Ils m'ont inspiré des paroles prématurées. Car c'est moi qui l'ai dit, "Repentez-vous, car le temps est accompli et le royaume de Dieu est proche[39]." » Il observa un silence et reprit : « Or, le temps n'est pas accompli. » Il se leva, faisant jouer les muscles de ses pieds nus, et dit encore : « Le jardinier avait perdu des graines. C'étaient de bonnes graines, mais le vent les avait emportées loin de son jardin. Elles ont poussé dans les champs, en compagnie de la folle avoine et de l'ivraie, avec la seule eau du ciel et sous le vent mauvais comme sous la brise propice, et la saison venue, elles étaient différentes de celles qui avaient grandi dans le jardin. Le jardinier ne les a pas cueillies et, à la saison suivante, leurs graines nouvelles s'étaient envolées au hasard, les plantes qui en sont nées étaient encore plus étranges, et même les oiseaux les dédaignaient. Quels fruits a donné l'arbre des Esséniens ? Dosithée, qui se dit l'Etoile, et Ménandre, qui fait des prodiges, et Simon, qui fait aussi des prodiges et fait profession de dire tout, c'est-à-dire rien, et qui vit avec une prostituée devenue visionnaire, Hélène, qu'il prend pour la Lune. Ce sont là des fleurs du désert ; elles fleurissent brusquement après la pluie et meurent au midi. C'est toujours la même chose, tous ceux qui prétendent détenir la réponse ultime à toutes les questions sont les plus dérisoires. »

« Cet arbre t'a aussi porté, Emmanuel », dit Thomas[40].

Un silence s'écoula.

« Il m'a porté, en effet. C'était encore le seul arbre qui portât des fruits. »

« Mais tu les as donc quittés », dit Thomas. « Peut-être est-ce pour cela que tu n'es ni Simon, ni Dosithée. »

« Ils s'étaient effrayés de moi », reprit Emmanuel. « Leur rituel n'était plus que cela, un rituel. Peut-on réduire le verbe à sa lettre ? Il fallait ainsi me retenir les entrailles le jour du sabbat, afin de ne pas souiller mon corps, et il fallait en même temps nier ma chair. Le corps était ainsi glorifié et puis il était nié. Je ne l'ai compris que plus tard, l'impureté sort de la bouche et n'y entre pas, et il vaut mieux manger du porc que de se laisser aller à des pensées impies ou frivoles. Je me révoltais intérieurement. La grâce divine m'avait rendu prodigieux, et ils s'alarmaient que je me prisse pour le Messie. Ils recopiaient les Livres à leur guise, mais ils avaient réduit leur monde à l'attente de la Fin. Je suis donc parti, et Jokanaan est aussi parti. Nous avons chacun emporté dans la tête des morceaux de ce qu'ils nous avaient appris, mais nous avons surtout emporté avec nous leur désespoir. On ne vit pas éternellement dans le désespoir, Thomas, tu ne sais pas cela... »

« Je ne le sais pas ? » cria Thomas.

« Bref », reprit Emmanuel, « ils attendaient le Messie avec la fin des temps, et Jokanaan aussi l'attendait, cette fin, et moi aussi. Et Jokanaan voyant qu'elle n'advenait pas m'a dépêché des émissaires pour me demander si j'étais ce Messie qu'il avait attendu et qu'il avait annoncé et vu en moi, ou bien s'il y en aurait un autre. Et il est mort dans le désespoir. »

Thomas se voûtait de plus en plus et sa tête lui rentrait dans les épaules.

« Tu ne parles jamais de ta mère, ni de tes frères », observa-t-il à mi-voix.

« Mes frères, ce sont les enfants d'un premier lit, ils m'ont toujours considéré avec étonnement, sinon suspicion. N'ont-ils pas murmuré que j'avais perdu la raison ? Ils ne sont pas enclins à se manifester beaucoup, car les gens du Temple les soupçonnent de vouloir un jour revendiquer la filiation de David. » Il se passa les doigts sur les paupières. « Ma mère... que pouvait-elle faire, sinon subir ? L'indignité d'un fils crucifié, les trahisons des proches, les intrigues incompréhensibles, les questions qui n'en finissent pas, la malveillance. Elle est à Capharnaüm, en sécurité, avec Marthe et Marie. Je l'en ferai chercher quand je serai installé, ailleurs, si je le suis jamais. »

« Tu ne lui as pas rendu visite quand tu étais à Capharnaüm ? »

« Que lui aurais-je apporté, sinon du tourment et des larmes, et cela pour peu de temps ? Elle me sait vivant, Marie le lui a dit à coup sûr, mais comme elle croit Marie à demi folle... »

« Il ne reste donc plus rien du passé ? » murmura Thomas, accablé. « Rien ? »

« Si », répondit Emmanuel, levant le bras. « Si, les temps continuent. Et il reste Lui. »

« N'eussions-nous pas pu éviter ces souffrances ? Si tu n'avais pas été essénien, n'eussions-nous pas évité ces souffrances ? » s'écria Thomas, le visage tendu vers Emmanuel.

« Non. » Le ton était catégorique. « On ne se fait pas prophète, Thomas, on l'est. La disposition est innée. Certains naissent avec le sens du commerce, d'autres avec la colère, d'autres encore, avec le désir de droiture. Essénien ou non, l'homme qui s'insurgeait contre l'hypocrisie était voué au supplice. Ne l'ai-je pas assez dit, ce peuple envoie ses prophètes à la mort. » Il se leva pour boire et regarda par la fenêtre le paysage qui s'étendait devant lui. « Une époque s'achève. La Loi doit renaître. Qu'importe si elle renaît ailleurs. »

« Qui s'en chargera ? » demanda Thomas. « Cephas, Jean, Jacques ?... »

« Que le vent les emporte », dit Emmanuel. « Qu'ils aillent essaimer. Jérusalem est vouée à la destruction. Seule la Voix est indestructible. »

« Nous ne sommes donc plus juifs », répéta Thomas.

« Nous sommes les enfants de Dieu », répondit Emmanuel.

Epicrate était revenu. Il s'affaira à ranger ses achats. Emmanuel et Thomas avaient faim.

16

CALOMNIES ET PROJETS AVENTUREUX

« ... Sa mère est la fille de Hannah le Galiléen. Elle a été promise à Jean, un prêtre sage et bon qui descend de David... » dit Saül, lisant un texte qui faisait plusieurs feuillets de parchemin. Il leva les yeux vers Caïphe. Celui-ci, assis, l'air las, écoutait, les yeux mi-clos et les mains mollement jointes. Près de lui, mais debout, le visage figé par la circonspection, se tenait l'un des meilleurs docteurs de la Loi de Jérusalem, Yoézer. Dans la pénombre, derrière Saül, le fidèle Pedanius, au nez pointu, tel un lémure sorti du mur.

« A la porte de la maison de Jean, où elle avait été recueillie, apparut un guerrier nommé Pandera. Elle le vit et fut séduite. Elle crut qu'il était l'époux qui lui avait été promis par le grand-prêtre. Il la prit par la main et puis dans ses bras et la connut », poursuivit Saül.

La pluie commença de tomber, et la lumière faisant défaut, en dépit de l'heure, Pedanius s'empressa d'aller prendre une lampe accrochée au mur et la tint au-dessus du texte que lisait son maître.

« Rentré de voyage, Jean apprit que Pandera avait fait son acte. Il décida d'abandonner Marie. Il alla consulter le prêtre Siméon, le fils de Shetach, et lui fit part de son intention de renoncer au mariage avec Marie, parce qu'elle avait connu un autre homme. Quel est cet homme ? demanda Siméon. Et Jean lui répondit que c'était Pandera, un homme prompt à la fornication. Et Siméon lui demanda s'il y avait eu des témoins, et Jean lui répondit à son tour qu'il n'y en avait pas eu. Alors Siméon lui répondit que, s'il n'avait pas de preuve de ce qu'il avait dit, il devait observer le silence, sous peine d'être accusé de calomnie, mais que Pandera reviendrait sans doute et que Jean aurait alors des témoins. »

Saül s'interrompit à nouveau et leva les yeux vers Caïphe. Celui-ci ne disait mot. La lumière de la lampe dansait légèrement sur le parchemin que tenait Saül. Des moucherons vinrent aussi danser autour de la lampe.

« J'ai connu Siméon », dit Caïphe après s'être éclairci la voix. « C'était le grand-prêtre et le beau-père d'Hérode le Grand. »

Une lueur traversa le regard de Saül. Puis il reprit sa lecture. « Mais Pandera ne revint pas, parce qu'il avait appris que Jean était rentré, et au bout de quelque temps il fut évident que Marie était enceinte. Mais Jean, qui était son promis officiel, selon la volonté du grand-prêtre, protesta que ce n'était pas de ses œuvres qu'elle portait un enfant. Mais il refusa de rester et partit pour Babylone, dont il ne retourna pas. Plus tard, Marie mit au monde un enfant, qu'elle appela d'abord Jésus, du nom de son frère, mais quand les circonstances déshonorantes de sa conception furent révélées, son nom fut changé en Essu[41]... »

« Son vrai nom est Emmanuel, nous l'avons vérifié dans les registres du Temple », interrompit Yoézer. « Et Joseph l'a inscrit comme son fils. »

Caïphe se frotta lentement les mains.

« Nous connaissons ces rapports », dit-il. « Nous savons que la naissance du personnage fut, pour dire le moins, mystérieuse. Nous savons que, rentrant de voyage, Joseph trouva Marie enceinte et qu'il fut contraint de l'épouser puisqu'elle était tombée enceinte sous son toit et qu'il y avait donc présomption d'adultère, ce qui nous eût contraint à prononcer une peine de lapidation contre un vieillard aussi bien que contre la fille. Il est également douteux que ce vieillard eût l'instinct de fornication et surtout à l'égard d'une orpheline qui lui avait été confiée. C'est d'ailleurs pourquoi elle lui avait été confiée[42]. Mais enfin, Saül, je ne vois guère l'utilité de ranimer ces rumeurs. L'homme n'est plus là. Officiellement, il est mort dans l'indignité. Je souhaite qu'on n'en parle plus. »

« Ton souhait est dicté par la sagesse, Caïphe », dit Saül. « Mais je crains que les faits n'en tiennent pas autant compte qu'il le faudrait. Ce n'est pas seulement que l'homme Jésus a survécu au supplice, ce n'est pas seulement que ses complices se répandent à Jérusalem, dans la Judée et les autres provinces, en assurant qu'il est miraculeusement ressuscité et qu'il est le fils de Dieu, pardonne-moi, je te prie, de répéter ce blasphème, c'est qu'il se trouve actuellement à Damas, sous la protection d'Arétas et que, non loin de là, à Kochba, comme mes informateurs me l'ont assuré, d'autres Esséniens se sont réfugiés. Il y a là, j'en suis certain, tous les éléments d'un complot qui tend à ranimer l'agitation qui a failli nous coûter si cher. Il a manqué de peu être couronné roi, il pourrait l'être cette fois-ci, s'il réapparaît à Jérusalem et qu'il donne ainsi corps aux rumeurs de sa résurrection miraculeuse. Là, il sera accueilli comme le Messie, et c'est là-dessus, d'ailleurs, qu'ont misé des intrigants comme Joseph d'Arimathie et Nicodème, quand ils ont ourdi le complot grâce auquel l'homme a été sauvé de la mort. »

Saül parlait avec une autorité qui finit par retenir l'attention de Caïphe, pourtant habitué aux revendications du chef des milices associées à la police du Temple.

« Le peuple est naïf, grand-prêtre », reprit Saül. « S'il voit réapparaître le Crucifié au Temple, un jour de sabbat, je crains que l'émotion soit si grande qu'il soit couronné roi sur-le-champ, sans que les Romains, ni personne à Jérusalem ou en Judée n'y puisse rien. C'en sera alors fait de toi, du clergé, de nous tous ! »

« Et que proposes-tu donc ? » demanda Yoézer.

« Je propose que le rapport que je tiens en main et dont je n'ai pu achever la lecture soit affiché aux portes du Temple et communiqué aux notables du Sanhédrin. Pendant ce temps... »

Saül laissa peser un silence.

« Pendant ce temps ? » demanda Caïphe.

« Pendant ce temps, j'irai en Syrie m'emparer de l'homme Jésus et de ses acolytes, et je les ramènerai ici enchaînés. »

Caïphe tendit le cou, dans une attitude d'incrédulité.

« La Syrie est sous le contrôle du consul Vitellius », dit-il enfin. « Et ses populations nabatéennes, elles, sont sous la tutelle d'Arétas, qui est en fort mauvais termes avec Hérode Antipas et, sans doute, tous les Hérodiens, dont tu fais partie. Il te faudrait donc braver deux législations pour aller t'emparer clandestinement de Jésus et de ses disciples et les ramener à travers la Trachonitide, la Batanée et la Décapole jusqu'à Jérusalem. Il faut être fou pour envisager un tel projet. »

« Si le courage est folie, alors je suis fou », répondit Saül, dressé de toute sa petite taille devant le grand-prêtre. Ils se firent face, un sanglier plein de jus âcre affrontant un vieil oiseau livide, aux yeux rouges, qui pouvait néanmoins tuer sa bête d'un coup de bec entre les deux yeux.

« Combien sont-ils, à ton avis ? »

« Une centaine, sans doute. »

« Il te faut donc autant d'hommes. Vous ne pourrez passer inaperçus à Damas et ailleurs. »

« Je peux m'emparer des principaux meneurs, à commencer par Jésus, avec une poignée d'hommes résolus. Je leur ferai traverser la frontière enchaînés et je les confierai aux hommes que je ferai attendre à la frontière de la Trachonitide. Puis je retournerai m'emparer des autres, et je recommencerai[43]. »

Caïphe se passa la main sur la barbe et l'interrogea du regard plusieurs fois.

« Il faut que je consulte le Sanhédrin. »

« Non ! Si le projet s'ébruite, il échouera », répondit Saül. « Il y a dans le Sanhédrin des hommes qui sont dévoués à Jésus. Nous en connaissons deux. Il y en a peut-être d'autres. C'est à toi et à toi seul de prendre la décision et de n'en référer à personne. »

« Il faut quand même que je réfléchisse », répondit Caïphe au bout d'un temps.

Les hommes âgés sont d'une autre race. Ils ont des douleurs que la jeunesse ignore et leur esprit est pareil à un gaz d'alambic, subtil et sans graisse. Ils distillent leurs décisions goutte à goutte.

« Il me faudra des lettres patentes de Pilate », dit Saül.

« Tu es romain, va donc les lui demander », répondit Caïphe. « Je ne vais tout de même pas requérir pour toi des recommandations auprès de Pilate ! »

Saül avala l'avanie avec une moue.

« Quand penses-tu me donner ta réponse, grand-prêtre ? »

« Je t'en aviserai », répondit Caïphe, impatienté.

L'entrevue prenait donc fin. Saül s'inclina et sortit, suivi de Pedanius. En traversant la cour du palais hasmonéen, il leva les yeux vers les appartements de Pilate et y vit de la lumière. Il n'était pas Pilate, il n'était pas Caïphe, il n'était pas tétrarque et n'avait aucun espoir de l'être. Il n'était qu'un petit policier qui nourrissait des rêves de puissance et de gloire. De plus, il avait la gorge sèche et la nuit était froide.

« Ils ne se doutent de rien, ces Romains. Ils ignorent tout de ce pays. Allons souper. Ces événements me donnent faim. »

Il se tourna vers Pedanius et s'étonna qu'il pût avoir le nez aussi long et aussi blanc tout à la fois. Ils partirent tous deux vers la ville basse, où certaines échoppes n'éteignaient leurs quinquets qu'aux rayons du jour.

17

UNE ARRESTATION MANQUÉE, UNE AUTRE RÉUSSIE

Huit jours ne s'étaient pas écoulés que le bruit s'était répandu qu'un magicien et guérisseur de Galilée[44] habitait près de l'orfèvre Nimrod. Emmanuel se reposait un après-midi quand une femme entra dans sa chambre, tenant un enfantelet perdu dans les plis de sa robe. Elle se pencha vers lui et, simultanément, il perçut son odeur en même temps qu'il entendit son pas traînant sur le plancher. Il ouvrit les yeux et rencontra ceux de la femme, penchée vers lui, et comprit d'un coup d'œil l'objet de l'intrusion, rien qu'à voir l'obscur paquet plaqué contre son sein. Il s'assit et se passa la main sur le visage. Elle déposa la créature dans son giron et il vit les yeux cernés, mi-clos, et déjà, à travers la peau translucide, la forme du crâne qui finirait bientôt dans une jarre, au sommet d'un cadavre pelotonné dans la mort comme à la naissance. Il mit la main sur ce tas de chiffons, à la recherche du torse, pour détecter un souffle de vie. Thomas était accouru, mais déjà, il était trop tard, Emmanuel était pris par son propre pouvoir. Sa main droite avait trouvé le cœur de l'enfant, la gauche soutenant la tête. Il glissa la main sous les chiffons, pour toucher le corps de la fillette, qui renversa la tête en arrière. Un instant, il la crut morte, mais elle détendit les bras. La mère était penchée si près que sa tête touchait presque celle d'Emmanuel. La chèvre entra dans la pièce, mâchant son éternel fourrage, et se coucha aux pieds d'Emmanuel. Le torse dérisoire de l'enfant se gonfla, elle ouvrit les yeux et regarda Emmanuel. Elle le dévisagea comme un renardeau dévisage le premier humain qu'il rencontre et il lui imposa son regard. Le regard perdit lentement son aspect vitreux ; elle battit des yeux. Le souffle de la mère agitait légèrement la chevelure d'Emmanuel. La fillette respira d'un souffle plus ample, puis elle s'endormit dans un soupir. Il la garda un temps dans ses bras, comme si ç'avait été sa fille. Puis il la tendit lentement à la mère. Celle-ci lui prit la main et l'embrassa passionnément, puis elle fouilla dans sa robe. Il agita la main en dénégation, mais elle ne prit pas garde au geste, elle tendit des pièces et si maladroitement qu'elles tombèrent par terre et roulèrent. Emmanuel hocha la tête. La femme s'enfuit, puis Thomas vint chasser la chèvre.

Ensuite, il fallut se servir du loquet de la porte, car ils venaient dès le petit matin et jusqu'aux heures avancées de la nuit, paralytiques, ulcéreux, hallucinés, cachectiques, ophtalmiques, trembleurs et dyspeptiques.

Un midi arriva un centurion. Son pas assuré effraya la cohorte des clients qui, plaqués aux murs, attendaient du Messager céleste la délivrance de leurs misères ; son insolente santé les insulta. Il regarda le monde qui encombrait la pièce et se planta devant Emmanuel, qui l'interrogea du regard, tandis qu'il traitait un jeune homme atteint au bras d'une plaie que celui-ci disait inguérissable. Après lui avoir lavé la plaie à l'eau vinaigrée, entraînant avec un linge les chairs mortes et le pus, Emmanuel appliquait dessus une pâte de fèves fermentées.

« Ton âme est fragile », dit-il au jeune homme, en entourant la plaie avec un pansement propre. « Ton âme fermente », ajouta-t-il en fixant ses yeux bruns sur son patient, articulant lentement l'araméen, car l'autre ne parlait que le syriaque, proche dialecte.

Le jeune homme restait muet, le regard noyé d'angoisse.

« Le plaisir fait mûrir l'âme et le corps, trop de plaisir les fait trop mûrir, comprends-tu ? L'on devient pareil à ces fruits qui pourrissent sur l'arbre. Ta plaie est une plaie de débauche. Tu as cru que tu n'étais qu'un corps. Détrompe-toi. »

Le jeune homme ouvrit la bouche et ses yeux se mouillèrent.

« Va », dit Emmanuel. « Et ne te dessèche pas non plus. »

Le jeune homme se leva de manière tellement incertaine qu'il parut devoir tomber, et Thomas accourut pour le soutenir. Le jeune homme tendit des pièces à ce dernier et s'enfuit. Emmanuel se leva et interrogea des yeux le centurion.

« Je suis délégué par l'éparque Omar », dit-il.

Thomas joignit les mains.

« Je suis ici délégué pour ta sécurité. Saül d'Antipater est à Damas. Il est arrivé avec une douzaine de sbires et l'éparque les soupçonne de mauvaises intentions. Leur premier soin a été, en effet, de s'informer de ton adresse. »

Un gémissement monta de la poitrine de Thomas. Le centurion se tourna vers ce dernier.

« Il n'y a rien à craindre. L'éparque les tient sous surveillance et projette de les faire arrêter, avec le consentement du roi. Nous n'attendons qu'un motif », dit le centurion.

Emmanuel n'avait dit mot. Mais l'expression assurée et même ironique du centurion lui parut singulière. Un fracas se fit à la porte et un petit homme en manteau sombre déboucha dans la pièce de façon agressive, suivi d'une escorte tout aussi peu amène. Thomas poussa un cri.

« Le voilà ! » cria l'homme, dégaînant un poignard. « C'est lui ! Saisissez l'imposteur ! »

Il s'élança vers Emmanuel, stupéfait.

« Saül ! » cria Thomas d'une voix méconnaissable. « Saül ! Chien sorti de l'enfer ! »

Le centurion dégaîna d'un coup son glaive.

« Un pas de plus, Saül d'Antipater, et je tranche le fil de tes jours ! »

« Je suis citoyen romain ! »

« Tu es Saül d'Antipater, et tu n'as que faire à Damas, et encore moins t'emparer d'un hôte du roi ! »

« J'ai des ordres de Pilate ! »

« Le consul, ici, se nomme Vitellius. »

La maison tremblait sous les pas d'une escouade de militaires qui bouscula au passage les malades épouvantés et encadra brutalement l'escorte de Saül.

« Je déclare que cet homme est sous arrestation par ordre direct de l'éparque. Enchaînez-le et emmenez-le en prison », dit le centurion.

« Tu oses arrêter un citoyen romain ? » cria Saül.

« Un Romain criminel est un criminel comme n'importe qui. »

« Tu en répondras à l'empereur ! »

« Je ne réponds qu'à l'éparque, qui ne répond qu'au roi », dit le centurion, pointant son glaive vers Saül. « Et, petit homme, trop de mots peuvent m'importuner. Tu pourrais te rompre le cou dans un escalier ou tenter de t'enfuir alors que nous descendrons les remparts, et basculer ainsi vers ta mort. Ferme donc ta bouche malpropre. »

Saül tourna son visage vers Emmanuel.

« Tu ne seras pas toujours aussi bien protégé ! » s'écria-t-il.

« Pourquoi me persécutes-tu ? » demanda lentement Emmanuel. « Quelle est la source de ta haine ? »

Un silence inexplicable descendit soudain sur la scène. Il enroba et même figea tous les acteurs présents. Les regards d'Emmanuel et de Saül semblèrent scellés l'un sur l'autre, comme si ç'avaient été des doigts mutuellement serrés sur des cous. Ce fut le centurion qui interrompit ce face-à-face, ordonnant que l'escorte de Saül fût reconduite aux portes et jetée enchaînée ensemble vers les montagnes.

« Reconduisez-moi aussi ! » cria Saül.

« Non, toi, c'est la prison », répondit le centurion.

Quelques instants plus tard, la pièce était déserte. Les malades avaient fui. Il ne restait qu'Epicrate, l'expression abimée dans l'étonnement. Emmanuel et Thomas se retrouvèrent l'un devant l'autre, désemparés. Emmanuel versa de l'eau sur une serviette et se la passa sur le visage et le cou.

« Nous n'avons pas fini de fuir », murmura Thomas.

« J'aurais pourtant aimé m'entretenir avec Saül », dit pensivement Emmanuel.

La chèvre était revenue et Thomas, exaspéré, la saisit par les cornes et la bouta dehors, non sans mal d'ailleurs. Emmanuel, allongé et l'œil vaguement intéressé, suivit le combat de Thomas et de l'animal. Et quand Thomas eut verrouillé la porte, il lui dit, d'un ton indifférent :

« Elle ne me dérangeait pas. Tu l'as confondue avec quelqu'un d'autre. »

Thomas le considéra un long moment, d'un air perplexe, puis il se mit à rire. Emmanuel, à son tour, se laissa aller à un rire enfantin, qui effaça le souvenir des violences récentes. Puis le rire s'étant éteint, il dit gravement : « Un homme ne se bat pas contre un animal, Thomas. Il doit seulement lutter contre l'animal en lui. »

18

UN SOUFFLET DE LA FORTUNE

Le cachot était spacieux. Et presque désert : un homme, un seul, âgé d'une trentaine d'années, dormait assis sur une paillasse, à brève distance d'un rat intrépide, quand Saül entra ; il ouvrit un œil et dévisagea le nouveau venu avec un étonnement évident. Le rat aussi dévisagea l'arrivant.

« Qu'est-ce que tu as fait, toi ? » marmonna-t-il d'une voix pâteuse, dans un grec bien plus poncé que le personnage.

Saül haussa les épaules. L'homme se radossa au mur et referma les yeux. Puis, les yeux fermés, il dit :

« Tu fais le fier, mais tu parleras avant peu. »

« Comment fait-on parvenir un message à l'extérieur ? » demanda Saül.

« Quand on me parle, on dit qui on est. »

« Je m'appelle Saül. »

« Voleur ? »

« Non. »

« Assassin ? »

« Non. »

« Comploteur ? »

« C'est trop long à expliquer. Je suis venu m'emparer d'un Juif. On m'en a empêché. »

« A qui veux-tu faire parvenir un message ? »

« Pourquoi demandes-tu ? »

« Tu as de la famille à Damas ? »

« Non. »

« Des amis ? »

« Sans doute. »

« De l'argent ? »

« Pourquoi ? »

« Parce qu'il faut payer le garde pour faire parvenir un message à l'extérieur. »

« Combien ? »

« Deux sesterces. Combien me paies-tu ? »

« Je croyais que c'est le garde qu'il fallait payer. »

« Et moi pour parler au garde. »

« Combien ? »

« Un sesterce. »

Saül fouilla dans sa poche et en tira précautionneusement un sesterce qu'il jeta au prisonnier, à distance.

« Et toi, comment t'appelles-tu ? »

« Kallias. »

Celui-ci se leva et alla frapper de petits coups à la porte, selon ce qui semblait être un code. Le judas s'ouvrit.

« Un message », dit le prisonnier, faisant signe à Saül d'approcher et lui tendant la main pour demander du geste les deux sesterces. « Le gars que tu viens d'amener va te le dire. »

Saül s'approcha du judas, qui était haut placé, ce qui le contraignit à se hausser sur la pointe des pieds. Il vit surtout un menton barbu et perçut les effluves d'une haleine avinée.

« Il faut dire au rabbin de la plus grande synagogue que Saül d'Antipater, ami de Caïphe à Jérusalem, est dans cette prison. »

« Donne-lui l'argent », dit Kallias.

Saül glissa les sesterces à travers les barreaux. Le judas se referma dans un claquement.

« Et quand portera-t-il le message ? » demanda Saül.

« Quand il le pourra. Peut-être quand il aura bu tes deux sesterces. Il reviendra alors t'en redemander deux autres avant de porter le message. »

« Comment ? » s'écria Saül indigné.

« Tu as l'air riche », dit Kallias. « C'est normal. Le message que tu veux faire parvenir au rabbin est destiné à te faire libérer, non ? Ta liberté vaut bien quatre sesterces, non ? Ou plus. Combien paierais-tu pour ta liberté, Saül ? »

Le ton goguenard du prisonnier exaspéra d'abord Saül. Mais il valait mieux ne pas se mettre à dos un allié possible. L'autre le considérait d'un œil ironique.

« A propos de vin, tu pourrais nous en faire acheter, non ? Et des pigeons grillés et du pain avec, non ? Ou bien préfères-tu jeûner ? Peut-être l'avarice te pousserait-elle au jeûne. Ou bien voudrais-tu manger tout seul, Saül ? »

« Combien ça coûte ? » demanda Saül, lassé des insolences de Kallias.

« Quatre pigeons grillés, deux pains, une cruche de vin et deux grappes de raisin, ça n'ira pas chercher au-delà de deux sesterces, commission comprise. »

« Mais il est allé porter mon message, alors il n'y aura personne à la porte, non ? »

« Ils sont toujours deux ou trois à monter la garde. Donne-moi un sesterce, ils connaissent le bruit de l'argent sur le bois. »

Saül jeta la pièce à Kallias, qui se leva prestement et alla de nouveau toquer à la porte, selon son code secret. Le judas se rouvrit. Ce fut un visage glabre qui s'y encadra.

« Deux pauvres prisonniers voudraient se nourrir », dit Kallias.

Le visage glabre s'approcha de la grille pour dévisager le nouveau prisonnier.

« Je ne vais pas me déplacer comme la dernière fois pour t'acheter un saucisson et recevoir une pièce de bronze pour ma peine », dit le garde.

« J'ai trop de respect pour toi, garde, et je te prie de prendre ma misère en commisération », répondit Kallias, sur un ton mi-enjoué, mi-faisandé. « Daigne considérer que ce nouveau prisonnier a grand appétit et que nous souhaiterions avoir quatre pigeons grillés, une jarre de bon vin, deux pains au sésame et deux grappes de raisin, et que le reste de deux sesterces te reviendra avec nos vœux de prospérité. »

« Montre les deux sesterces. »

Saül tendit l'autre au prisonnier, qui fit jouer les pièces dans ses doigts devant le judas.

« Voilà, mon prince », dit Kallias en glissant les pièces à travers la grille de fer.

Le judas se referma une fois de plus.

« Ils ne partent jamais avec l'argent sans rien rapporter ? » demanda Saül.

« Mauvais esprit ! » s'écria Kallias, en arpentant la prison d'un pas dansant. « Un gardien et son prisonnier sont comme l'époux et sa femme ! Ce sont l'avers et le revers de la même pièce ! Un gardien trahira plutôt son chef que son prisonnier, à moins qu'il ait une vengeance contre lui. » Il fit voler ses haillons dans une pirouette.

« Que faisais-tu dans la vie ? » demanda Saül, vaguement amusé par cette faconde.

« Que faisais-je dans la vie ? » s'écria l'autre avec

une fausse indignation. « Mais je ne l'ai pas quittée, manant ! J'y suis toujours, dans cette vie ! J'en aurai la peau, de cette vie ! J'y suis poète, on me paie pour réciter des compliments de circonstance dans les repas. Les gens riches ont la cervelle épaisse et si j'avais récité Homère ou Pindare, ils auraient bâillé et cela leur aurait coupé l'appétit. Alors, je leur confectionne des vers de circonstance pour la naissance ou le départ de l'un d'eux, le triomphe d'un garçon au pancrace ou l'achat d'un cheval, et les voilà qui se prennent donc pour des mécènes, puisqu'ils se font composer des vers. Et en bon grec, je te prie, pas dans ce jargon de bas quartier qu'ils prétendent être du grec, car chez eux, ils parlent un mauvais araméen. J'ai parcouru la Décapole, j'y suis célèbre, et cela ne plaide pas en faveur de ta fortune que tu ne me connaisses pas », ajouta-t-il avec un clin d'œil de défi à l'égard de Saül.

« Tout cela est bel est bon », dit Saül, « mais tu es donc en prison. »

« On m'accuse d'avoir dérobé une agrafe de prix. Quand ils sont pris de boisson, ces gens s'agitent sur leurs lits, les bagues glissent de leurs doigts gras pour tomber dans les verres, les colliers se brisent, les agrafes se défont et roulent sous les tables. J'en ai trouvé une qu'un esclave allait fouler de sa sandale, je l'ai sauvée en la retirant de sous ses pas, et voilà qu'on me le reproche ! J'allais la remettre au maître de céans, mais le voilà qui monte sur ses grands chevaux et mande la force publique pour m'envoyer ici. Et voilà la gratitude de Damas à l'égard de la poésie ! »

« Tu n'allais quand même pas réciter tes vers dans ces haillons ? » demanda Saül.

« J'ai laissé mes beaux vêtements et mes bottes d'agneau en gage auprès d'un ami, pour qu'il pourvoie à mes besoins. Il m'a oublié. Hécate prendra soin de lui ! Elle le poursuivra de ses chiens nocturnes jusqu'à ce qu'il ait cent fois payé sa soulte. »

Des ferrures cliquetèrent, l'huis de la porte grinça,

le garde entra, portant les victuailles dans une serviette nouée. Il déclara que les achats avaient coûté moins d'un sesterce ; Saül le gratifia du reste et reçut en échange un clin d'œil respectueux. Les prisonniers déballèrent le repas et le posèrent sur l'un des deux bancs qui, avec des paillasses, meublaient la cellule. Puis ils se régalèrent.

« Quand même », dit Saül. « il me faut sortir d'ici. »

« Tu as prévenu le rabbin, non ? »

« J'ignore son pouvoir. Je ne sais s'il est disposé à intervenir en ma faveur. » Et Saül jeta un regard alarmé sur la paillasse peu ragoûtante qui lui servirait de couche pour la nuit prochaine, au niveau des rats.

Le jour déclina, Kallias ronflait, la porte s'ouvrit soudain et deux légionnaires apparurent.

« Saül d'Antipater », dit l'un d'eux.

Le prisonnier tourna vers les militaires un visage blême.

« Tu es expulsé immédiatement de Damas par ordre du roi. Suis-nous. »

Il les suivit, ils l'encadrèrent, « Bonne chance ! » cria Kallias, réveillé par l'interruption ; la porte se referma, les légionnaires et leur prisonnier empruntèrent le couloir humide qui menait à la grande salle du greffe. Moins d'une heure de marche plus tard, ils étaient parvenus à l'une des portes de la ville. Les légionnaires présentèrent Saül aux gardes, qui jouaient aux dés :

« Cet homme est expulsé par ordre du roi. Veillez à ce qu'il ne rentre plus jamais dans la ville. »

Leurs poings toujours serrés sur les dés, les gardes lui jetèrent un long regard. Un gamin au crâne tondu observait la scène d'un regard animal. Les légionnaires poussèrent Saül dehors sans ménagement. Il se retrouva parmi les maraîchers, les volaillers et les éleveurs de cochons et leur bétail, dans des relents de purin, parmi le tas de masures qui constituait un village au pied des murailles de la ville. La nuit tombait, l'heure était trop avancée pour acheter un cheval, et d'ailleurs, les chemins étaient trop dangereux pour un homme seul. Un fracas d'huis grinçants et de pierre blessée annonça la fermeture des vantaux de la grande porte par laquelle il était arrivé. Pour laver sa bouche de l'amertume, il entra dans un estaminet. L'homme Jésus comptait décidément des alliés puissants. L'aubergiste lui servit de l'hydromel dans un verre douteux. Saül demanda à louer un banc pour y dormir. A l'aube, l'aubergiste le tira d'un sommeil vermoulu pour lui indiquer une caravane en partance pour Scythopolis. Saül courut de ses courtes jambes après les derniers mulets, il cria, des hommes aux faces de bronze se retournèrent, il paya son passage et on lui indiqua une monture. Il serra les dents, mit le pied à l'étrier et son regard se creusa face au jour qui se levait[45].

19

CONVERSATION ENTRE DEUX GRECS

Le crépuscule changea les colonnades et les frontons de Pétra en un rêve de Crésus, ou peut-être en cauchemar, tout d'or orangé, rutilant de facettes, et, pour le faire valoir, il teignit soudain le ciel d'indigo clair. Les manteaux et les robes des habitants eux-mêmes, et jusqu'à leurs visages, se couvrirent de cette teinte éternelle, et sur le toit d'une maison, un jeune homme quasi nu qui mettait du linge à sécher sembla soudain une réincarnation d'Apollon, tendant des feuilles d'or en hommage au soleil fuyant.

Deux hommes, l'un chauve et l'autre un peu moins, détachèrent leurs regards de cette apparition que la nuit bientôt rendrait à la race humaine, et leurs yeux accrochèrent au passage des feuilles d'acanthe dont la couleur, déjà, virait au bronze, et poursuivirent leur chemin jusqu'à l'auberge la plus réputée de la capitale nabatéenne, celle que tenait un certain Hadrien, personnage composite dont nul n'aurait su dire ni la race, ni la religion, mais auquel on devait, selon la rumeur, les volailles et le gibier rôtis les plus succulents de l'Orient.

« Il faudra donc que je t'invite à dîner, mon cher Eucrate », dit le moins chauve des deux piétons, « car tu n'as cessé de sacrifier à tous les dieux et tous les autels que nous avons trouvés sur notre chemin depuis ce matin. Je ne sais combien de pigeons et de libations tu auras achetés. Ta bourse doit être vide. »

« N'exagérons rien, Ion », répondit l'autre. « J'ai sacrifié à notre grande Isis, qui est notre mère, sœur et amante à tous, et à laquelle tu ne saurais être indifférent. Puis, en voyageur respectueux, j'ai fait verser des libations pour Atargatis... »

« En foi de quoi vous risquez d'y perdre vos attributs virils », interrompit Ion d'un ton ironique.

« Faire verser des libations n'entraîne pas qu'on soit prêtre de la déesse », répondit Eucrate. « Et tous ses prêtres ne sont pas castrés. Puis j'ai, en effet, fait sacrifier deux pigeons à notre Hermès, et enfin, une jarre de vin au dieu des Nabatéens, qui s'appelle Ilay. Il me semble que c'est le moins qu'un hôte de ce pays puisse faire en traversant ce pays charmant. Je me permets de te dire que, si tu souscrivais à mes règles de courtoisie, tu devrais, au lieu d'ironiser sur mon compte, te rendre à la bienséance et me payer la moitié de mes frais religieux, afin que les bienfaits de ma piété rejaillissent aussi sur toi. »

« Combien ? » demanda Ion.

« Ta part serait d'un drachme, cher Ion. »

« Nos dieux grecs ne te suffisent donc plus, que tu ailles ainsi sacrifier à tous les dieux que tu rencontreras çà et là ? » demanda Ion et tirant de sa bourse un drachme à l'effigie d'Auguste.

Ce disant, ils arrivaient à l'auberge, fort encombrée. Des fumets et des fumées montaient au ciel désormais étoilé, des tablées bruyantes tançaient des serviteurs qui s'affairaient, et ce fut à grand-peine qu'Hadrien, dont la taille témoignait qu'il appréciait sa propre cuisine, leur trouva deux places à une table commune. On posa devant eux d'emblée un plat de crépinettes de mouton, un autre de saucisses minuscules et chaudes, un bol de crème de pois chiches au vinaigre et à l'huile, du pain frit et une jarre de verre pleine de vin violet. Un serviteur versa le vin dans des verres où, à la lumière des torches et des lampes qui éclairaient la cour d'Hadrien, il revêtit une teinte d'améthyste.

« Du vin de Sabine », dit Ion.

« Nous sommes en province romaine. Nous trouverions sans doute du vin d'Ombrie. Là où sont les Romains, le plaisir d'être vivant est assuré. »

« En premier plat, je recommanderais à mes nobles hôtes des cailles grillées au coriandre », dit le serviteur, un garçon de bronze gras aux yeux obliques. « Elles sont faites de ces petits riens qui disposent l'esprit à goûter un repas digne de héros. Elles n'encombrent pas l'estomac, mais ouvrent l'appétit. »

Le boniment fit sourire Eucrate.

« Va pour les cailles », dit-il.

« Selon l'appétit de mes maîtres », poursuivit le serviteur, « je leur proposerais ensuite de la truite de l'Oronte farcie aux noix ou bien de l'agneau rôti aux bois odorants et à la girofle. »

Eucrate décida pour l'un et Ion pour l'autre.

« Je suggère pour le boire de mes honorables hôtes du vin de Marseille pour la viande et du Falerne jaune pour le poisson », reprit le serviteur, dans une opulence du geste si souriante et si spontanée qu'on se demandait si ce n'était pas de ses seins ou de ses reins qu'il tirerait l'agneau, la truite et les vins.

Eucrate hocha la tête, acceptant l'un et l'autre. Lui et Ion achevèrent le pichet de vin de Sabine.

« Est-il sur la liste des plats ? » demanda Ion.

« Tout être humain est disposé à servir de repas, s'il juge que l'expérience pourrait l'enrichir. »

« Veux-tu dire que tout être humain est prêt à se prostituer ? » demanda encore Ion.

« Prostituer est un mot déplaisant », répondit Eucrate. « Je veux dire que l'être humain aspire à s'épanouir et que ce sentiment est spontané, bénéfique et conforme à sa nature. Toute expérience nouvelle est une occasion pour lui d'acquérir la connaissance, c'est-à-dire la force, et telle est la raison pour laquelle nous écoutons encore Homère avec autant de plaisir. Homère, en effet, nous apprend ce que nous ne connaîtrions sans doute pas de notre vivant, et c'est la raison pour laquelle je dirais qu'un garçon qui partage la couche d'un homme libre est comparable à toi ou moi lorsque nous écoutons Homère. »

« Voilà beaucoup de simplicité ! » ironisa Ion. « Et pourquoi donc Homère, lui, écrivait-il ? Ce n'était certes pas pour s'enrichir ! »

« Ah ! nous voici au cœur du sujet ! Pourquoi, à ton avis, Homère écrivait-il, en effet ? Parce qu'on le lui demandait ? Certes pas, il n'eût alors été qu'un poète de commande et l'on sait quels piètres vers écrit cette sorte d'artisans. Il ne pouvait écrire aussi magnifiquement qu'il l'a fait que parce qu'il était habité par un dieu, qui était celui de la poésie. Et pourquoi donc lisons-nous et écoutons-nous Homère ? C'est dans l'espoir de participer à sa transe divine, car, comme je te le disais, chaque être humain aspire à s'épanouir, et la transe poétique est la plus sublime. »

Le serviteur déposa devant eux un plat garni de six cailles grillées, de petits pains croustillants au sésame, et un autre serviteur qui faisait fonction d'échanson posa sur la table un pichet de vin de Marseille, où la lumière semblait agiter des grenats, un autre de vin de Falerne, ambré et apparemment plus lourd, et, pour les couper, un troisième d'eau qu'il assura être de source. Comme les pichets étaient en verre, les jeux de lumière étaient plaisants.

« De source ou de puits ? » lui demanda plaisamment Eucrate.

« Celle du puits a baigné les formes exquises de la Vérité, celle de source confère leur jeunesse aux nymphes. Que préfères-tu, la Vérité ou la jeunesse ? » répondit le serviteur avec un regard malicieux.

La surprise fit rire Eucrate. « La jeunesse », répondit-il.

« Eh bien, tu l'as donc, puisque tu la préfères à la vérité. »

« Et moi, je voudrais la vérité », dit Ion.

« On voit bien là que tu es jeune », répondit l'échanson, « puisque tu crois qu'elle existe ! »

Ils se mirent tous à rire.

« Voilà que les échansons font de la philosophie ! » s'écria Eucrate.

« Je suppose que c'est le sang grec », répondit l'échanson.

« Comment cela ? » demanda Ion.

« Nous autres Grecs », dit l'échanson, qui s'appelait Philippe, « nous regardons les hommes, alors que les autres gardent leur regard tourné vers les dieux. C'est ainsi que nous connaissons l'humanité, alors que les autres ne connaîtront jamais les dieux, puisqu'ils sont inconnaissables. » Et sur ce, il remplit les verres de ses clients. Chacun y ajouta de l'eau à son gré[46].

« Veux-tu dire qu'il est inutile d'honorer les dieux ? » demanda Eucrate.

« Certes non, car ce serait là de l'impiété. Mais je veux dire que le mieux que nous ayons à faire est de rechercher leurs bienfaits et d'éviter leur courroux, et non de leur prêter des desseins qui ne sont que le reflet des nôtres. »

« Quels sont les dieux que tu vénères ? » demanda Eucrate en trempant ses lèvres dans son verre.

« Il en est tant en Syrie que je n'aurais que l'embarras du choix ! » répondit Philippe en riant. « Pour ma part, je préfère m'en tenir à Dionysos et Aphrodite », ajouta-t-il avec un clin d'œil. « Mais vos cailles vont refroidir », dit-il en s'esquivant.

« Et pourquoi, au fait, y a-t-il tant de dieux ? » demanda Ion à Eucrate, après avoir démembré le premier oiseau et croqué une patte, os et chair à la fois.

« C'est une illusion. Seuls les noms et quelques traits secondaires sont différents, et c'est ainsi que les Syriens nomment notre Zeus Haddad et le représentent tout aussi bien avec la foudre au poing. Dionysos s'appelle chez eux Orotalt, les Arabes l'appellent Ruda et les Palmyriens Arsu et ils le confondent d'ailleurs avec Hermès[47]. Il n'est que les Juifs à prétendre qu'il n'existe qu'un seul dieu. »

« Ils n'ont pas de dieux du Vin, de l'Amour, de la Mer ? » demanda Ion, étonné.

« Hélas pour eux ! »

« Pas de transe divine donc, du vin, de l'amour, de la mer ? » murmura Ion, étonné, examinant le plat qu'on venait de déposer devant lui.

« Non, la vie est pour eux une longue bataille désolée. Le plaisir leur est suspect », dit Eucrate, piquant du bout du couteau la truite farcie, pour en mesurer la fermeté. « Ce sont des peuples du désert, et ceux-là n'ont pas le temps de s'attarder. »

Les deux voyageurs entamèrent leur repas. Les étoiles scintillaient, le temps fraîchissait, les moucherons grésillaient dans leur danse macabre autour des torches. Les accents d'une cithare retentirent à proximité, le vent apporta des bribes d'un poème amoureux et en emporta le reste. Il sembla à Eucrate que les choses incomplètes sont plus touchantes, mais ce sentiment lui parut pervers.

20

UN VISITEUR DÉPLORABLE

C'était un petit homme replet, inquiet et suant. Il s'était présenté comme le rabbin de la synagogue dite d'Abraham, ou des Etrangers, de son nom Hepher ben Nouh. Il haletait encore, au terme de la montée des étages, bien qu'il se fût assis depuis un moment, sur l'invitation d'Emmanuel.

« Veux-tu de l'eau ? » demanda Emmanuel.

Le rabbin hocha la tête. Thomas, qui gardait les sourcils relevés dans une expression contrariée, remplit un verre et le tendit au visiteur. Celui-ci but son eau, à petites gorgées, le regard oblique. Emmanuel s'assit enfin en face de lui, et Thomas s'adossa au mur.

« Je ne sais par où commencer », dit Hepher ben Nouh. « Un homme de Jérusalem est venu t'arrêter. Un homme de la police du Temple, délégué par Caïphe. Nous l'avons fait libérer et il a été reconduit aux portes. Très mécontent. Très. Il reviendra. Il reviendra, c'est sûr. »

« Saül d'Antipater est un mercenaire de la police du Temple. C'est un mercenaire, parce que c'est un Romain et qu'un Romain ne peut pas être employé par le Temple », dit Thomas. « Il n'a aucun pouvoir pour arrêter qui que ce soit en dehors des frontières de Judée. Il a cru se prévaloir de sa qualité de citoyen romain pour entreprendre sa mission infâme, mais nous sommes ici à Damas, dans le royaume d'Arétas. Il a mérité son arrestation et devrait remercier le sort de s'en être tiré à si bon compte. »

« Nous sommes sous la tutelle de Lucius Vitellius ! » protesta le rabbin. « C'est un frère en armes de votre préfet. Saül avait la protection de Pilate, il n'aurait pas dû être arrêté ! »

« Saül n'avait pas d'ordre de Pilate, et dans ces

circonstances il était n'importe qui pour Vitellius », répondit Thomas avec impatience.

« Tout de même, un fonctionnaire du Temple de Jérusalem ! Vous vous rendez compte ! » reprit le rabbin.

« Donc, nous aurions dû nous laisser arrêter », dit Emmanuel. « Est-ce cela que tu es venu nous dire ? »

L'autre se redressa, déconcerté et presque scandalisé.

« Non, je n'ai pas dit cela, mais enfin... Vous vous rendez compte ! Faire arrêter Saül ! Un Hérodien ! Un prince ! Un fonctionnaire du Temple ! L'émotion est grande à Damas. »

« Qu'es-tu venu nous dire ? » coupa Emmanuel assez sèchement.

« Que l'émotion est grande à Damas, cela, justement. »

« Et alors ? »

« Ils disent que c'est le monde à l'envers, un crucifié qui fait arrêter un fonctionnaire du Temple ! » cria Hepher ben Nouh.

« Et alors ? »

« Et alors ? Et alors ils sont très fâchés contre toi ! Ils disent que c'est eux qui vont t'arrêter. »

« Tu es leur porte-parole ? Et le porte-parole de qui, à propos ? » demanda Thomas.

« Toutes les synagogues ! » protesta Hepher ben Nouh, indigné, la voix suraiguë.

« En es-tu certain ? » demanda durement Thomas. « Toutes les synagogues, ou bien la tienne et celle de deux ou trois de tes acolytes ? »

« Heu... comment me parlez-vous, tous les deux ! Je suis le rabbin de la synagogue d'Abraham ! » dit Hepher ben Nouh en s'agitant. « Je représente mon avis et celui de mes assesseurs, et celui de la synagogue des Marchands, ce n'est pas rien que la synagogue des Marchands ! »

« Bref, tu représentes une douzaine d'hommes ! » répliqua Thomas. « Nous sommes ici sous la protection du roi. Si nous lui faisons part de ta démarche, tu auras beaucoup d'ennuis. Toi et tes acolytes », dit Thomas avec agressivité.

Le petit homme se mit à suer derechef. « Le roi, le roi, mais il y a aussi le consul ! » articula-t-il en haletant. Il considéra son verre, qui était vide, mais Thomas ne s'offrit pas à le remplir à nouveau.

« Pour la troisième fois, qu'es-tu venu me dire ? » demanda Emmanuel.

« Tu as été condamné parce que tu as dit que tu es le roi d'Israël ! N'est-ce pas vrai ? Nul ne connaît ton père, n'est-ce pas vrai ? On te donne deux noms et tu as pris la fuite, n'est-ce pas vrai ? A Jérusalem, ils disent que tu es un blasphémateur, que tu injuries les prêtres et que tu bafoues la Loi, que tu sors avec des femmes et des garçons de mauvaise vie, n'est-ce pas vrai ? Pourquoi as-tu pris la fuite ? »

« Tu as le regard d'un rat, et si les rats parlaient ils ne s'exprimeraient pas autrement que toi, rabbin des rats ! » cria Thomas.

« Tu m'injuries ? » cria Hepher ben Nouh. « Tu m'injuries, moi, le rabbin de la synagogue d'Abraham ? Toi, l'âme damnée d'un bâtard, tu m'injuries ? »

« Sors d'ici ! » cria Emmanuel. « L'éparque sera informé sur-le-champ de ta visite. Sors, et puisse ton souffle t'abandonner dans l'escalier, avant que les soldats d'Arétas ne le secouent hors de ta carcasse putride ! »

« Ils avaient raison ! » cria le rabbin en se levant. « Saül avait raison ! Tu es un blasphémateur ! Maudit sois-tu jusqu'à la dernière de tes générations ! Quitte Damas avant que la colère gronde ! »

Il courut vers la porte, trébucha face au serviteur Epicrate, qui le repoussa avec rudesse, et gagna l'escalier en poussant des imprécations. Thomas servit un verre d'eau à Emmanuel et s'en versa également un, qu'il but d'un trait. Puis il appela Epicrate et le manda auprès de l'éparque pour l'informer de la scène qui venait d'avoir lieu.

Emmanuel se passa les doigts sur les yeux et dit d'un ton las : « C'est un recommencement, comme je l'avais craint. Nous devrons quitter Damas, en effet. Cette ville est trop près de Jérusalem. Il faut s'éloigner le plus possible de cette ville maudite ! »

« Je ne m'alarmerais pas à l'excès », protesta Thomas, néanmoins accablé. « Nous sommes sous la protection du roi. »

« Le roi se lassera d'un hôte qui lui vaut le bruissement de la sédition. »

« Et où irions-nous ? » demanda Thomas.

« A Edesse, peut-être », répondit Emmanuel en s'allongeant sur le lit pour réfléchir. « Le clergé juif est comme un essaim de guêpes furieuses. On ne discute pas avec elles. Or, Thomas, il me faut vivre. »

« Nous abandonnerons donc tout », murmura Thomas.

Emmanuel, les yeux fermés, parut ne pas l'entendre. Puis au bout d'un moment, les paupières toujours closes, il dit : « Qu'est-ce donc que ce "tout" que nous abandonnerions ? N'allons-nous pas un jour abandonner jusqu'à notre souffle et notre dernier vêtement ? Sommes-nous autre chose que des passants ? Est-ce de mon enseignement que tu parles ? Mais serai-je alors le prisonnier de ma parole ? Serai-je comme l'avare qui ne veut pas mourir, parce qu'il veut voir encore une fois les fruits de son verger ? Je te l'ai déjà dit, ce que j'ai dit, les entendants l'ont entendu et les sourds ne l'entendraient jamais, dussé-je le répéter à l'infini. La parole que j'ai semée n'était pas la mienne, je n'en étais que le dépositaire, elle ne périra pas. Le feu que j'ai jeté sur la terre ne s'éteindra pas. » Il soupira. « Dieu ne l'a-t-il pas dit à Moïse dans le buisson : "Je ne suis pas le Dieu des morts, mais celui des vivants" ? Eloignons-nous des morts, ils arrivent par légions, Thomas, Jérusalem croulera sous leur poids ! Laisse-moi secouer de mes sandales la poussière de Judée ! » Il rouvrit les yeux et regarda Thomas, creusé par le tourment.

« Tes disciples », dit Thomas. « Il faut qu'ils puissent te consulter. »

Emmanuel s'assit et se massa les poignets. « Nous en avons débattu, Thomas. Ils savent par Joseph d'Arimathie où je suis. Sont-ils venus pour autant ? Après m'avoir vu pour la dernière fois, ils sont repartis pour Jérusalem. Tu étais présent quand ils m'ont demandé qui j'étais, et que je leur ai répondu : "Vous êtes comme les Juifs, ils aiment l'arbre et ils détestent son fruit, et ils aiment le fruit et ils détestent l'arbre." Quel autre que toi m'a suivi ? » Il leva vers Thomas un regard espiègle : « Ils disaient de toi que tu es mon jumeau. Mais tu n'es pas mon jumeau, tu as seulement le même âge que moi. » Il alla verser de l'eau dans une cuvette et se lava le visage. « Non, ils ne viendront pas. Le seul qui reviendra est Saül », dit-il en se séchant.

« Saül ? » cria Thomas.

« Il brûle d'un feu inassouvissable. Il est comme ces possédés qui courent jusqu'à ce que l'épuisement les abatte. Son avidité est infinie. Il n'a pu s'emparer de moi pour me ramener triomphalement à Jérusalem, comme un butin de guerre. Il reviendra pour s'emparer de ce qu'il croit être un secret magique. »

« Saül ! » répéta, comme dans un râle, Thomas atterré.

Cette réaction fit rire Emmanuel, et comme auparavant ce rire jeta Thomas dans le désarroi, car il était, en effet, déconcertant d'assister à la transformation de ce visage grave et creusé en celui d'un enfant rayonnant d'espièglerie.

« L'esprit », reprit Emmanuel, « est comme le lard. Il attire les affamés, mais aussi les rats. Saül est un rat. Hepher ben Nouh avait raison, son frère rat reviendra. » Il inspira profondément, s'étira, et ses épaules retombèrent dans un mouvement pareil à celui d'un fauve qui se détend. « J'ai quarante ans, à cet âge un homme fait l'inventaire de son passé, comme le cultivateur qui compte ses boisseaux de blé avant l'hiver. Mais sais-tu, Thomas, j'ai le sentiment que l'hiver est passé. Ce monde est vieux, Israël est blanc de neige et de vieillesse, et le printemps qui viendra sera pour lui aussi cruel que le désir qui égare le vieillard. Je veux un monde neuf, Thomas, un monde neuf ! Non, nous ne resterons pas longtemps à Damas. »

Le serviteur Epicrate, qui était entré là-dessus silencieusement dans la pièce, écoutait, l'œil brillant.

« Une femme émaciée demande à te voir », dit-il prudemment.

« Dis-lui de revenir demain », répondit Emmanuel. « Je vais marcher. »

Dans l'après-midi, deux légionnaires vinrent monter la garde à la porte de la maison. Et dans la soirée, un émissaire de l'éparque vint informer Emmanuel et Thomas que Hepher ben Nouh et son collègue de la synagogue des Marchands avaient été tancés par un fonctionnaire du palais pour avoir insulté un hôte du roi, et qu'ils avaient été sommés de renoncer à toute manifestation hostile à l'égard de cet hôte, sous peine d'arrestation.

« On ne fait pas le monde avec la police », murmura Emmanuel.

21

L'OMBRE DU DOUTE

Une lumière grise plombait Jérusalem, ciel et maisons. Une mauvaise brume, à coup sûr chargée de miasmes, s'amassait dans la vallée du Cédron, mais elle s'attardait aussi sur les hauteurs du Golgotha, où le cadavre d'un crucifié semblait surgir de nuages malsains. Saül, assis à sa table, frissonna et rabattit son manteau sur ses épaules. Le froid lui donnait mal à la tête et la somnolence causée par la dose d'opium qu'il avait dû prendre le matin, en raison d'une crise[48], tardait à se dissiper. Il demanda à son secrétaire Pedanius de lui faire préparer un lait d'amandes chaud et de faire recharger de bois les deux braseros censés chauffer son bureau.

Un serviteur lui annonça qu'un certain Ishyo demandait à le voir. Saül hocha la tête. Ishyo ben Amnon, l'informateur qui lui avait appris le premier que Jésus se trouvait à Damas. L'espion entra donc, suivi d'un homme que Saül ne connaissait pas et qui lui parut de bonne mine. C'était un jeune homme de bien meilleure prestance qu'Ishyo, ce qui surprit Saül ; que pouvait donc faire un citoyen honnête avec une créature aussi louche qu'Ishyo ? Ce dernier se répandit en salutations et bénédictions assorties de courbettes, auxquelles Saül, le regard posé sur l'autre, répondit de façon morose.

« Mon ami Phinéas est marchand à Tyr », dit-il enfin. « Je me suis permis de l'amener avec moi, parce qu'il me semble qu'il a des informations qui pourraient t'intéresser. »

Saül hocha à peine la tête. Ishyo demanderait qu'on payât l'autre informateur, et il réclamerait sa part. Le dénommé Phinéas tira un siège sans qu'il y eût été invité et prit la parole d'une voix posée, harmonieuse, qui troubla Saül. Il parla d'un certain Simon qu'on disait être le Messie et qui faisait des prodiges là-bas, en Samarie. Il se disait l'incarnation de la Toute-Puissance céleste et il était vénéré par les populations de la région ; même, des gens venaient de loin pour se faire guérir par lui. Pedanius était revenu déposer le verre de lait d'amandes devant son maître et Saül le sirota en écoutant le Tyrien. Ishyo accentuait les propos de ce dernier de force hochements de tête, avec des expressions entendues, pour faire valoir les informations de son acolyte.

« Je sais cela », dit enfin Saül.

Ishyo parut déçu, puis étonné. « C'est un de ceux de la voie nouvelle[49] », dit-il.

Saül hocha encore la tête et dit à Pedanius de payer le Tyrien, auquel il accorda un sourire et un regard. Ishyo allait demander sa part quand Saül lui coupa l'initiative et fit reconduire les deux à la fois.

« Tu savais qu'il y a un Messie en Samarie ? » demanda Pedanius quand ils furent seuls.

« Tout le monde le sait », répondit Saül. « Il y en a également un à Damas, qui s'appelle Dosithée. » Il vida d'un trait son lait d'amandes. « Il y en a sans doute bien d'autres. » Il semblait préoccupé, le regard encore plus sombre que d'habitude sous le sourcil unique qui barrait son front de part en part.

Pedanius sembla perplexe. « Pourquoi s'en prendre au seul Nazaréen ? » demanda-t-il, les sourcils relevés.

Saül demeura un long moment sans répondre, immobile, comme englué dans une masse noirâtre de pensées. « C'est le seul... » murmura-t-il enfin.

« Le seul ? » demanda Pedanius.

Le ciel s'était assombri et la pièce n'était plus éclairée que par les deux braseros. Sans doute neigerait-il sous peu. Pedanius décrocha une lampe du mur, plongea une brindille dans le brasero jusqu'à ce qu'elle se fût enflammée et puis la porta prestement à la mèche de la lampe qu'il posa à nouveau sur son crochet. Une lumière de veillée baigna la pièce.

« Le seul ? » répéta-t-il d'une voix tendue.

« Ils ont failli le couronner roi », répondit Saül d'une voix enrouée. « Il effraie Caïphe, comme il effraie le reste du Sanhédrin où, d'ailleurs, il compte des alliés. Il effraie même Pilate. Personne ne se soucie de Simon. C'est un magicien. Le monde pullule de magiciens. L'autre, celui-là, enfin, Jésus, il a un pouvoir. C'était une erreur de le crucifier. Une grave erreur. Ils en ont fait un héros, un dieu. Mais Caïphe est un esprit borné. L'as-tu vu quand il m'a demandé pourquoi je le persécutais ? Il a un pouvoir. »

« Celui-là même que tu traites de bâtard ? » dit Pedanius.

Saül lui lança un regard énigmatique, que Pedanius ne déchiffra pas sur-le-champ, mais qui l'effraya quand même. Que savait donc Saül ? Que savait-il de lui, Pedanius ? Cet homme lisait-il les pensées ? Commandait-il une police des pensées secrètes ?

« Pedanius », dit lentement Saül, « crois-tu que j'ignore où tu te rends, le soir ? »

Ils demeurèrent face à face dans la lumière de la lampe unique, qui brillait comme un aveu, tandis que la neige tombait sur Jérusalem.

Deuxième partie

LES ROUTES DE LA FORTUNE, LES SENTIERS DES DIEUX

1

SOUS LE SANG DU TAUREAU

Un piétinement sourd ébranla la voûte de la crypte. Deux ou trois des cinquante officiants levèrent les yeux vers le trou par lequel tombait la lumière du jour, et sous lequel un jeune homme se tenait debout, nu, au centre d'une vasque de pierre. Il semblait fait de marbres de deux couleurs, blanc pour le torse et les cuisses, et brun pour le visage, les bras et les jambes. Son visage était tendu, presque vibrant. Un cri d'homme retentit au-dehors, presque en même temps qu'un mugissement déchirant, et tout à coup le sang ruissela sur le corps nu. Il tomba sur sa tête dans un crépitement, puis gicla sur ses épaules et sa poitrine, puis il ruissela sur son ventre et son sexe, et encore le long des cuisses et jusque sur les pieds. La statue était devenue d'un rouge étincelant. Le jeune homme ferma les yeux, le visage pénétré par l'extase, et il écarta légèrement les bras du corps, pour tendre les mains et recueillir le sang qui continuait de pleuvoir, lui emplissait les paumes de sa chaleur et ruisselait entre ses doigts pour s'accumuler dans la vasque. La force du sang l'emplissait, et l'intensité de cette sensation était telle que, simultanément, les larmes coulèrent et diluèrent le sang qui commençait à se coaguler sur son visage et qu'une légère érection gonfla son sexe. C'était la puissance même du monde qui coulait en lui et non plus sur lui, c'était le sang du ciel, il était l'enfant de la Terre et du Ciel, et c'était la sève des étoiles, des dieux et des arbres qui coulait en lui, il n'était plus que force, jeunesse et bonté, le sang l'avait lavé, il venait de naître, il continuait de naître dans la filiation du dieu viril et magnifique, Mithra ! Mithra ! Son thorax se dilata, dessinant ses côtes sous la peau tendue, un cri rauque jaillit de ses lèvres. La sueur jaillit de sa poitrine, coula dans le creux de son dos et se mêla au sang, et le jeune homme étincela d'une beauté innocente et cruelle, comme s'il avait, en effet, surgi de la vulve d'une Terre bouillonnante de lave et de sang.

Un bruit sourd fit encore vibrer la voûte de la crypte et la lumière fut brièvement occultée. Le taureau était tombé sur le trou. Ceux qui savaient pouvaient imaginer ses yeux soudain voilés par la mort, sa mâchoire ouverte pour crier la force assassinée, sa robe souillée par la poussière devenue boue sanglante. On l'avait traîné hors du champ du soleil, l'invincible soleil, *Sol Invictus*. La fumée de l'encens qui brûlait dans un brasero, sur un trépied devant le jeune homme, se matérialisa dans les rayons de soleil qui tombaient de l'ouverture au plafond, colonisés par des nuages de poussière tourbillonnaire. L'air devint presque irrespirable et les odeurs, nauséeuses.

Un homme également nu, mais le visage caché par un masque de lion, un serpent autour du cou, s'avança vers l'impétrant dans la brume d'or et d'argent que bleuissaient les fumées de l'encens.

« Tu es des nôtres, maintenant », dit-il.

Un coup de cymbales retentit, étouffé par les voûtes. Mais le jeune homme le repoussa, le bras tendu, le regard fixe, épouvanté.

« Non, je suis le servant de Mithra », répondit-il d'une voix rauque.

L'autre détacha dédaigneusement le serpent de son cou, le jeta aux pieds du jeune homme et recula jusqu'à ce qu'il fût en deçà des officiants. Le reptile se tordit, puis rampa vers la vasque, dardant la langue vers le sang qui se coagulait, tandis que le corps de l'impétrant revêtait une teinte de plus en plus sombre, pareille au porphyre. Un homme vêtu d'une robe blanche, flanqué de deux porteurs de torches, se détacha du cercle des officiants qui se divisait de part et d'autre de l'autel, sous le bas-relief qui représentait le dieu Mithra, sourire aux lèvres, paré de l'éternelle jeunesse et sacrifiant le taureau, symbole du monde qui s'avançait dans le temps.

« Dionysos Bartolomeos Kuthros », dit-il en fixant le jeune homme, « tu as maintenant traversé les sept sphères, celle du Corbeau, celle de la Nymphe, celle du Soldat, celle du Lion, celle du Perse, celle du Coursier du Soleil, et maintenant, tu as atteint celle du Père. Il n'en sera plus d'autre, ta légèreté est suprême et ta pesanteur est celle du destin. La lumière ne te sera plus comptée qu'en égard à tes mérites. Tu es désormais le soldat de la vertu. Tu combattras le Mal où qu'il se dissimule, à commencer par toi-même. Ta vie ne doit plus être qu'un hommage à la force de Mithra, ta mort n'en sera plus une, car elle sera la fusion dans le temps infini. »

L'homme fit un signe à l'un des porteurs de torches, qui lui tendit une tige de fer terminée par un sceau de la dimension d'un ongle. Il plongea le sceau dans les braises qui rougeoyaient sur le trépied et puis le retira quand il eût atteint l'incandescence.

« Et moi, ton père désormais, le père des pères, je te désigne aux yeux de tous comme le soldat de Mithra, notre Père à tous. »

Il essuya de la main le front du jeune homme, dont le regard étincelait dans la lumière des torches, et appliqua le sceau sur le front, et le corps du jeune homme se noua sous la souffrance. Puis le *Pater patrum* se pencha pour examiner l'empreinte et hocha la tête. Les bras tendus, les poings serrés, les yeux fermés, le ventre palpitant, Dionysos Kuthros haletait.

« Va maintenant sacrifier », dit le sacerdote.

Dionysos Kuthros sortit maladroitement de la vasque, laissant des empreintes sanglantes dans la poussière, puis il s'avança vers l'autel, en gravit les trois marches et demeura un instant comme figé devant la table de pierre, tandis que la lumière descendant de l'ouverture dans le plafond de la crypte illuminait son dos nu et ensanglanté. Il s'empara d'un vase à droite et en versa lentement le contenu sur l'autel ; c'était du lait. Il dit alors : « A toi, mon Père, le lait de la pureté. » Puis il saisit un vase à gauche et en versa également le contenu sur l'autel ; c'était du vin, et il dit : « A toi mon Père, le vin de la force. » Il se retourna. L'assemblée entonna un hymne à Mithra. Elle le chantait encore quand le *Pater patrum* emmena par la main Dionysos Kuthros, le pas incertain, vers la piscine où deux officiants le baignèrent, le massèrent d'huiles parfumées, puis le séchèrent et lui rendirent enfin ses vêtements. Le *Pater patrum* lui donna l'accolade et se pencha une fois de plus sur son front pour vérifier l'état de l'empreinte. On commençait à lire plus distinctement, maintenant que l'eau avait calmé la brûlure, les deux lettres symboliques, MM, *Miles Mithrai*, soldat de Mithra.

Un banquet suivait. Dionysos retrouvait progressivement son sourire. Ses nouveaux compagnons l'entouraient. On but le premier verre à sa santé. Le sourire transfigura son visage, un sourire d'enfant. Mais la voix était restée rauque.

Ils étaient légion dans l'Empire, légion ! Ils eussent conquis la Lune[50] !

2

LA ROYAUTÉ MANQUÉE

Saül était revenu, bien sûr, quelques semaines plus tard, ambigu comme un chien avide et fiévreux comme une maladie, à la fois gauche et danseur sur ses jambes torses, torses mais trop rapides, et le regard trop ardent sous le sourcil unique qui lui barrait le front, et Emmanuel l'avait écouté, et il lui avait dit d'une voix lasse et froide, avant de le congédier :

« Tu me trahiras. »

Et quand il fut parti, Emmanuel cria d'une voix rauque :

« Voilà mon voleur ! Voilà mon voleur, Thomas ! Je n'avais connu que des assassins, et maintenant il me faut témoigner de patience à l'égard des voleurs ! » Il se prit la tête dans les mains. Puis ses doigts glissèrent le long de son visage. « Mais que veut-il me voler ? Il croit voler et son sac est vide. Qu'a-t-il cru voler ? Je n'ai dit que les paroles de l'éternité, je n'ai enseigné que l'évidence, et le voilà parti, le sac plein de vent et n'ayant rien compris ! »

Thomas lui faisait face, interdit, désemparé, déchiré.

« Je t'avais prévenu contre Saül. Un tortionnaire, un Hérodien, un osselet aux mains du destin », observa-t-il enfin.

« Prévient-on quiconque contre un homme, Thomas, et quelque homme que ce soit ? Qui donc ici-bas a le droit de juger ? Je n'ai que le droit de prévoir. Il n'a pas d'humilité parce qu'il a trop été humilié, il sera donc insincère. Il mentira donc. Il inventera. Hier il faisait lapider Etienne, aujourd'hui, il me lèche les mains, demain il mordra. »

« Jacques, Jean, Pierre et les autres y veilleront », dit Thomas.

« Comment ? » demanda Emmanuel, d'un ton las.

« Ils écrivent. »

« Ils écrivent », répéta Emmanuel, levant le bras. Sa main resta suspendue un moment.

« Ils savent que le sang coule vers la mer », dit Thomas, « mais que l'encre reste sur la terre. »

« Qui écrit ? » demanda Emmanuel.

« Matthieu, Jean, Jacques, Barnabé. »

« Il n'est que Matthicu qui puisse écrire », observa Emmanuel. Jean et Jacques sont des pêcheurs qui n'ont jamais été instruits, de même que Cephas et André. Barnabé ne sait guère mieux, à ma connaissance[51]. »

« Ils dictent », répondit Thomas. « C'est presque la même chose. »

Emmanuel pencha la tête et resta songeur. Au bout d'un temps, il demanda : « Sais-tu ce qu'ils écrivent ? »

« Non. Je suis parti avec toi. Je n'ai rien lu. Ils écrivent ce dont ils se souviennent. Ils ont commencé à écrire dès après qu'ils t'ont revu », répondit Thomas d'un ton presque sec. « Irais-tu les désavouer ? »

Emmanuel porta sur Thomas un regard interrogateur, contrarié et perçant. « Ils écrivent ce qu'ils croient savoir, c'est-à-dire ce qu'ils veulent croire. Ils rejettent donc la vérité. »

« Serait-ce alors toi-même que tu désavouerais ? » demanda Thomas, la voix tendue.

« Ils vont écrire que j'ai ressuscité. »

« Et n'as-tu pas ressuscité ? » demanda Thomas sur un ton aigu. « N'as-tu pas franchi les portes de la mort dans les deux sens ? » cria-t-il.

Emmanuel se leva et alla à la fenêtre. Il y demeura un long moment sans parler. Puis il dit à la fin : « J'ai enseigné la parole de mon Père et la Loi. C'est tout ce dont il faut se souvenir. » Et encore, au bout d'un autre moment : « Ils m'ont accueilli comme un roi. Ils attendaient un roi temporel. Je n'étais pas celui-là. Ces choses sont si simples que l'esprit peine à les entendre. » Plus tard encore, se tournant vers Thomas : « De toute façon, Saül court plus vite qu'eux, ils n'auront pas fini d'écrire qu'il leur aura volé leurs parchemins pour se les approprier. L'homme est ambitieux, c'est un Hérodien, l'ai-je dit. Et maintenant, il faut partir », conclut Emmanuel dans un soupir.

« Partir », répéta Thomas.

« Pourquoi faudrait-il qu'un homme fût prisonnier de sa vie », murmura Emmanuel. « En chacun de nous habite un vieil homme et un autre, qui est la jeunesse du premier. Le vieil homme veut retrouver le monde tel qu'il l'a connu, et l'autre veut le changer. Le premier ne retrouve jamais son monde, ni le goût que le pain avait dans sa jeunesse, et le second jamais ne recrée le monde dont il rêve. Mais si nous ne vivions qu'avec des vieillards, nous serions enfermés avec des géronte odieux, et si nous ne vivions qu'avec les êtres verts, nous nous condamnerions à l'incohérence, car le propre de la jeunesse est de ne savoir pas lire. Les vieux ne s'avisent pas qu'une terre est devenue stérile, et les jeunes, qu'elle l'était déjà. Il faudrait être à la fois jeune et vieux, Thomas, et faire à la fois la grappe et le vin. » Et il parut à Thomas, justement, à la fois las et plein de sève. Son bras blanc exprimait la force de la jeunesse, et son visage déjà ridé, la détermination qui vient avec l'âge. « Israël se meurt », reprit-il, « parce que ses prêtres ne sont plus que cela, des prêtres fils de prêtres, eux-mêmes fils de prêtres, effrayés par le moindre frémissement qui les contraindrait de regarder hors de l'ornière, et que les jeunes se sont impatientés et qu'ils provoquent les Romains et les provoqueront jusqu'à l'affrontement final avec ce Léviathan qu'est la puissance de Rome. »

« Est-ce toi, toi qui parles ainsi des Esséniens et des zélotes ? » demanda Thomas, la voix tendue et le sourcil hirsute.

« Le vent se lève », répondit Emmanuel. « Les Esséniens ont eu querelle avec les leurs, qui étaient des Saddocites, ils ont vu la fin de la lettre et moins celle de l'esprit. Ils se sont écartés du peuple, ils sont allés vivre aux confins des villes, et il leur est advenu ce qu'il advient aux ermites, ils ne savent plus le prix du boisseau de blé. Le peuple leur dira, le jour venu : "Où étiez-vous quand nous devions payer notre pain et nos taxes ?" Les zélotes défendent l'honneur du Père, mais le sang des Romains ne lave pas plus l'honneur du Père que l'orage ne lave le péché des fils. »

Et Thomas s'assit, comme une vieille femme recroquevillée. « Nous étions jadis chez nous, nous ne serons donc plus jamais nulle part ! » murmura-t-il.

Emmanuel l'entendit et tourna vers lui un regard mi-clos. « Chez nous ? Etions-nous donc chez nous, Thomas ? Que restait-il d'Israël ? Des provinces sous le joug de Nabatéens ou de Romains, était-ce donc cela que tu appelles "chez nous" ? Des prêtres qui parlent grec et des gouverneurs romains ? »

Thomas lui répondit d'abord d'un regard désolé, comme celui d'un chien qui ne comprend plus son maître, puis il parla d'une voix sourde, chargée d'une véhémence contenue. « A Jérusalem, ils avaient voulu te couronner. Tu le savais, tu avais donné ton accord, n'est-ce pas ? Souviens-toi donc, quand nous sommes arrivés en vue de Bethphage, tu nous as dit : "Allez là-bas, vous trouverez vite une ânesse liée, et un ânon près d'elle. Déliez-les et ramenez-les-moi. Et si quelqu'un vous dit quoi que ce soit, vous direz que votre maître en a besoin." Et tu l'as dit aussi : "Cela, pour que s'accomplisse ce qu'a énoncé l'inspiré qui a dit : Dites à la fille de Sion, voici ton roi ; il vient vers toi humilié, monté sur un âne ou un ânon, le petit d'une bête de somme." Tu sais que j'ai lu les Livres, Emmanuel. C'était de Zacharie que tu t'inspirais. Je connais par cœur les mots entiers : "Egaye-toi fort, fille de Sion ; ovationne, fille de Jérusalem ! Voici, ton roi vient à toi, juste sauveur, humble, monté sur un âne ou un ânon, le petit des ânesses[52]." Tu connais ces mots aussi, et tu sais qu'ils s'achèvent sur la promesse d'un gouvernement qui ira de la mer à la mer, du fleuve aux confins de la terre. Tu as donc voulu être roi, et certains t'y avaient aidé, ils étaient sûrs de ton succès. Marie de Magdala et les siens, Marie de Cléophas, et Joseph d'Arimathie et avec lui Nicodème, et des gens de la maison même d'Hérode. Tu n'avais pas prévu la réaction du Sanhédrin. Ils t'ont arrêté, ils t'ont mis sur la croix et n'avaient encore été Joseph d'Arimathie et Nicodème et tous les autres, ils t'auraient brisé les tibias et tu serais mort. Tu es passé de la promesse de couronnement au supplice infamant, et tu as survécu. Il faut que je rende hommage à ta vigueur, aucun homme n'aurait survécu à ce que tu as enduré. » Emmanuel l'écoutait, dressé, le visage sourcilleux, et pâlissant de colère. Mais Thomas poursuivait, impavide : « Toutefois, Emmanuel, il est quelque chose que je ne comprends pas. Tu es prêt à oublier ce drame extraordinaire, tu as fait table rase de ton passé, mais tu ne peux faire table rase du passé d'Israël. Tu rêves d'un temps antique qui ne sera plus, et tu le sais bien, pourtant, que ce temps-là est révolu. Où veux-tu donc aller ? Et pourquoi ? »

Emmanuel demeura longtemps silencieux, sous le regard humide de Thomas. Il resta aussi immobile, et le monde sembla lui aussi figé. La poussière dansa plus lentement dans les rais de lumière qui filtraient par les huis des volets. Les gouttelettes de condensation scintillèrent sur la gargoulette enveloppée d'un linge qui était posée sur l'appui de la fenêtre. Même les enfants ne criaient plus dans la rue. L'odeur de la coriandre et du sésame pilés dans lesquels le domestique trempait son pain, en guise de repas, se développa dans la pièce. Emmanuel respirait plus amplement, plus calmement aussi.

« La royauté », murmura-t-il enfin. « Oui, mais pas celle que vous avez cru. Celle-là aurait été presque immédiatement intemporelle, puisqu'elle aurait dans les heures suivantes déclenché une réaction des gens du Temple, et sans doute aussi des Romains. J'aurais été le roi de la fin. Le mensonge aurait péri dans le fracas et les flammes. »

« Et dans le sang ! » s'écria Thomas.

« Dans le sang, en effet. A-t-on jamais vu que l'injustice et l'impiété se lavent autrement que dans le sang ? » répondit Emmanuel, le regard farouche. « Les jours de Jérusalem sont désormais comptés, ne t'y méprends pas, Thomas. L'heure est remise, mais la cité qui tue ses prophètes et lapide les messagers qu'on lui envoie est vouée à la destruction. Le Temple tombera. Les rouleaux brûleront. Et le sang coulera. Mais la Loi ne peut brûler. Il me faut porter la parole ailleurs. Si je ne le fais pas, qui le fera ? Ceux de Jérusalem ne quitteront pas leurs foyers avant d'y être forcés. »

Thomas respira bruyamment, se passa les mains sur le visage, se leva, fit quelques pas incertains, puis se rassit mal à l'aise sous le regard vigilant d'Emmanuel. Celui-ci demanda au domestique de lui apporter aussi du pain et un bol de coriandre et de sésame, ainsi qu'un verre de vin. Et quand Epicrate lui eut servi ce maigre repas, il posa le pain, le bol et le verre sur un tabouret et se mit à manger, trempant le pain dans les graines pilées.

« Tout de même », finit par dire Thomas, comme à contrecœur, « Tout de même ! »

La main dans le bol, Emmanuel lui jeta un regard de défi, qui semblait signifier : « Parle donc ! »

« Yosé ben Yo'ezer », articula enfin Thomas. « Cela ressemble à Jésus. »

Emmanuel leva les yeux, s'interrompit et posa la main sur le tabouret, attendant la suite.

« Le Maître de Justice », dit Thomas, le regard insistant.

Emmanuel attendait la suite.

« Ils l'ont crucifié aussi », dit Thomas. « Mais lui, il est mort. Ton seul nom est Emmanuel. C'est à Quoumrân que tu as pris celui de Jésus[53]. »

« Où étais-tu hier ? » demanda Emmanuel d'une voix sourde.

« A Kochba. Chez Dosithée. »

« Cela s'entend. »

Un long silence suivit. Emmanuel but un peu de vin.

« C'est son supplice qui a séparé les Esséniens des Saddocites. Tu as repris de ton seul fait la succession du Maître de Justice. Tu recréais le même schisme. »

« Je t'ai dit tout cela l'autre jour. Qu'ils s'étaient alarmés de moi, qu'ils avaient craint que je me prisse pour le successeur du Maître de Justice, pour le messie. Ils s'étaient voués au désespoir et à l'échec. Le seul fait de créer un schisme parce qu'on reprenait le flambeau de la révolte consacrait leur échec. Tout cela je te l'ai dit, il n'était pas besoin d'aller chez Dosithée. »

Il recommença à manger, but son verre de vin et demanda de la laitue, puis du raisin.

« Maintenant que Dosithée et les autres me savent à Damas, ils vont se liguer avec les autres Juifs et il faudra donc partir au plus tôt.

« Où aller ? » demanda abruptement Thomas.

« Plus loin. A Edesse. A Edesse d'abord. »

« Chez Abgar, donc. »

« Il m'a entendu, aussi loin fût-il. »

Thomas hocha la tête. Le toparque d'Osrhoène avait, en effet, offert sa protection quand les Pharisiens s'étaient montrés menaçants. Ils se mirent à manger tous les deux, trempant le pain dans les graines pilées. Tout à coup, Emmanuel leva les yeux.

« Je sais les questions que tu te poses », dit-il à Thomas. « Qu'irons-nous faire chez des étrangers, n'est-ce pas ? » Thomas fut étonné. « Mais la Loi n'est plus seulement pour les Juifs. »

Le domestique vint annoncer qu'une femme était venue, portant un enfant malade. Emmanuel hocha la tête. Il était las. Mais le pouvoir qui lui avait été donné ne lui appartenait pas. Il fit entrer la femme.

Elle était sans grâce. On ne pouvait s'étonner que son enfant fût malade. Une quinte épouvantable les secoua, lui et sa mère. Il prit l'enfant dans ses bras.

3

L'OMBRE DU TEMPLE

Après s'être affligé de l'annonce de leur départ, puis juré que sa protection leur serait assurée jusqu'à sa propre mort, Arétas y consentit enfin et leur offrit une garde de cinq cavaliers, plus deux montures, aussi loin qu'ils voudraient. Le toparque Omar fit venir une carte du royaume et des voisins, la tira de son étui de cuir et la déroula sur une table. Une poussière de myrrhe et de clous de girofle, les épices dans lesquelles on protégeait le document contre les insectes, s'en échappa. Ils se penchèrent tous quatre sur le parchemin couvert de dessins à l'encre de seiche et à la pourpre, fleuves, montagnes, villes, routes, étapes, animaux, assortis d'avertissements contre les bandits bédouins qui sévissaient ici, là, ailleurs. L'odeur des clous de girofle surtout se développait au-dessus de la carte.

« Pour le début du voyage », dit le toparque, le doigt sur le parchemin, tandis que Thomas maintenait des mains le rouleau ouvert, « vous aurez le choix entre deux routes. La première va à Danaba, puis à Seriane et enfin à Sergiopolis et Soura. La seconde ne comporte que l'étape de Palmyre avant Sergiopolis. Elle vous paraîtrait donc plus longue. Au-delà de Soura, il vous faudra traverser l'Euphrate, et la première étape est toute proche, puisque c'est Nicéphorium et qu'elle est sur l'autre rive, presque en face de Soura. De là, le chemin est simple, puisqu'il n'y a qu'une étape jusqu'à Edesse, et c'est Batnae. Irez-vous plus loin ? » demanda-t-il en levant la tête.

« Sans doute », répondit Emmanuel en se frottant doucement les mains, pour se défaire de la poussière du parchemin.

Omar et Arétas considérèrent les visiteurs.

« Ce sera donc la Route de la soie », dit Arétas.

Emmanuel hocha la tête.

« Mieux vaut », dit le roi après un moment de réflexion.

« Comment dois-je le comprendre ? » demanda Emmanuel.

« En ce qui te touche, Edesse n'est pas différente de Damas. Les Juifs y sont nombreux[54]. Et leur foi peut-être plus obstinée qu'à Jérusalem. Ils sont riches. Ils ne souhaitent pas d'autres prophètes. Si tu veux échapper à la vindicte de leurs rabbins, il te faudra aller au-delà de l'Araxe et du Pont [55]. »

« Abgar ? » demanda Thomas[56].

« C'est un homme riche », répondit Arétas avec un sourire. « Il est comme tous les riches, il veut l'amitié des dieux. » Il se tourna vers un serviteur et fit verser du vin dans quatre rhytons d'argent et tendit lui-même l'un d'eux à Emmanuel. « On m'a rapporté bien des parties de ton enseignement », dit-il en se tournant vers son illustre visiteur. « Tu enseignes que les riches et les puissants accéderont avec grand-peine au ciel des justes. C'est là un propos dangereux, car il désigne du doigt les rois et les puissants à la vindicte de ceux qui t'écoutent. Ceux qui t'avaient voué à la mort étaient des marchands avant tout, et les détenteurs du seul pouvoir qui demeure sous la férule romaine, celui de dire le bien et le mal. Ceux qui te défendaient étaient les déshérités, comme les pêcheurs de Galilée parmi lesquels tu avais choisi tes disciples. Nous avons eu nos rapports, ici, à Damas. Il n'y avait pas un seul riche pour t'accueillir aux portes de Jérusalem parmi la foule qui t'acclamait comme le roi futur. » Il souriait. « Abgar, qui est ton obligé, puisque tu l'as guéri, craindra ton inimitié, mais il ne pourra pas mieux te défendre contre les riches que je ne l'ai fait. Si tu parles en public à Edesse, les Juifs s'insurgeront et exigeront d'Abgar au moins ton départ. »

« Pourquoi m'as-tu accueilli toi-même ? » demanda Emmanuel.

« Parce que les puissants croient parfois au ciel », répondit Arétas, en reposant son rhyton. « Et que beaucoup d'entre eux en ont peur. »

« Pourquoi acceptez-vous tous le mithraïsme, alors ? » demanda Thomas. « N'est-ce pas aussi une religion de pauvres ? »

« C'est une religion de héros terrestres », répondit Omar. « Ce n'est pas le ciel après la mort qu'il promet, mais la puissance divine sur la terre. Elle fortifie les soldats de tout le monde romain. Et comme elle est interdite aux femmes, c'est une religion virile. Elle ne menace pas les puissants. »

« Et pourtant », murmura Emmanuel, « la Loi est omniprésente. Elle est inévitable. Et il faut la dire. »

« Là-bas, en Inde, il y a eu un sage qui a prêché aussi le dénuement. Il s'appelait Bouddha. On le révère encore aujourd'hui. Certains de ses disciples accompagnent parfois les caravanes et les bateaux pour nous dire ses paroles. On ne les a pourtant pas beaucoup écoutés. »

« Je sais », répondit Emmanuel. « J'ai aussi entendu les gymnosophistes. Mais ils disent aussi que tout est illusion. Il faut de l'héroïsme pour vivre avec le sentiment que tout est inutile et finira dans le néant. La compassion l'interdit. Je ne comprends pas qu'on puisse à la fois nourrir ce sentiment pour autrui et cultiver le sentiment du néant. »

La carte libérée des doigts qui la tenaient ouverte s'enroula d'elle-même. Omar la serra et la rengaina dans son étui. Le roi ordonna un souper, puis resservit lui-même du vin d'un air pensif.

« Je suis mithraïste », dit-il à Emmanuel en le regardant dans les yeux. Ils étaient de la couleur du bois brûlé. « Il faut que le dieu descende en moi. »

« C'est ce que je disais », répondit tranquillement Emmanuel.

Le dîner fut feutré, sans musique. Par les fenêtres qui reflétaient les flammes des chandelles, car le froid voulait qu'on prit ses repas à l'abri, parvenaient les derniers scintillements des eaux du Chrysorroas, comme ceux d'une fête de plus qui s'en va. Dans le temps qu'il faut à une femme pour se déshabiller, le ciel tourna à l'indigo, puis au violet. Les adieux étaient consommés avant d'avoir été dits.

Le roi se leva, l'éparque également, des accolades se multiplièrent. L'éparque tendit une bourse à Thomas. Ils furent dans la rue, et l'heure suivante ils dormaient à poings fermés.

A l'aube, Epicrate vint réveiller Thomas pour l'informer qu'un lieutenant l'attendait, aux ordres. Thomas réveilla Emmanuel. Ils serrèrent leurs simples affaires et quelques vivres dans un sac et firent un cadeau à Epicrate qui n'en finit pas de baiser les mains d'Emmanuel.

La chèvre et les poules s'étaient abritées du froid dans les escaliers. Dehors, comme l'avait dit Arétas, cinq cavaliers de l'armée et deux montures sellées attendaient. Damas dormait encore. Les volets de l'orfèvre Nimrod étaient toujours accrochés. Le froid de l'aube faisait de la buée aux lèvres.

« Edesse n'est donc pas notre vraie destination », dit Thomas, sans enthousiasme.

« Non, l'ombre du Temple est longue. Mais chacun sait que les ombres s'allongent au crépuscule », répondit Emmanuel.

4

LE TAUREAU, LE BÉLIER, LES POISSONS

Les cavaliers détachés par Arétas à la garde des deux voyageurs étaient jeunes. Le lieutenant qui les commandait ne comptait pas plus de trente ans, le cadet des autres avait à peine dépassé dix-huit ans. Ils étaient vêtus à la façon romaine, mais légère : bottes souples et courtes s'arrêtant à la cheville, jambières par-dessus, en cuir armé de métal, des caleçons à mi-cuisses, une cuirasse de cuir fortement armé par-dessus la casaque et un casque à calotte lisse, avec pare-joues, couvre-nuque et visière mobile. Un manteau carré sur les épaules, attaché par une fibule (celle du lieutenant était ornée d'un gros grenat serti d'or), et un baudrier pendant de l'épaule droite. Une couverture était roulée sur la selle de chacun d'eux. Ils étaient lourdement armés : outre le glaive, une dague et une masse d'armes, plus un carquois garni et des arcs. De plus, ils portaient chacun un sac de fourrage et de petites boîtes dans lesquelles Emmanuel supposa qu'ils serraient des remèdes, de l'argent ou d'autres objets familiers. Emmanuel et Thomas avaient été priés de porter les sacs de vivres pour les sept hommes.

« Des chevaux de roi », dit Thomas.

Les montures étaient belles, en effet : c'étaient des arabes, tous bais, fraîchement pansés, la robe rutilante sous le soleil qui se levait. Emmanuel n'en avait guère monté que dans les voyages de sa jeunesse[57] et à l'occasion encore, et il apprécia la docilité de la sienne. « Sauf si tu veux t'arrêter, laisse-lui les rênes », avait recommandé le lieutenant, qui s'était présenté sous le nom d'Arad, notant qu'Emmanuel avait manifesté de l'hésitation avant de monter en selle. « Encadré comme il l'est, il suivra le pas des autres. » Et de fait, précédées par le lieutenant et un archer, suivis par les trois autres, les montures d'Emmanuel et de Thomas suivaient exactement le pas. Emmanuel s'en trouvait heureux, ses pieds souffrant aux cicatrices, ce qui le contraignait, soit à chausser les étriers à l'oblique, afin d'y faire reposer le talon, soit à n'y poser que l'avant de la plante. Il s'était d'ailleurs chaussé à Damas des mêmes bottes courtes que les militaires qui l'escortaient, ayant pris soin de demander qu'on les rembourrât aux endroits qu'il désignait.

Ils allèrent au petit trot. Le temps s'y prêtait, car bien qu'il se fût réchauffé depuis le départ, il demeurait très frais. La route était tout juste une piste désherbée, inégale, parsemée de creux et de bosses, mais les chevaux les évitaient sans peine. Tout au long de la première partie du voyage, ils virent les cimes des monts Hermon décliner à l'ouest. Au bout de quelques heures, Arad s'entretint avec deux de ses soldats, qui se détachèrent du groupe et partirent au galop.

« Où vont-ils ? » demanda Emmanuel.

« Prévenir le prochain poste militaire, qui se trouve à Danaba, pour qu'il dépêche un détachement à l'est et nous protège sur le flanc droit. Nous arrivons, en effet, à l'une des portes du désert, et il est fréquent que des bandes de Bédouins s'aventurent jusqu'ici pour attaquer les voyageurs. »

« Ils en sont donc coutumiers », dit Emmanuel.

« C'est leur mode de vie. Le désert fait des gens frugaux, certes, mais rapaces », répondit Arad.

« Et quels gens fait donc la ville, selon toi ? » demanda Thomas.

« Des gens instruits et courtois, mais bavards, à l'horizon étroit, écrasés de besoins et sans courage », répondit Arad en se tournant vers son interlocuteur avec un imperceptible sourire.

« Et où doit-on donc vivre pour être courageux et clairvoyant ? » demanda Emmanuel.

« Il faudrait avoir le cœur en ville et la tête au désert », répondit Arad, en souriant cette fois franchement. « Mais l'homme le plus sage est sans doute le voyageur. »

Les pluies des jours précédents avaient rempli des dépressions rocheuses, dont certaines étaient grandes comme des mares. Les cinq hommes s'arrêtèrent pour y faire boire les chevaux et profitèrent de la halte pour descendre de selle, se dégourdir les jambes et vaquer à des besoins naturels. Puis ils reprirent leur chemin et l'après-midi s'avançant, ils virent revenir les deux soldats, mission accomplie. Le soir tombant, Arad décida de faire étape à l'abri d'une colline qui les protégerait contre le vent du nord. Le fourrage fut distribué aux chevaux, deux soldats s'affairèrent à ramasser du bois pour dresser un feu et, selon l'habitude, deux soldats montèrent la garde pendant qu'Arad et les autres prendraient leur repos. La relève de la garde se ferait à minuit. Le repas fut évidemment frugal, à base de pain, d'œufs durs, de fromage et de poulets rôtis qu'on fit à nouveau griller sur le feu. Puis chacun s'enroula dans sa couverture et s'endormit sur-le-champ.

La relève de la garde n'avait pas réveillé Emmanuel, qui n'avait guère l'habitude de monter à cheval et qui s'était endormi fourbu. Ce furent les chocs sourds des sabots sur le sol, à l'aube, qui l'éveillèrent ; les chevaux réagissaient ainsi aux soins des soldats, qui les étrillaient pour chasser l'humidité de leurs robes. Le ciel aussi était mal réveillé ; il était gris ; il pleuvrait avant peu. Arad, accroupi, faisait chauffer une boisson dans un pot de cuivre, sur le feu ranimé. Emmanuel l'observa, fasciné par l'impassibilité sereine de ce soldat, s'interrogeant sur ce qu'était la vertu chez les étrangers, la *virtus* romaine, cette façon d'être digne et calme sans effort, qui présageait d'une égale sérénité devant la mort et le plaisir. Quand le contenu du pot se mit à bouillir, Arad y versa une pincée de fragments noirâtres, sans doute des herbes, retira le pot du feu et remplit soigneusement une timbale. Puis il souffla sur la timbale fumante et en but le contenu à petites gorgées, en dégustant visiblement la saveur. Emmanuel s'était assis, imprégné de l'humidité de la nuit et enviant presque les chevaux. Arad tourna la tête vers lui. Il tendit la timbale à Emmanuel, dans un geste d'invitation.

« Qu'est-ce que c'est ? »

« Tay », répondit Arad.

« Tay ? »

« Une boisson qui vient de là où tu vas[58]. Ça réchauffe l'âme. Alexandre en buvait. »

Emmanuel se déplia sans hâte pour aller s'asseoir près d'Arad, et prit la timbale offerte. La boisson était sombre, le goût à la fois âpre et délicat.

« Tay », répéta-t-il.

« On nous l'apporte par les caravanes d'Asie. Le roi ne sait plus s'en passer. Cela tient éveillé et alerte et commande l'harmonie des boyaux. »

Ce fut alors qu'Emmanuel aperçut la marque, grande comme un petit ongle, creusée sous la mèche d'Arad. Un double « M » éloquent, qu'il connaissait bien. Le lieutenant était mithraïste. Emmanuel en conçut une surprise teintée de désarroi. Il avait été trop absorbé, ces dernières années, pour savoir du monde autre chose que les affaires juives et romaines. Les Romains, il connaissait assez leur talent de marier le sens pratique avec le souci de l'Empire, il avait pénétré cette religion qui ne pouvait être pratiquée qu'en commun et en public, qui ne connaissait de prières que collectives et qui suffisait à absorber le besoin humain d'une entité supérieure. Mais de Mithra et du mithraïsme, il n'avait été instruit que par les rapports des voyageurs ; c'était une religion secrète et, pour ce qu'on en savait de l'extérieur, car ses initiés étaient discrets, elle forgeait des âmes à la fois courageuses et stoïques. Jokanaan, l'avait prévenu Joseph d'Arimathie, et sans doute aussi Dosithée et Simon, le Magicien, entretenaient des rapports d'intelligence avec les mithraïstes. Joseph n'avait-il pas versé dans le soupçon ? Mais il disait peut-être vrai, car il y avait ces trente disciples du Baptiste, trente, autant que de jours dans le mois lunaire. Ces disciples qui lui avaient témoigné, dès l'emprisonnement de Jokanaan, une singulière méfiance et à la fin, presque de l'aversion. Et il y avait Hélène, qui incarnait aussi la Lune. Il secoua la tête pour chasser ces questions, désormais révolues. Ces notions étaient restées abstraites, il n'y avait en Palestine de mithraïstes que les soldats romains, avec lesquels il n'avait guère frayé. Mais là, il découvrait qu'une autre religion existait donc aussi pleinement que la sienne, et il se prit à penser que d'autres religions encore existaient, dont il ignorait presque tout, et qui faisaient sans doute des hommes aussi sereins qu'Arad. Recommencer à vivre, car il recommençait à vivre, c'était recommencer à apprendre. Jusqu'alors, il n'avait vécu que dans l'Orient juif et romain ; le double « M » sur le front du lieutenant et la gorgée de la mystérieuse boisson lui apparurent comme les signes avant-coureurs d'un autre monde.

« En veux-tu une timbale ? »

Emmanuel hocha la tête ; Arad vida sa timbale et la remplit à nouveau, puis la lui tendit. L'offre et l'acceptation de l'offre invitaient sans doute à la familiarité.

« On dit que tu as été crucifié et que tu n'es pas mort », dit Arad, tandis qu'Emmanuel dégustait son tay. Emmanuel hocha la tête et, retroussant sa manche, montra un poignet. « On dit que tu es prophète. »

« Tout homme qui dit la Loi de Dieu est un prophète. »

Thomas, qui s'était à son tour réveillé et qui était allé faire un tour dans les parages, vint s'asseoir près d'eux, les traits tirés. Emmanuel lui tendit sa timbale, qui était d'ailleurs celle du lieutenant.

« Je ne comprends pas », dit Arad. « J'observe la loi de ma foi, suis-je donc un prophète ? »

« Peut-être l'es-tu. »

« Pourquoi ne dit-on pas que je le suis ? Pourquoi ne veut-on pas me crucifier ? »

Emmanuel interrogea son interlocuteur du regard et ne perçut, une fois de plus, qu'une naïveté ourlée par le velours des cils noirs, une entière absence de malice ou de rhétorique ; ce militaire était comme un enfant. « On dit de quelqu'un qu'il est prophète », répondit-il, « quand il est le seul à s'élever contre l'oubli de la Loi, quand tout un peuple et les prêtres censés la préserver s'en sont écartés. C'est un homme solitaire. »

« Je ne suis pas solitaire. Tu étais donc solitaire. Cela signifie donc que les Juifs sont tous des dévoyés. D'ailleurs, pourquoi sont-ils les seuls à avoir des prophètes ? »

Thomas en laissa tomber sa mâchoire de stupeur, et sa mine était si décontenancée qu'Arad se mit à rire, et qu'Emmanuel aussi en rit.

« Ai-je dit quelque chose de sot ? » demanda Arad.

« Non, tu n'es certes pas sot. Tu es simplement étonnant de candeur », répondit Emmanuel.

« Quelle est cette boisson ? » demanda Thomas.

Arad le lui expliqua aussitôt.

« Cela réveille », dit Thomas.

Les soldats semblaient s'impatienter. Avant que tout le monde se remît en selle, Emmanuel observa que chacun des soldats portait le double « M ». Il se surprit plusieurs fois, dans la journée, à les épier. Non, ils n'étaient pas ces êtres inférieurs que les païens étaient censés être. Il enregistra leur endurance, leur maintien, leur civilité.

Ils furent à Seriane deux jours plus tard, alors que le soir tombait. C'était une ville de soldats et de marchands de passage, garnie de comptoirs, d'auberges, de bains et de bordels qui demeuraient ouverts toute la nuit.

« Il serait courtois de les inviter aux bains, puis à souper avec nous », dit Emmanuel, « puisque leur roi les paie pour nous accompagner et nous paie pour le quitter. »

Ce fut donc un singulier équipage que celui qui déboula après les bains et la tombée de la nuit dans l'auberge d'un Parthe sourcilleux et formidablement barbu, mais au demeurant fort amène. Ce restaurateur du beau milieu du désert de Syrie avait du poisson frais, entretenu dans des viviers, de la volaille nourrie dans ses basses-cours, et bien sûr, du veau, du mouton, mais il priait qu'on l'en excusât, pas d'agneau.

« Comment gardes-tu donc ton poisson frais ? » demanda Arad.

« L'affaire est à la fois simple, complexe et coûteuse », expliqua le Parthe. « Le poisson est pêché au filet dans l'Euphrate et jeté vivant dans des baquets d'eau, puis les baquets sont couverts de toile bitumée et on me les apporte au galop, je dis bien : au galop, de Soura. A peine arrivée, la marée est jetée dans les viviers où, croyez-le, elle se reproduit. Car dans ce poisson, mes amis, il y a des mâles et des femelles, et la loi de la nature règne aussi à Seriane ! Même les poissons s'y marient ! »

A ce discours, Emmanuel éclata de rire, et tout le monde suivit son exemple. Tout le monde convint de déguster ce poisson exilé dans le désert, qui se trouva être de la tanche. Une partie en fut servie frite, l'autre grillée, et comme il avait été soigneusement évidé, puis lavé au vinaigre et au citron, il n'y restait pas la moindre trace de sauvagin ou de vase comme on eût pu le craindre. Le vin aidant, qui venait de Cilicie et qui avait un goût de cerise, la compagnie se trouva d'excellente humeur. Une salade de laitue aux oignons, puis des quartiers de poulet frits dans une sauce aux pistaches maintinrent cette humeur à son meilleur niveau.

« Nous n'avons pas tous les jours l'occasion d'une telle fête », dit l'un des archers, qui s'appelait Abou Hassan, la langue déliée par le vin. « Nous nous morfondons dans notre caserne. Tout à coup, on annonce l'éparque. Omar veut des hommes pour accompagner un prophète à Edesse. Il désigne Arad.

Arad nous désigne. Nous recevrons pour notre peine double solde. Nous partons donc au petit matin, rasés de près, soigneusement équipés, pour la rue de l'orfèvre Nimrod. Nous attendons le prophète, sans même savoir ce qu'est un prophète. Un homme inspiré des dieux, nous dit-on. Celui-là a été crucifié par les Juifs. Le diable emporte les Juifs ! L'un de leurs principicules, Hérode, a insulté notre roi, nous lui ferons mordre la poussière. Nous attendons un vieillard avec une longue barbe, de surcroît amoché, car la crucifixion, ce n'est pas une mince affaire, nous voyons un homme jeune sans barbe. Est-ce lui ? Est-ce l'autre ? Puis nous voilà dans une auberge, massés, baignés et huilés de frais, je vous le dis, mes amis, la vie de soldat est une belle vie ! » Il leva son verre et tout le monde suivit son exemple.

« Tu es un homme bon. Si tu le veux », reprit Abou Hassan à l'adresse d'Emmanuel, « je te fais désigner pour être des nôtres. »

« Des nôtres ? » demanda Emmanuel, feignant l'ignorance.

« Ne le vois-tu pas ? » s'écria Abou Hassan en montrant la cicatrice à son front.

« Tu es mithraïste. Je te remercie de ton offre. Mais je suis juif. »

« Juif ? » cria Abou Hassan. « Après ce qu'ils t'ont fait ? »

Emmanuel se passa les mains sur le visage. « Mon dieu reste le mien, même s'ils l'ont trahi, eux. C'est lui qu'ils ont trahi, pas moi », répondit-il.

« Ils disent que tu es le fils de ton dieu, ou bien que tu le dis », reprit Abou Hassan.

« De qui donc es-tu le fils, au-delà de ton père et du père de ton père et de ton plus lointain aïeul ? »

Abou Hassan le considéra d'un air grave.

« Je suis le fils de mon créateur Ahura-Mazda, dont Mithra est le héros », répondit-il enfin d'une voix sourde.

« Tu appelles ton créateur Ahura-Mazda, je l'appelle Yahweh », dit Emmanuel. « Peut-être, et s'il n'y a que des noms qui différencient nos créateurs, te suis-je désormais moins étranger. »

« On nous enseigne qu'aucun homme n'est étranger », intervint Arad. « Ceux qui possèdent la force et le courage sont nos frères, les autres, les timorés, les lâches, les prévaricateurs sont étrangers à eux-mêmes. »

« Nous voilà donc frères », dit Thomas.

« Je ne te connais pas, mais je veux bien te faire crédit », répondit Arad. « Lui est mon frère, parce qu'il a enduré son supplice et que sa force l'a fait le surmonter, il me suffit de regarder ses yeux pour savoir qu'il est pétri de vigilance et de bonté, mais aussi de force vengeresse. Il est brûlant comme le feu », dit Arad en posant sa main sur le poignet d'Emmanuel qui frémit. « Mais quand même, je m'étonne. »

Emmanuel servit du vin. « Pourquoi ? » demanda-t-il.

« A cause de la faute. »

Le Parthe servit de petites galettes au miel et aux raisins secs, garnies de crème.

« Je connais ta religion », dit Arad. « Elle dit que vous êtes coupables de naissance, coupables d'être nés, à cause d'une faute très ancienne. Cela fait des hommes tremblants et anxieux. »

« Ne sommes-nous pas imparfaits ? » demanda Emmanuel.

« Si nous le sommes, nous, soldats de Mithra, sommes habités par l'Esprit de force et de lumière depuis le jour de notre initiation. Nous ne le craignons pas, car nous ne pouvons le trahir, car nous nous trahirions nous-mêmes, puisque tout ce que nous désirons, c'est justement la force et la lumière. »

Les autres soldats hochèrent la tête. Arad n'était pas seulement leur lieutenant, il était donc aussi leur maître.

« Et pourtant », reprit Arad avec un sourire, « tu es fort. Voilà pourquoi je m'étonne. Je croirais volontiers que tu as été initié », dit-il en se penchant vers le visage d'Emmanuel, ce qui fit sourire celui-ci.

« Non, je n'ai pas reçu le sang du taureau », répondit Emmanuel. « L'ère du Taureau est depuis longtemps passée. Celle du Bélier sera bientôt révolue. Nous entrons dans l'ère des Poissons[59]. » Il y avait longtemps qu'il le savait, que le ciel tournait ! On le lui avait appris en Egypte, dans sa jeunesse.

« N'étions-nous pas des pêcheurs », chantonna Thomas d'une voix chevrotante, « ne nous as-tu pas fait pêcher assez de poissons ! » Et Emmanuel poussa un soupir.

Arad se pencha vers Emmanuel et plongea un regard étonné dans le sien ; ils se firent ainsi face un moment, jusqu'à ce qu'Arad secouât la tête.

« Tu es au fait », murmura-t-il.

L'heure s'avançait. Les soldats murmurèrent quelques mots en aparté ; sans doute avaient-ils des projets d'après-souper.

« Viendras-tu avec nous chez les femmes ? » demanda un soldat, le plus jeune, qu'on appelait Cyaxarès et qui n'avait pas pris la parole jusqu'alors. Il avait la mâchoire carrée et des yeux de biche.

« Là où vous allez », répondit Emmanuel, « c'est comme ces vins poivrés qui donnent encore plus soif. Mais il est normal que l'avoine sème ses graines dans le vent. »

« Tu nous désapprouves », observa Arad, debout devant Emmanuel, le front buté et l'attitude questionneuse.

« Que me donnerait-on, là où vous allez ? » finit par répondre Emmanuel au bout d'un temps.

« Il y a plusieurs sortes de pain », dit Arad.

Les autres, debout, écoutaient, partagés entre l'ironie graveleuse de soldats qui vont faire une virée et la gravité d'enfants inquiets.

« Je n'ai peut-être plus faim », répondit Emmanuel.

Arad hocha la tête et, après avoir vidé leurs verres, les soldats gagnèrent la porte. Emmanuel demeura pensif un moment, puis se leva pour s'enquérir d'une chambre auprès du Parthe. Celui-ci tendit à Thomas deux gargoulettes d'eau parfumée à l'encens.

Le ciel au-dessus de la cour sur laquelle donnait leur chambre était clair. Emmanuel s'arrêta un instant pour le scruter. « Les Poissons », murmura-t-il avant de pousser la porte. Thomas, lui, semblait perdu dans ses réflexions.

5

LA FUITE D'ÉDESSE

Gourdes, sacs à vivres et à fourrage regarnis, ils repartirent avant l'aube, sur l'avis d'Arad, afin de franchir la distance en une étape. Entre Seriane et Sergiopolis, le désert eût dû être lisse ; il ne le fut pas. D'abord, ils croisèrent une caravane qui descendait justement de Sergiopolis, et ce fut sans doute l'éclat des casques qui rassura les caravaniers qui avaient, les apercevant de loin, esquissé une tangente vers l'ouest, puis semblaient s'être ravisés. Ils étaient une quarantaine, y compris trois hommes qui semblaient assez mal en point, car ils vacillaient sur les chameaux. Emmanuel ne comprit pas tout ce que disait leur chef, un petit homme cuit par le soleil et le vent, qui parlait assez mal le syriaque et encore moins le grec, mais enfin, l'évidence était là, ils avaient été attaqués par des Bédouins pillards et ils y avaient perdu cinq hommes et deux chameaux. Emmanuel avança son cheval jusqu'à l'homme qui lui semblait le plus mal en point ; celui-là était livide et près de rendre son dernier souffle. Emmanuel posa la main sur son front, puis lui prit le pouls et déclara au chef qu'il était hors de question de poursuivre le voyage avec un homme dans cet état.

« C'est mon neveu », répondit le chef, « je ne peux tout de même pas l'abandonner en plein désert, ni m'arrêter ici à cause de lui. »

« Descendez-le », dit Emmanuel.

« Pour quoi faire ? »

« Il peut le soigner », dit Thomas.

« Qui est cet homme ? » demanda le chef caravanier.

Arad fronçait les sourcils, les autres soldats ne semblaient guère contents non plus.

Les caravaniers parlementèrent entre eux, puis ils descendirent l'homme comme un ballot et le couchèrent sur le sol. Emmanuel se pencha vers lui ; l'homme avait à peine vingt ans ; une plaie au côté avait été pansée avec un linge de fortune, déjà noir de sang coagulé ; le souffle était court et superficiel. Arad observait la scène du haut de son cheval, les autres, du haut de leurs chameaux.

« Nous allons perdre du temps », dit-il, « cet homme se meurt. »

Emmanuel posa les mains avec force sur la poitrine de l'homme ; celui-ci ouvrit les yeux, tenta d'articuler des mots et n'y parvint pas, et Emmanuel pencha son visage vers lui et lui parla, mais personne n'entendit ce qu'il disait. On pouvait tout juste deviner qu'il usait d'autorité. L'homme le fixait comme s'il avait été fasciné. Au bout d'un long moment, l'homme commença à respirer plus amplement et plus régulièrement.

« Donnez-moi une gourde », ordonna Emmanuel sans se retourner.

Arad descendit de cheval et lui tendit sa gourde, puis s'agenouilla près d'Emmanuel, pour observer la scène. L'homme gardait les yeux ouverts ; sa couleur était moins malsaine ; il but d'abondance à la gourde, haleta, reprit son souffle et tourna vers Emmanuel un visage défait par l'étonnement.

« Je mourais... » dit-il.

« Un autre jour, plus tard », répondit Emmanuel d'un ton sans réplique. « Peux-tu te lever ? »

Des caravaniers étaient descendus de leurs chameaux, multipliant les interjections, et des mots qui s'empêtraient jusqu'à l'incohérence, « Ho ! Hà ! Cet homme était mort ! Par Baal ! Je ne crois pas ! » Ils se pressèrent autour du blessé, qui s'était assis, et ils l'aidèrent à se relever. Le jeune homme se tenait à peu près debout, il parvint même à marcher jusqu'à sa monture. Le chef caravanier descendit à son tour et, le visage défiguré par la stupéfaction, alla dévisager son neveu de près. Puis, tandis qu'on aidait le jeune homme à remonter sur son chameau, il alla, sourcilleux, presque sauvage, dévisager cette fois Emmanuel. Les deux hommes se firent face un long moment. Puis les larmes perlèrent dans les yeux du vieux. Il s'empara des mains d'Emmanuel et les baisa avec fougue.

« Tu es un messager divin », dit-il. « Quel est ton dieu ? »

« Le nôtre », répondit Emmanuel. « Le nôtre. »

Le caravanier tira une bourse de son manteau et Emmanuel secoua la tête. L'autre regarda autour de lui et la tendit à Thomas puis s'enfuit vers sa monture. Et tandis que la caravane s'ébranlait, des cris jaillirent des poitrines, des psalmodies passionnées, des chants qui parfois montaient jusqu'à l'aigu le plus déchirant. « Baal est grand ! Baal est le plus grand ! » Arad aida Emmanuel à mettre le pied à l'étrier. Les sept hommes chevauchèrent en silence.

Ensuite, une nuée de rapaces annonça des cadavres sur le chemin. En plus des cinq hommes de la caravane, il y avait autant de Bédouins.

« Nous ne pourrons pas les enterrer », prévint Arad. « Il nous faut arriver à Sergiopolis avant le coucher du soleil. »

Emmanuel hocha la tête. Le premier mot qu'ils échangèrent ensuite fut aux bains de Souriane. Ils venaient à peine de se dévêtir et d'entrer dans le tepidarium qu'Arad se jeta presque sur lui, comme s'il ne l'avait pas vu depuis des années. A genoux devant Emmanuel, qui venait de s'asseoir sur un banc de pierre, il lui saisit les mains et Emmanuel le laissa faire.

« Quoi ? Quoi ? Dis-moi ! » s'écria-t-il avec agitation, tandis que Thomas observait la scène avec alarme, les autres soldats l'observant à distance.

Emmanuel ne répondit d'abord pas ; il détaillait le visage juvénile, empli de passions terrestres et soudain défait par l'orage, les mâchoires fortes habillées d'une peau bronzée, le front énergiquement bosselé, la bouche charnue et colorée.

« Nous sommes les enfants du même père, tant que nous restons purs », répondit-il enfin, lentement.

« Mais l'homme, l'homme que tu as ranimé sur le chemin ? » reprit Arad, tenant toujours les mains d'Emmanuel dans ses paumes ouvertes.

« J'ai ranimé son souffle. Le souffle est en nous. Nous l'étouffons parce que nous laissons le sable des choses nous recouvrir. »

« Mais tu ne le connaissais pas ! » s'écria Arad. « Il n'était rien pour toi, un homme qui meurt parmi tant d'autres ! »

Ce fut alors que Thomas intervint. « Le don ! » dit-il avec passion. « Le don ! Comprends-tu ? »

« Non, je ne comprends pas », dit Arad.

« Quelle autre mission est celle du roi, sinon de donner ? » dit Thomas.

« Le roi », murmura Arad, s'efforçant d'intégrer ce mot dans sa tête.

« Le roi », répéta Thomas.

« Dois-je cesser de vivre ? D'être soldat ? De boire du vin ? D'aimer les femmes ? D'être vainqueur ? » cria Arad. Il ressemblait à une statue de métal sous la pluie, tant il ruisselait de sueur.

« Si tu le peux, ce sera mieux, mais si tu ne le peux pas, songe à ta pureté. »

« L'ai-je encore ? » demanda Arad.

« Tu disais hier avoir la force », répondit

Emmanuel, « si tu l'as, comment n'aurais-tu pas aussi la pureté ? »

« Alors il ne faut plus vivre », dit Arad, la voix rauque, « ton dieu est celui de la mort, le mien est celui de la vie, je demande le droit d'être impur. »

Abou Hassan s'était assis près de lui. Un autre soldat vint les rejoindre, soucieux.

« C'est un magicien, Arad, il ne faut pas te mettre dans ces états. »

« Oui, c'est un magicien », dit Arad. « Mais pourquoi n'avons-nous pas, nous, des magiciens tels que lui ? Ce caravanier, nous l'aurions donné pour mort, il lui a rendu la vie. »

Les deux soldats regardaient Emmanuel, le regard chargé de reproches.

« Tu es magicien, rends-lui la sérénité », dit le plus jeune. « Il est notre frère. »

« Il est mon frère aussi », répondit Emmanuel, « je le lui ai dit. Mais l'esprit humain ne peut tout embrasser. Si je ne le dis à mon frère, à qui donc le dirai-je ? » Il s'essuya le front, puis le torse. « Nous sommes tous liés parce que nous sommes frères, mais que serions-nous sans le Père ? »

« Mithra est notre père », répondit le plus jeune d'un ton farouche.

« Au-dessus de Mithra, tu le sais bien, il y a un dieu plus puissant, et tu ne dois pas te troubler, Cyaxarès. C'est lui qui donne son pouvoir à Mithra[60] ».

Et Arad, ruisselant, jeta ses bras autour du cou d'Emmanuel. On n'eût pu dire s'il suait ou s'il pleurait. « Dis-le-moi, redis-le-moi, que je suis ton frère », murmurait-il.

« Nous sommes du même Père et du même sang, Arad, pourquoi t'inquiètes-tu ? »

Ils passèrent dans la piscine. Puis la course des heures brouilla les images. Thomas se demanda plus tard s'il avait ou non vu le lieutenant du roi baiser passionnément les mains d'Emmanuel. Peut-être l'avait-il rêvé, ils avaient bu du vin, mais il était moins incertain d'avoir aussi vu Emmanuel sourire et même rire avec les soldats. Il se souvint aussi d'avoir vu Cyaxarès à demi sorti de la piscine, les bras croisés sur le rebord, interpeller Emmanuel :

« Magicien, dis-moi, et moi, suis-je aussi ton frère ? »

Et Emmanuel s'était mis à rire.

Ils parvinrent à Soura tôt dans la matinée du lendemain, puis ils furent dans l'heure aux bords de l'Euphrate, qui bondissait comme un troupeau de poulains. Ils passèrent le pont et se trouvèrent au poste frontière de Nicéphorium. Sous les yeux des douaniers mésopotamiens, bardés de barbes et de moustaches, écarquillant leurs yeux charbonneux sous leurs bonnets de feutre blanc, les accolades n'en finirent plus.

« Je te laisse les chevaux », dit Arad. « Un roi doit arriver à cheval. » Et il pleura, tout comme les autres, puis il se ressaisit et alla s'adresser aux douaniers, dont les pantalons frissonnaient dans le vent, et qui ne comprenaient rien à la scène. Il fallait, ordonna Arad, que des coursiers partissent sur-le-champ prévenir le roi Abgar que le roi Emmanuel était à ses frontières et que celui-ci fût escorté jusqu'à Edesse par une escouade équivalente à celle qu'avait déléguée le roi Arétas. Le chef douanier écouta ce discours bouche bée, considéra Emmanuel et Thomas sans pouvoir décider lequel était le roi annoncé, mais sans doute heureux de la diversion qui lui était offerte dans ses mornes journées de gardien d'un poste frontière, il délégua, en effet, deux coursiers et désigna une escorte de cinq autres hommes pour les deux voyageurs. Emmanuel et Thomas se retournèrent plus d'une fois pour suivre du regard les soldats d'Arétas. Ils les virent aussi se retourner. Les images de bras levés finirent par se fondre dans la poussière.

Ils furent à Batnae le lendemain, et le jour suivant, avant que le soleil fût haut, les murailles d'Edesse rougeoyèrent au nord. Le trafic sur la route était intense. Les caravanes se suivaient, chargées de ballots, soie, épices, gemmes et autres richesses, les unes partant vers Antioche, Tripoli, Byblos, Césarée maritime, les autres vers Palmyre ou Doura-Europos. Edesse était encore plus riche que Damas, car elle prélevait sa dîme sur toutes les marchandises qui transitaient par ses portes. Peu avant d'arriver aux portes de la ville, deux cavaliers de l'escorte prirent le galop pour arriver avant les visiteurs et, sans doute, alerter le palais. La ville grouillait d'éléphants, de singes, de perroquets, de montreurs de serpents, à telle enseigne qu'Emmanuel émit d'un ton sarcastique l'idée que des gens tentaient de recréer le paradis terrestre. La garde les accompagna à une auberge, où elle pria les deux voyageurs de bien vouloir se rafraîchir. Emmanuel et Thomas y déjeunèrent de fritures et de salades, et tout à coup, Emmanuel demanda à Thomas d'aller voir si la garde était toujours là.

« Ils jouent aux dés en mangeant du saucisson, dans la ruelle sur laquelle débouchent les cuisines », dit Thomas en revenant s'asseoir. « Ils attendent des nouvelles du palais, et j'ai cru comprendre qu'Abgar était absent, on ne sait pour combien de temps. »

« Et nos chevaux ? »

« Ils ont mangé le picotin qu'on leur a fait tenir et sont attachés devant la portée d'entrée, là où nous les avons laissés. »

« Paie le tenancier en douce et filons », dit Emmanuel.

Ils se défilèrent comme des voleurs, et quittèrent Edesse par la porte d'Astarté, qui donnait sur le nord, et gagnèrent ainsi la route de Samosate. Emmanuel riait, et Thomas s'étonnait, à la fois de le voir rire et de lui retrouver ce visage d'enfant qu'il ne lui avait pas vu depuis leur première rencontre sur l'Oronte. Serrant les éperons, sa monture au galop, il allait à telle allure que son manteau volait au vent. Thomas, qui n'était guère cavalier non plus, avait peine à le suivre et l'ayant enfin rattrapé, il leva le bras pour lui faire signe de modérer son allure.

« M'expliqueras-tu enfin ? » cria Thomas, impatienté.

Emmanuel ramena sa monture au petit trot.

« Edesse, un roi, des marchands, encore des Juifs ! Des Judas détrempés et des Pharisiens qui ne sont même pas juifs ! La puissance de l'argent et la gloire des dupes ! Des langues de rossignol rôties et des cervelles faisandées ! Que veux-tu que je t'explique, Thomas ? » cria-t-il dans le vent. « Des âmes tendres s'empoisonnent aux fontaines où boivent les canailles ! » Il haleta. « Ne l'avons-nous pas assez vu chez Arétas ? Une doucereuse conspiration de cadavres, ils feignent d'être vivants, ils imitent les mots et les gestes des vivants, mais ils sont irrémédiablement morts, et quand les vers les mangeront, rien pour eux ne sera changé ! Ils sont animés par l'instinct de jouissance et le désir de punir ! Est-ce pour cela que j'ai vécu, Thomas ? Non, j'ai vécu pour détruire tout cela, mais mon glaive n'a pas été assez brûlant ! Je suis jeune, et mon Père ne veut pas que je meure chez les morts ! »

« Le dégoût », articula Thomas.

« Non, je me suis délivré du dégoût, mon sang est pur de bile, je veux respirer l'air des aigles et des lions ! »

Et Thomas était comme ivre. Cet homme s'était emparé de lui, cet homme était beau, indestructible et jeune. Les yeux lui piquaient. Il vivait, il recommençait à vivre, comme Emmanuel.

Quand ils atteignirent le pont de Samosate, pour franchir une seconde fois l'Euphrate, ce qui semblait un symbole, un orage drapa le ciel de pourpre. Aux portes de la ville, ils étaient trempés.

6

LE VOYAGEUR SANS DIEU

Les chevaux avaient été mis à l'abri dès l'arrivée et s'en trouvèrent bien, car la pluie déferla toute la nuit et gonfla l'Euphrate au point que les gardes s'en alarmèrent, dit-on le lendemain. Dans le caravansérail où lui et Thomas avaient pris refuge, ils durent se contenter d'une pièce modeste, car une caravane entière s'y était également abritée pour l'étape. Les chameaux avaient été tirés sous les auvents ruisselants, où ils mâchaient leur pitance d'un air résigné, les chevaux ayant été emmenés aux écuries, où Thomas s'empressa de guider leurs deux montures. Après souper, Emmanuel s'endormit sitôt qu'il se fût allongé, tant il était fourbu. Il se leva avec l'aube et songea d'emblée aux chevaux. Ils avaient besoin d'être pansés, ne l'ayant pas été depuis bientôt trois jours. Qu'était-on dans ces contrées-là, s'il fallait aller à pied ? Il se rendit donc aux écuries qui, bien que vastes, étaient combles. L'affluence, la veille, avait été telle qu'y dormaient aussi bien des voyageurs, sans doute tardifs ou bien désargentés, tas de vêtements obscurs enfoncés dans la paille et leurs nuits intérieures. Les palefreniers n'étaient pas encore levés, ou bien il n'y en avait pas. Toujours fût-il qu'Emmanuel chercha des brosses, en trouva enfin une qui semblait convenable et se mit en demeure de brosser la première des deux montures que leur avait offertes Arétas. L'animal s'y prêta avec une grâce touchante, tournant la tête vers son valet d'occasion pour lui manifester son plaisir, et cillant de ses yeux d'almée, ce qui laissa Emmanuel pensif et lui fit oublier les élancements que lui causaient encore les cicatrices à ses poignets ; celles-ci limitaient l'extension de ses bras quand il fallut brosser le dos de l'animal. Il acheva de bouchonner la bête à l'encolure et à la tête avec de la paille, puis acheva son travail avec de légers coups de brosse. Le cheval tourna la tête vers Emmanuel et lui adressa un coup de langue qui déclencha chez Emmanuel un rire affectueux ; il caressa l'animal sur le chanfrein. Cependant, des palefreniers arrivèrent, examinèrent avec satisfaction le travail d'Emmanuel et entreprirent de panser les autres montures qui se trouvaient là.

« Un cheval va plus vite qu'un homme à pied », dit une voix dans la pénombre de la remise.

C'était une voix d'homme singulière, claire, quelque peu haut perchée, qui s'était exprimée en grec de façon correcte, mais scolaire. Emmanuel en chercha du regard l'origine, et ses yeux tombèrent sur un visage pâle au-dessus d'une épaule nue, ivoirine, qui dépassait d'une laine assez sombre. Le crâne était rasé, peut-être les sourcils l'étaient-ils aussi. Le ton était certainement dénué de malveillance, mais néanmoins teinté d'ironie.

« Un cheval va plus vite, en effet, et sans fatigue », répondit-il d'un ton neutre.

« Un cheval céleste irait encore plus vite », dit l'homme.

Emmanuel considéra le parleur. Dans la pénombre, on eût dit un tout jeune homme. Mais les tout jeunes gens ne parlent pas ainsi, et Emmanuel s'efforça de déterminer les années qu'avait traversées un visage aussi lisse. Et rieur. Etait-il déjà chauve ? Ou bien s'était-il rasé le crâne ? Dans ce dernier cas, il eût été un des adeptes de la religion que des voyageurs avaient décrite, sans bien distinguer entre les gymnosophistes et les bouddhistes[61].

« Je n'ai pas vu de chevaux célestes, mais je veux bien croire qu'en effet ils iraient très vite. »

« Où irait-on donc avec un cheval qui courrait comme l'éclair ? » dit l'inconnu. « L'on reviendrait rapidement à son point de départ. »

Emmanuel rit.

« C'est exact », admit-il, en approchant le second cheval.

« Le ciel a donc bien fait les choses », dit l'inconnu, dans le même grec délicat et légèrement contraint, « de ne pas avoir mis ses coursiers à notre disposition. Nous en serions tout dépités. »

Le rire d'Emmanuel se prolongea.

« Mais peut-être le ciel a-t-il usé d'une ruse pénible en nous donnant des coursiers tels que ceux que tu panses, car il nous faut alors bien plus de temps pour nous aviser que nous n'allons jamais nulle part, même si nous allons plus vite qu'à pied. »

Le jour qui se levait lentement dessinait mieux les traits de l'inconnu. C'était l'ensemble de son corps qui était ambré. Le visage exprimait une grande douceur, les yeux, eux, reflétaient une vigilance qui finalement interrompit le travail d'Emmanuel ; il appela un palefrenier et lui donna le pansage à terminer.

« Voilà des paroles sages, voyageur », dit-il.

L'inconnu parut amusé. « Paroles modestes, voyageur, que m'ont inspirées tes soins pour ces deux montures. La compassion pour les animaux est le signe d'une âme supérieure. Mais si j'avais été vraiment sage, la sagesse eût été de ne pas la montrer. »

« Etait-ce à moi que tu t'adressais, ou bien faisais-tu don de ta sagesse involontaire au premier être du jour ? »

« A toi. »

L'homme se leva, et l'on devina un corps svelte, agile, enjoué. Il s'approcha d'Emmanuel, et le jour naissant révéla que son crâne et ses sourcils aussi étaient rasés, ce qui lui prêtait une apparence voisine de l'androgyne, renforcée par ses traits délicats et ses mains fines. Les yeux noirs, mobiles comme ceux d'une souris, s'attachaient à Emmanuel.

« Je t'ai adressé la parole parce que tu n'es pas marchand, cela se lit sur ton visage et dans le fait que tu ne portes pas de barbe. Les marchands se veulent prospères et la barbe leur sert de sauf-conduit. Puis, pardonne-moi de l'avoir remarqué, tu as été supplicié. »

Un silence perceptible marqua une pause dans le discours du moine, car c'en était un, autant que dans l'attitude d'Emmanuel qui considéra son interlocuteur avec plus d'attention qu'auparavant.

« Sans doute suis-je indiscret », murmura le moine.

« A ce point-ci de ton discours, je serais frustré de ne pas en entendre davantage. »

« Puisque tu m'y invites, je serais donc malgracieux de m'arrêter ici. J'aurais eu l'air de faire montre de mon savoir. Mais, de toute façon, mon maigre savoir n'y est pour rien. J'ai remarqué les cicatrices quand les manches de ta robe se retroussaient sur tes bras ; elles sont caractéristiques de la peine que les Romains infligent à ceux qu'ils jugent coupables d'un crime grave. Je me suis donc demandé quel pouvait avoir été le crime qui pouvait t'avoir mené au supplice, et plus encore, par quel prodige tu y avais survécu. Or tu ne me sembles être ni un assassin ni un voleur, mais un homme redoutable par d'autres pouvoirs. J'ai aussi observé ta sollicitude à l'égard des chevaux et la manière dont ceux-ci te la rendaient. Cela m'a confirmé dans l'idée que tu possèdes une force spirituelle. On t'aurait donc supplicié pour tes convictions morales. Cela ne se voit guère dans l'Empire romain. C'est alors que m'est revenu en mémoire le récit de voyageurs sur un homme que certains disaient être un envoyé des puissances célestes, qui avait beaucoup agité les Juifs de Jérusalem, et que ceux-ci avaient expédié au supplice. Un certain Jésus. »

Emmanuel se redressa.

« Certains m'avaient avancé que cet homme avait survécu, ce qui était possible, quoique exceptionnel. Dans ce cas, son destin aurait été tout à fait remarquable. Il aurait comme Bouddha triomphé du redoutable Naga d'Uruvilva. Il aurait donc été voué aux plus hautes missions qu'un homme puisse accomplir ici-bas. C'était, il me semble, il y a de nombreuses lunes. Or le supplice eut lieu à

Jérusalem et nous sommes à Samosate, aux portes d'un autre monde. Je me suis donc dit que tu allais peut-être dans mon pays. »

« Ta perspicacité est grande, mais je ne sais pas encore si c'est dans ton pays que je me rends, ou dans quelque pays voisin. »

« Mon pays est partout où l'on connaît le Bouddha », répondit l'autre. « Je m'appelle Indravâti, et tu sais sans doute quc le Bouddha est partout connu à l'Est. » Et comme Emmanuel semblait garder sa réserve, Indravâti ajouta : « Bouddha n'est le rival d'aucun dieu. Il n'est pas le rival du tien. Tu es bienvenu partout où l'on suit son exemple. »

Le soleil se leva et fit étinceler les flaques d'eau dans la cour. Des valets balayèrent les écuries et le crottin sec partit comme de la poussière de bronze dans le ruisseau. Des étrangers impérieux vinrent s'enquérir de leurs chevaux et donnèrent la pièce, d'autres sortirent les leurs et ce fut un spectacle émouvant que celui des races et des robes qui se révélaient dans la lumière ; il y avait surtout des arabes comme ceux qu'Arad avait offerts à Emmanuel et à Thomas, à la tête féminine et à la longue queue soyeuse, des akhal tekhin de la Bactriane, au corps svelte et à la robe d'or sombre, des skyros de l'Egée, pareils à des ânes blonds, et des pindos de la Thessalie, au regard obstiné. Indravâti secoua sa robe des brindilles de paille qui s'y trouvaient.

« Je m'appelle Emmanuel. A vrai dire, je ne sa s où j'irai. Il y a des Juifs, là-bas, sans doute dans ton pays et, me dit-on, dans les montagnes. J'irai donc vers eux. On me dit qu'il faut que je suive ce qu'ils appellent la Route de la soie. »

« Ou, plus exactement, que tu suives une caravane qui emprunte la route en question », observa Indravâti. « Ces routes sont semées d'embûches que seuls les caravaniers connaissent et sont en mesure de déjouer. Je le sais pour être venu avec l'une de ces caravanes, il y a de nombreuses lunes. »

« Et pourquoi rentres-tu donc ? » demanda Emmanuel, tandis qu'ils s'avançaient dans la cour, pour grappiller ce qu'il y avait de soleil offert.

« Il n'y a rien à faire », répondit enfin Indravâti en tournant son visage vers Emmanuel, et à ce moment-là, Emmanuel lut dans le regard de l'Hindou la même patience résignée que dans celui des chevaux. Il rêva rapidement à ces chevaux splendides que les princes aryas sacrifiaient jadis, avant que Zoroastre mît fin à ces meurtres perpétrés par des jeunes gens arrogants et ivres de leur pouvoir. Les deux hommes se firent face, dans un duel courtois de regards pareils à des toupies scintillantes qui oscillent sur leur axe, prêts à changer de sens selon que l'un était certain de ce que l'autre avait voulu dire et que l'autre avait perçu la justesse d'entendement de son interlocuteur.

« Rien à faire ? » répéta Emmanuel.

Indravâti sourit, comme d'un sourire d'excuse. « A l'est de l'Euphrate, il y a trop de sang dans les corps », expliqua-t-il. « Trop de désirs et d'attachement aux sens. Ce n'est pas que les gens croient à la réalité des choses, c'est qu'ils sont trop désireux d'y croire. Ils imaginent donc des dieux à leur image, animés d'humeurs vengeresses ou affectueuses, prêts à se mêler de leurs affaires, à privilégier telle tribu ou tel individu. Les dieux sont au pis des membres de leurs familles, au mieux, des pères. C'est un discours d'enfants. »

Emmanuel sursauta. L'autre comprenait-il la portée de ce qu'il venait de dire ? Et comment cet homme au visage d'enfant disait-il ces choses ?

« Ne sommes-nous pas les fils de notre Créateur ? » demanda Emmanuel un peu vite.

Ils arrivaient de leur pas nonchalant dans la grande salle du caravansérail. Des porteurs chargeaient des ballots sur des chevaux, des caravaniers achevaient de boire un bol de lait chaud, des formes féminines drapées s'évaporaient dans la lumière, devenue aveuglante, des pièces d'or, d'argent, de cuivre roulaient sur un comptoir, des voyageurs se hélaient à travers les espaces sonores soutenus par des colonnes de bois. Les gourdes avaient-elles été remplies ? Les ballots avaient-ils été ficelés sur les chevaux ? Avait-on refait provision de fourrage et de pain ?

« Nous ne sommes que le rêve de ce Créateur dont tu parles, et quand il s'éveillera, nous nous dissoudrons dans le néant », répondit Indravâti.

« N'avez-vous donc pas de dieux qui veillent sur vous ? » demanda Emmanuel.

« Un dieu n'en serait un que délivré des servitudes de l'âme et de l'esprit, c'est-à-dire qu'il serait dénué de sentiment », dit lentement Indravâti dans ce grec précieux qui contrastait avec la violence froide de ses propos. « Le propre d'un dieu est l'indifférence. A quoi sert un dieu indifférent ? »

Emmanuel se figea. De tels propos, à coup sûr, n'invitaient pas à s'engager avec lui dans un long voyage. Voyage-t-on avec un homme sans dieu ? Celui-là était pire qu'un païen ! Il faillit le perdre, volontairement, dans la cohue qui se formait autour d'eux, dans les préparatifs de départ. Justement, il venait d'apercevoir Thomas, dont le regard courait de groupe en groupe et qui, l'ayant aperçu, se dirigeait vers lui ; il le délivrerait de cet importun.

« Je sais ce que tu penses », dit Indravâti. « Tu penses que je suis un étranger. Je me proposais simplement comme guide, si tu m'offrais le passage. »

« Nous n'avons que deux chevaux », répondit Emmanuel un peu vite.

« Un cheval peut porter deux hommes. »

Emmanuel fut pris de court. Qui était donc cet homme qui le connaissait ? Comment vivait-il sans dieu ? Comment conciliait-il son athéisme avec la sagesse et le respect des animaux ? Il lui sembla percevoir tout à coup chez son interlocuteur une douceur dont il n'avait pas l'expérience. Il avait tant prôné l'enfance, il ne l'avait pas attendue sous cette forme-là.

« Tu es le bienvenu », répondit-il.

Indravâti hocha la tête avec un sourire. Que signifiait ce sourire ? Qu'il n'était pas dupe de cette hospitalité tardive ? Qu'importait, ce n'était en tout cas pas un Pharisien, et maintes fois, durant le voyage qui suivit, Emmanuel réfléchit à la puissance de cette simplicité, pareille à une lame si bien aiguisée qu'elle tranchait les chairs sans qu'on s'en avisât.

7

IL N'EST DE DIEU QU'INCARNÉ

La nuit est le pansement de la bête blessée, mais elle est aussi son insidieuse ennemie. Là, les Maîtres des Secrets, leurs diligents émissaires, leurs conseillers officieux, et aussi leurs sicaires, peuvent dépêcher la victime à la mort dans le temps qu'il faut au loup pour percer la jugulaire de son rival. Le pire est que la victime connaît alors la sentence avant qu'elle soit dite, et qu'elle y consent donc. La force de cette législation sans écriture est que la victime ne parle jamais. Le cadavre qu'on trouve sans regard et sans voix est le plus sûr complice de la nuit, il ne parle jamais, ni ne révèle le secret qui est le sien et qui est la vraie raison de sa mort. On peut mourir de diverses manières, la mort est un palais aux mille portes, mais elle compte des antichambres et la pire d'entre elles est le renoncement. Les jus s'y tarissent, le sang tourne en eau et le regard devient terne longtemps avant qu'il soit vitreux. Pas le cœur, pas la tumeur, pas la fatigue de l'organe, pas le coup de l'acier aiguisé, non, le renoncement.

Or, le renoncement n'est jamais acquis. Craignez le renoncement, il arrive le pas feutré sous le masque du dieu, mais il n'est jamais que l'assassin le plus vil, celui qui ne frappe que les faibles.

La nuit vint donc sous le plafond protecteur, enduit de chaux, et dans la mollesse de la paillasse qui épouse le dos, et dans les odeurs qui témoignent que la vie n'a pas quitté le corps, que l'ail s'exhale par l'aisselle et le vin par l'haleine, que les venaisons et les alcools ont suivi leurs chemins familiers, par les innombrables méandres du corps, jusqu'aux muscles qui maintenant se détendent dans les bras de l'obscurité. Ce fut l'heure familière des fantômes que la mémoire éclaire d'une lumière incompréhensible, détachant ici un sein pommé, là un bras lisse, ailleurs un sexe dressé, et toujours le double instrument de musique à cinq touches que sont les pieds. L'arc d'une lèvre entourant le cri retenu, le bras enlaçant le bourreau et l'étrangeté d'un corps qui livre ses entrailles par ses blessures ordinaires. Des cris d'enfants ou de soldats mortellement blessés servent de dialogue. Les chevelures se dénouent et s'agitent. Et c'est alors que sur la nuque arquée, l'occiput s'enfonce dans l'oreiller, que la bouche est scellée par les mains de l'autre, et que l'espoir se cimente qu'on s'est enfin dédoublé, qu'il n'y aura plus jamais de trahison. Et la main s'assure de la vérité du contrat en glissant du téton au bas ventre, comme l'œil qui court sur un parchemin.

C'était à Béthanie, c'était à Capharnaüm, c'était à Jéricho, c'était à Jérusalem. Jean, Marthe, Marie, Lazare... C'était ailleurs, je ne sais où, ni avec qui, avant la mort. Mais le blessé n'est pas mort, son corps le clame de toute la force de son sang, il n'est pour le moment que l'un des deux plateaux d'une balance, qui attend que l'autre soit chargé. La Lune argente les interstices de la fenêtre, le sang bat, les murs vibrent, et l'Asie chante au dehors, accompagnée d'instruments inconnus, non, pas le renoncement. Fantômes passés, je vous adjure de m'entendre, j'étais un vivant, d'autant plus libre de me jeter à vos pieds que j'étais votre maître. Hélas, trois fois hélas, ce n'est pas moi que vous avez aimé, c'était votre salut ! Fantômes futurs, soyez les bienvenus ! Qui donc m'aimera sans espoir de salut ?

Toute vérité est dans le corps, il n'est de dieu qu'incarné. Un homme ne peut être que dieu, il ne peut être que l'essence du dieu.

8

CE QUI N'EST PAS NÉ, QUI EST SANS ORIGINE, QUI N'A PAS ÉTÉ FAIT, QUI N'EST PAS CONSTITUÉ

Cette caravane-là allait vers l'ouest. Elle déverserait sur Antioche, Palmyre, Tyr, et plus loin, Pétra, Alexandrie, Cyrène, et surtout Rome, Rome, insatiablement avide de plaisirs chargés d'annihiler le quotidien comme l'alcool annule la souffrance, des rouleaux de soie pareille à de la peau d'enfant, des bols de porcelaine translucide comme la Lune et de la vaisselle d'argent qui valait trois fois son poids d'or, des jades grands comme la main où se lovaient des légions de démons verts, des laques pareils à du sang séché, des bronzes voluptueux, des rhytons en forme de griffons et des lions en forme de vases, des broderies plus lourdes que le métal, des fourrures d'animaux inconnus, des bracelets, des colliers, des bagues chargés de ces gemmes laiteuses de Taprobane dans lesquelles sont emprisonnées des étoiles, des épices noires qui donnaient la jeunesse et d'autres roses, qui guérissaient des fièvres, des émeraudes de Golconde gravées de talismans et des grenades factices en grains de rubis, des ivoires sculptés de fables inutiles, des coraux arrachés aux entrailles des béhémoths, des parfums à réveiller l'ardeur des mourants, des graines de fleurs perverses, mais aussi des animaux vivants, ces singes qui criaient dans leurs cages comme des âmes de damnés, ces panthères enchaînées d'or qui couvraient les voyageurs d'un regard malveillant, et ces oiseaux chanteurs et chamarrés dans des boîtes de bambou, qui répandaient partout leurs graines à travers les claires-voies. Des bateaux s'en empareraient et braveraient les humeurs de la mer pour les distribuer partout où rayonnait l'Empire, affolant les nouveaux riches et les censeurs tout à la fois. Des consuls, des généraux, des sénateurs, des collectionneurs et des roitelets plus riches de vanité que d'argent se les disputeraient, réveillant la concupiscence dans les yeux des courtisans, des concubines et des gitons.

Emmanuel observait le chargement de ces brimborions et céda au rire quand un singe crêpa furieusement la tignasse de son maître et le mordit d'importance, en poussant des glapissements de mégère, parce qu'il avait été traité comme ce qu'il était après tout, un homme raté. Indravâti allait de groupe en groupe, s'entretenant avec les uns et les autres, les aubergistes, caravaniers, marchands, vivandiers, et Dieu savait qui d'autre, tantôt en grec, tantôt en araméen[62] ou dans les langues du Nord, tandis que Thomas, chassieux, voûté, enroué par les humeurs de l'orage et le regard contrarié d'un qui a manqué le début de l'histoire, buvait un bol de lait chaud au miel.

« Quel est cet homme ? » demanda-t-il.

« Il vient des plaines du Gange et demande à partager l'un de nos chevaux », répondit Emmanuel.

« Quel est son accoutrement ? » demanda encore Thomas.

« Celui du dénuement, car il est adepte de l'enseignement du sage Bouddha. »

« Que veut ce Bouddha ? » demanda Thomas.

« Il veut qu'on ne veuille rien », répondit Emmanuel en souriant. « Il dit, ou plutôt disait il y a six siècles, que la conscience du soi est une illusion, que l'être ne doit tendre qu'à l'anéantissement et que les humains se doivent la compassion dans la peine et la joie. »

« Si les dieux n'existent pas, c'est un discours pour des galériens », dit Thomas. « Il a d'ailleurs le crâne tondu d'un rameur. »

Emmanuel retint un autre sourire et Indravâti revint vers lui et jeta un coup d'œil circonspect à Thomas. Emmanuel y pourvut.

« On attend une caravane pour demain ou dans deux jours », dit Indravâti.

« Et que ferons-nous alors ? »

« Quand ils auront pris du repos, c'est-à-dire le troisième jour, il faudra discuter avec leur chef et acheter le droit de les suivre et leur protection. »

« Acheter ? » demanda Thomas. « Mais nous ne leur coûterons rien ! »

« Si la caravane est attaquée, ce sont leurs hommes d'armes qui nous défendront aussi bien », répondit Indravâti. « Ces caravanes transportent la rançon d'un royaume. Les brigands abondent. Le sang se paie. »

Emmanuel hocha la tête et alla commander à l'un des serviteurs deux bols de lait, l'un pour lui et l'autre pour Indravâti. Thomas, dès lors, tempéra sa réserve. Et il en fut bien avisé, car la caravane qu'ils attendaient arriva avec retard et ils durent l'attendre à Samosate en compagnie du moine. Comme ils avaient, le lendemain, obtenu de l'aubergiste une meilleure chambre que le réduit où ils avaient été contraints de dormir la nuit précédente, ils la partagèrent avec l'étranger. La suite fut évidente, ils partagèrent aussi leurs repas et les bains sur l'avis d'Emmanuel. Ils étaient riches, il leur restait non seulement de l'argent de Joseph d'Arimathie, mais encore de celui d'Arétas, plus les dons faits à Damas et depuis, dont la petite fortune en perles donnée par l'oncle du caravanier blessé qu'Emmanuel avait ranimé.

« Je ne peux qu'accepter, je ne vis que de dons »,

dit Indravâti. « Je vous suis reconnaissant. Ce n'est pas à moi que vos dons s'adressent, c'est à mes frères. »

Dès le premier repas, constitué de pigeons grillés, de riz et de salades, il parla. Et de quoi pouvait-il donc parler, sinon de Bouddha ? Le Maître était né prince et avait été choqué dans sa jeunesse par la maladie, la vieillesse et la mort qui affligeaient l'humanité. Le Gautama, car tel était son nom de famille, avait choisi une vie d'ascète ou *sramana*, à la recherche d'un moyen de se délivrer de sa condition humaine. Mais les excès de son ascétisme avaient été nuisibles et par la suite il avait enseigné à ses disciples la voie du milieu, entre les débordements de la jouissance et l'ascétisme extrême. Son enseignement pouvait se résumer aux quatre nobles vérités. La première était que la vie est décevante et douloureuse ; la deuxième, que la souffrance est le produit du désir de puissance, de plaisir et d'éternité ; la troisième, que pour mettre fin à la déception et à la souffrance, il faut renoncer au désir. Et la dernière était que le seul moyen de parvenir au renoncement était de suivre le noble chemin aux huit voies : voir juste, avoir des intentions droites, vivre, parler et agir avec droiture, entreprendre des actions équitables, maintenir sa conscience dans la justesse et se concentrer spirituellement dans la voie exacte. Indravâti souriait, la nourriture lui prêtait de la vivacité et ses doigts graciles, rendus luisants par la graisse de son pigeon, brillaient comme de la soie dans la lumière des lampes.

« Ensuite », dit-il la main levée, et il n'acheva pas sa phrase, son regard allant d'Emmanuel à Thomas.

« Ensuite ? » demanda Thomas, vaguement agacé.

« Ensuite vient la prise de conscience qu'il n'existe pas d'individualité éternelle. C'est l'*anatmân*. C'est alors seulement quand cette conscience s'est instaurée que l'être peut se libérer de ses chaînes terrestres et atteindre à l'état indescriptible du *nirvâna*[63]. »

Emmanuel écoutait, impassible.

« Je sais », reprit Indravâti, « que certains Juifs croient à la résurrection des morts, et d'autres pas, mais il ne peut, chez nous, y avoir de résurrection des individus, car ils se sont depuis longtemps fondus dans le rien. »

« Que veut dire *nirvâna* ? » demanda Thomas.

Indravâti mit un temps à répondre, cherchant les mots grecs. « Explosion », dit-il enfin.

« Comment ce savoir vous est-il parvenu ? » demanda Emmanuel.

« Par la tradition. »

« Ceux qui l'ont transmise n'ont-ils pas pu se tromper ? »

« Non, les préceptes du Bouddha ont été couchés par écrit. Et quand nous nous retrouvons ensemble au monastère, nous récitons tous les soirs les deux cent vingt-sept règles de la vie monastique[64]. Nul n'oserait modifier ces règles. »

Emmanuel demeurait pensif.

« Le Bouddha dit donc qu'on ne peut continuer à vivre qu'en admettant que la vie est inutile et pénible et qu'il faut la subir dans la conscience de l'anéantissement final », dit Thomas en se resservant de vin. Leur invité ne buvait que de l'eau.

« Voilà un résumé grec ! » s'écria Indravâti en riant.

« Mais enfin, c'est une vie effroyablement austère ! » reprit Thomas. « Il n'y a que des moines qui puissent suivre pareil enseignement ! »

« Il est vrai que seuls les moines sont tenus de suivre certains préceptes particuliers », admit Indravâti. « Mais cela signifie-t-il que le reste des hommes soit condamné à l'illusion ? Trouves-tu donc nos préceptes si austères ? » demanda-t-il à Emmanuel.

« Quels sont-ils ? » demanda Emmanuel.

« Nous devons éviter les quatre grandes fautes, qui sont le commerce sexuel, le vol, le meurtre et l'exagération de nos pouvoirs miraculeux. »

« Vous avez des pouvoirs miraculeux ? » demanda

Thomas, penché en avant au-dessus de la table, sa barbe rebiquant encore plus.

Indravâti parut surpris. « Comment n'en aurions-nous pas ? » Il se tourna vers Emmanuel. « Ne le sais-tu pas, car on m'a dit que toi aussi tu as des pouvoirs miraculeux ? La connaissance de l'être humain offre la clef de son corps. Nous guérissons maintes maladies, les soldats viennent nous voir pour guérir leurs blessures et les mères pour guérir leurs enfants malades. »

« Il n'y a alors pas de malades dans ton pays ? » demanda Thomas.

« Hélas ! la sagesse est comme une petite pluie au-dessus d'un désert. Il n'y en a jamais assez. Nous ne sommes pas assez nombreux et nos pouvoirs ne sont pas assez grands pour servir à tous. »

« Pourquoi le commerce sexuel vous est-il interdit ? » demanda Emmanuel, considérant ce corps lisse qui, pourtant, devait susciter les invités.

« Celui qui évite les plaisirs sensuels comme il éviterait d'écraser de son pied la tête d'un serpent, celui-là, qui est raisonnable, conquerra son désir. Et le Bouddha l'a dit. "Celui qui s'adonne au commerce sexuel s'emploie de manière erronée. C'est ce qui est ignoble en lui[65]." »

« Et ne commettez-vous jamais de fautes ? » demanda encore Emmanuel.

« Hélas, oui ! Nous les confessons publiquement et des peines nous sont alors infligées, qui sont proportionnelles à leur gravité. »

« Quelles fautes commettez-vous donc ? »

« La plus courante est l'arrogance, qui procède de l'illusion que nous sommes supérieurs aux autres. »

« Ne l'êtes-vous pas, puisque vous professez l'enseignement de la voie supérieure ? »

« Nous devrions l'ignorer », répondit Indravâti avec un léger sourire. « Parfois aussi, nous sommes malveillants. »

« Comment pourriez-vous l'être ? »

« Nous relevons les fautes d'un autre et nous les répétons. »

« On ne vous interdit que le commerce sexuel, le vol, le meurtre et la vantardise ? » demanda Emmanuel.

« Non, je te l'ai dit, il est d'autres préceptes, comme l'interdiction de boire de l'alcool, de mentir, de bavarder inutilement. »

Indravâti avait soigneusement nettoyé son plat ; il n'y restait pas un grain de riz et les os du pigeon avaient été nettoyés et rangés comme s'ils devaient resservir pour une reconstitution de l'animal. L'heure du sommeil approchait.

« Avez-vous des dieux ? » demanda Emmanuel.

Indravâti ne répondit pas ; les yeux baissés, il semblait méditer ; peut-être n'avait-il pas entendu la question. Le silence de la nuit s'étendait sur le restaurant du caravansérail ; les parfums jetés au crépuscule sur les charbons des braseros s'alanguissaient après avoir jailli comme des génies capricieux.

« Le Bouddha n'a rien dit. Comment oserais-je me servir de mots à sa place ? » répondit-il enfin.

« Qu'advient-il au-delà du nirvâna ? »

« Comment les mots pourraient-ils décrire le monde où ils n'ont pas accès ? »

« Personne ne l'a donc jamais demandé au Bouddha ? »

« Si. Il a répondu qu'il y a ce qui n'est pas né, qui est sans origine, qui n'a pas été fait, qui n'est pas constitué. Si cela n'était pas, il n'y aurait pas d'issue pour ce qui est né, qui a une origine, qui a été fait, qui est constitué. »

Son regard se posa sur Emmanuel et, bien que ses yeux demeurassent ouverts, ils disaient qu'ils étaient clos et qu'Indravâti ne parlerait plus.

9

LA MAISON DES ROSES

Ils s'étaient retirés tous trois assez tôt, dans la vaste pièce qui était la leur, meublée de cinq lits rudimentaires, d'une armoire, de tables et de sièges, mais aussi d'une profusion de tapis. Thomas, assommé par le vin, ou bien la fatigue, ou encore la contrariété de cette conversation avec un étranger si proche et pourtant si éloigné, s'était couché sur-le-champ, la couverture sur le visage. Indravâti s'était accroupi pour méditer. Emmanuel aussi avait médité, mais quand il s'était allongé, Indravâti méditait encore, à peine révélé par la lumière de la lampe. La dernière pensée qui vint à Emmanuel avant qu'il fermât les yeux fut une question. Dieu avait-il donc créé la beauté pour qu'elle fût promise en pleine fleur à la mort ? Il ne l'avait jamais plus pensé, depuis qu'il avait quitté Quoumrân, mais cette obsession de pureté qu'il avait devinée dans l'enseignement du Bouddha au cours de sa conversation avec Indravâti lui avait rappelé avec une violence inattendue les jours anciens au bord de la mer Morte. La pureté ! Comme si les vers n'allaient pas assez tôt nettoyer les ossements ! Et il s'endormit sur le coup.

Mais c'était un de ces premiers sommeils superficiels, qui durent une heure ou deux en début de nuit, puis s'achèvent comme si l'aube était aux portes. Elle ne l'était pas. La nuit était d'encre, relevée des calligraphies ténues que la Lune écrivait avec un fil d'argent sur le bois ou la chaux des murs. C'était l'heure fragile des chouettes et des araignées. Des chacals hurlaient au loin. Emmanuel à la fois eut soif et comprit qu'il ne se rendormirait pas de sitôt. Il enfila ses sandales sans les attacher, but une longue goulée à la cruche qui fraîchissait sur l'appui de la fenêtre et gagna la porte. Au bout du couloir, dans le grand hall du caravansérail, une odeur douceâtre l'avertit que des gens non loin de là consommaient de l'opium[66]. De fait, affalés sur des coussins dans une alcôve, leurs sabres dénoués à leurs côtés, des caravaniers échangeaient des propos mous dans une langue gutturale, en sirotant une boisson contenue dans de petits bols de porcelaine, gloussant de temps à autre et agitant leurs pieds rougis au henné. Il gagna le porche et se retrouva dans la grand-rue. Les torches, accrochées de part et d'autre du portail, s'échevelaient et jetaient sur le sol des taches rougeâtres. Elles révélèrent un homme qui, lui aussi, buvait une infusion d'opium. Il sembla d'abord ne prêter aucune attention à Emmanuel, puis leva vers lui un regard insolent et lui tendit son bol.

Son visage avait dû être taillé au couteau dans un bois rouge, puis longuement poli à la poudre mouillée, de même que son corps ; la lumière des torches glissait sur ses traits et sa poitrine, visible par sa robe largement échancrée, comme l'eau sur le bronze. Emmanuel accepta le bol et n'en but qu'une gorgée, qu'il trouva amère, voire nauséeuse, puis le rendit à l'inconnu.

« L'heure des fleurs », dit l'homme, et un léger changement de posture révéla deux poignards glissés dans sa ceinture. Un assassin, un émissaire, un homme de confiance sans foi, libre et cruel, donc joueur. De fait, il tira des dés de sa poche et demanda :

« Je m'appelle Seth, je suis de Palmyre. Veux-tu jouer ? »

Seth : le nom du dernier fils d'Adam ! Emmanuel secoua la tête en souriant. « Le destin a d'autres fortunes à offrir que quelques pièces », répondit-il.

L'homme s'esclaffa. Son rire était aigu, d'un timbre un peu déplaisant. Son regard s'appesantit sur Emmanuel. « Veux-tu voler des chevaux ? »

« Je craindrais de voler les miens. »

Le rire de l'homme éclata derechef, et si fort qu'il effraya les torches, lesquelles semblèrent s'effilocher dans la nuit et brasillèrent, crachant des miettes d'or dans le vent. « Tu es un maître ! » s'écria l'homme. Il quitta enfin son accroupissement et se releva d'un geste élastique, et son visage se trouva face à celui d'Emmanuel. « Es-tu marchand ? »

« Non. »

« Que fais-tu ? »

« Je cherche un pays. »

« Tu en seras le roi. »

Emmanuel s'amusa de la faconde.

« Tu as une tête de roi. » Il tâta les bras d'Emmanuel. « Des bras de chef[67]. D'où viens-tu ? »

« Je suis juif. »

L'autre fut quelques instants sans répondre. « Ils n'ont pas de roi. Pourquoi n'es-tu pas le leur ? » Et il éclata d'un rire insolent, qui fit aussi rire Emmanuel. « Où vas-tu ? »

« Vers l'étoile. »

« Elle te suivra, c'est ta servante. Tu ne me crois pas ? Les étoiles sont les servantes des rois ! »

« Tu es un assassin. »

« Ton serviteur. »

« Je n'ai personne à tuer. »

« Cherche ! » dit l'autre dans un nouvel éclat de rire. Puis : « Je l'ai dit, c'est l'heure des fleurs. Veux-tu une femme ? »

« Tu es le diable. »

« Qu'importe, si le diable est ton serviteur ? Il y a, à Samosate, une maison célèbre. »

« Ai-je l'air d'un débauché ? »

« Non, je l'ai dit, d'un roi. Mais tu pourrais me décevoir et je m'en irais alors sur-le-champ. As-tu peur de ton corps ? » Il tendit son bol d'infusion à Emmanuel. « Bois, bois, mes poignards ne sont que deux de tes doigts. Tu es un homme fort et seul, je le vois. As-tu peur de ton corps ? Ou bien de celui des autres ? »

« Seuls les fous paient pour acheter des parodies », répondit Emmanuel. « La maison dont tu parles est un lupanar. »

« Ecoute, crois-tu que ton corps soit une parodie ? »

« Tu es le diable, ne l'ai-je pas dit ? »

« Non, je suis ton chien, seul un homme libre peut décider d'être le chien d'un autre. Demande-moi d'aboyer et j'aboierai. Demande-moi d'aller mordre le passant là-bas et je le ferai. Plus libre que moi, il n'est pas possible. »

Emmanuel hocha une fois la tête. S'il en avait eu dix comme lui ! Celui-là était fou, mais libre, en effet.

« Qui te paie ? »

« Tu m'insultes ! » s'écria l'homme. Il fouilla dans sa poche, en tira trois pièces d'or et les força dans la main d'Emmanuel. « C'est toute ma fortune, elle est à toi. Je n'ai plus rien, je suis à toi ! Un chien, un rat, un loup, ton esclave ! »

Emmanuel sonda son regard et n'y lut d'abord que la dévotion du fou, puis l'intrépidité de l'enfance et, à la fin, l'autre pureté, celle qui ne s'obtenait pas dans la négation, mais dans la force et le courage. Qualités perdues, qualités oubliées ! Il avait frayé avec tant de lâches et de bravaches, de tièdes et d'informes ! Il prit la main de l'homme, l'ouvrit lentement et y glissa les pièces. « Que veux-tu ? »

« Que tu ne m'insultes plus. Que tu me suives. »

« Voilà le maître qui suit l'esclave. »

« L'esclave dit que son maître est triste. Il nie son corps. A la Maison des Roses, les filles sont jeunes et dodues, les garçons tendres et lisses. Je paierai pour toi si tu n'as pas d'argent. » L'intensité de sa voix surprit Emmanuel. « Si tu ne connais pas les ressorts de l'âme, si tu doutes de ton prochain, si tu crains la fornication, tu n'es alors pas maître de toi, tu n'es donc pas un roi et je m'en vais. » Le regard de cet homme sous cette Lune-là était aussi exact que le Soleil au zénith.

Ils pouvaient, dit Seth, y aller à pied. Des bêtes feulaient dans les campagnes qui commençaient au-delà de la route. La terre froide exhalait son odeur de femme. La maison, comme son nom le laissait penser, était ceinte de rosiers. Et comme il était prévisible, l'imprévisible y était. Il fallut dominer le désir de fuir. Mais comme aussi l'avait dit cet inconnu, un roi ne doit pas avoir peur. La Mort recula une fois de plus, effarée, les orbites pleines de déception. Dieu n'avait pas créé le monde pour le dessécher. Il n'avait pas créé le monde pour elle, et elle mêla ses gémissements aux lamentations de Lilith, la femme stérile et répudiée d'Adam, quand les deux hommes franchirent le seuil de la Maison des Roses.

10

LA PITIÉ POUR LILITH

Mort, j'entends ta rage, tu avais cru tenir ta proie et mon Père m'a dérobé à tes doigts glacés, et je me dérobe une fois de plus. Tu avais cru te jouer de Lui quand j'étais sur la croix, mais quand je Lui reprochai de m'avoir abandonné, il t'avait, dans Sa sagesse, déjouée. Son amour à lui est immortel, mais toi qui feins d'être Sa servante, hypocrite véreuse, comme si mon Père avait des servantes telles que toi, tu as moins d'esprit et de cœur que la motte de terre dans le désert aride, tu as moins de cœur que les vers qui déshabillent les cadavres de leur chair. Même la poussière est plus spirituelle que toi, ô Mort ! Je sais désormais comment tu triomphes, c'est en t'insinuant dans les âmes par le biais des mots qui vident le verbe de sa substance et figent les actions dans la peur et le respect sans amour. C'est toi la maîtresse hideuse des prêtres mitrés et des diseurs de vertu, car ils sont morts avant l'heure. M'as-tu assez exécré pour ma tendresse envers le Baptiste, et Jean, et Marie, et Lazare, et Marthe, et tant d'autres ! C'est là que tu avais juré ma perte, n'est-ce pas. Je sais désormais, Mort, l'effroi que tu éprouves devant les corps des créatures et leurs replis, les muscles qui glissent sous la peau comme les poissons dans l'eau, et les seins qui se déploient dans l'amour, devant les fruits que les femmes gardent entre leurs cuisses et les lèvres des hommes ; je sais que pour te conjurer, il suffit de porter la main sur le ventre d'un être aimé, je sais que pour te faire frémir il suffit d'une grenade et d'un verre de vin, tu n'es que haine, et c'est à cause de toi qu'on m'a haï, parce que je criais l'amour de mon Père à la face de ceux que tu avais empoisonnés de l'esprit de sécheresse ! Je ne peux te maudire, Mort, je n'ai pour toi que la pitié d'Adam pour Lilith, qu'il répudia pour lui préférer Eve, tu es vaincue d'avance par l'existence du Père ! Je te survivrai parce que mon Père est éternel. Va, cours dans la nuit, femme au crâne rasé, au pubis scellé, aux pieds glacés, à l'haleine venimeuse, cours, phraseuse concubine des docteurs, cours vite, une rose t'assassine, pauvre femme laide et méchante et sans amant ! Meurs donc, Mort ! Dieu est vie !

11

LE TROISIÈME FILS DU TONNERRE

S'étant éveillé soudain, avant l'aube, il trouva Seth endormi au pied de son lit. Il s'efforça de déchiffrer ce que le masque du Syrien révélerait dans le sommeil et qu'il aurait peut-être celé auparavant. Mais ses traits de bronze pâle étaient lisses comme le désert ou l'enfance. Un peu plus tard, quand Thomas et Indravâti se furent à leur tour réveillés, la stupeur que leur valait la présence de l'inconnu figea leurs gestes. Emmanuel réprima un sourire et s'abstint d'explications. Enfin Seth ouvrit les yeux d'un coup, s'assit et détendit ses bras, puis bâilla et, dans un accès formidable d'impertinence, demanda : « Et qui sont ceux-là ? » Emmanuel, cette fois, sourit du dépit de Thomas. Il expliqua alors, du mieux que les circonstances le permettaient, que Thomas était un compagnon de longue date et Indravâti de fraîche date, et qu'ils comptaient tous trois se rendre en Asie.

« J'ai mon cheval », dit Seth se dressant avec la souplesse de lame qu'Emmanuel lui avait déjà vue la veille. Et les yeux de Thomas s'agrandirent encore d'étonnement.

« Et toi-même, qui es-tu ? » demanda-t-il.

« Je suis Seth, fils de prince et marchand d'esclaves. La nuit nous a réunis, ton maître et moi », dit-il en tendant la main vers la gargoulette qu'il vida à moitié. Puis il sortit dans le couloir, héla un serviteur et lui demanda d'apporter trois autres gargoulettes.

« Que fais-tu à Samosate ? » demanda Thomas.

« J'avais acheté à Bérénice trois jeunes négresses. Elles étaient si belles que je ne voulais pas m'en défaire. Voici trois jours, un caravanier qui a ses clients à Rome m'en a demandé le prix. Je lui ai indiqué le double de ce que valaient ces bijoux. Il me l'a payé. Pour avoir atteint trop tôt mon but, je me retrouve sans marchandise et sans beauté. Veux-tu redescendre avec moi à Bérénice chercher d'autres esclaves ? »

« Je ne vends ni n'achète de chair humaine », rétorqua Thomas avec hauteur.

« C'est donc que tu n'as aucun pouvoir », répondit nonchalamment Seth. « Tout pouvoir crée des serviteurs, et plus grand le pouvoir, plus profonde la servitude des autres. » Sur quoi il sortit pour vaquer à sa toilette.

« Quel est cet homme ? » demanda Thomas.

« Ce qu'il paraît », répondit Emmanuel.

« Un fou », dit Thomas.

« Tout être libre ressemble à un fou. »

Indravâti n'avait pu suivre la conversation, car il ne possédait que des rudiments d'araméen aussi bien que d'aramalque, mais il semblait en avoir saisi la teneur, car il sourit.

Enfin la caravane attendue arriva d'Antioche, pour une halte de deux ou trois jours, on ne savait, et l'on eût d'ailleurs eu peine à tirer quelque information précise de ce hourvari de chameliers et de cavaliers déchargeant des sacs, des couffins, des couvertures, des tentes, des oriflammes, des gourdes, des armes, des baudriers, des arcs, des lames de vingt formes, dans des interpellations et des cris croisés dans trois langues et dix accents, dans ce piétinement de chameaux, de chevaux et de mulets qui éleva dans les rues avoisinantes et la cour du caravansérail assez de poussière pour blanchir une tribu. Une escouade de palefreniers fut mobilisée pour trouver des quartiers et du fourrage pour toutes ces montures et pour les mener aux abreuvoirs puis aux maréchaux-ferrants, puis encore pour les étriller et les panser. Ensuite il fallut s'occuper des hommes, qui, la démarche lourde et la main sur la hanche, partirent occuper les bains, suivis par une phalange de médecins et rebouteux munis de leurs pots d'onguents, de leurs fioles d'élixirs et de leurs boîtes de poudres.

C'étaient finalement des ports terrestres que les caravansérails, et Emmanuel passa de longs moments à observer les allées et venues de ces voyageurs professionnels, se demandant à quels dieux ils vouaient leur salut. Mais les dieux, ils ne s'en souciaient qu'aux étapes, car ils en avaient connu beaucoup trop, ils transportaient trop d'amulettes dans leurs manteaux, sur leurs caleçons, voire leurs bonnets et leurs bottes. A qui pouvaient-ils donc sacrifier, Istar, la vierge aux amants innombrables, l'Etoile à huit branches, ou bien sa sœur infernale Ereshkigal, ou encore leurs frères gironds et voyous,

Isum et Samas, qui ne répugnaient pas à faire leurs virées en compagnie du propre dieu de la Peste, Erra ? Etait-ce Oannes, mi-homme mi-poisson, dieu des Architectes et des Savants, ou bien Tabiti la Scythe, déesse du Feu et des Animaux, en qui les Romains croyaient reconnaître leur vierge Vesta ? Les dieux voyageaient autant que leurs sujets, et l'on avait même vu à Edesse une amulette en or de l'Illyrien En. Mais que savait-on d'ailleurs de ces dieux, qui changeaient de nom comme de caleçon, Ellel, parfois dit Enlil et d'autres Kumarbi, ou bien encore Enbilulu, dieu des Canaux qui se présentait comme une des incarnations innombrables du grand dieu Mardouk ? L'un était l'autre et l'autre en était plusieurs, l'homme s'ennuyait d'un seul dieu et les prophètes d'Israël l'avaient bien deviné, quand ils vitupéraient les Juifs pour leurs idolatries, leurs amulettes indécentes, leurs brimborions superstitieux ! Qu'allait-on demander à ces caravaniers, qui venaient de trop de lieux différents pour avoir un dieu, les uns de Chersonèse et de patelins obscurs du Pont, affriolés par les parfums du voyage et la perspective de gains magnifiques, les autres de Nicomédie et de Panticapée, les villes aux deux cents eunuques chacune, de Corinthe et d'Ephèse, où les hommes chaque soir attendaient Artémis et les femmes, mais payaient des mercenaires, de Crète et de Rhodes, repaires de pirates rongés de fièvres et de voleurs malchanceux ! Fallait-il donc ne pas les voir tels qu'ils étaient, soldats déserteurs et fils de famille dévoyés, les uns blonds et frisés, comme les Scythes de Sinope, les autres bruns et lisses, comme les Parthes d'Artaxate, là des nez courts, ici des tarins majestueux, vraiment que leur aurait-on demandé, à eux qui portaient tous au bout d'une chaîne pendue à leur cou, comme Emmanuel en avait d'ailleurs, la veille, vu à Seth, une figurine en or d'Hermès Propylée, dieu des Voyageurs ! Pour eux, c'était le dieu le plus souvent demandé, donc le plus vendable, qui était leur champion.

La soirée amena des chants et des parfums, puis des danseurs et danseuses et, dans leurs sillages, des maquereaux porteurs de singes et de perroquets, récitant boniments et madrigaux. L'on fit griller des venaisons et des moutons, les voyageurs n'auraient guère l'occasion de festoyer avant Ctésiphon, à trois ou quatre jours de là, et puis après, il leur faudrait affronter le long désert jusqu'à Bactres et vivre de pain sec, de dattes et de figues. Ce fut à la faveur des beuveries du souper qu'Indravâti et Seth mirent chacun à profit leur expérience des caravanes. Ayant fait le siège du chef, un nommé Sius, Phrygien mâtiné de Mésopotamien, à la barbe carrée, et qui achevait alors de déchiqueter un pilon de canard, ils obtinrent passage pour quatre à un prix dérisoire, afin d'aller dans ce pays reculé où l'on tissait des tissus précieux avec de la bave de vers.

La halte forcée créa enfin quelque familiarité entre des compagnons aussi dissemblables que ceux-là, Thomas, méditatif hostile à l'effort physique, et Seth, impétueux et constamment en besoin de mouvement, l'un vieux chat, l'autre jeune chien, puis encore entre Thomas et Indravâti, l'un méfiant, l'autre souriant, vieux chat et serpent indolent, sans parler de Seth et d'Indravâti, qui se considérèrent l'un l'autre avec le dédain courtois qu'on accorde à des personnages sans importance.

« Je ne viens avec vous que parce que votre maître est un roi auquel j'ai voué ma personne », proclama tout à trac Seth, un peu pris de boisson.

« Un roi », répéta Thomas d'un ton incertain, que Seth prit pour celui du doute.

« Je dis bien un roi », insista Seth. « Celui qui ne le comprend pas est un aveugle et un sourd. »

« On dirait qu'il t'a suivi toute ta vie », murmura Thomas. « Un apôtre de plus, et le troisième Fils du Tonnerre[68]. »

Et Emmanuel hocha la tête.

A Jérusalem, à l'heure qu'il était, Jean et Jacques, Philippe, Pierre et Jacques d'Alphée, bref ce qui restait de la phalange ancienne[69], partageaient sans doute le pain, la volaille et la salade, méditant sur les stratégies à mettre en œuvre contre Saül. Ou bien Saül s'était-il joint à eux ? Quel accueil lui faisaient-ils donc ? Comment pouvaient-ils accueillir l'ancien persécuteur ?

Son regard se reporta vers Seth. Qu'était un homme, sinon le don ? Que pouvait-il valoir, sinon ce qu'il donnait ? Pas des mots, non, son être. A cet égard-là, Saül ne se donnait-il pas ? La souffrance envahit son corps et son cœur. « Je me suis donné », murmura-t-il, « je me suis pourtant donné ! »

12

LA RIXE DE CTÉSIPHON

Torches à l'aube, déchirées par le vent, serviteurs qui baisent les mains, étriers qu'on ajuste et selles qu'on resserre, puis les chargements sans fin, les ahans des hommes et les hennissements des chevaux qui s'impatientent, la page qui s'ouvre alors que la nuit se referme. Ensuite, ces terres dont on se prend à rêver qu'un Nemrod fou les a fait recouvrir de peaux de fauves, à l'infini.

Puis le vent, qui parfois convoquait des légions de génies énervés, sous la forme de nuages de poussière et de sable. Ceux-ci couraient au ras du sol, puis chargeaient les hommes et leurs montures, s'efforçaient de les étouffer et les enfarinaient d'ocre. On avait beau rabattre le manteau sur le visage et jeter un coin de couverture sur la tête de son cheval, il fallait ralentir, et quand cette fureur presque immatérielle s'était enfuie, il ne restait plus qu'à cracher. Mais les dents grinçaient des heures plus tard.

A Boli, première étape, ils se baignèrent dans des

sources chaudes et puantes qu'on disait bonnes pour les douleurs des articulations. Emmanuel en fit son profit. A Nisibe, ils achetèrent du pain de maintes sortes, si différents qu'on eût pu manger l'un avec l'autre. A Ctésiphon, ils oublièrent tous leur fatigue et l'on eût presque entendu les chameaux soupirer d'aise, quand les caravaniers eurent franchi, après les ponts sonores du Tigre, tambours de bois tendus sur les colères du fleuve, les portes de la citadelle des Arsaces. Les palais roses et les temples ivoirins, les avenues et les fontaines, et ces foules bonnetées de feutre blanc ou doré, et drapées de broderies et de fourrures bouclées, et ces commerces où l'on avait inventé des besoins que même les tyrans ignoraient ! Le Phrygien qui dirigeait l'aventure demanda au premier archer venu l'adresse d'un caravansérail, l'autre lui en indiqua dix avec un sourire narquois, c'était de Ctésiphon, étranger, de Ctésiphon, pas de la frileuse Séleucie, en face, que partaient les routes de la soie ! Le caravansérail, c'était leur affaire, combien voulait-il payer ? Indravâti s'effraya et Thomas gémit, seul Seth resplendissait de contentement. « Une ville ! » s'écria-t-il, en serrant le bras d'Emmanuel, « une vraie ville ! »

Bref, ils s'installèrent dans des pavillons de princes, aux confins de la ville, parmi des jardins où les fleurs s'obstinaient en dépit de l'hiver.

Au souper, les caravaniers occupèrent une salle entière, où les tables avaient été dressées à la parthe, sur des tréteaux bas, les convives prenant place sur des banquettes basses et des coussins. Emmanuel compta qu'ils étaient près de cinquante. La ville était riche, on le devinait à la promptitude avec laquelle les tables furent garnies de bouquets de laitues, de concombres pelés et taillés en baguettes, de bols d'olives, de crèmes aigres et douces, de sésame et de coriandre, d'oignons, de pains variés autant qu'à Nisibe, de petites fritures. Le vin fut frais, fleurant la cerise et la rose, Emmanuel en but, et sans doute plus que la tempérance le conseillait, comme autrefois le lui avaient reproché les Pharisiens, et Seth renchérit sur l'intempérance de celui qu'il n'appelait plus que son maître.

« Comment sais-tu ? » demanda Emmanuel. « Comment peux-tu savoir, toi qui ne m'avais jamais vu et qui ignores tout de ma race et de ma foi ? »

« L'homme », répondit Seth avec chaleur, « est un animal qui se tient sur ses membres postérieurs et qui s'habille de discours censés projeter de lui une belle image. Je suis l'un de ceux qui savent aller nus. Tu l'as vu, je n'ai pas de discours. Mais moi », dit-il en se penchant vers Emmanuel, « je t'ai vu. Tu ne te soucies pas de ton image. J'ai vu tes mains, et j'ai vu tes pieds et j'ai compris à leurs marques que tu avais fait tellement peur qu'on t'avait condamné au supplice. Voilà pourquoi je dis que tu es un roi, mais peut-être ton royaume est-il trop grand, peut-être n'est-il pas de ce monde. »

Emmanuel posa la main sur l'épaule de Seth et ferma les yeux. Puis il le prit dans ses bras. Tout recommençait. Il avait retrouvé Jean, il retrouverait les autres et jusqu'à l'Iscariote. Les larmes perlèrent, tout juste. Un homme ne saurait être que ce qu'il est et son destin est donc éternel. Le Maître de Justice avait peut-être été celui-là. Thomas s'alarma, se leva, une femme dérangea la scène. Le cheveu blanc négligemment repoussé sous son capuchon, elle vendait des broderies, dont elle portait quelques-unes sur le bras gauche, la main droite servant à en déployer la splendeur, un ballot accroché à l'épaule serrant le reste de sa marchandise. Les regards s'attardèrent sur ces châles de laine, de feutre, de soie, brodés de soie multicolore, les uns sertis de pierres, de fils d'or et d'argent jusqu'à en être raides.

« Châles de femmes ou de princes », dit Thomas.

Elle restait sans rien dire, déployant de ses doigts osseux l'un de ces ornements tandis que son regard fardé courait de l'un à l'autre des convives. Elle était vieille, mais droite.

« Je le vois bien », dit-elle en aramaique, « que

vous n'avez ni femmes, ni vanités à satisfaire. Mais je vous montre quand même ces merveilles, afin que vous puissiez en parler. »

« Comment saurais-tu que nous n'avons ni femmes, ni vanités à satisfaire ? » demanda Thomas.

« Tu n'es pas marchand, ou si tu l'es, tu serais failli tant ton regard est triste », répondit-elle. « Et si tu avais une femme, elle serait trop triste aussi pour porter l'un de mes châles. Ton voisin, j'en connais la fraternité, si je lui offrais même l'un de ces châles, il le prendrait pour le mettre au cou d'une statue de son maître disparu, celui-là qui disait que rien n'est rien. » Thomas s'esclaffa. Elle se tourna vers Seth. « Toi, tu en as trop eu, de femmes, ce qui signifie que tu n'en as aimé aucune et que tu n'as donc ni feu ni lieu. Tu es beau, mais ta beauté est inutile, car tu ne connaîtras pas tes enfants. » Elle s'arrêta à Emmanuel. « Toi, tu ne sais porter aucun bijou, car tu es trop fier. Tu ne sais que faire des cadeaux, pas en recevoir. Le seul que tu accepterais sans doute est le monde, mais je ne l'ai pas à vendre. »

Seth lui tira du bras un châle de feutre étroit, brodé de simples fils d'or et d'argent, et le tendit à Emmanuel, disant d'un ton de défi :

« Je te l'offre comme ceinture. » Puis il le paya avec des gestes excessifs. La femme accepta les pièces d'un air détaché.

« Je me ceins pourtant de peu », murmura Emmanuel. « Une corde y suffit. »

« Alors pense que je t'ai offert le monde », dit Seth en souriant. « L'or est pour le jour, l'argent, pour la nuit. »

« D'où viens-tu ? » demanda Emmanuel à la femme.

« Quand j'étais belle, je travaillais à Samarie pour le Messie. »

« Quel Messie ? » cria Thomas.

« Le plus célèbre, Simon, celui qui fait des prodiges. Sa compagne, Hélène, me reprochait de lui porter ombrage. Quand je l'ai quitté, un autre Messie avait été crucifié. C'est une grande imprudence que de travailler pour des magiciens. Ils s'offensent des vertus de ceux qui les entourent et les leurs finissent toujours par offenser quelque puissant. »

« Il faudrait donc vivre une vie de rat ? » dit Seth avec dédain.

« Nul ne chasse le rat pour sa fourrure », répliqua-t-elle avec ironie. « L'oiseau qui chante on le met en cage, l'oiseau qui brille par son plumage, on le tue pour s'emparer de ses plus belles plumes. Seul l'oiseau amer et noir poursuit son vol jusqu'à sa vieillesse. »

« Viens-tu nous attrister par des propos de pleureuse ? » demanda Seth.

Elle fut un moment sans répondre.

« Tu es avec des hommes sages », dit-elle enfin. « Celui-là dit que le monde est une illusion », et du menton elle indiqua Indravâti, « mais qui voudrait l'écouter avant qu'il soit trop tard et qu'on économise l'argent pour son linceul ? Cet autre », dit-elle en indiquant Thomas, « a renoncé aussi au monde parce qu'il a écouté un enseignement révélé et il porte déjà son linceul sur lui. Sa maigreur parle pour lui. Et celui-ci... »

« Prends garde ! » crièrent à la fois Seth et Thomas.

La bouche de la femme retint un sourire méprisant.

« Celui-ci », reprit-elle les yeux pleins de défi, en désignant Emmanuel qui l'écoutait les yeux baissés, « est votre prince, parce qu'il sait la vanité de tout, et même celle du renoncement. Celle qu'il tient dans ses bras, il voit au-delà d'elle, et elle, elle voit aussi au-delà de lui. »

« Et moi ? » demanda Seth en tendant ironiquement à la femme un verre de vin.

« Toi, tu es ivre de ton vin. Ton regard brille de l'éclair des lames. Prends garde. »

« A quoi ? » cria Seth.

« Femme », dit Emmanuel, « c'est un métier que

le tien, et son premier précepte est celui-ci : “Suis donc ton propre conseil.” Hélène a eu raison de prendre ombrage de toi. Tu parles trop. »

« Quel est mon métier ? » demanda-t-elle sur un ton de défi, une fois de plus.

« Tu es devineresse », répondit Emmanuel en souriant. Un mouvement de manche découvrit un poignet. Elle le vit. Son regard brûla.

« C'était donc toi », dit-elle. Et un peu plus tard : « J'avais vu juste. Le monde est ton royaume. Tu es comme le feu, aucun foyer ne te retient. »

« Vois plus juste encore », dit Emmanuel. « Lève les yeux. »

Elle hocha la tête. « J'ai vu Marie », dit-elle. « J'ai vu Marthe. Tu es vraiment comme le feu. Elles se sont consumées. » Elle remonta les lanières de son ballot sur l'épaule. « Ne me demande rien de Lazare, ils l'ont mis à mort. »

Emmanuel la regarda s'éloigner parmi les tables et ferma les yeux un instant. Quelqu'un vint murmurer quelques mots à l'oreille de Seth ; celui-ci se leva pour courir à une affaire pressante et sortit du caravansérail. Des cris retentirent. Une rixe avait éclaté. Un hourvari agita la salle, des dîneurs se levèrent, Emmanuel se leva aussi. Il se dirigea vers la porte, des gens parlaient d'honneur et de sang, Sius aussi s'était levé, le regard navré ; des hommes entrèrent, le pas trébuchant, portant le corps de Seth. Emmanuel se pencha vers lui. Le bronze de son visage avait déjà verdi. Les yeux ne voyaient plus. Emmanuel en baissa les paupières.

« Le plus bref de tous », murmura-t-il.

Indravâti et Thomas le soutinrent jusqu'à la chambre. Il pria toute la nuit.

13

LE TOMBEAU DE BACTRES

Ils les virent de loin, bien avant Bactres, et ce n'étaient pas des mulets comme quelques-uns, dont Emmanuel et Thomas, l'avaient d'abord cru, mais de petits chevaux bruns, à la nuque puissante, têtus, le regard fou et le front balayé par les mèches folles de leurs crinières, qui leur prêtaient des airs frondeurs. Les hommes qui les montaient étaient petits eux aussi, et quand ils s'approchèrent, on leur vit des visages et des mains en cuir rougeâtre comme leurs vêtements : des pantalons de cuir, des bottes molles, des tuniques molletonnées doublées de caracul à l'intérieur. A dix pas déjà, ils sentaient chiennement le suint musqué. Leurs visages camus, plaqués sur des têtes rondes directement vissées sur les torses, sans l'intermédiaire de cous, avec des nez si courts et si plats qu'on eût dit des chats sauvages à peine désensorcelés, des yeux de jais à peine visibles dans les fentes du cuir, respiraient la force, la ruse, la cruauté et l'ironie. Ils s'adressèrent à Sius, qui parlait leur langue, puisque ce n'était pas son premier voyage. Tous les dix mots, ils poussaient des han ! de bœuf de leur voix de gorge.

« Que disent-ils ? » demanda Emmanuel à Indravâti.

« Que nous avons échappé à une tempête de sable, que le prix de la soie est monté et qu'ils ont des brocarts de rois et des peaux de tigres à vendre. »

Un cheval d'Asie s'était approché d'un des arabes de la caravane et l'entretien fut sans aménité, car des coups de dents claquèrent, accompagnés de hennissements furieux, auxquels mirent fin quelques coups énergiques d'une cravache raide. Sius ordonna à deux de ses hommes de mettre pied à terre pour examiner la marchandise proposée. Les archers surveillaient la scène d'un œil soucieux. Le chef des

Asiates donna aussi un ordre et deux hommes de son escorte descendirent pour délier l'un des ballots chargés sur les chevaux. Ils défirent un rouleau de cuir pelé sous le soleil poudreux et une pièce carrée de quelque sept coudées de côté s'étala sur le sable rocailleux comme un morceau de paradis. Elle rutilait sous le soleil, cinq dragons de soie rubis brodés sur de la nacre souple. On la porta jusqu'aux doigts de Sius, qui la tâta comme on caresse l'épaule d'une esclave. Le marchandage fut long, ponctué par de nouveaux han ! du chef asiate et des rires insolents. Finalement le marché fut conclu et Sius tira de ses fontes un sac dont il pêcha une à une des pièces d'or. La pièce fut roulée à nouveau dans son cuir et chargée sur la selle de Sius lui-même.

« Han ! » cria encore le chef des Asiates, et sur des ordres claqués ses séides déplièrent coup sur coup trois peaux de tigres. Sius se fit porter l'une des peaux, la tâta par en dessous, émit un avis qu'Emmanuel comprit sans peine : la peau n'était pas assez bien tannée à son gré. L'Asiate émit quelques sons brefs, la conversation s'échauffa, les archers se raidirent sur leurs chevaux, Sius restait placide, l'Asiate éclata de rire et se livra à une gesticulation spasmodique déconcertante. Sius fit une proposition, l'autre leva les bras au ciel, éclata de rire de nouveau, et Sius tira encore une fois la bourse de ses fontes et paya les trois peaux. L'Asiate sauta sur son cheval, les archers se raidirent une fois de plus, des cris gutturaux retentirent, et l'instant d'après les Asiates avaient été avalés par un sillage de poussière orangée. Les archers se retournèrent maintes fois pour vérifier qu'ils étaient bien partis.

La nuit vint vite. Il fallut camper, et les animaux étaient autant à craindre pendant la nuit que les maraudeurs humains. On raconta des histoires de traîtrise, marchands qui étaient venus récupérer leurs marchandises pendant la nuit et avaient égorgé tout le monde. Il fallait un feu pour tenir les bêtes à distance, les mêmes dont les pelages dormaient roulés sur la selle des chameaux. Mais il n'y avait à brûler que des buissons et des herbes, qu'on jeta dans les flammes par brassées et qui fumèrent en crépitant furieusement. Emmanuel avait à peine fermé l'œil que des cris retentirent, les chevaux hennirent d'affolement, les chameaux glapirent, il se releva et courut là où les hommes s'étaient groupés. Des yeux brillaient dans la nuit, au ras du sol. Un caravanier dardait dans leur direction une pique au bout garni d'un manchon d'étoupe enflammée. Un tigre. Que le feu effrayait visiblement, car lorsque le caravanier le menaçait de sa pique, il reculait, les babines retroussées. Emmanuel ne parvint pas à se rendormir, et Thomas, indifférent ou résigné, se tournait et se retournait sans cesse, car il supportait le voyage comme une avanie. Près d'eux, Indravâti se fondait dans le sol, immobile, tel un tas brunâtre ; il était presque chez lui, ses dieux l'attendaient. Les tigres n'étaient qu'un fantasme de plus. Les caravaniers rapportèrent le lendemain que le fauve n'avait désarmé qu'à l'aube, contemplant sans doute le festin interdit. C'était donc, déduisit Sius, qu'il y avait une source proche ; quand la caravane eut repris sa route, on l'aperçut qui scintillait, en effet, à une heure de là. Les chameaux et les chevaux firent leur profit et de l'eau et de l'herbe qui folâtrait alentour. Il fallut laisser les premiers se distraire un peu, car ils étaient devenus nerveux, et, comme le dit à Thomas un des seconds de Sius, qui parlait grec, on pouvait toujours commander un cheval, mais un chameau nerveux était pire qu'une épouse frustrée. L'affaire ne fut pas mince, car il fallut aussi décharger les bêtes, sous peine qu'en trois ou quatre folles gambades elles se défissent de leurs chargements. Avec les chevaux, c'était plus simple, ils pouvaient paître et se désaltérer en dépit de leurs bardas. Tout homme est un caravanier, murmura Emmanuel, dont le corps est la monture ; les uns avaient un cheval, les autres, un chameau.

Ce fut au soir tombant qu'enfin les murailles de

Bactres rougeoyèrent au sommet d'une colline irrégulière, dominant des champs bas où couraient des porcs couleur de suie ; elles serpentaient sur les hauteurs comme un dragon paresseux dont la tête eût reposé au sud-est, sur le point le plus élevé. La rivière du même nom coulait au sud, enjambée par un pont unique. Des cris coururent d'un caravanier l'autre et Emmanuel comprit que la ville était petite et qu'une partie des hommes devrait sans doute camper à l'extérieur. Un poste d'octroi flanquait la porte, aux deux vantaux cloutés de tant de ferrures que trois hommes suffisaient à peine à pousser l'un d'eux. Chacun paya, cher. Et vite, dans l'espoir d'une boisson chaude.

La nuit avait fondu sur le monde quand les caravaniers et leurs voyageurs furent enfin installés et que les chevaux, au moins eux, eurent trouvé l'hospitalité d'une écurie. Alors la lumière des torches qui s'échevelaient dans le vent noir de l'Asie révéla la singularité de Bactres[70]. De la Grèce jadis apportée par Alexandre et cultivée par les Séleucides, de sa jeunesse dorée par les lumières de l'Olympe, de ses voix vibrantes qui avaient interrogé et parfois défié les puissances célestes, de ses rythmes sanguins qui avaient scandé les vers d'Homère et l'ordonnance des colonnes, de la candeur insolente avec laquelle elle avait conquis le monde et clamé que l'homme est seul face à des dieux capricieux, il ne restait plus que des bribes muettes, bientôt indéchiffrables : ici une statue d'Apollon, dépolie par les vents de sable, un fronton et des colonnes plus loin, masqués par des oripeaux criards, des tapis mis à sécher entre deux fûts, des ornements barbares accrochés aux fenêtres. Les visages étaient de bronze pâle ou de cuivre, et lissés par l'impassibilité que dictent l'habitude du danger et des vents froids. Les pas rapides et presque furtifs des rares femmes qu'on vît dans les rues en disaient long sur le peu de sécurité dont elles jouissaient. Quant aux costumes, ces redingotes et ces bonnets de feutre ou de fourrure brodés, ces pantalons serrés par des laçages qui se prolongeaient sous des bottes fourrées, ils n'évoquaient ni Alexandrie, ni Antioche, ni les murmures de la mer, toujours à hauteur humaine, mais bien plutôt l'âpreté des montagnes et les vacarmes que les cris des démons y font rouler de cime en cime. Même les voyageurs romains, qu'on reconnaissait à leurs masques de lutteurs pâles autant qu'à leur parler, avaient dû s'acclimater à l'aide de ces habillements exotiques. Rome ne s'était pas emparée des lieux ; elle n'y avait pas percé les avenues où pouvait défiler, ailleurs, la *pax romana* sous ses aigles dorées. Cela se remarquait aussi à l'absence d'égouts : de part et d'autre des ruelles et parfois venelles qu'Emmanuel et Thomas empruntèrent pour se rendre aux bains, afin de laver les poussières et les suints de plusieurs jours, les boutiques de charcuterie ou de fruits, tout comme les habitants, jetaient les détritus dans une gouttière centrale qui semblait servir de Champs élyséens à des campagnols gros comme des chiens.

Il restait pourtant à Bactres des Grecs, ou du moins des gens qui croyaient l'être, et les premiers qu'y trouvèrent Emmanuel et Thomas furent justement aux bains. Ceux-ci étaient d'ailleurs des caves basses, qui n'avaient que leur fonction de commune avec les édifices magnifiques des Romains. L'un des hommes, qui faisait partie de l'équipe de baigneurs chargés de veiller aux soins des clients, était un hercule dont la barbe et la raide tignasse d'or pâle, ainsi que les yeux d'azur, disaient un métissage abondant avec du sang d'Alain ou de Scythe, l'autre un adolescent au visage plat et aux yeux bridés, dont le crâne était garni de cheveux plats et noirs.

« Parles-tu grec ? » demanda Thomas d'un ton circonspect.

« Certainement ! » s'écria l'autre avec un sourire excessif. « Quelle autre langue parlerais-je, moi dont le père est grec ? Je m'appelle Stratylos. » Mais son accent était rude, et sa grammaire incertaine. « Si tu as du linge de toile ou de lin à laver, donne-le sur-le-champ au garçon, il te sera rendu dans une heure propre et sec. Il est mis à sécher en bas, près des fourneaux. »

« Et quelles autres langues parle-t-on dans cette ville ? » demanda Emmanuel en se dévêtant, et tendant à l'adolescent la chemise et les caleçons qui avaient, en effet, souffert du voyage.

« Le parthe et quelques dialectes asiates », répondit l'autre, indiquant un lit de pierre dans la chambre attenante, celle qui servait de tepidarium, et sur lequel il invita Emmanuel à s'étendre. « Nous ne pouvons guère tout parler, il y a tant de langues ! » reprit-il. « Ceux qui viennent du sud en parlent au moins trois, ceux qui viennent du nord en parlent bien dix, seuls ceux de l'ouest se satisfont heureusement du grec. » Ce disant, il commençait d'étriller et de masser tout à la fois le corps d'Emmanuel avec une sorte d'éponge végétale trempée d'eau chaude, ce qui, disait-il, faisait affluer le sang à la peau. Puis il l'invita ensuite à aller s'asseoir sur l'un des bancs où la chaleur soufflée par des évents au bas des murs devait encourager la sudation. Thomas prit à son tour place sur le lit de pierre.

« Et quels sont vos dieux ? » demanda Emmanuel. Sur quoi le masseur s'interrompit et le considéra avec un étonnement amusé qui, cette fois, refléta bien le sang grec, puis reprit sa besogne sur le corps de Thomas.

« Serais-tu dans le commerce des amulettes ? » demanda-t-il enfin, d'un ton indéfinissable. Et comme Emmanuel avait secoué la tête, il continua : « Bactres[70] est la cité des dieux. Ils y sont tous, ceux des quatre points cardinaux. J'en ai vu tous les fidèles, depuis douze ans que je restaure les corps dans ces bains. Du sud viennent ceux qui parlent au nom du Gautama. Connais-tu le Gautama, qu'on appelle aussi l'Eveillé ? Il dit que nous naissons aveugles et que la méditation nous apprend à voir ce qui est caché. Du sud aussi viennent ceux qui disent que l'homme forge son destin par son désir et qu'il doit pour chaque désir traiter avec des dieux différents[71]. Et du sud encore viennent parfois ceux d'une troisième religion, qui disent que nous ne sommes rien[72]... » Sans parler de ceux du nord qui nous assurent qu'il ne faut rien faire, n'être pas intelligent, ne pas avoir de personnalité et le moins possible de désirs[73]... »

« C'est bientôt moi qui ne serai plus rien, tu m'arraches la peau ! » protesta Thomas.

Stratylos gloussa. « Tu as la peau délicate, parce que tu n'as pas pris soin de ton corps ainsi que l'a fait ton compagnon. Il ne s'est pas plaint, lui ! Bon ! les premiers que j'ai vus venir du nord, j'avais l'âge de ce garçon, m'ont tenu un discours qui m'a scandalisé. Exerces-tu beaucoup ton esprit, voyageur ? » demanda-t-il, s'adressant à Emmanuel.

« Quand il le faut », répondit Emmanuel, amusé et ruisselant de sueur.

« Bien, bien ! » cria Stratylos en administrant de grandes claques sur les cuisses maigres de Thomas, qui se releva assez mécontent. Donc, ceux qui venaient du nord m'ont dit que nous ne sommes que le produit de forces contraires et qu'il faut éviter de prendre parti pour l'une ou pour l'autre, pour le chaud ou pour le froid, pour ceci ou son contraire, parce que cela nous déséquilibre. Ils disaient aussi, et c'est cela qui m'a scandalisé, que l'intelligence est le début de la fausseté ! Moi », dit Stratylos, goguenard, en se penchant pour plonger son crin dans une bassine de cuivre, « moi qui me flattais d'avoir l'esprit acéré, voilà donc que je n'avais fait de progrès que dans la fausseté ! » Il prit sur une étagère un pain de matière verdâtre, translucide, qu'Emmanuel reconnut comme du savon. Il claqua des doigts et demanda aux voyageurs s'ils voulaient une boisson chaude, du thé ou du lait chaud, ou fraîche, telle qu'un jus de fruits. Ils connaissaient déjà la première et optèrent pour du thé. « Mais enfin », conclut-il, « il est vrai, et je vous offre ici le suc de mon expérience gratis, qu'à force de trop réfléchir on perd la tête. » Et il commença de frotter le savon sur le crin végétal mouillé et fit signe à Emmanuel de passer dans une pièce voisine, bien plus fraîche, et de s'allonger à nouveau sur le lit de pierre. « Plus tu songes, voyageur, plus les questions s'approfondissent. Ainsi, pourquoi prend-on femme ? Pour la commodité ? Les esclaves sont moins criailleuses. Pour avoir du plaisir ? Il est cher payé, un quart d'heure de plaisir, une semaine d'avanies ! Pour avoir des enfants ? Mais on est aussi bien tenu de reconnaître ceux qu'on a eus des esclaves ! Alors, dis-moi, voyageur, pourquoi donc, quand on est jeune, n'a-t-on cesse de prendre femme, et quand on l'a fait, s'efforce-t-on de l'oublier ? Et ainsi du reste. »

« Qu'apprendrons-nous donc d'un garçon de bains ! » maugréa de loin Thomas en araméen, pataugeant sur les dalles de pierre humides.

« Et qu'avons-nous donc appris des rois ? » rétorqua Emmanuel en s'allongeant. Stratylos s'activa sur son corps, le savon dissous entraînant les sueurs et les poussières séchées du voyage ensemble avec les sécrétions de la peau.

« Veux-tu que je te lave les cheveux ? » demanda Stratylos. Et comme Emmanuel accepta, il lui savonna aussi la tête. « Et je te rince avec de l'eau de source, elle fait les cheveux comme de la soie. » Saisissant une bassine des mains de l'adolescent, il arrosa pour finir tout le corps d'Emmanuel d'une eau presque glaciale. Emmanuel se secoua et s'assit, s'enveloppant du drap que lui tendait l'adolescent. « Mais Bactres », reprit le Grec, sans achever sa phrase, comme s'il cherchait ses mots, « Bactres... » Emmanuel séchait ses cheveux, attendant la fin de la phrase. Thomas s'allongeait sur le lit de pierre. « Bactres, crucifié, est le tombeau du dieu-prophète Zoroastre. »

Emmanuel se figea. Stratylos le fixait sans ciller. Thomas releva la tête. L'adolescent interdit tenait la verseuse de thé et les bols. Un temps passa.

« J'ai vu tes cicatrices. J'ai entendu les voyageurs de Jérusalem », dit enfin Stratylos. « Ton visage était déjà singulier. Ce ne sont pas des yeux de marchand que les tiens. » Il décrocha un miroir du mur, essuya la buée qui le voilait et le tendit à Emmanuel. « Regarde-toi, crois-tu passer pour un vendeur d'épices, d'ivoire ou de soie ? » Emmanuel baissa les yeux et vit le reflet de son regard sombre dans l'argent poli. « J'ai vu trop d'hommes pour ne pas savoir les reconnaître, les seigneurs et les voleurs, les aigris et les naïfs, les sots entreprenants et les sages vaincus. Les cicatrices n'ont fait que confirmer le reste. Tu es le roi des Juifs. » Il fit signe à l'adolescent de verser le thé. Emmanuel prit son bol et le but à petites gorgées.

« Tu parlais de Bactres », dit-il, se ressaisissant.

« Bactres attendait ta visite. C'est ici que repose la dépouille terrestre de celui qui naquit, il y a six siècles, d'une vierge et de la semence du ciel. » Et Stratylos s'activa sur le corps de Thomas. « Le service de ce garçon s'achève. Il t'emmènera sur la colline. Là-haut brûle un feu et des chevaux sauvages paissent, en souvenir de ceux qu'il arracha aux sacrifices des princes sauvages. »

Thomas poussa un gémissement quand l'eau froide gicla sur lui. A peine rincé et enveloppé dans son drap, il se saisit du bol de thé que lui tendait l'adolescent.

« Que disaient les voyageurs ? » demanda lentement Emmanuel en remettant les vêtements secs que lui avait rapportés l'adolescent, après en avoir vérifié la propreté.

« Ils parlaient d'un conflit qui s'était élevé à ton sujet, il y a deux ans, entre le satrape romain de Palestine et les prêtres de ta religion », répondit Stratylos en se passant une serviette sur le torse. « Ils disaient que tu avais insulté les prêtres, à juste raison certes, car ils étaient corrompus, et que tu prêchais une religion plus pure et plus dépouillée. Les prêtres voulaient ta mort et le satrape craignait de satisfaire leur vœu, car il pensait que le peuple se révolterait et qu'il devrait en répondre à César. » Emmanuel enfilait les bottes de feutre qu'il avait eu la prudence d'acheter à Ctésiphon. « Mais enfin », conclut Stratylos, « ce sont les prêtres qui ont menacé de soulever le peuple, et l'on t'a donc mis au supplice. » Emmanuel se leva et son regard plongea dans celui du Grec.

« Il est toujours déconcertant d'entendre raconter sa propre histoire comme si c'était celle d'un étranger. » Un sourire accompagnait ces mots. « Elle semble alors si simple. »

« Tu m'as interrogé, je t'ai dit ce que je savais ! » s'écria le Grec avec chaleur. « Mais même si nous ne nous étions rien dit, j'aurais su qui tu étais. »

« A mes mains et à mes pieds ? »

Le Grec secoua la tête. « Tu ne crois pas que les garçons de bains soient si sots », dit-il. « Ton regard perce la peau. » Et comme Thomas, pressé d'en finir, avait tiré sa bourse et y cherchait des pièces, le Grec reprit, d'un ton magnifique : « Laisse, étranger. J'ai été payé de l'honneur. » Et à Emmanuel : « Je te prête Androsthène. Il t'emmènera au tombeau. »

« Pourquoi penses-tu que je doive y aller ? »

« Même si je ne te le conseillais pas, tu le ferais, tu le sais bien. Tu veux me mettre à l'épreuve, mais tu sais bien que c'est ton ancêtre en quelque sorte. »

« Quel est ton dieu ? » demanda encore Emmanuel.

L'hercule eut un mouvement de la poitrine et du cou comparable à un haussement d'épaules. « Vous autres Juifs, vous êtes encore pires que nous. Il vous faut des noms et des généalogies. Qu'importe le nom d'un dieu ? Qu'importe s'il est plusieurs dieux et qu'ils aient chacun plusieurs noms ? » Un mouvement de tête découvrit son front et Emmanuel y aperçut la double lettre, brouillée par la sueur.

« Tu es mithraïste. »

« Tu as vu mon front », dit le Grec.

« Cicatrice pour cicatrice », répliqua Emmanuel en riant.

Le jeune Androsthène s'était vêtu pour accompagner les étrangers. L'air froid de la rue fut bienvenu. Ils demandèrent où aller dîner ; le petit Grec, puisque c'en était un, après tout, les emmena dans une taverne où ils dînèrent sommairement. Puis il s'en furent parmi les dédales des rues, parfois à la seule clarté des étoiles. La mince silhouette du guide, chausses claires et lacées, cape noire et bonnet de feutre blanc, les mena jusqu'aux confins de la ville, jusqu'aux dernières maisons basses, aux fenêtres en meurtrières par lesquelles filtraient des lueurs de lumignons. Des chiens aboyaient au loin. Le monde connu semblait s'arrêter là, mais le jeune guide allait toujours, d'un pas de chèvre, et il escaladait bravement un sentier montant en s'accrochant aux arbustes. Le vent rabattit sur les visiteurs le parfum poivré du genièvre. Puis des chevaux apparurent. La présence des humains les laissa indifférents ; étaient-ils sauvages ? Ensauvagés ? Une flamme brilla dans la nuit. Des ombres se dessinèrent. La flamme jaillissait d'un trou au centre d'un anneau de pierre de quatre ou cinq coudées de diamètre. Le vent de l'est lui faisait disperser à l'ouest des brambilles incandescentes. Le tombeau ne s'éteignait donc jamais.

« Bienvenue », dit une voix chevrotante en parthe.

« Ils parlent grec », dit Androsthène.

Emmanuel et Thomas se retournèrent. Un vieillard drapé dans un manteau clair, sans doute devenu trop grand pour lui, levait vers eux un visage ravagé et souriant. « Bienvenue au tombeau de Zoroastre[74], le dieu fait homme, voyageurs », dit le vieillard en grec. « Voilà six siècles que la flamme brûle aussi pure. Elle éloigne infiniment les démons. » Il leva la main vers le ciel : « C'est le feu des étoiles ici tombé pour la grâce de la race humaine, le fils du Dieu unique et bon, Ahura-Mazda. » Il mit la main sur le bras d'Emmanuel :

« Tu serais venu ce matin, nous eussions pu t'accueillir, si tu l'avais voulu. Ton bras brûle, étranger, tu es un des hommes choisis, car le feu du ciel est aussi en toi. »

Emmanuel demeurait silencieux. Tout était donc venu d'ici. La clarté qui permettait enfin de distinguer entre le Bien et le Mal était née de ce feu-là et elle s'était étendue jusqu'à Quoumrân. Mais Quoumrân et Jérusalem avaient fondu dans la mémoire. Le présent seul régnait, il flambait et se renouvelait indéfiniment dans ce feu, il ranimait l'âme et Emmanuel respira profondément, comme il ne l'avait pas fait depuis longtemps. Il se souvint des haines, et leurs souvenirs brûlèrent dans le feu, comme les insectes nocturnes qui tournoyaient autour avant de s'y abattre. Il tenta de se rappeler ses joies, mais elles n'avaient plus lieu d'être devant ce feu. Comme s'il lisait dans ses pensées, Thomas murmura :

« Voici donc le phare de nos voyages. »

Y avait-il donc un Dieu plus ancien que le Dieu d'Israël ? Etait-ce le premier des Maîtres de Justice qui dormait sous ce feu ? Et comme le regard d'Emmanuel se détournait sur la nuit environnante et les chevaux qui paissaient, le vieillard expliqua que Zoroastre les aimait et qu'il avait, le premier, interdit leur sacrifice.

« Qui es-tu ? » demanda le vieillard d'un ton pressant, en tirant doucement la manche d'Emmanuel. « Qui es-tu ? »

« Un voyageur. »

« Mais le voyage est fini ! » s'écria le vieillard avec douceur. « Reste avec nous. »

Emmanuel secoua la tête. Un peu plus loin des jeunes gens dansaient. Il s'efforça de distinguer le rythme de leurs pas, mais la flamme l'avait aveuglé. Il fut soudain certain que Dieu aussi dansait parfois. « Pas encore », murmura-t-il à l'adresse du prêtre, « ce n'est pas là mon tombeau. » Du haut de la colline de Bactres, son regard s'envola dans la nuit, vers l'ouest. Il rencontra l'étincellement des armées d'antan, celle de Salmanasar V, qui s'était emparé d'Israël et celle de Sargon II, qui avait conquis l'Egypte, puis celle de Nabopolassar, le rien du tout comme il se nommait lui-même, qui s'était emparé de Ninive. Il retrouva les files des prisonniers de Jérusalem, que Nabuchodonosor ramenait enchaînés à Babylone, puis celle des prisonniers babyloniens, fouettés par les Mèdes de Cyrus. Plus tard encore, sa vision éclaira le cadavre de Darius III, que ses généraux venaient de poignarder alors qu'il s'enfuyait du champ de bataille de Gaugamèles... Le visage même de la jeunesse lui revint sur les ailes du songe, et c'était celui d'Alexandre, qui de Cilicie et de Mésopotamie à la Parthie, la Bactriane et la Sogdiane, s'était élancé à la rencontre du soleil... Mais il était mort, lui aussi, et les palais de marbre et les portes de bronze s'étaient écroulés, les lions et les taureaux de pierre dont ils s'enorgueillissaient s'étaient ébréchés, les dieux nus étaient rongés sur leurs socles par les tempêtes de sable, les souvenirs crissaient sous les dents, les campagnols, les vautours et les chacals s'étaient repus des audacieux tombés.

Ici, la flamme du prophète brillait toujours, car le feu était le seul or qu'on ne pouvait voler. La main du vieillard s'était à nouveau posée sur le poignet d'Emmanuel.

« A quoi songes-tu, mon fils ? »

« Je pense que les prophètes ne meurent jamais. »

14

UNE VISITE À KOCHBA

« Des voyageurs l'ont vu à Ctésiphon », dit un vieil homme, le regard perdu autant que brouillé par l'âge, au-dessus de son plat de lentilles. Mais ce n'était pas non plus le bol de salade au milieu de la table qu'il regardait. Ce n'était pas non plus le paysage rocailleux de Kochba, que laissait apercevoir la porte entrouverte, pour laisser fuir les vapeurs et les fumées de l'âtre.

Comme il l'avait toujours fait depuis tant d'années, depuis qu'il avait quitté la Judée, Dosithée insistait sur la frugalité des repas. Il n'eût certes pas fait exception pour un voyageur. Les autres s'en accommodaient.

« Les voyageurs sont coutumiers des histoires de fantômes, Jonadab », répondit Dosithée, en lissant sa barbe et en se penchant sur sa dernière cuillerée de lentilles.

« Un homme qui portait des cicatrices aux poignets et aux pieds. On a vu son corps aux bains », insista l'autre.

« Et si c'était bien lui », répondit Dosithée d'un ton las. « L'histoire d'un homme est celle d'un temps et d'un lieu. C'est aussi celle d'un peuple. A Ctésiphon, il est loin de son peuple et de son pays. Il n'est donc plus rien. Il est mort au Golgotha. Après et au-delà, il n'est plus que légendes, oui-dire, mensonges. On dira qu'il était ceci ou cela, et celui qui en doutera passera pour impie. »

« Il était avec Judas, celui qu'on appelle Thomas », reprit le vieil homme, comme s'il n'avait pas perçu le scepticisme de son hôte.

Dosithée réprima une grimace d'impatience. « Thomas avait déjà beaucoup voyagé, c'était un inquiet, me disait-on. »

« Tu as dit, maître, "après et au-delà, il n'est plus

que légendes, ouï-dire et mensonges". Qui mentira ? » demanda un disciple nommé Jérémie.

« Pas nous, certes. Les siens, parce que la tendance de chaque homme est de croire et de vouloir faire accroire que ce qu'il a vécu est unique et majeur. Comme les disciples de Simon[75] le font déjà, ils se répandront en propos extraordinaires, allégueront des prodiges et des signes, et feront des promesses que nul homme n'est habilité à faire. » Il se servit de salade et tendit le bol au visiteur. « Le plus véhément sera Saül, parce que c'est un ambitieux, un néophyte, pour ne pas dire un tournecasaque, et que, n'ayant pas bu le lait de la vérité, puisque c'est un Nabatéen, il sera à l'aise pour tisser des fables. »

« Tu l'as quand même reçu, Dosithée ! » s'écrièrent presque en même temps Jérémie et l'un de ses frères, Nathan. « Tu l'as longuement instruit », reprit Jérémie. « Comment devrons-nous alors concilier le fait que tu lui aies dispensé ton enseignement et que tu le décrives comme un menteur ? »

Le regard de Dosithée se réduisit presque à une fente entre ses paupières ridées.

« Je l'ai instruit, en effet », dit-il au bout d'un temps[76]. Et il grignota pensivement une miette de pain égarée près de son assiette. « Je l'ai instruit. Dans l'espoir qu'il fût rebuté, qu'il s'égarât dans des interprétations erronées. Et je suis certain qu'il n'y manquera pas. C'est un caméléon. Il est bleu sur le sable à l'aube, et rouge au crépuscule. »

« N'es-tu pas là pervers ? » demanda Jonadab.

« Il valait mieux que ce fût moi qui tendisse le piège », répondit Dosithée. « C'est au chef de lutter contre les fauves. Saül est un fauve. C'est un citoyen romain, et je vous enjoins à tous de le traiter du bout d'une pique, comme on fait des hyènes et des chiens enragés. »

« Nous ne nous soucions guère d'un Hérodien. Celui qui nous intéresse fut l'un des nôtres. Je me souviens de lui, à Quoumrân, quand son corps ruisselait de sueur dans les champs, et quand son regard brûlait pendant la lecture des Livres. Je ne pouvais deviner son avenir, mais déjà, je me disais que David, le roi David, avait pu avoir ce regard et cette présence. Nous sommes des êtres humains, Dosithée, et pour finir, nous ne savons que ce nous disent nos sens, nos yeux et nos oreilles. Nos yeux qui peuvent lire les Livres, et nos oreilles qui peuvent entendre nos maîtres. » De chevrotante, la voix du vieillard s'était affermie, elle était devenue rhapsodique, et les regards se tournaient vers lui. « Ce que je veux dire, Dosithée, est que tu ne fais donc aucun crédit au crucifié », dit Jonadab, saisissant de ses doigts noueux le cresson d'eau chichement assaisonné de sel et d'huile.

« Dois-je vraiment rendre un avis sur une affaire qui n'est pas de mon autorité ? Quel crédit ai-je à faire à un étranger ? » demanda Dosithée avec vivacité. « L'œil du juste se tourne vers la Lumière et vers elle seule. Mais puisque tu sembles troublé, Jonadab, je veux bien te répondre. Nous l'avons compris, à Quoumrân, dès son noviciat : cet homme s'était modelé sur le révéré Maître de Justice. Il pensait le réincarner. Mais il voulait aller dans le monde, et notre ascétisme lui a paru trop strict. Il nous a donc quittés. A la fin, quand l'abominable Hérode Antipas l'a fait enfermer à Machéronte, Jean le Baptiste, celui-là même qui l'avait introduit chez nous, parce qu'il était son cousin, celui-là même qui l'avait donc baptisé, s'en est alarmé. » Ils étaient neuf qui l'écoutaient, inquiets. Ils en avaient interrompu leur repas. Le Crucifié et le fracas persistant de sa Passion avaient occupé une vaste part de leurs réflexions depuis bientôt deux ans. Son histoire était-elle ou non exemplaire ? N'avaient-ils pas été aveuglés par la rigueur de leurs maîtres ? Dosithée répondait toujours vite quand on l'interrogeait sur cette affaire. Mais ne répondait-il pas trop vite ? Ils évoquaient alors le doute de Zophar le Naamathite dans le Livre de Job : « L'homme qui a la réponse toujours prête a-t-il toujours raison ? » Et la réponse de Job : « Ah, si seulement vous reteniez vos langues et que vous laissiez le silence être votre sagesse ! » Dosithée ne s'était-il pas laissé aller à un excès de sévérité envers l'ancien Essénien ? Or Dosithée connaissait ces inquiétudes et ces questionnements à demi tus. Il ne pouvait ignorer que les nouvelles apportées par le voyageur ranimaient leur désarroi. Et ce n'était pas à ce dernier seulement qu'il répondait donc, c'était aux autres aussi bien. Son regard mi-clos parcourut l'assemblée, il recueillit dans la paume d'une main les miettes du pain qu'il avait laissées tomber sur la table et les goba d'un coup, puis les mâcha d'un air méditatif. « Son audace a crû quand il s'est soustrait à nos regards. Comme le révéré maître, il s'est attaqué au clergé de Jérusalem, il a vitupéré les prêtres et il a poussé l'audace jusqu'à faire du scandale dans le Temple. Et comme il était dans le monde, il se livrait à des excès, il se laissait accompagner par des hommes suspects et des femmes sans maris. L'on a, de surcroît, commencé à murmurer qu'il descendait de David, ce qui était folie, puisque ceux qui savent ne pouvaient ignorer que les tables de la descendance de David sont perdues depuis Zérubabbel. Les prêtres se sont alarmés, et quand l'homme a été accueilli à Jérusalem avec les honneurs réservés aux rois, l'issue de l'aventure était écrite : c'était le supplice. Ses partisans étaient assez puissants pour l'en sauver. Trois heures sur la croix ne pouvaient le tuer. »

Un disciple apporta un bol de dattes.

« Il faisait des prodiges », reprit Jonadab, avec un entêtement imprudent.

« Simon aussi fait des prodiges », répondit Dosithée. « Et maintes guérisons que nous avons accomplies passent aussi pour des prodiges. Ne nous appelle-t-on pas en certains pays les Thérapeutes ? Cela signifie-t-il que Simon ou ceux d'entre nous qui savent guérir soient dotés de pouvoirs miraculeux ? » Il tourna son regard de part et d'autre de la table autour de laquelle ses disciples étaient assemblés et il vit qu'ils attendaient une réponse. « Il y a longtemps qu'en Egypte, par exemple, ils ont maîtrisé l'art de chasser les démons[77]. Nous savons tous ici la puissance de l'esprit sur le corps, et nous savons que, lorsque les démons s'emparent d'un esprit, ils rendent le corps malade ; et que, lorsqu'on les chasse, l'exorcisé recouvre la santé. Nous savons aussi que le Crucifié s'est jadis rendu en Egypte et qu'il a été instruit par des prêtres de la religion égyptienne. Nous savons que certains de nos adeptes exorcisent aussi, bien que nous le leur ayons interdit, par la puissance des sept voyelles[78]. Leur pouvoir n'est en aucune sorte un signe céleste[79]. Je vous le demande à tous », s'écria Dosithée, élevant la voix, « si notre devoir est de juger les hommes par les prodiges qu'ils accomplissent, ou bien par leur piété et leur détermination dans le refus de l'injustice ? » Sa voix fit vibrer la toiture. Des tourterelles s'envolèrent. Le silence se répandit, comme si Dosithée avait brisé le vase qui le renfermait.

« N'aurons-nous donc pas de Messie ? » demanda Jonadab d'une voix égale.

« Ce n'était pas celui-là, Jonadab », répondit Dosithée d'une voix sombre. « Jokanaan l'avait déjà compris. » Et au bout d'un temps : « Le nôtre lèvera le glaive[80]. »

« Pourtant, Jésus a dit qu'il lèverait le glaive », dit Jonadab, la tête baissée, poursuivant sa contestation.

« Il ne l'a pas levé », répondit avec force Dosithée, « puisque, tu l'as dit toi-même, on l'a vu à Ctésiphon. Nous n'avons que faire de glaives levés à Ctésiphon. »

Il se leva et son regard embrassa la petite assemblée. « La mouche qui vole détourne l'attention de l'homme faible qui lit le Livre ; il lève les yeux. La parole passe alors comme est passée la mouche. C'est ainsi qu'un homme devient pareil à une mouche. » Puis il se retira et ils demeurèrent longtemps sans parler. Jonadab hochait la tête, mais ce n'était pas de sénilité, peut-être même n'était-ce pas d'approbation.

15

L'OR ET LE VIN

Une fatigue collective saisit les caravaniers entre Bactres et Begrâm[81], sur la rive de l'Oxus[82] et sous les vents glacés qui déferlaient sans relâche des monts de Scythie, au nord, pour ravager les plaines avant de repartir à l'assaut de l'Hindou Kouch. Il faisait déjà tard, les hommes avançaient en grelottant quand les éclaireurs poussèrent des cris et revinrent au galop ; à une lieue de là, dirent-ils, ils avaient trouvé un campement abrité sous un contrefort de l'Hindou Kouch. Quand la caravane y parvint, une surprise l'attendait, car c'était bien plus qu'un campement, quasiment un village, et quand les cavaliers eurent mis pied à terre et interrogé les gardes, il apparut qu'en effet deux caravanes tenaient là congrès, s'étant, elles aussi, rencontrées ; l'une, partie de Chang'an, par la grande route du nord, venait de Kashgar, et l'autre, partie de l'embouchure du Gange, venait de Taxila[83] ; celle-ci avait à Begrâm chargé certaines de ses marchandises, accompagnées de lieutenants, sur les navires qui descendaient l'Oxus jusqu'à l'affluent qui menait à la mer Hyrcanienne[84]. Les chefs caravaniers furent alertés, ils accoururent, ils se connaissaient, et les accolades n'en finirent plus entre eux et Sius. Des tentes supplémentaires furent dressées, des outres de vin furent descendues, des ordres fusèrent de mettre à la broche des moutons, et les caravaniers se félicitèrent bruyamment de la halte. Ne disait-on pas que les marchands s'étaient fait accompagner d'esclaves féminines ? En effet, par l'ouverture d'une haute tente, Emmanuel aperçut une fête autour des girations d'une jeune danseuse, dans des chants mêlés des tintements de sistres et des accords inouïs de luths. Combien de temps avait-il donc fallu pour dresser pareille tente ? se demanda-t-il. Toujours était-il que des esclaves avaient fait chauffer de l'eau et qu'il put se livrer à une toilette sommaire, pour essuyer les poussières du voyage et les graisses de la peau.

Trois tentes furent nécessaires pour abriter les participants du festin. Celle où Emmanuel, Thomas et Indravâti avaient trouvé place accueillait bien une cinquantaine d'hommes, accroupis sur des tapis autour d'un trou dans le sol où, sous une grille de fer, flambait du petit bois. Dessus cuisaient les viandes dépecées, ainsi que des poissons de l'Oxus, sous la surveillance de quatre cuisiniers armés de couteaux à fendre un homme en deux. Embrasés par les chaleurs mélangées du feu, de la chère et du vin, les hommes prirent confiance, des rires s'élevèrent, les inévitables confidences de marchands s'échangèrent, et bientôt des trésors passèrent de main en main, rubis gros comme des œufs et statuettes d'or qui flattaient la paume, le tout au scandale de Thomas qu'effrayaient tant de richesses, et d'autant plus que certaines étaient licencieuses, comme cette statuette d'ivoire féminine dont le détail sexuel était achevé.

« Ils vont s'entre-égorger ! » murmura-t-il.

Mais Emmanuel souriait, regardant autour de lui. Une fois de plus, quels étaient donc les dieux de ces hommes ? Qu'entendraient-ils à la Loi de Moïse et, s'il la leur enseignait, qu'y comprendraient-ils ? Il s'en ouvrit à Thomas, en peu de mots, mais celui-ci, mystérieusement accablé, restait muet. Indravâti tourna vers Emmanuel son regard enfantin.

« Est-ce l'or qui mène l'Asie ? » demanda Emmanuel.

« Nous sommes chez les marchands. L'or est leur métier. Et c'est l'équivalent du vin. Rouler de l'or dans ses mains est pour eux comme rouler du vin dans sa bouche. »

Emmanuel hocha la tête. « Mais ne se reconnaissent-ils pas d'autre désir ? »

« Que voudraient donc les hommes selon toi ? »

« Un Père. » La réponse était venue comme à regret et d'une voix caverneuse. Le froid et la poussière n'avaient pas avantagé la gorge.

« Les désirs changent avec les lieux. Dans les montagnes et dans les plaines du Nord, c'est l'ivresse que les hommes recherchent, et non leur Père. Je sais que tu te réclames d'un père céleste. Si c'était ton Père, il t'aimait. Mais pourquoi donc t'a-t-il abandonné ? »

Un silence succéda à cette question. Cet Asiate se prenait-il pour un maître ? Les plus infimes inflexions de sa voix furent analysées dans la mémoire. Mais non, la question était presque innocente. Le disciple du Bouddha tentait de savoir comment se résolvait la contradiction entre un destin contraire et l'amour paternel. Les reflets de la flamme au centre du cercle d'hommes leur prêtaient des yeux d'obsidienne. La conversation entre Emmanuel et Indravâti n'était qu'un murmure à peine perceptible. Les autres parlaient encore de leurs familles, de leurs gains, de leurs achats, des filles rencontrées aux étapes, des prochaines réserves d'eau, des races de chevaux.

« Le Père sait mieux que le Fils. Je ne connaissais pas ses desseins. Je ne les connais toujours pas. Tout ce que je puis dire est qu'une épreuve n'est pas un abandon. »

On servit enfin du thé pour succéder au vin. Il fut bienvenu, car l'ivresse commençait de réveiller la fatigue. Déjà des convives s'étaient allongés pour dormir. Mais certains y avaient ajouté de l'opium.

« N'y a-t-il donc pas de Père dans ta foi ? »

« Nous avons des précepteurs. Des hommes. »

« Qui vous a créés ? »

« Des dieux contraires. »

« Ne sont-ils pas vos pères ? »

« Nous ne les concevons pas comme tels. Ils nous sont indifférents. Nous tentons de ne pas les irriter. »

Cette boisson âpre finissait par s'imposer, elle décapait les graisses et affermissait le cerveau.

« Ne retournez-vous pas vers eux, pourtant, après la mort ? » demanda Thomas.

L'Asiate fut étonné.

« Qu'en saurions-nous ? Le novice brahmane Upasiva avait demandé au Gautama : "Quand un homme est mort, a-t-il disparu et n'existe-t-il plus, tout simplement, ou bien est-il dans un perpétuel bien-être ?" Et le Gautama répondit : "Quand une personne est partie, il n'est rien par quoi tu puisses la mesurer. Ce par quoi il était possible de parler d'elle n'existe plus ; tu ne peux pas dire qu'elle n'existe plus. Quand toutes les manières d'être et toutes les apparences ont été supprimées, alors tous les moyens de description ont aussi été supprimés[85]." De quoi pourrais-je donc parler ? Je ne sais rien. Je n'ai pas la mesure de ce que tu me demandes d'estimer. »

Des chacals mêlèrent leurs hurlements à ceux du vent nocturne. La nuit parlait du néant, mais aussi du présent, car il ne restait plus rien à quoi mesurer quoi que ce fût, sinon le corps qu'on habitait et le feu qui consumait les viandes et défiait le temps.

« Et ceux qui reviennent à la vie ? » demanda encore Thomas, le regard contrarié. « N'as-tu pas vu mon maître ranimer le caravanier blessé ? »

« Me dis-tu cela pour m'assurer de son autorité ? »

« Mais il l'a ! »

« S'en servira-t-il pour ranimer tous ceux qu'il rencontrera ? »

« Non, il a agi par compassion, ne l'as-tu pas vu ? »

« Adressera-t-il la même compassion à tous les mourants qu'il rencontrera ? »

« Comment le saurais-je ? »

« N'avait-il donc pas de compassion pour notre compagnon Seth ? »

Emmanuel écoutait, pensif. Seth l'Admirable avait couru au-devant de son destin. Et même Dieu laissait les destins s'accomplir.

« C'était donc un accident ? » demanda Indravâti, du même ton égal qu'il avait gardé au long de l'entretien.

« Ce l'était », dit à la fin Emmanuel. Les mots dès lors perdraient leur poids ; il n'avait pas achevé sa réflexion. Il demanda à l'un des lieutenants où se trouvait sa tente. D'ailleurs, les convives se levaient pour aller voir les danses, et lui avait sommeil.

16

L'ANXIÉTÉ DES HÉRITIERS

Jérusalem s'enneigeait. Tout comme la piscine de Siloé, l'étang d'Ezéchias, près de la porte de Jaffa, avait gelé depuis trois jours, au grand plaisir des gamins qui se livraient à des glissades. Les légionnaires romains pestaient contre le faux Orient qui leur gelait les mollets, et les domestiques du Temple, mobilisés en permanence pour assécher le parvis, retenaient mal leurs grommellements car les prêtres étaient tenus d'aller pieds nus. En levant la tête, au défi des flocons dans l'œil, on distinguait au sommet de la tour Antonia, qui dominait ces parvis, les verres fumants, quoi d'autre si ce n'était du vin chaud à la cannelle, dans les mains des légionnaires de garde. L'on pataugeait dans la gadoue mi-gelée qui s'amassait sous les porches et dans les venelles.

Les vallées du Cédron et du Tyropoeion restaient blanches, elles, et seuls deux ou trois incendies causés par des foyers domestiques trop attisés jetaient des taches de couleur dans le paysage.

Dans la petite maison près de la Bethesda, enfouie dans le jasmin et le chèvrefeuille recroquevillés, cinq hommes étaient réunis. L'un d'entre eux, le plus chauve et le plus chenu, s'efforçait de ne pas remarquer le brasero qui brûlait au centre de la pièce ; il se contentait de se frotter les mains, ce qui suscitait un léger sourire chez l'un ou l'autre de ses compagnons, et pour se réchauffer, sortait de temps à autre une main de son manteau pour boire une gorgée au gobelet de vin chaud aux épices posé près de lui.

« Donc Saül a disparu », dit enfin le plus jeune. « Mais en est-on bien sûr ? Il pourrait être en voyage. »

« Personne à son bureau. Personne apparemment à la maison. Pedanius introuvable. »

« Il est à Béthanie », dit l'homme chauve. Les regards se tournèrent tous vers lui, tandis qu'il se frottait les mains.

« Comment le sais-tu, Cephas ? » demanda le plus jeune.

« Il est baptisé de ce matin. Il sera circoncis la semaine prochaine. Voilà des semaines qu'il fréquentait clandestinement nos réunions. »

« On nous l'avait signalé, en effet. Mais nous avons tous conclu que c'était un indicateur. Quelle confiance peut-on faire à un secrétaire de policier ? »

« Aucune. Si ce n'est qu'il n'en est plus un. »

« Je serais surpris que Saül n'ait pas été au fait de sa piété. »

« Selon Pedanius, il l'était. »

« Il l'était ? » s'écria le plus jeune des participants.

« Il l'était », insista l'autre. « Il a sans doute répugné à faire arrêter son propre secrétaire, parce que celui-ci en savait trop sur son compte. »

« Tout de même ! Ces nouvelles sont plus qu'étranges ! »

« De toute façon, Pedanius n'est pas suspect de duplicité. C'est lui qui nous a informés que Saül est en fuite. »

« En fuite ? »

« En fuite. A Kochba. »

« A Kochba ? C'est de plus en plus fort ! Je n'en crois rien ! »

« J'ai pensé comme toi, Jean », répondit Cephas. « Mais le fait est qu'on nous fiche la paix depuis que Saül a disparu, il y a bientôt neuf jours. Sa bande de nervis est démantelée, sans qu'on sache comment. Et nos espions nous ont informés que deux d'entre eux au moins ont demandé à être incorporés dans la véritable police du Temple. »

« C'est une ruse, méfions-nous », dit un autre. « Il était allé à Damas, déjà, pour tenter de faire arrêter Jésus. Il sera à coup sûr parti à Kochba s'informer sur l'extension de nos groupes d'affiliés. »

« Je ne le crois pas, Philippe », répondit Cephas.

« Quelles sont tes informations ? Pourquoi ne nous les as-tu pas communiquées aussitôt ? »

« Parce qu'elles datent de ce matin, et c'est pourquoi j'ai demandé cette réunion. Je voulais qu'elle eût lieu devant Jacques ici présent, puisqu'il est notre chef. »

Le jeune homme assis près du brasero demeura impassible. « Je t'écoute », dit-il enfin.

« Jonadab, qui a été un compagnon de Quoumrân, qui a gardé à notre maître une vénération entière, mais qui conserve des rapports fidèles avec les Esséniens, est rentré de Kochba, où il a vu Dosithée. Celui-ci lui a confirmé que Saül était venu lui rendre visite et qu'il l'avait sommairement instruit, puis qu'il l'avait mandé à un groupe de disciples pour parfaire son enseignement. » Cephas tendit la main vers son gobelet de vin chaud et en but une gorgée. « Je ne vois pas l'intérêt qu'aurait Saül à pareille manœuvre, à supposer que ce fût une ruse. Je ne vois pas non plus l'intérêt qu'il aurait à dissoudre sa maisonnée, car sa femme est rentrée dans sa famille, chez Simon bar Camith. »

Philippe se leva d'un air soucieux pour se chauffer les mains au brasero. Les yeux baissés, il remplit son verre à la cruche de vin chaud posée sur un guéridon, puis se tourna vers l'assemblée.

« Nous devrions », dit-il, « célébrer une victoire. Nous ne porterons certes pas le deuil de l'abandon par Saül de ses menées criminelles. Nous en sommes tous d'accord, Saül, fils d'Antipater, est une parfaite crapule. Ce ne peut être qu'un calcul dicté par l'ambition qui l'aura porté à changer de camp de façon aussi abrupte. »

« Il aura peut-être été saisi par le repentir, c'est un aspect de l'affaire que nous ne devrions pas négliger », observa Cephas.

« Je suis de l'avis de Philippe », observa Jacques. « Même si l'homme a été saisi par le repentir, il convient de s'en méfier. Que prouverait donc le repentir ? Que sa nature est éminemment instable. Car d'une semaine à l'autre, le voilà donc qui passe du statut de bourreau à celui de néophyte. Par la grâce, suppose Cephas. Je l'admettrais à la rigueur, s'il était venu s'en ouvrir à nous et témoigner ouvertement de son repentir. Il n'en a rien été. Chez qui donc a-t-il été s'instruire, apparemment ? Chez les anciens de Quoumrân, et chez certains de nos frères, disciples d'Etienne, qui n'ont certes pas suivi les enseignements de notre maître aussi fidèlement que nous, nous qui avons été présents jour après jour. Cette attitude vous paraît-elle refléter une conversion sincère ? Ou bien plutôt un calcul destiné à nous faire entendre que nous ne sommes pour le moment qu'une quantité négligeable, quitte à devenir plus tard des étrangers, voire des ennemis ? Je vous le demande[86]. »

Un silence suivit cette diatribe. Jacques se servit de vin chaud, Jean et Philippe se levèrent pour faire de même.

« Que proposes-tu donc ? » demanda Cephas.

« Que Philippe se rende sur-le-champ en Syrie pour veiller à ce que Saül n'induise en erreur ni les Esséniens, ni les Nazaréens. Il demandera le baptême, qu'on le lui accorde, à la condition qu'il soit circoncis et qu'il prenne l'engagement solennel de se soumettre à nos directives. J'éprouve les plus grandes inquiétudes à l'égard des initiatives personnelles que Saül prendrait pour asseoir son autorité. Et j'entends qu'on veille également à son instruction. Cet homme est un Romain qui ne connaît même pas la Torah. »

« L'histoire de cette conversion me paraît étrange », observa Jean. Les regards se tournèrent vers lui. Il se pencha, ses yeux bruns s'animèrent, ses mains s'ouvrirent et battirent comme deux ailes de pigeon. Chacun savait qu'il réprimait son impatience naturelle, celle qui l'avait fait surnommer, comme son frère, Fils du Tonnerre. « Reprenons l'affaire. Saül va en Syrie. On ne sait quasiment rien de son itinéraire, ni de son emploi du temps. Mais on sait qu'il est parti muni de lettres patentes de Caïphe pour arrêter des Nazaréens. Tout d'un coup, il change totalement d'attitude et se proclame nazaréen. Nous, ici, nous éprouvons de la méfiance à l'égard de Saül, et elle est justifiée. Moi, je demande quel événement a pu provoquer ce renversement intégral. Car il y a eu un événement. »

« Je l'ai déjà dit, nous ne pouvons exclure la *shekhinah*[87] », dit Cephas.

Mais l'expression de Jean indiquait qu'il n'accordait pas grand crédit à cette explication. « Je serais plus satisfait si Jonadab lui-même venait nous raconter exactement ce que lui a dit Dosithée. Tu as dit à Cephas qu'il était à Jérusalem. Qu'on aille le chercher ! »

« Je pense, en effet, que c'est mieux », dit Philippe. « Je vais envoyer l'une de mes filles. » Et, après avoir demandé à Cephas il quitta l'assemblée pour instruire l'une de ses filles à cet effet. Puis il revint s'asseoir.

« Tu as une hypothèse », dit Jacques, s'adressant à Jean. « Peux-tu nous en faire part ? »

« Je pense que Saül aura vu le Seigneur. »

La réponse de Jean tomba comme un bloc de pierre chu du ciel.

« Veux-tu dire que le Seigneur lui sera apparu ? » demanda lentement Cephas.

« Non, que Saül l'aura vu en chair et en os », répondit Jean, encore plus agité.

« Où l'aurait-il vu ? »

« A Damas. »

« Comment l'aurait-il trouvé ? »

« Par des espions. Saül est un espion. Un flic. Son métier est l'espionnage. Il a des amis et des clients partout parmi les espions. »

« Et alors ? »

« Le choc aura été suffisant pour lui faire prendre conscience de son infamie. »

« Et alors ? »

« Saül estimera que, puisqu'il a vu, lui, le Seigneur, il n'a pas besoin de notre entremise pour chanter ses louanges. »

Un long silence suivit encore. Le ciel changea de nuances. Le vent froid souffla sous la porte. Un domestique apporta une autre cruche de vin chaud.

« Ce que suppose Jean expliquerait à la fois le retournement soudain de Saül et son relatif dédain à notre égard », dit Jacques.

« Attendons Jonadab », dit André, qui n'avait jusqu'alors pas dit mot.

Il arriva près d'une heure plus tard, guidé par la petite fille, éprouvé par le chemin dans le froid. On lui offrit une galette au sésame et un verre de vin. Il s'assit et hocha la tête sans qu'on l'eût interrogé.

« C'est sur Saül que vous voulez m'entendre », dit-il d'une voix cassée. « Il a rendu visite à Dosithée, qui l'a reçu, mais qui le méprise. Les Juifs de Damas le méprisent. Les Nazaréens de Damas aussi. Il reviendra à Jérusalem. » Il mâcha un bout de sa galette et reprit : « Cela dit, Dosithée n'a plus de foi en personne. » Il but une gorgée de vin et insista : « Personne. »

« Personne ? » cria Pierre. « Pas même le Seigneur ? »

Jonadab tourna vers lui ses yeux que l'âge rendait déjà vitreux. Mais l'expression de réprobation désolée n'y était pas moins lisible. « Cephas, nous connaissons les évidences. »

« Quelles évidences ? »

« Jésus n'a pas cessé de tourner en dérision les règles des Esséniens, faut-il te le rappeler ? Les règles de pureté avant de toucher les aliments, les prescriptions du sabbat, et jusqu'aux textes les plus fondamentaux de Quoumrân. »

« Quels textes ? » cria Cephas.

Jonadab prit son temps pour répondre. « Jésus savait très bien l'enseignement relatif aux ennemis ; ne l'ai-je pas, moi, entendu dire, de mes oreilles, en Galilée : "Vous avez appris qu'on leur a dit : 'Aimez votre prochain, haïssez votre ennemi.'" Et il disait : "Aimez vos ennemis, priez pour vos persécuteurs." As-tu ou n'as-tu pas entendu dire cela, Cephas ? » Et ses yeux se tournèrent vers les autres, qui l'observaient, le regard tendu. Il avala le reste de sa galette, avec la lenteur que lui imposait le reste de sa denture. « Or, Cephas, à quel texte faisait-il donc allusion ? »

« Au Lévitique », dit mollement Cephas.

Jonadab poussa un han sarcastique. « Allons, Cephas, cette injonction n'est pas dans le Lévitique, ou bien tu n'as pas lu les Livres. C'est une prescription essénienne. C'était les Esséniens que Jésus contredisait publiquement[88]. Ils ne l'ont pas oublié. Ils l'ont exclu de leur mémoire. Ils ne le portent pas dans leur cœur. Dosithée pas plus que Jean le Baptiste. »

Ils restèrent un moment soucieux, mesurant la portée de ce rappel. Ils avaient pressenti l'hostilité des Esséniens, ainsi que celle des disciples du Baptiste. La visite de Saül auprès de frères ennemis n'en devenait que plus contrariante.

« Dosithée sait-il la raison du retournement de Saül ? » demanda Jacques.

Jonadab hocha la tête. « Saül dit avoir vu le Seigneur. A Damas. Dosithée ne le croit pas. Il tient Saül pour une hyène. Néanmoins, il l'a instruit. A contrecœur et dans un esprit de duperie. Il espère l'avoir égaré. » Il but une longue gorgée de vin. « Saül est non seulement méprisable, mais encore trop laid pour mériter l'instruction[89]. »

Ils se radossèrent tous, dans un geste presque imperceptible.

« Et Saül a-t-il vu le Seigneur ? » demanda Jean.

« Il l'a vu lors de sa première visite à Damas, il y a douze semaines. Les soldats de l'éparque Omar en témoignent. Il a même essayé de le faire arrêter. Mais Dosithée n'y croit pas. »

« Au diable Dosithée ! » s'écria Jean. « Il l'a donc vu ? »

« Il l'a vu, te dis-je. »

Jean poussa un soupir de colère. « J'avais donc raison ! » grommela-t-il.

« Qu'importe ? » demanda Jonadab en vidant son verre de vin. « Jésus est au-delà de Ctésiphon. Il est même au-delà de Bactres à l'heure qu'il est. Il est avec Thomas. Si Saül est ce que nous supposons tous, c'est-à-dire un ambitieux qui cherche à vous déposséder de vos titres d'apôtres, il faudra qu'il vous revienne. Il reviendra, forcément, pour quérir auprès de vous une légitimité. »

« Nous le chasserons ! » s'écria Cephas.

« Vraiment ? » demanda Jonadab, en retirant une sandale pour se masser le pied.

« Nous le chasserons ! » cria Cephas avec encore plus de colère. Et il se lançait dans des imprécations sous le regard sceptique de Jonadab quand Jacques l'interrompit.

« Il deviendrait encore plus dangereux. Je reste de

l'avis que j'ai dit : il faut que Philippe se rende à Kochba et, tout en évitant un conflit avec Dosithée et les Esséniens présents là-bas, donne à Saül l'illusion que nous sommes dupes de son jeu. »

« Et Barnabé ? » demanda Cephas.

« Nous lui en dirons le moins possible », dit Jean.

La phrase était de trop. Jacques signifia, en se levant, que la réunion était terminée. Il se dirigea vers la porte et l'ouvrit d'un geste las. Il fut rejoint par Jean, qui s'appuya sur son épaule, et il lui posa la main sur la tête en signe d'intelligence. Ils s'enveloppèrent dans leurs manteaux. La neige aussi s'était lassée de tomber. Le monde ressemblait à un lit froid après une nuit d'amour.

17

AUTRE CONVERSATION ENTRE DEUX GRECS

« Voyager, toujours voyager, jamais n'avoir le même lit ! » maugréa Ion, en pataugeant dans la gadoue où Palmyre semblait s'enfoncer. « Les bottes détrempées, les articulations qui grincent, le hasard des auberges, la compagnie des punaises et des cancrelats, des fous et des fâcheux, des bavards et des voleurs... »

« Rentrons donc à Corinthe, comme tu sembles le souhaiter, ainsi que deux couards que l'âge a précocement frappés sur le chemin, faisons du vin avec les regrets de ce que nous n'aurons pas vu », répondit Eucrate, cherchant du regard l'auberge promise, qui semblait, en effet, avoir disparu de la Terre, à mi-chemin entre le Temple de Déméter et les arènes.

« Mais enfin ! » protesta Ion, d'une voix, il était vrai, moins acerbe.

« Nous sommes payés pour cela. Découvrir, inventorier, décrire. Notre sort est plus enviable que celui des soldats voués à rendre l'âme sous la flèche qui a transpercé l'un des vaisseaux du sang, ou bien rongés par les miasmes qui les font verdir avant que leurs genoux fléchissent. »

« Fort bien. Et que voyons-nous ? » rétorqua Ion, en s'enveloppant dans sa cape cirée. « Des rois, des temples, des escrocs et des dupes, des aubergistes et des putains... »

« Tu as déjà fait cet inventaire-là, Ion, et je te crois insincère. Ce contre quoi tu protestes, il me semble, n'est pas la monotonie, mais au contraire le constant changement. Il te faut sans cesse t'adapter, et je conçois que cela soit fatigant pour un homme jeune qui cherche, à la fin, son confort. »

« Je cherche mon confort ? » cria Ion, en s'arrêtant.

« A tous les stades de la jeunesse, on se persuade qu'on en sait assez pour manger les fruits de son jardin. On aspire à s'asseoir enfin, comme un aîné. Ce n'est qu'au fil du temps qu'à la fin les yeux se dessillent : la route est infinie et les seuls fruits qu'on mangera avec plaisir sont ceux des arbres qu'on n'a pas plantés, le long de chemins inconnus. On se marie pour être sûr de sa chair et de sa chère, et l'on se trouve domestique. On fait des enfants pour l'illusion de survivre et l'on trouve des étrangers dans la maison. On comble ses amis de cadeaux, dans l'espoir de leur fidélité, mais il en est qui trouvent de plus généreux. Et l'on se souvient alors de la putain qui avait le corps plus moelleux que votre femme et la caresse plus experte, du cuisinier qui vous fit un rôti comme il n'y en aura jamais dans votre ville, de l'échanson qui, de son bras de marbre ambré, vous servit un vin digne de Zeus et que, de surcroît, ses yeux avaient chauffé. Et l'on se dit encore qu'entre l'Oxus et le Pont, ou bien sur une côte de Lycie, ou bien encore à l'ombre d'une statue à Artaxate, il y avait un baiser qui vous attendait pour combler votre faim, des fruits pleins de jus qui étancheraient votre soif, un pain qui aurait le même goût que celui de votre enfance. Mais voilà, le loup s'est domestiqué pour être assuré de sa pâtée, il est gras, mais il porte un collier, il est choyé, mais ses oreilles ne se dressent plus. L'on est désormais asservi, la famille et la cité vous tiennent et nul ne vous affranchira. Voici l'auberge. »

Elle était masquée par des bosquets épais, selon les renseignements qu'on leur avait donnés et qui n'étaient donc pas si faux. Ils tirèrent les chevaux, qui étaient rendus, poussèrent la porte et furent dévisagés par un aubergiste amène et ventru, coiffé d'un bonnet de feutre et qui baignait dans une odeur de graisse frite ; ils demandèrent l'écurie et une chambre. Un palefrenier fut hélé, un domestique dételа leur bagage et les conduisit vers une chambre ; elle était sèche, crépie de neuf, garnie de paillasses fraîches, et ils lui glissèrent la pièce. Il s'empara prestement de leurs manteaux et les devança vers la salle, où il mit les vêtements à sécher devant un âtre à rôtir un bœuf. Leur repas fut simple, une soupe de lentilles chaude à l'oignon jeune, un ragoût d'agneau et des radis en guise de salade.

« Mais de quelle utilité est donc notre travail ? » demanda Ion, quand il se fut rasséréné, que les lentilles eurent chauffé ses entrailles et que ses bottes eurent perdu leur déplaisante humidité, quand le vin local enfin, une piquette plus rose que rouge, qui fermentait curieusement mais plaisamment, lui eut rendu quelque civilité. « Qui nous lira ? Et qui y trouvera de l'intérêt ? »

« Les mêmes que ceux qui trouvent du plaisir à écouter Homère. Et quand je dis plaisir, j'entends même ivresse. L'être humain a besoin de savoir, il a même besoin du savoir, parce que cela exalte le sentiment de son pouvoir. L'homme qui sait n'est supérieur à l'ignorant que parce qu'il est plus puissant que lui. Voilà pourquoi les tyrans craignent tant les philosophes, et pourquoi les philosophes courent après les tyrans. »

« Nous risquons donc nos vies à traverser des fleuves en crue et affronter des peuples inconnus parce que nous sommes au service de l'ambition humaine », dit Ion, d'un ton acide, en piquant le couteau dans un morceau de ragoût.

« Peut-être pouvons-nous nous accorder quelque crédit, Ion. Je veux espérer, en effet, que le savoir que nous avons acquis, nous l'avons apprécié sans espoir de puissance. »

« Exemple ? » demanda Ion, en vidant son verre.

« Nous avons appris de ce prêtre mède rencontré à Pétra qu'à l'aube de l'humanité, les Sumériens usaient du même signe pour désigner l'étoile et le dieu[90]. Pour eux, l'étoile était un dieu, et l'idée que les dieux sont célestes a procédé du fait que ces lumières lointaines et éternelles sont situées dans le ciel. Nous avons aussi appris de cet autre prêtre égyptien, rencontré à Thèbes, que le pharaon se faisait, aux temps anciens, construire une barque pour porter son âme vers les étoiles. »

« Qu'en déduisons-nous ? » demanda Ion d'un ton indifférent, affectant cette expression d'hilote qu'il tenait sans doute pour l'expression d'un bon sens sceptique.

Le regard vague, comme déconcerté par la sottise de cette pose, qui ne manquait jamais de l'agacer, Eucrate prit son temps pour répondre. Il chiffonna dans son ragoût, se servit de vin, puis croqua un radis et consentit à répondre : « Que l'idée de la divinité est née du sentiment de la faiblesse humaine en regard des puissances de l'univers. Qu'elle fut donc tributaire de la terreur sacrée qu'inspiraient ces feux célestes. Qu'à lever les yeux, l'homme eut conscience de sa fragilité et conçut le besoin de s'allier la faveur des étoiles. »

« Une sotte idée de plus », observa Ion, tout en mangeant.

« Une idée n'est sotte que si elle ne correspond à aucune réalité », rétorqua Eucrate d'un ton agacé.

« Et à quelle réalité correspondrait donc celle-là ? » demanda Ion avec une pointe d'insolence.

« A la peur ! »

« La peur est une réalité ? »

« Elle est certainement plus réelle que tes poses de cynique à la mode », répondit Eucrate, réprimant son impatience.

« Nous savons, nous, que les dieux n'existent pas. Je persiste donc à dire que c'est une idée sotte que de penser que les dieux sont des étoiles. »

« Je voudrais savoir qui donc, l'autre jour, quand nous longions sous la pluie un chemin glissant, large comme la main, au bord d'un précipice, qui donc, si ce n'est le jeune Ion, a promis une offrande splendide à Hermès, dieu des voyageurs, si celui-ci le tirait de ce mauvais pas ! » s'écria Eucrate, le visage assez rouge.

« Ne t'agite donc pas tant, et le moment de faiblesse que j'ai eu ne saurait témoigner de ma crédulité. »

« C'est toi dont le voyage a agité les humeurs », rétorqua Eucrate.

« Tu crois donc aux dieux ? »

« J'ai besoin de penser qu'il existe une entité qui m'est supérieure et me survivra. »

« C'est donc ton besoin qui crée les dieux ? »

« Sans doute », dit Eucrate, un peu apaisé parce qu'il retrouvait enfin chez son compagnon quelque capacité de raisonnement.

Ils achevèrent leur repas en silence. Puis Ion dit : « Comment faut-il donc entendre les récits qu'on nous a faits ici et là sur un certain Jésus, qui aurait été le fils du Dieu des Juifs, qui a été crucifié et qui serait ressuscité ? »

« Il faut pour cela connaître la religion des Juifs, que nous n'avons pas étudiée. Ces gens-là souffrent de leur servitude et des tribulations subies depuis la chute de leur idyllique royaume de David, il y a quelque huit siècles. Ils ont dès lors commencé à se persuader que leur divinité condescendrait à venir à leur secours sur la Terre en s'incarnant dans une apparence humaine. Ne commence pas à ricaner, car notre religion abonde en exemples d'incarnations divines. Leur espérance de cette incarnation s'est exacerbée de plus en plus depuis trois ou quatre siècles. Comme il n'est pas d'exemple d'espérance qu'un homme ne finisse par incarner, c'est ce Jésus qui, pour certains d'entre eux, a fini par apparaître comme le personnage céleste attendu. »

« Pourquoi alors l'ont-ils crucifié ? »

L'aubergiste vint poser sur la table un bol de dattes et d'oranges confites. Les dîneurs achevèrent leur vin en goûtant le contraste entre l'âpreté miellée de ce dessert et le vin, qui était résineux.

« Vieille histoire ! » répondit Eucrate à la question d'Ion. « Dans toutes les infortunes publiques, il est des groupes d'hommes qui tirent prébende de leur collaboration avec la puissance dominante, et il se trouve que là, c'était le clergé juif. Tout appel au réveil des consciences des citoyens sonne aux oreilles de ces gens comme un appel à la révolte contre leur propre pouvoir. L'homme a été condamné et mis au supplice par les soins de ce clergé. »

« Mais comment aurait-il pu ressusciter ? » s'écria Ion.

« Qui a dit qu'il était ressuscité, sinon les Juifs que nous avons rencontrés ? Il fallait, pour conforter leur présomption que la divinité était bien venue à leur secours, exciper d'un phénomène surnaturel, et ce ne pouvait être que la résurrection de leur héros. »

Ion bâilla et Eucrate demanda du vin chaud aux épices pour mieux le disposer au sommeil.

« L'esprit humain est prompt aux inventions », poursuivit-il. « Il n'est qu'à évoquer l'histoire bien de chez nous d'Harmodios et d'Aristogiton. »

« C'étaient des rebelles, eux aussi, non ? Je ne me souviens plus très bien... »

Eucrate sirota son vin chaud. « Harmodios était un beau garçon, amant d'Aristogiton. Hipparque, qui était le frère cadet du tyran Hippias, jeta son dévolu sur lui. Harmodios l'envoya promener. Pour se venger, Hipparque injuria la sœur d'Harmodios lors d'une cérémonie publique. Là-dessus, voilà nos deux amants qui jurent de se venger et d'assassiner aussi bien Hippias le tyran que son frère Hipparque. Lors d'une empoignade, Harmodios assassine, en effet, Hipparque, et les gardes lui rendent la pareille sur-le-champ. Puis ils arrêtent Aristogiton et le dépêchent aussi. Vingt ans passent et l'on fait des deux amants les héros de la rébellion contre la tyrannie, alors que le sentiment politique n'y était pour rien, c'était une affaire de dépit amoureux. Mais on leur élève des statues, Périclès conforte la légende, puis encore Alexandre, et depuis lors tout le monde prend Harmodios et Aristogiton pour des héros de la démocratie. »

« Donc, l'esprit public tend à embellir les faits », dit Ion, en s'étirant et en bâillant encore.

« Un homme seul rêve, deux hommes qui rêvent se racontent des histoires, trois hommes qui rêvent créent un mythe », répondit Eucrate. « Mais levons-nous. J'ai le sentiment que d'ici peu je parlerai à un dormeur. »

Il se leva frileusement et pria l'aubergiste de faire porter un brasero dans la chambre.

« Je dormirais une semaine entière », dit Ion en traversant la cour gelée. Mais il s'arrêta pour regarder le ciel, qui était clair et richement étoilé. « Voilà donc des myriades de dieux qui nous observent », murmura-t-il. « Viendront-ils à notre aide ? »

« S'ils le faisaient », observa Eucrate en précédant le domestique qui portait le brasero dans la chambre, « ce seraient des dieux personnels, et dans ce cas ils ne seraient pas tout-puissants, c'est-à-dire que ce ne seraient plus des dieux. Car s'ils étaient tout-puissants, ils refuseraient d'intervenir dans l'ordre du monde pour le bénéfice de quelques humains. » Il donna la pièce au domestique, verrouilla la porte, et la nuit de Palmyre mit fin aux bavardages.

18

CE QUI EST ÉCRIT AU CIEL ET CE QUI EST CONNU SUR TERRE

La halte à Alexandrie-du-Caucase[91] revêtit les apparences d'un rassemblement entre les nations. Bien avant les abords de la ville, la vallée qui menait à Paropanisadée[92] parut, en effet, envahie par une population entière en mouvement, militaires, marchands d'Orient allant en Chine ou en Inde et d'autres, de ces deux pays, allant vers l'Occident. Des ravitailleurs venus de Paropanisadée, qui apportaient du vin, du pain frais et des légumes, car Alexandrie, débordée, s'en trouvait à court, racontèrent que de l'une à l'autre ville ce n'était qu'un fleuve d'hommes, de chameaux et de chevaux, et qu'on ne pouvait aller qu'au pas. En effet, une conjonction exceptionnelle avait d'abord fait que deux expéditions militaires du roi koushân Kadphisès[93] se croisaient, l'une venant de l'ouest et l'autre de l'est, et avaient décidé de faire halte au même endroit pour soigner des blessés et des malades de dysenterie. Puis, la caravane de Sius y trouva deux autres ; l'une venait de Barbaricon par Taxila, où se rendait Sius, pour gagner Ctésiphon, Palmyre et Tyr, et l'autre allait vers Barygaza[94] et s'était attardée à Alexandrie pour y acheter des chameaux, ses montures étant accablées de faix excessifs. L'on finissait par se demander si l'on sortirait jamais de ce bazar inextricable, où les militaires koushâns, pour la plupart Scythes et Parthes, reconnaissables à leurs tignasses rousses ou blondes, croisaient non sans surprise des esclaves noirs amenés de la côte des Malabars pour être vendus à Rome et des danseuses blondes de Béotie, et où des perroquets excédés rivalisaient de caquetages furibards avec des paons et des singes sous les jambes des chevaux affolés, au désarroi de soldats blessés, mal pansés et fiévreux. Les gens cuisinant au hasard de leurs appétits, et les restaurateurs d'occasion le faisant, eux, à toute heure, le nombre des feux suffisait à éclairer la vallée dès le crépuscule, et il fallait s'avancer loin dans les parages pour ne pas enjamber çà et là des dormeurs, des amoureux basculés au sol ou des blessés acariâtres. On rôtissait ici une dinde ou une saucisse, on pansait là un cheval, ailleurs on entremettait ou l'on tâtait des tapis, des bijoux, des statuettes indécentes ou des dieux d'ivoire ou de corail. Les gens, d'ailleurs, s'accommodaient fort bien du charivari. Les nomades, et tout le monde ici l'était, se souciaient du temps comme d'une guigne ; c'était là leur façon d'être sédentaires ; ils fussent restés jusqu'à ce que la neige ou la grêle les eussent chassés vers d'autres parages. Finalement, les commandants scythes des deux expéditions assurèrent qu'ils seraient partis dans deux jours et que, dès qu'ils auraient levé le camp, les routes redeviendraient praticables. Sius et les autres chefs caravaniers consentirent donc à cette nouvelle halte sans trop de mauvaise grâce.

Il n'en fut pas de même pour Thomas. La fatigue du voyage et la confusion à l'étape lui altérèrent l'humeur. De mélancolique, il devint maugréant au fur et à mesure que le jour avançait. Il marmonna que la fin du monde, à ce train-là, était impérieuse. Les caravansérails refusaient du monde ; où dormirait-on donc ? Quand il fut avéré que la mêlée durerait jusqu'à ce que la soldatesque déménageât, et qu'on devrait donc dresser des tentes, car la pluie menaçait, Emmanuel intercéda auprès de Sius pour qu'on accordât à Thomas un abri où coucher. Et bien qu'il n'eût guère de loisir pour un voyageur ronchon, Sius consentit à faire dresser une tente sur-le-champ, accompagnant sa décision d'un sourire signifiant que c'était là une faveur de seigneur à seigneur.

Le soir tomba dans un amas de linceuls cramoisis et pourpres, et Thomas put enfin aller s'étendre sous une tente. Enseveli dans ses couvertures et son manteau, il s'y endormit aussitôt. Emmanuel prit aussi le repos que lui consentait un remous d'idées comparable au chambard extérieur. Ayant appris que des commerçants astucieux avaient apporté des cabanes de bains, où l'on pouvait au moins se laver sommairement, sinon procéder à des ablutions comme en offraient les bains de la ville, mais ceux-ci étaient loin et sans doute combles, il s'en mit en quête. L'habitude des ablutions avant le sommeil avait survécu à toutes les souffrances ; le fait était que nettoyer le corps vivifiait les idées. Après avoir erré parmi les étals de cochonnailles et les rôtisseries improvisées, les troupeaux de chameaux philosophiquement accroupis, les cabinets de fortune de rebouteux et médicastres, et les tentes déjà dressées où les caravaniers s'apprêtaient à festoyer, il trouva, en effet, deux ou trois cabines sur roues, attelées à des mulets. Là, moyennant la pièce, des baigneurs offraient de l'eau chaude, du savon et les services d'un gamin frotteur de dos. L'usage de serviettes était en sus. S'étant donc lavé et fait étriller par un chenapan simiesque, il se trouva le sang plus vif et poursuivit ses déambulations dans le faubourg spontané qui joignait deux villes et dont, trois jours plus tard, ne resteraient plus que des crottins de chevaux, des trous de piquets dans le sol, des ordures et des restes de feux noircis.

Les spectacles le captivèrent. Les contrastes de races, de coutumes et de langues suscitaient un mascaret permanent. Personne ne semblait parler une langue uniment : des bribes de parthe complétaient un discours en araméen, un autre dans une langue inconnue, était-ce le maharashtri, le magadhi ou quelque autre langue du Nord, allez savoir, se voyait impromptu transcrit en brahmi ou en sanscrit, avec des mots de grec ou d'araméen, ces échanges ponctués de gestes, de déploiements de mains, de regards et mimiques. Ces gens voulaient échanger des idées, des désirs, peut-être des sentiments. Leurs fraternités jalouses, confondues dans le besoin de solidarité et le souci violent de leur intégrité tribale, mélangeaient ainsi sans cesse le chaud et le froid. Ils se donnaient et se reprenaient dans un mouvement pareil à celui de la mer. Sans doute, par-dessus leurs têtes, leurs dieux, cornus, ailés, sabotés, lisses ou velus, jouvenceaux et barbons, mâles et femelles, entretenaient-ils des querelles parallèles.

Les nourritures partout mises à cuire lui donnèrent faim. Il songea à Thomas et retourna à la tente. Son compagnon y gisait comme un enfant malade. Emmanuel lui posa la main sur l'épaule. Thomas se retourna, soupira, leva les paupières sur un regard terreux, Emmanuel lui parla des bains et de la nécessité de se nourrir, Thomas soupira encore, se leva et Emmanuel l'accompagna à la cabine de bains. Thomas souffrait. Quand il se fut lavé, ce qui ne lui allégea pas l'expression, ils se mirent en quête d'une nourriture qui leur convînt ou qui, plus exactement, convînt à Thomas. Enfin, dans une taverne d'occasion, qui s'était même transportée sur les lieux avec des bancs et des tables, ils arrêtèrent leur choix sur des brochettes de volaille alternées de morceaux de tubercules ressemblant à l'okra. On leur servit une bière douce et mousseuse.

« Es-tu malade ? » demanda Emmanuel.

« Sans doute. »

Mais le ton de Thomas exprimait plus le ressentiment que la doléance. Tout d'un coup, une foule s'amassa autour d'eux, et elle affluait, les visages illuminés par l'expectative, vers une tente à brève distance.

« Allons voir », dit Emmanuel.

« J'ai trop vu », répondit sombrement Thomas.

Mais Emmanuel feignit de ne pas l'entendre et se dirigea vers la tente où, des tréteaux l'indiquaient, se donnait un spectacle. Thomas le suivit comme à regret. A la porte, on leur demanda un droit d'entrée. Emmanuel tendit la main vers Thomas qui, le visage crispé, donna les pièces. Ils entrèrent et s'assirent sur des bancs de fortune, bientôt bousculés par la foule qui leur jetait sur les épaules des corps trébuchants, hilares, excédés ou passifs. Un coryphée plein de faconde débita, devant un rideau de fortune, un texte à coup sûr éloquent, mais dont la teneur échappa à Emmanuel et à Thomas.

« Que dit-il ? » demanda Emmanuel à son voisin, qui semblait parler grec.

« Nous allons voir une pièce sur le dieu Siva », répondit l'autre. « Siva est le dieu de la Danse, il mène le monde par la danse. »

Un orchestrion d'instruments inconnus préluda, sur un rythme d'une mesure et demie, des tambourins le scandaient en syncopes. Le rideau se leva sur un homme immobile et presque nu, peint de rouge. Il portait un masque grotesque, exprimant une joie féroce. Les babines rouges, sous les naseaux dilatés et les yeux exorbités, se retroussaient sur des dents étincelantes. Des sistres rutilèrent ; l'homme battit du talon. Une flûte chanta ; l'homme ondula du bras. Des cordes miaulèrent ; ce fut alors le torse qui ondula. Les tambours battirent ; les jambes s'animèrent. Tous les instruments se mirent en jeu, et le personnage entier fut saisi d'une fièvre ondulatoire et reptilienne. Une obsédante monotonie commandait ses mouvements, sans pourtant jamais se répéter exactement et tout en s'accélérant imperceptiblement. Entra un danseur au corps peint de noir et masqué de noir. Les danseurs mimèrent un duel. Le noir attaqua le rouge, mais celui-ci, débordant d'énergie, serpentin jusqu'au bout des phalanges, l'assomma du talon et du poing, le jeta à terre et le piétina. L'autre se releva pour un nouvel affrontement et un danseur, vert celui-là, entra en scène. Il s'en prit au rouge, dont il devenait évident que c'était le dieu Siva lui-même en proie aux menées de démons. Le noir et le vert s'allièrent pour attaquer Siva, mais celui-ci les jeta à nouveau au sol, sans jamais perdre son rythme.

Emmanuel devinait l'argument de la fable. La vie triomphait de la mort, par l'ivresse de l'être qui se fond dans l'Etre. Il connaissait Siva par les récits des voyageurs : c'était la forme hindoue du Grec Dionysos, autre danseur, autre unificateur des principes contraires[95]. Lui, Emmanuel, il n'avait pas dansé ; il s'était rebellé contre le mensonge, dont l'excès eût dû annoncer la Fin. Et la Fin n'était pas venue. Les innombrables clochettes pendues aux bracelets qui cerclaient les jambes des danseuses jusqu'aux chevilles emplirent l'air de tintements, les flûtes et les tambours scandaient l'accélération du mouvement. Le discours monotone des instruments disait l'éternel recommencement de tout. Mais il n'avait guère prévu la troisième partie du spectacle. Les génies noir et vert dévêtirent le rouge du mince ornement qui préservait ses parties. Siva apparut alors nu. Et il dansa, frénétique et pourtant maîtrisé, souple, lisse, lascif. Homme et femme, il incarnait le mouvement et le sexe confondus. Les danseurs noir et vert répétaient ses gestes, comme s'ils n'avaient été que ses vibrations, et cinq danseuses apparurent alors en scène, les seins nus, le reste à peine plus voilé par des franges de perles et de sequins. L'assistance cria et battit des mains. Soutenu par des cordelettes d'argent, le sexe de Siva atteignait à l'érection tandis que le dieu enlaçait les danseuses...

Thomas, le visage crispé, se leva et quitta le spectacle avec une brusquerie qui lui valut des horions de spectateurs bousculés. Emmanuel sortit plus tard, avec la foule. Il déambula parmi les dédales de cette cité improvisée autant qu'éphémère. Le point de rupture avait été atteint ; Thomas rejetait le monde. Emmanuel retrouva malaisément la tente qui leur avait été assignée, en souleva la portière et aperçut les dormeurs en proie à des songes sonores ; il s'assit au-dehors et regarda le ciel. Les étoiles clignaient leurs yeux de cyclopes. Elles dansaient, elles aussi. Elles appartenaient à tous les danseurs, comme ceux qui célébraient, dans la nuit de Bactres, le souvenir de Zoroastre, servants d'une roue immense qui tournait à l'infini. Elles appartenaient à tous les hommes et tous les dieux. Il somnola et rêva qu'ayant tendu la main, il en avait cueilli une poignée et qu'elles grésillaient dans sa paume. La voûte céleste avait basculé quand la silhouette obscure de Thomas apparut, voûtée et trébuchante. Cette ombre éplorée buta sur le pied d'Emmanuel qui ressaisit le noctambule et l'aida à s'asseoir.

« Je devrais être déjà mort », murmura Thomas dans un gémissement.

« Es-tu malade ? »

« De tout mon être. »

« Est-ce la fatigue du voyage ? »

« C'est la fatigue de mon âme. Ce n'est pas un voyage, c'est une malédiction, c'est l'errance d'un mort dans le Shéol. Nous traversons sans but des contrées odieuses pleines d'adorateurs de faux dieux, pratiquant des coutumes obscènes ! »

« Ces contrées existent, ces gens aussi, on ne peut tous les maudire », répondit Emmanuel.

« Et notre Dieu ? » s'écria Thomas. « Comment crois-tu qu'il les considère et nous considère, nous aussi, qui avons assisté, comme ce soir, à des abominations ? »

« Lequel de nos dieux ? » demanda Emmanuel.

Thomas parut interdit. « Qu'as-tu dit ? » demanda-t-il d'un ton scandalisé.

« J'ai demandé lequel de nos dieux considère ce monde ? »

« As-tu perdu la raison ? »

« Pas du tout. Rappelle-toi le chant de Moïse dans le Deutéronome : "Quand le Tout-Puissant assigna aux peuples leurs lots, quand il sépara les fils des hommes, fixant les frontières entre les peuples, selon le nombre de fils d'El, la part de Yahweh fut son peuple, Jacob le lot de son héritage[96]." N'est-ce pas assez clair ? »

« El et Yahweh n'ont-ils pas partie liée ? »

« A coup sûr. Mais Yahweh est le Dieu des Juifs. El connaît d'autres dieux. »

« De qui donc es-tu l'envoyé ? » cria Thomas.

Emmanuel se passa les mains sur le visage. « Le sais-je ? Si c'est d'El, ces hommes que tu méprises sont aussi mes frères. Si c'est de Yahweh, il me faut alors leur parler de lui. Mais ai-je pour autant le droit d'insulter leurs dieux ? »

« Et quelle était l'infâme bacchanale à laquelle nous avons assisté ce soir ? »

« C'était la danse du dieu Siva. »

« C'était la danse même de Satan ! » grommela Thomas.

« Il est le dieu de la Création et celui de la Mort, il unit les contraires », répondit Emmanuel. « Nous arrêterons-nous aux noms et aux lettres, ou bien faudra-t-il que nous ne prenions de repos que lorsque l'univers entier parlera hébreu ? »

La nuit s'avançait, les bruits s'estompaient, les habitants de ces faubourgs de songe retournaient vers leurs lieux de sommeil. Des chiens hurlèrent, ou peut-être était-ce leurs ancêtres les loups.

« Je ne te reconnais pas », murmura Thomas. « Tu n'es plus le même. Jadis, avec toi, le monde était clair et simple. Il est devenu pour moi confus. Tu pactises avec l'étranger, voire avec l'ennemi. »

« Le seul étranger que je connaisse est celui qui se ment à lui-même », répondit Emmanuel.

« L'homme qui adore de faux dieux n'est-il pas le serviteur du mensonge ? »

« Ai-je le droit de dire que le dieu de l'étranger est un faux dieu ? Le Dieu de mon peuple est un vrai dieu et c'est mon Dieu, mais je n'ai plus de peuple. Je suis seul et libre. »

« Et moi, moi ? » murmura Thomas. « Que vais-je faire ? Qu'adviendra-t-il de moi ? De voyage en voyage et de ville en ville, je me délite, je m'effrite, je deviens comme le sable au-dedans ! Je ne sais plus ce que je savais, il m'advient de prier pour me souvenir de la prière ! Je n'ai pas ta force. »

« Tu penses à me quitter », dit Emmanuel.

« Si je ne te quitte pas, je me quitte. Et si je te quitte, je meurs. »

« Il est des graines qui tombent de l'arbre et qui doivent germer à son pied, il en est d'autres qui sont faites pour voyager avec les oiseaux et le vent. L'essentiel est qu'elles germent. »

« Si je suis loin de toi, je ne saurai que dire ce que tu m'avais jadis enseigné. Serai-je alors loin de toi ? »

« C'est de toi-même qu'il ne faut pas t'éloigner, Thomas. Ce que tu diras au nom du Père et en mon souvenir, cela sera juste, si les mots viennent de ton cœur. »

Emmanuel tourna son regard vers Thomas ; celui-ci pleurait.

« C'est comme si je mourais », dit Thomas.

« Il n'est pas de mort, il n'est qu'un changement. J'étais né avant de naître, je l'ai dit[97], tu ne mourras que si la parole meurt en toi. Il n'y aura jamais que la vie dans le cœur des justes. » Et plus tard : « La vie et parfois la colère. »

« Mais où irai-je, maintenant ? » cria Thomas.

« Là où ton cœur sera en paix. »

« Comment serait-il en paix loin de toi ? »

« Tu trouveras la paix en disant la parole que je t'ai enseignée. Il est dans ces régions des villes où les Juifs sont présents depuis des temps anciens. Ce sont les tribus perdues d'Israël[98]. Va et enseigne-leur ce que je t'ai appris. » La fatigue les gagnait. « Il est temps de prendre du repos. Nous aviserons demain. »

« Où iras-tu ? »

« Jusqu'aux confins de ce monde. »

« Me rejoindras-tu là où j'irai ? »

« La parole nous réunira. Maintenant, il faut prendre du repos », dit Emmanuel en se levant.

« Que cherches-tu ? Tout n'est-il pas dit ? » demanda Thomas en se levant aussi, la main sur le bras d'Emmanuel.

« Tout a été écrit au ciel mais, sur terre, nous n'en connaissons qu'une infime partie[99]. »

19

LA ROUTE D'ALEXANDRE

Comme ils l'avaient donc promis, les militaires levèrent le camp deux jours plus tard pour regagner leurs garnisons. Après l'heure de midi, quand le dernier triaire de la dernière phalange eut disparu à l'horizon, dans les grincements des roues du dernier chariot, des besaces déchirées, des gourdes cassées, les taches calcinées de feux à peine éteints, des champs de crottin, des pansements noircis par le sang et des marchands garnis d'ecchymoses résultant d'explications avinées, mais enrichis par des pièces étrangères, témoignèrent encore de leur passage. Les chefs des deux caravanes prirent leurs dispositions pour un départ à l'aube du lendemain. On respira. Les caravaniers purent reprendre leurs trocs sans trop craindre les regards de la soldatesque.

Après leur départ, on s'avisa de la présence d'un ministre du roi Gondopharès, arrivé la veille pour conférer avec les généraux des expéditions militaires. Pour consoler les caravaniers du retard et des encombrements encourus, il organisa pour le soir même un festin auquel il convia les chefs des caravanes et leurs lieutenants les plus dignes d'une agape somme toute princière. Sius pria donc Emmanuel et Thomas de bien vouloir être ses commensaux. Gondopharès, comme Sius l'apprit à Emmanuel, régnait sur le Pendjab et le Gandhara, et son palais était à Taxila[100]. Familier des caravaniers, le ministre, qui se nommait Eban, était un Parthe, comme son maître. Râblé, solennel mais avenant et les yeux plissés d'un finaud, l'homme était toutefois informé des idées, des religions et particulièrement, des personnes présentes dans la caravane. Un regard adressé à Emmanuel lors de l'entrée des convives sous la tente damassée qu'il avait fait dresser, témoigna qu'il était avisé de la présence d'un homme remarquable. Et de fait, ayant pris à sa droite et à sa gauche Sius et le chef de l'autre caravane, il pria Emmanuel de s'asseoir en face de lui, lui assignant de la sorte une place d'égal selon les coutumes de son pays.

Eban avait fait, de Paropanisadée, mander une vaisselle précieuse pour le repas et des mets d'une richesse assortie à son rang. Les serviteurs n'en finissaient pas de déposer les plats sur les tapis, les convives, ici, s'asseyant par terre et non pas à la mode romaine, sur des lits, ni des sièges devant des tables. Défilèrent des bols de riz à la crème de piments doux, des confits de gibier au gingembre, de petits pains feuilletés fourrés de viande, des quartiers de mouton à la crème de menthe, des salades de légumes inconnus, des fruits cuisinés au poivre... Les alcools étaient aussi exotiques, vins de palme et de roses, vin aux épices, vins violets aux parfums de fleurs, ou dorés et piquants, lait de jument fermenté, bières d'or pâle ou d'ambre foncé, le goût était sans cesse sollicité, et des murmures d'appréciation s'élevèrent bientôt, accompagnés de sourires et même, de rires discrets.

Emmanuel goûtait volontiers de tout, et surtout de ce qu'il ne connaissait pas. Il en allait de la nourriture comme des dieux, ils changeaient selon les fruits du sol et l'on pouvait deviner à en tâter les combats que l'homme avait dû, pour les obtenir, mener contre les puissances supérieures. Tel vin âpre disait le vent qui avait fouetté les vignes, et telle salade, ferme comme le chiendent, l'avarice du sol qui l'avait portée.

« Je bois à la santé du roi secret de cette assemblée », dit Eban levant son rhyton et parcourant du regard l'assemblée, et s'attardant, mais imperceptiblement, sur Emmanuel au passage. Les convives suivirent son exemple, sans trop savoir auquel des leurs ils buvaient. « Je ne le nommerai pas », reprit Eban, « parce que cela contrarierait son vœu. Car ce n'est pas en tant que tel qu'il veut désormais être connu. Sa couronne ne fut due ni au glaive, ni à la volonté de son père, en effet, mais à sa parole, qui célébrait la loi des puissances célestes. »

Ce discours quelque peu énigmatique suscita un sourire sur le visage de Sius et une expression de perplexité sur celui de Thomas. Emmanuel, lui, était demeuré impassible. Les informations voyageaient aussi sûrement que l'or et les peaux de tigre. Il trempa ses lèvres dans le vin glacé et pâle dont un serviteur avait empli son rhyton. Quels autres messages encore convoyaient donc les chameaux qui, de la Syrie à la Bactriane et plus loin encore, l'Inde et la Chine, affrontaient les nuages de sable et les vents glacés des pics et des plaines ? Avait-on parlé de Judas et de Jean ? Avait-on dit la tendresse du Baptiste et la trahison des siens, les ambitions des magiciens tels que Simon, les intrigues des prêtres affolés par la menace de la révolte ? Avait-on parlé de Lazare et de sa sœur Marie ? Avait-on aussi colporté les injures de Caïphe et les prosaïques tourments de Pilate ? Qu'avait-on pu dire des miettes d'instants, des soleils tombés sur les yeux de ceux qui attendaient et la frayeur de ceux qui n'attendaient plus ? Avait-on vraiment, avait-on pu capter l'indicible, les dévotions non dites, les regards plus lourds que des discours, les sueurs de l'amour ? Et il revécut l'entrée à Jérusalem, et les palmes et les vivats sous le soleil. Non, on n'avait pu dire tout cela, lui seul le savait. Mais alors qu'avait-on, de Judée, rapporté dans ces caravanes, sinon la légende de cette royauté manquée et que l'échec commençait à consacrer ? Il faillit s'indigner, et se ressaisit. Puis, les hommages des puissants annoncent toujours quelque demande de faveur ; mais que pouvait donc demander le ministre d'un roi de l'Inde ? Dans la chaleur des alcools, les conversations s'engagèrent. L'on s'interrogea mutuellement sur le roi inconnu et l'on interrogea aussi les visages et les mines. On ne le trouva pas.

« C'est alors un prophète que ce roi », observa sur un ton interrogatif le chef de l'autre caravane, à l'adresse d'Eban.

« Certains rois sont prophètes, certains prophètes sont couronnés », répondit Eban. « Mais il n'est pas toujours sage que les envoyés des dieux règnent sur les hommes. »

« Pourquoi ? » s'écria Thomas.

« Parce que la puissance céleste ne doit pas s'engager aux côtés des humains, sans quoi elle serait injuste. »

« Est-ce là ce que pense ton roi ? » demanda un convive.

« C'est bien cela », répondit Eban. « C'est pourquoi il s'entoure d'hommes sages et pieux, afin de connaître leur avis et d'être guidé par eux. »

« Selon toi il est donc juste que le prophète dont tu parles n'ait pas conservé sa couronne ? » demanda Thomas.

« Sa couronne survivra de la sorte à sa mort », répondit Eban en souriant.

Emmanuel sourit aussi. La soirée s'avança. L'on en était arrivé au thé quand les convives se levèrent pour remercier leur hôte et prendre congé, la nuit étant courte et le prochain voyage, long. Eban retint discrètement Emmanuel.

« Mon maître et roi souhaiterait t'offrir son hospitalité », dit Eban.

« L'hommage est grand comme son pouvoir, et précieux, car mon royaume, qui n'est plus, eût été lointain et il est remarquable que mon nom soit parvenu aux oreilles de ton roi. »

« Ton peuple est présent dans nos contrées, ton nom y brille comme la flamme. Mon maître aimerait entendre ton enseignement de ta bouche. »

Emmanuel demeura quelques instants sans répondre. La respiration de Thomas devint audible.

« Ma place est-elle dans le faste d'une cour ? » demanda Emmanuel.

« Refuserais-tu à un roi ce que tu accordes au premier caravanier venu ? » demanda Eban.

Astucieuse réponse. Comme Eban l'avait dit la veille, les potentats s'inquiètent de la vérité, et donc, de la bienveillance des dieux. Gondopharès espérait sans doute un prophète qui intercéderait pour lui auprès des divinités, tout comme Caïphe lui-même, à l'heure qu'il était à Jérusalem, devait s'inquiéter de sa faveur auprès de Yahweh. Pour ces grands hommes, plus naïfs que des enfants, l'affaire était de savoir si les dieux parlaient pour assurer les mortels de cette mystérieuse faveur. On pouvait s'échiner à leur répéter qu'il n'est d'autre secret que la Loi, ces gens-là restaient sourds. Or, pour lui, Emmanuel, tout voyage serait désormais sans but, autant l'avouer, le roi de Pâque était désormais un personnage sans couronne. Il avait dit la Loi, les justes en tiendraient le compte qu'ils voudraient. Il désirait, lui, savoir si les adorateurs d'autres dieux la connaissaient et comment ils l'interprétaient. Et surtout, ce qu'il avait entendu de Bouddha et de son enseignement le troublait, il voulait en apprendre davantage et juger de l'arbre autant que de ses fruits. Il n'avait donc rien à perdre à Taxila, bien au contraire. « Je te suivrai », répondit Emmanuel.

Eban hocha la tête avec satisfaction. « Nous irons à Taxila, où siège le roi. C'est un homme d'action, et comme ses semblables, il se soucie de savoir comment la tête doit guider la main. Peut-être l'éclaireras-tu. »

Sius écoutait la conversation à distance. Quand Emmanuel et Thomas allèrent prendre congé de lui, son visage d'abord tavelé par les vents, les soleils et les neiges, puis congestionné par l'alcool du dîner, s'emplit d'émotion. Dans un élan imprévisible chez un homme taciturne tel que lui, il serra avec force les épaules d'Emmanuel. Son bonnet glissa vers l'arrière, découvrant un front pareil à l'agate. « Que le règne de ta parole soit éternel », dit-il.

« Tu ne l'as pourtant pas entendue et ne me l'as pas demandée », s'étonna Emmanuel. La chaleur de la paume du caravanier traversait le vêtement jusqu'à l'épaule d'Emmanuel.

« Nous autres caravaniers, il nous faut juger vite et nous ne pouvons jauger les hommes qu'à leurs visages. Le tien, d'emblée, ne pouvait tromper. »

« Que l'intelligence de tes yeux puisse toujours déchiffrer l'invisible », répondit Emmanuel en souriant.

« Nous ne nous quitterons donc plus », dit plus tard Thomas, retenant sa joie.

« Je cherche pour toi une demeure », répondit Emmanuel. « Peut-être sera-ce un palais[101]. » Et plus tard, avant que Thomas s'endormît, Emmanuel lui dit : « Souviens-toi qu'il n'est plus de demeure. » Ce qui fit que Thomas, un moment rasséréné, s'agita dans son sommeil.

Ils partirent à l'aube, escortés de vingt archers à cheval, sur la rive gauche de l'Indus, l'ancienne terre des Arachosiens. Un prophète juif chevauchait en tête, aux côté d'un ministre parthe sur la route même qu'Alexandre avait jadis suivie, livide, à peine remis d'une flèche qui lui avait perforé la plèvre et le poumon[102]. Trois siècles plus tôt, le Macédonien était allé asservir les princes hindous, Musicane le Retors, Sambuse le Sinde et les autres. Mais le prophète, lui, portait déjà ses cicatrices, et sa guerre était finie. Le ciel, pâle et veiné de blanc, ressemblait à une immense paroi de marbre vierge. On pourrait sculpter n'importe quel dieu, ce serait toujours dans ce marbre-là, car tous les dieux sont faits de ciel, comme tous les démons sont faits de terre.

20

« LE CRUCIFIÉ EST MORT ! »

Or et compliments, plaisirs et soupçons, l'univers des princes était donc éternellement le même : celui du fil de l'épée. Mais il était aussi frivole de mépriser les princes parce qu'ils menaient les hommes que de mépriser ceux qui subissaient leur joug. Et qu'était un prince, sinon un homme assoiffé de possession ? Autant dire un infirme, dévoré par un vice singulier, le seul que les hommes n'eussent jamais condamné, pareil à ces enfants éternellement goulus, qui s'enflent sans jamais parvenir à la satiété.

Gondopharès était absent de Taxila quand Eban, Emmanuel et Thomas y parvinrent[103], mais son ministre installa ses hôtes dans des quartiers somptueux et attacha une domesticité à leur service. Emmanuel prit connaissance des lieux : c'était l'éternel palais, peuplé d'êtres enchaînés ; nuques basses, regards inquiets et sans doute poings serrés. Des tigres adoucis à l'opium et au sel suivaient les va-et-vient de leurs yeux jaunes, des singes se pendaient aux solives des terrasses et parfois bondissaient vers les manguiers voisins, quand ils avaient faim, pour en déguster les fruits, des mangoustes couraient le long des murs et des fourrés, en quête de leur serpent quotidien. Les terrasses étaient le lieu le plus hospitalier, aussi Emmanuel y séjournait-il le plus souvent, assis à califourchon et se massant les pieds, sur l'un des bancs de bois patinés par les moussons. De leur hauteur, le regard s'accrochait, par-dessus la végétation et les toits plats de la ville, aux pointes hérissant des monuments pareils à des bulbes dorés posés sur des socles ; c'étaient des cénotaphes, qu'ils appelaient stupas, et dont certains contenaient des reliques du Bouddha, mèches de cheveux, fragment de vêtement, noyau craché. Le héros que voilà avait tout vécu ; prince, il s'était fait ascète ; ascète, il s'était détourné de l'ascétisme, et, devenu prophète, il enseignait la Loi, non la religion ; mais quelle Loi ?

Thomas devina dès le troisième jour l'ennui d'Emmanuel. Celui-ci restait immobile de longues heures, quand toutefois un être souffrant ne venait pas solliciter ses pouvoirs, vieillard qui ne se résignait pas aux humiliations de l'âge, femme ou mère en proie à l'affliction ; la rumeur avait vite appris aux gens de Taxila qu'un thaumaturge étranger résidait au palais. Ils ne s'en étonnaient pas outre mesure, car un palais n'est-il pas aussi la demeure des pouvoirs spirituels ? Leurs visites, traînantes, boiteuses, gémissantes, constituaient des occasions pour Thomas de s'entretenir avec Emmanuel comme jadis. Le reste du temps, celui-ci demeurait seul, sinon solitaire. Priait-il ? Mais que pouvait être la méditation d'un tel homme sinon une prière ? Thomas s'interdisait de l'interrompre ; il demeurait à courte distance, aux ordres, ombre de celui qu'il avait jusqu'à la mort élu comme sa lumière. Mais déchiré par une anxiété croissante, en dépit du fait que leur séparation avait été remise. Sous la pluie fine dont le rideau perlé s'allongeait sur des jours entiers, en proie à des forces apparemment dérisoires, mais que leur persistance rendait encore plus dangereuses que les éclats d'une puissance déchaînée, humidité vénéneuse filtrant des bois vermoulus, insectes inconnus, omniprésents et tenaces, nourritures étranges qu'il soupçonnait de l'indisposer, Thomas ruminait ses entretiens récents et anciens avec

Emmanuel, parfois brefs. Ces réflexions déclenchaient d'interminables résonances. Emmanuel s'était évadé de son passé ; non, pas évadé, libéré. Et lui, Thomas, qui suivait-il, sinon un inconnu ?

« Pries-tu ? » lui avait-il demandé, soudain conscient du fait que le calendrier des fêtes anciennes avait été enseveli dans la poussière des voyages.

« Ma vie est une prière. »

Et Thomas restait sur sa faim. Une autre fois, alors qu'ils évoquaient le passé, mais sans s'y attarder, car ces souvenirs semblaient toujours importuner Emmanuel, le nom de Jokanaan était venu sur les lèvres de Thomas, et la froideur soudaine d'Emmanuel à cette mention l'avait surpris.

« Qu'ai-je dit ? » avait demandé Thomas.

« Rien de faux. Mais, en ce qui concerne le Baptiste, la vérité, pour lui et ses disciples, s'était figée. »

Et Thomas était demeuré sans réponse, s'efforçant de surmonter son désarroi, avant de murmurer qu'il ne comprenait pas cette réponse.

« La Loi est immuable et éternelle, mais la vie ne se répète pas. Jokanaan s'était façonné un personnage tiré d'Isaïe et des Livres. Or ce qui était hier ne sera pas demain », avait répondu Emmanuel d'un ton sans réplique.

« Jokanaan s'était façonné un personnage ? » avait repris Thomas, suffoqué.

« Dans le deuxième Livre des Rois, il est dit qu'après la mort d'Achab Moab se rebella contre Israël, et qu'Ahazée étant tombé d'une fenêtre et s'étant blessé il envoya un messager demander au dieu d'Ekron, Belzébuth, s'il se remettrait bientôt de ses blessures. Le seigneur avait alors délégué un ange à Elie le Tishbite pour qu'il interpellât le messager du roi et lui demandât : « N'y a-t-il donc pas de Dieu en Israël pour que tu ailles interroger Belzébuth, le dieu d'Ekron ? » Or Elie le Tishbite[104] était vêtu d'une peau de bête ceinte autour des reins.

C'est le vêtement que, pour cette raison, Jokanaan avait choisi. »

« Mais quel mal y a-t-il là ? » s'était écrié Thomas. « Jokanaan ne pouvait-il prendre Elie le Tishbite comme modèle ? »

Emmanuel avait détourné les yeux. « En avons-nous pris, des modèles ! » avait-il murmuré, à la stupéfaction croissante de Thomas. « Avons-nous assez détourné nos yeux vers le passé ! » Un silence avait suivi. La nuit tombait et des papillons qui semblaient découpés dans son velours commençaient à peupler la terrasse. « Et moi-même... » avait encore murmuré Emmanuel. Thomas tendait l'oreille jusqu'à ce qu'elle fût assez fine pour percevoir le vol des papillons. Mais il entendait surtout le sang que la perplexité accélérait sous ses tempes. Des serviteurs vinrent allumer des torches et les fixèrent dans des supports de fer le long des balustrades. « Nous avons pris les prophètes pour modèles et nous avons imité leurs paroles, mais pas assez leur esprit. Le temps de la parole était passé, celui des œuvres était venu. Le peuple ne nous a pas entendus. Jokanaan... » Il leva la main dans un geste également inachevé et l'abaissa. « Jokanaan avait élu le Jourdain parce que jadis Elisée avait adressé un messager à Naaman le Lépreux, que le roi n'avait pas voulu recevoir ni guérir[105]. As-tu lu les Livres, Thomas ? Alors tu te souviens qu'Elisée avait envoyé Naaman se laver sept fois dans le Jourdain et Naaman avait suivi son conseil et avait alors été guéri. Voilà pourquoi Jokanaan avait choisi de laver les corps dans le Jourdain. » Il soupira. « La Loi est vivante, mais elle ne brille jamais autant que dans un corps vivant et non dans une réplique du passé, et même moi je ne l'avais pas assez entendu. »

« Puisque tu connais si bien le Livre des Rois », avait dit Thomas, « tu te rappelles la fois où un homme vint de Baal-Shalisha et apporta à Elisée du pain de la saison nouvelle, vingt pains d'orge et du blé jeune. Et Elisée dit : "Donne cela au peuple", et son disciple avait protesté : “Je ne peux donner cela à cent hommes.” Mais Elisée s'obstinait à répéter : “Donne-le au peuple, car ceci est la parole de Dieu.”

« ... Ils mangeront et il en restera », avait poursuivi Emmanuel. «“ Et le disciple disposa les pains devant eux et ils les mangèrent et il en resta un peu, comme le Seigneur l'avait dit[106].” Oui, je connais bien ce passage. »

« C'était donc en y pensant... » Et Thomas n'avait pas achevé sa phrase ; il s'était soudain voûté, comme creusé. Ironie du hasard, un serviteur était alors venu leur demander ce qu'ils souhaitaient pour leur souper.

Une autre fois encore, Thomas avait demandé : « Du passé et de l'homme que j'ai connu, que reste-t-il ? »

« Ce que ton cœur a retenu. »

« N'es-tu plus celui-là que j'ai connu ? »

« Tu parles comme Jokanaan », avait observé Emmanuel, accompagnant ses mots d'un sourire retenu. « Comme Jokanaan ! “Es-tu celui-là que nous attendons, ou bien en viendra-t-il un autre[107] ?” C'est la question qu'il avait, de la prison de Machéronte, confiée à un messager. Nous savons la suite, les disciples de Jokanaan se sont éloignés de moi. »

« Je suis comme un homme qui brûle et ne se consume pas », avait un jour déclaré Thomas. « Etre avec toi, c'est brûler d'un feu sans fin. C'est douter et pourtant être confiant, espérer mais sans savoir en quoi. »

« C'est ainsi qu'il faut être », avait répondu Emmanuel. « Ce n'est pas le doute qui rend fou, c'est la certitude. »

« Mais quelle épreuve ! » Et Thomas en était venu à redouter ses entretiens avec Emmanuel, parce qu'ils le troublaient tant que, la nuit venue, le sommeil tardait à venir.

Enfin un vacarme de trompes et de cuivres, un défilé d'éléphants caparaçonnés et des vivats annoncèrent le retour du monarque. Il revenait triomphalement d'une guerre, une de plus, et un chambellan pria Emmanuel de quitter la terrasse d'où il avait espéré observer le cortège, car nul n'avait le droit de regarder le monarque d'en haut ; il était d'ailleurs plus courtois d'accueillir le roi à son arrivée, avec toute la cour. Deux jeunes gens à la mine déconfite suivaient le roi, s'efforçant de conserver leur dignité, et chacun comprit que c'étaient les fils d'un potentat vaincu que Gondopharès ramenait en otages.

Moustaches en lames recourbées vers le bas, l'œil vif et globuleux, le corps serré dans un vaste manteau de cuir fauve serré à la taille et botté jusqu'aux genoux, la démarche énergique, le roi descendit d'un pied leste l'escalier posé contre le palanquin d'apparat qui sommait son éléphant. Des timbales résonnèrent, des sistres scintillèrent, des courtisans se pressèrent au bas de l'escalier. Thomas trouva au monarque l'apparence d'un reître. Mais Emmanuel, qui avait croisé le regard du potentat aux portes du palais, tandis que celui-ci s'entretenait avec des courtisans, y avait déchiffré les mystérieux stigmates de la réflexion, autant dire de l'intelligence.

« Sire, permets-moi de te présenter le prophète dont tu as requis la présence », dit Eban. « Et cet homme près de lui est son disciple et son compagnon de voyage. »

« Soyez les bienvenus », dit le roi en grec, cependant que son regard brun s'attardait sur Emmanuel. Les deux hommes demeurèrent ainsi face à face, se déchiffrant sans mot dire, à la vitesse de la pensée. Ce que trahit la courbe d'une lèvre et ce que dit le gonflement d'une narine, ce que les rides révèlent près de la tempe et du nez, et ce que l'œil crie en dépit de la paupière qui veut le voiler, et mieux encore, l'accord secret entre tout cela, les lignes de force et les harmoniques qu'on croit invisibles, l'animal tapi dans les meilleurs parmi les chefs le lit plus aisément que le devin ne délabyrinthe les méandres de la fumée au-dessus d'un trépied liturgique.

Gondopharès pria Eban de faire préparer un souper pour eux quatre.

Après le crépuscule, le roi apparut suivi de deux gardes, plus amène et rasé de frais, dans la salle où l'attendaient Eban, Emmanuel et Thomas. D'autres que ses convives eussent prévu sans doute plus d'apparat ; le monarque n'était vêtu que d'un manteau de laine brune, pareil à celui d'un moine, par-dessus un de ces amples pantalons qui constituaient le vêtement de base du pays ; on devinait un corps vigoureux. Le regard s'attardant sur la robe de laine blanche d'Emmanuel, il invita ses convives à le suivre dans une salle voisine. Elle n'était garnie que d'un tapis et de coussins. Le roi s'assit prestement par terre. Les serviteurs apportèrent les plats. Le repas fut frugal : un grand bol de riz, un autre de morceaux de poisson, qu'on pouvait relever d'une sauce verte et piquante, un troisième d'une salade cuite. Un flacon de vin de palme comme unique boisson. Et en guise de dessert, un panier d'oranges. Le festin qu'Eban avait offert aux caravaniers n'avait donc été qu'une célébration de la puissance de son maître ; le potentat lui-même rejetait les frais somptuaires. Un serviteur vint goûter les plats et le vin, hocha la tête et s'inclina, puis le roi emplit un petit bol de riz et de poisson qu'il nappa de la sauce verte. Il mangea d'abord pensivement, sans mot dire, avec une cuiller. Ses convives suivirent son exemple. De temps à autre, il levait la tête pour dévisager Emmanuel.

« J'ai appris ton histoire par des marchands venus de ton pays », dit-il enfin. « Ils la disaient toutefois sans trop de clarté. Tous louaient ta vertu, ta dévotion au grand dieu et ta révolte contre la corruption. Mais certains disaient que tu es un prophète, d'autres un roi, peut-être un magicien, et d'autres encore le fils de ce dieu que tu célèbres. Certains encore disaient que les Romains t'avaient envoyé au supplice parce que tu répandais le désordre, d'autres, que c'étaient les prêtres juifs, parce que tu

les avais offensés. » Il leva encore les yeux, attendant une réponse.

« Et lequel de ces récits me vaut l'honneur de ton hospitalité ? » demanda Emmanuel.

« Ta compassion pour les déshérités », répondit le roi. « Et aussi ta révolte contre la corruption. »

« Sans doute ces propos-là sont-ils, en effet, intrigants pour les oreilles d'un roi », dit Emmanuel.

Le rire fendit le masque brun de Gondopharès. Eban suivit l'exemple du maître. Emmanuel sourit. Thomas tendit le cou.

« Ne peut-on donc être roi et pratiquer la compassion ? » demanda le potentat. « Ni veiller au bien-être des déshérités ? »

« Il faudrait alors être le chef spirituel de ses sujets », répondit Emmanuel. « Sans quoi, un tel roi devrait renoncer à sa couronne, car il ne serait alors que le protecteur des sages et le gardien des livres. » L'âpreté parfumée du vin de palme déliait la langue. Emmanuel reprit : « L'un des moines que j'ai rencontrés sur mon chemin jusqu'ici m'a raconté l'histoire de ce roi nommé Prasenajit, qui était allé rendre visite au Bouddha, mais qui n'avait pas pu se résoudre à épouser l'enseignement de ce maître et à devenir moine, lui aussi. Suis-je ton Bouddha, sire ? Ou bien veux-tu acheter mon pain sans le manger ? »

Le roi hocha la tête et sourit. « La vie est-elle donc méprisable pour toi comme elle l'était pour le Bouddha ? »

Thomas tendit encore le cou.

« Si elle l'était, pourrions-nous croire que Dieu a créé une vie qui ne mérite pas d'être ? »

« Donc je puis être roi et pieux ? »

« Tu t'efforces de l'être, chacun le dit. Alors d'où vient ton tourment ? »

Les yeux globuleux de Gondopharès brillèrent : « Peut-on être vivant et juste ? »

« Le seul juste est celui qui l'ignore. Le juste qui sait l'être est déjà injuste. »

« Ne peut-on donc se former une image de soi ? »

« Pour quoi faire ? Ce serait déchoir ! »

Un rire intérieur fit trembler le ventre du roi. « Ta Loi donne-t-elle droit aux femmes ? »

« Si j'étais une femme, me demanderais-tu si ma Loi me donne droit aux hommes ? Serais-tu né sans une femme ? »

« Tu n'es donc pas un ascète. »

« L'ascète est celui qui savoure la vie en sachant qu'elle lui est donnée par son Créateur et que chaque fruit mangé n'est qu'une étape et non le but. »

« Tu connais l'enseignement de Bouddha, mais tu n'y adhères pas ? »

« Dois-je suivre tous les maîtres que je rencontre ? »

« Et moi, dois-je le suivre selon toi ? »

Thomas leva les bras au ciel. Gondopharès feignit de ne pas y prêter attention. Emmanuel tendit la main vers le panier d'oranges, en choisit une et la pela lentement après en avoir, de l'ongle, fendu l'écorce.

« Tu feras ce que ton âme demande, et les mots n'ont pas accès à ton âme. Qu'importe alors mon autorité ? »

« Pourquoi n'as-tu pas voulu régner ? » s'écria Gondopharès.

« Si j'étais roi aujourd'hui, je ne régnerais que sur les Juifs. »

« Pourquoi donc les gens de ton peuple t'ont-ils rejeté ? »

Thomas poussa un soupir bruyant.

« Ils ne voulaient que d'un roi juif », répondit patiemment Emmanuel.

« Dis-moi ce que tu penses de l'enseignement de Bouddha », insista Gondopharès.

« Il est beau par la compassion qu'il demande à l'égard des autres. Il l'est aussi quand il prône la mesure dans la parole. Il l'est enfin quand il recommande la maîtrise de soi et la tempérance, car l'emportement dans les passions et les plaisirs est un gaspillage de vie. » Emmanuel cracha les pépins de l'orange dans sa main et les versa dans un bol où l'écorce du fruit gisait enroulée comme un reptile de vermeil.

« Est-ce donc une écorce sans fruit que cet enseignement ? »

« Que serait la vie, si elle n'était que la vie ? » dit doucement Emmanuel. Thomas s'agitait. Le roi pesait du regard sur son hôte. Emmanuel saisit l'écorce de l'orange et la fit danser. « Ce ne serait alors qu'une écorce. »

« Dis-moi ! » demanda Gondopharès. « Parle clair ! »

« N'est-il pas dit, dans cet enseignement, que celui qui désire le plaisir des sens et l'obtient sera satisfait. Mais que, si ces plaisirs sont refusés à un autre qui les désire aussi, il en souffrira comme un homme percé de flèches. Alors que celui qui évite les plaisirs des sens comme il éviterait d'écraser de son pied la tête d'un serpent, celui-là aura conquis son désir. Cet enseignement recommande alors que chacun soit réfléchi et évite les plaisirs des sens, qu'il traverse le fleuve des avilissements, et qu'ayant abandonné un navire naufragé il gagne la rive prochaine[108]. N'est-ce pas ce qui figure dans cet enseignement ? »

Le roi hocha la tête. « Tu connais bien les textes de cet enseignement que tu dis ignorer. »

« Et moi, je te demande : que saura de la vie le fidèle qui aura observé ces préceptes et qui n'aura observé qu'eux ? » dit Emmanuel. « Il sera pareil à l'aveugle qui parle des couleurs, au sourd qui parle de musique, à l'eunuque qui parle des femmes. Quel profit trouvera-t-il à refuser les fruits de la vie, leurs parfums et leurs couleurs, si ce n'est pour un but supérieur ? L'homme qui se définit par le refus n'est pas supérieur à celui qui se définit par l'acceptation. Quel dieu accepterait qu'on lui sacrifie ce qu'on n'a pas ? Et quel dieu consentirait à ce qu'on rejette ce qu'il a créé ? »

Thomas poussa un cri si fort que les serviteurs

s'en émurent. L'un d'eux accourut, portant un bol de thé.

« Alors ? » demanda le roi.

« Avoir et ne pas avoir tout à la fois, manger en préservant sa faim, céder à la passion tout en la bridant, humer une rose en sachant qu'elle mourra bientôt, et, quand on est roi, régner en se pensant esclave, et toujours garder en mémoire qu'on est l'inachevé en présence de l'Achevé, voilà, me semble-t-il, la voie du sage. »

Gondopharès médita ces mots. « Et l'Achevé, comme tu l'appelles, ne vient-il jamais au secours de l'inachevé ? »

« Puisqu'il est achevé, et donc parfait, que lui servirait de se détourner de sa perfection pour une œuvre inachevable ? »

Thomas poussa un autre cri. « Nous voici donc abandonnés, une fois de plus ! » Le roi s'en émut.

« Ton disciple souffre », observa-t-il. « Je le comprends, car ce que tu enseignes est l'apanage de peu d'hommes. »

« Peut-être y faut-il un roi, en effet », répondit Emmanuel.

Gondopharès se leva pour lui donner l'accolade. « Pas seulement un roi, mais un dieu incarné. »

La soirée était finie. Les serviteurs suivirent ce roi moine et soldat qui voulait dominer les ténèbres à la pointe de l'épée. Les parfums sucrés des résédas et des frangipaniers semblèrent tomber de la Lune, envahirent les terrasses et les salles désertes, puis les esprits. La nuit devenait une couche pour les dieux.

Les songes s'étaient enfuis quand, le lendemain, un serviteur vint annoncer à Emmanuel qu'une femme souhaitait le voir. Il pensa qu'elle était souffrante et délégua Thomas pour l'accueillir. Celui-ci tarda à revenir, Emmanuel s'étonna et, s'étant habillé, il descendit à sa recherche. La tête couverte et vêtue de sombre, elle se tenait impassible, dans le jardin, en face de Thomas, qui se passait sans cesse

les mains sur le visage. Emmanuel regarda Thomas et lui vit le visage baigné de larmes. Il se tourna vers la femme et, bien qu'elle eût le visage caché par le capuchon de son manteau, il sut d'emblée, à son attitude, qui elle était. Quand il fut proche, elle tendit le bras, saisit celui d'Emmanuel et pesa dessus du poids de son corps, car elle semblait près de défaillir ; elle saisit les mains d'Emmanuel et les baisa passionnément, les doigts glissant jusqu'aux poignets et les tirant jusqu'à son visage. Emmanuel la laissa faire, désarmé. Puis elle leva vers lui un visage dont la beauté n'était plus qu'intérieure, au-delà des yeux cernés, des joues creusées, des commissures approfondies au coin des lèvres. Il songea au passé, à ce qu'avait été cette femme, à sa beauté vivante et à ce qu'il avait dit la veille : ce que l'âme veut, les mots n'y ont pas accès.

« La beauté du ciel m'est rendue », murmura-t-elle.

Il ne détachait pas son regard d'elle. Mais c'était lui-même qu'il regardait. On ne vieillit pas : on durcit à certains endroits, on pourrit à d'autres.

« Ta mère », dit-elle, « viendra dès que nous lui aurons adressé un messager. »

« Tout ce chemin ! » dit enfin Emmanuel.

« Tout ce chemin ! » redit Thomas, une fois de plus en proie à une agitation incompréhensible, et finalement peu séante. « Tout ce chemin, et pour rien ! » Emmanuel et Marie le virent, stupéfaits, lever les bras au ciel, saisi par une sorte de délire giratoire, puis se tourner vers Marie et crier, le regard fou : « Le Crucifié est mort ! Malheur à nous, car nous sommes seuls sur la Terre, il l'a dit ! Le Crucifié est mort, vous dis-je ! Gloire à l'Innommé ! Malheur à nous ! Gloire à l'Indicible ! » Et il s'en fut dans les jardins, criant des mots qui devenaient incompréhensibles au fur et à mesure qu'il s'enfonçait dans le lointain, tandis que les singes gambadaient dans les arbres.

Marie reposa sa main sur le bras d'Emmanuel, abîmé dans la consternation. Une histoire s'achevait, une autre reprenait. Thomas ne parvenait pas à les lier entre elles. La raison est tyrannique ; elle souhaite, inhumainement, que l'être soit invariable.

Troisième partie

L'INCARNATION

1

LA NUIT DES DANSEURS

Qu'eût-on pu espérer de Sirkâp ? D'autres conversations avec un roi moine, dépouillé jusqu'au scepticisme du squelette ? Ou bien avec ses prêtres ? Ils disaient tous, les bouddhistes et les autres, les adorateurs de Siva et de Vichnou, de Kali, de Ganeça et des Mystérieux, les Yakshas[109] : « Le savoir est le fruit du temps. Nous étions déjà là depuis des siècles de siècles quand le dieu dont tu parles n'était même pas né. Que viendrais-tu nous apprendre ? Ta lumière et tes pouvoirs procèdent des dieux anciens, tu es semblable à l'aveugle qui tourne autour du puits : tourne encore un peu, tourne et la vue te sera rendue, tu pourras alors contempler leur reflet dans le miroir de l'eau. » Il était pour eux un enfant qui récite une leçon désuète. Quand il leur parlait du dieu unique, les hindouistes levaient la main et secouaient la tête : « Le nombre des dieux est mentionné par les écritures », disaient-ils avec condescendance, « ils sont trente-trois [110]. » S'il insistait, ils secouaient encore la tête : « Nous savons, tu t'es révolté contre les prêtres juifs, c'est-à-dire que tu voulais fonder une religion. Mais les prêtres juifs sont dans l'erreur, parce que le seul grand dieu au-dessus des trente-trois est Brahma et que toute religion vient de Vichnou. Or tu n'es pas Vichnou. » Ils savaient tout de manière absolue et terminale et il se tut donc. Quand il leur rendait visite au monastère de Hathial, les bouddhistes l'accueillaient toujours avec révérence et l'écoutaient avec un sourire patient. « Nous sommes d'accord avec tout ce que tu dis », répondaient-ils en substance, « sauf sur un point : après tout, pour nous, il n'y a rien. » Et leurs sourires semblaient sculptés dans la pierre, tant ils étaient immuables, à l'instar des statues de leur maître. Du haut des terrasses, le regard coulait sur des champs émeraude et se noyait ensuite dans un ciel argenté. Or ce ciel ressemblait, en effet, au néant ; il n'était que lumière sous laquelle l'être déjà s'émiettait avant de sombrer dans l'absence de l'être et la poussière.

D'ailleurs ils étaient rois en leur royaume, et il n'était que l'étranger. La place qu'ils lui assignaient sans pourtant l'avouer était celle de l'élève. Mais lui, élève ? Comment transformer une jarre ronde en un pot carré ? L'argile est cuite.

L'accueil était plus réconfortant au temple qui s'élevait près de la porte du Nord, le Jandiâl, où résidaient les prêtres de Zoroastre. Quand ils avaient appris qui il était, ceux-ci s'étaient inclinés et, les mains jointes, lui avaient dit : « Fils de lumière, Zoroastre aussi a été persécuté et il a dû prendre la fuite. Ici est ta demeure. »

Ce semblait l'être, en effet : il n'y avait pour eux qu'un dieu, Ahura-Mazda, et il était bon. Ahura-Mazda ne pouvait pas être responsable d'Ahriman, son ennemi juré, antithèse de l'Esprit saint et dieu du Mal. Quand la créature mourait, son âme était soumise au grand jugement : ses actions bonnes et mauvaises étaient mises sur les plateaux d'une balance ; si les bonnes pesaient plus lourd que les mauvaises, l'âme montait au ciel ; mais si les mauvaises pesaient plus lourd, il était précipité en enfer. Toutefois le dieu bon ayant, à la fin des temps, vaincu le dieu du Mal grâce au bras de son fils incarné Mithra, l'enfer ne pouvait pas, selon la bonté infinie d'Ahura-Mazda, être éternel. L'âme réformée par la souffrance finissait par monter au ciel et participer, elle aussi, à la gloire du dieu créateur. S'il fallait juger l'arbre à ses fruits, cet arbre-là était bon, Emmanuel n'avait qu'à plonger son regard dans les leurs, car il n'y trouvait que de la clarté et de la joie, comme chez le vieux prêtre zoroastrien qui l'avait accueilli à la tour du feu, une nuit à Bactres. Il regardait marcher ces prêtres et leur pas était léger et juste, il s'accordait au sol et au monde, leurs jambes portaient la colonne du corps au sommet de laquelle dansait, lui aussi, le grand feu intérieur.

Mais cette division du bien et du mal ne le satisfaisait pas. Les livres ne le disaient-ils pas assez clairement, Satan était le serviteur de Yahweh. La puissance divine ne pouvait pas être limitée par celle du mal. Dans ce cas, n'y avait-il pas de mal, si celui-ci n'advenait que par la volonté de Yahweh ? Le mal n'était-il qu'une illusion de mortels, inconnu de Yahweh et des autres divinités ? Or il n'y avait plus personne à interroger, on n'interroge pas des prêtres ; pour eux tous, la parole est dite, les Livres sont refermés, l'encre est sèche, et d'ailleurs les plumes sont cassées. Ceux qui lui auraient répondu n'étaient certes pas ceux-là qui entraient dans le temple du feu, au cœur de la grande tour qui jouxtait le monastère, la bouche couverte d'un mouchoir plissé destiné à éviter que leur souffle impur ne souillât la flamme sacrée.

Puis un jour, tandis qu'il gravissait l'escalier en colimaçon qui ceinturait la même tour, il fut saisi d'un vertige. Le cœur sait tout bien avant la tête, il avait lui-même crié du haut de la croix parce que la Toute-Puissance céleste l'avait abandonné. Il fallait en arriver à ce dilemme : ou bien le supplice n'était pas un mal, ou bien la divinité était impuissante. Il gravit lentement les dernières marches qui le séparaient du sommet de la tour ; là, des prêtres observaient le Soleil à travers des lentilles de verre sombre.

« Cent onze jours avant la renaissance de Mithra », lui annonça un jeune homme aux yeux rieurs, vêtu d'une robe blanche comme la sienne. Et ce prêtre, qui l'avait déjà vu s'entretenir avec les supérieurs du monastère, l'avait invité à leur repas du soir et l'avait présenté à l'un de ses maîtres, le plus vénérable, masque de cuir basané, poli et non ridé par le temps, puis décoré par des fils de soie blanche, barbe, moustache, cheveux... Dans la salle où ils s'assirent, par terre comme partout dans ce pays, les souvenirs de Quoumrân affluèrent : ces tuniques et ces robes blanches, cette clarté et cette lente sérénité dans le regard... Le supérieur du monastère, à la droite duquel il avait été placé, lui avait déclaré : « Tu es des nôtres, tu as été persécuté et tu as vécu dans le désert comme notre maître », et il lui avait tendu un grand bol de porcelaine blanche dans lequel il avait, le premier, trempé les lèvres. « Et tu sais les secrets », avait alors ajouté le vieillard. Emmanuel but une gorgée ; il reconnut le goût, à peine masqué par le vin, de la décoction qu'on buvait à Quoumrân à l'observation de la Lune au premier du mois de Yedaïa, pour commencer : le même piquant, qui procédait à coup sûr de la même origine, le champignon sacré, l'amanite panthérine, au chapeau rouge moucheté de blanc. Et le léger échauffement de la peau, commençant au bas ventre et s'étendant jusqu'aux épaules, et l'imperceptible oscillation du torse d'avant en arrière, oui, c'était bien cela... Chez les zoroastriens, cette boisson sacrée était la *haoma*, qui déclenchait des transes et des visions célestes, comme jadis, à Quoumrân, elle éveillait les âmes engluées dans le sommeil terrestre. Fallait-il vraiment agiter sa mémoire ainsi ? Mais le vin était bu, et les images de Jean et de Lazare semblèrent si denses qu'on eût pu poser dessus la main. On servit le repas, mais personne n'y toucha. Un récitant fit le tour de l'assemblée en chantant :

« Quelle aide mon âme peut-elle attendre de personne ? De qui suis-je sûr comme protecteur de mon bétail ? De qui pour moi-même, dans l'invocation, si ce n'est de ta justice, ô Seigneur sage, et de ta pensée ? »

Puis le vieillard se servit et fit signe à Emmanuel

d'en faire autant. C'était un monde clos comme celui de Quoumrân. Tous les habitants en partageaient le secret et celui-ci était irrévocable. L'être humain n'a pas appris à vivre selon tous les Livres ; seul un petit nombre lui est nécessaire, et il les érige en remparts contre l'extérieur. Mais peut-on enfermer l'immensité de Dieu dans quelques livres ? Et puisqu'il est tout, quelle forteresse protégera contre lui ? Enfin, quel homme saura jamais les mots irrévocables ? Ces gens se comportaient pourtant comme des frères, ils l'entouraient de respect et d'affection, le feu, il était vrai, les habitait. Mais allait-il donc tout recommencer ? Car à Quoumrân, déjà, ils avaient divisé le monde en entités antagonistes. Ils avaient récrit les Livres, ils avaient oublié que Satan est le serviteur de Yahweh.

Comme le vin d'antan, à Quoumrân, la *haoma* agissait par paliers ; d'abord, une sorte de fièvre, suivie d'un sentiment de dilatation, d'allègement et de paix rayonnante ; viendraient ensuite l'exaltation et le besoin de chanter. « Mais à quoi servira ce retour dans le temps ? » se demanda Emmanuel. « Ce qui a été dit est imparfait comme toute parole. C'est vers l'avant qu'il faut aller. » Les vers des Gâthas[111], que des récitants successifs chantèrent d'une voix ardente, celle de l'éternelle jeunesse de l'homme, résonnaient déjà dans la tête comme sous une voûte.

« *Voici ce que je te demande,*
Seigneur, réponds-moi bien ;
Qui a été, à la naissance,
le père premier de la Justice ?
Qui a assigné leurs chemins
au Soleil et aux étoiles ?
Qui est celui, si ce n'est toi,
par qui la Lune croît et décroît ?
Voilà ce que je veux savoir ;
ô Sage, et d'autres choses ! »

Les voix des hommes mûrs devenaient adolescentes, et celles des adolescents, féminines. Devant le Père, la femme tarie redevenait vierge et l'homme devenait enfant.

> « *Voici ce que je te demande,*
> *Seigneur, réponds-moi bien ;*
> *comment livrerai-je le Mal*
> *au mains de la Justice*
> *pour qu'elle l'abatte selon les formules*
> *de la doctrine ?* »

Les prophètes auraient pu écrire cela. Pas seulement ceux d'Israël, mais également ceux de toutes les autres religions. Seulement, qu'était le Mal ? N'avait-il pas, lui, été le Mal pour les gens du Sanhédrin ?

Le repas fut bref ; il était sans viande, sans aucune viande ; du riz et du blé, des racines cuites, des salades. Le vin contenait-il aussi de la *haoma* ? Emmanuel le goûta prudemment. Mais déjà s'annonçait le second palier de l'extase : quand on fermait les yeux, les paupières s'emplissaient d'une lumière rouge comme le feu. Et les chants montaient, et les voix des récitants atteignaient par moments les registres qui font s'émouvoir les oiseaux, ceux où l'homme retrouve sa voix d'enfant. Les récitants commençaient à danser.

> « *Il t'a donné les fleurs et puis leurs fruits.*
> *Et il t'a donné des yeux pour les regarder.*
> *Contemples-y son regard.*
> *Contemples-en le reflet dans les yeux des chevaux.*
> *Il t'a donné l'air qui danse autour de toi.*
> *Car il danse. Change tes pieds en air*
> *afin de célébrer sa danse.* »

Mais il avait chanté pareils versets, lui aussi.

> « *Je chanterai pour mon aimé*
> *ma chanson pour sa vigne.*
> *Mon aimé a une vigne*
> *au sommet d'une colline fertile.*

Il l'a labourée et nettoyée de ses pierres
et il l'a plantée de vigne rouge[112]... »

Et David avait dansé autour de l'Arche, lui aussi, et il avait chanté pour Jonathan comme il l'avait fait pour Saül. Et maintenant, la poussière emplissait les mains et c'étaient les spectres des compagnons d'antan qui dansaient dans la fumée de santal et le parfum des frangipaniers. Et quel souvenir n'est douloureux ? Le repas avait dû s'achever sans qu'Emmanuel s'en fût avisé, car le prêtre à ses côtés se leva en s'appuyant sur un bâton avec lequel, ensuite, il rythma des danses. Les célébrants s'en furent sur les terrasses, formant et défaisant des rondes à la lumière des torches. La nuit s'avança. Il ne restait plus que cent dix jours avant la victoire de Mithra. Emmanuel chassa des ombres ; elles ne portent jamais que des regrets ou des reproches. Les prêtres et les novices mirent longtemps à épuiser leur énergie. Puis ils s'écroulèrent, ensorcelés par le sommeil en plein mouvement, tombant parfois en groupe, dans une fraternité synchrone. Ils restèrent alors jetés sur les tapis comme les victimes d'un combat sans armes ni flèches, visages extatiques, bouches entrouvertes, paumes déroulées, les torses et les orteils nus offerts aux papillons de nuit. Même les plus âgés semblèrent rendus à leur jeunesse. Finalement, leur croyance était une célébration de la jeunesse, et telle était la raison de sa simplicité.

La route vers Sirkâp étant longue et montueuse, et plus encore dans l'obscurité, Emmanuel décida de rester au monastère jusqu'à l'aube. « Autre chose », murmura-t-il avant de s'endormir à son tour, drapé dans son manteau, « il y a autre chose, c'est plus simple et moins simple tout à la fois. »

Marie et Thomas, le lendemain, l'accueillirent comme un frère et une sœur accueillent un frère aîné fêtard et mystérieux. Ils n'osaient l'interroger. Il souffrait d'un mal de tête aveuglant et demeura couché toute la journée.

Comme s'il avait donné un signal, Gondopharès était reparti, suivi cette fois d'Eban et d'une armée fraîche, pour ce que les courtisans appelaient une « mission pacificatrice », car le glaive, en effet, pacifiait radicalement. Emmanuel eût pu demeurer au palais et même jusqu'à sa mort, un saint homme comme il en abondait dans le pays ; il eût encore guéri des femmes sans règles et des enfants à la peau, aux yeux ou au sang malades, car les autres ne s'autorisaient pas à contrarier les desseins des divinités et considéraient le métier de médecin comme impur. Mais deux regards opposés convergeaient sur lui, celui de Marie et celui de Thomas. Deux regards voilés par le souvenir, il était vrai, mais celui de Marie était ardent et clair, celui de Thomas, chargé de désarroi. L'être humain regarde trop souvent en arrière, et change alors ceux qu'il a aimés en statues de sel. Emmanuel décida de partir une fois de plus. Seul Dieu est toujours à l'horizon, et l'horizon ne sait que reculer.

Thomas décida de rester quelques jours à Sirkâp, pareil à un lambeau de manteau accroché par une ronce. Marie avait dit : « Dans le Nord, il y a des Juifs, ils ignorent Jérusalem et la corruption des prêtres. Allons là-bas. » Thomas avait aussitôt murmuré : « Que vais-je devenir ? » Mais la réponse lui avait déjà été donnée de longue date, et c'était l'enfant en lui qui geignait. Quand ils furent montés sur leurs chevaux, achetés avec l'argent de Marie, il posa les deux mains jointes, dans un geste implorant, sur la cuisse d'Emmanuel, le regard noyé de détresse.

« Paix, Thomas, nous sommes tous des voyageurs, regarde l'avenir et lève la tête vers le Seigneur », dit Emmanuel.

« Lequel des deux Seigneurs, El ou Yahweh ? » demanda Thomas d'une voix rageuse.

« Les deux t'entendent, mais c'est Yahweh qui répond. »

2

EN CE TEMPS-LÀ

« Et alors ? »

Ils étaient cinq sur la terrasse d'une taverne à Derbé, entre la Cilicie et la Pamphylie, mangeant des bricoles comme le font les gens dont l'esprit est ailleurs, et qui ne se résolvent pas au devoir du dîner. Les dîners, d'ailleurs, se prennent en famille, et ces convives-là avaient, comme on disait dans la région, la sandale baladeuse, ni femmes, ni enfants, ni mères, ni belles-mères, au mieux quelque veuve échauffée ou quelque giton froid, l'un et l'autre à coup sûr de second choix, car ces convives-là étaient surtout désargentés. Des feuilles de laitue, des olives au poivre, aux herbes, au vinaigre, des boulettes de viande, des cubes de fromage blanc, fumé ou fermenté, des pains divers, des plats, des mous, des secs, des longs, des ronds, des carrés, aux raisins ou au sésame, un ou deux vins résineux ou des alcools d'absinthe qu'on étendait d'eau, c'était leur dîner avant l'auberge incertaine, la chambre d'hôte ou encore une fois, le lit de la veuve ou le grabat du gredin. Ils riaient volontiers, ou plutôt se gaussaient, et caquetaient comme le font les hommes seuls, tirant le manteau qui avait glissé dans le feu d'un ragot exigeant du geste.

L'un d'eux, Lelius Cordeus Fascicola, revenait de Rome ; c'était le bon genre, car après tout, il ne se passait rien d'intéressant si ce n'était à Rome, ou qui traitait des Romains.

« Et alors ? » demanda à nouveau le convive qui

semblait le mieux à même de traiter tous ces gens-là, un quadragénaire nabatéen, bas sur pattes comme un tabouret, le visage disgracé par un seul sourcil continu qui lui barrait le front de part en part. On l'appelait Saül et on disait qu'il était de famille royale, mais tant de gens en ces jours-là disaient qu'ils étaient des princes alors que leur père avait possédé en tout et pour tout six chèvres.

« Alors, tu te rappelles l'affaire du pont sur la mer ? »

« Non. »

« Le pont sur la mer, le pont sur la baie de Naples, non ? Tu ne connais pas ? Or ce fou s'était convaincu que, pour asseoir sa majesté impériale auprès des voisins de l'Est et du Nord, et surtout du sénat, qui n'avait pas changé d'avis à son sujet et qui le prenait toujours pour ce qu'il est, c'est-à-dire une fille à soldats, il avait besoin d'un exploit extraordinaire. Quoi ? Marcher sur l'eau, pas moins. Donc, notre Caligula demande à ses ingénieurs de lui construire un pont de navire de trois milles de long, qui coupe toute la baie de Naples et qui soit pavée comme la via Appia. Alors les ingénieurs se mettent au travail, et au bout de trois mois, le pont est prêt... »

« Qu'est-ce que c'est que cette histoire ! » protesta un convive, un Grec de Nicopolis, nommé Epigénos. « On ne peut pas construire un pont de bateaux sur la mer avec des pavés par-dessus ! Ça bouge, la mer ! Un pont pareil ne peut pas tenir ! »

« Je te dis ce qui est, que j'ai vu et que la moitié de l'Italie a vu ! Les ingénieurs romains l'ont fait. Bref, en attendant que le pont soit achevé, Caligula a envoyé un de ses sbires ouvrir le tombeau d'Alexandre à Alexandrie pour y prendre l'armure du héros et la lui ramener à Rome. Et il part avec toute sa cour, ses favoris et ses acteurs et ses amants, Marcus Aemilius Lepidus, Macro, Gemellus, Valerius Catullus, Mnester, il endosse l'armure d'Alexandre et par-dessus un manteau tissé d'or et de pierreries, avec des bottes dorées, il fallait voir ça, il est maquillé comme une catin, les cheveux poudrés d'or, et les chevaux aussi sont fardés, il se lance sur un char doré et il parcourt le pont et revient à son point de départ. Les gens crient d'enthousiasme ou de stupeur, je ne sais pas, il monte sur une estrade et tient un discours extravagant dans lequel il déclare qu'il a conquis le dieu de la Mer, Neptune ! »

« Rome est donc aux mains des fous ! » s'écria Saül, en croquant un concombre.

« Attends, attends, tu n'as rien entendu ! Un moment plus tard, voilà notre empereur qui va se changer et réapparaît déguisé en Neptune, tenant un trident et le visage masqué par une barbe dorée semée de perles ! Les gens crient encore, et un peu plus tard le voilà qui apparaît, cette fois avec de faux seins et une perruque blonde, et ses mignons crient que c'est Vénus ! »

« La fin des temps ! » murmura Saül sombrement.

« Un homme pareil défie la Némésis ! » déclara Epigénos.

Fascicola appela le serveur pour redemander du vin. « Et pour finir, le comble, il réapparaît déguisé en Jupiter, avec des foudres d'argent dans les mains ! » Il vida son verre, le remplit, avala une boulette de viande, puis une olive, puis encore la moitié d'un petit pain au sésame. « La nuit s'est achevée le lendemain à midi, ils étaient tous beurrés, Caligula, ses mignons et la foule. Il ne restait plus de vin dans la région, sinon une piquette pour paysans. »

« Je répète, tout ça va mal finir », dit Epigénos.

« Le sénat le fera assassiner », dit Fascicola en mâchant son pain.

« Mais que dit le peuple ? » demanda Saül.

« Le peuple ? Il s'amuse ! Il s'amuse follement ! » répondit Fascicola. « Il ne demande que ça, du spectacle extravagant, et plus le spectacle est extravagant, plus le peuple est content. »

« Ce n'est pas tout à fait vrai », rectifia un Juif de Rome, Callisthènes, qui faisait commerce de tout et de rien entre l'Asie Mineure et la métropole. « Le peuple méprise Caligula. Il lui reproche d'avoir dépensé tout l'héritage de Tibère en un an, vingt-sept millions de sesterces ! »

« Vingt-sept millions de sesterces en un an ! » s'écria Saül.

« Le peuple n'en a rien vu. Il a continué de payer des impôts comme avant. »

« Le peuple aime mépriser ses gouverneurs », reprit Callisthènes. « Ce sont presque toujours des gens sans morale et sans honneur. »

Cette dernière réflexion laissa Saül songeur. « Et Agrippa ? » demanda-t-il à Fascicola, qui croquait des oignons au vinaigre.

« Agrippa ? Hérode Agrippa ? Ah, voilà un renard ! Pourquoi t'intéresses-tu à lui ? » demanda Fascicola.

« Il est de la région, non ? On s'intéresse toujours aux gens qu'on a connus. »

« Tu as connu Hérode Agrippa ? » demanda Fascicola, l'œil soudain vif.

« Bon, à Jérusalem, tout le monde connaît tout le monde », répondit Saül d'un ton vague. « Tout ça ne me dit pas ce qu'il devient. »

« Il intrigue comme toujours, je suppose. C'est un aventurier et un ambitieux, comme tous les Hérodiens, fils et petit-fils et neveux d'Hérode le Grand ! Il avait déjà réussi à faire disgracier son beau-frère Hérode Antipas[113], il essaie maintenant de se dépêtrer du mauvais pas dans lequel le place l'aversion de Caligula pour les Juifs. »

« Les Juifs sont mal vus à Rome ? » demanda Saül.

« Parlons-en ! » s'écria Callisthènes. « Depuis la révolte d'Alexandrie, dont le bruit a traversé la Méditerranée pour être amplifié de manière grotesque, Rome est devenue un enfer, attisé par Caligula ! Il ne se passe pas de jour sans algarade entre les Romains et des Juifs ! »

« Moi, je n'ai pas d'aversion pour les Juifs », dit Fascicola.

« J'étais à Alexandrie l'année passée, pendant

l'émeute », dit Epigénos. « Je ne suis pas fier de la manière dont mes compatriotes se sont comportés. Cela dit, voilà quand même des années qu'ils sont travaillés au corps par des agents de Caligula, qui répandent toutes sortes de rumeurs épouvantables sur les Juifs. »

« Qu'est-ce qui s'est passé en fait ? » demanda Saül, alarmé.

« Agrippa venait d'arriver au port, se proposant de gagner ensuite la Palestine par voie de terre. Les Grecs, qui le prenaient pour un Juif, ce qu'il n'est évidemment pas, ont commencé à se gausser de sa prétention à être le roi des Juifs. Ils se sont emparés d'un débile mental, qu'ils ont habillé de pourpre et qu'ils ont fait parader en ville en prétendant que c'était Hérode Agrippa. Ils le couvraient de compliments grotesques et dansaient de façon obscène autour de son char, ce qui a évidemment fait un scandale. Ni Agrippa ni les Juifs n'ont apprécié cette mascarade, et là-dessus, les assaillants, qui étaient une plèbe de Grecs, de Maltais, de Romains et de toutes sortes de Levantins, ont attaqué leurs maisons. Ils ont forcé les portes, saccagé le mobilier, mis le feu, et pis que tout, ils ont tiré les Juifs de chez eux, les ont battus ou tués sur place, ont violé leurs femmes et leurs filles, et pire encore. Les hommes, eux, étaient emmenés vers les quartiers pauvres au-delà du port, où des bûchers ont été érigés. Et comme les flammes ne prenaient pas assez vite, les Juifs à demi calcinés, et souvent encore vivants, étaient arrachés à ces bûchers et exterminés à coups de pierre. Je n'aurais jamais imaginé pareille sauvagerie. J'ai été moi-même menacé de mort quand je me suis indigné de ce que des Grecs pussent participer à un massacre aussi infâme et injustifié. »

« Il n'y a donc pas de préfet à Alexandrie ? » s'étonna Saül.

« Si fait, il y en avait un, Aulus Avillius Flaccus, mais il a eu peur que les Grecs et leurs acolytes se retournent contre lui, alors il a feint de n'avoir rien vu. Et quand, les émeutes étant finies, les Juifs ont délégué auprès de lui trois douzaines des membres les plus éminents du Sanhédrin, il les a fait arrêter à leur tour, puis a fait également arrêter leurs femmes et leurs filles et les a forcées, sur des estrades, à manger du porc. »

L'horreur dilata les yeux myopes de Saül. Sous la barre de sourcils noirs, sorte de moustache incongrue qui lui traversait le front de part en part, ses yeux naturellement cernés de bistre, arrondis par l'émotion, et sa bouche changée en un trou noir et rond à travers la barbe évoquèrent un masque de tragédie. « Ces Romains sont des gens atroces ! » s'écria-t-il, la voix rauque.

« N'as-tu pas dit que tu étais Romain ? » demanda Fascicola, quelque peu ironique, en mâchant une boulette de viande. « Alors, rappelle-toi qu'il y a aussi des Grecs atroces, tout comme des Parthes, des Egyptiens ou des Ibères atroces. L'atrocité est le trait le mieux partagé du monde. » Sur quoi il but une longue gorgée de vin.

« De toute façon, reprit Epigénos, conciliateur, « sa lâcheté n'a pas porté chance à Flaccus. Agrippa s'étant violemment plaint de son impéritie et de sa cruauté, Caligula l'a fait rappeler à Rome, a confisqué tous ses biens et, il y a deux mois, l'a fait décapiter[114]. »

Saül s'abîma dans des réflexions sans gaieté.

« Mais dis-moi », reprit Fascicola, « comment peux-tu concilier ta citoyenneté romaine et le fait que tu propages l'enseignement d'un prophète juif qu'on appelle Chrestus ? On nous a même dit que tu t'efforces de rallier d'autres Juifs à la cause de ce Chrestus. »

« Ma citoyenneté romaine est un privilège. Elle ne m'empêche pas d'apprécier et de faire connaître l'enseignement de Jésus », répondit Saül avec agitation. « Vous ne le voyez pas, non, vous ne voulez pas le voir, mais Rome est malade ! »

Fascicola et Callisthènes le considérèrent d'un œil

sceptique. « En tout cas », dit Fascicola, « je ne te conseillerai pas d'y aller par les temps qui courent. L'air n'y est pas salutaire pour les Juifs, ni leurs disciples, qu'ils soient prophètes ou non. »

Saül ravala sa salive. Fascicola appela l'aubergiste et chacun paya son écot. Le soir tombait avec ce mélange de langueur et de hâte particuliers à l'Orient. C'est-à-dire que les nuages allaient lentement et que le Soleil se pressait de quitter les lieux. Saül ne vit pas le plus jeune des convives, un jeune Ibère qui n'avait dit mot durant ce faux repas, adresser un baiser à l'astre déclinant. Il n'avait pas vu non plus le double M marqué au fer rouge, mais artistement caché sous une mèche blonde. Il n'en eût d'ailleurs pas eu cure. Les vieilles religions mouraient et Rome se gangrenait. Caligula en était le symbole, vieille catin travestie en empereur par un sénat avarié et un peuple secoué de vomissements ! Il l'éprouvait dans son corps déjà vieux, le monde avait besoin de mythes neufs et de rachat. Et les Romains n'étaient pas différents des Juifs, ils ne pouvaient vivre sans croire, ils avaient besoin d'autres mythes. L'Empire était à vendre, l'Empire était à racheter.

Il vida son verre avant de se lever à son tour et, de ses yeux flous sous les sourcils en moustache, laissa couler un regard méprisant vers ses comparses. Pourceaux ! Pourceaux d'Epicure ! Ce n'était pas lui qui était myope, non, certes non.

3

LA VOLTE-FACE

Qu'eût-elle donc été, s'il n'avait été ? A l'heure que voilà, où elle lui massait les pieds dans une auberge de Srinagar, elle eût sans doute, ayant échappé de peu à une lapidation, été condamnée à la relégation dans sa maison de Magdala, sous la surveillance sourcilleuse et ridée de matrones et patriarches de sa famille. Le besoin d'être aimée, qui ressemblait tant chez elle à l'amour, se fût éteint dans les crises d'émotion, les larmes, les accès de mélancolie. Ou bien alors un tribunal d'hommes l'eût forcée au mariage avec un prétendant trop content de mettre la main sur la fortune qu'elle avait commodément héritée de sa famille de lainiers. Mais il l'avait détournée d'un destin aussi ordinaire. Elle avait voulu être distinguée, puis aimée par lui, défiant l'opprobre dont les Pharisiens faisaient si généreusement commerce.

Le froid humide réveillait les douleurs d'Emmanuel. Un onguent offert par les Zoroastriens de Sirkâp s'était révélé meilleur que les précédents. Tandis qu'elle le lui appliquait sur les pieds, il s'en massait les poignets, tout en poursuivant ses réflexions. Le manteau noir de Marie frôlant soudain la nappe brodée sur la table de Simon le Pharisien, les interjections indignées, le nuage piquant de l'odeur de myrrhe, l'incohérence scandaleuse, le ruissellement de l'huile sur ses cheveux, les doigts tendres sur son crâne, les paroles incompréhensibles autant qu'exaltées qu'elle avait murmurées, et pour finir, l'agenouillement de cette inconnue et la sensation de ses lèvres sur les pieds... L'ensemble évoquait une grenade presque éclatée que l'arbre excédé de chaleur aurait jetée aux pieds d'un passant. Puis le visage crispé de Simon et la prompte réaction : « J'ai quelque chose à te dire, Simon. »

Elle ignorait les lois de son peuple, parce qu'un esprit l'habitait. Pas un démon, mais un esprit enfantin, turbulent, prompt aux larmes, assoiffé de tendresse et surtout terrifié. Un de ces esprits, peut-être des démons avortés, car même le Mal ne parvient pas toujours à maturité, qui tourmentent les touffes de jonc dans le désert et que le désœuvrement pousse à s'amuser de tourbillons de poussière guère plus hauts que le genou. Cet esprit-là demandait à être reconnu, révéré même, et non humilié à la fois par les anges dédaigneux et les démons méprisants. Comment aurait-il expliqué cela à Simon, qui ne voyait en cette intruse qu'une pécheresse ? Et plus encore, comment expliquer que cette femme, ou l'esprit qui s'agitait dans sa tête échevelée, avait vu en lui le remède à la souffrance ? Si elle était possédée, eût rétorqué Simon, c'était un exorcisme qu'elle appelait. Or, on n'exorcise que les esprits malins, et celui de Marie était donc innocent, à l'instar de celui qui habitait son frère Lazare. Seule Marthe avait échappé à cette possession enfantine. Mais elle aussi était prompte. Une femme l'est plus qu'un homme. Elle a ses pactes avec les informateurs ténus de la nuit, ceux qui s'insèrent dans la trame des rêves, le vol des mouches et le bavardage du vent. Marthe avait compris le besoin du frère et de la sœur d'être absorbés par le Roi sauveur ; ils avaient, comme Ezéchiel, vu tournoyer les roues de topaze et scintiller le trône de saphir d'un char céleste, et ils avaient brûlé d'y monter. Et ils y étaient montés.

L'onguent avait pénétré toute la peau. Une chaleur piquante baignait les chairs à jamais meurtries par le clou, autour des os fragiles et compliqués des pieds, autour de la cicatrice qui les traversait de part en part. Bientôt il pourrait faire peser dessus le poids de son corps sans trop d'effort et sans recroqueviller les orteils. Il interrompit Marie du geste. Elle s'assit, le pot en main, et le regarda. Son visage avait achevé son parcours, de la jeune femme à la mère. Elle était stérile, il était devenu son fils. La manière qu'elle avait de traîner les pantoufles sur le sol de cette auberge proche du lac Dal était désormais celle d'une sœur ou d'une mère. Un certain parcours s'était achevé. Les images d'hier défilèrent, usées, un masque renversé, dilaté par l'émoi, la respiration coupée, et les hanches qui luttent, pareilles à celles de l'animal qu'on a maîtrisé pour le marquer au fer, et les seins gonflés par l'espérance... Enfin le cri. Le cri qui dit « enfin ». L'esprit turbulent finit par s'en aller, l'épée avait été forgée. Marie était devenue forte. Cette petite âme errante avait découvert la puissance du souffle. Sans doute cette connaissance avait-elle consumé sa jeunesse, la plénitude des fruits, l'éclat de leur peau. Mais elle avait accompli exactement ce qu'il avait dit à Gondopharès : aimer le Créateur dans sa créature. Elle était désormais la sœur élue.

A cette différence près que, pour elle, il n'était pas une créature.

« Etre seul est bien », avait-il dit jadis[115]. Pourtant, le besoin du corps et des corps, il l'avait éprouvé comme tout autre. A certains moments, l'être flambe comme l'étoupe imprégnée de naphte. Une torche, et le feu s'étend à l'objet aimé. L'animal aspire avec violence à se sublimer. Les corps ne sont plus des corps, mais des creusets où coule un métal en fusion. La forme du métal refroidi sera celle du moule. Dans le premier regard qu'à l'aube on aventure sur l'autre, quand la lumière froide glisse comme l'eau, du sein au ventre avant de s'arrêter aux pieds, flattant les nacres et les velours, il avait souvent éprouvé le sentiment d'avoir fondu, non des corps, mais des épées. Il restait à les marteler au feu, afin d'en aiguiser la lame, comme il l'avait vu faire à Damas. Les spasmes et les soupirs, les tourbillons ondulants, les éclairs, les bourrasques, les sacrifices secrets, les rapts indicibles, il les avait donc pratiqués avec l'ivresse du don, celui d'être pris et celui de prendre.

Enfant, l'un des spectacles qui l'avaient marqué, parce que bouleversé, avait été le sacrifice et le dépeçage d'un agneau. Le sang jaillissant de l'artère ouverte par le couteau, la longue fente qui divisait ensuite l'animal exsangue le long du ventre, du cou aux parties génitales, l'arrachement de la peau au couteau, le découpage des membres et des quartiers encore fumants, le cisèlement des organes, des graisses pareilles à de l'ivoire mou, des aponévroses transparentes, des os rosés par le sang. Le boucher y plongeait les deux mains avec une telle fièvre que sa boucherie en devenait symbolique. Plus tard, Emmanuel avait songé, après ses élans, qu'il venait d'accomplir à sa façon un sacrifice, à la fois prêtre et boucher. A cela près que, dans l'amour, l'animal et le sacrificateur renaissaient plus beaux.

Selon les Pharisiens, cela n'était pas dans la Loi, et peut-être était-ce de cela qu'ils avaient surtout pris offense. Il n'avait pas d'épouse comme les autres, il ne s'était pas enraciné, il y avait trop de gens qui l'aimaient et toutes les maisons étaient les siennes, même celles qui étaient présumées interdites. Et quand il leur avait répondu : « Allez, mangez votre pain et trouvez-y du plaisir, et buvez votre vin d'un cœur léger, car Dieu a déjà accepté ce que vous avez fait. Habillez-vous toujours de blanc et n'oubliez pas de parfumer votre tête[116] », ils avaient hoché des têtes chargés de rancœur. Ces gens-là avaient une très haute idée de l'usage qu'il fallait faire de ses parties et de celles d'une femme, à plus forte raison d'un corps qui n'était pas réglementaire. L'encre sur le papier des prescriptions devait chez eux suppléer le cœur, et c'est pourquoi ils portaient au Seigneur la révérence pointilleuse qu'on porte au chef d'une administration. Si leurs reproches se faisaient plus précis, il leur répondait : « Avez-vous oublié votre roi ? Lui et Jonathan avaient conclu un pacte solennel, parce que chacun des deux aimait l'autre comme lui-même. Et Jonathan avait donné à David sa tunique, son manteau, son épée, son arc et pour finir, sa ceinture[117]. »

Mais il avait battu la poussière de ses sandales ensanglantées et laissé les gardiens de ruines au déchiffrement aveugle des mots qu'ils avaient substitués au Verbe. Ils s'étaient voulus Peuple du Livre, ils n'étaient que celui de l'Encre.

« Où irons-nous ? » avait demandé Marie quand, de Sirkâp, ils avaient pris la direction de Srinagar.

« A l'est. Vers le soleil. » Les hommes courent vers l'ouest, afin de ralentir le temps, lui, il remontait le temps. L'unique route vers l'est passait par Srinagar, à moins d'une journée de voyage. Mais après avoir examiné ces voyageurs singuliers, qui ne transportaient pas de marchandises, l'homme au visage de l'Ouest et cette femme qui semblait son épouse, des gens leur dirent, étonnés, que la route à venir serait rude. Comptaient la parcourir avec ces montures ? Et seuls ? Ils échangèrent donc leurs chevaux pour d'autres, pareils à des mulets, à la robe de sable, mais c'étaient pourtant bien des chevaux, dont on leur assura qu'ils étaient plus résistants. Puis, ayant appris qu'ils se dirigeaient vers l'est, l'aubergiste les informa qu'il serait plus prudent d'attendre la prochaine caravane qui suivrait le chemin projeté, car les gens du Nord sévissaient dans les parages, et que, voyageurs isolés, ils seraient plus vulnérables à leurs maraudeurs que dans le corps d'une caravane. De plus, dit-il, le voyage serait éprouvant pour une femme, car le climat là-haut était rude. Qui donc appelait-il « gens du Nord » ? Sans doute les soldats-brigands ou des brigands-soldats, la différence était mince, car les voleurs rêvent toujours de royaumes et les soudards, de rapines. L'attente fut en tout cas brève, car le soir même une caravane fit halte en ville, et leur chef accepta, moyennant paiement, de prendre le couple sous sa garde. Ils avaient tous pour monture des chevaux pareils à ceux d'Emmanuel et de Marie. Ils festoyèrent, Emmanuel s'en était accoutumé, c'est-à-dire que la soirée fut consacrée à des considérations de marchands et des beuveries où une femme n'avait que faire. Emmanuel et Marie se retirèrent tôt.

La caravane s'ébranla à l'aube. Bien que le printemps fût proche, le froid, qui semblait descendre des cimes de l'Himalaya, au loin, s'empressa de mordre cruellement le moindre morceau de peau découvert. Marie dut acheter juste avant le départ des bottes fourrées et une houppelande de mouton dans laquelle elle disparut quasiment en grelottant. Du fond de cette caverne molle qui se balançait sur sa monture, deux yeux cernés et stupéfaits considéraient la cime blanchie, pour elle incroyablement haute, du Nânga Parbat[118].

« Est-ce une montagne ? » demanda-t-elle, et Emmanuel se mit à rire. La taille d'un objet changeait sa nature, un rat géant eût été un animal royal, un aigle grand comme un moineau, un picoreur dérisoire. L'on ne prêtait donc la noblesse qu'à la force. Mais un homme ? Qu'était-il donc au regard de Dieu ?

Quelques heures après leur départ, des bourrasques de neige les enveloppèrent et ralentirent leurs pas. Ils furent heureux que leur chemin entrât dans une des épaisses forêts de pins de la région. Ces arbres leur firent écran du vent et de la neige à la fois. Des loups s'aventurèrent devant eux, mais quelques flèches décimèrent les plus hardis et découragèrent les autres. D'autres, seulement blessés, allèrent en se traînant achever leur agonie dans les profondeurs de la forêt. La caravane ne s'arrêta que le temps nécessaire pour les archers de récupérer leurs flèches, déplorant qu'ils n'eussent pas le loisir d'arracher leurs fourrures aux maraudeurs.

La caravane avait depuis peu quitté l'abri de la forêt, s'aventurant sur un plateau blanchi par la neige et balayé par de soudaines rafales de vent, quand un fourmillement brouilla l'horizon. Les caravaniers ralentirent le pas une fois de plus et des cris fusèrent çà et là. Le mirage se précisa au fur et à mesure de l'avancée. C'étaient des cavaliers, c'était une armée, et elle comportait un grand nombre d'éléphants qui dominaient la meute des chevaux et des hommes. Le chef caravanier donna l'ordre d'une halte, chacun plissant les yeux pour distinguer les mises et les armes, dénombrer cette horde, déchiffrer ses intentions.

Les étrangers arrivèrent au trot, leur chef flanqué de deux porteurs d'étendards ; ce n'étaient donc pas des brigands avoués. Emmanuel ne sut rien interpréter sur les oriflammes décolorés et givrés qui pendaient aux lances. Qu'importait, d'ailleurs ; ils étaient près de deux mille, fallait-il toujours nommer le danger ? Une ruée de quelques éléphants, et c'en eût été fait du commerce et du voyage. Les militaires s'arrêtèrent quasiment face à face avec les commerçants, le cheval du chef inconnu et celui du chef caravanier tête-bêche. Une vapeur monta de tous ces naseaux et des flancs des bêtes, le plus singulier étant les jets fumants que les éléphants projetaient de temps à autre du bout de leurs trompes. Tous vêtus de casaques de peau retournée, coiffés de bonnets pointus de fourrure rabattus jusqu'à la racine du nez et munis d'oreillettes, de surcroît masqués jusqu'aux yeux, les militaires évoquèrent une armée de singes prodigieux.

Les deux chefs avaient à peine baissé, pour se parler, les masques de peau qui leur protégeaient le visage. Le militaire interpella son vis-à-vis dans une langue qu'Emmanuel ne connaissait pas, mais où il crut reconnaître le burushaskî[119], déjà entendu à Sirkâp. Le ton était impérieux, évidemment cavalier, mais sans agressivité. La déférence du caravanier et de ses lieutenants témoignait que le ton de l'entretien était pour le moins civil. Mais la conversation sembla se prolonger au-delà des échanges d'informations ordinaires entre des commerçants et des militaires en campagne. Et l'étonnement s'accrut lorsque le militaire détourna son cheval pour remonter la caravane et s'arrêter à Emmanuel.

Emmanuel baissa le revers du manteau pour découvrir son visage et regarda l'homme qui le fixait d'un regard perçant ; l'autre prit son temps pour satisfaire à la courtoisie et baisser son masque. A peine trente ans, et la tristesse tranquille de ceux qui ont trop souvent calculé le prix d'une vie pour n'avoir pas réfléchi à celui de la leur. Les yeux, la bouche et le port étaient impérieux. La barbe était raide et noire, brillante à cause de la neige qui fondait et se recristallisait. Le militaire se passa la langue sur les lèvres, révélant de la sorte un carmin satiné pareil à celui de babines de loup.

« Tu parles araméen », dit le militaire. Emmanuel hocha la tête. « Je suis le roi Shalivahân[120]. » Emmanuel inclina la tête. De quel pays ou de quel songe était-il donc roi ? L'Inde était en cela pareille à la Palestine, elle abondait en princes. « Où vas-tu ? »

« Vers l'est », répondit Emmanuel, « où le soleil est plus jeune. »

« D'où viens-tu ? »

« J'ai été ces derniers temps accueilli par Gondopharès. »

« Et avant ? »

« J'habitais mon pays, la Galilée, loin à l'ouest. »

Shalivahân hocha la tête. « Ce sont là des régions sous contrôle romain », dit-il. « Pourquoi en es-tu parti ? »

« Certains disaient que j'étais le fils de Dieu, d'autres, l'héritier d'un roi ancien de Judée. On m'appelait Jésus le Christ, c'est-à-dire celui qui a reçu l'onction royale. Le peuple m'écoutait, il a voulu me couronner, cela a déplu. Les puissances inférieures se sont déchaînées. On m'a crucifié. Je suis parti. »

Un silence suivit. Le regard royal ne se détacha d'Emmanuel que pour se poser un instant sur la houppelande dont se dégageait le visage inquiet de Marie. « Quelle est ta religion ? »

« Celle de la lumière et de la vérité du Dieu unique. Celui qui défera le Mal à la fin des temps. »

« C'est le Dieu des Juifs », observa Shalivahân, et cela n'appelait pas de réponse. « Des marchands m'ont parlé de toi. Le Dieu des Juifs ne saurait être celui de tous les humains. » Un autre silence. « Là où tu veux aller, tu ne trouveras que des gens qui vénèrent les esprits[121]. Mais si tu sais invoquer les esprits, tu ne saurais rivaliser avec les chamans qui le font, car tu ne parles pas leur langue. »

La neige se remit à tomber. Du haut des éléphants, des silhouettes épaisses observaient le singulier entretien.

« Me fermerais-tu la porte de l'Est ? » demanda Emmanuel.

« Il n'est même pas en mon pouvoir de te l'ouvrir, si je le voulais. Ils ont leurs dieux, à l'Est. Tu dois retourner sur tes pas. La meilleure occasion de le faire est immédiate. Tu bénéficieras de ma protection sur le chemin. »

Ce roi-là parlait peu. Mais cette fois-là, c'était dit, la lumière de Yahweh ne pénétrerait pas l'Est. Le voyage, d'abord présumé sans fin, s'achevait. Le destin avait, une fois de plus, pris le masque d'un roi. Emmanuel hocha la tête. Il n'avait, c'était vrai, que faire là où des hommes accroupis invoquaient les morts et parlaient en leur nom avec des voix caverneuses. Et que peuvent dire les morts, sinon des paroles de mort ? Ces gens-là étaient pour des Saül[122].

Shalivahân les quitta aux faubourgs de la ville. Le ciel rougeoyait. Près des rives du lac Dal, des enfants cueillaient les premières jacinthes d'eau qui avaient fleuri. Le crépuscule était calme et beau.

4

LE FAISEUR DE PLUIE

Ils venaient depuis plusieurs jours à la maison de Béthanie, avec les yeux assoiffés des demandeurs. Ils demandaient à voir le Juste, ses disciples leur répondaient qu'il était en prières et les recevrait plus tard ; alors ils demandaient de l'eau et s'asseyaient sur les bancs adossés à la maison, et ils attendaient. On devinait à leur patience de pierre qu'ils attendraient aussi longtemps qu'il le faudrait pour être reçus, et plus encore, jusqu'à ce que le Juste eût exaucé leur unique vœu. Ils venaient de Bethsira et de Bethléem, certes, mais aussi de plus loin, de Galgala, de Nicopolis, de Sichem et de Zépheth Gophna. Il y en eut même de Callirhoé, au nord, et de Bethlebeaoth, au sud, en Idumée. C'étaient des Judéens pour la plupart, mais on comptait même des Gentils, des Nabatéens et des Iduméens, des hommes jeunes, certes, à la barbe sans argent, mais on comptait aussi dans leur nombre des ancêtres, chenus et vigoureux. Ils avaient entendu parler des pouvoirs du Juste ; la religion, ni la secte n'étaient plus un obstacle à leurs yeux, dès lors qu'ils reconnaissaient la vertu du Juste ; leur seule présence équivalait presque à une conversion secrète. La poussière sur leurs pieds et leurs visages parlait pour eux. L'hiver s'achevait et les pluies avaient été si rares que les semailles avaient été retardées. Les palmiers jaunissaient. Le poisson se faisait rare et petit dans le Yarkon, le Kishon, le Jourdain. Et que deviendrait le bétail ? Ils n'osaient pas dire le mot, mais il se lisait sur leur front et c'était « malédiction ».

Jacques, dit le Juste, dit aussi Jacques le Presbytre, mit trois jours à les recevoir ; ils étaient alors plus de deux douzaines. Ils s'étaient installés dans des maisons du voisinage, mais ils passaient le plus clair des journées dans son verger, parlant de semailles et de soins aux animaux, et tentant à l'occasion d'apercevoir l'apôtre à la dérobée. Mais on eût pu croire qu'il n'habitait même pas là ; seule la présence des disciples, qui se manifestaient brièvement pour inviter les visiteurs à la prière, pouvait les assurer qu'ils ne s'étaient pas trompés de maison, et seule aussi la présence d'une servante et quelques maigres fumets de cuisine semblaient indiquer que le Juste n'était pas un pur esprit. Enfin, les visiteurs supplémentaires, arrivés le lendemain du sabbat, indiquèrent que l'attente prendrait bientôt fin ; ces visiteurs-là n'étaient pas des paysans inquiets de leurs troupeaux ni de leurs moissons, du moins pas celles de la terre, car ils furent reçus sur-le-champ.

« Qui sont-ils ? » demanda un jeune cultivateur à un disciple.

« Des compagnons du Christ, comme le Juste. Ce sont Lévi et Cephas. »

« Mais le Juste n'est-il par leur chef ? »

« Il est le frère que le Seigneur a désigné, avant son départ, comme celui auquel ils devraient en référer pour toute décision[123]. »

Il apparut après les ablutions du soir, à l'heure où les oiseaux se disputaient des places dans les chênes et les oliviers, et que les premières chauves-souris couraient après les insectes attardés. Ils s'empressèrent autour de lui, dévisageant ce personnage légendaire, mais inconnu. Les disciples, au nombre de cinq, tinrent les visiteurs à distance respectueuse. Une torche fut accrochée à un bras de fer, au-dessus de la tête du Juste, lui prêtant l'air d'une apparition. Proche de la cinquantaine, droit et presque rigide, comme s'il avait été sculpté dans du bois, drapé dans un ample manteau au-dessus d'une robe blanche, il semblait, selon ceux qui avaient vu le Messie, la réincarnation de l'homme que certains disaient monté au ciel. Même barbe, même manière de nouer ses cheveux en couette sur la nuque, même maintien.

Il considéra un instant le petit attroupement devant sa maison et s'écria : « Louez le Seigneur. »

« Nous louons le Seigneur ! » répondirent même, par courtoisie innée, les Nabatéens et les Iduméens, qui adoraient toutefois plusieurs dieux à la fois.

« Louez le Fils qu'il nous a envoyé et que l'impiété des hommes a condamné au supplice ! Louez Jésus ! »

« Nous louons Jésus ! » répondit la petite foule, les Nabatéens et les Iduméens commençant à bredouiller en se demandant si c'était bien ainsi que devaient commencer les bons offices du Juste.

Un certain silence se fit. Cephas et Lévi dévisageaient la foule d'un œil attentif, pour s'assurer qu'il ne s'y était pas glissé un espion du Temple. Mais les disciples avaient déjà procédé à cette enquête. Ils s'étaient entretenus avec chacun des visiteurs, vérifiant le lieu dont il venait, son accent et la véracité de son souci.

« Nous sommes venus », dit le plus auguste des paysans, un sexagénaire au masque et au port de patriarche, « te demander d'intercéder pour nous auprès du Seigneur, afin qu'il mette fin à la sécheresse. Car il n'a pas plu depuis des semaines, et nous sommes menacés de famine. »

« La sécheresse n'est pas le fait du Seigneur », répondit le Juste. « Il ne peut rien venir de Yahweh qui ne soit bon, car Il est l'infinie bonté. La sécheresse est le fait des puissances du Mal, qui font les cœurs secs. »

« J'ai toujours respecté la Loi, dans mes paroles et dans mes œuvres », répondit le patriarche, non sans une pointe d'indignation.

« Alors, le Seigneur se soucie de toi, à la condition que tu n'implores pas la pluie pour ajouter à tes richesses. » Le patriarche commença à répondre, mais un disciple lui coupa la parole du geste. « Ecoutez-moi, tous », reprit le Juste, « écoutez-moi bien. Si j'intercède en votre nom auprès du Seigneur, ce n'est pas pour qu'il mette fin à la sécheresse, car elle n'est pas de son fait ! Si j'intercède auprès de lui, c'est pour qu'il domine, une fois de plus, les puissances du Mal qui sont la cause de la sécheresse ! Car, pour mettre fin à la sécheresse, il faudrait que j'implore Satan, et vous n'êtes pas venus ici me demander de prier Satan ? » Un murmure de réprobation s'éleva dans la petite assemblée. « Non, vous ne pouvez être venus que pour me demander de prier le Tout-Puissant de combattre une fois de plus les maléfices de Satan ! »

Les paysans écoutèrent, surpris par le raisonnement. Nabatéens et Iduméens se consultèrent du regard.

« Or », reprit le Juste, « l'empire de Satan est ce monde dont vous faites partie. Donc c'est aussi par vos prières que vous lutterez pour votre part contre les maléfices de Satan. Récitez avec moi : "Sois miséricordieux pour moi, ô Dieu, dans ton véritable amour ; efface mes méfaits dans la plénitude de ton indulgence. Lave-moi de toute ma faute et nettoie-moi de mon péché. Car je connais bien mes fautes, et mes péchés sont présents dans mon âme tout au long du jour. Contre toi et toi seulement j'ai péché et fait ce qui te déplaît, et c'est toi qui as raison dans ton accusation et qui est juste dans ta sentence[124]." Redites-le avec moi. »

Ils récitèrent donc, avec l'aide des disciples faisant office de maîtres d'oratoire, et plus ou moins harmonieusement. L'étoile du Berger scintilla. Le Juste leva les bras. « Allez en paix, et revenez demain à la première heure. J'intercéderai pour vous. »

Ils furent présents à l'aube, sourcilleux et perplexes. Le Juste, Cephas et Lévi étaient déjà levés. Avaient-ils dormi ? Leurs visages creusés et leurs yeux brillants en laissaient douter. Le froid du petit matin était piquant, mais les fronts des trois hommes brillaient de sueur. Peu d'entre leurs requérants purent toutefois s'en apercevoir, car les trois hommes allaient devant d'un pas vif, suivis des disciples et des paysans. Ils se dirigèrent vers une colline que Jacques gravit en tête. Là, les trois hommes s'arrêtèrent. Les autres s'arrêtèrent aussi, mais en contrebas, sur l'injonction des disciples. Le ciel pur et gris s'éclairait sous la surveillance altière et lente des milans. Jacques joignit les mains au-dessus de sa tête. Ses lèvres remuèrent, mais personne parmi les assistants ne distingua clairement ses mots, car le vent s'était levé : « ... Un veilleur... il cria et dit... que les bêtes sauvages abandonnent son abri... l'herbe grasse... la rosée du ciel... » Puis il se tut et son corps sembla vibrer comme si la colline était secouée par un séisme. Les bras levés, il cria, puis il tournoya sur lui-même et s'arrêta entre Cephas et Lévi, haletant, prenant appui sur leurs épaules. Le vent secoua sa robe blanche et défit ses cheveux. « Que le baptême du Seigneur vous purifie ! » cria-t-il. Les assistants, plus bas, gardaient les yeux fixés sur lui, fascinés. Un temps passa, impossible à mesurer. Le soleil sembla reculer son lever, car le ciel devenait gris.

Dans l'après-midi, il plut un peu, mais un vent devenu féroce emporta les gouttes, comme il avait emporté, le matin, les mots du Juste. Ce fut dans la soirée que des orages éclatèrent sur la Judée. Ils durèrent trois jours, puis un peu plus tard il y en eut encore d'autres. Satan fut trempé[125].

5

« LE CŒUR EST LA PLUS TROMPEUSE DE TOUTES LES CHOSES »

Courir sur les routes, de caravane en caravane et d'auberge en estaminet, à la merci des garçons de bains et des blanchisseurs, à boire des vins inconnus et manger des viandes toujours trop pimentées, en écoutant les boniments des serveurs et les ruminations mercantiles des caravaniers, c'était une vie de rien ; il eût fallu adresser un message de gratitude au roi Shalivahân ; sa mystérieuse interdiction d'aller à l'Est se révéla providentielle. Dieu n'était pas plus un fuyard à dos de coursier que l'habitant prébendier des temples. Ce point était d'ailleurs à éclaircir. Toujours fut-il que ce fut avec un soulagement secret qu'Emmanuel revit les rives herbeuses du fleuve Jhelum et leurs cormorans méditatifs, et les rues de Srinagar, où les lampes à huile éclairaient toujours les échoppes nocturnes des marchands de brochettes et des cordonniers. Avait-il vraiment assez vagabondé, de Bethléem à Thèbes, d'Antioche à Césarée, de Capharnaüm à Jérusalem ! On ne voyait jamais que les mêmes, ceux qui assuraient leur confort par l'observance rigoureuse des textes, et les autres, les inquiets, qui se disaient que toute parole est humaine, donc imparfaite et probablement mensongère. Autant dire les sourds et ceux qui souffraient d'hallucinations auditives.

Mais ce n'était pas l'inertie que ce renoncement au voyage. Les vents des déserts ne décoiffaient plus les torches. La flamme, maintenant, montait droite ; elle éclairait mieux. Ainsi, elle révéla à Emmanuel un aspect de ses actes qu'il avait jusqu'alors négligé. A Quoumrân, il s'était imprégné de l'angoisse : toutes choses étaient finies, la révélation était imminente autant que la fin des temps. Il l'avait même dit : « En vérité, je vous le dis, cette génération ne passera pas que ces choses n'adviennent... » Mais ces choses n'étaient pas encore advenues, et l'Asie l'avait démontré sans violence ni rhétorique : le Soleil ne semblait pas près de s'éteindre, ni la Lune de se teindre de sang, ni les étoiles de tomber sur la Terre. Le monde avait décidément survécu au Golgotha, s'il en avait jamais entendu parler. Le *dopheq*[126] du tombeau au jardin des Oliviers s'était fermé et rouvert, Caïphe avait eu des cauchemars, et de l'autre côté du palais hasmonéen, Pilate aussi, les apôtres s'étaient égaillés, les uns réfugiés en Galilée parce qu'ils craignaient pour leur vie, les autres organisés en confrérie prônant la conversion avant que le Seigneur ne se manifestât sur ses nuées, mais il suffisait qu'un roi de l'Inde apparût sur un plateau neigeux pour qu'on prit la mesure de ces événements. L'agitation intérieure des Esséniens et leurs querelles féroces avec les gens du Temple avaient été mauvaises conseillères : c'étaient là des affaires de Juifs entre eux. Les lieutenants de Shalivahân au sommet de leurs éléphants n'en savaient rien. C'était comme si tout cela n'avait pas existé.

Telle était la raison pour laquelle Emmanuel avait gardé la tête penchée pendant tout le chemin du retour. Le temps du ressaisissement était venu.

Ainsi, quand au bout de trois jours d'auberge, Marie murmura craintivement que peut-être, en attendant mieux, il serait opportun de prendre une maison, il hocha la tête. Sans doute était-ce un peu l'âge. Vient une saison où l'on troque sans trop de regrets les sandales du voyageur pour les savates domestiques, et où l'on souhaite que la soupe du soir ne tienne pas l'estomac éveillé. Elle acheta une maison sur le lac, qu'elle s'empressa de chauffer avec une armée de braseros et de capitonner de tapis. Pourquoi le lac, alors ? demanda Emmanuel. C'était qu'elle aimait voir l'eau à son réveil. Mais il avait surtout accepté l'installation parce que son esprit ressemblait au captif qui, dans un souterrain ténébreux, tend le bras vers une torche.

Des jours tranquilles s'écoulèrent. Les jacinthes bleues, et puis les roses fleurirent sur le lac, comme si les unes imitaient l'aube et les autres, le crépuscule, les carpes montèrent à la surface, les marchands vinrent offrir du poisson et du jasmin, Marie acheta des parfums et le sourire lui revint en même temps que le printemps. Il médita. Elle prit enfin le temps de l'informer des événements là-bas, dans le pays qui avait été le sien. Ce qui fit qu'il médita encore plus. Saül, instruit par Dosithée, s'opposait au Conseil apostolique. Et les invocations de la pluie auxquelles se livrait Jacques le Presbytre exaspéraient le Sanhédrin, qui l'accusait de sorcellerie. Hérode Antipas avait été exilé par Caligula et Hérode Agrippa était devenu le nouveau roi des Juifs. Jean de Zébédée était parti pour Ephèse. Les filles de Philippe étaient devenues pareilles à des pythonisses extravagantes et prédisaient l'avenir. Simon le Magicien dominait la Samarie et son culte s'étendait à la Galilée. Ces propos lui donnaient l'impression d'être un ange survolant le monde qui, jadis, avait été le sien.

Tout cela, conclut-il, n'aurait d'importance que le jour où les archers de Shalivahân en seraient informés sur leurs éléphants caparaçonnés.

« Seule la mort est universelle », murmura-t-il un soir.

Et une autre fois : « La pire folie est de croire que le Seigneur participe à vos querelles. »

Comment donc les Hindous, eux, traitaient-ils avec leurs dieux ? Et quels étaient ceux-ci ? Comment s'arrangeaient-ils des fautes et des angoisses de leurs sujets terrestres, de leurs espoirs de vie éternelle, de leur carnalité, de leur frivolité, de leur vénalité ? De leurs illusions de pouvoir et de leurs chagrins de frustrés ? Le regard glissait sur le miroir du lac, s'arrêtait aux horizons successifs, vert pour les rives du lac, bleu pour les montagnes et blanc pour leurs cimes enneigées, puis il revenait à la balustrade de bois : la réponse n'était pas au-delà, mais en deçà.

Le champ des interrogations semblait s'étendre au fur et à mesure que les jours passaient. Marie avait découvert une religion qu'Emmanuel semblait ignorer, le jinisme[127]. Mais qu'était-ce ? Et comment en avait-elle appris l'existence ? Au marché, une femme lui avait demandé si son mari était un *jaïna*, car il s'habillait toujours de blanc. Non, il ne connaissait un peu que le bouddhisme et constatait en maints lieux de la ville, surtout au grand temple orné de statues mystérieuses, lascives ou terrifiantes, la présence de l'hindouisme, mais il ne savait rien du jinisme. C'était vrai, il avait rencontré des hommes et des femmes vêtus de blanc, mais il ne s'était que passagèrement interrogé sur leur choix.

Mais il y avait d'abord les Juifs. Pas seulement ceux de Srinagar et de Sirkâp, devinés au hasard des rues, non. Une visite à la modeste synagogue de Srinagar l'avait laissé rêveur. Le rabbin, qu'il eût d'abord pris pour un Hindou, car il en avait le teint et les yeux veloutés, le prit pour un marchand de parfums et parut n'en plus démordre. Un fumet accentué de cuisine au safran courait dans sa maison.

« Nous ne sommes guère plus d'une centaine dans cette ville », dit-il en buvant du thé, « et encore, la moitié d'entre nous sont-ils toujours en voyage. Pendant la plus grande partie de l'année, la population juive de Srinagar est essentiellement composée de vieillards, de femmes et d'enfants. Les hommes achètent des parfums qu'ils vendent aux caravaniers, ou que certains vont porter eux-mêmes jusqu'à Rome. »

« Des parfums », répéta Emmanuel, surpris.

« Comme toi, oui, de la myrrhe et de l'encens, de l'huile de girofle, de laurier, de jasmin, de rose, de beaucoup d'autres plantes. Comme tu sais, l'encens ne vaut pas celui d'Arabie, mais enfin, les Romains en consomment tant... » L'homme semblait aussi nonchalant que bonasse. Il jeta un regard entendu à Emmanuel. Les Juifs n'étaient pas censés vendre de l'encens pur aux adorateurs d'idoles. L'interdit ne s'était pas émoussé, mais l'encens d'Asie n'étant pas mentionné par les Livres, les Juifs vendaient donc de celui-là aux idolâtres sans enfreindre de prescription[128]. C'était là de ces finasseries qui exaspéraient Emmanuel. Mais enfin, il n'allait pas courir sur les routes après les caravaniers juifs pour les fouetter.

« Il y a longtemps que tu es parti de Jérusalem ? » demanda le rabbin en remplissant de thé le bol d'Emmanuel et le sien.

« Depuis la crucifixion du Messie », répondit Emmanuel, retenant un sourire.

« Un marchand m'a rapporté quelque chose à ce propos, mais je ne me rappelle pas bien », répondit le rabbin sans émotion apparente. « Un roi ou quelqu'un qui voulait être roi, non ? » Emmanuel hocha la tête. « Les Romains... » reprit le rabbin, mais il n'acheva pas sa phrase. « Il y a déjà tellement de rois en Judée que je ne m'y retrouve pas, et puis ils changent tout le temps. Il y a quand même de nombreux mois que tu as quitté Jérusalem ? »

« J'étais à Sirkâp », répondit Emmanuel.

« C'est l'endroit idéal pour le commerce, avec toutes les caravanes, celles de la Route de la soie et celles de la Route parfumée. Pourquoi en es-tu parti ? »

« Je voulais aller à l'Est, mais un roi qui s'appelle Shalivahân m'en a empêché. »

« Peut-être a-t-il eu raison. Les gens se battent tout le temps là-bas. Mieux vaut laisser les routes du Ladakh aux gens du Nord et aux caravaniers expérimentés. Et que puis-je faire pour toi ? » demanda-t-il en servant le rituel troisième bol, qui lorsqu'il avait été bu, signalait la fin de l'entretien.

« Trouves-tu toujours ici les sept lecteurs[129] ? » demanda Emmanuel.

Le rabbin lui adressa un regard voilé. « C'est bien difficile. Ceux qui peuvent lire l'hébreu sont rares. Je suis heureux quand j'en ai trois, *hazzan*[130] compris. »

« Et vous traduisez ? »

« Et nous traduisons. »

« Et vous lisez tous les Livres ? »

« Les cinq premiers surtout », répondit le rabbin au bout d'un temps, et comme à regret. « La Genèse, l'Exode, le Lévitique, les Nombres et le Deutéronome. Ce sont ceux qui nous sont le plus utiles. »

« Et les prophètes ? » demanda Emmanuel, sans s'attarder sur ce que son interlocuteur entendait par « utile ».

« Ah, les prophètes... C'est juste pour le *midrash*[131]. Je choisis les citations les plus courtes possible. Les gens ne les comprennent pas. Ils me demandaient au début pourquoi tant de passion, tant de ressentiment. Et puis, cela fait appel à trop de choses que les gens ignorent parce qu'elles se sont passées loin là-bas, il y a trop longtemps. »

Un long silence s'écoula. « Où d'autre qu'à Srinagar et à Sirkâp y a-t-il des Juifs ? » demanda Emmanuel.

Le regard du rabbin s'anima enfin. Des Juifs, il y en avait certes ailleurs, oh oui, en Drangiane, dans le Bolan, en Gédrosie, en Bactriane, en Arachosie, dans le Kameoja, le Gandhara et, bien sûr, tout le Cachemire. Ils avaient étendu la Terre promise depuis le croissant fertile jusqu'aux monts de Sel[132], et partout dans ces pays les synagogues et les candélabres à sept branches s'élevaient vers le ciel et le nom de Yahweh rendait les hommes meilleurs, conclut le rabbin. Peut-être ceux-là ignoraient-ils la tristesse et la déchéance des gens de Caïphe, songea Emmanuel, dont le cœur frémit soudain pour son peuple.

Leurs ancêtres étaient partis six siècles plus tôt, enchaînés par Nabuchodonosor II, arrachés aux ruines fumantes du Temple et des synagogues, aux cadavres des pères, des frères et des maris laissés sans sépulture, l'œil accablé par la vision des cimetières profanés, du pain encore en train de cuire dans les fours et que l'étranger mangerait, des moissons abandonnées aux oiseaux. Esclaves, eux, les anciens enfants du royaume béni, les descendants des sujets du roi entre les rois, David ! Et puis, les siècles s'étant écoulés, Babylone avait chu dans le fracas et les flammes allumées par les conquérants perses. La gloire de Babylone avait noirci le ciel de cendres. Et le soleil s'était un jour levé sur les statues renversées de Mardouk, de Shamash et d'Ishtar, comme la Lune s'était ensuite levée sur les lamentations de leurs prêtres. Le nouveau roi, qui s'appelait

Cyrus, les avait affranchis ; ils pouvaient rentrer en Terre promise. Certains le firent, mais d'autres restèrent. La terre était fertile, les dattes étaient grasses et les blés, charnus. Les voyages sont longs et cruels, les ancêtres dormaient là par milliers, il faut, pour déserter les tombes des pères, que l'espérance soit violente, et elle ne l'était pas pour tous. Les Perses les autorisaient à construire des synagogues et à recopier les rouleaux. Les scribes surgirent comme soudain fleurissent après la pluie les buissons du désert, l'encre et la plume ranimèrent le souvenir et la connaissance des Livres. Darius, même, paya de ses deniers la reconstruction du Temple de Salomon, pouvait-on rêver mieux ? Ils eurent leurs maisons, leurs commerces, leurs quartiers, leurs terres et leurs fermes. Ils eurent le droit d'être riches et commercèrent avec l'étranger... Comment les ignorer ?

« Nous ne sommes pas riches », dit le rabbin. « Si tes affaires prospèrent, pense un peu à moi. » Il souriait avec humilité et, sur le pas de la porte, Emmanuel lui donna une accolade chaleureuse, en retenant ses larmes, puis il compta dix sesterces et les lui remit. « Dieu te bénisse ! » cria le rabbin jusque dans la rue. Et pour la première fois depuis longtemps, Emmanuel se mit à pleurer. Exil, mort des vivants ! Pour se consoler, il se remémora les paroles de Jérémie, « Le cœur est la plus trompeuse de toutes les choses[133]. » Mais qu'était-il sans son chagrin ? Qui eût-il donc été, sans chagrin et sans désirs ? Qu'était un homme sans cela ? A quoi bon l'incarnation, alors ?

6

« ICI, JE NE SUIS RIEN »

Il y alla sans Marie.

« Je reviendrai », lui dit-il, pour apaiser l'anxiété qu'il lisait dans son visage. « Attends-moi, ne t'impatiente pas. »

Dans le premier village qu'il trouva, à deux journées de marche, car il était parti à pied, avec un bâton, il rencontra un jeune garçon brun et lui demanda : « Quel est ton nom ? » L'enfant lui ayant répondu qu'il s'appelait Aaron, il lui demanda de le mener à sa maison, et l'enfant lui dit : « Comme tu as la peau blanche ! » A la maison de l'enfant, il ne trouva que des femmes et d'autres enfants, qui le considérèrent d'un regard étonné et lui dirent que les hommes étaient aux champs et que, de toute façon, comme elles voyaient bien qu'il venait de Jérusalem, la dîme au Temple avait été payée peu de semaines auparavant[134].

« Je ne viens pas percevoir d'argent », répondit-il, « mais simplement retrouver mes frères et mes sœurs. »

Les femmes parlaient mal l'araméen, et non plus l'hébreu ni le grec, mais une langue qu'il commençait à deviner, le kashmiri. Elles comprirent à peine ce qu'il disait et se répétèrent ses mots d'un air intrigué, avec des voix rieuses d'oiseaux ; elles crurent sans doute que c'était là une phrase convenue dont seuls leurs pères, maris et frères saisiraient la teneur. Néanmoins elles lui offrirent de l'eau, du pain et du sel, et le prièrent d'attendre le retour des hommes. Elles ne lui rappelaient en rien les femmes de Palestine ; leur peau était de bronze, leurs yeux étaient effilés, et elles se tiraient les cheveux en chignon sur la nuque. Les enfants d'Israël s'étaient donc depuis de nombreuses générations mariés à des femmes de races locales. Il regarda autour de lui et vit les signes d'une modeste prospérité. Le sol de terre battue était balayé, de même que l'âtre au-dessus duquel bouillonnait en ronronnant, sur un feu de bouse, un chaudron d'eau. La fumée bleue de la bouse, mélangée à des feuilles mortes hachées, emplissait la pièce d'une odeur douceâtre. Une tenture décorait le mur. Le petit Aaron revint le dévisager et lui posa des questions dans cette langue qu'il ne connaissait pas. Comment donc disait-on la Genèse en kashmiri ? Une petite fille vint le regarder d'un air à la fois effronté et effarouché ; il lui sourit ; elle se tint à distance. Deux femmes d'âge mur vinrent jeter du riz dans le chaudron, puis disposèrent sur une table proche un pot couvert qui contenait un aliment odorant, à la fois musqué et poivré. Enfin, les hommes revinrent des champs peu avant le crépuscule et il les trouva aussi bruns que les autres Hindous ; il n'eût su les en distinguer. Ils le trouvèrent assis dans la pièce principale et le dévisagèrent avec surprise ; il comprit plus tard que c'était à cause de sa peau claire. Emmanuel identifia un chef de famille et deux garçons d'une vingtaine d'années et d'un premier lit, sans doute, car le petit Aaron se jeta dans les bras du plus âgé comme on accueille un père. Ils s'adressèrent à lui, d'abord en kashmiri, puis encore dans leur araméen guttural et approximatif, qui semblait mélangé de mandéen, et là, ayant enfin trouvé une langue à peu près commune, ils échangèrent leurs noms ; le père s'appelait Akan et les garçons, Gehazi et Ismaél. D'un geste large, Akan indiqua les femmes qui s'affairaient, son épouse, sa belle-sœur, ses deux filles, une nièce... Comme c'était la veille du sabbat, les hommes lui demandèrent s'il était juif, et comme il avait répondu par l'affirmative, ils lui dirent qu'ils allaient se laver pour le sabbat et l'invitèrent à les accompagner. Ils partirent donc pour le village voisin. Les bains se résumaient à une piscine chauffée et entourée de bancs dans une salle basse ; une demi-douzaine d'hommes se reposaient, apparemment accablés par la chaleur. Les murs suintaient et l'eau sentait le camphre ; Rome n'était pas passée là. Quand ils se furent déshabillés, Akan et ses fils aperçurent les cicatrices sur les pieds d'Emmanuel et l'en interrogèrent ; il répondit qu'il avait été persécuté par des ennemis de la Loi. Ils prirent la réponse pour ce qu'elle était, et firent quelques réflexions sur la cruauté des Romains qui occupaient la Judée. Il ne comprit pas le reste ; il fallait répéter parfois deux et même trois fois les mêmes mots avant que leurs oreilles les déchiffrassent ; cela rendait la conversation pesante.

« Avez-vous parfois des nouvelles de Jérusalem ? » demanda-t-il.

« Deux ou trois fois l'an, nous voyons des marchands et une fois l'an, un prêtre vient prélever la dîme », répondit le plus loquace d'entre eux, un gaillard dont la lèvre supérieure s'ornait d'une moustache formidable, comme il n'en avait jamais vu en Palestine.

« Et quelles sont les nouvelles ? » demanda-t-il.

« Bon, les Romains persécutent toujours les gens, là-bas. »

« Là-bas », les mots en disaient long. C'était un autre pays ; ils ne l'avaient jamais vu ; ils en ignoraient même tout. Pourquoi, d'ailleurs, payaient-ils la dîme ? Ils auraient aussi bien pu la payer à des prêtres venus de la Lune. Mais enfin, c'était sans doute la tradition.

« Il y a un autre grand-prêtre », dit un homme âgé, et il en articula le nom, « Ceophlos », qu'Emmanuel, d'abord, ne comprit pas. L'autre le répéta à plusieurs reprises, et finalement Emmanuel reconstitua le nom de Théophile, Theophilos. « Le fils d'Anne », dit l'autre, pour témoigner de son savoir.

Ils considéraient ses membres pâles, puis son visage ; ils avaient à coup sûr vu d'autres Juifs, puisque les marchands et le prêtre leur rendaient visite, mais à l'évidence, ils étaient encore étonnés de cette différence de peau.

« N'y a-t-il pas eu un Messie ? » demanda-t-il.

Ce fut encore le plus âgé qui répondit : « Le Messie, on l'attend depuis longtemps. »

« On m'a pourtant dit qu'il y en avait eu un », insista-t-il.

« Il y en a eu un, oui, enfin, peut-être était-ce lui, il est allé à Taxila, mais comment savoir si c'était le Messie ? Nous l'aurions su, même ici, non ? Un Messie ne vient-il pas pour tous les Juifs ? »

« Comment était-il ? »

« Un étranger, on nous l'a décrit, un grand homme à la barbe d'or, tout de blanc vêtu, qui s'appelait Ablonios. »

« Ablonios ? » répéta songeusement Emmanuel. « Apollonios ? »

« Oui, Apollonios. »

Ils connaissaient le nom du grand-prêtre, mais pas celui du Messie. Toujours était-il qu'Apollonios de Tyane était allé aussi chez Gondopharès[135]. Lequel n'en avait rien dit. Quant à lui-même, personne ne savait apparemment rien. Les marchands et les prêtres juifs ne parlaient guère de lui. Il retint un sourire. Dans la chaleur des bains, son esprit s'attacha un moment à Apollonios. Il en avait jadis entendu tant de descriptions ! Mais c'était un autre Simon le Magicien, un autre Dosithée ; tous les trois thaumaturges, tous les trois philosophes et tous les trois charismatiques. Trois candidats Messie ! Mais au-delà de la fumée des mots et des prodiges, ils ne laissaient qu'une ivresse qui rendait le sort humain plus pénible. On ne pouvait pas toujours aller vêtu de blanc, divisant le monde en catégories impérieuses, et jonglant avec des idées compliquées ou fatales. Ce n'était pas là le pain des hommes, et ceux de Quoumrân ne l'avaient pas admis non plus. Fallait-il vraiment, à chaque sabbat, être urémique et constipé ! Etait-ce bien là ce que demandait le Père ? Le Père devait-il s'occuper des mictions et défécations de ses créatures ? Quel esprit obtus pouvait croire que l'abstention de ces fonctions rendait l'être plus pur, ou bien fallait-il faire offense au Seigneur et croire qu'il ignorait que cela rendait malade[136] ? Il s'agita sous l'effet de la colère, resurgie du fond de sa mémoire, croisa et décroisa ses jambes, et ses compagnons l'observèrent avec un certain étonnement. Mais on épuise les fruits de la colère autant que ceux de la joie, et il se ressaisit. A la fin, il s'ennuyait ; ces gens-là n'avaient ni docteurs ni grands-prêtres, et leurs querelles, quand il en était, se réglaient de manière campagnarde, selon des lois simples. Ils vivaient comme son peuple avait jadis vécu, voilà des siècles, dans la simplicité du cœur, ils n'auraient eu que faire d'un Messie. Il avait été enfanté par la révolte contre le mensonge et il n'avait donc que faire dans ces parages, mais enfin, il sacrifia à la courtoisie. Le jour tomba, Akan et ses fils se rincèrent, séchèrent soigneusement leurs cheveux, se parfumèrent, lui tendirent une fiole d'une huile d'œillet, dont il se frictionna aussi le cuir chevelu en songeant à Marie, puis ils revêtirent des vêtements propres qu'ils avaient emportés avec eux, enfilèrent leurs sandales et retournèrent vers leur maison. Il les suivit à l'invitation d'Akan. Aux quatre hommes se joignirent deux autres, voisins, parents, on ne savait, suivi d'autres femmes, épouses, sœurs, filles, tous eux aussi fraîchement baignés, cela se sentait à l'odeur de la peau. Ils se tinrent debout, silencieux, l'oreille tendue. Un cri retentit au loin. Le soleil s'était couché. Ils prièrent. Les prières des femmes, dans la pièce voisine, faisaient écho à celles des hommes. Quand les deux groupes eurent fini, les femmes entrèrent et tout le monde s'assit. Une servante, qui n'était donc pas juive, arriva, tira le riz du feu, le passa, le versa dans un vaste bol, disposa des plats, assaisonna des salades, apporta le pain serré dans une serviette, puis servit les gens présents, en commençant par Akan, en suivant par les hommes et en terminant par les femmes. Les buées nocturnes qui montaient de la terre alentour se chargeaient d'odeurs paisibles, et toujours celle de la bouse brûlée.

C'était là un sabbat en Inde.

Les conversations se firent en kashmiri, sommairement résumées par Akan dans son mauvais araméen ; elles tournaient autour des lopins de terre, des modes de récolte du riz, de l'avoine, du blé, du bétail, des impôts exigés par le chef du village, d'un mariage passé et d'un autre à venir, d'un enfant malade. De temps à autre, un homme interrogeait Emmanuel sur son voyage. Et tous reprenaient la même question, espérant sans doute une variante à la réponse déjà donnée : avait-il quitté Jérusalem depuis longtemps ? De la Judée, de la Galilée, de la Samarie, du reste de ce qui avait été l'antique royaume de David, ils ne connaissaient que le nom de Jérusalem, et de Jérusalem, ils ne connaissaient que Théophile. Il répondait invariablement qu'il avait quitté Jérusalem parce qu'il avait été persécuté. Que servirait de dire qu'il avait été condamné à mort par le Sanhédrin ? Qu'il avait prêché le retour à la Loi, l'élan des cœurs, l'avènement prochain du royaume de Dieu ? Qu'y comprendraient-ils ? Ici, ils n'étaient ni occupés ni menacés. Ils n'avaient pas de Sanhédrin hellénisé et romanisé, pas d'Hérodiens, bref, aucune raison d'espérer un sort meilleur que celui des autres habitants du pays, hindouistes, zoroastriens, bouddhistes et autres adorateurs de dieux multicolores. Et de plus, demanderaient-ils, quelle sorte d'individu pouvait donc se rebeller contre l'autorité suprême de sa propre religion ? Cela n'équivalait-il pas à une rébellion contre les Livres ? S'ils attendaient un Messie, c'était sans urgence, un Messager du ciel, dématérialisé, inscrit dans les desseins grandioses, mais lointains, de la divinité. Les cris des prophètes et leurs indignations contre les fautes et les turpitudes de Jérusalem n'avaient pour eux aucun sens. Ils n'avaient rien voulu conquérir, ils n'avaient pas failli aux injonctions du Seigneur dans une guerre vengeresse contre les Amalécites, ils n'avaient pas de roi. Depuis que les Perses les avaient libérés, voilà des siècles, ils trouvaient cette terre douce et cultivaient en paix le blé et l'oranger.

L'accablement saisit Emmanuel. « Ici, je ne suis personne », murmura-t-il. Sa vie n'avait été ce qu'elle avait été que parce qu'il était né là-bas, à l'ombre du Temple. Eût-il vécu ici, il n'eût, lui aussi, connu que les cinq premiers Livres, il eût été paisiblement pieux, personne n'eût voulu le couronner, et encore moins le crucifier. L'histoire d'un homme n'est rien sans celle de son pays. Il n'y avait, il ne pouvait y avoir de Messie qu'en Palestine.

Il rentra le lendemain, le pas songeur. « Reviens nous voir », lui avait dit Akan, en l'accompagnant jusqu'à la route. « Il est toujours plaisant de parler avec quelqu'un de savant. Et puis, si tu n'es pas marié, je serais heureux de te donner ma fille en épouse. »

Que pouvait donc bien prêcher Thomas ?

7

UNE ÉCHAUFFOURÉE EN L'AN 41, À ROME

Ils étaient cinq ou six hommes réunis dans la rue, consternés, à l'entrée d'une venelle sous un passage, dans le quartier du Palatin. Ils contemplaient un objet qui semblait n'en être pas un, puisque ce n'était qu'un mur, voire un bout de mur pareil aux autres, à mi-chemin entre un soupirail et une fenêtre. De temps en temps, l'un d'eux se penchait pour examiner un détail de cette surface banale. On eût pu s'interroger sur leur sens commun, car la lumière grise de ce jour d'automne laissait à peine deviner, parmi les salissures et délabrements ordinaires de l'enduit, une inscription.

« Intolérable ! » s'écria l'un.

« C'est une injure que nous ne pouvons pas laisser ainsi ! » dit un autre. « Il nous faut en référer à la questure. »

« Je crains que le questeur ne soit pas mieux disposé que Claude à notre égard », dit un troisième.

« Hélas ! je le crains. »

Ils réfléchirent un moment.

« Mon avis est que le mieux à faire est d'aller chercher du plâtre, un ouvrier, et de faire nous-mêmes recouvrir ces insultes. »

Perçant une trouée des nuages, la lumière éclaira l'inscription, qui devint alors tout à fait lisible. Gravée dans l'enduit du mur avec un objet pointu, elle était ainsi libellée : « SICUT IPSOS PORCI PORCUM JUDEI NON COMENT[137]. » Elle était agrémentée d'un dessin maladroit représentant un porc debout sur ses membres antérieurs, avec un triangle au-dessus de la tête.

« Restez ici, je vais chercher l'ouvrier », dit un des hommes.

La fenêtre au-dessus de l'inscription s'ouvrit et le visage d'un quinquagénaire mal rasé, crâne tondu et torse nu, se pencha au-dehors.

« Qu'est-ce que vous faites là ? » cria l'homme, sans aménité.

« Nous déplorons l'impiété qui est sur ton mur », lui répondit-on.

« La seule impiété que je connaisse est la présence des Juifs à Rome », répondit l'homme.

« C'est là une provocation aussi grossière que l'inscription. »

« Nous allons d'ailleurs faire procéder sur-le-champ à la suppression de ces injures », dit un des hommes dans la rue.

« Si vous touchez à mon mur, vous allez avoir affaire à moi ! » cria l'homme.

« Si tu nous empêchais d'effacer ces injures, ce serait toi qui aurais affaire à nous ! » répondit l'un des Juifs qui, voyant d'autres fenêtres s'ouvrir alentour, dépêcha un compagnon chercher du renfort dans le quartier proche du Vélabre. « De toute façon, ce n'est pas ton mur, car tu n'es que le locataire de ce trou à rats ! »

Le crâne tondu fut remplacé par la tignasse d'une commère qui invectiva les hommes dans la rue : « Allez-vous-en, bande de porcs ! Allez-vous-en avant qu'on vous transforme en saucisson ! »

« C'est ta famille qui sert à alimenter le commerce des charcutiers, mégère ! » cria le plus jeune des Juifs.

La voix de l'interpellée monta de plusieurs tons et le niveau de sa grammaire baissa de plusieurs crans.

« Qu'est-ce qui se passe ici ? » cria une autre femme, surgie de la porte d'en face.

« Ces Juifs ne sont pas contents de ce qu'ils lisent sur nos murs ! » répondit la mégère.

« Ils seront contents de ce qu'ils liront sur leurs tombeaux ! » cria l'homme au crâne rasé, qui venait d'apparaître sur le seuil de sa maison et qui se dirigea d'un pas agressif vers les Juifs. Quelques projectiles tombèrent des étages supérieurs, mais l'expéditeur avait la main maladroite, car une pomme pourrie atterrit justement sur le crâne rasé, qui se crut donc attaqué et qui fonça sur le Juif le plus proche. Sur ce, le renfort demandé au Vélabre arriva, une dizaine d'hommes encadrant un ouvrier portant un seau de plâtre et une truelle. Le crâne rasé se défit de son adversaire et se jeta sur les Juifs qui protégeaient l'ouvrier. L'un de ceux-ci esquiva l'assaut, mais fit un croc-en-jambe à l'agresseur, qui partit s'étaler dans le ruisseau. Le plâtrier commença rapidement à faire des encoches dans le mur, grattant de la sorte l'inscription. La commère du crâne rasé glapit et celle d'en face lui fit écho ; la plupart des hommes étant au travail, il ne restait guère que des femmes dans le quartier, mijaurées, rombières et grognasses, mais aussi quelques jouvenceaux désœuvrés qui saisirent l'occasion d'une castagne. Les cris décuplèrent donc. Les Juifs formant un demi-cercle protecteur autour du plâtrier, qui s'activait à gâcher son plâtre, les femelles les attaquèrent à coups de poing. Les Juifs répondirent d'abord par des claques, mais comme les mégères s'étaient munies de balais et de tabourets, l'affaire se corsa et il fallut se résoudre à décocher des coups de pied dans les ventres de ces amazones de venelle et à les déséquilibrer en leur tirant la tignasse. Elles partirent donc s'étaler chacune selon son angle dans le proche ruisseau. Les jouvenceaux, eux, s'armèrent de couteaux. Mal leur en prit, car deux ou trois Juifs, s'étant enragés, les saisirent au corps comme des projectiles et les catapultèrent sur leurs mères, tandis qu'ils emplâtraient les faces des autres avec le reste du seau. Au bout d'une demi-heure de cette empoignade, le mur avait été masqué, mais à quel prix ! L'algarade avait pris de l'ampleur, mobilisant les rues et ruelles voisines et, une heure plus tard, le Palatin entier était en fièvre. Les bastonnades succédèrent aux horions, et le pis fut que des Romains, croyant brûler une maison juive, avaient incendié une romaine, où le propriétaire demeurait. Celui-ci sortit dans la rue, suivi de sa domesticité, et fit assommer les incendiaires, deux marauds à peine pubères et si bruns qu'on les accusa d'être eux-mêmes juifs ; ce qui déclencha une confusion meurtrière encore plus grande, des Romains s'entretuant en croyant trucider du Juif. Vers le milieu du jour, les troubles avaient gagné l'Aventin, au sud, par le quartier du temple de Diane, et la rive gauche du Tibre, le long de la via Aurelia ; c'était là, en effet, qu'on trouvait le plus de Juifs, et l'on disait qu'ils déferlaient par centaines sur le pont Sublicius, accourant à la rescousse de leurs coreligionnaires. Informé du désordre par des espions, le stratopédarque de la caserne de la garde prétorienne, dans le forum Jules-César, manda deux frumentaires alerter le palais impérial.

Claude prenait une collation tout seul, assis de travers devant un guéridon, presque rien, deux petites saucisses frites accompagnées de quelques feuilles de salade et d'un verre de vin, quand les frumentaires haletants lui furent présentés sous bonne garde. Il battit des cils, la bouche entrouverte, reprenant cette expression débile qui lui avait valu de survivre aux convulsions du règne de Caligula et dont la couronne impériale ne l'avait pas déshabitué. Mais il est vrai qu'elle était récente.

« Quoi ? Quoi ? demanda-t-il. « On ne peut plus manger tranquille ! »

Son secrétaire, Marcus Aemilius, résuma la situation pour lui.

« La troupe ! » maugréa Claude. « Que fait la garde ? »

« Elle attend tes ordres, sire. »

« Ils vous sont donnés ! Courez les porter ! Je veux que le calme soit rétabli avant le coucher du soleil. » Il se leva et fit quelques pas vers l'une des fenêtres, de son pas inégal, tenant une saucisse entre le pouce et l'index. Il mangea ainsi, debout, contemplant le paysage doré qui s'étendait sous ses yeux, jusqu'aux jardins de Salluste et aux flancs verdoyants du Janicule. Il avala le reste de la saucisse et se lécha les doigts, puis essuya distraitement le reste de la graisse dans sa robe. « Les Juifs », dit-il pensivement. « Mais que veulent-ils ? »

« Ils nous méprisent, » répondit Marcus Aemilius. « Toutes les occasions leur sont bonnes pour nous chercher querelle. »

« Qu'on les mette à la porte ! »

« Vaste entreprise », dit l'autre. « Ils sont près de cinquante mille[138]. Et l'ennui est qu'ils nous sont quand même utiles. Ils tiennent tant de commerces, et ils les tiennent bien. »

« On ne peut tout de même pas les laisser continuer ainsi ! » s'écria Claude, se rasseyant et mâchant une feuille de laitue saupoudrée de sel. « Ils ont déjà fait assez de scandale à Jérusalem à propos de cette statue de Caïus. »

« Ils étaient dans leur pays, cette fois, et Caïus les

avait offensés[139] », observa l'autre en versant du vin dans le gobelet de l'empereur et en s'en versant ensuite. Claude l'épia du coin de l'œil, s'assurant qu'il buvait vraiment, puis trempa les lèvres dans son gobelet. « A mon avis, il faut les empêcher de former des communautés trop étendues, comme c'est le cas à Alexandrie. Nous ne sommes presque plus les maîtres dans cette ville. »

« Juste, juste, j'y pourvoirai. Je vais même y pourvoir tout de suite[140] », dit Claude. « Mais je voudrais savoir pourquoi ces gens continuent de s'agiter à Jérusalem, puisque la statue de Caïus a été retirée. »

« C'est à propos d'un personnage qu'ils appellent Messie. »

« Qu'on l'arrête ! » cria Claude.

« Il a déjà été arrêté et crucifié il y a une dizaine d'années », répondit Marcus Aemilius, « mais cela n'a rien réglé. Ils attendent toujours ce Messie. C'est une sorte de personnage divin, qui est censé les libérer de notre joug. »

Claude agita un bras de manière erratique, but une autre gorgée de vin. « Personnage divin ! » marmonna-t-il avec mépris. « Nos dieux ne leur suffisent-ils pas ? »

Cependant la garde, divisée en deux groupes, était descendue d'un pas élastique vers l'Aventin et le Palatin. Là, elle affronta des échauffourées confuses. Les conflits ne se résumaient pas, en effet, à un affrontement entre Juifs et Romains, car des voyous parfaitement incirconcis avaient saisi l'occasion pour faire main basse sur les marchandises dans les boutiques dévastées et, quand il n'y en avait pas assez à leur gré, se livraient à des provocations contre les marchands romains, qui les prenaient évidemment pour des Juifs. Les chefs des deux détachements ne prirent toutefois pas le temps d'analyser ces finesses ; ils sévirent. La seule vue des moulinets de glaives et de bâtons dont ils fouettaient l'air répandit assez d'épouvante dans la populace pour que les marchands fermassent boutique sur-le-champ et décampassent. Quelques volées de bâtons et des coups de plat de glaive persuadèrent les émeutiers les plus obstinés de détaler aussi bien. On arrêta une centaine d'agités pour l'exemple, qu'on ramena à la caserne sans ménagements excessifs. Vers le milieu de l'après-midi, le calme avait été restauré, les rues étaient désertes et les haines flambaient. On compta, si toutefois l'on compta, huit morts. Les blessés, eux, ne comptaient pas.

L'un des prévenus emmené à la caserne Jules-César fut l'homme au crâne rasé qui avait été à l'origine de l'affaire. Dans la venelle, les commères caquetèrent et poisonnèrent jusque tard dans la nuit. On n'était plus chez soi, quoi !

8

L'ÂME DU MOUSTIQUE

Un envol, l'arrachement au sol, douloureux mais extatique, voici le sommet de l'arbre dont je prenais l'ombre, puis le toit des maisons dont je ne connaissais que les murs, et les limites du village et celles des champs voisins, et puis encore plus haut, les limites du désert qui finit bien par s'arrêter un jour, à la mer, à la montagne, à la rivière, puis encore plus haut, voilà donc les frontières de mon pays et des autres... Les toits dorés du Temple et la terrasse de la tour Antonia, d'où les Romains surveillent les parvis, les frondaisons du mont des Oliviers, les maisons de Bethléem et de Béthanie, puis les eaux plombées de la mer Morte, le scintillement discret du Jourdain et là, les collines verdoyantes de Galilée et l'argent sourcilleux de la mer de Tibériade, loin derrière, les montagnes bleues de Syrie et l'or poussiéreux des déserts de l'Arabie... De si haut, l'on ne voit plus les hommes, ni les heures. La gloire des conquérants n'est plus qu'une buée, qui chemine faiblement au ras des continents. Qui, de si haut, reconnaîtrait Alexandre ou les Césars ? L'aigle se rit des aigles romaines, et l'homme redit : « Qui a mesuré toutes les mers dans la paume de sa main, qui a mis toutes les terres de la Terre dans un boisseau et pesé toutes les montagnes sur une balance[141] ? » Mais hélas ! à ces hauteurs, le cœur se lamente aussi sur la petitesse des nations. Israël, seul ton Dieu est grand, mais je t'ai perdue dans l'immensité de sa création !

L'expression qu'il avait au retour de son voyage déconcerta Marie : elle ne la lui avait pas revue depuis longtemps. Un peu provocatrice et un peu triste, goguenarde et pensive. Et surtout, l'œil plus grand ouvert que depuis longtemps, aussi.

« Qu'as-tu appris ? » demanda-t-elle en lui servant le repas du soir. Cela se composait de riz et de poisson avec de la coriandre.

« Le figuier déraciné a été replanté. Mais ses fruits seront cueillis par d'autres. » Un peu plus tard, il dit aussi : « Qu'avons-nous vécu, sinon la souffrance de notre peuple ? Et que vivrons-nous désormais ? »

Quand il eut fini, elle s'assit à son tour pour manger. « Le soleil se lève et se couche avec toi », dit-elle en levant la tête. Et il se demanda si un homme avait jamais dit cela à une femme.

Le lendemain, elle plaida pour qu'il soignât un jeune homme qu'elle avait vu au marché et qui souffrait d'une affection de la peau repoussante. Personne ne voulait l'approcher et il menaçait de se tuer. Il était jiniste, et les siens lui reprochaient une faute mystérieuse, qui aurait été responsable de son mal.

« Faut-il donc que je sois ici connu comme un thaumaturge ? Et que je m'occupe de gens de religions inconnues ? » murmura-t-il. Au nom de quelle puissance guérirait-il ce malade ? Et s'il le guérissait, comment la nommerait-il ? Mais il n'eut pas le cœur de refuser.

Le jeune homme arriva un peu plus tard, sous la forme d'un manteau dont émergeaient seulement les pieds et une main. Il demeura tremblant devant Emmanuel. Celui-ci défit lentement le manteau, dévoila seulement la tête et découvrit, au travers des ravages d'une sorte de lèpre croûteuse, un regard éploré.

« Prie ton dieu », lui ordonna Emmanuel en gardant son regard fixé sur celui du jeune homme.

« Nous n'avons pas de dieux », répondit le jeune homme, d'une voix presque inaudible. « Rien que des esprits supérieurs. »

« Alors pense à l'un de ces esprits supérieurs. Rends-toi à lui. Tu n'es rien s'il ne t'habite. » Et il posa les mains sur le visage croûteux, maîtrisant le mouvement de terreur qui s'empara alors du malade. Un long, un très long moment passa. Emmanuel retira ses mains et vit des croûtes qui s'étaient détachées du visage et qui s'étaient attachées à ses doigts. Il demanda de l'eau, et Marie vint la verser sur ses mains, puis il se les savonna et les sécha. Le jeune homme restait immobile, les yeux fermés, comme s'il s'était endormi debout.

« Va te baigner », lui dit Emmanuel, « et que personne ne touche ton eau. Mets ensuite une robe propre et consacre la nuit prochaine à la prière et à la solitude. »

Le jeune homme tomba à genoux et leva les paupières sur un regard noyé. Emmanuel le releva et le renvoya. Pourquoi alléger cette souffrance-là et pas les autres ? Mais faudrait-il alors guérir l'humanité entière ? Dcux jours plus tard, une délégation des gens de la ville se présenta devant la maison, en tête de laquelle Emmanuel reconnut le jeune homme, tête nue, le visage guéri et propre, le torse nu et lisse, sauf pour quelques cicatrices qui achevaient de sécher. Trois ou quatre douzaines de personnes l'entouraient, l'une tirant un agneau, certaines portant des fruits, un sac de riz, des épices, et d'autres, des fleurs et des parfums ; au premier rang, une femme tenait un plateau sur lequel brillaient des bijoux. C'était la famille du jeune homme, des voisins, des amis, des curieux.

« Je ne prendrai que le sac de riz, comme symbole de votre hospitalité », dit Emmanuel. « Vos autres cadeaux, c'est comme si je les avais reçus, car c'est de votre cœur et non de vos mains qu'ils viennent. Mais ce que j'ai fait pour ce garçon ne se paie pas avec des choses matérielles. »

Le jeune homme s'élança vers Emmanuel et, tombant à genoux une fois de plus, lui baisa les mains. Puis il eut un geste singulier : il prit la main d'Emmanuel et la posa sur sa tête, en signe de soumission. Un homme âgé s'avança vers Emmanuel et, désignant le jeune homme, dit : « Je suis le père de ce garçon, qui s'appelle Shâhû, mais je m'honore qu'il t'ait choisi comme second père, car tu es en vérité un homme saint. J'ignore quelle est ta religion, mais elle est bonne, car il n'est pas de mauvais arbre qui donne de bons fruits. »

« Je sais quelle est ta religion, mais je ne la connais pas », répondit Emmanuel. « Pourtant je peux juger qu'elle est bonne, car il n'est pas de mauvaise terre sur laquelle germe le grain. »

Tout semblait dit, mais ces gens restaient là, le regard ébloui, les femmes dévisageant Marie qui se tenait derrière Emmanuel, et de temps à autre l'un d'eux s'avançait pour toucher la main ou la robe d'Emmanuel.

« Il suffit que tu le désires, et le plus instruit d'entre nous t'expliquera ce que tu voudras savoir de notre religion », dit le père de Shâhû. Emmanuel hocha la tête. Ils s'en furent à reculons, les mains jointes, en s'inclinant.

Le soir même, un homme vêtu de blanc, et tenant à la main un éventail en plumes de paon, se présenta à la porte, sans mot dire, et Marie devina que c'était un prêtre jiniste. Elle s'inclina et appela Emmanuel. Les deux hommes se firent face, se jaugeant l'un l'autre. Le premier trait qui retenait l'attention dans le visiteur était son émaciation, le second, l'autorité qui émanait de sa personne. La peau finement ridée semblait avoir été posée à même le crâne, quasiment sans muscles. Le maintien et l'expression reflétaient une assurance bienveillante, mais aussi une vigilance sans faille.

« Tu es grand », dit le prêtre. Et comme Emmanuel ne savait comment l'entendre, l'autre reprit : « Les premiers de nos vainqueurs furent des géants[142]. »

Emmanuel l'invita à le suivre sur la terrasse à l'arrière de la maison. Le prêtre balaya son siège de quelques coups de plumes de paon[143]. Ils burent du thé.

« Je suis à ton service », dit le prêtre. « Car on m'a dit que tu souhaites t'informer. » Emmanuel hocha la tête. « Tu as le pouvoir d'alléger la souffrance, tu es donc bon. Et si tu es bon, tu es sage. Ce garçon était malade parce qu'il a commis une faute qu'il n'avait pas avouée, tu l'en as lavé, donc tu es également fort. »

« Comment peut-on avoir des vertus, si elles ne viennent pas de Dieu ? » demanda Emmanuel.

Des moustiques voltigèrent autour des deux hommes. Le prêtre les chassa de son éventail.

« Le moustique ne vient-il pas de ce dieu dont tu parles ? » répondit le prêtre. « Mais qui peut parler de sa vertu ? »

« A-t-il une âme ? » demanda Emmanuel.

« Il a une âme, elle est inférieure, mais il en a une, à l'instar des fleurs et des pierres. »

« Connaît-il le bien ? »

« Il ne peut le connaître, puisqu'il appartient au monde inférieur, mais son karma peut le porter à un stade supérieur. »

« Combien de stades y a-t-il ? »

« Trois, le monde inférieur, assimilable aux jambes chez l'être humain, le monde médian, assimilable à son corps, et le monde supérieur, qui est la tête. Chacun de ces mondes est à son tour divisé en autant d'étages. »

« A quoi aspire le monde supérieur ? »

« A atteindre, au terme des quatorze stades d'évolution, au douzième degré de la pureté et à la libération finale. »

« Comment atteint-on ce degré ? »

« Il existe un ensemble de règles qui favorisent la purification, dont la première est le jeûne, la deuxième l'abstention de toute nuisance à l'égard des êtres vivants, la troisième, la bienveillance, la quatrième, la charité... »

Emmanuel remplit de thé leurs deux bols.

« ... La purification exige que l'être se délivre du karma qui l'entrave, sans quoi il demeure prisonnier de la matière. »

« La matière n'est-elle pas pourvue d'âme ? » demanda Emmanuel.

« Oui, mais d'une âme inférieure. »

« Et qu'y a-t-il au-dessus de la purification ultime ? »

« Les âmes des êtres purifiés deviennent d'abord libres, et ce sont des *mukta*, puis elles deviennent parfaites et ce sont des *siddha*, et enfin, quelques-unes atteignent au stade suprême de *jina*, où elles enseignent le monde. »

« Votre discipline est rude. »

« L'ascèse est destinée à libérer l'âme. Nos moines doivent d'abord subir les vingt-deux gênes, le froid, la chaleur, les piqûres d'insectes, la faim... Au terme de leur sagesse, ils peuvent atteindre à la mort par inanition volontaire. »

Emmanuel hocha encore une fois la tête. Il connaissait tout cela, c'était donc bien l'Asie et son refus du monde matériel qui avaient inspiré Quoumrân ! Ou bien alors, l'homme était-il partout le même, terrifié par sa propre chair ? Il existerait toujours des hommes qui jetteraient la création par-dessus bord pour avoir un accès plus rapide au Créateur, comme le voyageur qui refuserait le repas qui lui est offert, pour ne pas perdre de temps ! Il écouta le prêtre et sa récitation des catégories qui constituent le monde, celle des six substances qui constituent l'existence, et celle des cinq corps qui forment l'être humain, puis encore celle des cinq abstentions majeures, et celle des sept cent vingt Parfaits... Il l'écouta aussi parler de la vue droite, *Samyagdarshana*, qui permettait de percer par l'intuition l'écorce des choses, et qui commandait la connaissance droite, *Samyagjnâna*, et la conduite droite, *Samyatchâritra*.

« L'intuition est-elle une révélation ? »

« Non, l'esprit parfait ne se révèle pas à l'imparfait, c'est l'imparfait qui accède à lui. »

Monde fermé, austère et désespéré. Emmanuel perdit à la fin son intérêt pour une religion où, parvenue à son stade ultime, la perfection consistait à se suicider par inanition. La conversation tomba. Marie apporta une lampe. Les insectes nocturnes accoururent et se livrèrent à leur danse folle autour de la flamme. Le prêtre les chassa de son éventail. Les chassait-il de la lumière ? Ou bien seulement de son visage ? Il se leva, le masque doré par la lampe, joignit les mains, s'inclina et prit congé. Emmanuel l'accompagna à la porte et le regarda s'éloigner dans la nuit indigo. Et comme un moustique le piquait, il le tua d'une claque.

9

LE MESSAGER

C'était un petit homme sans âge, au visage gris et doux, de ceux dont on se dit qu'il ne seront jamais des ennemis redoutables, peut-être des familiers, obséquieux et effacés, oreilles traînantes et lèvres discrètes, lémures bonasses filant au ras des murs. Manteau sans couleur et robe couleur de poussière, il portait de surcroît un nom de victime, Abel, qui inspirait confiance, car en chacun sommeille un Caïn. Marie l'avait remarqué au marché, parce qu'il avait la peau claire, bien que terreuse ; elle avait aux côtés d'Emmanuel appris à déchiffrer les corps, parce que c'est l'âme qui les modèle, à lire la violence sous les teints pâles et l'avidité dans certains gros nez, l'énergie dans les mains, la mollesse dans les pieds.

Elle s'était aussi avisée qu'il l'avait repérée, bien que voilée jusqu'au nez. Il y avait d'autres Juifs, laissés-pour-compte de caravanes, qu'une colique néphrétique, un béguin de passage ou un vague à l'âme intempestif avaient détachés de la grande expédition transcontinentale et semés dans les rues de Taxila ou de Srinagar, et qu'on retrouvait la semaine suivante acoquinés à une veuve ou un mignon. Ceux-là étaient d'une nature plus végétale qu'animale, graines errantes comme en sèment les oiseaux migrateurs dans leurs crottes, portant deux cents lieues plus loin des graines de tournesol, de bugrane ou de garance dans des parages tout surpris d'accueillir ces variétés exotiques. Après avoir vendu des ivoires minuscules, obscènes ou comiques, des gemmes, des perles ou des herbes mirifiques, leur patrimoine, ils finissaient le plus souvent par s'établir dans un commerce furtif, graveurs de pierre, apothicastres teintés de charlatanerie, traducteurs ou bien changeurs. Les villes d'Asie sont tolérantes à l'égard des adventices, et si l'Occident exigeait qu'on fût bien découpé dans la société, l'Orient, lui, avait de longue date jaugé la vanité des définitions, et d'ailleurs qu'est-ce qu'un homme et encore plus une femme, cela ne se découpe pas comme un macaron dans la pâte ! Comme disaient les jinas, il existait une infinité de virtualités dans une seule goutte d'eau, alors dans un être humain !

Mais cet homme-là semblait sans but, c'est-à-dire

hypocrite. Car on n'est pas sans but en Asie ; on y vaque, et cet étranger ne vaquait à rien. Il n'achetait ni ne vendait. Elle ne fut donc pas surprise outre mesure un matin que, choisissant des laitues et des radis qu'Emmanuel aimait croquer trempés dans le sel, il se plaça près d'elle et, l'ayant dévisagée, lui demanda d'une voix doucereuse mais inquisitrice : « Marie ? Tu n'es pas Marie de Magdala ? » Elle lui jeta un regard un peu hautain, surtout méfiant, et lui répondit : « J'ai mal entendu, qui es-tu ? »

« Abel ben Nathan », répondit-il avec une expression de gazelle effrontée ou peut-être de chien humilié, « Abel. » Il attendait une reconnaissance, mais elle ne vint pas. Marie continua de soupeser les radis d'un air fâché. « J'étais un ami de Lazare », dit-il, mais outre une face fanée de vieil adolescent, elle lui trouva le ton geignard et le lacéra du regard. Les gens de Jérusalem étaient bien capables de poursuivre Emmanuel jusqu'en Asie, dix ans plus tard, sinon plus. Il convenait d'être méfiant. Le passé avait été assez sanglant.

« Lazare », dit-elle, sceptique.

« Ton frère. Il m'a donné cette bague. »

Il tendit un doigt qu'elle trouva obscène et mou, mais elle reconnut la bague. Peut-être l'avait-il arrachée au doigt du frère lapidé.

« Les dattes confites », dit-il, du même ton enfantin.

« Les dattes confites », répéta-t-elle et, tout d'un coup lui revint l'image du garçon qui, fier d'être admis dans la famille de Marie, apportait en effet des bocaux de dattes confites, quc Lazare appréciait. Elle hocha la tête et finalement lui fit face, mais ce fut pour lui fouiller le visage.

« Comment m'as-tu retrouvée ? » demanda-t-elle.

« Par les caravaniers. Je les ai interrogés. C'est ainsi que j'ai su que vous étiez ici. »

Il savait donc qu'Emmanuel aussi était à Srinagar.

« Alors, tu nous cherchais », dit-elle, toujours méfiante.

« Je vous cherchais, c'est peu dire ! » s'écria-t-il avec un rire puéril.

« Pourquoi ? »

« Voilà six mois que je voyage, interrogeant tous ceux qui pouvaient me fournir une information ! Ils sont en désarroi. Ils m'ont dépêché à sa recherche. »

« Qui, "ils" ? »

« Pierre, Philippe, Jacques, Jean. »

« Pourquoi ? »

« Ils ont appris que le Seigneur est ici. Ils se demandent s'ils ont été abandonnés. Et puis, il y a Saül. » Elle ne détachait pas d'Abel un regard vigilant. « Il est en violent désaccord avec les autres. Il admet des incirconcis dans la communauté. Ils veulent savoir ce qu'en dit le Seigneur. » Elle restait indécise ; ce garçon avait aussi bien pu être envoyé par le Sanhédrin. « Est-il toujours en vie ? » demanda-t-il. « Est-ce bien lui dont on m'a dit qu'il avait été, en compagnie de Thomas, de Damas à Edesse, d'Edesse à Alexandrie d'Asie... ?»

« Il est vivant », admit-elle enfin.

« Il faut que je le voie. »

Elle réfléchit un long moment. « Sois ici à l'heure de midi. Une servante viendra te chercher », dit-elle comme à regret.

« Où est Thomas ? » demanda-t-il d'un ton presque désespéré alors que, légumes payés et sac rempli, elle s'éloignait déjà.

« Dans le Sud », répondit-elle. Et elle s'engagea dans l'allée tortueuse, parmi les étals de melons et d'oranges, les cages de volailles et les assortiments de poteries, dans les réclames criardes des enfants qui, pour une piécette, vantaient les talents de rebouteux, et le son acide des joueurs de cithare qui faisaient valoir leur maîtrise dans l'espoir d'être engagés pour un mariage, une naissance, un anniversaire.

Emmanuel écouta le message sans enthousiasme. « Que n'étaient-ils venus eux-mêmes », murmura-t-il.

« Et s'il était un sicaire du Sanhédrin ? » demanda-t-elle.

« Quel intérêt trouverait-il à tuer un mort, au risque de confesser qu'il avait survécu au supplice ? »

La servante fut donc mandée pour ramener le messager après le repas de midi.

Le jeune homme aperçut à peine Emmanuel qu'il fondit en larmes. C'était plus que des larmes, une succession de spasmes évoquant la crise de nerfs. Il tomba aux pieds d'Emmanuel, qui se pencha et lui mit la main sur la tête. Emmanuel reconnut Abel ; ç'avait bien été un familier de Lazare, il l'avait suivi jusqu'à Jérusalem, mais là, ce fils de rabbin avait été effrayé par l'intensité des gens qui gravitaient autour du Messie, par la rupture et surtout les fulgurances du sacré. Il s'était effacé dans le paysage, déchiré par l'amour perdu, la frayeur, l'amertume du courage manqué. Il s'était sans doute racheté par ce voyage périlleux. Il hoqueta, renifla, s'assit, toujours à genoux, les mains sur les cuisses, et leva enfin un regard battu. Emmanuel le remit sur ses pieds et alla s'asseoir sur une banquette. Le jeune homme s'assit près de lui et Marie s'en fut, perplexe.

« J'ai rejoint Philippe tout de suite après... après ton départ », dit-il.

« Pourquoi t'ont-ils envoyé ? »

« Pour voir si tu étais bien encore en vie. Les temps sont durs. On ne sait plus quoi penser. Eléazar est devenu quelqu'un de très important. »

Eléazar. L'ancien rabbin devenu chef zélote qui, maintes années plus tôt, donnait déjà du fil à retordre aux Romains et à leurs hommes liges. Eléazar, pour qui la vie d'un Romain ne valait pas plus que celle d'un rat. Eléazar, dont deux lieutenants avaient été crucifiés le même jour qu'Emmanuel, mais auxquels on avait brisé les tibias et qui n'y avaient pas survécu.

« Eléazar est encore en vie ? » demanda Emmanuel. « Ils ne l'ont pas arrêté ? »

« Non, il est très rusé, il est très bien secondé », poursuivit Abel de sa voix mal posée, un peu geignarde. « Il est devenu quelqu'un de très important, plus important que Jacques et que Cephas, qui le voit souvent. Eléazar dit que tu vas revenir sur les nuées et que ce sera alors la fin du monde. Est-ce vrai ? »

« Je suis pour le moment assis sur cette banquette », répondit laconiquement Emmanuel.

« Eléazar dit que tu es vraiment ressuscité et que tu es ensuite monté au ciel. Et que ceux qui prétendent que tu es encore en vie sont des fous ou des dupes du démon. Es-tu celui que nous avons connu ? Es-tu en vie ? » Emmanuel lui adressa un regard froid. « Il en est qui disent que ce ne serait plus que ton enveloppe corporelle qui serait encore sur terre, si toutefois elle y était encore. D'autres, que ce serait un sosie créé par le diable. »

« Où sont-ils, Jacques, Jean, Cephas et les autres ? »

« Jacques, Jean, Cephas et Philippe sont tantôt à Jérusalem, tantôt à Béthanie, à Bethléem ou à Bethphage, parce que Jérusalem est dangereuse pour eux. La police du Temple nous poursuit. André est retourné en Galilée, on voit à Jérusalem de temps à autre Thaddée, Simon le Juste, Bartholomé. »

« Pourquoi aucun d'eux n'est-il venu avec toi ou à ta place ? »

« Ils ne peuvent quitter la Palestine. Ils sont en querelle avec Saül, qui est parti répandre ton enseignement, mais qui baptise des incirconcis[144]. Cela est contraire, n'est-ce pas ? »

« Ils ne voient que le prépuce et non le cœur », répondit Emmanuel. « Les Edomites ne sont-ils pas circoncis[145] ? Cela fait-il d'eux des Juifs ? »

« Toujours est-il que Jacques ni Cephas n'entendent laisser la place à d'autres, qui propageraient un enseignement erroné », poursuivit Abel.

« Est-ce toi qui juges que cet enseignement est

erroné ou bien sont-ce eux qui le disent ? Et quel est cet enseignement erroné ? »

« Celui qui s'écarte de la Loi mosaïque. Celui de Saül. »

« Dis-leur que la Loi du Seigneur n'est pas seulement celle de Moïse. Le Seigneur est plus grand que Moïse et sa Loi est plus grande que l'univers. »

« N'as-tu pas dit toi-même à ceux qui t'accusaient : "Ne vous imaginez pas que je serai votre accusateur au tribunal du Père. Votre accusateur est Moïse, celui-là même sur lequel vous avez fondé vos espoirs[146]". Et tu me dis aujourd'hui que la loi du Seigneur est plus grande que celle de Moïse ? »

« La loi de Moïse fait partie de la loi du Seigneur. Elle était sa Loi pour son peuple. Ils ne l'ont même pas écoutée, et c'est ce que je leur reprochais. J'étais venu renouveler la Loi de Moïse, car ils n'en lisaient que la lettre et leur esprit était sourd. Je crains que ceux de mes témoins qui s'attachent aujourd'hui à la seule Loi de Moïse, la Torah, et refusent de s'en défaire, ne m'aient pas entendu. Ils sont pareils à l'homme qui croit réparer son toit en mettant des tuiles neuves sur des solives vermoulues. »

« La loi de Moïse est-elle comparable à ces solives vermoulues ? »

« Jérusalem est rongée par l'erreur. Elle tombera bientôt, mais le Soleil du Seigneur continuera de briller sur le monde. »

« Alors Saül n'est pas dans l'erreur, quand il admet des incirconcis dans sa communauté ? »

« Ce n'est pas mon enseignement que professe Saül. Il n'a pas été mon témoin. Que pourrait-il savoir de ce que j'ai dit ? Il vous persécutait encore quand j'ai été crucifié. Il a ensuite été instruit par Dosithée près de Damas. Il suit la parole des Esséniens, pas la mienne », répondit Emmanuel. « Et j'ai vu l'homme, j'ai vu briller dans ses yeux, non pas l'amour du Seigneur, car ce n'est pas la bonté qui l'habite, c'est l'homme qui a lapidé Etienne et qui vous réveillait à l'aube pour vous emmener au supplice. Non, Saül n'est pas un homme bon. Ce que j'ai vu briller dans ses yeux, c'est l'ambition. C'est un Hérodien égaré, qui veut le pouvoir. Ce n'est pas le salut des Juifs que cherche Saül, c'est le pouvoir à Rome. Je comprends que Cephas, Jacques, Jean, Philippe et les autres ne lui portent pas grande estime. Mais cela ne signifie pas qu'ils détiennent la vérité. Des chauves qui se disputent un peigne ne font pas repousser leurs cheveux pour autant. »

« Mais toi, tu as pourtant suivi étroitement la Loi de Moïse dans ta jeunesse », dit Abel d'une voix ardente. L'homme faible avait trouvé sa force dans la recherche de la vérité. « N'as-tu pas été chez les Esséniens ? N'es-tu pas celui que le Baptiste avait désigné comme l'héritier de David ? »

« Et ne les ai-je pas quittés ? » répondit Emmanuel. « Ils commettaient les mêmes erreurs que les docteurs de Jérusalem qu'ils vouaient pourtant aux gémonies, ils s'attachaient à la lettre de la Loi, avec l'œil du puceron sur le grain de moutarde. Ce n'est pas là que réside l'amour du Seigneur. Quant aux disciples du Baptiste, ils m'ont rejeté. Ils attendaient un homme pour réciter les paroles qu'ils connaissaient déjà. Ce ne pouvait être moi. »

« Pourquoi n'es-tu pas resté là-bas ? » demanda Abel d'un ton plaintif.

« J'ai déjà répondu jadis. Je m'en suis allé pour leur bien[147]. Que serait-il advenu si je n'étais parti ? J'aurais été crucifié une seconde fois, est-ce cela qui les aurait rassurés ? Ils sont comme les moineaux dans l'orage, ils volent dans tous les sens à la recherche d'un arbre. »

« Mais ceux près desquels tu es ici, n'est-ce pas aussi pour leur bien ? »

« Je ne suis pour eux qu'un homme comme un autre. Si ce n'est dans ma nature d'homme que je m'accomplis, à quoi aurait servi mon passage sur la Terre ? »

« Comment peux-tu dire que tu es un homme

comme un autre ? N'es-tu pas le Messie, fils de Dieu ? »

« Que serions-nous donc, tous, si nous n'étions les fils de Dieu ? Quant à être Messie, vous ai-je jamais dit que je l'étais ? Ai-je reçu l'onction ? Quel prêtre a marqué mon front de l'huile sainte ? Ne savez-vous pas faire la différence entre les images dans votre tête et la réalité ? Le peintre va-t-il presser la grappe qu'il a peinte pour en tirer du vin ? Est-ce le Messie que vous attendiez, ou bien la parole de Dieu ? L'Orient abonde en messies. Simon fait des prodiges à Sébaste et Dosithée en fait d'autres à Kochba. Il y en aura d'autres, et ce sera eux qu'on écoutera, pas la parole de Dieu. »

« Mais toi, toi, n'étais-tu pas désigné par Dieu ? »

« Comment l'entendez-vous, à Jérusalem ? Si j'avais eu la science infuse, serais-je allé m'instruire à Quoumrân ? »

« Mais d'où t'es donc venue ta sagesse ? » protesta Abel, proche des larmes.

« D'où vient donc la sagesse, si ce n'est du cœur ? Et que vaut un cœur s'il n'est habité par l'amour du Seigneur ? Et que vaut l'amour du Seigneur s'il ne fait entendre aux autres la voix de sa révolte ? Si j'étais venu et reparti sur les nuées, dans la splendeur de mon Père, qu'auriez-vous appris ? L'homme est comme un enfant qui attend des prodiges, et quand ceux-ci se sont produits, il en attend d'autres. Il voit la lumière du jour, mais il ne connaît pas le Soleil. »

Abel se prit la tête dans les mains. « Que vais-je leur dire, mon Dieu ! Que vais-je leur dire ! Ils m'accuseront de folie ou de mensonge ! »

« Qu'importe ce qu'ils diront de toi », répondit Emmanuel en haussant les épaules. « N'ont-ils pas écrit mes paroles ? Ne m'ont-ils pas vu agir ? Je ne leur demande que d'être mes témoins, non mes juges, ni les tiens. L'agneau se fera-t-il sacrificateur ? »

Le vent et le soleil firent scintiller les amandiers

dans le jardin. Emmanuel se leva pour verser de l'eau dans un gobelet qu'il tendit à Abel, accablé. Puis il but ensuite.

« Le monde va-t-il s'achever bientôt ? » demanda Abel. « Non, non, ne me dis pas que c'était en d'autres temps que tu le disais ! A force de t'entendre confesser tes erreurs, je vais devenir sourd ! »

« Mon monde était mon peuple, et je n'ai pas changé d'avis, Jérusalem s'écroulera dans les gémissements de ses habitants. Mais les autres humains ne paieront pas ses fautes. Il est ailleurs, il est ici, d'autres hommes qui cherchent la vérité, et le Seigneur n'a brûlé que Sodome, mais pas les autres cités. Mon peuple est désormais celui de tous les hommes qui veulent s'élever vers la Lumière. »

« Comment rentrerai-je ? » murmura encore Abel. Et un peu plus tard : « Où est Thomas ? »

« Il porte ailleurs, lui, le poids de conversations pareilles à celles-ci. Car l'homme ne sait pas vivre dans la question, il n'aime que les réponses. Mais cela est ancien, et il est déjà écrit dans les Livres que si tu aimes dormir, tu finiras pauvre[148]. »

Epaules rentrées et geste soudain brusque, le jeune homme faible qui avait abordé Marie au marché s'était changé en une bête traquée, mais enfin dépouillée de sa pusillanimité. Le visage s'était tendu, la voix avait baissé de registre. Il y avait ainsi gagné la beauté du chat qui, engraissé au foyer de souris faciles, retrouve sur les branches d'un arbre la vigilance agile du chasseur.

« Et toi, qui es-tu maintenant ? » demanda-t-il, rauque et insolent.

Emmanuel lui rendit un regard lointain : « J'essaie d'être », dit-il. Mais il fut surpris par la réponse d'Abel :

« Il faudrait donc que nous nous fissions tous crucifier. »

La porte resta ouverte après le départ du messager. Ce fut la servante qui la ferma en maugréant.

10

UNE MÈRE

En y repensant, un fragment d'instant, il se rappela qu'il avait, depuis quelques jours, relevé chez Marie de ces airs entendus que les femmes cultivent quand elles couvent un secret. Mais enfin, les bribes de voix sur le perron, les interjections, lamentos et invocations larmoyantes lui ôtèrent le loisir d'approfondir la nature conspiratrice des femmes. Il se leva sur-le-champ, les bouvreuils qui baguenaudaient sur la balustrade de la terrasse s'envolèrent, et il fut en trois pas dans la pièce centrale sur laquelle débouchait la porte d'entrée. Marie avait descendu le perron pour payer un muletier et Emmanuel se retrouva face à une forme noyée dans une laine endeuillée, sa mère[149].

Elle tendit les bras, elle n'était plus que larmes, il s'élança. Les retrouvailles effacèrent l'amertume des insultes réciproques, des soupçons, des adieux manqués. Il ne l'avait pas revue depuis la Galilée, alors qu'elle et les fils du premier lit de son père le suivaient à demi-cœur de village en village, désapprobateurs, rongés de questions vénéneuses sur le fou qui mettait le feu aux cinq provinces, et que, rompu d'indignation, il les avait tancés avec cruauté[150]. Elle n'avait pas été au pied de la croix, elle n'avait pas non plus été au pied du lit de souffrance. Elle n'avait eu, et y avait-il assez songé, que le mérite de l'avoir engendré, dans la fièvre et l'ignorance de la jeunesse. Marie de Magdala, se tenant à distance, sur le seuil, dans la lumière de la porte entrouverte, surveillait la scène avec vigilance. Elle savait que c'était à cette mère qu'elle devait la vie. Car c'était au nom secret de sa mère qu'Emmanuel avait crié aux Pharisiens, prêts à condamner l'échevelée de Magdala, la folle aux parfums, la maîtresse du prophète, à la lapidation : « Que celui d'entre vous qui n'a jamais péché lui jette la première pierre ! » L'avertissement avait frappé plus juste qu'une pierre ; les Pharisiens s'étaient ravisés, on ne savait jamais, ce prophète était capable de crier des indiscrétions sur la place publique.

Mais elle, déjà cette vieille femme, ignorait que c'était à la pécheresse de Magdala qu'elle devait également d'être ici. Car Marie de Magdala avait deviné le secret : elle avait eu droit à la compassion du prophète parce qu'il était un illégitime. Loin de lui les véhémences salivantes, les interdits fulminants, les prescriptions prophylactiques et les finasseries peureuses des Pharisiens sur les choses du sexe : il traitait le plaisir des corps comme celui de la nourriture, avec abandon et même gloutonnerie[151]. Il se donnait comme il prenait. Ses frères n'étaient plus que froncements de sourcils et pincements de bouche, et à la fin ils avaient rallié sa mère à leur cause : il était fou, il allait au-devant du désastre. Même ses deux sœurs, Lydia et Lysia[152], avaient été contraintes de professer les opinions de leurs frères. Provocateur immoral ! Illuminé ! Séditieux !

Emmanuel la considérait sans détacher ses bras. Il constatait le regard gâté par les larmes de tant d'années et la bouche fanée par le remords. Il hocha la tête. Il devinait bien ce qui s'était passé.

Après le Golgotha, quand le corps du trublion Jésus fut serré au tombeau et que les accusateurs enfin tranquilles avaient pu ramasser rituellement au creux de leurs paumes grasses les miettes sur la nappe de la Pâque, digérer et dormir la main sur le ventre, l'autre scandale avait éclaté : c'était bien une bouche d'or, une bouche de prophète, une bouche céleste qu'ils avaient cru réduire au silence. Horreur et infamie ! La dévotion de Joseph d'Arimathie, de Nicodème, de Marie de Cléophas, par exemple, gens de bien et d'autorité, notables s'il en était, consterna les quatre frères, leurs familles, leurs proches, leurs amis. Même Procula, la femme du préfet, avait clamé haut et fort sa désapprobation du supplice, et c'était dire ! L'embarras brouilla alors le discours et le regard de ceux qui s'étaient presque félicités du verdict du Sanhédrin. Marie reconnut son erreur. On ne lui avait appris que l'obéissance et non la révolte, la peur et non l'amour. Comment aurait-elle compris ? Ses larmes furent amères. Elle chercha son fils.

Mais, la rumeur l'avait proclamé, non seulement le corps avait depuis longtemps disparu du tombeau, mais encore l'homme n'était plus en Judée, ni en Galilée. On le disait ressuscité. Ressuscité ! On l'avait vu ici, on l'avait vu là, on croyait le reconnaître partout. Elle tenta de voir Marie de Magdala, mais Marie la dédaigna et même le fit avec cruauté. Puis les années s'en furent, et quelle femme refusera le repentir d'une autre ? La jeune Marie alla rendre visite à l'ancienne. « Il est vivant, il est en Asie et je vais tenter de le retrouver. Quand j'y serai, je t'aviserai. »

La servante hindoue, accablée par les larmes des autres, semblait pétrifiée auprès de Marie.

« Donnez à ma mère la grande chambre qui fait face au jardin », dit Emmanuel. « Et puisque le repas est prêt, ajoutons-y du vin. » Il tint sa mère par le bras jusqu'à la terrasse et l'assit tandis que Marie et la servante préparaient la chambre.

Oui, oui, Jérémie, le cœur est bien la plus trompeuse de toutes les choses ! Mais comment vivre sans ?

11

LES GRANDS REFUSEURS

La guérison du jeune Shâhu eût été suffisante : trois douzaines de gens chantèrent les louanges du saint homme nommé Emmanuel. En quelques jours, ils furent trois fois trente-six. Il fallut en guérir d'autres. D'abord, ceux qui souffraient aussi de maladies de peau, puis ceux dont le corps et l'âme était mal chevillés, puis d'autres en qui la faiblesse du caractère avait contrarié un organe ou l'autre. Ils se portèrent mieux, ou peut-être même guérirent, mais de quoi peut-on donc guérir, si ce n'est de la vie ? Srinagar bruissa. Les présents abondèrent et le temps fit défaut. Au marché, qui était avec les bains pour les deux Marie la seule sortie, on les reconnaissait, on les désignait du doigt, on leur tirait la manche, on quémandait une faveur, le linge avec lequel il s'essuyait le visage, peut-être ? Et d'où venait cet homme ? N'était-il pas un roi ? De quel pays ? Les deux Marie, car les femmes sont tenues de parler, expliquèrent qu'ils étaient juifs, les regards se firent incrédules. Elles, peut-être, mais lui ? Les gens firent des comparaisons avec les quelques Juifs qu'ils connaissaient. Non, celui-là était différent. Il portait la robe blanche des initiés et son regard était irrésistible. Qu'avaient-ils vu des Juifs, se dirent entre elles les deux Marie, sinon quelques paysans que la diaspora avait essaimés au Cachemire bien des siècles auparavant, et des caravaniers qui, somme toute, ressemblaient à tous les caravaniers, des barbus emmitouflés, affairés et affairistes. Mais elles se gardèrent d'approfondir leurs réponses ; l'expérience de Palestine les avait instruites : elles préféraient l'obscurité. Le roi Shalivahân avait ses espions, la sagesse conseillait de n'être pas trop populaire, et d'ailleurs Emmanuel n'était pas un guérisseur. Il fallait lui laisser son temps : à cinquante ans, il se fatiguait plus vite que jadis.

Quelques notables observèrent avec un étonnement discret qu'en tout cas ce saint homme-là ne prêchait ni ne faisait de prosélytisme. Comment pouvait-il se faire qu'un inspiré, un initié, un voyant, et les termes ne manquaient guère, ne s'empressât pas de faire bénéficier ses semblables ? Le moine jiniste qui avait été adressé à Emmanuel confirma que celui-ci avait le regard droit des futurs jinas, mais, prié de commenter sa religion, il s'en tira par des généralités sur le fait que la Lumière trouvait toujours son chemin vers ceux qui la cherchaient, et que la religion n'y était pas forcément un obstacle. Les jinistes ne connaissaient pas plus le judaïsme, en effet, que les Juifs ne connaissaient le jinisme.

Les moines bouddhistes ne furent pas d'un plus grand secours. Ils ne connaissaient Emmanuel que par ouï-dire. Un saint homme, certes, mais encore ? Un notable ou l'autre les informa qu'il avait résisté aux invites du jinisme. La curiosité l'emporta donc chez un moine, qui tenait un rang élevé dans un monastère, serra sa robe safran, prit son bâton et s'en fut rendre visite à l'inconnu.

Il considéra la maison, bâtiment sans étage au bord du Jhelum, entouré de jardins indistincts qui dévalaient en désordre jusqu'au fleuve, des amandiers à gauche et un manguier tutélaire à droite. Une terrasse couverte flanquait la maison. Un homme y était assis ; il le dévisagea de loin et ressentit une impression de force. Il toqua à la porte ; la servante lui ouvrit, Marie vint, puis la mère d'Emmanuel. Un regard sur la robe safran et le visage du sexagénaire, plus courtois qu'un chambellan, et peu de mots y suffirent ; on le guida vers la terrasse. La servante apporta des bols de riz au miel et aux amandes, un broc de sirop de mauve[153], des verres.

La rencontre avec le moine jiniste avait été un choc de silex ; celle-ci ressembla à une fable mettant en présence des animaux symboliques, difficiles pourtant à décrire. L'homme était riche en nuances, de son épaule de bronze à son crâne d'argent rasé, regard de velours, mains de soie, intouchable comme les autres.

« Saint homme », dit le moine, en s'inclinant par trois fois, « mon nom est Simhavânu. Ta renommée à Srinagar est cause de ma présence. » Emmanuel l'invita à s'asseoir. « Quand une fleur magnifique s'épanouit dans leur jardin, les oiseaux accourent pour l'admirer et en goûter le suc. » Emmanuel lui tendit un bol de riz au miel. L'autre sourit, incertain de la coïncidence, prit le bol et y goûta, les yeux baissés et finalement exquis de cautèle courtoise.

« Tu accomplis des prodiges », dit-il en reposant le bol vide. « C'est le signe que des puissances supérieures t'ont désigné comme leur messager », poursuivit-il.

« Parles-tu donc de ce que tu rejettes ? » demanda Emmanuel, se rappelant ses conversations avec Indravâti. « Ta religion ne reconnaît pas de divinités, mais seulement le néant après la vie[154]. »

Simhavânu hocha la tête. « Je vois que tu es instruit », répondit-il, « et qu'à tes pouvoirs tu joins la connaissance. Il est vrai que nous ne croyons pas aux dieux. Mais toi, tu y crois. C'est qu'ils existent donc pour toi. Et pourtant, comme tu es un homme juste et instruit, tu crois faire le bien en contrariant leurs desseins. Car il ne fait guère de doute que les gens que tu guéris sont malades par la volonté des divinités. Comment expliques-tu cela ? »

Emmanuel se passa la main sur les yeux. C'était là l'ancien discours des Pharisiens, qui l'avaient accusé de guérir au nom des démons. Rien ne changeait donc ! « L'univers est agité de forces contradictoires. Il existe un Dieu bon qui se heurte à une puissance mauvaise », répondit-il avec lassitude. « C'est au nom du Dieu bon que je guéris ceux qui sont atteints par la puissance mauvaise, que nous appelons démon, et qui fait que les hommes sont malades. »

« Pourquoi donc le démon fait-il que c'est une certaine personne qui est malade et pas son voisin ? » demande Simhavânu.

« Parce que cette personne-là est faible et qu'elle a succombé aux puissances mauvaises. »

« Donc, en arrachant un enjeu au démon, tu interviens dans la lutte entre le Dieu bon dont tu parles et son ennemi le démon ? »

Emmanuel hocha la tête.

« Ton Dieu ne saurait-il arracher cet enjeu au démon sans ton intermédiaire ? » demanda le moine.

« Puisque c'est de lui que je tiens mes pouvoirs, je ne suis donc que son instrument et j'accomplis sa volonté. »

« Et les autres malades qui ne connaissent ni ton existence ni tes pouvoirs ? »

« Ce sera la volonté de Dieu qu'ils restent malades. »

« Veux-tu dire que ton Dieu est injuste et qu'il veut que certains soient guéris et les autres, non ? » demanda Simhavânu.

« Nous mettrions-nous donc, toi et moi, dans les rôles de juges de la divinité ? » demanda Emmanuel, un peu hautain. « Ou bien veux-tu dire qu'il vaut mieux laisser souffrir certains afin de ne pas être injuste à l'égard des autres ? »

« Un homme de ton savoir et de ta clairvoyance s'est certainement avisé des causes de la souffrance ? »

« C'est l'imperfection de l'âme, qui paie trop cher des biens qu'elle a convoités inutilement. »

« Nous sommes donc d'accord sur ce point ! » s'écria le moine en souriant. « Si ton malade avait été plus sage et s'était détourné des convoitises, il n'aurait pas été malade. Ne crois-tu pas que la parole éclairée, qui lui aurait enseigné à se détourner des jouissances terrestres, lui eût épargné sa souffrance ? »

« Je l'aurais cru volontiers », répondit Emmanuel. « Mais n'est-il pas vrai que ta doctrine enseigne aussi la compassion ? Faudrait-il donc passer outre à la douleur, afin de ne pas être injuste à l'égard des inconnus qui souffrent ? Faut-il oublier que certains n'ont peut-être pas entendu la parole éclairée et n'ont donc pas appris à résister à la convoitise ? » Le moine sourit ; il avait été mis en échec.

« Mais dis-moi », reprit Emmanuel, « dans quel but supérieur inviterait-on l'homme à se détourner du désir ? »

« Dans celui de la délivrance », répondit le moine, « car la deuxième des trois vérités fondamentales énoncées par Bouddha enseigne que le malheur et la souffrance proviennent du désir que chacun a de vivre et, par conséquent, de désirer les choses de la vie[155]. »

« Fort bien, dans ce cas ne serait-il pas plus avisé, afin de se détourner des tentations, de mettre un terme à sa vie dès qu'on a éprouvé son premier désir ? »

« Ce serait là de l'arrogance. Notre première vérité fondamentale dit que le moi n'a aucune réalité, et qu'il n'est que la fortuite rencontre des cinq éléments passagers qui ont formé un grumeau fugace. »

« Toi et moi n'étant donc que des grumeaux fugaces », dit Emmanuel, « quelle importance a donc notre souffrance ? Et si chacun en est persuadé, à quoi bon la compassion ? N'est-ce pas contradictoire de proclamer d'une part que le monde est mauvais et que le moi n'existe pas, et de l'autre d'enseigner à chacun la manière de rejeter le monde afin de parvenir le mieux et le plus vite possible au néant originel ? Si l'unique objet de l'existence était d'échapper à la souffrance, ne serait-il pas plus avisé de prendre tous les jours de l'opium ? »

« Cela n'est pas digne », dit le moine, dont l'expression s'assombrissait.

« Pourquoi parler de dignité, puisque c'est un

principe attaché à la réalité du moi, alors que tu viens de dire que le moi n'est qu'une illusion ? »

Simhavânu hocha imperceptiblement la tête, esquissa un sourire à peine plus discernable et battit deux fois des cils. « Comment parler de l'être alors qu'on ne connaît que l'existence ? » dit-il.

« Quel est le paysan qui fera l'effort de semer et de récolter, si on lui dit que ses blés ne sont que fumée ? » répliqua Emmanuel.

Ils burent l'un et l'autre du sirop de mauve frais.

« Ton dieu n'a-t-il pas enseigné à tes ancêtres les dix chemins de la perfection ? » reprit le moine. « Pareillement, Bouddha nous a enseigné le moyen de suivre le noble octuple sentier : la foi pure, la volonté pure, le langage pur, l'action pure, les moyens d'existence purs, l'application pure, la mémoire pure et la méditation pure. »

« Saint homme, chacun de ces préceptes est admirable. Mais la vie même est impure, et le seul moyen pour un corps de se purifier totalement est de se consumer sur un bûcher. Même alors, il faudrait piler ses cendres jusqu'à ce qu'elles soient si fines que la pesanteur soit sans effet sur elles. Ensuite, il faudrait les souffler au-dessus de la mer. Et ce ne serait pas encore fini : pour parfaire la purification, il faudrait que les survivants effacent jusqu'au souvenir de cet être. Crois-tu que ce soit là désirable ? »

« Nous apportons la paix, » dit le moine.

« Les guerriers qui vous défendent ne peuvent donc être des vôtres. »

« Nous sommes la lumière, » dit encore le moine.

« Que vaut la torche qui ne tient pas le vent ? »

« L'âme forte est insensible au vent », dit le moine.

« Comment parler de l'âme si on ne la tient que pour fumée ? » demanda Emmanuel.

Une brise se leva, les feuillages scintillèrent. Simhavânu hocha encore la tête. Son épaule dénudée parut tomber. « On ne peut greffer un manguier sur un abricotier », dit-il en se levant.

« En effet », répondit Emmanuel. « On ne peut greffer un arbre sur un non-arbre. »

Simhavânu eut un petit rire espiègle. Il leva l'index. « Un esprit aussi agile que le tien eût fait merveille dans nos jardins. » Puis il s'en fut, alerte comme s'il avait eu vingt ans.

A Quoumrân, ils attendaient la Fin des temps. Ici, ils pensaient que le monde n'avait jamais été créé. Aux deux la réalité faisait horreur. Il existait sans doute une alliance mondiale des Grands Refuseurs. Les Grecs, à la fin, et tout païens qu'ils fussent, avaient témoigné d'un peu plus de bon sens ; ils auraient peut-être dit : « Il est possible qu'il n'y ait rien au-delà que le néant ; mais qu'appelons-nous donc le néant ? C'est un mot humain, et il est donc démesuré pour mesurer l'immesurable. Ne nous empoisonnons donc pas avec des mots funestes. »

12

« HÂTEZ LA VENUE DU MESSIE ! »

Le ciel était pur au-dessus de la Judée ; les nuages étaient dans les cœurs. A Jérusalem, ils étaient orageux. L'un de ces jours où les mères enferment les enfants à la maison et barricadent les portes. Des gens couraient dans les rues, fuyant les soldats romains et la police du Temple. Commerces fermés, volets clos.

A l'ancien palais hasmonéen, la grande cour qui séparait les appartements du procurateur Cuspius Fadus de ceux du grand-prêtre Siméon Kanthéras semblait saisie de fièvre. Légionnaires et policiers juifs se croisaient et s'entrecroisaient en hâte, échangeaient parfois des informations, puis s'engouffraient dans l'une ou l'autre des ailes pour des consultations.

Siméon Kanthéras, successeur de Théophile, trempa une petite serviette dans un bol d'eau parfumée à l'essence de roses, l'essora et s'en essuya le visage, les avant-bras et les mains, puis la barbe. Quelques gouttes parfumées assombrirent les deux pointes de sa barbe. Les trois hommes présents l'envièrent sans doute, mais restèrent respectueusement plus ou moins suants : le chef de la police du Temple, Fortunatus Bokki, un conseiller fidèle nommé Nathan, et l'un des membres les plus influents du Sanhédrin, Ariel ben Meraïoth.

« Eléazar[156] se serait donc enfui », dit Siméon, d'un air sombre.

« C'est ce que disent les Romains », répondit ben Meraïoth. « Mais Fadus les avait exilés à Damas, lui et Amaramus, et sous bonne garde. »

« Il a pu s'enfuir », observa Siméon. « Que dis-tu, Fortunatus ? »

« Il a pu s'enfuir, en effet », dit le chef de la police du Temple. « On taille sa barbe différemment ou bien on la rase, et personne ne vous reconnaît plus. Je n'ai de nos espions aucune information concernant la présence d'Eléazar ben Dinaï à Jérusalem ou dans les environs. Qu'il soit ou non à Jérusalem, le fait est qu'il a des partisans et que ceux-ci se sont enhardis jusqu'à tuer hier soir l'un des deux policiers qui les poursuivaient et à blesser grièvement l'autre. »

« Cela n'empêche pas qu'hier soir même, des inconnus parcouraient les rues en criant : "Hâtez la venue du Messie !" » dit Siméon. « Quand on sortait, pour voir qui poussait ces cris, on ne voyait personne. On m'a rapporté que ces incidents se sont multipliés toute la soirée, dans la ville basse autant que dans la ville haute. Ils se sont même poursuivis dans la nuit. »

« On croirait revivre les jours noirs du temps de ce Jésus qui disait être le Messie, voilà plusieurs années, quand notre grand-prêtre était Caïphe », soupira Nathan.

« Cela ne suffisait absolument pas que d'exiler Eléazar. Voilà quinze ans déjà qu'il poursuit sa sédition ! C'est un pur et simple brigand, c'est un assassin ! Il fallait le mettre à mort, comme on l'avait fait pour Tholomée et Annibas ! » s'écria le chef de la police, qui se leva, sous l'emprise de la colère. « Eléazar est un suiveur de ce Jésus que nous avons réussi à faire condamner à mort. Pourquoi avons-nous témoigné tant d'indulgence à son égard ? »

« Parce qu'il est un prêtre, Fortunatus », intervint Siméon, « et qu'il est pénible et même dangereux de demander aux Romains la mort d'un prêtre, fût-il en rupture de ban. »

« Nous voilà bien avancés », grommela le chef de la police.

« De toute façon, tout cela est logique. Jésus était un disciple des Esséniens, qui nous exècrent, et il nous exécrait donc. Eléazar est un disciple de Jésus et ses sentiments ne sont pas différents. »

Siméon se rassit et mit les deux mains sur les genoux, d'un air sombre. « On ne peut mettre à mort tous les Esséniens et tous les partisans de Jésus, on n'en finirait pas. Cette affaire est plus grave, beaucoup plus que celle de Jésus, parce que Fadus estime que nous ne détenons plus l'autorité nécessaire pour maintenir le calme à Jérusalem. »

Bokki leva les bras. « Je n'ai pas un seul homme qui n'ait été mis en alerte ! Nous avons également fait appel aux phalanges privées de plusieurs membres éminents du Sanhédrin, afin de pourchasser et de réduire au silence les agitateurs d'Eléazar ! Nous avons même demandé à des femmes d'être nos informatrices. »

« Et que disent-elles ? » demanda Siméon.

« Toujours la même chose, bien sûr ! Que les partisans d'Eléazar demandent l'insurrection générale, pour mettre fin à la domination romaine. »

« C'est tout ? » demanda Siméon d'un air entendu.

Bokki baissa la tête. « Ils demandent aussi la

démission du clergé. A moins qu'il se joigne aussi à l'insurrection. »

« Mais ces imbéciles font le jeu des Romains ! » cria Nathan, soudain hors de lui.

« Quel Messie demandent-ils ? Est-ce donc ce Jésus dont nous parlions ? Il est en fuite en Asie ! » s'écria Siméon.

« Non, ils ne parlent pas de Jésus », répondit Bokki. « Mais il est évident que l'agitation qu'ils entretiennent finira bien par susciter des ambitions chez quelqu'un, un Essénien, un Samaritain, que sais-je ! Il y avait déjà ce dénommé Simon, à Sébaste... »

« Simon ne présente pas grand danger pour nous », coupa Nathan. « Tout le monde sait bien aujourd'hui que c'est un magicien et que son enseignement est fait de pièces rapportées. Il n'y aurait d'ailleurs qu'à voir sa femme Hélène pour perdre toute illusion sur sa messianité. C'est une espèce d'hétaïre peinte comme une idole de plâtre, qui se prend pour l'incarnation de la Lune et qui entretient des relations abominables avec les disciples de Simon. On croit rêver ! »

« Mais enfin », observa Nathan, « depuis quinze ans donc que sévit Eléazar, on a bien fini par identifier quelques-uns de ceux qui le soutiennent ! Que ne s'adresse-t-on à eux ? »

« Nous connaissons, en effet, certains de ses partisans, mais nous sommes sans prise sur eux, du moins légalement, car ils sont bien trop malins et évitent de commettre la moindre erreur », dit Bokki. « Il y a, par exemple, un ancien compagnon de Jésus, puisque nous parlions de lui. C'est un Galiléen qui s'appelle Cephas. »

« Cephas ! » répéta Siméon, « Cephas ! Mais ne disait-on pas qu'il avait jadis abjuré le dénommé Jésus ? Et c'est lui que voit Eléazar ? »

« Cephas est revenu sur son abjuration. Comme les autres disciples de Jésus, il passe son temps à répandre l'enseignement séditieux de ce dernier. »

« Quels compagnons ? » demanda Siméon.

« Jean de Zébédée, son frère Jacques, un certain Philippe, et surtout un faiseur de pluie qu'on appelle Jacques le Juste, et dont certains prétendent qu'il serait un frère de Jésus. Plus un quarteron de disciples épisodiques. »

« Je ne comprends pas, je demande qu'on m'explique », intervint Nathan. « D'une part, Cephas et sa bande prétendent que Jésus était le Messie, de l'autre, le même Cephas aurait partie liée avec Eléazar, qui clame que le Messie est à venir ? »

« Cela s'explique », observa Bokki, en arpentant la pièce. « Cephas, on l'avait bien vu, est une girouette. Il n'est toujours pas sûr que le dénommé Jésus ait bien été le Messie. Les partisans du Baptiste, en tout cas, ne le croient plus et disent que ce terme ne peut s'appliquer à Jésus, puisque celui-ci a été crucifié sans avoir jamais reçu l'onction. Ensuite, et chacun sait que j'en ai, à l'époque, été amplement informé, Jésus clamait que sa génération ne passerait pas que la fin des temps n'advînt. Bon, on le voit, grâces soient rendues au Tout-Puissant, les temps courent toujours. Mais Cephas s'est compromis fortement dans des activités prosélytes en faveur de Jésus. S'il apparaissait un autre prétendant au titre de Messie, je pense qu'il changerait aussitôt ses batteries de place et se rallierait à la cause du prétendant. Voilà pourquoi Cephas est toujours en intelligence avec Eléazar. Et pas seulement celui-ci. »

« Qui d'autre ? » demanda Siméon d'un air étonné. « Nous le savons bien : faut-il que je donne tous les noms ? Enée... »

« Un prêtre encore ! » se lamenta Nathan.

« ... Zacchée et Sophronias », poursuivit Bokki.

« Ne laissons pas les arbres nous cacher la forêt », observa ben Meraïoth. « Nous avons affaire à une situation dangereuse, parce qu'elle met notre autorité en danger. Et d'autant plus dangereuse qu'il n'y a plus, cette fois-ci, deux ou trois fauteurs de troubles à envoyer en exemple au supplice. »

« Conclusion pratique ? » demanda Bokki.

« Vigilance et fermeté. Identifier et arrêter tous les séditieux, et surtout éviter tout désordre sur le parvis du Temple. »

« Je suis de l'avis d'Ariel », dit le grand-prêtre.

Chacun se versa un verre de vin. Sur quoi un lévite entra pour informer le grand-prêtre que le secrétaire du procurateur demandait à être reçu. Siméon, l'air perplexe, donna l'ordre de le faire entrer. Montant sur la petite estrade qui longeait la pièce, Bokki jeta un coup d'œil par l'une des fenêtres et aperçut un détachement de vingt hommes qui s'était formé dans la cour ; il n'eut pas le temps d'envoyer un de ses hommes s'en informer, car le Romain venait de faire son entrée. Il s'inclina, fit trois pas vers la balustrade basse qui divisait la pièce en deux et, soucieux des usages, s'arrêta là.

« Cuspius Fadus t'adresse ses salutations et te prie de bien vouloir prendre connaissance de la lettre que voici. »

Le secrétaire tenait en main un rouleau cacheté. Il le tendit à l'un des deux lévites à ses côtés. Un silence anxieux parut suspendre le temps pendant quelques instants. Les quatre Juifs regardèrent le Romain, s'efforçant de déchiffrer à son expression la teneur de la lettre. Mais le masque du Romain restait impassible. Le lévite franchit la balustrade et tendit la lettre au grand-prêtre.

« J'en prendrai rapidement connaissance », dit Siméon, en manière de congé. Le Romain s'inclina et regagna la porte, escorté par les lévites. Siméon fit sauter le cachet de cire d'un ongle nerveux et déroula le parchemin. Les trois autres ne le quittaient pas du regard. Le visage de Siméon pâlit fortement. Le grand-prêtre laissa retomber sur la cuisse la main qui tenait la lettre. Puis son visage se congestionna. Son regard devint fixe.

« Siméon ! » s'écria ben Meraïoth en se levant, alarmé.

« Que le Seigneur me vienne en aide », murmura

Siméon. Il tendit à Ben Meraïoth la lettre qui s'était enroulée à nouveau. Toujours debout, celui-ci la lut, les sourcils froncés, puis se rassit, consterné.

« Nous allons être malades d'alarme si tu ne nous informes de cette lettre », dit Nathan.

« Fadus », articula enfin Siméon d'une voix à peine audible, « demande la convocation du Sanhédrin et des notables de Jérusalem, afin que ceux-ci décident à l'unanimité de lui remettre ma tunique et ma robe sacramentelle[157] qu'il fera serrer à la tour Antonia[158], et cela afin de signifier au peuple de Jérusalem et au peuple juif tout entier, dans les circonstances troublées actuelles, que c'est le pouvoir romain et lui seul qui détient l'autorité en Judée et dans les cinq provinces. »

« Ça, c'est le plus sûr moyen de déclencher une émeute », dit Bokki.

« Il faut le lui expliquer », dit Nathan. « Il est impossible qu'il ne le comprenne pas ! »

« C'est à Claude qu'il faut déléguer une mission », dit Bokki[159].

« L'on finirait presque par souhaiter effectivement la venue du Messie et la fin des Temps », murmura ben Meraïoth.

Les regards déconcertés se tournèrent vers lui. Il leva une fois de plus les bras, dans un geste dont on ne savait trop s'il exprimait l'exaspération ou la résignation.

Le reste de la journée ne fut guère plus serein. Il y eut trois incendies inexpliqués et un certain nombre de bagarres dont les protagonistes prétextèrent, quand la police romaine arriva, que ce n'étaient que d'ordinaires explications familiales, ou bien s'évanouirent purement et simplement dans la nature. La troupe romaine patrouilla en nombre dans les environs de Jérusalem.

Mais on entendit quand même, au cours de la nuit, des voix mystérieuses qui criaient : « Hâtez la venue du Messie ! » On ne savait d'où elles jaillissaient, d'une venelle ténébreuse, d'un toit, d'une maison abandonnée. Peut-être étaient-ce des anges en colère qui criaient ces paroles anxieuses. Ou bien alors, les âmes des justes.

13

« DIEU N'A PAS DE CONTRAIRE »

« Ce que tu appelles Dieu, ton Dieu », dit le petit vieillard aveugle, « est pour nous un couple immanent, l'union parfaite des contraires. »

Son corps était d'un adolescent gracile et son visage, d'un enfant qui se serait grimé avec une barbe blanche. Ce poil neigeux tranchait sur un torse d'ébène, car l'homme était nu, sauf pour un pagne dérisoire autour des reins, et un visage pareil ; les boucles immaculées tombaient en désordre jusqu'aux yeux, ces yeux qui ne voyaient pas, mais qui étincelaient de passion. Emmanuel fut troublé par cette séduction inattendue, puisque le prêtre avouait quatre-vingt-trois ans. Et qu'il était néanmoins gai, alerte, le pied trouvant sans hésiter son chemin sur les dalles humides du temple. Périlleuse agilité, car tandis qu'il disait avec allégresse : « Je vais bientôt mourir », il entraînait son visiteur sur une terrasse sans balustrade à plus de cent coudées au-dessus du fleuve. « Je vais habiter le Soleil », ajouta-t-il, en s'asseyant à trois doigts du vide. Des déesses de pierre peinte avançaient aussi leurs pieds dodus au-dessus du fleuve, habillant la façade pyramidale de leurs nudités, seins pommés et pubis renflés.

« Ecoute », dit l'homme en invitant Emmanuel à s'asseoir près de lui. Emmanuel obtempéra de bonne grâce. Les jeunes moines les observaient respectueusement, à distance. Le vieillard posa sa main sur le poignet le plus proche de son voisin, puis sur l'autre, et son expression s'assombrit. « La souffrance », dit-il, l'index frôlant la cicatrice, « l'indignité inutile. Ce sont là des blessures symboliques. Ne me dis rien. Je te vois comme si je voyais. Tu es ardent. Tu n'a pas supporté le mensonge. Tu es le chasseur viril. Tu es parti provoquer les fauves dans la forêt où ils se croyaient à l'abri. Ils t'ont lacéré. Tu es maintenant pareil à l'oiseau qui plane dans le ciel, porté par le vent, mais tu reprends ton vol. » La brise agita ses cheveux, le sourire revint. « Ton pouls est rapide, mon fils, tu as voulu presser le temps. Tu as donc contrarié le Brahman, qui est le temps même. Siva s'est alors emparé de toi. Tu connais Siva ? Et Vichnou ? L'un se resserre au centre pour tenir l'univers, et l'autre relâche ces mêmes liens. L'un crée, l'autre détruit. L'un est lumière, l'autre est ténèbres. L'un est immobile, l'autre danse. De leur union antagoniste naît l'Etre immense, qui est le temps dévorateur. M'entends-tu ? »

Même la voix ressemblait à celle d'un enfant, tant elle était claire. « Vichnou et Siva », dit Emmanuel. « On ne peut créer sans détruire, ni détruire sans créer. Et le nom de l'Etre immense est Brahma. » Il en avait assez appris au cours des derniers mois pour savoir au moins cela. C'était le reste qui faisait défaut.

Le prêtre hocha la tête, puis il passa la main sur le visage d'Emmanuel, dessinant de l'index l'arête des orbites, puis celle du nez, puis encore l'arc des lèvres. « Tu es fait de lumière et de feu », dit-il, « ta passion est la foi, et qu'elle soit bénie, puisqu'elle t'a mené jusqu'ici. Tu es favori de Vichnou. Vichnou est le phallus, droit, immobile, énergique[160]. Tu es l'homme créateur. Mais ne méconnais pas Siva. »

Siva, le danseur dont les pantomimes avaient scandalisé Thomas. Siva, le buveur lubrique aux mille et huit noms.

« Car Siva a aussi veillé sur toi, ô saint homme ! » dit le prêtre. Il s'était penché périlleusement au bord de la terrasse et Emmanuel réprima un mouvement instinctif destiné à le rattraper, mais l'homme souriait. « N'aie pas peur, j'écoutais seulement le bruit du fleuve. Siva s'emparera bientôt de moi, mais je suis sans crainte ! Siva sera dans sa terrible bonté ce qu'il a déjà été pour toi, la mort de la mort. Comprends-tu ? » Et sa main serrait celle d'Emmanuel. « La mort de la mort ! Tu es mort, mais tu es ressuscité, tu as vécu la mort et elle a changé ta vie ! » Le visage d'enfant devint pathétique, des larmes perlèrent dans ses yeux décolorés. « L'Oiseau-Verbe ailé t'avait frôlé, tu as étincelé, et si fort que tu as attiré l'attention des trois yeux de Siva. Il t'a emporté dans les ténèbres. Tu as entendu ses hurlements et son rire. Tu as entendu les gémissements des âmes qui s'envolent dans la terreur ».

L'Oiseau-Verbe ailé ! Les ténèbres ! C'était cela, c'était presque cela.

« Il t'a dispersé, mais il t'a protégé », reprit le vieillard. « Ton âme est désemparée, parce que tu ne sais pas encore que tu ne peux être le blanc, si tu ne sais être aussi le noir. L'énergie du ciel ne descendra pas en toi avant que tu sois ceci et cela. »

« Me laisserai-je aller au mal ? »

« Qu'est-ce que le mal, mon fils ? » demanda doucement le prêtre.

« Ce qui cause la perte de l'homme. »

« Le Seigneur des larmes a montré que l'avancement spirituel de l'homme est réalisé le plus sûrement au moyen des choses mêmes qui causent sa chute[161]. C'est une voie dangereuse, mais elle est rapide. »

« Dois-je alors être le mal ? » demanda Emmanuel.

« Mon fils, tu n'appartiens plus à la terre, tu n'appartiens plus à ton peuple, tu n'appartiens plus à la loi, mais à l'univers. »

« Quelle loi ? » demanda Emmanuel, surpris de la référence.

« Tu parles du mal, tu parles donc d'une loi. Toute

loi décrit le mal. Le mal, c'est d'être incréé alors qu'on respire, aveugle alors qu'on voit, ignorant alors qu'on entend. »

« Dieu n'a-t-il donc pas de loi ? » dit Emmanuel, comme dans un reproche.

Le prêtre respira profondément. « Dieu ! Akshara Purusha ! L'Indestructible ! Le Créateur du monde ! » s'écria-t-il. « Il est lui-même la loi ! Tu peux l'approcher par la connaissance transcendante ! » Un bras s'agita au-dessus du vide. « Dieu n'est pas distinct de sa loi ! »

Un épervier vint se percher sur la tête d'une divinité féminine au-dessus des deux hommes. Sa vigilance vivante complétait la sérénité voluptueuse du petit corps nu.

« Ne prends pas dans ta main ce que tu crois être la loi », dit le prêtre. « C'est le troisième degré de l'ignorance[162]. Le glaive s'émoussera, sa lame se fendra et la poignée s'en délitera dans tes mains. »

Une petite barque descendait le fleuve. Un enfant s'y tenait debout, godillant du pied sur le gouvernail, rétablissant sans cesse son équilibre. Image de l'audace.

« Dieu n'a pas de contraire ! » dit sentencieusement l'aveugle.

« Et le criminel ? » demanda Emmanuel.

« Qu'est-ce qu'un criminel ? » demanda le prêtre. « Un mot. Le sens de tous les mots est en Siva. » Il soupira. « Qui es-tu pour juger ? Qui es-tu pour insulter ? Laisse les criminels aux fantômes, aux âmes errantes, aux esprits terribles[163]. Ils disposeront d'eux. »

La petite barque s'était éloignée ; l'enfant s'était fondu dans la lumière argentée.

« L'individu n'est-il donc rien ? » murmura Emmanuel.

Bouddhistes, hindouistes ou jinistes, ces gens avaient-ils donc réduit le Tout au Rien ? « Si je n'agis, qui suis-je ? »

« Si tu n'étais, à quoi servirait donc la vie ? »

repartit le vieillard en souriant. « Vichnou et Siva sont présents en toi, mais à la condition que tu aies réalisé ton monde intérieur. »

« Sommes-nous donc sans faute ? » demanda Emmanuel.

« D'où viendrait la faute ? » demanda le vieillard. « Comment peut-il y avoir une faille à l'intérieur d'un corps parfait ? »

« Ne sommes-nous pas imparfaits ? » demanda Emmanuel.

« Comment pourrions-nous faire offense à l'Etre immense qu'est Brahma en pensant qu'une part de lui serait imparfaite ? Ne faisons-nous pas partie de lui ? N'est-il pas dit dans ta religion que Dieu créa l'homme à son image ? Comment peux-tu penser que tu es son image et que tu es imparfait ? »

« Suis-je donc parfait ? » s'écria Emmanuel, proche des larmes pour la première fois depuis bien longtemps.

« Si tu accèdes à la connaissance, la question même n'aura plus de sens. Elle s'envolera comme la chouette à l'aube. »

Ils demeurèrent face à face pendant un long moment. L'argent du Jhelum s'assombrissait. La barque de l'enfant n'était plus qu'un souvenir voguant sur la mémoire.

« Mais ne pratiquez-vous pas la purification par l'ascétisme ? » demanda Emmanuel.

Le prêtre sourit. « Non pas la purification, mon fils, mais la maîtrise. Pourquoi t'intéresses-tu à l'ascèse ? Est-ce parce que tu te sentirais lourd, incapable de maîtriser tes passions ? Ce n'est pas ce que j'ai senti en toi. A quoi sert à l'homme chaste de se dessécher ? Accède-t-il ainsi plus vite à la connaissance ? Ou bien serait-ce par la peur de sa chair qu'il a choisi la chasteté ? Ne sais-tu pas cela en ton cœur ? » Deux jeunes moines apportèrent du thé et, comme s'il les voyait, le prêtre se tourna vers eux, hochant la tête en signe de remerciement. Puis sa main chemina vers le bol. « Même le Bouddha avait compris l'inutilité de l'ascèse. Car il faudrait plusieurs vies d'une terrible ascèse pour parvenir aux pieds de la divinité[164]. »

L'argent du fleuve se transmuta lentement en or. Les oiseaux volèrent plus bas.

« Et l'amour ? » demanda enfin Emmanuel.

Le prêtre joignit les mains. « Ecoute », dit-il, et sa voix commençait à faiblir, « l'Amour regardant les pieds de Krishna fut intoxiqué par leur beauté. Il ne fut plus homme, ni femme, et il dit : "Même si je dois pendant des vies sans nombre pratiquer la plus sévère des ascèses, il me faut renaître un jour fille de bouvier, dans le pays des vaches pour caresser avec volupté les ongles des pieds de Krishna." Mais déjà Krishna, épris de lui-même, avait résolu d'avoir avec lui-même l'expérience de l'amour. Il fit apparaître sa propre nature sous la forme des filles de bouviers et put alors jouir d'elles. Il n'est d'amour que de la divinité, tout amour est l'union du soleil et de la lune, toute semence est énergie, et donc retour à la divinité. » Il hocha la tête, but le reste de son thé, les jeunes moines attendaient à la porte de la terrasse. L'heure de partir était venue.

« Krishna ? » demanda Emmanuel en se levant, les pieds endoloris.

« Il est l'incarnation de Vichnou », répondit le vieillard, en s'appuyant un instant au bras d'Emmanuel. « Il est l'incarnation de l'amour divin qui efface, dévore et disperse tous les maux de l'âge sombre. Un jour, dans un autre âge du monde, tu t'incarneras en Krishna, comme le prince Rama », poursuivit-il tandis que les moines le revêtaient d'une robe. « Rama qui était si beau qu'il troublait mêmes les sages de la forêt, les fauves, les oiseaux et les insectes. Rama, le clair de Lune du monde », dit le vieillard en s'emparant des mains d'Emmanuel. « Que Vichnou te donne la vue, mon fils, et qu'il te protège. Et que Siva te fasse danser. »

Les manguiers en fleurs embaumaient dans le jardin du temple. La lune était aussi allègre que les lampes qui scintillaient aux fenêtres, dans les masses obscures du temple et du monastère.

« Krishna », murmura Emmanuel en cheminant vers l'enclos.

14

LA TIGE DE FER

Il y fut convié seul ; il s'en félicita plus tard ; les deux Marie eussent été troublées. « Tu verras et ton cœur s'ouvrira », avait dit le vieux prêtre. Trois jeunes moines vinrent le chercher à la maison, sous les yeux étonnés du voisinage. Les fleurs rouges tombées des tulipiers, les jaunes de l'arbre des pluies, les bleus des jacarandas changeaient en tapis les rues de la ville et les routes de la région. Une foule convergeait vers la route qui menait aux bois proches où se déroulerait la *nâgapanchâmi*, la fête du Cobra ; elle célébrait Ananta, l'immense serpent de l'éternité dont les anneaux sans nombre avaient jadis, lors d'une des nombreuses créations du monde, reposé sur les eaux tourbeuses du chaos originel. Quatre hommes précédant Emmanuel et ses compagnons portaient, par un jeu astucieux et souple d'attelles et de bretelles, une lourde sculpture de bois peint représentant Vichnou reposant, entre deux créations, sur ce reptile aux têtes innombrables. Au rythme de la marche, le sourire ineffable du dieu se balançait donc avec indolence. Plus loin, un pèlerin à la démarche dansante maintenait sur sa tête un grand couffin dont le couvercle tressautait bizarrement de temps à autre. De fait, à un certain moment, ce couvercle se souleva tout à fait et retomba sur le côté, retenu par sa charnière de paille ; un cobra haussa son col de cygne noir pour considérer d'un œil soupçonneux la foule alentour ; celle-ci se mit à rire. Ce lointain descendant d'Ananta ne possédait donc pas le savoir immanent de son ancêtre. Le porteur s'en avisa, descendit le couffin et renferma d'un coup sec le curieux dans sa loge d'artiste. Emmanuel dès lors repéra dans la procession une bonne douzaine de couffins qui contenaient sans doute d'autres cobras, dûment repus de souris.

Tout en marchant, les pèlerins épluchaient des mangues, des pommes de miel, des citrons doux, des bananes, des ramboutans. Certains chantaient des mélopées religieuses, que la foule reprenait sur une longue distance, ce qui faisait que le chemin ressemblait à un office. Les enfants couraient en tous sens, s'égaillant dans les talus, cueillant des fruits et piaillant sans que personne les tançât ; c'était pour eux aussi une fête. L'un d'eux, en courant, bouscula Emmanuel, brandissant un petit serpent brun, couleuvre ou vipère, allez savoir.

Ils arrivèrent à destination au bout d'une heure et furent là deux ou trois milliers, les uns dressant des tréteaux pour y vendre des fruits, les autres, allumant des feux pour griller des brochettes ou faire du thé, quelques-uns se faisant enfiler dans la peau du dos trente, quarante ou cinquante crochets ; ce furent ceux-là qui retinrent l'attention d'Emmanuel. Car à chaque crochet fut noué un long fil de chanvre et, quand tous les crochets eurent été ainsi ficelés et que l'homme eut à la fin ressemblé à une version bizarre et disproportionnée d'une navette de tisserand, les extrémités des fils furent jointes ensemble, passées par deux ou trois volontaires au-dessus d'une forte branche de figuier et l'homme fut ainsi soulevé lentement ; puis, le faisceau de fils fut noué en une grosse boucle et fixé à un clou, l'homme resta ainsi pendu à cinq ou six coudées au-dessus du sol, les jambes repliées comme une grenouille. Le plus étrange était que, tout au long de l'insertion, pas une seule goutte de sang n'avait perlé du dos crocheté un nombre de fois double de celui des hameçons, une fois pour entrer, une autre pour sortir. Pas une goutte ne sortait non plus de ces blessures. Emmanuel alla interroger l'homme du regard. Levant les yeux, il trouva un quinquagénaire qui ne manifestait aucune douleur. L'homme soutint le regard d'Emmanuel et lui dit en souriant : « Vichnou est admirable. »

« Il a mille qualités », répondit Emmanuel, déconcerté.

« Siva en a mille et huit », dit l'homme. Emmanuel hocha la tête.

« Tu es blanc », dit l'homme avec étonnement. « Es-tu Kalki[165] ? »

« L'ère présente n'est pas achevée, saint homme, tant que le cheval blanc n'est pas arrivé », répondit l'un des moines aux côtés d'Emmanuel.

Le regard découvrait dans le bosquet où se déroulait la fête une demi-douzaine d'arbres ainsi garnis de ces suppliciés volontaires. A proximité, des prêtres barattaient d'immenses récipients de lait, pour commémorer la date très ancienne où Ananta avait baratté justement la Mer de lait, dont fut tiré le nectar de la vie éternelle. L'histoire ne disait pas comment Vichnou avait pu trouver le repos pendant cette fantastique opération. Toujours était-il que le claquement rythmé des barattes sur les parois des récipients de bois semblait servir de basse continue aux lamentos des flûtiaux sur lesquels les montreurs de cobras faisaient onduler leurs pensionnaires dans les couffins. Certains des reptiles semblaient indociles, mais un coup de chiffon dans la gueule les ramenait vite à l'ordre. Emmanuel acheta un gobelet creusé dans une noix de coco, puis le fit remplir de vin de palme, qu'il sirota tout en inventoriant les prodiges alentour.

Vers le milieu de la journée, des danseurs masqués apparurent sur un monticule, accompagnés d'un orchestrion de tambours à deux peaux, les dolaks, de flûtes et de cithares, pour raconter l'histoire du serpent Ananta ; ils ondulaient eux aussi plutôt qu'ils ne dansaient, du corps, des bras, des jambes, virevoltant et bondissant dans le vacarme des clochettes qu'ils portaient en anneaux autour des chevilles. Des temples aux serpents, ce pays entier ondulait ! Des spectateurs s'amassèrent alentour. Ailleurs, un attroupement un peu plus nombreux attira bientôt l'attention d'Emmanuel. Là, il lui fallut jouer des coudes pour en trouver l'objet. C'était un jeune homme presque nu, sauf pour un pagne modique qui ménageait la pudeur. Il tenait en main une barre de fer longue comme le bras et épaisse comme le pouce, effilée grossièrement à ses extrémités. Il la caressa un moment, éprouvant l'aiguisement du bout des doigts, puis en posa une pointe au creux des reins. La foule retint son souffle. La pointe fit un creux dans la peau ambrée. Le jeune homme poussa. La pointe entra, d'abord imperceptiblement puis sur la profondeur d'une demi-phalange. Le jeune homme observa une pause. Il baissa les yeux, sans que l'expression, outre une grande concentration, parût trahir la moindre douleur. Pas une goutte de sang n'avait jailli. Le célébrant poussa la pointe. Elle avait pénétré ses reins sur la longueur d'une phalange. Il poussa encore, Emmanuel entrouvrit la bouche d'incrédulité. Un souvenir flotta en lui, puis s'estompa. Au terme d'une demi-heure, la moitié de la tige de fer avait pénétré les reins. Le jeune homme se tenait debout, sans effort, l'expression paisible. Il leva les yeux et trouva ceux de la foule, qui cillaient à peine. Au bout d'une heure, un murmure s'éleva de l'assemblée ; la pointe tendait la peau sur le flanc opposé ; elle la perça. Le célébrant poussa la tige de fer du côté opposé. La tête de la pointe se fit jour et sortit, élargissant le trou dans la peau, et toujours sans qu'une goutte de sang la souillât. Emmanuel reprit son souffle. Le jeune homme écarta gracieusement les bras et tourna sur lui-même, afin que chacun pût voir la barre qui le transperçait. Il noua les mains derrière sa nuque. Un homme s'avança et toucha la barre du pouce et de l'index, pour s'assurer que si on la touchait à une extrémité, elle bougeait à l'autre ; or, c'était le cas. La prière jaillit en Emmanuel, près de défaillir. Il ne savait plus qui il priait, mais il priait et qu'importaient désormais les noms, Dieu n'avait besoin ni de nom, ni de Temple, ni de prêtres. Les claquements des barattes, les mélopées des flûtiaux, les pincements des cithares, les tintements des clochettes et le rythme sanguin des tambours se poursuivaient au loin. Il but une longue gorgée de vin de palme.

Il s'avança vers le jeune homme et chercha aussi son regard. L'autre leva vers lui des yeux veloutés comme ceux de sa race, et sereins.

« Peux-tu parler ? » balbutia Emmanuel.

L'autre esquissa un sourire : « Autant que toi. »

« Comment t'appelles-tu ? »

« Sansar. »

« Que fais-tu ? »

« Je vends des fleurs. »

« Souffres-tu ? »

« Non, pourquoi ? »

Emmanuel ferma les yeux et, saisi de vertige, recula vers le cercle des assistants. Il demeura là, comme frappé de stupeur, jusqu'à ce qu'un des moines qui l'avaient accompagné l'eût retrouvé. Le moine comprit la cause de son état ; il alla lui chercher un peu de nourriture. Emmanuel la refusa ; ces gens étaient simples. Ce fut vers la troisième heure de l'après-midi que Sansar commença de retirer la tige en fer. Il y fallut un temps comparable à une heure, mais ce jour-là, Brahma avait alenti le temps. Enfin, la tige fut entièrement retirée et le jeune homme la tint en main, un peu las, pour la montrer à l'assistance[166]. Emmanuel s'avança derechef, hagard. Sansar lui tendit la tige en souriant. Emmanuel la saisit, en vérifia le poids et la rigidité, puis l'examina de près. On devinait à peine quelques traces rougeâtres sur sa surface grossièrement polie. Il dévisagea Sansar avec une insistance proche de la discourtoisie. Plus tard, il se rappela que Thomas avait témoigné d'un scepticisme comparable.

Etait-ce cela qu'avait annoncé Isaïe ? « Les yeux des aveugles seront ouverts, et les oreilles des sourds débouchées. L'infirme courra comme un cerf et la langue du muet fera entendre ses cris[167]. »

« L'homme qui est maître de son cerveau est maître de son corps », dit un des moines, s'avisant du trouble d'Emmanuel. « L'énergie contourne la flèche dans le corps de ce garçon, comme l'eau contourne le rocher au milieu du fleuve. »

Mais sur-le-champ, il alla se coucher dans une clairière et s'endormit aussitôt. Quand il s'éveilla, la nuit était tombée. A la lueur des torches et des lampions, on distinguait çà et là deux ou trois hommes qui pendaient encore à leurs crochets. Deux moines étaient assis aux côtés d'Emmanuel. Il reprit conscience du lieu, des circonstances et du moment de sa vie où il se trouvait. Il songea aux prophètes et se demanda sur quoi ils s'étaient lamentés. Et il repensa à l'angoisse de Saül allant consulter la sorcière d'Endor. Que ne lui avait-elle dit l'ignorance des hommes, au lieu de convoquer le fantôme rancunier de Samuel ? Il pleura. Ils lui donnèrent à manger. A quelques pas de là, un homme courait dans l'obscurité après un objet invisible et fuyant dans l'herbe. C'était un dresseur de serpents. Son cobra s'était enfui. Il le rattrapa avec un han !

« On ne nous avait rien appris, à Quoumrân », dit Emmanuel.

« Où est Quoumrân ? » demanda l'un des moines, un homme au visage de loup souriant.

« Sur la mer Morte », répondit Emmanuel.

« Quelle est l'utilité d'une mer morte ? » demanda le moine.

Emmanuel, brisé, se mit à rire. Les moines rirent aussi, mais c'était sans doute par courtoisie. Cinquante-cinq ans et il riait encore comme un enfant ! Le monde était grand, infiniment grand, décidément trop grand, grand à pleurer, mais à la réflexion, il était plus confortable ainsi. Comment croire à Dieu dans un monde mesuré ? Les étoiles roulèrent autour de la Lune, qui versa du lait sur la Terre, pour les humains assoiffés.

15

L'ENTREVUE DE SÉBASTE

Dix-huit hommes dans une maison à Sébaste, en Samarie. Seize d'un côté, à contre-jour sous une fenêtre, et de l'autre, leur faisant face, Jean et Philippe, recevant la lumière en face.

« Nous sommes venus », dit Jean d'une voix forte et calme, « vous demander pourquoi vous ajoutez par vos propos aux dissensions qui sont déjà nombreuses, dans une époque dangereuse pour nous tous. Dans cette même ville de Sébaste se trouve un homme, Simon, qui a été baptisé par Philippe, que voici, et qui prétend indûment être le Messie, alors qu'il n'est qu'un magicien au discours fumeux. Or Simon détourne de la voie des hommes et des femmes justes, mais naïfs et nous cause déjà un tort. A Jérusalem, il y avait un prêtre nommé Eléazar, maintenant en exil dit-on, qui demandait aux Juifs de hâter la venue du Messie, comme si Jésus n'était pas déjà venu. En Syrie, il y a un ancien de Quoumrân, Dosithée, ancien maître de Simon le Magicien lui-même, qui dit qu'il est l'Etoile, c'est-à-dire le Messie. Les villes d'Orient retentissent des propos grecs d'un autre mage, Apollonios de Tyane. Vous êtes comme nous tournés vers la lumière divine. Pourquoi ne joignez-vous pas vos forces et votre nombre aux nôtres, dans cette traversée des ténèbres ? »

Les seize laissèrent les échos du discours reposer.

Puis l'un d'entre eux, le plus âgé, et celui qui paraissait exercer la plus grande autorité sur les autres, prit la parole. On l'appelait Zacharie le Prescient, il avait cinquante ans et il était originaire de Samarie.

« Ton discours est fraternel, Jean, mais nous nous demandons si, au contraire, ce ne serait pas vous qui devriez vous joindre à nous. »

« Nous sommes les disciples de celui qui est la lumière », répondit Jean, « celui-là même que votre maître a annoncé comme le Messie. Ta réponse n'est-elle pas spécieuse ? »

« Elle ne l'est pas, Jean, parce que, lorsqu'il était en prison à Machéronte, il y a quelque dix-huit ans, notre maître a adressé au vôtre des messagers pour lui demander s'il était bien celui que nous attendions, ou bien s'il en viendrait un autre. Jokanaan est mort en pensant qu'il s'était trompé. »

« Je ne mettrai pas ici ton témoignage en doute, Zacharie, mais qu'il suffise de dire que notre maître est ressuscité et que cela prouve sa nature divine. »

« Je ne mettrai pas non plus ton témoignage en doute, Jean, mais s'il est ressuscité, pourquoi n'est-il pas ici, au lieu d'être en Inde ? »

« Qui a dit qu'il est en Inde ? » demanda Jean, fronçant les sourcils.

« Il a été vu en compagnie de Thomas à Damas, puis à Edesse, puis à Taxila, non loin du lieu où il se trouve actuellement. Ou bien était-ce son fantôme ? »

« Je ne l'ai pas vu à Damas, ni à Edesse et le monde est plein de mirages et de faux témoins. »

Un silence pesa entre les deux groupes.

« De toute façon », dit Philippe, prenant la parole à son tour, « son enseignement demeure comme la parole divine, et vous ne le contestez pas. Nous demandons donc ici, au nom de Jacques le Juste, notre chef, et de notre Conseil, la conciliation. »

« C'est cet enseignement qui nous trouble, Philippe », dit un autre membre des seize, Judas ben

Eder, « car il nous a été rapporté fidèlement et nous y trouvons des contradictions. »

« Lesquelles ? » demanda Jean d'un ton vif.

« A-t-il bien dit : "Qui traite son frère de fou est passible du feu de la Géhenne[168]" ? »

« Il l'a dit », répondit Jean.

« Alors pourquoi a-t-il lui-même traité les docteurs de la Loi et les Pharisiens de fous[169] ? »

« Etaient-ce ses frères ? » demanda Jean.

Judas sourit de manière incrédule. « A-t-il ou n'a-t-il pas dit : "Aimez vos ennemis ; bénissez ceux qui vous maudissent, rendez le bien à ceux qui vous haïssent[170]" ? »

« Il l'a dit. »

« Alors pourquoi a-t-il traité ses ennemis de "fous", de "vipères", de "serpents", d'"hypocrites", de "sépulcres blanchis", de "voleurs" et d'"aveugles[171]" ?

« Qui dit qu'en son cœur il ne les a pas bénis ? L'insulte n'est-elle pas un moyen d'éveiller la conscience ? » répliqua Jean, courroucé.

Judas se mit à rire sans gêne. « Où est Cephas ? » demanda-t-il.

« A Jérusalem », répondit Jean.

« N'est-ce pas pour que sa foi ne vacille pas que ton maître a prié le ciel, selon ce que vous rapportez[172] ? »

« C'est exact. »

« Mais Cephas a quand même renié son maître, dans la cour même du tribunal où l'on jugeait celui-ci. Cela signifierait-il que les prières de ton maître étaient restées sans effet ? »

« Si l'homme n'était doté de liberté, où serait son mérite ? » demanda Jean.

« N'est-il pas vrai que vous rapportez que votre maître a chassé d'un homme un démon sourd et muet en l'exhortant par la parole ? N'est-il pas vrai que vous assurez que ce démon s'est enfui en criant[173] ? » reprit Judas, dont l'ironie devenait de plus en plus évidente.

« Jésus a chassé de nombreux démons », répondit Jean.

« Mais comment le démon qui était sourd a-t-il entendu l'exhortation ? Et comment, puisqu'il était muet, a-t-il pu crier ? »

Jean posa sur Judas un long regard chargé de soupçon. « Les démons sont insensibles aux exhortations des mortels, mais non à celles d'un Messie », répondit-il lentement.

« En vérité, Jean, tu eusses dû être docteur de la Loi ! » s'écria Zacharie sur un ton de dérision. « Dis-nous encore, n'est-il pas vrai que votre maître vous a enjoint de ne pas avoir de rapports avec les Gentils et de ne jamais entrer dans une ville samaritaine ? N'est-il pas vrai qu'il vous a dit que le salut viendrait des Juifs[174] ? »

« C'est vrai », dit Jean, dont l'impatience commençait de poindre.

« Et n'est-il pas aussi vrai qu'il vous a enjoint d'enseigner à toutes les nations et de les baptiser au nom du Père, du Fils et du Saint-Esprit[175] ? Les autres nations ne sont-elles donc pas composées de Gentils ? Ou bien votre maître disait-il blanc un jour et l'autre noir ? Comment veux-tu que nous pressentions la présence de l'inspiration divine dans de pareilles contradictions ? »

« En vérité, c'est que vous êtes comme tous les autres, vous ne vous attachez qu'à la lettre et vous perdez l'esprit du Verbe ! » s'écria Jean, rouge de colère.

« Le Verbe ne se contredit pas ! » rétorqua Judas. « Votre maître dit un jour que les pacifiques seront bénis, parce qu'ils seront appelés les enfants de Dieu[176], et un autre jour, qu'il n'est pas venu apporter la paix, mais le glaive[177] ! Me direz-vous, Jean, et toi, Philippe, que votre maître considérait que la paix est un glaive ? » Jean et Philippe demeuraient muets, mais sombres comme l'orage. « Moi, je crois qu'il ne savait ce qu'il disait. »

« Prends garde ! » s'écria Jean.

« Les admonestations ne sont pas de mise ici, Jean. Vous l'avez vous-mêmes rapporté : votre maître a bien dit que ceux qui vaincront par le glaive périront par le glaive[178]. Mais il a également dit que ceux qui n'avaient pas de glaive devaient vendre leurs vêtements pour en acquérir un[179]. »

« Peut-être nous sommes-nous parfois trompés dans nos transcriptions », dit Philippe.

« Comment séparerons-nous alors le bon grain de l'ivraie ? » demanda Zacharie. « Judas ben Eber vous a indiqué les contradictions qui abondent dans l'enseignement de votre maître ; nous ne pouvons que rester réservés à leur égard. »

« Je n'ai relevé qu'une contradiction réelle dans les paroles qui vous ont été rapportées », dit Jean, « c'est celle qui est relative à la paix et au glaive. »

« Crois-tu ? » répliqua Judas. « Nous en avons relevé bien d'autres, qui ne nous semblent guère plus compréhensibles que les précédentes. Ainsi, votre maître vous prescrit tantôt de montrer vos bonnes œuvres au monde[180] et tantôt de ne pas faire l'aumône en public[181]. Que devrait donc penser l'un de vos disciples ? Que devrait-il conclure quand votre maître tantôt lui prescrit de s'attirer l'amitié de Mammon[182] et tantôt l'avertit qu'il ne peut servir Dieu et Mammon[183] ? »

« Vous nous avez écoutés avec une oreille bien fine », répondit Jean, les yeux plissés. « Et vous nous avez lus avec l'œil de la buse. Vous êtes pareils à ceux qui ne voient que la mouche sur le cheval qu'on leur offre. Il faut donc admettre que nous ne nous rencontrons pas et que l'étoile passera tandis que vous chercherez à protéger du vent votre chandelle. Nos disciples sont déjà nombreux... »

« Vos disciples ? » interrompit Judas. « Mais ceux d'Eléazar sont aussi nombreux que les vôtres et clament tous que le Messie est à venir ! Donc, à l'instar de Jokanaan, ils ne croient pas non plus que votre maître était le Messie, Jérusalem et les procurateurs s'en sont-ils déjà assez alarmés ! »

« Etes-vous bien sûrs qu'ils attendent que le Messie vienne ou bien qu'il revienne ? Qui a dit que ce n'est pas Jésus qu'ils attendent ? » clama Jean. « Et n'a-t-il pas annoncé lui-même qu'il reviendrait parmi nous à la consommation des temps ? »

« Est-ce donc pour cela que Cephas et Eléazar entretiennent de si bons rapports ? » demanda Judas, d'un ton doucereux.

« Et qui vous dit que Cephas ne s'efforce pas de ramener Eléazar à la vérité ? » rétorqua Jean.

La masse des seize demeurait compacte et hostile. Philippe hocha la tête dans une attitude de perplexité.

« Ces passions témoignent que nous ne sommes pas des vôtres et que vous n'êtes pas non plus des nôtres », dit Zacharie. « On ne bâtit pas sa maison sur des terrains mouvants, et vos paroles sont glissantes. Le temps vous apportera sans doute le succès, mais il le reprendra aussi bien. Car il n'est point d'exemple que la vérité ne finisse par imposer sa splendeur, et tu le sais bien, Jean, on la reconnaît à ce qu'elle brille d'un éclat sans reproche. Il est donc inutile de secouer la poussière de vos sandales, Jean, et toi aussi Philippe, quand vous quitterez cette maison. Nous ne vous portons pas de haine, comme vous semblez le croire. Mais nous ne bâtirons pas notre maison sur le sable. »

Jean porta un regard circulaire sur l'assemblée ; elle le soutint sans faiblir. Il vit les regards rebelles, les bouches fermes et réprobatrices, les nez dédaigneux. Il baissa les yeux, prit son bâton et gagna la porte d'un pas lourd, après avoir dit, d'une voix sans chaleur : « Que la paix du Seigneur soit avec vous. » Puis il sortit dans le soleil de Sébaste, suivi de Philippe, qui gardait la tête basse.

« Que ferons-nous des contradictions ? » demanda Philippe, quand ils furent éloignés de la maison des johannites.

« Quelles contradictions ? » demanda Jean, sourcilleux. « Nous laisserons-nous troubler parce que nos oreilles n'auront pas été fines, ou bien parce qu'elles auraient été, comme celle de Zacharie et des siens, trop fines au contraire ? Il suffit que nos cœurs soient fermes. »

« Cephas a-t-il donc le cœur si ferme ? » demanda Philippe.

Jean se tourna vers lui, l'expression contrariée.

« Nous ne sommes que des hommes ; nous arrogerions-nous le droit de juger d'autres hommes, et pis encore, de juger l'un des nôtres ? L'essentiel, te dis-je, est que nous gardions le cœur ferme. »

« Il faudra quand même lui recommander la prudence à l'égard des gens d'Eléazar. »

Ils quittèrent Sébaste alors même que le soir tombait. Ce n'était décidément pas une ville pour eux. Le maître leur avait recommandé de se dévouer à la conversion des brebis perdues d'Israël. Mais les disciples de Jokanaan n'étaient décidément pas des brebis perdues. Peut-être ne savaient-ils pas qu'ils étaient perdus. Peut-être aussi ne savaient-ils pas qu'ils étaient des brebis. Peut-être même étaient-ils des loups.

16

TOUTE MÈRE EST UNE REINE

Ces gens se battaient donc sans relâche. Aucun gibier ne satisferait jamais la faim des princes. Leurs misérables petits ego avaient besoin pour exister d'un pouvoir sans cesse croissant.

Une colonne de soldats transportant des blessés et des morts défila un matin dans la ville. Un silence consterné se répandit dans son sillage. Deux militaires hirsutes et exténués vinrent frapper à la porte : le saint homme et médecin, c'était ainsi du moins qu'on leur avait décrit Emmanuel, pouvait-il aller donner des soins à un lieutenant valeureux, gravement blessé ?

Un exalté parcourut la rue en criant : « Les Kushâns ! Les Kushâns ! »

Emmanuel partit avec eux. Ce lieutenant-là avait à peine trente ans. On l'avait allongé parmi d'autres dans la grande salle du principal caravansérail de Srinagar, transformée pour l'occasion en abri pour blessés. L'odeur était déjà fétide. Emmanuel demanda qu'on ouvrît d'abord les portes et qu'on fit brûler de la myrrhe ; puis qu'on évacuât les morts. Un pansement de fortune, sale et noirci par le sang, était plaqué sur l'abdomen du blessé. Emmanuel souleva prudemment le linge et découvrit une plaie de sabre, nette, droite, large comme le tranchant d'une main, qui avait coupé les chairs jusqu'aux entrailles. Le Seigneur, celui qu'on appelait jadis et atrocement le Dieu des armées, avait porté ce corps à la plénitude, la rapacité humaine avait détruit son œuvre. Emmanuel se révolta. Dénudé, l'homme gémit et commença de trembler. Il demanda de l'eau. Emmanuel chargea deux adolescents, promus par la soldatesque infirmiers d'occasion, de lui poser sur les lèvres un linge trempé d'eau vinaigrée, mais interdit qu'on lui donnât rien qu'il pût avaler. Il examina la blessure, en écartant les lèvres pour voir si les boyaux avaient été atteints. L'homme cria, d'une voix cassée. Emmanuel distingua une coupure droite et violacée qui montrait qu'une partie de l'intestin, en effet, avait été entaillée. Il demanda qu'on lui apportât un linge propre et qu'on fit bouillir du plantain, puis il s'assit près du blessé et posa la main à plat sur la poitrine lisse, à l'endroit du cœur ; les battements étaient à peine perceptibles et irréguliers. Il se pencha sur le visage du lieutenant, releva les paupières à peine ouvertes et plongea son regard dans les yeux.

« Tu es blessé », dit-il, « mais tu peux guérir si tu le veux. Il faut le vouloir. » Un étonnement prêta quelque vie aux yeux déjà fixes du lieutenant. « Il faut le vouloir et ta plaie se refermera. »

Emmanuel saisit une bougie fichée sur un candélabre, l'alluma à une lampe proche et la tint de telle sorte que la flamme s'en reflétât dans les prunelles du blessé. « Regarde cette flamme et ne pense à rien d'autre qu'à elle. Cette flamme est la vie qui t'a été donnée par Dieu. Demande à Dieu la volonté que ta plaie se referme. »

Les fumées de la myrrhe formaient un voile bleuâtre à mi-hauteur de la salle, qui se froissait devant les portes. D'autres soldats s'étaient joints aux deux premiers qui montaient la garde près de leur lieutenant ; ils observaient la scène muets, décontenancés et fascinés. Un grand sablier se vida, puis fut renversé et se vida encore. La cire coulée se figeait sur les doigts d'Emmanuel. Une autre bougie fut allumée. Emmanuel posa derechef la main sur la poitrine de l'homme. Les battements restaient faibles, mais ils étaient plus réguliers. Le lieutenant ouvrit la bouche et exhala un soupir ; il tourna imperceptiblement son regard vers Emmanuel.

« Ferme ta plaie », murmura Emmanuel. « Ferme-la. Tu le veux. »

Le blessé déplia ses doigts sur sa couche. Des larmes obscurcirent les cils. Les yeux se fermèrent. Les larmes roulèrent sur le cuivre des joues. L'homme s'endormit, la bouche entrouverte. Emmanuel vérifia une fois de plus le battement du cœur. Il prit alors le bol de plantain que tenait un des adolescents, appliqua la bouillie verte et visqueuse sur la plaie, posa dessus un linge propre et rabattit sur le blessé sa houppelande fourrée. Puis il se leva, ferma son manteau et enjoignit aux soldats de laisser le blessé dormir.

« A l'aube il sera guéri », murmura-t-il. « Vous le transporterez en lieu sûr, loin d'ici. »

Des militaires s'empressèrent alors autour de lui, plaidant pour tel malade et tel autre. Il secoua la tête et tendit les mains ; il n'avait plus de forces. L'ordre des choses était injuste. Emmanuel allait encore le vérifier.

Deux jours plus tard, l'offensive des troupes kushân déjoua les stratèges du roi Shalivahân et l'exode commença. La population de Srinagar partit vers l'ouest. Marie de Magdala et la servante serrèrent dans deux ballots les quelques vêtements et biens qu'elles ne voulaient pas abandonner aux pillards. Marie, elle, était trop lasse pour leur être d'un grand secours dans ces affairements précipités ; elle n'y voyait d'ailleurs plus clair. Emmanuel et les femmes chargèrent donc les chevaux, calèrent Marie sur l'un d'eux et prirent la route. Ce n'était pas seulement la population de Srinagar qui encombrait les chemins de ses chariots et de ses voitures à bras chargés au-delà du raisonnable, mais encore celles des faubourgs et villages du Nord et de l'Est. Le trajet fut donc lent et difficile, et si lent que les agresseurs kushân auraient sans doute rattrapé les fuyards avant que ceux-ci eussent franchi la moitié du trajet nécessaire pour se mettre à l'abri. Emmanuel décida donc de couper à travers les collines, empruntant les défilés qui menaient au-delà des montagnes, jusqu'à Rawalpindi. La route fut rude, et les nuits furent glaciales.

« Marie est lasse », dit Marie de Magdala.

« Nous sommes bientôt arrivés », répondit Emmanuel. « Nous descendons vers la plaine. »

Ce fut alors que Marie tomba de cheval. L'autre Marie poussa un cri. Emmanuel se pencha sur la forme emmitouflée qui gisait au sol, ce visage clair serti dans le manteau sombre. La vie en était partie d'un coup. Les yeux étaient même fermés. Le cœur avait soudain cessé de battre.

« Elle était partie avant l'aube, un voleur l'a trouvée, mais elle a atteint sa destination », murmura Emmanuel. « Aucune mère n'y a jamais manqué. »

Il chargea le corps sur le cheval et ils cheminèrent ainsi, lui et Marie de Magdala, jusqu'à un village proche de Rawalpindi. Les villageois demandèrent s'il fallait préparer un bûcher. Emmanuel leur répondit que ce n'était pas conforme à sa religion. Il demanda des fossoyeurs et des maçons. Ils ne savaient pas ce qu'étaient les premiers et lui déléguèrent les seconds. Emmanuel leur indiqua la manière de creuser la fosse, d'est en ouest, et sa profondeur. Ils parurent surpris. Puis il leur fit bâtir une tombe toute simple, en briques cuites, et la fit ensuite chauler. Ils en furent encore plus étonnés. Etait-ce donc une reine qu'on lui élevât un monument pour défier le temps ? demandèrent-ils. Toute mère est une reine, répondit Emmanuel, et ils hochèrent la tête. Un vieil homme le prit dans ses bras et lui donna une longue accolade en guise de condoléances.

La mort semblait aller puis venir, mais sa route était toujours droite, comme le temps. Elle était le temps, et chaque créature la portait en soi avec la vie. Comme disaient les Hindous, Vichnou était inséparable de Siva. Cela faisait déjà quelque temps qu'Emmanuel ne la percevait plus comme une césure, ainsi qu'on le lui avait appris dans sa jeunesse. Trois mois plus tard, Shalivahân avait repris Srinagar. Emmanuel et Marie y retournèrent. Ils croisèrent des militaires ; l'un d'eux s'arrêta, descendit de cheval et vint baiser la main d'Emmanuel, en ouvrit la paume et y déposa un rubis lisse et gros comme un œuf de pigeon, puis il remonta sur son cheval et partit au galop. C'était le lieutenant ressuscité. La pierre était symbolique. A Srinagar, ils regagnèrent leur maison. Les amandiers et les abricotiers du jardin fleurissaient. Une pique avait été fichée dans le sol ; une liane s'enroulait autour d'elle.

On leur avait volé les portes. Emmanuel les refit. Il savait comment.

17

L'INCARNATION

Le voyage touchait à sa fin, il fallait en convenir. L'âme désormais planait, comme les oiseaux qui se laissent porter par le vent. Les passions l'avaient désertée, un autre soleil la chauffait. Là-haut, le phénix renaissait.

Au cours de méditations qui s'étendaient sur des journées entières, au point de lui faire oublier le boire et le manger, il faisait l'inventaire. De l'aube au crépuscule, il dessinait en lui-même l'itinéraire accompli. Il était parti de la faute, elle s'était effritée en route, rongée par la poussière des chemins, les pluies du cœur, le vent soufflé par les narines des dieux étrangers. Lui que la faute avait pourtant marqué entre tant d'autres, il ne crut plus qu'à l'innocence. Dieu ne pouvait à la fois avoir créé l'homme à son image et l'avoir rendu faillible. L'idée même de la faute engendrait le soupçon, et le soupçon rendait cruel. Il l'avait déjà pressenti lorsqu'il avait arrêté la main de ceux qui avaient voulu lapider Marie. C'était la même engeance qui eût voulu lapider l'autre Marie, sa mère. Il entendait les échos de sa propre voix : « Méfiez-vous du levain des Pharisiens ; je veux dire, de leur hypocrisie. » Car la volonté d'éviter le soupçon rendait également hypocrite. Les baptêmes de Jean n'étaient donc que de l'eau coulant sur la peau et purifiant, non les corps, mais leur enveloppe. L'homme était né en Dieu ; comment pouvait-il donc être impur ? Son cœur pourtant s'élança vers le souvenir de Jean. Il avait su, mais n'avait pas assez compris.

Le chat tigré qui accompagnait ces méditations, pelotonné sur la balustrade de bois devant le jardin, étendait parfois une griffe lorsqu'un oiseau s'aventurait trop près. Lui ferait-on faute d'avoir de l'appétit ? Emmanuel souriait quand l'animal rendormait son corps élastique après le passage du bouvreuil.

Et les méchants ? C'étaient les ignorants. Ou plutôt, les dormeurs obstinés. Ils n'entendaient pas le chant du coq, et les saisons passaient sur leur sommeil de mort. Cela aussi, il l'avait pressenti lorsqu'il avait demandé pour eux le sursis, le pardon. Le mal était l'ignorance de Dieu.

Dieu ? C'était donc son Père et il n'avait jamais failli à cette conviction. Mais ce n'était certes pas le Dieu des armées de son peuple. Si Dieu avait créé l'homme à son image, il ne pouvait haïr ni les Philistins, ni les Amalécites, ni tous les autres que les Livres avaient voués aux gémonies. Israël, Israël ! Dieu n'est pas ta propriété ! Ce n'est pas toi qui l'as apporté sur la Terre, c'est lui qui t'a enfanté !

Mon Père, tu n'as jamais dit les paroles d'Isaïe : « Je suis le Seigneur, il n'y en a pas d'autre[184] », car dans ton infinie science, tu savais, tu ne pouvais pas ne pas savoir que les autres dieux ne sont que d'autres noms que d'autres langages t'ont donnés. Tout homme qui pense « dieu » ne peut penser qu'à toi. Fallait-il donc que toutes les nations de la terre parlassent hébreu ? N'est-ce pas toi qui a confondu les bâtisseurs de la tour de Babel ? Et de quelle importance peut être ton nom, toi, l'Innommé et l'Innommable ?

Es-tu bon ? Mais qu'est-ce que la bonté pour Celui qui est ? Ne fut-ce pas bonté suprême que de m'abandonner aux mains de mes tortionnaires ? Car j'en suis rené, les flammes ont fait rejaillir le phénix de ses cendres et les flamboiements de ses ailes célèbrent ton essence et ton existence !

S'il me faut t'imaginer, tu es double, El, impassible puissance dans les hypogées du ciel ! Tu es flanqué de Yahweh à droite et de Satan à gauche, tous deux serviteurs dans l'accomplissement de tes desseins ! Qui serais-je, pour questionner ta bonté ?

La forme de Marie passa dans le jardin, le bras nu levé pour cueillir des abricots. Dans le geste de la chair flétrie subsistait la grâce de la jeunesse, celle que les insultes et le manque et la douleur de la perte n'avaient pas su délabrer. Les images d'antan revinrent à la vie, car la mémoire reconstitue les statues intactes à partir des fragments retrouvés.

Ils avaient tant fait cas du corps, de ses sucs et de ses saveurs ! Eux, ces ossements vivants qui maintenant se morfondaient, les orbites vides, la pulpe des doigts momifiée et insensible au bout des phalanges, les lèvres pareilles à une peau de serpent séchée au soleil, le torse réduit à une cage vide, le sexe rongé par les vers, eux, condamnés désormais à la calvitie du tombeau ! Ah, nous avons été moissonnés avant de nous être nourris des seins chauds, des poitrines lisses, des sexes gonflés par l'été de la vie ! Ah, quelle cruauté que ces orteils souples qui foulent la terre au-dessus de nous, ces jambes élancées frôlées par les herbes qui se sont enrichies de nos jus, ces ventres fermes où gisent les générations futures ! Ah, quelle misère, Seigneur, nous nous sommes arrogé la Loi et le prestige des juges, et nous avons soupçonné et nous avons condamné. Et notre pire crime est de nous être refusé ta création, car nous pensions nous être investis de ton autorité ! Ta punition est infinie, car c'est le regret ! Ah, Seigneur, nous ne mangerons donc plus que la terre !

Le chat huma un fumet de nourriture et quitta sa balustrade. Des bruits familiers dans la cuisine signifiaient que Marie et la servante préparaient le repas. Il évoqua les temps où c'était sa sœur Marthe qui assumait ces tâches. Marthe...

D'autres images apparurent, pareilles à ces fragments de trésors perdus que la main découvre dans le sable, jadis cousus ensemble par l'amour, aujourd'hui disparates et défaits comme les perles d'un collier cassé. Une nuque mouillée de sueur dans le bleu de l'aube, une main sur un sein poli par la lumière, une jambe soudain tendue par l'émoi, toutes formes du don. Et les cris ! Etouffés, parlés ou avoués, toujours ceux de la surprise. Sa main chercha le souvenir des cheveux aimés, puis les doigts se replièrent, vides. L'ombre de Lazare, nu sous sa robe de lin, s'enfuit pour toujours dans la nuit. Personne n'aurait compris. Ils reculaient devant le mystère du corps comme le tigre devant le feu.

Et pourtant, c'était aimer son Créateur que d'interroger ce mystère. Tout corps était divin, à condition de le savoir, à condition qu'il fût habité par ce savoir. Tout corps était un temple. Jadis, son peuple avait chanté : « J'ai mangé mon miel et mon nectar, j'ai bu mon vin et mon lait, mangez, mes amis, et buvez jusqu'à vous enivrer d'amour[185] ! » La joie était partie. Les prêtres avaient voulu tout régenter, comme jadis à Quoumrân. Car l'homme sans lumière ne supporte pas la joie du prochain. Ils l'avaient traité de magicien débauché.

Il avait jadis parlé au nom du Père. C'était au temps où il avait voulu régner. Il eût été un bon roi. Il eût chassé les prêtres sans foi et sans intelligence, les disputeurs et les coupeurs de grains de cumin. Mais il avait aussi cru, comme ceux de Quoumrân, que la fin des temps était proche. Ô naïveté ! Les temps sont infinis. Les Hindous avaient eu la sagesse de le comprendre, Brahma, Dieu, est le temps lui-même. Quant aux prêtres, ils avaient partie liée avec les Romains. Eux, ils n'avaient retenu que sa prétention d'être le Fils de Dieu. « Es-tu le Fils de Dieu ? » Les deux pointes de la barbe de Caïphe se dressent tandis qu'il déchire sa robe ! « Blasphème ! » Mais tout homme est le fils de Dieu ! Toute femme est sa fille ! Il le leur avait pourtant dit et redit, il leur avait parlé de leur Père céleste, qu'avaient-ils donc compris ? Quelle religion nierait que la création entière est d'essence divine ? Il secoua la tête. « Nous sommes tous l'incarnation de Dieu », murmura-t-il. « L'incarnation s'est faite. »

Le jardin étincela, le vent chanta.

18

DERNIÈRE CONVERSATION ENTRE DEUX GRECS ET, CETTE FOIS-CI, UN ROMAIN

Le ciel du couchant était mauve, la mer pourpre, comme dans Homère ; jacinthe et belladone. La buée du crépuscule prêtait au phare d'Héraion, au loin, un reflet de perle. Après avoir disputé leur éclat à la brise et aux dernières clartés du jour, les torches enfin resplendirent de leur lumière tourmentée. Proconsul de Corinthe, Junius Gallion donnait une fête, et comme toutes ses fêtes elle reflétait autant la fortune du maître de céans que la puissance de Rome. La terrasse du palais consulaire, ornée de bronzes grecs, ou du moins de ce qu'il en restait, car beaucoup d'entre eux avaient souffert du temps : un Apollon y avait laissé un pied, un éphèbe était unijambiste et une Artémis manchote, bref la terrasse qui dominait le golfe était splendide. Les rosiers rosissaient de mille fleurs, les glycines embaumaient, et les esclaves s'échinaient avec le sourire. Déambulant le rhyton en main, entre les appartements parfumés et les dalles de marbre satiné de la fameuse terrasse, la crème de la société corinthienne goûtait la douceur de vivre. Notabilités sentencieuses de l'administration, commerçants en soie dont les amples épouses servaient de réclame, spéculateurs en pourpre, marchands de caque parfumés, et le lot ordinaire des poètes de province et courtisans, ils exprimaient tous l'assurance d'avoir enfin été reconnus pour leur fortune, sinon leurs mérites, et tenaient leur verbe haut. Contrairement à ce qu'on voyait en d'autres lieux de l'Empire, toutefois, les convives se montraient discrets en ce qui concernait la pourpre. C'était à peine si, çà et là, on en distinguait une bande de largeur modérée sur une tunique, et encore était-ce celle d'un personnage d'importance, juge ou procurateur de passage, car il était notoire que Gallion, demi-frère de l'austère Sénèque, ne prisait pas ces ostentations somptuaires : la pourpre était réservée à l'empereur et à ceux qu'il désignait comme dignes de s'en parer.

Amphores et verres en main, les esclaves proposaient des boissons, et l'on reconnaissait les étrangers à ce qu'ils demandaient à goûter du raisiné local, un *defritum*[186] corsé, dont le goût âpre était censé fouetter l'esprit de repartie. Ion et Eucrate optèrent pour du vin miellé, le *mulsum*, « sans épices », recommanda Eucrate. Puis ils allèrent le couper d'eau à la bouilloire qui chauffait sur un trépied[187] et s'installèrent quelque peu à l'écart des invités.

« Je suis bien plus content d'être ici que de courir les routes et les chemins comme nous l'avons fait si longtemps », dit Ion en se passant la main dans les cheveux fraîchement lavés et huilés. « Je finissais par me sentir crotté jusqu'à l'âme. »

« Il faut reconnaître que le lieu est digne des dieux », admit Eucrate.

« Tu me disais l'autre soir que le luxe est le propre des conquérants, parce qu'eux seuls disposent de la fortune nécessaire, je n'en suis qu'à moitié convaincu. Nous avons vu dans nos voyages des potentats repus d'or et pourtant incapables de savoir ce qu'est une viande de choix convenablement cuite. Je pense que le luxe est un signe de civilisation avant tout, et que cela n'est pas donné à tous les peuples. » Eucrate écoutait sans mot dire, un léger sourire sur les lèvres. « Car je pense que la civilisation est le fait des sceptiques, c'est-à-dire de ceux qui ne prennent pas trop au sérieux les affaires des dieux ou les volontés qu'ils leur prêtent. Nous n'avons jamais aussi mal mangé que dans les pays férus de leurs dieux. Je me rappelle les repas déplorables à Jérusalem. »

« Voilà, voilà des vérités nouvelles ! » ironisa

Eucrate. « Le luxe serait donc un privilège de l'impiété ! »

« Eh bien, autant le dire, tel est mon avis ! » répliqua Ion. « De tous les peuples que nous avons vus, ceux qui me paraissaient mener la vie la moins digne d'être vécue, c'étaient ceux qui se conformaient le plus fidèlement à des préceptes religieux ! Les uns avançant que le monde n'est que néant et s'y réduisant de leur vivant, les autres jurant qu'il finira avant l'aube et tirant des mines lugubres, des tiers encore clamant que l'être humain est foncièrement impur et qu'il convient de l'essorer par la chasteté, un régime d'herbes et la souffrance... Ah ! moque-toi ! Pourquoi donc ces gens sont-ils nés ? Pas de musique, pas de plaisirs, pas de gaieté, rien que l'attente anxieuse du désastre et de la poussière ! »

Un domestique passa avec un plateau garni d'oiselets frits. A bien y regarder, ces bestioles n'avaient jamais volé ; elles n'étaient que des hommages rendus à l'art du cuisinier, car elles avaient été façonnées avec du porc et des tranches de jambon frit en guise d'ailes et deux clous de girofle pour simuler les yeux[188]. L'un et l'autre convives se servirent et le domestique leur tendit des serviettes brodées pour s'essuyer les doigts.

« Tu finiras dans la peau d'un rhéteur si tu continues ainsi », dit Eucrate. « Car ton bon sens est aussi profond que les feuilles de vigne qu'on farcit. Ce que tu dis semble juste, en effet, mais néglige insolemment la vérité. »

« Laquelle, je te prie ? »

« La religion est garante de la Cité, et quelques travers tels que ceux que tu décris ne suffisent certes pas à la discréditer. »

« La religion est donc une affaire d'Etat ? » s'étonna Ion.

« Que serait-elle d'autre ? »

« Il n'y a guère, il me semble, tu soutenais qu'elle naissait du besoin fondamental de l'individu de croire à une puissance supérieure, ce qui ferait qu'elle échappe complètement à l'emprise de l'Etat », objecta Ion, de l'air satisfait d'un chat qui vient d'attraper une souris.

« L'un n'exclut pas l'autre », répondit Eucrate. « Elle est née de ce besoin de l'individu que je décrivais, mais elle a été récupérée par l'Etat pour ses besoins d'ordre. »

« Tu veux donc dire que la piété est un encouragement à l'hypocrisie ? » demanda Ion.

« L'hypocrisie des uns est la satisfaction des autres », répondit Eucrate en vidant son verre. Un domestique accourut pour le remplir. Un autre présenta un plateau d'oursins et offrit de petites cuillers pour les déguster, recommandant, pour les savourer, du vin fumé d'Afrique.

« Va pour le vin fumé », dit Ion.

A ce moment-là, le maître de maison s'avança vers eux, une saucisse grillée aux doigts. « Comment nos voyageurs apprécient-ils l'hospitalité de Corinthe ? »

« C'est plutôt l'hospitalité du maître de Corinthe qu'il faut louer », répondit Eucrate. « Elle est si voluptueuse qu'elle a inspiré à notre ami Ion des propos subversifs. »

« Lesquels ? » demanda Gallion, en s'asseyant près d'eux.

« Il estime que le plaisir d'être ici suffit à condamner les religions austères que nous avons découvertes lors de nos voyages. »

« Je veux dire simplement : à quoi servirait d'être né si c'est pour refuser de vivre, comme le font les adeptes de ces religions ? » déclara Ion.

Gallion sourit pensivement et fit signe à un domestique d'apporter un guéridon sur lequel on pût poser les assiettes et les verres. Ce qui fut fait sur-le-champ. « Je ne sais à quelles religions Ion fait allusion », dit le proconsul. « Mais je sais qu'il en est au moins une dont je serais content qu'elle disparût de Corinthe, car elle me vaut des soucis. » Il assaisonna un oursin de citron et le goba. « Il existe une nouvelle secte de Juifs qui cause des fermentations alarmantes à Corinthe et dans d'autres villes, comme Thessalonique. Ils assurent sur la foi d'un certain Jésus que le monde est appelé à disparaître de façon imminente... »

« Voilà ! » s'écria Ion avec impétuosité.

« ... En foi de quoi », poursuivit Gallion, « leurs adeptes se sont dit que, ce monde étant donc appelé à disparaître à brève échéance, ce n'est pas la peine de continuer à travailler. Des quartiers entiers se sont ainsi trouvés sans boulanger, sans serrurier, sans changeur, sans savetier, et j'en passe, ces gens ayant décidé de fermer boutique pour se consacrer à la prière avant d'être réduits en cendres. » Le proconsul goba un deuxième oursin, puis avala dessus une grande rasade de vin fumé. « Cela a fini par causer du trouble, certains de nos citoyens se plaignant à juste titre de ces défections soudaines, d'autres se plaignant encore plus bruyamment des alarmes ridicules et néfastes pour la paix publique que répandaient ces gens, et certains autres poussant l'animosité jusqu'à déclencher des querelles contre les Juifs. Or les Juifs se plaignent à leur tour d'être ainsi persécutés, arguant que ce ne sont pas les leurs, mais les adeptes de la secte de Jésus qui sont responsables, et demandant qu'on sévisse contre ces derniers, et contre eux seulement. Et l'on n'en finit plus. Il a donc fallu y mettre bon ordre. »

« Comment ? » demanda Eucrate.

« En priant le chef de la secte en question de tempérer ses prédictions funestes. »

« Quel est le chef ? » demanda Ion.

« Un petit homme nommé Saül et qui se fait appeler Paul. »

« Pourquoi n'en fais-tu pas un exemple et ne le mets-tu pas tout bonnement en prison ? » demanda Ion. « Après tout, Claude avait bien fini par les expulser, les Juifs de Rome ! »

« Délicate affaire », répondit Gallion avec quelque réticence. « Il serait particulièrement difficile d'expulser les Juifs de Corinthe sans mettre en péril le commerce et la prospérité de la ville. Quant à notre agitateur, cet homme appartient à la famille des Hérodiens, il a des alliances à Rome et jusque dans la maison impériale elle-même[189]. »

« Comment un Juif peut-il avoir des alliances dans la maison impériale ? »

« En tant que rois-clients des provinces de Palestine, les Hérodiens entretiennent des rapports constants avec le siège impérial », répondit le proconsul. « Ils y connaissent du monde, ils ont leurs propres clients. Et de toute façon, il n'est pas inutile d'entretenir chez les Juifs un certain mécontentement, en l'occurrence celui qu'une faction cause à l'autre. » Son regard signifia que ses confidences s'arrêteraient à ce point-là.

« Nous avons aussi entendu parler de ce Jésus », reprit Eucrate. « Mais enfin, proconsul, une question vient à l'esprit de tous ceux qui sont au fait des troubles causés par les Juifs : pourquoi sont-ils donc les seuls au monde à se rebeller sans cesse contre le pouvoir romain ? »

Gallion exprima, des mains et des sourcils, la perplexité. « Peut-être est-ce parce que ce sont aussi les seuls dont la nation soit cimentée par une religion, et que de surcroît ils se croient élus de leur dieu unique. Comme tels, ils refusent les lois de l'Empire, ne s'estimant assujettis qu'à celles que leur aurait dictées ce dieu. »

« Folle arrogance ! » s'écria Ion.

« Mais enfin, l'agitation va croissant ! » observa Eucrate.

« Oh, la nouvelle secte ne gagne d'adeptes que parmi les Juifs eux-mêmes et les couches les plus douteuses de la population. Voilà des gens désespérés auxquels on assure que les riches et les oppresseurs, entendez par là les Romains, sont voués à une fin proche et épouvantable, par la volonté d'un dieu vengeur, et qu'il suffira de se faire jeter de l'eau sur le front pour être sauvé du désastre. Ajoutez à cela les vaticinations de quelques meneurs, assurant que ce désastre est imminent, et vous comprendrez que les déshérités s'empressent de s'affilier à cette secte. Mais je ne pense pas que leurs conquêtes soient jamais comparables en nombre à celles des adeptes de Mithra. » Un secrétaire vint murmurer quelques mots à l'oreille du proconsul, et celui-ci se leva. « Ne nous laissons pas assombrir par ces vétilles. Venez plutôt goûter de mon agneau farci, c'est l'un des chefs-d'œuvre de mon cuisinier. »

Le ciel et la mer s'étaient mariés dans l'indigo. Si l'on se penchait par-dessus la balustrade, on apercevait en contrebas la corniche dallée, éclairée de flambeaux, les promeneurs qui prenaient la brise, et les amoureux qui se caressaient en échangeant des serments. Pressés par des convives de raconter leurs voyages, Eucrate et Ion n'achevèrent pas leur discussion sur les dieux et leur nécessité. De telles conversations sont d'ailleurs sans fin, dans leur essence même.

19

LA FIN DU MONDE

Voici ce que raconta plus tard aux Juifs d'Antioche un survivant de Jérusalem.

« L'horreur bouillonnait en Palestine depuis la chute de Jotapata, en Galilée, les massacres et l'humiliation qu'elle avait engendrés[190]. Elle avait atteint un degré toxique lorsque les trois factions ennemies de zélotes avaient dépecé Jérusalem elle-même, portant la guerre civile au sein des Juifs au moment où Titus, venant de Césarée, avançait à la tête de ses soldats, avec, en avant-garde, les troupes royales et tous les contingents auxiliaires, suivis par les pionniers et les métreurs du camp ; puis encore les troupes qui assuraient la garde des bagages des officiers ; puis Titus, à la tête des lanciers, de la cavalerie légionnaire, précédant les machines de guerre ; puis les tribuns et les préfets des cohortes avec les soldats d'élite, les deux mille de l'armée d'Egypte, plus trois mille gardes de l'Euphrate, puis les enseignes groupées autour de l'aigle, et enfin, le gros de la colonne, en rangs de six : la cinquième, la dixième, la douzième et la quinzième légions, renforcées des corps d'auxiliaires syriens[191]. »

« Ce fut le moment où, dans leur folie meurtrière et apocalyptique, les trois factions de zélotes, celles d'Eléazar, de Jean et de Simon, ceux qui avaient rêvé d'imposer leur tyrannie sanglante à l'antique royaume de David, s'entredéchirèrent dans le lieu le plus sacré des Juifs, le Temple même. Ils avaient massacré la garnison romaine de la tour Antonia, la ville leur était livrée. Le jour des Azymes, les fidèles réunis en grand nombre entendirent soudain des cris et virent au milieu d'eux des gens en armes : c'étaient les partisans de Jean qui commettaient ce sacrilège ; ils étaient entrés dans le Temple, aux mains des gens d'Eléazar, en cachant leurs armes sous le manteau. La confusion dévasta le lieu saint. Les zélotes d'Eléazar, qui n'étaient pas armés, prirent la fuite dans les égouts ; des fidèles les y avaient précédés. Ils les y massacrèrent. En surface, les zélotes de Jean, eux, abattaient à coups de matraque et d'épée des gens qui n'avaient rien à voir à leurs querelles et qui s'étaient blottis contre l'autel, croyant que l'audace des sacrilèges s'arrêterait là. Mais elle ne s'arrêta pas, le sang humain ruissela sur les lieux où jadis, on avait sacrifié des agneaux. »

« Tandis que des Juifs assassinaient donc des Juifs sous les prétextes les plus infâmes et les plus déments, arguant de la libération du peuple juif et de l'avènement du Messie, puis incendiaient les réserves de vivres de la ville, le siège s'organisait. Commencé le douzième jour du mois d'Artémisius[192] il se poursuivit sans relâche, en dépit des échecs temporaires que les zélotes parvenaient à infliger aux Romains. En trois jours, Titus entoura la ville d'un mur d'enceinte pour prévenir les sorties des Juifs et éleva des tours du haut desquelles les archers faisaient pleuvoir sur les habitants une pluie de flèches qui obscurcissait le ciel. D'en bas, les balistes crachaient des pierres qui traversaient l'air dans des sifflements effrayants et dévastaient les défenseurs juifs et les habitants. La faim, la pestilence, la terreur des Romains autant que des zélotes ravagèrent l'antique cité. »

« Au mont des Oliviers, la dixième légion campait, prête à accourir pour donner du renfort. »

« Rien, durant ce siège, n'amollit le cœur des zélotes : ils tuaient les riches à cause de leur fortune, et les pauvres parce qu'ils n'avaient rien à donner, saccageant les maisons et volant la moindre miette qui pouvait permettre aux habitants de subsister. Des vieillards qui ne voulaient pas lâcher leur nourriture étaient roués de coups, les femmes qui cachaient ce qu'elles avaient dans la main étaient traînées par les cheveux. Il n'y avait de pitié ni pour les cheveux blancs ni pour les bébés : les prétendus défenseurs soulevaient les petits enfants qui s'agrippaient à leurs morceaux et leur faisaient lâcher prise en les jetant au sol d'une secousse[193]. »

« Par-dessus le marché, les brigands sans prétexte se joignirent aux brigands sacrés qu'étaient les zélotes. Aux exécutions sommaires motivées par des délations de fantaisie, aux tortures que les zélotes faisaient subir à leurs victimes, dont ils transperçaient l'anus avec des piques pour voir si elles avaient mangé, il fallut subir l'assassinat et le vol. On ne pouvait fuir, car Jérusalem était donc prisonnière de l'enceinte romaine. Les brigands défiaient la puanteur des maisons pleines de cadavres sans sépulture pour y détrousser des corps putrides. La folie meurtrière ne connut plus de bornes : l'un des trois factieux principaux, Simon, qui s'était à la fin rendu maître de la ville, fit égorger le grand-prêtre

Matthias, sous prétexte qu'il était complice des Romains. Mais en dépit des supplications de ce dernier, qui demanda qu'on lui épargnât la douleur de voir ses fils mourir avant lui, Simon le tua après avoir fait exécuter ses trois fils sous ses yeux. »

« Jérusalem compta bientôt plus de morts que de vivants : six cent mille cadavres. »

« A la nouvelle lune du mois de Panémus[194], et après un essai infructueux, l'assaut romain commença : Titus fit avancer les hélépoles[195] et donner l'assaut contre la tour Antonia, où étaient réfugiées les troupes du rebelle Jean. Le monument s'écroula. Deux jours plus tard, des Romains avancèrent dans les ruines, égorgèrent les sentinelles et sonnèrent de la trompette. Les autres sentinelles prirent la fuite. Les Romains allaient donc s'emparer du Temple, et la ville haute serait donc à eux ; autant dire qu'ils avaient vaincu. Romains et Juifs se battirent au glaive, en corps à corps, car les lances et les flèches étaient devenues inutiles étant donné l'étroitesse du lieu. Ce fut un carnage et les Juifs faillirent repousser les Romains, qu'ils enfermèrent dans la tour. Le Temple avait été transformé en charnier, empli non seulement de cadavres de combattants, mais aussi de civils juifs que les zélotes avaient encore une fois massacrés, en dépit des remontrances de Titus. »

« La tour Antonia fut rasée par les Romains, qui purent installer ainsi une rampe d'accès. Mais en dépit de leurs succès, les Romains ne parvenaient pas à la victoire finale, car ils étaient bridés dans leur assaut par le fait que Titus ne voulait pas détruire le Temple, qui était un des chefs-d'œuvre du monde, et cela alors que les Juifs l'avaient transformé en forteresse : le vingt-septième jour du mois de Panémus[196], soit plus d'un mois après le début du siège, les Juifs, beaucoup moins respectueux de l'édifice, faillirent gagner la partie en incendiant le portique ouest, ce qui fit que les Romains qui y étaient montés périrent dans les flammes. »

« Mais quinze jours plus tard, c'était le dixième

jour du mois Loüs[197], le même mois où le Temple précédent avait été jadis incendié par le roi de Babylone, ce furent les Juifs eux-mêmes qui consommèrent le désastre du Temple et de leur ville. Alors que les Romains s'efforçaient de combattre l'incendie des portiques dans la cour extérieure du Temple, un combat s'engagea entre eux et les gardes du sanctuaire. Les Romains poursuivirent ces derniers jusqu'aux portes du sanctuaire et c'est alors qu'un soldat juif, sans doute devenu fou de désespoir, arracha un brandon aux boiseries en feu et, se hissant sur les épaules d'un camarade, jeta ce brandon par la petite porte d'or qui, du côté nord, donnait accès aux habitations entourant le Temple. L'incendie fit alors rage. »

« Titus donna à maintes reprises l'ordre d'éteindre l'incendie, mais ses légionnaires, excédés par la résistance et la cruauté des Juifs, chargèrent les rebelles. Le massacre fut effroyable. Des innocents qui n'avaient commis d'autre crime que de se trouver là furent égorgés comme les soldats qui avaient été censés les défendre et dont la fureur apocalyptique avait fait les pires ennemis de Jérusalem et des Juifs. Les Romains périrent par dizaines, une fois de plus les marches du sanctuaire ruisselèrent de sang et les cours du splendide monument furent transformées en charniers. Les légionnaires parachevèrent le désastre en incendiant le sanctuaire lui-même et tous les trésors qu'il contenait. »

« Excédés par la résistance acharnée des Juifs durant trois mois, les pertes subies et les morts de si nombreux camarades, les soldats de Titus se vengèrent sur la population survivante. Ils ne firent pas de quartier, abattant sans distinction d'âge ou de sexe tout Juif qui se présentait à leur regard, cependant que les flammes dévoraient la ville. Au grondement terrifiant de l'incendie se joignaient le cri de guerre des légions romaines réunies, les hurlements des rebelles encerclés par la flamme et le fer, les cris de détresse du peuple. En aucun endroit on ne voyait plus la terre, tant elle était couverte de cadavres. Plus d'un Juif se suicida de désespoir. »

« Voyant le Temple s'écrouler dans les flammes, les légionnaires n'avaient plus de raison d'épargner les bâtiments alentour. Ils les incendièrent sans considération pour les trésors qui s'y trouvaient. Plus de six mille personnes, vieillards, femmes, enfants, s'étaient réfugiées dans la cour extérieure du Temple : elles s'étaient rendues là sur les assurances d'un prophète qui leur avait déclaré que Dieu leur donnait l'ordre de se trouver là pour y recevoir les signes de leur délivrance. Or les légionnaires incendièrent ceux des portiques qui demeuraient sur pied, et les malheureux périrent pour la plupart dans les flammes. Les paroles de ce prophète se révélèrent être celle de la folie. »

« On se souvint alors des prodiges qui avaient accompagné les débuts de la guerre civile. On se souvint d'un certain Jésus, fils d'Ananias, un homme du peuple qui, quatre ans avant le début de cette guerre-là, alors que la paix régnait encore, s'écria au cours de la fête des tabernacles : "Une voix venue de l'Orient, une voix du Couchant, une voix des Quatre vents, une voix contre Jérusalem et le sanctuaire, une voix contre le fiancé et sa fiancée, une voix contre le peuple tout entier." On l'avait fait arrêter et rouer de coups, mais il criait toujours. Les juges le conduisirent devant le procurateur romain Albinus. On le fouetta jusqu'à l'os, il ne poussa pas un gémissement, ne laissa pas échapper une plainte, mais répéta à chaque coup : "Malheur à Jérusalem." Albinus lui demanda qui il était, d'où il venait et pourquoi il poussait ces cris, mais l'homme ne répondit pas. Alors Albinus conclut qu'il était fou et le fit relâcher. Il n'arrêta pas ses imprécations durant le siège de la ville, ajoutant aux précédentes : "Malheur à moi aussi." Et ce fut alors qu'une pierre de baliste le frappa et qu'il fut tué net. »

« Le malheur fut infini, et les survivants envièrent les défunts. Les cinquante prêtres du Temple furent arrêtés par les gardes et, conduits devant Titus, implorèrent miséricorde ; il leur répondit qu'il n'en était plus temps et qu'il serait plus convenable pour des prêtres d'être anéantis en même temps que leur sanctuaire. »

« Ce fut alors que, dans leur inconscience criminelle, les deux tyrans, qui avaient survécu à ces désastres, invitèrent Titus à des pourparlers. Toujours enclin à la clémence, en dépit de la colère de ses légionnaires, le Romain accepta l'invitation. Il n'est jamais souhaitable pour un vainqueur de régner sur un champ de cendres. Il les reçut donc, Simon et Jean, eux qui avaient témoigné d'une cruauté auprès de laquelle la bassesse sanguinaire des loups et des chacals est une brise caressante. Il les tança sur leur aveuglement, leur arrogance, leur insane défi de la puissance romaine. Il les invita à jeter les armes et leur garantit alors la vie sauve. Mais eux rejetèrent sa garantie, prétextant qu'ils avaient juré de ne jamais l'accepter. Ils demandaient à franchir les remparts avec leurs femmes et leurs enfants et lui cédaient la ville. Titus s'indigna que, vaincus, ils lui dictassent leurs conditions. Il leur annonça qu'il retirait sa grâce et, accompagnant sa colère d'ordres nouveaux, donna aux légionnaires l'ordre d'incendier ce qui demeurait de la ville et leur donna licence de pillage. Après la ville haute, ce fut la ville basse qui subit cette fois les coups du destin. Les flammes eurent au moins la miséricorde qui avait tant fait défaut aux défunts : elles consumèrent les maisons transformées en cimetières, avec tous les morts qui y pourrissaient. »

« Les zélotes n'étaient pourtant pas déconfits : ils se félicitaient de l'incendie de Jérusalem, contents, disaient-ils, de ne rien abandonner à l'ennemi. On eût cru que même la justice divine avait déserté la Terre, car ils continuaient leurs déprédations et même leurs assassinats. Enfin, cernés, ils prirent la fuite par les souterrains qui s'étendaient de toutes parts sous la ville, tandis que d'autres partaient dans les campagnes. Mais, abandonnés par leurs fidèles tandis que Titus faisait détruire les remparts de la ville, ils finirent par céder sous le poids de leurs crimes ; égarés dans la ville en feu, assassinant tous ceux qu'ils rencontraient devant eux, ils finirent par s'évanouir dans la nuit rouge, livrés à la rage et pires que les fauves. Ceux qui survécurent furent capturés et passés par les armes. Leur sang amer se mêla enfin au sang des innocents. »

« Les malheurs des Juifs ne prenaient pas fin. Les légionnaires, qui avaient pourtant reçu l'ordre de ne tuer que les gens en armes qu'ils rencontreraient, tuèrent bien d'autres, capturant les hommes dans la force de l'âge, qu'ils enfermèrent dans la Cour des femmes, changée en décor de ruines. Les plus beaux des jeunes gens furent triés par Fronton, l'ami de Titus, pour être emmenés en captivité à Rome et défiler dans le triomphe qu'il se préparait, les autres furent expédiés en Egypte pour les travaux les plus durs, et ceux qui avaient moins de dix-sept ans furent vendus comme esclaves. »

« Quand on fit le compte final, bien après la fin du siège, le huit du mois Gorpiaeus[198], mes amis, on calcula qu'un million cent mille personnes avaient péri lors du siège de Jérusalem. Parmi les survivants, les Romains avaient fait quatre-vingt-dix-sept mille prisonniers. Mais comment de pareils chiffres pourraient-ils refléter la souffrance et l'humiliation ? Jérusalem n'était plus qu'un champ de cendres. Aucune vision des prophètes n'avait été assez affreuse. Le monde avait vraiment pris fin[199]. »

« Le sel n'a plus de goût, le pain ne rassasie plus, le vin n'étanche plus aucune soif. Mes entrailles se sont désséchées et mon âme est dure comme la pierre. J'ai vu des femmes manger leurs nouveau-nés, j'ai vu des pères tuer leurs fils, j'ai vu des hommes manger leurs excréments. Malheur à moi, j'ai vu le siège de Jérusalem ! J'eusse mieux fait de n'être jamais né. »

20

TOUT HOMME EST UN MESSIE

Un voyageur venu d'Antioche lui fit le même récit. Il l'écouta les yeux clos, un trou noir, consterné, dans sa barbe désormais blanche. A la fin, il se prit la tête dans les mains, puis rouvrit les yeux et les tourna vers le voyageur.

« Arrogance ! Arrogance ! » murmura-t-il d'une voix cassée. « La folie de Dieu est l'œuvre du démon ! »

« Qu'est-ce que la folie de Dieu ? » demanda le voyageur, effrayé, l'échine courbée sous le poids de la souffrance.

« L'illusion que l'on est élu de Dieu est un signe d'orgueil. »

« N'es-tu pas celui-là ? N'es-tu pas des leurs ? N'étaient-ils pas élus ? »

Emmanuel lui adressa un regard froid. « Tout ce qui est sur Terre est élu de Dieu. Il n'est pas un grain de poussière qui ne soit son œuvre. Je ne suis pas différent de ce grain de poussière. »

« Pourtant, n'avais-tu pas annoncé, toi aussi, la fin des temps ? Eléazar et les siens n'étaient-ils pas tes compagnons ? »

« La fin de Jérusalem n'est pas la fin des temps. Le soleil s'est levé ce matin et la lune ce soir. La fin de nos ennemis n'achève pas le monde. »

« N'est-ce pas le souffle divin qui t'avait inspiré quand tu avais annoncé la fin des temps, voilà déjà quarante ans ? »

« J'étais la voix des Juifs, je ne la suis plus. Je pressentais le désastre. Tu me confirmes que d'autres après moi le pressentirent. »

« Pourquoi ? »

« Comment en eût-il été autrement ? Nous prétendons être les seuls habitants légitimes de la Terre.

Nous avions donc ligué tous les autres contre nous. L'issue était inévitable. »

« N'étions-nous donc pas les seuls légitimes ? »

« Pourquoi donc Dieu aurait-il créé les autres ? Pour les offrir à notre fureur de destruction ? »

« Mais les prophètes ?... » s'écria le voyageur, la voix soudain tendue.

« Ils nous avaient trompés. Pourquoi Dieu parlerait-il à telle créature plutôt qu'à telle autre ? Je te le répète, n'a-t-il pas créé tous les hommes et toutes les nations ? »

« Les Livres ? »

« Ils furent donc écrits par des hommes. Dieu est notre Père à tous. Il ne nous a jamais donné l'ordre de détruire les Philistins, ou les Amalécites, les Hagrites[200] ou quelque autre peuple. »

« Chamgar n'a-t-il pas détruit les Philistins armé d'un seul aiguillon de bœuf[201] ? Samson ne les a-t-il pas décimés avec une mâchoire d'âne[202] ? » s'écria le voyageur, incrédule.

« En vérité, qui eût prêté foi à des récits aussi extravagants ? » répondit Emmanuel. « Nous laisserons-nous aller au goût des fables que nous reprochions aux païens ? »

Le voyageur se prit la tête dans les mains. « Tu contestes les prophètes et les Livres ! Qui es-tu ? » demanda-t-il.

« Un homme, rien que cela, et c'est beaucoup. »

« N'es-tu pas le Messie ? »

« Nous sommes tous les messies du monde, si nos yeux sont ouverts. »

« Qu'est-ce qu'ouvrir les yeux ? »

« Les fermer pour regarder Dieu. Et puis les rouvrir pour regarder le monde qu'il a fait. Tout homme qui est habité par la conscience de Dieu est un messie. »

« Et tous ceux de tes disciples qui ont dévasté la Judée, la Galilée, la Samarie en ton nom, Eléazar, Enée, Amram ?... »

« Je suis au fait de leurs dévastations. Ce n'était

pas en mon nom, c'était au nom du Messie. Je n'ai jamais reçu l'onction, nul ne l'ignore. »

« Les renies-tu ? »

« Je n'ai ni à les renier, ni à les bénir. Ils se sont révoltés contre la puissance de Rome. Ils ont voulu mettre fin à l'humiliation. »

« Les Romains ne sont-ils pas des païens pour toi ? »

« En vérité, il faudrait bien peu de cœur pour les condamner tous à la damnation. Il y a des Romains bons comme il y a des Juifs bons. Ils ont leurs dieux et ils les respectent. »

« Si tu n'es pas le Messie, en viendra-t-il un ? » demanda l'homme, au bord des larmes.

L'éternelle question de Jokanaan ! « A quoi vous servirait un messie, puisque vous ne l'écoutez pas ? Es-tu sourd ? Je te l'ai déjà dit et répété : Le messie doit venir dans le cœur de chacun. »

« Ne serons-nous pas rachetés ? »

« A qui donc aviez-vous été vendus, si ce n'est à la folie ? »

« A Satan ! » s'écria le voyageur d'un ton ardent.

« Satan est le serviteur de Dieu », répondit Emmanuel. « Depuis quand le maître vend-il sa propriété au serviteur ? »

« Tu blasphèmes ! » cria le voyageur. « Satan est l'ennemi de Dieu ! Tu n'es pas celui que j'ai connu ! Tu es un fantôme créé par Satan ! »

« C'est toi qui es un fantôme du passé », répondit calmement Emmanuel. « Si Satan était l'ennemi, pour quelle raison Yahweh l'aurait-il invité au ciel, comme le rapporte le Livre de Job ; et pourquoi l'aurait-il fait asseoir dans le Conseil céleste parmi les anges ? »

Le voyageur poussa un cri et se prit la tête dans la main. « Qu'avons-nous appris, alors ? » dit-il en se lamentant.

« Vous n'avez pas lu les Livres. Ils vous eussent au moins enseigné un peu de sagesse. »

Le voyageur se leva, émit des gémissements, agita

les bras de façon désordonnée et regarda autour de lui. Il aperçut une jeune femme qui l'épiait par la fenêtre de la terrasse.

« On m'avait dit que Marie de Magdala était avec toi. »

« Marie est morte », répondit Emmanuel. « Celle que tu regardes est ma femme. »

« La chair ?... » demanda le voyageur avec insolence.

« Elle est créée par Dieu, elle est donc divine. Toute chair. »

Le voyageur mit un certain temps à assimiler cette réponse. Sans doute y mettrait-il plus tard bien plus de temps.

« Toute chair ? Mais ce que tu avais dit ?... »

« Je ne suis pas responsable des paroles qu'on m'a prêtées. Ne vous ai-je pas enseigné à vous méfier des faux témoins ? »

L'homme ferma les yeux en signe d'indignation. « On m'avait dit que Thomas... »

« Thomas est mort, martyrisé par ceux dont il insultait les dieux. »

Un autre voyageur était auparavant venu porter à Emmanuel le récit de sa fin, à Madras. Tant qu'il avait prêché un nouveau dieu de vie, les populations lui avaient fait bon accueil, tout le long de la côte des Malabars[203]. Mais un jour, un prêtre hindouiste, jaloux de ses succès, lui avait demandé si le dieu dont il s'était fait le missionnaire n'aurait pas été Krishna[204]. Thomas s'était emporté dans ses dénégations, la discussion avait dégénéré en querelle et Thomas avait fini par injurier les dieux de l'Inde. Le soir même, des séides du prêtre insulté étaient venus incendier sa maison, et l'avaient massacré avec les néophytes qui avaient tenté de le défendre.

« Notre Dieu n'est-il pas le seul ? » reprit le voyageur d'un ton agressif.

« Dieu est le seul. Son nom n'a pas plus d'importance que les temples qu'on lui bâtit et les images que les esprits crédules prétendent donner de lui.

Nul n'a le droit d'insulter le nom que les autres lui donnent. Prétendrons-nous que tous les peuples de la Terre parlent hébreu ? »

« As-tu donc renié tes disciples ? »

« Il est une saison pour semer et une autre pour moissonner. »

« Je ne comprends pas... »

« Ce qu'ils ont dit hier était juste, le diraient-ils aujourd'hui ? » répondit Emmanuel. « Ils sont tous morts[205]. Jérusalem, me dis-tu, n'est plus qu'un champ de ruines et les collines alentour ne sont plus que cimetières. A qui prêcherons-nous la pauvreté du corps et la richesse de l'âme ? »

« Saül a fait des disciples. Ils répandent encore ton enseignement. »

« Saül », répéta Emmanuel d'un ton pensif. « Que sait-il de ce que j'ai dit ? Ce qu'il répand, il l'a appris auprès de Dosithée, à Kochba. Et l'on m'a dit qu'il annonçait, lui aussi, la fin des temps. »

« Elle est déjà consommée pour lui », dit le voyageur. « Il a été décapité il y a six ans, à Rome. C'est à cette époque que Cephas aussi a été mis à mort. »

« Décapité ? » demanda Emmanuel, surpris.

« Il avait été accusé d'être l'un des instigateurs de l'incendie de Rome. »

« L'avait-il été ? »

« N'a-t-il pas été ton disciple malgré tout ? N'as-tu pas demandé que la Terre fût incendiée[206] ? »

Emmanuel fixa sur le voyageur un regard vitreux, puis il hocha la tête et fit une grimace.

« Tu es responsable de l'incendie de Rome, puis de celui de Jérusalem ! Et combien encore en allumeras-tu ? »

« Tu m'avais mal compris, je ne veux allumer que l'incendie des cœurs », répondit Emmanuel avec lassitude.

La jeune femme que le voyageur avait aperçue apporta un plateau chargé d'une cruche de vin, de petits pains au sésame, d'un bol de sel et de fruits, puis elle s'en fut.

« As-tu changé de religion ? » demanda le voyageur.

« Quel homme n'a sa religion ? Et pourquoi en changerait-il ? L'essentiel est que son âme s'élève. » Emmanuel se pencha, remplit le verre du voyageur, puis le sien, but une petite gorgée de vin et mangea un abricot.

« Tu n'étais donc pas divin », murmura le voyageur.

« Je l'étais, je le suis, comment en serait-il autrement ? Mon Père ne m'a-t-il pas créé à son image ? Et tu es divin aussi, du moins si tu en prends conscience. »

Le temps passa. Le voyageur se leva, drapa son manteau autour de lui et demanda : « As-tu quelque message à me confier ? »

« A qui le rapporterais-tu donc ? » demanda Emmanuel en se levant, avec un sourire.

« Aux miens, d'abord », dit le voyageur.

« Tous les hommes sont frères », répondit Emmanuel. « Aucune main ne doit jamais lever un glaive. Aucune langue ne doit blesser. Le sang appartient à Dieu. »

Sur le pas de la porte, il regarda le voyageur retourner vers ce qui avait été son passé, pareil à un nageur qui remonte le courant en s'accrochant aux herbes de la rive. Mais le temps est un. Chaque homme, chaque femme, chaque animal vit dans le temps comme en Dieu.

Postface

SUR LA MANIPULATION DES MANUSCRITS DU Ier SIÈCLE À STALINE

Les pages qu'on vient de lire surprendront certains, je le suppose. Quelques chiens de garde élèveront la voix, à défaut du débat, et encore plus de la machine rhétorique (très, très imprécise !) qui leur tient lieu d'âme, pour condamner la fiction. Informés par un fil téléphonique surnaturel des avis du Tout-Puissant, jusques et y compris les circonstances juridiques qui autorisent à mettre un criminel à mort, ces proconsuls de la Rome céleste, seuls dépositaires de Dieu, marque déposée, m'agoniront d'injures comme à l'accoutumée. Et cela d'autant plus que les preuves plaident en faveur de la fiction. Il n'importe, les caravanes passent. Seuls demeurent Dieu et le besoin qu'on en éprouve.

A coup sûr, j'eusse mieux fait si tant de manuscrits, qui eussent enrichi ces pages d'informations inédites, n'avaient pas été tripotés ou n'avaient franchement disparu ; c'est l'objet de cette postface. Je ne feindrai pas l'étonnement. Les manuscrits terrifient les tyrans, c'est-à-dire les éternels détenteurs de la vérité. Dans ma jeunesse, quelques amis russes s'esbaudissaient à Paris des variations de l'*Encyclopédie soviétique* et des brusques disparitions, d'une édition l'autre, de personnages clefs, de récits et d'informations qui contrariaient les thèses du temps agréées par Joseph Staline et les idéologues du

Kremlin, tels Mikhaïl Souslov. Ils me faisaient partager les causes de leur acide gaieté. Utile leçon de choses. Car, pour paraphraser Florian, nous avons des Souslov à Rome !

Il m'avait semblé, dans les années soixante, quand je recommençai à lire les Evangiles, que l'Eglise avait témoigné d'un peu plus de pudeur à cet égard. Las ! Je découvris d'abord l'affaire de la fameuse Donation de Constantin, faux testament de cet empereur grâce auquel le pape Etienne II revendiqua au VIIIe siècle la fortune de l'empereur mort au IVe siècle. « Au nom de la sainte et indivisible Trinité », commence le faussaire, qui écrit en charabia mérovingien et poursuit en vouant « à la damnation éternelle » tout faussaire, comble de culot, qui modifierait le pseudo-testament ! Bref, par ce faux patent et sans bases juridiques, Etienne II récupérait la fortune prétendûment léguée au pape Sylvestre[207].

Ensuite, dans les années soixante-dix, puis quatre-vingt, la publication étrangement lente des manuscrits de la mer Morte commença par susciter chez les nombreux lettrés et historiens qui s'y intéressaient des interrogations, puis de la gêne, puis encore de l'irritation et enfin, chez certains, une franche exaspération. Au début des années quatre-vingt-dix, soit près d'un demi-siècle après la découverte de ces manuscrits, on prit enfin conscience, grâce à l'enquête de quelques spécialistes comme ceux de la Biblical Society américaine, et par les bévues spontanées de quelques « professionnels », que certains chefs de recherche chargés de la traduction étaient des antisémites fieffés, ce qui évidemment colorait fortement leurs travaux en favorisant les points de vue « orthodoxes chrétiens », et que d'autres avaient, dans un passé pas trop éloigné, adhéré à des mouvements politiques farouchement hostiles au judaïsme (qualifié aimablement de « juiverie internationale »). Il en ressortait que les hypothèses selon lesquelles l'enseignement de Jésus avait, tout compte fait, pris naissance dans un schisme juif, celui des Esséniens, étaient tournées en ridicule, et finalement étouffées dans l'œuf. Mais, en attendant, nos traducteurs s'étaient quasiment approprié les manuscrits en question, originaux et droits de traduction et, refusant de communiquer fût-ce la moindre photo, en freinaient la publication des quatre fers. Quand les spécialistes américains Robert Eisenman et Michaël Wise se rendirent à Jérusalem en 1980 pour avoir communication de certains de ces documents, il leur fut répondu qu'ils ne les verraient pas de leur vivant !

J'en vins alors à approfondir un certain nombre de points connus de longue date, mais auxquels je n'avais accordé qu'une attention succincte. Ainsi de la fameuse phrase dans laquelle Jésus aurait, par un surprenant calembour, désigné Simon-Pierre, dit Cephas, comme le chef de l'Eglise à venir. « *Tu es Petrus et super hanc petram...* » etc. L'apôtre infortuné y changeait bizarrement de sexe. Pure fiction : la phrase était un ajout tardif, le premier chef de l'Eglise, c'est-à-dire du Conseil apostolique de Jérusalem, ayant été Jacques le Juste. D'ailleurs, aucun des Pères de l'Eglise, ni Clément de Rome, ni Denys de Corinthe, ni Tertullien, ni Clément d'Alexandrie ne mentionna jamais Pierre comme évêque de Rome. Le premier de ce titre fut, selon Irénée et les Pères antérieurs, Linus. La tradition du pape Pierre, fondée sur un motif mystérieux (car le seul et unique fondateur de l'Eglise de Rome est Saül-Paul), ne commença pas avant le IIIe siècle[208]. Il n'en demeura pas moins que le mensonge fut et reste entretenu. Le 26 juin 1968, le pape Paul VI déclara *urbi et orbi* que les restes du « prince des apôtres » avaient été « formellement identifiés ».

Bultmann et d'autres ont révélé aux lecteurs des Evangiles l'importance des ajouts et falsifications. Je n'en prendrai comme exemple que la très bizarre déclaration attribuée par l'auteur de Matthieu à Jésus : « Si une femme répudie son mari et en épouse un autre, elle commet un adultère », qui a été si amplement utilisée par les adversaires du divorce. C'est là une invraisemblance qui trahit l'ignorance du faussaire : Jésus n'aurait jamais pu proférer pareil contresens, car la répudiation du mari par l'épouse n'existait pas dans la loi mosaïque ; mais elle existait à Rome. Le faussaire était donc un Romain qui n'avait jamais mis les pieds en Palestine.

Tous les historiens des religions connaissent les ajouts de la mention de Jésus aux textes de Tacite et de Flavius Josèphe. Pieuses supercheries : les manuscrits antiques ne nous sont parvenus que parce qu'ils étaient inlassablement recopiés par les moines. Comme il n'existait pas de témoignages contemporains de l'existence de Jésus, qui fit pourtant quelque bruit dans la province impériale de Judée, ce qui déroutait certains sceptiques, on donna donc un ou deux ou trois petits coups de pouce aux textes. Mais ils ont été dépistés, et l'on pardonnera donc aux copistes chrétiens, dira-t-on, ces falsifications naïves, puisque tout était rentré dans l'ordre. Observons, avant de passer au point suivant, le paradoxe que voilà : ce sont les témoignages les plus contestés par l'Eglise, ceux de l'Inde et de la Chine, qui demeurent les seules preuves historiques de l'existence de Jésus !

Toutefois, l'entreprise de dénaturation des témoignages historiques était beaucoup plus vaste et plus systématique que l'indiquaient ces vétilles et ces truquages. Et elle se drapait dans des mensonges flagrants, mais d'autant plus dangereux qu'ils étaient communément admis. C'est ainsi qu'on attribuait et attribue encore aux Arabes, en maints ouvrages apparemment sérieux, l'incendie criminel autant que désastreux de la bibliothèque d'Alexandrie : l'incendie en avait eu lieu, précisait-on même, lors de l'entrée des troupes d'Omar dans la ville en octobre 641. Reprenons avec Dain[209] une dictinction essentielle : il existait à Alexandrie deux bibliothèques : d'abord, celle du Bruchion, quartier central ; or, celle-là avait été détruite par Aurélien lors de la prise de la ville, selon Ammien Marcellin ; puis celle du Serapaeum. Celle-ci, la seule intacte à l'entrée du calife à Alexandrie, ne fut pas détruite par les « Arabes », alors plus respectueux qu'on pense de la chose écrite, mais elle fut purement et simplement pillée par les chrétiens eux-mêmes. Nous en devons le témoignage, retrouvé par Dain, au prêtre espagnol Orose, qui apparaît dans l'histoire en 414. Dans ses *Livres d'histoires contre les païens*, il écrit que, de passage à Alexandrie en 417, il a vu les armoires « vidées par nos hommes de notre temps » *(armoria librorum... exinanita ea a nostris hominibus nostris temporibus)*. Autant dire qu'Orose s'en enorgueillit : c'était nos gaillards qui vidaient les armoires des manuscrits païens, voilà de la belle ouvrage ! Or, cela se passait plus de deux siècles avant l'entrée d'Omar. Comme le conseille Jésus, rendons à César ce qui revient à César. Toutefois, l'on ne nous rendra pas les manuscrits dérobés, qui ne furent certes pas brûlés et dorment, jalousement gardés, dans quelque bibliothèque ecclésiastique.

Alexandrie, d'ailleurs, n'en était plus à un saccage près. Dans son excellente étude sur Alexandrie[210], André Bernand résume les déprédations furieuses effectuées par le patriarche Théophile, chargé par l'empereur très-chrétien Théodose de supprimer toutes les traces du paganisme à Alexandrie : « Le déchaînement du patriarche Cyrille contre les Juifs, qu'il voulait chasser tous de la ville, la lapidation de la célèbre Hypatie, adversaire de Cyrille, en 1415. » Pour couronner le tout, et bien avant l'entrée d'Omar, l'ancienne comédienne syrienne devenue impératrice, Theodora, incendia la ville pour se venger de n'avoir pu y imposer son évêque favori, Théodose, prénom qu'elle affectionnait sans doute.

Au fur et à mesure que la chrétienté gagnait du terrain, elle assimilait les dieux anciens aux démons, et c'est ainsi qu'entre autres, elle vola son image au dieu de la Nature et de la Sexualité, Pan, pour en faire exactement le démon. Car la sexualité était le démon, et par un syllogisme admirable, les anciens ne se montrant guère pudibonds sur les choses de l'amour, c'étaient donc des démoniaques. On conçoit donc les traitements, plutôt mauvais, que subirent les textes anciens aux mains des copistes. Gys-Devic, qui a publié sur le saccage et la manipulation des manuscrits des études remarquables[211], s'est étonné des lacunes touchant à des périodes cruciales du début de la chrétienté chez les auteurs qui pouvaient en parler avec le plus d'autorité. Juste de Tibériade, Velleius Paterculus, Flavius Josèphe, Tacite, Suétone et Dion Cassius avaient-ils ou n'avaient-ils pas été au courant de l'agitation qu'avait causée un certain Jésus et de sa crucifixion ? Flavius Josèphe, qui nous informe d'événements mineurs, ne semble pas avoir eu connaissance de l'existence de Jésus, ni du fait qu'il faillit être couronné roi d'Israël une semaine seulement avant sa crucifixion, événement pourtant majeur. Tous les historiens se sont étonnés des lacunes de ces historiens à cet égard. Même Daniel-Rops, pourtant peu suspect d'interrogations subversives, écrit : « A s'en tenir aux documents romains seuls, il n'est pas rigoureusement démontrable que le Christ ait bien existé. » C'est donc que ces documents ont été tronqués. Pourquoi ? Que révélaient-ils de si gênant ?

L'hagiographie antique, qui était naïve, fabriqua de surcroît des faux. L'un des plus admirables est une lettre de Ponce Pilate à l'empereur Claude pour lui rapporter l'exécution de Jésus. C'est parfait en tous points, sauf que Pilate quitta son poste en 36 et que Claude ne monta sur le trône qu'en 41. Et elle purgea les documents contrariants.

Tout a disparu de nombreux historiens romains du début de notre ère, Sénèque le Rhéteur, Servilius Nonianus, Cluvius Rufus, Fabius Rusticus, Aufidus Bassis, sans parler du cas le plus célèbre, celui de Porphyre, mort vers 304, dont la quasi-totalité de l'œuvre fut détruite par le feu, sur l'ordre d'un double édit impérial en 448/449, signé de Théodose II pour l'Orient et de Valentinien III pour l'Occident ; la raison de l'autodafé est que cette œuvre critiquait le « culte saint des chrétiens ». Il est miraculeux qu'on en connaisse même l'existence. D'autres livres furent également condamnés au feu parce qu'ils étaient « susceptibles de mettre Dieu en colère[212] ». Comment le savait-on donc ? Peu importe, l'essentiel était, pour les tyrans très-chrétiens, d'abolir la mémoire du passé, à coups d'iconoclasmes et d'autodafés. C'est ainsi que tout l'œuvre de Juste de Tibériade a aussi disparu ; pourquoi ? Qu'est-ce que la chronique universelle de ce Juif hellénisé du début du IIe siècle pouvait avoir de subversif ? On voudrait croire qu'elle disparut parce qu'elle n'existait qu'à un seul exemplaire, mais c'est à méconnaître le fait que les éditeurs existaient à l'époque et qu'ils faisaient copier les manuscrits d'importance à plusieurs exemplaires. Pas un seul ne nous est parvenu. En revanche, on recense deux cent soixante-quinze manuscrits d'Orose, cité plus haut.

En ce qui concerne Gaïus Velleius Paterculus, historien du Ier siècle, un manuscrit mutilé de son *Histoire romaine* fut découvert à l'abbaye de Murbach en 1515, par un « chasseur de manuscrits » de la Renaissance. Il était, rapporte Gys-Devic, si monstrueusement corrompu, d'après un rapport de l'époque, qu'un commentateur suggéra que le scribe qui l'avait copié n'en avait pas compris un traître mot. S'il y eut, en effet, beaucoup de moines copistes lettrés, il y en eut aussi d'autres qui ne l'étaient pas, pour dire le moins. Léopold Delisle, cité par Gys-Devic, écrivait en 1860, dans ses *Recherches sur l'abbaye de Corbie*, que « les moines en étaient venus à ce point d'ignorance que, de leur propre aveu, la plupart ne comprenaient pas les paroles qu'ils récitaient ou qu'ils chantaient aux offices ». Or seuls les moines avaient licence de copier les manuscrits, évidemment jusqu'à l'avènement de l'imprimerie. Bref.

Le plus important est que l'*Histoire* de Velleius Paterculus allait jusqu'en l'an 30, puisqu'elle était dédiée au consul Vinucius, qui exerça sa charge cette année-là ; mais la fin de l'année 29 et toute l'année 30 y manquent. Et les dernières pages du manuscrit comportent « des traces certaines d'altérations », rapporte Gys-Devic. Or l'époque qui manque est justement celle qui correspond à la fin du ministère public de Jésus et à la crucifixion. Exactement aussi celle qui a été amputée de Tacite. Evidemment, le reste du texte de Velleius Paterculus ne souffle mot de Jésus, du moins après la version remise en état actuellement disponible[213].

Au cours de traductions, adaptations et éditions diverses, l'œuvre de Flavius Josèphe a été « corrigée » comme le savent depuis longtemps tous les historiens. Qu'en a-t-on retranché ? Nul ne peut le dire. Mais on peut retrouver ce qu'on y a ajouté, car c'est aussi visible qu'un rapiéçage de toile sur du satin. Ainsi du passage fameux du Livre XVIII des *Antiquités judaïques* : « Vers cette époque parut Jésus, homme sage s'il faut l'appeler homme, car il accomplissait des choses merveilleuses : il enseignait les hommes qui reçoivent la vérité avec plaisir et beaucoup d'autres venus de l'hellénisme. Celui-là était le Christ. Lorsque, sur la dénonciation des principaux membres de notre nation, Pilate l'eut condamné à la croix, ceux qui l'avaient aimé lui demeurèrent fidèles. Il leur apparut le troisième jour, de nouveau vivant, comme l'avaient enseigné les divins prophètes qui avaient prédit à son sujet mille autres merveilles. La race des chrétiens, qui tire de lui son nom, existe encore aujourd'hui. » Pour qui connaît son style, précis, informatif, c'est là du Josèphe autant que Racine est du Pasquin. L'historien juif n'eût jamais écrit des platitudes telles que « choses merveilleuses » et « mille merveilles ». De plus, il est impossible que Josèphe, fils de rabbin, juif orthodoxe, ait jamais reconnu Jésus comme le Christ, c'est-à-dire l'Oint, car il avait bien trop le respect des choses religieuses pour écrire que Jésus avait reçu l'onction, ce qui ne fut jamais le cas. Origène, d'ailleurs, écrit dans le *Contra Celsum* qu'il ne croyait pas que Josèphe crût que Jésus fût le Christ ; il disposait donc d'une version des *Antiquités* qui faisait explicitement état de ces réserves ; cette version a disparu et, comme le relève Pierre Soisson[214], l'ajout en question a dû être effectué après Origène et avant Eusèbe de Césarée, qui en fait état ; donc entre le IIe et le IVe siècle.

Ironie de l'histoire, c'est cette pièce rapportée, connue sous le surnom de *Testimonium flavianum*, qui a fait que la majeure partie de l'œuvre de Josèphe nous est parvenue : pour le christianisme triomphant, elle représentait la preuve par excellence que Jésus avait bien été reconnu comme le Messie ! Toutes les versions que nous avons des *Antiquités* (les plus anciennes datent du IXe siècle) comportent ce passage-là : c'est donc qu'elles ont toutes été copiées sur la version comportant le faux *Testimonium*.

Nous ne savons pas non plus quelles altérations ont subi les œuvres de Tacite et de Suétone. En ce qui touche à Dion Cassius, il est patent que les quatre-vingts volumes de son *Histoire romaine*, écrite en grec, ont été fortement tripotés, il n'est pas d'autre mot. Le texte du Vaticanus Graecus, je résume ici Gys-Devic, se réduit à quelques fragments des livres LXXVIII et LXXIX. Au IXe siècle, les manuscrits présumés complets furent recopiés à Constantinople, notamment au monastère Stoudion sous l'influence du patriarche Photius. Au Xe siècle, on en fit des morceaux choisis, les *Excerpta* de Constantin VII Porphyrogénète. Au XIe siècle, Xiphilin en fit un abrégé et au XIIe siècle, Zonoras en tira une autre version.

Or, le plus singulier est que ces manuscrits comportent tous des lacunes concordantes et correspondant aux mêmes épisodes : l'expulsion des Juifs messianistes de Rome entre 19 et 21, la crucifixion entre

29 et 31, l'affaire de la statue de Caligula dans le Temple à Jérusalem entre 37 et 41, et la deuxième expulsion de Rome des Juifs agissant sous l'impulsion du Christ en 49. « Tous les textes susceptibles de nous relater les dernières années du Christ ont disparu », relève Gys-Devic. Et même, comme on va le voir, ceux qui informent sur l'état psychologique des Juifs bien après la crucifixion.

Je renverrai le lecteur intéressé à l'analyse détaillée de ces lacunes par Gys-Devic. Je ne prendrai qu'un exemple de l'usage des coupes sombres effectuées par les copistes, celui de l'affaire de la statue de Caligula. En résumé, Caligula, se prenant pour un dieu, exige qu'on installe sa statue dans le Temple de Jérusalem. Ce projet sacrilège autant que mégalomaniaque déclenche la fureur des Juifs, qui préfèrent être massacrés que d'y satisfaire. Le roi des Juifs Agrippa finit par en dissuader Calígula. La mort de celui-ci en 41 et l'arrivée au trône de Claude n'arrêtent toutefois pas l'agitation juive, comme on le comprend d'après trois sources : la première est un texte succinct de Tacite qui, pourtant, omet dans son livre XII de donner la raison de cette agitation ; la deuxième est la version latine dite d'Hégésippe, de Flavius Josèphe, qui évoque « une très grave sédition » ; la version grecque, elle, n'en parle pas ; la troisième est la version syncrétique des œuvres de Josèphe en hébreu, dite *Josippon*, celle de l'édition princeps de Mantoue.

En quoi, demandera-t-on, cela peut-il intéresser l'histoire du christianisme ? Pourquoi les copistes chrétiens, et à plus forte raison juifs, auraient-ils tronqué chez les historiens une affaire qui ne concerne pas, à première vue, la naissance du christianisme ? C'est qu'on a appris par des textes rabbiniques autant que par le *Josippon* de Mantoue, qui avaient évidemment échappé à la censure chrétienne, que la sédition juive était entretenue par un certain Eléazar ben Dinaï, qui exhortait les Juifs à « hâter la venue du Messie ». Or, cela se passe en 44, donc onze à quatorze ans après la crucifixion, et cela démontre que Jésus n'avait pas du tout été considéré comme le Messie, puisqu'on attendait toujours ce dernier.

Incidemment, on observa que les versions successives du *Josippon* mutilent graduellement, comme l'écrit Gys-Devic, les mentions d'Eléazar, puis celles de Jésus. Pourquoi ? Parce que la mention d'une agitation messianique responsable de l'insurrection qui mena à la destruction de Jérusalem est mal venue pour les lecteurs juifs ; elle démontrerait que ce fut en fin de compte une fièvre religieuse désordonnée et certainement peu orthodoxe qui fut la cause première du désastre du siège et de la prise de Jérusalem. Encore plus mal venue serait la mention de Jésus.

Ces mutilations et censures ne sont apparues que progressivement et surtout au XXe siècle, grâce aux progrès de l'exégèse scientifique. Celle-ci a certes révélé les modifications de textes connus, mais évidemment pas les textes disparus, kidnappés, il n'est pas d'autre terme, parce qu'ils dérangent les thèses officielles. Un exemple particulièrement significatif en est donné par l'affaire du manuscrit en langue pali d'une *Vie inconnue de Jésus-Christ*, retrouvée donc par Nicolas Notovitch à la fin du siècle dernier, traduite et publiée en 1894. L'affaire suscita une certaine émotion. En 1895, la Church Mission ou Mission évangélique de l'Inde, finança une expédition au Tibet, à laquelle participait, outre l'excellent bibliste Montague Douglas Rhodes, un néophyte nommé Ahmad Shah. Or, dans un récit de cette expédition, *Four Years in Tibet*, Shah avoue que le seul but de l'expédition fut de retrouver les manuscrits et de réfuter la découverte de Notovitch. On ne sait ce qu'il advint de ces manuscrits et nul ne sait ce qui advint non plus de ceux qu'un autre voyageur, Nicolas Roerich, trouva ou retrouva en 1926.

Il est évident que d'autres documents que ceux qu'on connaît déjà et qui attesteraient d'un séjour de

Jésus en Inde feraient l'objet d'une tentative de confiscation pareille à celle dont les manuscrits de la mer Morte furent l'objet. Mais qui le saurait ? Quelques milliers de dollars suffiraient à s'assurer la discrétion du découvreur et à protéger les documents de la curiosité des chercheurs.

Il me semble donc que, contrairement à des objections aussi académiques que théologiques, l'Histoire, considérée en tant que fruit de l'exégèse et de l'épigraphie, en a encore beaucoup à apprendre sur l'extraordinaire figure de Jésus et la naissance du christianisme. On entame à peine la révision de données occultées d'abord par des manipulations, des censures, des falsifications et des confiscations, ensuite par une lecture dogmatique des textes. On s'interroge sur la façon dont la foi pourrait se fonder sur une mauvaise foi patente, prétendument appuyée sur l'autorité « professionnelle ».

Je ne désespère pourtant pas qu'on retrouve certains de ces documents. La bibliothèque du Vatican est certes immense. Mais elle n'est pas la seule. L'évangile de Thomas a bien été retrouvé, il y a tout juste cinquante ans, à l'époque où j'achève ces lignes. J'eusse donc mieux fait si j'avais eu mieux. Mais je me réjouirai que d'autres reprennent mon travail.

Paris, 1995.

NOTES

Première partie

1. *Sfamnun* en hébreu, *Clarias lazera* en latin, sa consommation était interdite aux Juifs en raison de la prescription : « Tout ce qui, dans l'eau, n'a ni nageoires, ni écailles, est une abomination » (Lévitique, XI, 9-11).

2. « La vierge concevra et mettra au monde un garçon, et il sera nommé Emmanuel, un nom qui signifie "Dieu est avec nous" » Mt., I, 23-24. V. également note 41.

3. Joppé, l'actuelle Jaffa, est le port auquel aboutit la route d'Emmaüs, la ville « à sept lieues de Jérusalem » où, selon l'Evangile de Luc (XXIV, 13), Jésus apparut pour la dernière fois à deux de ses disciples. Il est donc logique de supposer que, si Jésus se trouvait dans cette ville, il suivait un chemin qui, normalement, le mènerait à Joppé. Les routes de Palestine au Ier siècle étaient peu nombreuses, et Emmaüs, qui est sise en fait à vingt kilomètres environ de Jérusalem, se trouve à une intersection qui ne mène qu'à deux ports, Joppé au nord, en passant par Lydda, et Gaza, bien plus au sud ; la route qui en part ne peut donc mener qu'ici ou là, et, sauf à supposer qu'après sa résurrection Jésus vagabondait au hasard sur les routes de Palestine, on est contraint de conclure que sa présence à Emmaüs ne pouvait pas être fortuite. Jésus se dirigeant vers un port, j'ai écarté l'hypothèse d'un voyage vers Gaza, beaucoup trop long et risqué (il eût fallu traverser la Judée). Il est certain que l'Evangile de Luc ne peut pas être pris plus que les autres au pied de la lettre, puisqu'il indique que c'est le jour même où Jeanne, Marie de Magdala, Marie mère de Jésus, Jacques et d'autres découvrirent le sépulcre vide que Jésus se serait trouvé à Emmaüs. Cette quasi-simultanéité est déconcertante. En effet, pourquoi,

d'abord, Jésus aurait-il choisi Emmaüs, ville sans symbolique particulière, Luc ne le dit pas. Ensuite Luc n'explique pas non plus la raison pour laquelle deux de ses disciples, non nommés d'ailleurs, auraient été inexplicablement absents de Jérusalem et présents à Emmaüs.

Entre autres invraisemblances, incidemment, qui témoignent de la confusion des nombreux copistes qui nous ont transmis les évangiles, les canoniques comme les apocryphes, il convient de citer le passage de Luc qui rapporte que les deux disciples en question, étant rentrés à Jérusalem, virent « que les onze et le reste de la compagnie s'étaient réunis » (XXIV, 34). Onze plus deux, cela fait treize, en effet ; qui sont donc les deux surnuméraires selon le compte de la tradition ? De plus, Luc n'explique pas le comportement invraisemblable des apôtres qui, ayant revu Jésus vivant après sa crucifixion, le quittent sans curiosité après qu'il les eut raccompagnés jusqu'à Béthanie et qu'il les eut bénis « à mains levées » (XXIV, 50-53) et qu'ils eurent pu rentrer Jérusalem sans avoir eu la tentation de suivre l'homme auquel ils avaient voué leurs vies. Pourquoi Béthanie, on peut se le demander ; comme on peut s'interroger sur la singularité du fait que Jésus ait, cette fois-ci, suivi ses disciples au lieu de leur indiquer le chemin, et surtout qu'il se soit à ce point rapproché de Jérusalem, ville de tous les périls pour lui.

Les autres évangiles, Matthieu (XXVIII, 9 et 17), Marc (XVI, 9 et 14) et Jean (XX, 129 et XXI, 1), ne font aucune mention d'Emmaüs, ni de Béthanie, mais citent chacun deux apparitions de Jésus à ses disciples : Matthieu et Jean une fois à Jérusalem et une fois en Galilée, et Marc, deux fois à Jérusalem, une à Marie de Magdala et une autre aux onze, mais il confirme la version de Luc selon laquelle Jésus serait apparu une troisième fois à « deux d'entre eux, alors qu'ils cheminaient dans la campagne » (XVI, 12-13) ; Marc ne cite pas non plus les noms de ces deux apôtres. La déduction générale qui s'impose au lu des quatre évangiles canoniques est que Jésus a bien rencontré deux disciples à Emmaüs, et les onze par deux fois à Jérusalem, puis en Galilée. Cela fait donc trois apparitions, sans aucune logique hagiographique, si l'on veut bien faire abstraction du fait que les trois évangiles synoptiques se sont inspirés d'une source commune, dite Q, pour le moment perdue, et que leurs originalités sont plus que discutables, de l'avis des exégètes les plus respectueux d'une tradition d'ailleurs fort tardive.

Incidemment, la quasi-simultanéité des apparitions de Jésus pose un autre problème. On peut bien supposer, si l'on veut souscrire à l'idée d'un personnage divin omniprésent, que Jésus ait été partout en même temps ; mais elle implique que les disciples étaient doués de la même ubiquité, et qu'ils se trouvaient également partout a la fois.

Cette incohérence et la confusion qui semble régner dans les souvenirs des évangélistes quant à la dernière fois qu'ils ont vu Jésus s'explique sans théories aventureuses : les deux ou trois douzaines d'évangiles qui nous sont parvenus n'ont commencé à être rédigés, dans le meilleur des cas, qu'une quarantaine d'années après la date fatale de la crucifixion, peu avant ou après la prise de Jérusalem par les troupes de Titus en 70, c'est-à-dire la fin de l'antique royaume d'Israël. En quarante ans, les souvenirs sont déjà devenus brumeux. Et ils sont le plus souvent de seconde main. A titre d'exemple, ledit Matthieu, auteur présumé de l'évangile canonique qui porte son nom, devait avoir à peu près l'âge de Jésus quand celui-ci le recruta sous le nom de Lévi le Publicain. En 70, date de la première rédaction supposée de l'évangile de son nom, s'il avait été encore vivant, il eût eu quelque soixante-quinze ans ; à cet âge-là, surtout si l'on prétend parler d'un homme remarquable comme Jésus, les intentions hagiographiques se mélangent avec le vécu. Il serait donc vain de chercher dans les textes évangéliques des rapports de qualité historique.

Autre déduction des indications des évangélistes, confirmée par Jean (XXI, 14) : est que ses disciples ont revu Jésus par trois fois, mais de manière officieuse. En effet, il avait quelques raisons de craindre une nouvelle arrestation. Son statut est à l'époque celui d'un clandestin, réchappé d'une exécution judiciaire, mais conscient, d'abord, que le Sanhédrin n'est pas près de recommencer la formidable machination qui a abouti à la crucifixion, puis que ses protecteurs au sein même du Sanhédrin, tels Joseph d'Arimathie et Nicodème, ne pourront pas le protéger indéfiniment, enfin, qu'il n'y a plus lieu de recommencer son ministère. Les jeux sont faits.

Les éléments des rencontres de Jésus avec ses disciples excluent tout caractère surnaturel, impliquant la résurrection d'entre les morts que postulent les évangélistes, de façon évidemment hagiographique, et après eux la tradition chrétienne. Ils se caractérisent, en effet, par deux faits fondamentaux : le premier est que ses disciples, qui ont partagé sa vie quotidienne pendant les deux années de son ministère public, et l'ont vu au coucher et au lever, ne reconnaissent pas sa physionomie, mais reconnaissent sa voix et ses gestes ; c'est donc que l'homme a changé physiquement, ce qui confirme ma thèse selon laquelle il s'est rasé la barbe. Le second fait est la nature secondaire de ses entretiens avec ses disciples. La teneur de ceux-ci n'est nullement essentielle à son enseignement. De plus, ressuscité en tant que Dieu d'entre les morts, donc en possession de pouvoirs surnaturels, Jésus n'eût eu aucune raison de ne pas subjuguer définitivement ses adversaires et de ne pas propager son message de manière éclatante et radicale, par exemple en apparaissant au Temple, à une heure de grande affluence, au grand-prêtre, à Pilate et à Hérode Antipas. S'il ne le fait pas, c'est qu'il est encore vulnérable à la vindicte de ses ennemis, c'est-à-dire mortel.

4. *Cf.* « Le comportement des apôtres », *in Les Sources*. Pour mémoire, quand Jésus déclare dans la synagogue de Capharnaüm qu'il est « le pain de vie » (Jn, VI, 35) et qu'il descend lui-même du ciel, et quand il conclut par ces mots : « Quiconque mange ma chair et boit mon sang habite continuellement en moi... » (Jn, VI, 56), ses disciples se rebellent : « C'est plus que nous ne pouvons avaler ! Pourquoi écouter de tels propos ? » Et à partir de ce moment, plusieurs de ses disciples se retirèrent et ne le suivirent plus. (Jn, VI, 59-66). Jésus demande alors à ceux qui restent s'ils veulent le quitter. L'Evangile de Jean, qui est le seul à rapporter cette désertion massive, ne dit pas quels disciples se sont détachés de Jésus, ni s'ils l'ont fait définitivement. Cette désertion ne fut toutefois pas la dernière : deux des quatre évangélistes s'accordent à dire qu'à l'arrestation de Jésus les disciples l'abandonnèrent. « Alors tous les disciples le désertèrent et s'enfuirent. » (Mt., XXVI, 56 et Mc, XIV, 50). Ces textes ne disent pas si les disciples qui avaient déserté la première fois étaient donc revenus, pour s'enfuir en bloc une seconde fois. Toujours est-il que Jésus a bien été abandonné par tous les disciples, de son arrestation à sa mort. Une preuve supplémentaire de cette dernière désertion est donnée par les évangiles canoniques eux-mêmes : dans les semaines qui suivirent la crucifixion, plusieurs disciples étaient retour-

nés en Galilée, sans doute pour reprendre leur métier de pêcheurs, comme l'indique l'évangile de Jean (XXI, 1-3). Jean cite comme disciples présents au lac de Tibériade : Simon-Pierre et Thomas Didyme, ainsi que Nathanaël et Jacques et Jean de Zébédée et « deux autres disciples ».

Les indications de Jean suscitent une certaine perplexité ; en effet, Thomas n'est pas Galiléen : il est ou Parthe, comme le supposent Origène et le pseudo-Clément, ou d'Edesse, comme pourrait l'indiquer le fait que les Actes de Thomas ont été écrits dans cette ville au IIIe siècle ; il n'a jamais été pêcheur et n'a donc que faire de se joindre aux Galiléens Simon-Pierre, Jacques et Jean, qui le sont. L'absence d'André, frère de Simon-Pierre dit Cephas, est également troublante ; mais il se peut qu'il soit l'un des deux disciples qui ne sont pas nommés. Il me semble donc plus logique de penser que ce n'est pas en Galilée que Jésus a retrouvé Thomas, mais dans un autre lieu ; je propose Jérusalem, parce que Thomas avait moins de raisons que les Galiléens d'en craindre les parages. Il y courait, en effet, moins de risques qu'eux, ayant participé moins étroitement qu'eux au ministère public de Jésus, et parlant probablement grec, alors qu'ils se distinguaient par leur accent galiléen.

5. *Cf.* Notes sur Lazare, *Les Sources*, pp. 24-27, relatives au passage retrouvé à Mar Saba de l'Evangile de Marc, et pp. 202-203, sur les liens probables de Lazare avec les Esséniens. Dans *The Making of the Messiah* (v. bibl.), Robert Sheaffer analyse l'hypothèse selon laquelle Jésus aurait entretenu des rapports homosexuels avec Jean et Lazare. De fait, Lazare est le seul personnage néotestamentaire dont la mort présumée tire des larmes à Jésus (Jean, XI, 35) et inspire aux témoins des commentaires étonnés : « Alors, dirent les Juifs, voyez comme il l'aimait ! » (Jn, XXI, 36). L'hypothèse, qui n'est certes pas neuve, ne me semble toutefois pas apporter des éléments essentiels à la compréhension du personnage et de l'aventure de Jésus, ni mériter qu'on s'y attarde.

6. Thomas est le seul disciple associé à Jésus dans un texte relatif à des voyages à l'étranger après la crucifixion. Ce texte est l'apocryphe connu sous le nom d'Actes de Thomas. Il nous est parvenu dans une version en grec traduite du syriaque, langue dans laquelle il fut originairement traduit du grec, selon Montagne Rhodes James *(The Apocryphal New Testament*, v. bibl.), qui l'estime d'« intérêt

considérable ». La date de composition n'en est pas établie, mais trois références historiques donnent à penser que la version primitive, celle en grec donc, dut être composée à la fin du Ier siècle ou au début du IIe siècle, étant donné que ces références, telles que celle du roi « indien » Gundaphorus, qui exista bien au Ier siècle de notre ère, ne pouvaient guère présenter grand intérêt pour des auditeurs ultérieurs peu rompus aux péripéties de l'histoire asiatique. Gundaphorus, Hyndopheres en grec sur les monnaies qui portent son nom, Gondofar dans d'autres versions, Gondopharès dans sa version française, est un prince sans doute d'origine parthe, qui réunit les royaumes de l'Inde pour former un empire allant du Séistan jusqu'au-delà de l'Indus (Roman Ghirshman, *L'Iran, des origines à l'Islam*, v. bibl.). Ce royaume joignait donc à l'ancienne Perside, les pays actuellement connus sous les noms d'Afghanistan et de Pakistan, ainsi que le Cachemire, le Rajasthan, le Gujerat et l'Uttar Pradesh.

Au début de ces Actes, il est dit que Simon-Pierre et son frère André, Jacques et Jean de Zébédée, Philippe et Bartholomé, Jacques d'Alphée, Matthieu, Simon le Cananéen, Judas de Jacques et Judas-Thomas lui-même (neuf disciples donc, Thaddée et Nathanaël étant mystérieusement absents de cette réunion) se retrouvèrent à Jérusalem pour se partager les régions du monde où ils devaient porter la bonne parole. Selon toute vraisemblance, cette réunion a lieu après la crucifixion et les trois apparitions de Jésus citées par les évangiles canoniques. L'Inde échut en partage à Thomas, qui la refusa, alléguant « la faiblesse de la chair » qui l'empêchait de voyager, et l'impossibilité pour un Hébreu d'aller enseigner la vérité aux Hindous. Jésus apparaît de nuit à Thomas pour lui enjoindre d'accepter le voyage en Inde, mais assez curieusement, Thomas s'obstine à le refuser à son maître même. Toutefois, sans suite logique dans ce récit, le lendemain, Jésus aperçut un marchand hindou, nommé Abbanes et délégué par le roi Gundaphorus « roi des Hindous », qui traversait le marché. Et Jésus conclut avec Abbanes un acte de vente ainsi libellé : « Moi, Jésus, le fils de Joseph le charpentier, certifie que j'ai vendu mon esclave Judas de son nom, à toi Abbanes, marchand de Gundaphorus, roi des Hindous. » Le prix de la vente est de trois livres d'argent « non estampé ».

Il est évidemment troublant de voir Jésus, fût-il même apparu comme un *deus ex machina*, encaisser trois livres d'argent d'un marchand hindou, et vendre Thomas comme esclave. Tout aussi déconcertant est le nom fort peu hindou de ce marchand, Abbanes, « notre père ». Il est donc nécessaire de procéder à une lecture symbolique du récit, qui peut être celle-ci : Jésus a payé trois livres d'argent son passage et celui de Thomas dans la caravane d'un marchand hindou et emmené Thomas contraint et forcé. De fait, on retrouvera, toujours dans les Actes, Jésus en compagnie de Thomas deux fois sur l'une des grandes routes marchandes de l'époque : une fois aux festivités du mariage d'une princesse à Andrapolis, en Paphlagonie, et une autre à Taxila, dans l'actuel Pakistan.

Comme on le verra également plus loin, d'autres sources confirment des séjours de Jésus en Moyen-Orient et en Asie après la crucifixion.

7. La présence de Jésus dans les lieux où se trouvent ses disciples démontre bien cette volonté de vérifier ce qu'il restait de l'ancienne « escouade sacrée ». Les Evangiles canoniques, faut-il le souligner, ne les dépeignent jamais dans la ferveur de l'évangélisation : sur le lac de Tibériade, ils pêchent, comme autrefois, ce qui signifie qu'ils ont repris leurs anciennes activités ; à Emmaüs, les deux disciples non identifiés cheminent dans la campagne sans qu'il soit précisé d'où ils venaient et où ils allaient, ni dans quel but ; à Jérusalem, ils sont cloîtrés dans l'angoisse. Disciples sans doute, mais déjà évangélistes, rien ne l'indique dans les textes mêmes des Evangiles.

8. Saül est le fils d'Antipater, lequel fut mis à mort par son propre père Hérode le Grand, parce qu'il intringuait pour se placer premier dans la liste de succession au trône. *Cf. L'Incendiaire — vie de Saül, Apôtre*, t. III de *L'Homme qui devint Dieu*.

9. Simon le Mage ou le Magicien, fondateur de la gnose, de l'avis commun des historiens des religions, fut le principal rival de Jésus, dès le ministère de celui-ci. On mesure l'importance que lui attachèrent Jésus et ses disciples à trois passages du Nouveau Testament. Le premier est l'épisode symbolique de la rencontre en forme d'affrontement théologique de Jésus et de la Samaritaine au Puits de Jacob, symbole de la Loi pour les Esséniens, à Sychar en Samarie (v. note 56 in *L'homme qui devint Dieu* t. II, *Les Sources*). La Samaritaine aux cinq maris de l'Evangile de

Jean est visiblement Hélène, ancienne prostituée des bordels d'Edesse et ancienne compagne de l'Essénien Dosithée, qu'elle a quitté pour Simon. Le deuxième passage est celui des Actes des Apôtres (VIII, 4-24), qui se distingue par sa longueur inusitée pour un personnage apparemment aussi négligeable que le décrivent les Actes, et même, aussi méprisable que Simon. Le troisième passage, peut-être le plus révélateur, est celui où Jésus commence ses prescriptions aux disciples en leur interdisant d'entrer dans aucune ville samaritaine (Mt., X, 5), et qui reflète sa méfiance à l'égard de la Samarie, qui était le territoire de Simon. Toutefois, les mêmes Actes admettent que Simon « enthousiasmait les foules », et pratiquait des guérisons miraculeuses. Simon exerça par la suite une influence considérable puisqu'au IIIe siècle, Hippolyte décrit ses idées en détail (*Elenchos*, VI, 9), et qu'au Ve siècle, Epiphane de Salamine fait aussi mention de son enseignement (*Panarion*, XXI, 4, 1-2, v. bibl.). C'est de l'enseignement de Simon que dérivent en grande partie les hérésies manichéennes telles que le catharisme, contre lesquelles l'Eglise et son Inquisition n'auront de cesse qu'elles ne soient éteintes. Sa gloire fut si considérable que les apologistes chrétiens, tels Justin, mais aussi l'auteur inconnu des Actes de Pierre, s'imaginèrent qu'à Rome on lui avait élevé une statue dans une île du Tibre, entre les deux ponts, avec l'inscription *Simoni deo sancto*. L'épigraphie a montré par la suite qu'il s'agit d'une erreur grossière, la statue en question ayant été dédiée à Semo Sancus, vieille divinité romaine.

10. C'est par Irénée et Epiphane qu'on connaît les thèmes du discours gnostique de Simon et de sa compagne Hélène, Première pensée de l'Esprit de Dieu et Mère du Tout, l'Ennoia, c'est-à-dire la connaissance en soi, que les anges et les dominations empêchèrent de retourner vers son Père. Il s'agit là d'un discours qui n'a plus que de lointains rapports avec la pensée judaïque, mais qui évoque par certains aspects, comme le relève Leisegang (*La Gnose*, v. bibl.), les propos de Jésus dans l'Evangile de Jean. Là, toutefois, et diamétralement opposé à l'enseignement de Simon, Jésus entend que c'est le Démiurge qui est le diable (Jean, VII, 42-48 et 51). Il faut relever également que l'enseignement de Simon semble aussi marqué par les mystères helléniques, et surtout par l'orphisme. S'il se présente comme le Messie, la conception qu'il se fait de ce

personnage essentiellement juif est totalement hétérodoxe, puisqu'il se présente comme l'incarnation du Propatôr, qui a brisé la puissance des anges et des dominations afin de délivrer l'âme humaine.

11. C'est Irénée qui insiste sur le comportement licencieux des disciples et prêtres de Simon.

12. Saül, le futur apôtre Paul, unique saint du calendrier chrétien qui soit responsable de l'assassinat d'un autre saint, Etienne, est à l'époque du récit au cœur de son activité de persécuteur des chrétiens, comme en attestent les Actes : « Saül, entre-temps [après la lapidation d'Etienne] persécutait l'Eglise ; il violait demeure après demeure, arrêtant hommes et femmes et les envoyant en prison » (VIII, 3) ; et : « Saül entre-temps proférait des menaces meurtrières contre les disciples du Seigneur » (IX, 1). L'assassinat d'Etienne ayant eu lieu entre 32 et 34, c'est-à-dire quelques mois après la crucifixion, qui a eu lieu en 30 ou en 33, Saül en est donc à cette période où il est tout animé de sa fureur antichrétienne, au service du Temple.

13. Jésus a célébré la cène selon le rite essénien, c'est-à-dire le mercredi avant la Pâque, et non le jeudi, comme il est soutenu dans la tradition chrétienne. Crucifié le jeudi, c'est dans la nuit de jeudi à vendredi que son corps a été soustrait au tombeau par Joseph d'Arimathie et Nicodème.

14. Sur les raisons pour lesquelles Jésus n'a été reconnu ni par Marie-Madeleine ni par ses disciples, et leur rapport avec le changement de physionomie de Jésus, v. *Les Sources*.

15. En tant que citoyen romain, privilège qu'il revendique à deux reprises, c'est-à-dire contraint de rendre hommage aux dieux de l'Empire, ce qui l'eût exclu sur-le-champ de la communauté juive, Saül ne pouvait pas être fonctionnaire de la police du Temple, d'obédience strictement juive, comme les lévites, mais simplement mercenaire.

16. Le roc sur lequel s'élevait la partie la plus ancienne de Jérusalem, dite Cité de David, était percé de galeries naturelles. Une hypothèse veut que ce soit en infiltrant ses troupes par ces galeries que David réussit à s'emparer de la ville, en 1000 avant notre ère.

17. Tel est le discours de Simon, qui se présente comme l'émanation de la puissance de Dieu, d'après les Actes.

18. Hélène, dans la secte fondée par Dosithée et que s'appropria partiellement Simon, était considérée comme la Lune. (Pseudo-Clément, *Recognitions*, II, 7 et *sq.*, v. bibl.). C'est en son nom que Simon fondera une secte dérivée de celle de Dosithée, les héléniens (Jean Daniélou, *Les Manuscrits de la mer Morte et les origines du christianisme*, v. bibl.)

19. Dosithée, disciple de Jean le Baptiste, donc de formation essénienne, fonda une secte après la mort de celui-ci, en Samarie où le Baptiste avait prêché, et dans la capitale de laquelle, Sébaste, il avait été enterré (Pseudo-Clément, *op. cit.*) La mort du Baptiste ayant été tenue pour le mauvais augure de la défaite d'Hérode Antipas dans sa guerre contre Arétas, roi de Damas (Josèphe, *Antiquités judaïques*, XVIII, 116-118), on peut situer la fondation de la secte johannique par Dosithée vers 29. Etant donné qu'on retrouve par la suite Dosithée près de Damas, à Kochba, on peut en déduire qu'il abandonna en 30 la Samarie à son disciple dissident, Simon, qui lui avait de surcroît ravi sa femme Hélène. La visite de Jésus à la Samaritaine, c'est-à-dire Hélène, se situerait donc peu avant la crucifixion.

20. Pour les gnostiques, le monde avait été créé par un dieu inférieur, au-dessus duquel siégeait un dieu supérieur ou dieu de bonté (H. Leisegang, *La Gnose*, v. bibl.).

21. Allusion au Prologue du Livre de Job : « Le jour vint où les membres du conseil céleste prirent leurs places en présence du Seigneur, et Satan était assis parmi eux » (I, 6).

22. I Samuel, XIX, 9.

23. Aucun texte du Nouveau Testament n'indique que Jésus ait été docteur. Le passage célèbre de sa discussion avec les docteurs du Temple (Lc, II, 41-52) n'indique pas autre chose qu'une intelligence éveillée, ce qui n'est pas exceptionnel : Josèphe raconte dans son autobiographie qu'élève scribe ou *talmîd* il dominait à quatorze ans l'exégèse de la Loi (*Vita*, II, 9). Le titre de *rabbi*, plusieurs fois donné à Jésus, était certainement en usage pour les scribes du temps de Jésus, mais l'ordination ou *semikah* qui sanctionnait l'entrée dans la corporation des scribes ne pouvait être accordée qu'à l'âge canonique de quarante ans, et seulement après avoir suivi l'enseignement d'un docteur (Joachim Jeremias, *Jérusalem au temps de Jésus*, v. bibl.). Deux raisons s'opposent à ce que Jésus ait été

ordonné prêtre : la première est qu'on ne lui connaît pas d'enseignant, et pour cause, quand on sait l'aversion qu'il portait aux Pharisiens ; or les docteurs étaient pharisiens. La seconde est que, lorsqu'il commença son ministère public, qui allait définitivement sceller l'hostilité du clergé de Jérusalem à son égard, il avait, étant né en 7 avant notre ère, trente-cinq ou trente-huit ans, selon la date admise pour la crucifixion, 30 ou 33. Il ne pouvait donc pas être *rabbi* de plein droit, et si le titre lui a été effectivement adressé, ce ne fut que de manière honorifique, étant donné ses commentaires savants sur les festivals, comme le relève A.N. Wilson (*Jesus*, v. bibl.). En tout état de cause, il n'est jamais fait mention d'un titre de rabbi lors de son procès.

24. Jean signale la surprise des disciples du Baptiste quand Jésus, à peine baptisé, commença lui aussi à baptiser (III, 25). Le Baptiste s'efforça alors d'être conciliant. Toutefois, quand Jésus s'attribua le pouvoir de pardonner les péchés, ce que n'avait jamais fait le Baptiste, le scandale éclata, comme le rapporte Marc (II, 6-7). Par ailleurs, les disciples du Baptiste et ceux de Jésus jouissaient de statuts très différents dans l'opinion du clergé et du peuple, comme en témoigne le passage de Luc : « Les disciples de Jean sont constants dans leur pratique du jeûne et de la prière, de même que les disciples des Pharisiens, mais les tiens mangent et boivent » (V, 33). Mais ce fut la question redoutable adressée par le Baptiste de sa prison qui scella la dissension entre les disciples du Baptiste et ceux de Jésus : « Es-tu celui qui doit venir, ou bien devons-nous en attendre quelque autre ? » (Lc, VII, 20-21). L'absence de collaboration, sinon la méfiance entre les deux groupes est particulièrement visible, quelque vingt-cinq ans plus tard, dans le personnage d'Apollos évoqué par les Actes des Apôtres, juif d'Alexandrie arrivant à Ephèse, qui est au fait de l'existence de Jésus, « mais ne connaît que le baptême de Jean » (XVIII, 25). Il est également visible dans le passage où Saül-Paul, arrivant également à Ephèse, trouve un certain nombre de convertis qui ignorent ce qu'est le Saint-Esprit et n'ont, eux aussi, reçu que le baptême de Jean. Ce qui vérifie le fait que les disciples du Baptiste répandaient un enseignement foncièrement différent de celui de Jésus. Le culte du Baptiste a survécu grâce à la secte gnostique des Mandéens, dont « l'acte culturel le plus fondamental est le baptême, célébré tous

les dimanches dans l'eau courante » (*Dictionnaire encyclopédique du christianisme ancien*, v. bibl.).

25. La tradition veut, en effet, que le corps du Baptiste se trouve à Sébaste, où il aurait été transféré après sa décollation.

26. La description physique de Saül a été transmise par les Actes de Paul, II, 3 *in The Apocryphal New Testament*, v. bibl. Elle est confirmée par les *Principes Apostolorum* de Jean Chrysostome, qui lui prêtent une taille de trois coudées, soit environ un mètre cinquante.

27. Etienne, protomartyr et premier martyr chrétien, a été mis à mort l'année suivant la crucifixion de Jésus, pendant une vacance de la préfecture romaine (*Dictionnaire encyclopédique du christianisme ancien*, v. bibl.). La responsabilité de Saül-Paul est attestée par les Actes : « Les témoins jetèrent leurs manteaux aux pieds d'un jeune homme appelé Saül » et : « Saül était parmi ceux qui approuvaient son meurtre [celui d'Etienne] » (VII, 58 et VIII, 1). Ainsi que je l'ai relevé dans *L'Incendiaire-Vie de Saül, apôtre*, Saül-Paul est donc l'unique saint de l'hagiographie chrétienne qui ait fait mettre à mort un autre saint. Le scandale fut énorme, à en juger par l'importance que les Actes donnent à Etienne : pas moins de 55 versets (VI, 5-VIII, 1).

28. Dans *Les Manuscrits de la mer Morte et les origines du christianisme* (v. bibl.), le cardinal Jean Daniélou reprend la conclusion de B.Z. Lurie dans *Histoire de la communauté juive de Damas*, qui démontre, en effet, que Dosithée a demeuré à Kochba (ou Kokba) qui semble avoir été un refuge des Sadocites exilés en Syrie. Il cite aussi les opinions d'Origène et d'Epiphane selon lesquelles il était strict observateur du sabbat et menait une vie ascétique. Mais cette dernière assertion laisse perplexe. En effet, Origène écrit au IIIe siècle et Epiphane au IVe, c'est-à-dire quelque deux cents ans pour l'un et trois cents pour l'autre après les événements et personnages dont ils parlent ; il est exact qu'Origène (*De Princ.*, IV, 3, 2) et Epiphane (*Panarion*, I, 13, v. bibl.), attribuent aux Dosithéens des mœurs rigoureuses — végétarianisme, abstinence, célibat pour beaucoup d'entre eux et refus général du contact corporel ; mais cela n'explique guère la présence auprès de Dosithée d'une ancienne prostituée des bouges d'Edesse, Hélène (v. note 18), présence attestée par les *Recognitions* du pseudo-Clément (IVe siècle). Or Hélène

n'est pas une légende invérifiable, puisque Irénée, qui lui accorde une attention particulière, précise qu'elle vient d'un bouge, non d'Edesse, mais de Tyr (*Adversus haereses*, I, XXVII, 1-4, v. bibl.). Un tel personnage s'accorde malaisément à un cadre ascétique, même si, à l'époque, la prostitution ne revêtait pas exactement le caractère qu'elle a de nos jours. Je serais plus enclin à penser que Dosithée, comme les autres dualistes, et notamment les gnostiques portés sur le libre exercice de la sexualité, qui d'abord séduisirent, puis épouvantèrent Epiphane de Salamine, pensait que la sexualité exaltait l'être et le rapprochait du Très-Haut ou Démiurge dont il se prétendait l'envoyé.

29. Allusion à l'épisode de I Samuel, XV, 1-35, où Dieu est censé avoir ordonné à Saül, roi d'Israël, de massacrer l'intégralité des Amalécites, « hommes, femmes, enfants et nourrissons », ainsi que leurs troupeaux, leurs chameaux et leurs ânes. Saül massacre, en effet, les Amalécites, mais épargne les troupeaux, dont il fait des sacrifices au Seigneur. Celui-ci se met alors en colère parce que ses ordres n'ont pas été exécutés à la lettre et enlève à Saül le royaume d'Israël.

30. Disciple célèbre de Simon, qui avait élu Antioche comme théâtre de son enseignement et qu'on présenta plus tard, lui aussi, comme le Messie.

31. En ce qui concerne l'épilepsie de Saül, v. note 6 de *L'Incendiaire — Vie de Saül, apôtre*.

32. L'origine de Damas est inconnue, et si une tradition veut que ce soit, en effet, la plus vieille ville du monde, elle est en tout cas l'une des plus anciennes, si l'on excepte des sites tels que Çatal Hôyùk et Lepenski Vir, qui remontent au VIIIe millénaire, ou les cités de l'Indus ; elle est mentionnée dans le premier livre de l'Ancien Testament (Gen., XIV, 15), quand Abraham poursuit les rois jusqu'à Hobah, au nord de Damas. Si la Genèse, ouvrage composite, n'offre pas de repère précis sur l'ancienneté de Damas, les tablettes de Tell el-Amarna (XVe siècle avant notre ère), qui citent la ville comme étant la capitale de la province d'Ubi, en fournissent déjà un quand ils précisent que Dimashka (Damas) était la capitale de la province d'Ubi.

33. L'intervention d'Arétas n'est pas une commodité romanesque. Ce monarque nabatéen est connu pour plusieurs raisons, dont les plus marquantes sont un règne long et prospère, et le fait qu'il infligea aux troupes d'Hérode une dégelée mémorable, le 15 mars 37 (Flavius

Josèphe, *Antiquités judaïques*, XVIII, 120-125 ; v. bibl.). Le conflit fut déclenché, en principe, à cause de frontières mal délimitées dans le district de Moabitis, en Idumée, mais en fait parce que Hérode Antipas avait répudié sa fille pour épouser Hérodias, épouse de son frère Philippe, ce qui lui valut les imprécations de Jean le Baptiste. Au moment de ce récit, la répudiation a eu lieu depuis quelque quatre ou cinq ans au moins, puisqu'elle est antérieure à la décapitation de Jean le Baptiste.

Or Arétas est mentionné par Saül de façon expéditive et curieuse ; l'apôtre assure, en effet (II Cor., XI, 32-33), qu'il a été jeté aux fers à Damas, par l'éparque d'Arétas IV (qu'il confond avec un ethnarque), qui avait fait « surveiller la cité pour le faire arrêter ». Saül n'explique pas pour quelle raison sa présence à Damas aurait été tellement importante qu'elle aurait alerté le monarque même et lui aurait fait surveiller la cité ; il n'explique pas non plus pour quelle raison il a été arrêté. De plus, il se présente dans son propre récit comme un chrétien persécuté par Arétas, ce qui est insoutenable, car Arétas protégeait au contraire ces derniers, comme on le verra plus bas. Mais l'explication de son séjour est donnée par les Actes (IX, 1-9) qui précisent que Saül était, en effet, allé à Damas, prétendument muni de recommandations du grand-prêtre pour faire arrêter les chrétiens qui se trouvaient dans la ville et les ramener enchaînés à Jérusalem. Comme je l'ai expliqué dans *L'Incendiaire-Vie de Saül, apôtre*, note 44, il ne peut s'agir que d'une fabrication ridicule du point de vue historique, destinée à masquer la réalité. En effet, ni le grand-prêtre (qui ne détenait déjà aucun pouvoir séculier à Jérusalem et moins encore à Damas, soumise à la juridiction du consul Lucius Vitellius, père de l'empereur du même nom et collègue de l'empereur Claude, puisqu'il avait été avec lui censeur) ni Saül n'avaient la possibilité d'aller arrêter qui que ce fût à Damas. Il s'agit là d'un pur mensonge. La ville se prêtait particulièrement mal, de surcroît, à une entreprise punitive de ce genre, la Syrie étant à l'époque une terre d'asile pour les Esséniens, comme Dosithée, et Arétas n'ayant aucune raison d'être mal disposé à l'égard des ennemis de son gendre Hérode.

Il semble beaucoup plus plausible que Saül, persécuteur policier à la solde du Temple, et animé d'une vindicte personnelle à l'égard des chrétiens, ait entrepris une aventure de « commando » à Damas aussi risquée que celle que décrivent les Actes, pour une raison importante, censée justifier sa hardiesse, et l'on n'en peut imaginer qu'une seule : arrêter Jésus lui-même. La fameuse et rocambolesque révélation sur le chemin de Damas, lors d'un deuxième voyage, ne fut que l'effet de sa rencontre avec Jésus.

34. *Isgadda* signifie « messager » en syriaque ancien.

35. Le Livre des Jubilés (IV, 15, 16, 20, 27, 28, 33 ; XI, 14) recommande le mariage avec la cousine et rapporte, comme le relève Joachim Jeremias (*Jérusalem au temps de Jésus*, v. bibl.), que les patriarches, avant et après le déluge, épousèrent les filles de la sœur ou du frère de leur père (Jub., VII, 6 et XI, 7 ; Deut., XVII, 17). Jeremias rappelle que « la période postérieure a présenté le mariage avec la nièce, à savoir la fille de la sœur, comme désirable et même comme une œuvre pie. [...] De même le mariage avec la fille du frère n'était pas rare. [...]... De tels mariages avaient lieu également dans des familles sacerdotales de rang élevé. » Ce point, extrêmement important, n'a pas été suffisamment examiné à ma connaissance ; en effet, les imprécations du Baptiste, qui lui furent d'ailleurs fatales, contre le mariage du tétrarque Hérode Antipas avec sa cousine et belle-sœur Hérodiade semblent singulièrement déplacées : elles étaient parfaitement licites au regard de la Loi juive, et la preuve en est que les Hérodiens, descendants d'Hérode le Grand, pratiquèrent de telles unions sans s'attirer la moindre critique de la part du clergé. Hérode le Grand épousa, entre maintes autres, la fille d'un frère ; son petit-fils Hérode Philippe épousa en premières noces Hérodiade, qui était sa propre nièce, sœur de son neveu Agrippa Ier, et que lui ravit son demi-frère Hérode Antipas ; puis il épousa en secondes noces Salomé, la propre fille de sa première femme et de son demi-frère Hérode Antipas ; Archélaos, autre petit-fils d'Hérode le Grand, épousa Miriam, autre sœur d'Hérodiade ; Aristobule, autre petit-fils d'Hérode, épousa sa tante Bérénice ; Phasaël épousa sa tante Salampsio, de même que Joseph épousa sa tante Olympias ; Hérode de Chalcis épousa sa nièce, etc. (Josèphe, *Antiquités judaïques*, v. bibl.).

36. On comprendrait mal les dénonciations du second mariage d'Hérode Antipas par le Baptiste si l'on ne se référait à l'appartenance de ce dernier à la secte essénienne, fait que certains historiens continuent pourtant de consi-

dérer comme hypothétique. Or le Document de Damas (V, 7 et suite, *La Bible — Ecrits intertestamentaires*, v. bibl.), texte d'inspiration essénienne qui remonte aux environs de l'an 100 avant notre ère, dénonce violement le mariage avec la nièce, qu'elle soit fille du frère ou de la sœur, et il se fonde sur les interdits de l'inceste (Lv., XVIII). Ce point illustre l'antagonisme fondamental qui opposait donc la doctrine essénienne à la Loi juive, et tout particulièrement l'ambiguïté de l'enseignement de Jésus à l'égard de la Torah. Mais il démontre aussi formellement que le Baptiste prêchait explicitement les préceptes esséniens.

37. Le nombre de concubines variait cependant d'une interprétation l'autre : la Mishna, ou tradition orale, en accordait dix-huit, le Talmud, vingt-quatre ou quarante-huit selon les enseignements des Tannaïtes. Jeremias cite des cas de polygamie, réservés il est vrai à des hommes qui avaient les moyens d'entretenir plus d'une épouse. La tradition fut tenace ; Jeremias écrit également : « En 1927, dans le village d'Artas près de Bethléem, « sur cent douze hommes mariés, douze avaient plusieurs femmes » (*Jérusalem au temps de Jésus*, v. bibl.).

38. En Mc, X, 6 et Mt., XIX, 4, Jésus cite Gn., I, 27 : « Il les créa homme et femme » ; et en Mc, X, 8 et Mt., XIX, 5, il cite Gn. II, 24 : « C'est pourquoi un homme quitte son père et sa mère et s'unit à une femme et les deux deviennent une chair. » Ce dernier passage est celui sur lequel le Document de Damas se fonde pour condamner la polygamie : « Eux, ils ont été attrapés sur deux points par la luxure : premièrement en épousant deux femmes de leur vivant [à elles deux], alors que le principe de la nature, [c'est] mâle et femelle, il les créa » (IV, 20-21, *La Bible — Ecrits intertestamentaires*, v. bibl.). A cet égard, le texte évangélique reflète un Jésus étroitement fidèle à l'enseignement essénien, une fois de plus, fût-ce en opposition à la Torah. En effet, on l'a vu dans la note précédente, la polygamie était courante dans la Palestine du Ier siècle.

39. « Repentez-vous, car le royaume des cieux est proche » (IV, 17) et : « Le temps est accompli et le royaume de Dieu est proche » (Mc, I, 15).

40. Les discours de Jésus que rapportent les Evangiles canoniques sont profondément pénétrés de l'esprit apocalyptique essénien. Ainsi : « Des signes apparaîtront dans le Soleil, la Lune et les étoiles. Les nations de la Terre seront impuissantes, ne sachant où se tourner pour éviter le

grondement et le déferlement des flots ; des hommes s'évanouiront de terreur à la pensée de tout ce qui adviendra au monde ; car les puissances du ciel seront ébranlées. [...] Je vous le dis : la génération actuelle vivra pour voir tout cela. » (Lc, XXI, 25-32). Et encore : « Mais en ces jours-là, après cette détresse, le Soleil s'obscurcira, la Lune ne donnera plus sa lumière ; les étoiles tomberont du ciel, les puissances du ciel seront ébranlées. Alors ils verront le Fils de l'Homme arriver sur les nuées dans la puissance et la gloire, et il dépêchera les anges et rassemblera les élus aux quatre vents, depuis les frontières les plus reculées de la Terre et les régions les plus reculées du ciel. [...] Je vous le dis : La génération actuelle vivra pour voir tout cela » (Mc, XIII, 24-30).

41. Il s'agit de la thèse exposée dans un document secret, écrit en hébreu, appelé *La vie de Jésus, Toldoth Yeshu* (*cf.* Hugh Schonfield, *According to the Hebrews* ; Joseph Hoffmann, *Jesus Outside the Gospels* ; Robert Sheaffer, *The Making of the Messiah*, v. bibl.), qui semble avoir subi plusieurs remaniements. Schonfield, hébraïste réputé, situe la rédaction du texte qui nous est parvenu au IVe siècle, Hoffmann, autre hébraïste, au Ve ; on verra plus bas que les origines en sont nettement plus anciennes. La première version imprimée semble en être celle de Wagenseil en 1681. Voltaire en fait mention dans son *Dictionnaire philosophique*, mais n'en dit pas le contenu et prétend en avoir été « horrifié » ; saine prudence, étant donné le pouvoir de l'Inquisition à son époque. Gibbon en a également connaissance, mais n'en cite que la réfutation de Tertullien dans *The Decline and Fall of the Roman Empire* (passage d'ailleurs tronqué dans la traduction française Guizot de 1819, v. bibl.), priant le lecteur de lui permettre de « jeter le voile sur cette description infernale ». Nietzsche reprend la citation de Tertullien, dans une version latine, dans sa *Généalogie de la morale*. Un ouvrage publié à compte d'auteur, en France, ces dernières années, reprend la thèse d'une paternité de Jésus attribuée à un légionnaire romain dit Ben Pantera. On retrouve la thèse dans le *Josippon* ou version en hébreu de Flavius Josèphe de la Bibliothèque nationale (Ms, hébr. 1280, fol. 123 V°), datant de 1472, qui cite Jésus comme « Jeshu'ah ben Pandera le Nasoréen. »

Le point le plus utile est ici que Tertullien avait connaissance d'une version de cette attaque contre Jésus, c'est-à-dire qu'il en existait une au IIe siècle, qui fut modifiée et enrichie par la suite en dépit de son caractère sulfureux et des efforts conjugués des Juifs aussi bien que des chrétiens pour en éliminer tout souvenir. En effet, à l'entrée « Jesus », *L'Encyclopaedia Judaïca Jerusalem* (v. bibl.) rapporte que plusieurs passages furent expurgés des copies du Talmud de Babylone, au IVe siècle, donc par la censure juive elle-même, aussi bien que par les chrétiens, parce qu'ils contenaient des passages offensants à l'égard de Jésus et de sa mère. Il est évident qu'à cette époque le triomphe du christianisme incitait à l'autocensure. La censure n'atteignit sans doute pas toutes les éditions du Talmud, car G. Dalman, cité par John Allegro dans *Le Champignon sacré et la Croix* (v. bibl.), reproduit dans son ouvrage *Jesus Christ in the Talmud, Midrash, Zohar ; etc.*, édité à Cambridge en 1893, les textes talmudiques sur la naissance illégitime de Jésus. Ces passages portant sur l'identité du père de Jésus, il en découle que les non-chrétiens étaient peu enclins à attribuer cette naissance à une cause immatérielle. D'où sans doute l'admonestation, qui serait autrement incompréhensible, de Saül-Paul dans son Epître à Tite : « Garde-toi des spéculations aventureuses, des généalogies » (III, 9).

Schonfield relève la connaissance approfondie que l'auteur ou les auteurs du *Toldoth Jeshu*, dans la version qui nous en est parvenue et qu'il reprend *in extenso*, a ou ont des Evangiles, et notamment des contradictions entre l'Evangile de Jean et les Synoptiques. Ce dernier point indique que la version actuellement connue du *Toldoth Jeshu* est postérieure au décret du pape Gélase II, qui réduit à quatre le nombre des Evangiles canoniques, c'est-à-dire qu'elle date du Ve siècle, ce qui confirmerait l'hypothèse de Hoffmann à cet égard, sans exclure toutefois qu'il y ait eu des versions antérieures différentes.

Jane Schaberg cite, dans *The Illegitimacy of Jesus* (v. bibl.), neuf autres textes rabbiniques traitant de la naissance illégitime de Jésus ; sept d'entre eux sont de la période tannaïtique, c'est-à-dire allant jusqu'à l'an 200, et deux de la période amoraïque, c'est-à-dire allant de 200 à 500. Quatre textes du premier groupe indiquent que la tradition d'une naissance illégitime de Jésus par le fait d'un homme nommé Pantera remonte à la fin du Ier siècle ou au début du IIe. L'un de ces textes porte sur l'enseignement « hérétique » d'un Galiléen prononcé au nom de Yeshu ben Pantiri (l'orthographe du nom varie souvent) en présence du rabbin Eliézer. Ce dernier personnage est bien historique : il fut l'une des figures majeures du judaïsme au Ier siècle, et l'on estime qu'il devait avoir près de cinquante ans à la destruction de Jérusalem, en 70. Schaberg estime que la tradition rabbinique n'aurait jamais inventé une histoire pareille à propos d'Eliézer, si elle n'avait quelque fondement. Reste à savoir ce qui avait un fondement : le fait qu'un Galiléen ait tenu un discours hérétique devant Eliézer, où le fait que ce Galiléen était connu comme disciple de Yeshu ben Pantera ? Ce dernier point paraît plus que douteux : aucun disciple de Jésus ne serait présenté comme sectateur d'un bâtard reconnu. Le texte en question ne démontre donc qu'un point : l'ancienneté de la tradition diffamatoire. Les trois autres textes font seulement référence à la naissance illégitime de Jésus, sans citer Pantera. Le dernier prête à Jésus un autre nom ou surnom, celui de « ben Stada », magicien qui a rapporté ses recettes d'Egypte.

Le premier des textes de la période amoraïque identifie clairement ben Pantera à ben Stada ; là toutefois, l'orthographe de Pantera se change en Pandira. Ce texte paraît particulièrement entaché de graves confusions (Marie, mère de Jésus, est confondue avec Marie de Magdala, laquelle est prise pour... une coiffeuse, par altération de son origine avec le mot *meggadelah*, qui signifie en effet « coiffeuse », etc.). Le *Toldoth Yeshu* est de la période amoraïque. Il en existerait, selon un auteur cité par Schaberg, une douzaine de versions, qui furent très diffusées dans le passé, en hébreu et yiddish.

La valeur historique du *Toldoth Jeshu* est évidemment contestable sur plus d'un point, qu'il serait trop long d'exposer ici. De nombreux auteurs juifs contemporains, cités par Schaberg, le rejettent énergiquement, aussi bien que les textes apparentés, comme fabrications diffamatoires. Il s'agit essentiellement d'un pamphlet et non d'un texte documentaire. Il est nécessaire de dire qu'il n'en est fait ici référence que pour démontrer la réalité aussi bien que la virulence des attaques précoces des institutions religieuses officielles de Jérusalem contre Jésus. Le motif fondamental de sa rédaction semble bien en être le rejet de l'ascendance davidique attribuée à Jésus, ascendance qui est clairement indiquée par les Evangiles canoniques. Ce rejet n'est pas fortuit, il est de motivation essentiellement politique, car l'alarme que causa la réception royale faite à Jésus lors de son entrée à Jérusalem une semaine avant la crucifixion ne dut pas se dissiper de sitôt. Il y avait, et on ne l'a pas assez mis en valeur, des risques graves que les demi-frères de Jésus se missent en demeure de relever les prétentions au trône de ce dernier, même s'ils ne possédaient pas son charisme ; étant donné que la lignée s'affirmait par le père, ces fils de Joseph pouvaient aussi bien revendiquer une filiation davidique. Or une royauté davidique eût, comme on le sait, semé le chaos en Palestine.

Le *Toldoth Yeshu* ravive toutefois des questions dont les réponses restent à établir. L'une de celles-ci est l'étonnante froideur de Jésus à l'égard de sa famille, dont attestent des phrases telles que celle-ci : « Ma mère et mes frères, ce sont ceux qui écoutent la parole de Dieu et agissent selon elle » (Lc, VIII, 21) ; et encore : « Si quelqu'un vient à moi qui ne haïsse pas son père et sa mère, sa femme et ses enfants, ses frères et ses sœurs, et même sa propre vie, il ne peut être un de mes disciples » (Lc, XIV, 26), mystérieusement occultées par l'enseignement chrétien traditionnel. Il faut également relever que l'on ne trouve pas dans la totalité des Evangiles canoniques ni des apocryphes une seule mention de Joseph par Jésus ; quand Jésus parle de son père, c'est toujours de Dieu qu'il s'agit.

Une autre question apparentée, et qui demeure sans réponse, est celle du rôle de Joseph qui, dans les Evangiles synoptiques, est totalement absent des récits du ministère public de Jésus (il n'est même pas mentionné du tout dans l'Evangile de Jean). Evidemment et inexplicablement absent des récits de la crucifixion, sa mort n'est mentionnée par aucun Evangile ; sa seule participation active à la vie de Jésus est dans les épisodes de l'inscription de Jésus au Temple de Jérusalem (qui prouve bien que l'enfance à Nazareth est une fable) et de la fuite en Egypte, fuite prétendument motivée, selon les évangélistes, par l'intention d'Hérode le Grand de massacrer tous les nouveau-nés ; or, on le sait, ce massacre n'eut jamais lieu, et il y a donc lieu de s'interroger sur les raisons de cette pieuse fabrication. Est-ce afin de prêter quelque présence à Joseph, c'est-à-dire de lui conférer une légitimité dans la Tradition naissante ? Y a-t-il jamais eu une « fuite en Egypte » ? Et celle-ci n'est-elle alors qu'un prétexte à déguiser le départ de Joseph pour une destination lointaine, comme l'avance le *Toldoth*

Jeshu ? Au lecteur qui s'étonnera que je n'aie pas exposé ces questions dans le premier tome de *L'homme qui devint Dieu*, publié en 1988, mais écrit dans les quelque vingt années précédentes, il me faut dire que je n'avais alors pas prêté d'attention au *Toldoth Jeshu*, dont je n'avais rencontré la mention qu'une ou deux fois.

L'allégation du *Toldoth* selon laquelle Jésus aurait été appelé secondairement Esaü (Essu) est invérifiable. Il existe indéniablement une obscurité dans le fait que Jésus porte deux noms dans les Evangiles canoniques, celui d'Emmanuel, donc (Mt., I, 23-24), et celui de Jésus (Lc, II, 21). Ce dernier nom ne dérive pas d'Esaü, mais d'Osée, devenu Yehoshua ou, dans sa forme abrégée avant la déportation à Babylone, Yosua (Josué) et plus tard Yesua. Relevons toutefois que le passage de Yehoshua à Yosua, et puis Yesua et Yeshu ne fait pas l'unanimité. Après l'exil babylonien, la forme Yesua et plus tard Yeshu, devenue Jésus dans sa version latine, et Iesous (Ιεσουσ) en grec, devinrent courantes, bien que la forme Josué (Joshua) n'eût pas complètement disparu (John P. Meier, *A Marginal Jew*, v. bibl.). Le sens du nom est « Dieu est salut » (*Encyclopédie biblique*, édition en hébreu, vol. 3, p. 542, citée par Milt Machlin *in Joshua's Altar*, v. bibl.), et il est donc distinct de celui d'Emmanuel, qui signifie « Dieu est avec nous », bien que les deux contiennent une proclamation divine, c'est-à-dire qu'ils sont théophoriques. Dans l'Ancien Testament, Josué est celui qui accompagne Moïse dans son ascension du Sinaï, où le patriarche va rencontrer Dieu. Chez les Juifs, « on croyait que *chaque nom* avait un pouvoir intrinsèque, un pouvoir inhérent dans son essence et son usage propre » (Charles Guignebert, *The Christ*, v. bibl.). Il est donc exclu que Jésus ait porté deux noms (v. aussi note 53).

Dans un ouvrage d'une originalité qui reste provocatrice, publié en 1971 et cité plus haut, *Le Champignon sacré et la Croix*, John Allegro, qui fit partie de la première équipe de déchiffrement des manuscrits de la mer Morte, expose une théorie que je m'en voudrais d'omettre de citer ici. Selon lui, le nom Ben Pantera, qui est, en effet, assez déconcertant, puisque *pantera* désigne en hébreu et en araméen le même animal que le français « panthère », désignerait non le félin, mais l'*Amanita pantherina* ou amanite panthérine, champignon proche de l'*Amanita muscaria*, plus connue sous le nom d'ammanite tue-mouches. L'un et l'autre champignons contiennent des alcaloïdes hallucinogènes, à effet psychotonique (Roger Heim, *Les Champignons toxiques hallucinogènes*, v. bibl.) connu depuis Pline l'Ancien. Ben Pantera signifierait donc « le fils de la panthère », celle-ci étant non l'animal, mais l'amanite panthérine. Et Allegro accumule les indices linguistiques qui démontrent que les décoctions de ce champignon furent utilisées par les premières communautés chrétiennes, comme elles l'avaient été et le sont toujours, d'ailleurs, par de très nombreuses communautés, dites primitives, du monde entier lors de cérémonies religieuses, afin d'induire des transes collectives.

Sans doute Allegro pousse-t-il parfois excessivement loin sa recherche de significations secrètes dans les concordances étymologiques. Il n'en demeure pas moins que son hypothèse sur l'origine du nom ben Pantera est la seule qui permette d'expliquer un nom aussi singulier ; mais elle ne me semble pas pour autant pouvoir exclure qu'il ait bien existé un personnage nommé ben Pantera qui aurait été, lui aussi, un adepte de l'amanite panthérine, puisque les chrétiens n'étaient certes pas les seuls à l'utiliser. De fait, on a retrouvé en Allemagne une inscription sur une épitaphe, mentionnant un archer de Sidon, Tiberius Julius Abdes Pantera, qui avait été transféré de Syrie en l'an 6 (A. Deissmann, « Der Name Panthera », in *orientalische Studien T. Nöldecke gewidmet*, Geissen, Töpelmann, 1906, *cit.* par Schaberg). Le nom n'est donc pas fictif, et la concordance des dates est troublante.

On peut donc conclure que l'appellation bar ou ben Pantera appliquée par le *Toldoth Yeshu* au père supposé de Jésus est parfaitement plausible, et qu'elle n'implique pas forcément de référence à l'usage de l'amanite panthérine par les premiers chrétiens. L'archer de Sidon aurait été, comme tant d'autres, coutumier de l'amanite panthérine. De plus, indique l'étude de Deissmann, le nom de Panthera n'était pas exceptionnel en Orient ; désignait-il toujours des coutumiers de l'amanite panthérine ? Le sujet dépasse le cadre de ces notes.

Cela étant, il faut signaler au passage une injure encore courante en arabe en Proche-Orient, d'où les lions ont pourtant disparu depuis longtemps, qui est « fils de lionne », *ibn el laboua*, équivalent de notre « fils de p... », ces femelles de félin passant pour avoir des mœurs particulièrement dissolues.

Et, tout aussi incidemment, il faut rappeler que l'un des attributs de Dionysos-Bacchus était la peau de panthère. Mais là, le symbolisme de l'attribution est plus évident, les organisateurs des mystères dionysiaques faisant appel à des boissons susceptibles de provoquer des transes, délirantes et érotiques, telles que des jus d'ammanite panthérine, champignon assez courant en Proche-Orient.

42. V. *Les Sources*, en particulier notes 3, 4, 5, 6, 7, 10 et 16.

43. Ce projet de Saül me semble découler logiquement des Actes des Apôtres pour les raisons suivantes. L'expédition de Saül à Damas est attestée par les Actes (IX, 1-9) ; il est dit que : « Il [Saül] alla voir le grand-prêtre et lui demanda des lettres pour les synagogues de Damas l'autorisant à arrêter qui que ce fût qu'il trouvât, hommes ou femmes, qui suivait la nouvelle voie, et à les ramener à Jérusalem. » Or, tel qu'il est présenté, ce récit est absurde (mais les Actes abondent en approximations et en contre-vérités), le grand-prêtre de Jérusalem ne disposant déjà d'aucune autorité séculière à Jérusalem même, et d'aucune non plus, bien évidemment, dans un pays sous tutelle romaine. Même Pilate n'avait pas autorité pour arrêter des citoyens syriens dans une province gouvernée par son collègue Vitellius, à plus forte raison un grand-prêtre de Jérusalem. Donc, l'autorisation que Saül a demandée au grand-prêtre revêt un caractère clandestin et illégal. La suite des événements le démontre d'ailleurs amplement : informé du projet et de la présence à Damas de Saül, l'éparque Omar arrête ce dernier sans coup férir et le dépêche en prison.

A quelle époque peut-elle se situer ? Après la lapidation d'Etienne, entre 32 et 34, plus vraisemblablement 33 pour les raisons évoquées plus haut, et avant la guerre projetée par Vitellius pour ramener à l'ordre Arétas, qui venait d'infliger à Hérode Antipas une défaite cuisante, voire avant même la guerre entre Arétas et Hérode Antipas ; c'est-à-dire avant juin 37 au plus tard. Pour les raisons également exposées dans *L'Incendiaire — Vie de Saül, apôtre*, note 44, une période de guerre n'était certes pas propice à une expédition telle que projette d'en mener Saül, toutes les routes entre les provinces de Palestine et la Syrie étant surveillées par les Syriens.

Or la motivation de Saül ne transparaît qu'à demi selon le récit des Actes. En effet, les seuls Juifs dissidents qui se trouvaient en Syrie étaient, selon ce qu'on en sait, les Esséniens, qui ne semblent guère avoir fait l'objet des persécutions de Saül. Si ç'avait été après ceux-ci qu'en avait le policier Saül, il eût eu bien plus à faire en Samarie, où les Esséniens pullulaient. « Ceux qui suivaient la voie nouvelle » et que Saül poursuivait de sa vindicte étaient donc, de toute évidence, les Juifs de la secte de Jésus, toujours considérés comme Juifs à l'époque et bien plus tard. Ce sont donc des chrétiens — on dit à l'époque nazaréens — que Saül se propose d'aller kidnapper dans une opération de commando à Damas. Mais il n'y avait guère de chrétiens à Damas, et, s'il y en avait quand même, ils ne pouvaient être très nombreux, pour une raison fort simple : pour échapper au harcèlement de Saül, il leur eût suffi d'aller se réfugier dans la Décapole, beaucoup plus proche et où Saül n'avait aucune autorité en effet, la police du Temple de Jérusalem n'était absolument pas fondée pour aller sévir à Philadelphie, Jerash ou Scythopolis, qui étaient sous tutelle romaine exclusive. Quand Luc rapporte donc que Saül se propose d'aller arrêter des chrétiens à Damas, il écrit pour un public qui ne connaît pas la structure juridique des provinces impériales et sénatoriales romaines.

Ce n'est certes pas pour du menu fretin que Saül se risque dans une telle expédition, aussi ivre d'arrogance et de haine qu'il soit. Il faut donc qu'il ait un motif très important pour tenter cette aventure : et ce n'est pas la capture d'hypothétiques chrétiens de Damas, mais celle d'un personnage de première importance, c'est-à-dire Jésus lui-même.

La suite du voyage de Saül en Syrie offre d'ailleurs une étonnante présomption de preuve de ce projet : c'est la fameuse et mythique vision sur le chemin de Damas, qui semble bien refléter de façon détournée une rencontre effective entre Saül et Jésus, telle que je l'ai rapportée dans *L'Incendiaire — Vie de Saül, apôtre*. Toutefois, mon interprétation de cet épisode a évolué depuis la rédaction de ce récit (v. note 45).

44. Les pouvoirs de guérisseur de Jésus sont abondamment fondés par les Evangiles, et notamment par le passage où, touché dans la foule par quelqu'un qui cherche à bénéficier de ses pouvoirs miraculeux, une femme souffrant d'hémorragies en l'occurrence, il s'écrie : « Qui m'a

touché ? Quelqu'un m'a touché, parce que j'ai senti le pouvoir qui m'abandonnait » (Lc, VIII, 43-46). C'est là une exclamation liée à la notion d'une « charge » magique qui s'affaiblit au contact d'un autre. Sa connaissance de la médecine s'était sans doute enrichie chez les Esséniens, également appelés Thérapeutes.

45. L'épisode du séjour à Damas, tel qu'il est rapporté par les Actes (IX, 1-25), est pour le moins confus et peu convaincant. Après l'éblouissement sur la route, qui l'aurait laissé aveugle pendant trois jours, Saül aurait eu une seconde vision, celle d'un saint homme nommé Ananias, lequel serait venu le voir sur l'ordre même de Dieu, et lui aurait rendu la vue en lui faisant tomber les « écailles » des yeux. Puis Saül se serait mis sur-le-champ à proclamer la messianité de Jésus dans les synagogues, ce qui lui aurait valu l'aversion des Juifs orthodoxes, qui auraient alors tenté de l'assassiner, et tout cela se serait déroulé en quelques jours. Or une telle succession d'événements extraordinaires défie la crédulité la plus tolérante. On a vu ce qu'il convient de penser de l'éblouissement sur le chemin de Damas ; la vision d'Ananias, puis la guérison miraculeuse de la cécité de Saül semblent de la même veine hagiographique. Ce qui retient davantage l'attention de l'historien est la subite connaissance de l'enseignement de Jésus que témoignerait Saül selon les Actes ; d'où l'aurait-il donc tenue ? Car il convient de garder en mémoire que Saül a été de longues années un persécuteur policier tenace. La déduction logique est que Saül n'a pu acquérir une connaissance même rudimentaire de l'enseignement de Jésus que dans un temps considérablement plus long que celui que voudraient suggérer les Actes, et en tout cas pas au cours de son expédition de commando à Damas.

Par ailleurs, l'hostilité de la colonie juive, alléguée par les Actes, à l'égard d'un enseignement messianique de Saül est improbable : à cette époque, les établissements juifs de la diaspora sont agités par les mêmes courants messianiques et eschatologiques que la Judée ; on y trouve même des courants zélotes (Maurice Sartre, *L'Orient romain*, p. 404, v. bibl.). C'est d'ailleurs en raison même de cette agitation, et non pour leur attachement à l'orthodoxie, qu'en 66, 10 500 Juifs furent massacrés au gymnase de Damas (Flavius Josèphe, *La Guerre des Juifs*, II, 561, v. bibl.). Loin de vouloir le tuer d'emblée, les Juifs de

Damas auraient, au contraire, prêté une oreille attentive à Saül. Enfin, l'épisode de la fuite dans un panier le long des murailles de Damas est d'autant plus suspect que Saül se prétend citoyen romain et l'est sans doute, et qu'il eût aisément pu, à ce titre, requérir la protection romaine pour se faire raccompagner aux portes de la ville, s'il avait voulu repartir sans être inquiété. Il est difficile de ne pas se rappeler que panier se dit en grec *tarsos*, ταρσοσ, et que, justement, Saül se prétend de Tarse ; cette coïncidence pourrait bien n'en être pas une.

Il est donc nécessaire de reconsidérer le récit du voyage à Damas selon les Actes, qui tente de mettre dans une même capsule la conversion de Saül, son prosélytisme et son incarcération, et de le reconstituer d'une façon plus plausible. Dans un premier voyage, Saül serait parti pour Damas avec l'intention d'exécuter une opération de commando, qui aurait bien évidemment avorté, un personnage tel que Jésus séjournant à Damas sous la protection même du roi. Il convient de garder en mémoire, en effet, qu'Hérode Antipas, ennemi juré d'Arétas, a adopté une attitude ouvertement hostile à Jésus après l'arrestation de ce dernier, et qu'en politique éternelle les ennemis des ennemis sont des alliés, sinon des amis. Saül serait alors tombé sous le coup du pouvoir qu'Arétas exerçait, sous tutelle romaine, sur les affaires de Damas. Il aurait été incarcéré par l'éparque, puis libéré et expulsé sans jugement en raison de sa citoyenneté romaine. C'est alors que Saül, mesurant l'ampleur naissante du mouvement christique, aurait tourné casaque et décidé de s'instruire de sa substance à Kochba (v. *L'Incendiaire — Vie de Saül, apôtre*).

46. Il était exceptionnel qu'à l'époque on bût le vin pur ; il était normalement coupé d'eau.

47. Hérodote, *Histoires*, III, 8, v. bibl.

48. *L'Incendiaire — Vie de Saül, apôtre*, note 6.

49. C'est ainsi qu'on désignait les sectateurs de Jésus, « ceux qui suivent la voie nouvelle ».

Deuxième partie

50. Le culte de Mithra ou mithraïsme fut l'une des trois grandes « religions orientales » qui firent florès dans le monde romain. Il s'agissait d'un culte à mystères plus que

d'une religion proprement dite, qui proposait « des options complémentaires, non pas des croyances exclusives » (Richard L. Gordon, « Les "religions orientales" dans l'Empire romain », *in Grand Atlas Universalis des religions* (v. bibl.) ; les deux autres étaient le culte de la Grande Mère Cybèle, déesse de la cité phrygienne de Pessinus, en Anatolie, et celui de la déesse égyptienne Isis. Le caractère non dogmatique de ces cultes et l'absence de prédication assura leur coexistence avec la religion romaine, ainsi qu'avec les autres religions de l'Empire, toute notion de rivalité en étant absente. L'origine exacte du mithraïsme reste incertaine ; culte syncrétique évidemment dérivé du zoroastrisme, il a été apparemment marqué par les mystères éleusiens et orphiques, ainsi que par certains autres mythes, comme celui du dieu grec Phanès qui, comme Mithra, était né de l'œuf cosmique. Théologiquement, le mithraïsme fut indéniablement le plus cohérent des cultes orientaux ; fondé sur la célébration d'un ancien dieu de panthéon iranien, Mithra, antérieurement à la réforme opérée par Zoroastre au VIe siècle avant notre ère, il se répandit à partir de l'Orient, Cappadoce, Arménie et Iran, dans tout l'Empire dès le Ier siècle, bien qu'il ait été sans doute antérieur. Exclusivement réservé aux hommes, il gagna la plus grande partie des armées romaines. L'initiation comportait sept degrés, inspirés par les sept planètes alors connues.

Le mithraïsme connut un tel succès qu'on suppose que, sans la conversion de l'empereur Constantin, il eût triomphé du christianisme. Celui-ci lui a d'ailleurs emprunté assez tôt un certain nombre de thèmes, dont la coïncidence entre la naissance du dieu, *Sol invictus*, le Soleil invaincu, que caractérisait entre autres signes un bonnet phrygien, et le solstice d'hiver, le 25 décembre, qui est devenu le Noël chrétien. L'idée de rachat de l'humanité par Mithra lors de sa renaissance annuelle, préfigurée par le mythe du dieu rédempteur également iranien Saoschiant, né d'une vierge, a indéniablement influencé la théologie chrétienne.

51. L'un des points les plus obscurs de la rédaction du Nouveau Testament est sa genèse. Si l'on a pu préciser les dates de la rédaction des versions actuellement connues des quatre Evangiles canoniques et de la plupart des apocryphes (v. *Les Sources*), qui remontent aux environs de l'an 120 pour les canoniques, on ignore, par exemple, celle

à laquelle fut écrite la version dite « Source Q » dans laquelle ont puisé les trois Evangiles synoptiques. Il est évident qu'en 120, les auteurs putatifs des Evangiles canoniques, par exemple, étaient morts depuis plusieurs dizaines d'années et que ni Marc, ni Matthieu, ni Jean, ni Luc ne sont les auteurs des textes qui leur sont attribués. Mais si l'exégèse contemporaine a bien démontré que les textes actuels des canoniques (reconstitués d'après un ensemble de 5 400 fragments manuscrits) sont le produit d'une succession d'ajouts, d'inventions apologétiques et sans doute d'altérations et suppressions ultérieures de scribes et copistes, elle a toutefois indiqué qu'il existe un fonds probablement ancien et sans doute contemporain de Jésus, c'est-à-dire datable des années qui se sont écoulées entre l'an 30-33, celui de la crucifixion, et l'an 70, qui est celui de la destruction de Jérusalem et de la dispersion de la quasi-totalité des manuscrits juifs. La thèse d'une rédaction ancienne a semblé confirmée en 1995 par les travaux du philologiste allemand Carsten Peter Thiede, selon qui les fragments de l'Evangile de Matthieu conservés au Magdalen College, à Oxford, et jusqu'alors datés du début du IIe siècle, sont tracés dans une graphie qui avait disparu à la fin du Ier siècle ; c'est-à-dire qu'ils dateraient des années précédant et suivant immédiatement la destruction de Jérusalem, en 70 donc (les modes d'écriture varient, en effet, selon le temps).

La conclusion de Thiede impliquerait que l'Evangile dit de Marc, dont Matthieu et Luc ont tiré de nombreux éléments, serait donc lui-même antérieur à l'an 70, du moins dans sa première version, aujourd'hui disparue. Déjà daté des environs de l'an 80 (« *The Gospel according to Saint Mark* », *Encyclopaedia Britannica*, v. bibl.), il se trouverait de la sorte ramené aux environs des années 65-70. Un tel rajustement permettrait de mieux combler les lacunes qui entachent l'histoire de l'origine du Nouveau Testament. Il est, en effet, difficile de concevoir qu'entre l'an 30-33 et les dates les plus précoces auxquelles la communauté chrétienne du Ier et du IIe siècle en témoigne connaissance (v. « Résumé des théories actuelles sur les dates de rédaction des Evangiles », *Les Sources*), soit approximativement 120 pour les Evangiles de Matthieu, Marc et Luc, aucun disciple n'ait tenté de fixer par l'écrit les témoignages des premiers apôtres.

Par ailleurs, on ignore quels apôtres auraient, les premiers, entrepris le récit de la vie de Jésus. Percepteur, et donc familiarisé avec l'écriture, Lévi-Matthieu, l'un des deux seuls apôtres originels auxquels on attribue un évangile, est certes un candidat vraisemblable, de même que Thomas, hélléniste et dit le Philosophe, auquel sont attribués un évangile de l'enfance et des Actes, ainsi que l'évangile trouvé à Nag Hammadi, qui porte son nom et qui est parfois surnommé le « cinquième Evangile » ; en ce qui concerne Jean, pêcheur comme son frère Jacques de Zébédée, Cephas, dit Pierre, André son frère, pêcheurs de Galilée, donc guère lettrés en principe, l'affaire est moins certaine : tout au plus peut-on supposer qu'ils auraient dicté à des tiers lettrés les textes qui leur sont attribués, l'Evangile de Jean et les Actes, apocryphes, de Jacques le Mineur (Montague Rhodes James, *The Apocryphal New Testament*, v. bibl.). Il en va de même pour les autres apôtres auxquels sont attribués des textes, tous apocryphes, et d'intérêt le plus souvent mineur, à l'exception du Protévangile de Jacques.

Il semble donc, en résumé, beaucoup plus vraisemblable que, dans les années qui ont suivi la crucifixion, un certain nombre d'apôtres parmi les douze, outre des témoins et des disciples, aient commencé à rédiger des textes sur les faits et les légendes concernant Jésus. Par la suite, ces textes ont été sans doute repris, modifiés et fondus ensemble dans un certain nombre de cas par des auteurs plus lettrés et mieux à même d'utiliser l'écrit à des fins de propagande.

52. Mt., XXI (d'après la traduction d'André Chouraqui), 1-5 ; Zach., IX, 9. C'est un des aspects les moins étudiés, et pourtant des plus significatifs, du ministère public de Jésus que cette mise en scène caractéristique, destinée à organiser une entrée à Jérusalem selon les paroles de Zacharie. Si Jésus envoie deux disciples chercher une ânesse et son ânon, en précisant qu'ils trouveront l'ânesse liée, c'est qu'il est sûr de son fait ; à l'évidence, les deux montures ont été préparées là à son intention par une tierce partie. Ces partisans sont donc aussi certains du succès du couronnement. Et si Jésus cite le prophète, c'est qu'il est certain du succès de l'entreprise, sans quoi il ne s'y fût évidemment pas risqué. En effet, elle n'aurait eu aucun sens, et elle n'aurait servi qu'à démoraliser ses partisans.

La citation de Zacharie est apparemment déconcertante, car elle est en contradiction avec la prédiction qui accompagne l'entrée à Jérusalem selon les paroles que le texte évangélique prête à Jésus : « Nous allons à Jérusalem et le Fils de l'homme sera livré aux chefs des prêtres et aux docteurs de la Loi ; ils le condamneront à mort et le livreront au pouvoir étranger, pour faire l'objet de la dérision et être fouetté et crucifié, et le troisième jour, il ressuscitera. » Mais observons d'abord que cette prédiction supposée, telle que la rapportent les textes évangéliques, est partiellement inexacte, car ce n'est pas le pouvoir romain qui a condamné Jésus, bien au contraire, Pilate ayant d'abord plaidé pour le prévenu, puis ayant cédé au chantage à l'insurrection des sbires du Sanhédrin. Ensuite, il est difficile de concevoir que Jésus ait défiguré en le tronquant le texte triomphal de Zacharie, pratique qui ressemble bien plus à celle d'apologistes déterminés à prouver leur point dans un système de prédestination fataliste qu'à la méthode d'un homme qui connaissait le poids des mots et respectait trop les Livres pour en tirer des citations *ad hoc*. Il faut donc conclure que Jésus a bien utilisé le texte de Zacharie, mais dans son sens originel, et que la prédiction sinistre insérée avant l'entrée à Jérusalem est de celles que Rudolf Bultmann appelle des apophtegmes ; en d'autres termes, que c'est une fabrication *a posteriori*.

53. On doit à plusieurs historiens, à commencer par J. Carmignac, dans son étude *Qui était le Docteur de Justice ?* (v. bibl.) et pour terminer, Jacqueline Genot-Bismuth, dans *Le Scénario de Damas — Jérusalem hellénisée et les origines de l'essénisme* (v. bibl.) d'avoir contribué à préciser la figure, longtemps énigmatique, du Maître de Justice, prêtre de haut rang, fondateur du schisme essénien, mis à mort à la suite d'un conflit avec le chef du clergé orthodoxe de Jérusalem, qu'il accusait de trahison de la foi juive et de syncrétisme hellénistique. Il s'agit de Yosé ben Yo'ézer, qui, de fait, fut crucifié en 159 avant notre ère. Le récit de sa montée au supplice évoque étrangement celui de la montée au calvaire de Jésus : « Yosé ben Yo'ézer marchait [...] traînant une poutre sur le chemin de sa mise en croix » (*Beresit Raba*, 65, 22 ; Theodor, Albeck, III, 741-744 — *cit*. J. Genot-Bismuth *in Le Scénario de Damas*). Les ressemblances ne s'arrêtent d'ailleurs pas là : la version essénienne du Psaume XXXVII, 8-10 introduit une variante de la version de l'Ancien Testament (« Et El lui paiera rétri-

bution pour l'avoir remis entre les mains des tyrans [mis en place] par les *goyim* pour le passer en jugement », variante qui, selon J. Genot-Bismuth, « est la justification du martyre de Yosé ben Yo'ézer comme expression du dessein divin dont le sens est de soumettre à l'épreuve son Zadiq, afin de l'en rétribuer par la vie dans l'au-delà ». On en retrouvera l'écho direct dans les paroles de Jésus lorsqu'il se rend à Jérusalem.

L'identification du Maître de Justice est capitale pour trois raisons. La première est qu'elle permet de préciser l'histoire de la formation de la secte des Esséniens, dont Yosé ben Yo'ézer, le *More Zédeq*, fut bien le fondateur, et non pas un personnage ultérieur à la création de la secte, comme certains l'avaient supposé ; la deuxième est qu'elle permet une lecture plus révélatrice des manuscrits de la mer Morte, dont des spécialistes supposent que certains textes pourraient avoir été écrits par Yosé ben Yo'ézer lui-même. La troisième raison est que le parallélisme frappant entre l'histoire de Jésus et celle du *More Zédeq* évoque irrésistiblement l'hypothèse que Jésus a modelé son personnage et sa mission sur ceux de Yosé ben Yo'ézer. Comme ce dernier, il défie, en effet, le clergé de Jérusalem qu'il accuse des mêmes fautes que celui qu'affrontait le *More Zédeq*, comme lui, il annonce une apocalypse, et comme lui enfin, provoque sa condamnation au supplice.

L'ambiguïté qui entoure le nom de Jésus est à cet égard révélatrice. En effet, aucun des Evangiles n'explique de quelle manière ce nom lui aurait été donné, puisque Matthieu, dans une contradiction déconcertante, commence son Evangile en présentant la généalogie de Jésus, poursuit en disant qu'un ange apparut à Joseph et lui dit que le nom de l'enfant à naître devrait être *Yeshowa*, Jésus, c'est-à-dire « sauveur » selon Matthieu (traduction erronée de l'Evangile, car Jésus, autre forme de Josué, Yosua ou *Yehoshowa*, comme Isaïe : *Yesha'yahou*, Osée : *Hoshea*, et Elisée : *Elisha*, signifie « Yah sauvera », c'est-à-dire « Dieu est salut », ce qui est assez différent), mais, deux lignes plus loin, Matthieu écrit que « tout cela advint pour accomplir ce que le Seigneur déclara par la voix du prophète : La vierge concevra et donnera naissance à un garçon, et il s'appellera Emmanuel, un nom qui signifie "Dieu est avec nous", » (I, 1-24). Marc ne cite nulle part le nom d'Emmanuel. Luc précise que le nom de Jésus fut donné à l'enfant lors de sa circoncision (I, 21). Enfin Jean, comme on sait, commence son Evangile directement au ministère de Jésus et n'évoque pas les circonstances de sa nomination. Reste donc cette énigme : Jésus devait s'appeler Emmanuel et s'appela Jésus. Etant donné la date de rédaction relativement tardive (peu avant ou vers 70) des premières versions des Evangiles canoniques, force est de retenir l'hypothèse que ces textes désignent Jésus sous le nom sous lequel il fut connu publiquement.

La prophétie à laquelle se réfère Matthieu est celle d'Isaïe (VII, 14-15) ; elle est proférée par Isaïe à l'adresse du roi Ahaz, qui affronte une crise politique. Le prophète incite le roi à demander à Yahweh un signe de sa protection, mais le roi s'y refuse. C'est alors qu'Isaïe annonce la venue d'un enfant dans la maison de David :

« *Aussi Adonaï, lui, vous donnera un signe.*
Voici, la nubile sera grosse ; elle enfantera un fils.
Elle criera son nom : "Immanou-El," El est avec nous,
Il mangera du beurre et du miel,
pour qu'il sache rejeter le mal et choisir le bien. »

Les deux derniers vers indiquent à l'évidence que cet enfant n'est pas le Messie à venir, puisqu'il lui faudra manger du beurre et du miel pour distinguer le mal du bien. Ils n'indiquent pas non plus que cet enfant sera conçu miraculeusement. Enfin, incidemment, le mot hébreu qui désigne la mère, *almah*, ne signifie pas spécifiquement « vierge », mais « nubile », c'est-à-dire en âge d'enfanter. Dans cette prophétie, Isaïe se réfère au Psaume XLVI, qui consacre la victoire de Yahweh sur le chaos, à l'occasion du festival du nouvel an :

« *Le Seigneur des armées est avec nous (immanu)*
Le Dieu de Jacob est notre refuge. »

Comme l'observe Gray *(Near Eastern Mythology*, v. bibl.), le message d'Isaïe fut repris par les jeunes femmes qui affrontaient l'épreuve du premier accouchement, afin d'affirmer la victoire de Dieu à l'occasion de la naissance (et, dit Gray, de renouveler le reproche au roi Ahaz de n'avoir pas demandé le signe protecteur à Yahweh). Les commentaires prophétiques sur la naissance de Jésus ne sont donc pas fondés : Emmanuel était traditionnellement un prénom de premier-né ; ce qui concorde avec la version du Protévangile de Jacques sur les circonstances de la grossesse de Marie, jeune fille tout juste nubile ; il s'adapte tout à fait à Jésus, *primogenitus*. Les caractéristiques attachées au prénom Emmanuel renforcent donc l'information que donne Matthieu, même s'il est le seul évangéliste à la donner.

Si Jésus s'appela d'abord Emmanuel, à quel moment prit-il celui de Jésus, *Yeshoua* ou *Yéshu* en hébreu et en araméen ? On l'ignore, mais l'identification du Maître de Justice, Yosé ben Yo'ézer, amène à relever la ressemblance entre Yosé, en hébreu et en araméen *Yousi*, et *Yeshu*. On peut se demander donc si ce n'est pas après avoir appris l'existence du Maître de Justice que Jésus aurait ajouté à son nom d'Emmanuel celui par lequel il fut connu de tous, et qui le rapprochait sensiblement de son modèle.

54. Au début de notre ère, en effet, les zones de peuplement juif moyen en Méditerranée orientale et au Proche-Orient allaient de la Grèce, principalement l'Epire et l'Achaïe, à l'ouest, jusqu'à la Perse à l'est et à l'Arménie au nord, incluant au sud la plus grande partie de la vallée du Nil et une grande portion du Hedjaz actuel, non comprises de larges zones au nord et au sud de Rome et une large portion de la côte de Cyrénaïque, avec Bérénice et Cyrène. La Mésopotamie, où se trouvait Edesse, comme la Bithynie, le Pont, la Galatie, la Cappadoce, l'Arménie, la Syrie, la totalité de l'Empire parthe, Médie, Assyrie, Babylonie, Elam et Hyrcanie, comptaient partout des populations juives disséminées jusqu'au golfe Persique. Les zones de plus forte densité étaient sur les côtes d'Asie, de Cyzique à Tarse, le long de la côte phénicienne, et en Egypte (Nicolas de Lange, *Atlas du monde juif* ; v. bibl.). A Edesse même, la communauté juive prospérait sous la protection de la dynastie royale, sans doute parce qu'elle participait à la richesse de cette ville, grande porte d'accès aux routes de la soie par lesquelles, outre les soieries venues de Chine, transitaient les épices et les coraux de l'Inde, les gemmes de Taprobane (Ceylan), ainsi que diverses autres denrées exotiques. Celles-ci étaient réexpédiées vers Rome et le reste du monde occidental à partir des ports de Phénicie et notamment d'Antioche. Cette communauté jouissait d'assez d'indépendance à l'égard de Jérusalem pour s'être autorisée à traduire en syriaque, dialecte araméen, les principaux Livres de l'Ancien Testament sous une forme simplifiée (la Peshitta), d'ailleurs encore utilisée dans les Eglises chrétiennes actuelles de la

région (rite melkite). On ne possède pas de description socio-psychologique de cette communauté, mais on peut supposer qu'elle était peu encline à accueillir un enseignement prônant la pauvreté, tel que celui de Jésus, et encore moins les fortes connotations apocalyptiques de cet enseignement. De fait, et alors que le judaïsme y florissait, le christianisme n'avait pas encore accédé à la Mésopotamie à la fin du IIe siècle (Maurice Sartre, *L'Orient romain*, v. bibl.), ce qui en dit long sur la résistance religieuse à l'égard de l'enseignement de Jésus.

55. L'Araxe est un fleuve du nord de l'Arménie ; le Pont est la mer Noire.

56. Le nom d'Abgar, qui revient à plusieurs reprises dans la tradition primitive chrétienne, désigne Abgar V Ukkuma (ou Uchomo, le Noir) roi (improprement qualifié de toparque par certains auteurs, le pays étant bien un Etat indépendant) de l'Osrhoène, territoire de Mésopotamie dont la capitale était Edesse, au nord du plateau syrien, l'antique Antioche de Callirhoé, actuellement Urfa ; il régna de 9 à 46 de notre ère. On dénombre vingt-neuf monarques mésopotamiens de la même lignée, qui ont régné sur l'Osrhoène et qui ont porté ce nom. Abgar V est mentionné dans un extrait d'une *Lettre de Tibère à Abgar d'Edesse*, citée par Moïse de Chorène (Mouses Khorenatzi) dans son *Histoire de l'Arménie* (II, 33), texte dans lequel l'empereur romain déclare avoir tenté de faire reconnaître, par le sénat romain, Jésus comme dieu, mais avoir échoué. Le document est à première vue suspect à deux égards au moins ; le premier est l'incertitude qui règne sur l'identité et l'époque de cet auteur (selon certains, il aurait vécu au Ve siècle, selon d'autres, au IXe) ; le second est l'absence de tout document romain d'époque confirmant ou infirmant la prétendue tentative de Tibère, dont l'hostilité aux Juifs est par ailleurs établie. Il convient de n'en retenir que la référence à Abgar, dont le nom, que ce fût au Ve ou au IXe siècle, ne pouvait présenter aucune garantie d'authenticité. Néanmoins, on ne peut rejeter, comme certains l'ont fait, ni la virtualité d'une lettre de Tibère à Abgar, ni l'intérêt de Tibère pour Jésus comme une fabrication pieuse d'auteurs tardifs. Tertullien, apologiste chrétien majeur (fin du IIe siècle-début du IIIe), rapporte comme fait certain que Pilate rendit fidèlement compte à Tibère de la passion de Jésus *(Adversus Judeos*, trad. C. Moreschino, Turin, 1974,

v. bibl.) et que Tibère aurait, en effet, tenté de faire admettre Jésus comme dieu étranger. Cette initiative aurait pu servir l'hostilité de Tibère aux Juifs, tenus pour responsables de la crucifixion de Jésus.

Le nom de ce même roi est repris par un apologiste chrétien majeur, du début du IVe siècle, Eusèbe de Césarée (de Palestine), qui rapporte dans son *Histoire ecclésiastique* (I, 13) que ce roi aurait adressé un messager à Jésus à Jérusalem, pour lui demander de venir le guérir (apparemment d'une maladie de peau chronique) et lui offrir asile en raison des persécutions des Juifs, ce qui situerait l'invitation au moment où les menaces des Pharisiens et autres gens du Temple se précisèrent, c'est-à-dire vers 28 ou 29. Jésus aurait allégué les impératifs de son ministère pour récuser l'invitation, mais aurait adressé au monarque un des soixante-dix (Luc, X, 1) capables d'effectuer des guérisons en son nom. Eusèbe assure avoir lui-même traduit du syriaque en grec la correspondance entre Jésus et Abgar, tirée des Archives royales d'Edesse. Ces épîtres sont publiées par James Montague Rhodes dans *The Apocryphal New Testament* (v. bibl.). Le disciple adressé à Abgar aurait été Thaddée. On suppose (Lipsius, *Die Edessenische Abgarsage*, 1880, v. bibl.) qu'Eusèbe aurait mal traduit le nom d'Addai, moine local, et l'aurait confondu avec celui de Thaddée, l'un des apôtres originels. Incidemment, l'identité de cet Addai est plus que floue : selon la tradition syriaque, il aurait été un disciple envoyé par Thomas lui-même, mais selon d'autres ce serait Tatien, l'auteur de la version des Evangiles dite *Diatessaron* (« *Edessa* », *Enc. Brit.*, 1962, v. bibl.), ce qui implique que ni Jésus ni Thomas n'auraient jamais envoyé à Abgar de disciple de ce nom, puisque la mission de Tatien en Mésopotamie remonte aux environs de 170.

Il n'existe en tout cas aucune raison de supposer qu'Eusèbe ait inventé une histoire d'épîtres, sauf à conclure que tout ce qui n'est pas stipulé par le canon catholique est fabrication. De ce fait, si l'on admet la véracité du récit d'Eusèbe, on est de même conduit à admettre celle de la correspondance entre le monarque et Jésus. Les archives royales d'Edesse n'auraient pas conservé un document également royal, s'il avait été jugé faux.

En tout état de cause, dans le « grand ménage » fait au Ve siècle dans la littérature chrétienne primitive, le pape Gélase et le synode qu'il présida à cet effet rejetèrent ces textes, qu'ils vinssent d'Eusèbe ou d'un autre. Pour la petite histoire, on retiendra que ses successeurs ne firent pas toujours grand cas du décret de Gélase, qui prétendait distinguer entre les Evangiles authentiques et les autres, car au VIIIe siècle le pape Etienne III, élu en 769, fonda l'un de ses sermons sur l'histoire, résumée plus bas, du portrait de Jésus adressé à Abgar. Reste qu'il faut retenir, là aussi, le nom d'Abgar.

Une fois de plus, le nom d'Abgar apparaît dans les *Narratifs syriaques* (L. II), où ce roi, indigné par la crucifixion de Jésus, forme le projet d'attaquer militairement Jérusalem et écrit pour l'en informer, au procurateur Sabinus qui à son tour en informe Tibère, irrité contre les Juifs. La mention du nom du procurateur Sabinus rend toutefois le texte suspect, le seul procurateur romain de ce nom en Orient ayant fui honteusement la Palestine un quart de siècle plus tôt, à cause de ses exactions (Flavius Josèphe, *La Guerre des Juifs*, II, 5, 2, v. bibl.). Les Actes grecs de Thaddée, apocryphes mineurs (M. Rhodes James, *The Apocryphal New Testament*, v. bibl.) et la Doctrine syriaque d'Addai mentionnent également Abgar, dans un nouveau récit : Jésus aurait donné au messager du roi, Ananias, un « portrait » de Jésus, sur un « mouchoir ».

Cela fait donc quatre références à Abgar, du IIe au Ve siècle. On en retrouve une cinquième dans l'*Histoire du portrait d'Edesse*, rédigée en 945 à la cour de l'empereur byzantin Constantin Porphyrogénète, sans compter plusieurs autres, comme celle d'Ordericus Vitalis et de Gervais de Tilbury, chroniqueurs du XIIe siècle. Or cette histoire contraint à une digression. Selon cette légende du portrait, Jésus, apprenant qu'Abgar était gravement malade, aurait essuyé son visage sur un linge, imprimant ainsi ses traits sur le tissu, et l'aurait adressé au monarque. On ignore quelle aurait pu être l'affection du Mésopotamien ; elle semble d'ordre dermatologique. Certaines versions parlent à son sujet de « lèpre », terme utilisé à l'époque pour toutes les affections à lésions, et le surnom de « Noir » qui lui est donné semble aussi l'indiquer ; on est à cet égard tenté d'évoquer, par exemple, un lupus érythémateux. Abgar aurait appliqué le linge sur sa propre figure et aurait guéri ; par la suite, il se serait converti. Le récit comporte tous les traits extraordinaires d'une légende. Incidemment, bien que le texte grec des Actes de Thaddée use spécifiquement du mot *mandylion*, μανδιλιον, qui désigne un tissu de petites dimensions, une succession de spéculations récentes a tendu à confondre ce *mandylion* avec un *soudarion* ou linceul et, notamment, avec l'artefact connu sous le nom de suaire de Turin. Le *mandylion* en question évoque évidemment avec force le célèbre voile de Véronique (en fait la Bérénice des Actes de Pilate, Berenikê étant devenue Véronique), et il semble qu'il y ait là un typique mélange évolutif de légendes. Reste qu'il semble bien y avoir eu un linge portant ou non un portrait de Jésus et que la présence d'Abgar est bien trop fréquente et tenace dans les textes anciens pour qu'on le rejette parmi les fabrications pieuses.

Le projet du monarque d'attaquer Jérusalem paraîtrait à première vue indiquer que celui-ci ignorait que Jésus avait survécu au supplice ; en fait, il peut tout aussi bien être interprété comme l'expression de son indignation, indépendante de la survie de Jésus, la crucifixion étant une peine infamante réservée aux assassins et aux voleurs. Rien ne permet d'exclure que Jésus, par la suite, se soit rendu à Edesse. Il s'en faut que tous les documents antiques nous soient parvenus, et encore plus ceux qui ont trait à l'histoire de Jésus. On a, au contraire, des raisons de penser qu'un document relatant un passage de Jésus à Edesse plusieurs mois après la crucifixion aurait été détruit. Il n'est sans doute pas fortuit que les seuls textes et documents formellement relatifs à l'existence de Jésus après la crucifixion aient été asiatiques.

57. *L'Homme qui devint Dieu*, t. I.

58. La tradition chinoise fait remonter la consommation du thé à l'époque mythique du tout aussi mythique empereur Shên Nung, soit vers 2737 avant notre ère. Le premier document écrit qui en fasse mention est l'*Erh Ya* ou *Dictionnaire ancien*, de Kuo P'o, qui date de l'an 350 (« *Tea* », *Enc. Brit*, 1994). La version la plus communément admise est que la consommation de thé commença deux ou trois siècles avant notre ère dans le Seu-Tch'ouan, d'où elle gagna le reste de la Chine, puis de l'Asie.

59. La clef d'un rite fondamental mithraïque, le sacrifice d'un taureau lors des cérémonies initiatiques, a été fournie par la découverte fortuite d'un phénomène naturel, lors de la campagne de fouilles effectuée, en 1973-1974, à Césarée, le port construit au Iᵉʳ siècle avant notre ère par Hérode le Grand. Lors de ces fouilles, en effet, on

mit au jour une centaine de caves destinées à servir d'entrepôts portuaires. Dans l'une de ces caves, de nombreux vestiges, dont des fresques, un médaillon de marbre sculpté montrant le dieu Mithra égorgeant le taureau, et un autel, indiquaient qu'au IIIe siècle elle avait été convertie en *mithraeum*, c'est-à-dire en lieu de culte, sans doute par des soldats mithraïstes en garnison à Césarée. Cette cave avait été percée d'une ouverture circulaire dans sa voûte, à brève distance de l'autel. Lors des fouilles, les archéologues s'aperçurent que le rayon de lumière qui passait par cette ouverture se déplaçait, fort normalement, de jour en jour, mais surtout que juste après l'heure de midi, le 21 juin, date du solstice d'été, il tombait exactement sur l'autel, qu'il illuminait. Ce qui indiquait à l'évidence que le rite mithraïque comportait une composante astronomique essentielle : l'ouverture avait été calculée avec précision pour célébrer le retour du dieu de la Lumière, Mithra, *Sol invictus*. Le sacrifice du taureau s'explique par la découverte de la précession des équinoxes et, plus spécifiquement, du fait que le point vernal, qui correspond à l'équinoxe de printemps, l'un des deux seuls jours où la course du Soleil autour de la Terre s'effectue exactement le long de l'équateur céleste, s'était autrefois situé non pas dans la constellation du Bélier, comme c'était encore le cas à la naissance du mithraïsme, mais dans celle du Taureau. Le glissement du zodiaque tangentiellement à l'équateur céleste, décrit pour la première fois par l'astronome grec Hipparque en 128 avant notre ère, et qui fait que, chaque deux mille cent soixante ans environ, le point vernal change de signe, fut une révolution scientifique, intellectuelle et religieuse. Il fut, en effet, interprété comme la conséquence d'une volonté divine, celle d'un Créateur qui faisait tourner la roue du zodiaque. Ce glissement impliquait aussi que le Créateur avait « sacrifié » la constellation du Taureau ; en conséquence, le rite mithraïque sacrifiait aussi un taureau.

Ainsi se vérifiait, dix-sept siècles plus tard, la notation de Porphyre selon laquelle chaque *mithraeum* était une représentation du cosmos (*Lettre à Marcella — Pros Markellan*, v. bibl.). Le détail des recherches et analyses archéologiques de la découverte du *mithraeum* de Césarée a été exposé par Robert J. Bull, « *The Mithraeum at Caesarea Maritima* » (in « *Etudes mithraïques* », v. bibl.), et par David Ulansey dans *The Origins of the Mithraic*

Mysteries : Cosmology and Salvation in the Ancient World (v. bibl.).

Il est plus que probable, sinon certain, que Jésus était au fait de cette symbolique zodiacale qui, en tout état de cause, imprègne une vaste part de la littérature chrétienne primitive, comme le démontre Jean Daniélou dans le chapitre VIII, « Les douze apôtres et le zodiaque », de son livre *Les Symboles chrétiens primitifs* (v. bibl.). Le chiffre douze, censé définir le nombre des apôtres (chiffre dont j'ai démontré le caractère également symbolique, les apôtres ayant été au moins quatorze, sans compter les soixante-dix ou soixante-douze, selon les versions, désignés plus tard par Jésus), correspond aux douze signes du zodiaque ; Daniélou cite, parmi de nombreux exemples, un texte d'Hippolyte, évêque (de siège inconnu) de la première moitié du IIIe siècle : « Lui (le Sauveur), Soleil, une fois qu'il se fut levé du sein de la Terre, a montré les douze apôtres comme douze heures, car c'est par elles que le Jour se manifestera, comme dit le prophète : c'est le Jour qu'a fait le Seigneur. » « Ce texte ne saurait être plus explicite », écrit Daniélou. Cette mystique symbolique imprégnait d'ailleurs l'ensemble des courants judaïques hétérodoxes du Ier siècle, dont le gnosticisme. Dans un texte singulier des *Ecrits pseudo-clémentins*, il est dit que Jean-Baptiste avait trente disciples, « nombre incomplet, tout comme pour la Lune, dont la révolution laisse incomplet le tour du mois » (Daniélou, *op. cit.*) ; et ce texte fait reproche au Baptiste d'avoir compté parmi ses disciples la fameuse Hélène, compagne du gnostique essénien Dosithée, désigné par certains comme un Messie, puis du disciple de celui-ci, Simon le Magicien, autre Messie auprès duquel elle fut, justement, identifiée à la Lune.

Jésus et ses disciples ont donc eu non seulement connaissance de cette symbolique (comme en témoigne le fait que « la Passion qui a été subie par le douzième éon est signifiée par l'apostasie de Judas, qui est le douzième des apôtres », Irénée, *Adv. Haeres.*, I, 17, v. bibl.), mais ils ont encore tenté de s'approprier la clientèle mithraïque en prolongeant sa symbolique. En effet, à l'époque du ministère de Jésus, la période de deux mille cent soixante ans qui correspondait au signe du Bélier, suivant celui du Taureau, et qui avait commencé quelque deux mille ans plus tôt, était près de s'achever ; dans la symbolique selon laquelle l'animal du signe écoulé devenait l'animal sacrificiel, celui-ci devenait donc le bélier, représenté chez les chrétiens par sa forme juvénile, l'agneau. En atteste, entre maints autres, le passage de l'Apocalypse où Jean décrit une vision dans laquelle cent quarante mille personnes avaient « le nom de l'Agneau et celui de son Père écrits sur le front » (XIV, 1) ; c'est une référence évidente au signe de Mithra qui était justement gravé sur le front des initiés. D'où, évidemment, l'identification de Jésus à l'Agneau. Mais l'ère du Bélier s'achevant aussi, le nouveau signe était celui des Poissons, que les chrétiens adoptèrent dès le IIe siècle.

L'effort concerté de récupération du mithraïsme par le christianisme naissant n'est nulle part plus évident que dans la mosaïque du IIIe siècle qui se trouve dans les caves de Saint-Pierre de Rome, connue sous le nom de *Christos Helios*, et qui montre l'identification de Jésus au *Sol invictus* qu'incarnait Mithra, monté sur le char d'Apollon, et, ultime récupération, entouré des pampres de Dionysos, patron des mystères dionysiaques. Parmi d'autres signes, on citera incidemment le disque solaire gravé des lettres *chi* (χ pour la croix) et *rho* (ϱ pour rédempteur) dont le futur empereur et converti Constantin eut la vision à la bataille du pont de Milvius, et dans lesquelles il avait déchiffré la devise « *In hoc signo vinces* ».

60. Mithra, dieu indo-aryen, demeura un dieu mineur jusqu'à l'avènement du mithraïsme, probablement en Anatolie. Dans l'Inde védique, et plus tard en Perse, il n'était qu'un personnage secondaire du panthéon, asservi au dieu unique Ahura Mazda. Mais à partir du IVe siècle les souverains iraniens le choisirent comme leur protecteur désigné, et dans le sillage de leurs conquêtes Mithra prit une place prépondérante que ne lui avait certes pas attribuée la réforme de Zoroastre, lors de la création du mazdéisme, premier monothéisme véritable de l'histoire ; ce fut ainsi que se forma le mithraïsme. Il n'en demeurait pas moins que l'origine de Mithra était mazdéenne et que, de façon plus ou moins explicite selon les divers courants de cette religion, les mithraïstes reconnaissaient son allégeance au grand dieu Ahura Mazda.

61. Ceux qu'on appelait en grec les gymnosophistes, ou « sages dévêtus », sont ceux que, dans la religion jaïna, on appelle les « hommes vêtus d'air », qui ne tolèrent que la nudité absolue, ce qui n'est pas le cas des bouddhistes. Les traces de la connaissance orientale et méditerranéenne de

l'Inde dès le VIe siècle avant notre ère et de la présence du bouddhisme en Méditerranée orientale dès le IIIe siècle avant notre ère sont nombreuses, mais hélas ! méconnues de bien des contemporains. Au VIe siècle, le géographe Hécatée de Milet cite des passages du récit du voyageur Skylax sur son périple d'exploration le long de l'Indus. Au Ve siècle, Ctésias, médecin grec qui vécut à la cour d'Artaxerxès Mnémon, rédige un livre, aujourd'hui presque entièrement perdu, l'*Indika*, sur l'Inde. A la fin du IVe siècle avant notre ère, Mégasthènes, envoyé en ambassade auprès du roi hindou Chandragupta, sur les bords du Gange, écrit également un livre sur l'Inde (« *Map* », *Enc. Brit.*, et Daniélou, *Histoire de l'Inde*, v. bibl.) La connaissance du bouddhisme est consécutive à la découverte de l'Asie inaugurée par les campagnes d'Alexandre et à l'hellénisation des pays passés sous la domination des Séleucides. Vers la fin du IVe siècle et le début du IIIe siècle avant notre ère, deux Grecs résident à la cour du roi Maurya Bindusara, Deimachos, ambassadeur d'Antiochos Ier Sôter de Syrie, et Dionysos, ambassadeur de Ptolémée II Philadelphe d'Egypte. Il existe ainsi des références de gymnosophistes (« philosophes nus »), presque certainement des jaïnas qui se trouvaient dans la suite d'Alexandre, on ne sait si c'est par esprit missionnaire ou bien captifs, à son retour en Occident. Après les rapports souvent extravagants de Mégasthènes (descriptions d'hommes ayant les pieds à rebours et huit orteils à chaque pied...), repris sans méfiance par Strabon, Pline offre enfin au monde romain une description plus raisonnable des pays d'Asie. Le plus important effort de dissémination du bouddhisme vers l'ouest fut le fait de l'empereur Asoka, qui régna sur le sous-continent indien de 274 à 236 avant notre ère et qui expédia des missionnaires bouddhistes en Occident, à Antiochos II de Syrie, à Ptolémée Philadelphe, à Antigonos Gonatas de Macédoine (Edward Conze, *Le Bouddhisme*, v. bibl.) ; il proclama dans ses édits que, « même dans les pays lointains, la loi bouddhique a des adeptes » et Eusèbe, citant Aristoxène, raconte qu'un Indien avait rencontré Socrate et lui avait demandé quel était le but de sa philosophie : « L'étude du phénomène humain », aurait répondu Socrate. L'Indien aurait ri et dit : « Comment un homme pourrait-il comprendre le phénomène humain alors qu'il ignore les phénomènes divins ? » (Daniélou, *op. cit.*). Au IIe siècle avant notre ère, il existait ainsi des écoles bouddhistes ou *mahavihara* à Alexandrie, et Dion Chrysostome rapporte la présence d'Indiens et de « Bactriens » (en fait, les Kushânas, convertis au bouddhisme), entre autres, aux festivités d'Alexandrie sous le règne de Vespasien (69-79), donc au début de l'ère chrétienne (Dion Chrysostome, v. bibl.). Il existe aussi des références aux traditions bouddhistes chez les Pères de l'Eglise : « *Buddhism* », in *Encyclopaedia Britannica*, v. bibl. La présence de moines bouddhistes en Mésopotamie est donc certaine. Les routes des idées suivant celles du commerce, la présence d'objets asiatiques dans les provinces les plus occidentales de l'Empire (Cécile Beurdeley, *Sur les routes de la soie*, v. bibl.) démontre que l'Occident était moins ignorant des grands mouvements religieux de l'Asie qu'on a longtemps voulu le croire.

62. Dès le VIe siècle avant notre ère, l'araméen avait été la langue officielle de tout l'Empire perse, qu'il avait donc imposée au Gandara et aux provinces indiennes sous sa domination (Daniélou, *Histoire de l'Inde*, v. bibl.). Pratiqué de l'Inde à la Perse et au Turkestan chinois, il était donc parlé sur la plus grande partie de la Route de la soie. L'écriture même, le kharoshti, était dérivée de l'araméen, et un voyageur palestinien n'aurait donc pas eu plus de peine à le comprendre et le lire qu'un Espagnol, par exemple, n'aurait de peine à comprendre le portugais.

63. Dans la forme succincte résumée dans le récit du moine voyageur, il s'agit là de la première des grandes traditions bouddhistes, celle de la Theravada, qui ne fut fixée sous une forme canonique que vers la fin du IIe siècle de notre ère.

64. Les préceptes bouddhiques originels sont contenus dans la *Vinaya Pitaka*, les règles de la vie monastique sont contenues dans la *Patimokkha*. Ces règles s'appliquèrent aux femmes à l'origine, pour lesquelles existaient des couvents. Ceux-ci ont disparu vers le Xe siècle, et les efforts entrepris au XXe siècle pour les rétablir n'ont guère abouti (« *Buddhism* », *Enc. Brit.*, v. bibl.).

65. La première citation est de la *Kama Sutta*, la seconde, de la *Tissametteya Sutta*, toutes deux contenues dans le chapitre des Huit [prescriptions], *The Sutta-Nipâta*, collection de textes du canon pali de la Theravada, v. bibl.

66. L'usage de l'opium remonte au néolithique. Il pouvait, selon l'historien du Ier siècle Dioscoride, être consommé sous forme d'infusion.

67. C'est Origène qui rapporte, de manière non figurative, que Jésus avait été un « grand lutteur » *(« Contra Celsum »*, I, 69, v. bibl.). Il est le seul à mentionner ce détail, sans doute transmis par tradition, mais que le reste de la littérature chrétienne primitive ignore, peut-être parce qu'il évoque la pratique d'un sport, ce qui était peu conforme pour certains avec l'image d'un personnage exclusivement voué à la spiritualité.

68. Allusion au surnom des deux fils de Zébédée, Jacques et Jean, « Boanergès », censé signifier « Fils du Tonnerre ».

69. C'est un des points obscurs des débuts du christianisme que le fait que le Conseil de Jérusalem, qui représenta l'embryon de l'Eglise primitive, semble n'avoir comporté que ces cinq apôtres-là, les seuls qui exercent apparemment une activité évangélique soutenue. Au début des Actes, qu'il a rédigés d'ailleurs sur des témoignages composites, dont plusieurs sont de deuxième main (d'où la mosaïque de styles qui caractérise son texte), Luc cite, chacun par son nom, les onze apôtres demeurés après la défection de Judas Iscariote, et mentionne l'élection de Matthias à la place laissée vacante par le suicide de ce dernier (I, 12-14). Il ne les désigne plus ensuite que par les termes « les Douze » ou « les Apôtres ». Toutefois, dans la suite de son récit, plus aucune mention spécifique n'est faite d'André, Matthieu, Matthias, Bartholomé, Thaddée, Simon le Zélote, Judas de Jacques ni Nathanaël, non plus que de Thomas, ce qui est déconcertant (sauf pour Thomas, évidemment, parti pour l'Asie). Les seuls que le Sanhédrin juge bon de faire arrêter, par exemple, sont Pierre, Jean, et Jacques de Zébédée, qui sera d'ailleurs décapité, sur l'ordre présumé d'Hérode Agrippa Ier, roi de Judée et de Samarie (donc entre 41, date de la nomination par Caligula de cet Hérodien à la royauté, et 44, date de sa mort). L'effacement, sinon l'absence des autres apôtres de la chronique et des rapports de Luc devrait s'expliquer soit par leur départ de Palestine, soit par le peu de succès de leur apostolat. La conclusion en est qu'il se constitua, de fait, sous l'égide de Jacques, nommément désigné par Jésus, un noyau dur qui fut le fondement du Conseil de Jérusalem. C'est avec les seuls membres de ce Conseil,

d'ailleurs, que Saül eut à en découdre lors de ses missions en Méditerranée et de son retour à Jérusalem.

A l'exception de Thomas, qui était donc parti pour l'Asie, on peut se demander où étaient les autres, Matthieu, Simon le Zélote, Jacques d'Alphée, Judas de Jacques, Nathanaël, Bartholomé et Thaddée.

70. L'actuelle Balkh, Bakhtri en persan, capitale de l'ancien royaume de Bactriane, dans l'actuel Afghanistan.

71. L'hindouisme, évidemment très résumé.

72. Le jinisme, *id.*

73. Le taoïsme, *id.*

74. Zarathoustra en iranien ancien ou Zoroastris (Ζωροαστρηξ,) dans la version grecque qui a produit la française, Zoroastre, Zardushi ou Zardusht en persan moderne, fut vers le VIe siècle de notre ère (le VIIIe selon certains auteurs) le réformateur de la religion indo-aryenne des Aryas, dont il réduisit le panthéon à deux entités principales, un dieu bon, Ahura-Mazda (également écrit Ahuro Mazdao, Ormazd ou Ormuzd), ou « Seigneur bienveillant », et un dieu mauvais, maître de la mort et des esprits malfaisants, les asuras, Ahriman. Le reste des dieux des Aryas fut relégué à des rangs inférieurs et, en particulier, les anciens dieux secondaires ou daevas furent poussés dans les sphères infernales. Zoroastre fut donc le premier fondateur du monothéisme systématique aussi bien que du dualisme qui devait marquer de son sceau l'ensemble de la pensée gnostique du Moyen et Proche-Orient, jusqu'aux esséniens et, ultérieurement, aux Cathares européens. Il subsiste de nos jours, surtout en Iran, sous le nom de mazdéisme. Zoroastre est censé avoir reçu son enseignement au cours de visions et de conversations avec Ahura-Mazda lui-même et les archanges qui l'entouraient. Le système théologique du zoroastrisme comprend la survivance de l'âme après la mort, la recherche de la pureté et du salut, ainsi donc que les anges et les archanges (auxquels les Pharisiens, incidemment, étaient les seuls Juifs à croire). Le feu purificateur, symbole de la lumière, est un des éléments principaux du culte zoroastrien ; c'était une faute grave que de le laisser s'éteindre.

Une des légendes qui entourent la naissance de Zoroastre est qu'il serait né dans une grotte, conçu de la semence céleste tombée dans le sein de sa mère vierge. L'existence historique de Zoroastre est toutefois établie matériellement. Dans un livre tardif, le *Shah Nama*, qui date du XIIIe siècle, il est dit qu'il fut assassiné par les envahisseurs touraniens lors de la prise de Bactres, où se trouve son tombeau selon la tradition ; la première de ces allégations est douteuse, car le prophète lui-même rend hommage aux Touraniens, qui étaient ses plus fidèles disciples (étant donné la date de sa composition, le *Shah Nama* attribue apparemment la qualification de « touraniens » à des populations en fait originaires de Turquie, comme on le faisait depuis le VIe siècle).

Le mithraïsme, ou culte du dieu Soleil Mithra, dont le succès faillit éclipser le christianisme jusqu'à l'établissement de l'Empire romain d'Orient et à la conversion de Constantin, est une résurgence de la religion indo-aryenne telle qu'elle avait été avant la réforme de Zoroastre. Il faut rappeler à ce sujet que la réforme zoroastrienne n'élimina pas entièrement, ni partout, l'ancienne religion indo-aryenne. Les armées romaines, qui comptaient des proportions importantes de recrues étrangères, contribuèrent à coup sûr à l'expansion du mithraïsme, religion d'honneur et d'héroïsme, mais la résurgence de celui-ci date du IVe siècle avant notre ère, c'est-à-dire qu'elle est très antérieure à l'expansion de l'Empire. Il paraît plus probable que le succès du mithraïsme en Méditerranée orientale, et ultérieurement dans l'ensemble du monde romain, soit surtout dû aux conquêtes d'Alexandre ; c'est, en effet, dès le début de la période post-alexandrine qu'on voit apparaître en Asie Mineure des représentations de Mithra sous les traits des dieux grecs Apollon et Helios (Manfred Lurker, *Lexikon der Götter und Dämonen ; Dictionary of Beliefs and Religions* ; « Bactria », « Balkh » et « Zoroaster », *Enc. Brit., Grand Atlas Universalis des Religions*, v. bibl.).

75. Simon le Magicien, disciple de Dosithée.

76. La réalité d'un contact prolongé, l'égal d'un enseignement, entre Saül-Paul et les Esséniens de Kochba est un point essentiel de l'histoire du christianisme. Rejetée, sinon tournée en dérision par certains, l'hypothèse a été renforcée par l'étude d'un manuscrit de la mer Morte, le *Miqsat Ma'ase Ha-Torah*, désigné par les initiales MMT, qui a été au centre d'un débat philologique, exégétique et finalement juridique comme il en a abondé dans l'histoire déjà longue des manuscrits de la mer Morte. Il avait, en effet, été traduit depuis 1959 par John Strugnell et Elisha

Qimron, et conservé trente-cinq ans sous le boisseau jusqu'à ce que le Pr Ben Zion Wacholder et son assistant Martin Abegg décidassent de forcer un blocus largement déploré par la communauté des hébraïstes et des lettrés intéressés par la publication des manuscrits, non seulement pour le MMT, mais pour le reste des textes. Wacholder et Abegg, avec le soutien d'autres spécialistes, publièrent, en effet, le MMT au défi des droits d'auteur invoqués par Strugnell et Qimron.

Le texte, qui commence par les mots « *Elleh miqsat debareynou* » (« Voici quelques-unes des paroles ») énumère vingt prescriptions religieuses ou *halakhot*. L'intérêt spécifique par rapport à l'exégèse néo-testamentaire en réside dans la traduction du titre qui lui a été conféré, selon les mots cités dans la troisième ligne du texte ; certains experts, tels Strugnell, de scandaleuse mémoire (il se distingua par une déclaration à la presse où il vitupérait la religion juive, qui précéda de peu son départ de la direction des travaux sur les manuscrits de la mer Morte), et Qimron, les traduisent par « prescriptions juridiques de la Torah », d'autres par « œuvres pertinentes de la Loi ». Mais selon Abegg, ces mots sont les équivalents des termes grecs *ergon nomou*, « œuvres de la Loi », que Paul et lui seul dans toute la littérature néotestamentaire utilise dans ses Epîtres (Rom., III, 20, 28 et Gal., II, 16 ; III, 2, 5, 10). Par ailleurs, affirme Abegg, les termes « *Miqsat Ma'ase Ha-Torah* » n'apparaissent non plus nulle part ailleurs dans la littérature rabbinique des Ier et IIe siècles *(Biblical Archaeology Review*, vol. 20, n° 6, 1994, v. bibl.).

La coïncidence de cette unicité, dans les MMM et dans les Epîtres pauliniennes, n'est pas seulement dans les termes cités plus haut, mais également dans leurs contextes respectifs, qui sont symétriquement opposés ; et c'est ce qui la rend exceptionnellement significative. Le MMT énumère les prescriptions de la Torah et spécifie que leur transgression expose le pécheur à la calamité (Elisha Qimron et John Strugnell, *Qumran Cave 4. V Miqsat Ma'ase Ha Torah — Discoveries in the Judaean Desert* ; Oxford University Press, II, 12). Paul de son côté prend en deux passages de ses épîtres l'exact contre-pied de ces prescriptions : « Aucun être humain n'est absous par les œuvres de la Loi, mais seulement par la foi en Jésus Christ » (III, 16), et « Tous ceux qui se fondent sur les œuvres de la Loi sont soumis à la malédiction » (Gal., III, 10).

Force est donc de conclure que Saül-Paul a bien eu connaissance du *Ma'ase Ha-Torah* dans la version qui nous en est parvenue, sinon d'autres textes esséniens dont il aurait conservé la mémoire de la lettre et de l'esprit. Deux déductions en découlent. La première est que Saül-Paul n'a pu avoir connaissance de ces textes qu'auprès des Esséniens eux-mêmes, en Syrie, c'est-à-dire en 34, puis en 37-38, au cours de ces mystérieux séjours « en Arabie », sur lesquels il se montre fort peu disert (v. *L'Incendiaire — Vie de Saül, apôtre*, note 104). Il est plus que probable qu'il aura donc été, à Kochba, en contact avec le maître essénien Dosithée, réfugié là, qui lui aura fait connaître ces textes d'obédience strictement mosaïque. La seconde est que Saül a par la suite intégralement rejeté, puis attaqué avec la virulence dont témoignent ses Epîtres, l'enseignement de la Torah tel qu'il est défini, entre autres, dans le *Ma'ase Ha-Torah*. C'est-à-dire qu'en l'espace d'une dizaine d'années Saül a accompli deux volte-face déroutantes, la première transformant l'ancien policier persécuteur des Nazaréens en adepte des Nazaréens, tous d'obédience mosaïque, il faut le souligner, la seconde transformant le néophyte nazaréen en ennemi juré de la foi juive mosaïque traditionnelle.

L'analyse d'Abegg prête donc un relief encore plus fort à la stratégie politique de Saül-Paul, et elle explique encore mieux l'hostilité croissante que lui témoigna le Conseil de Jérusalem, embryon de l'Eglise primitive qui se voulait, elle, d'obédience strictement mosaïque.

77. Les exorcismes selon des rituels magiques étaient pratiqués en Egypte, notamment depuis le Moyen et le Nouvel Empire. En atteste la stèle déchiffrée en 1847 par Prisse et publiée dans *Monuments égyptiens* ; on y voit le pharaon Ramsès II, au cours d'un voyage à Thèbes, dans la quinzième année de son règne (1279 avant notre ère) désigner un médecin, « savant des choses » *(Rekh khet)*, pour aller exorciser, dans le royaume de Bekhten, Bent-ent-resht, la sœur cadette de son épouse Raneferu. Mais ce médecin arrivant au chevet de la malade, qui était possédée, se trouva sans pouvoir sur le démon qui l'habitait. Alerté par le prince de Bekhten, Ramsès II se rendit alors au sanctuaire du dieu Khonsu Neferhetep et lui demanda d'intervenir. Le dieu ayant accepté, sa statue fut embarquée sur un navire, suivie par d'autres navires qui portaient les statues d'autres dieux, et elle fut transportée au

chevet de la malade. Le démon reconnaissant la puissance supérieure de ce dieu quitta alors le corps de la princesse Bent-ent-resht. Ce récit témoigne éloquemment de la présence, en Egypte, d'exorciseurs, de la pratique et de la technique d'exorcismes par la médiation des dieux, alors que les notions de possession et d'exorcisme étaient encore inconnues des Hébreux, comme en témoigne l'Ancien Testament. Dans le monde gréco-romain, l'exorcisme est exclu du domaine religieux proprement dit et entre dans celui de la magie, c'est-à-dire de la pratique personnelle de manœuvres avec les puissances surnaturelles, ce qui, pour les Romains, est de la superstition et est illicite. Le schéma de l'exorcisme magique dans la culture hellénistique est le même que dans le Nouveau Testament : le démon ne cède à l'exorciseur que si la puissance de celui-ci lui est supérieure. La pratique de l'exorcisme était généralement considérée avec méfiance, car il n'existait pas de moyens de savoir si l'exorciste n'était pas lui-même un complice des puissances infernales ; d'où les accusations de magie adressées à Jésus (E.A. Wallis Budge, *Egyptian Magic* ; John M. Hull, *Hellenistic Magic and the Synoptic Tradition*, v. bibl.).

78. L'exorcisme par les sept voyelles (α, ε, η, ι, ο, ν, ω), qu'on retrouve à l'époque sur de nombreuses amulettes gravées, souvent triangulaires, est un reflet du syncrétisme caractéristique du gnosticisme, dont dériva l'essénisme. Les voyelles en question, qui contiennent les trois voyelles du nom de Dieu en hébreu, Yah, font également référence aux sept archanges de Dieu et aux sept ciels de la mythologie égyptienne (Wallis Budge, *Egyptian Magic*). Ces amulettes servaient de support à une thaumaturgie fondée sur l'autorité de l'exorciste-guérisseur et sur une relation tenant sans doute, au moins partiellement, de l'hypnose.

79. Le point de vue que je prête ici à Dosithée est le même que celui de Matthieu, qui ne considère pas les prodiges et les exorcismes comme signes garants d'une puissance divine, ainsi que l'a clairement démontré Hull (*Hellenistic Magic, op. cit.*, v. bibl.). Instruits dans la thaumaturgie, d'où le nom de thérapeutes qui leur était donné en Egypte, les Esséniens ne tenaient pas non plus les guérisons et exorcismes pour révélateurs d'une mission divine.

80. Le silence réciproque et complet des textes esséniens à l'égard de Jésus, aussi bien que des textes néo-

testamentaires à l'égard des Esséniens, témoigne de la méfiance, sinon de la désapprobation qui séparaient Esséniens et Nazaréens, et que reflète la déconcertante question adressée à Jésus par Jean le Baptiste depuis sa prison de Machéronte, par l'intermédiaire de ses disciples : « Es-tu celui-là que nous attendions, ou bien doit-il en venir un autre ? » Les hypothèses du jésuite espagnol José O'Callaghan selon lesquelles les manuscrits grecs de la grotte 7, d'ailleurs quasiment indéchiffrables, dériveraient des manuscrits de Marc, des Actes, des épîtres aux Romains, de I Timothée et de II Pierre, de l'Epître à Jacques, ont été rejetées par l'ensemble des spécialistes (? *Papiros neotestamentanos en la cueva 7 de Qumrân* ?, et, *adv.*, C.H. Roberts, *On some Presumed Papyrus Fragments of the New Testament from Qumrân*, v. bibl.). Seul demeure un silence qui ne peut s'expliquer, du côté essénien, que par l'exhortation de Jésus, répétée en maints lieux, à dépasser les prescriptions étroites de la Torah, exhortation inadmissible pour la doctrine essénienne.

81. L'actuelle Baghlan, sur l'Oxus, en Afghanistan, Begrâm fut un des principaux carrefours des routes de la soie ; de là partaient, en effet, la route qui traversait le nord de l'Inde et celle qui, longeant l'Indus, descendait jusqu'à la mer d'Oman (v. carte p. 499).

82. L'actuel Amou-Daria.

83. v. carte p. 499.

84. La mer Hyrcanienne est l'actuelle Caspienne (autre nom que lui donnèrent les Romains, d'après celui des Caspi, peuplade qui vivait sur ses rives). L'affluent de l'Oxus, dont parle Pline avec précision, a depuis lors disparu, lors des nombreux avatars subis depuis vingt siècles par la mer d'Aral et la Caspienne.

85. *Sutta Nipata*, VI, « Le chapitre du Chemin vers l'au-delà », v. bibl.

86. L'une des singularités les plus frappantes, mais jamais relevée par aucun historien, est qu'après son retournement sur le chemin de Damas Saül ne va pas en faire profession auprès des seuls témoins qui aient quelque autorité en ce qui concerne l'enseignement de Jésus, mais auprès des Esséniens et Nazaréens de Kochba. Aucun évangile, canonique ou apocryphe, ne rapporte aucune tentative de Saül pour se mettre en rapport avec le Conseil de Jérusalem. Seuls les Actes, écrits tardivement et rédigés par plusieurs auteurs, avancent qu'à son retour de

Jérusalem Saül « tenta de se mettre en rapport avec le groupe des disciples qu'il y avait là, mais [qu'] ils avaient tous peur de lui, parce qu'ils ne croyaient pas qu'il fût réellement converti. » Ç'aurait été Barnabé qui, finalement, l'aurait présenté aux disciples, sur la foi du récit de la vision de Saül sur le chemin de Damas, et de ses allégations de prêches en faveur de Jésus à Damas. Après quoi, toujours selon les Actes (IX, 26-30), Saül serait resté avec les disciples, « circulant librement à Jérusalem », et il aurait parlé « ouvertement et courageusement au nom du Seigneur, parlant et débattant avec les Juifs hellénisés ». Mais une entité mystérieuse, désignée par le seul pronom « ils » et représentant sans doute le clergé de Jérusalem, aurait projeté de tuer Saül, et les disciples l'auraient alors escorté à Césarée et dépêché à Tarse. Cette version des faits laisse toutefois sceptique pour plusieurs raisons. La première est que Saül aurait été en peine de parler « courageusement et ouvertement au nom du Seigneur », étant donné que, s'il était rentré directement de Damas après la prétendue vision (v. *L'Incendiaire — Vie de Saül, apôtre*), il n'eût su qu'en dire, puisqu'il en ignorait tout, à commencer par l'enseignement ; il n'existe à ce jour aucun texte qui permette de savoir où Saül aurait été instruit de cet enseignement. La deuxième est qu'il n'y avait pas de raison qu'il restreignît son audience aux Juifs hellénisés ou hellénistes, étant donné qu'il se présentait comme un disciple du maître Gamaliel, qui n'était certes pas un helléniste. La troisième raison est qu'en tant qu'officier renégat de la police du Temple il n'eût pas séjourné vingt-quatre heures dans une ville telle que Jérusalem, truffée d'espions de cette police, sans être rapidement en butte à la vindicte du Temple ; celle-ci eût pu commencer par l'effrayer en demandant aux autorités romaines la saisie de ses biens, la fortune d'un apostat étant obligatoirement confisquée par le Temple ; sans doute la manœuvre eût-elle été essentiellement procédurière, Saül étant citoyen romain, donc non assujetti aux lois juives, mais elle eût quand même eu un certain fondement, du fait qu'il se faisait aussi passer pour juif, et elle eût sans doute suffi à l'inquiéter. La quatrième raison est que le prétendu retour à Tarse après cette conversion s'insère difficilement ou pas du tout dans la chronologie des pérégrinations de Saül.

De ces objections il faut déduire que le prosélytisme de Saül à son retour de Damas est douteux ou qu'il a été de très brève durée, qu'il n'y a pas eu de voyage à Tarse, et que les apôtres, réservés à l'égard du néophyte, ont tenté de se débarrasser rapidement de lui en l'expédiant, en effet, à Césarée sous bonne garde.

87. Concept talmudique comparable à celui de la grâce divine.

88. La prescription en question est celle que rapporte Matthieu (V, 43). Elle ne peut se rapporter, en effet, au Lévitique, dont elle est absente et ne porte que sur un enseignement essénien, comme l'a d'ailleurs relevé Henri Guillemin dans *L'Affaire Jésus* (v. bibl.). Elle vérifie le divorce idéologique qui sépara, à un moment indéterminé, Jésus des Esséniens, et elle contribue à expliquer le silence déconcertant qui entoure ceux-ci dans les Evangiles, ainsi que le doute explicite de Jean le Baptiste à l'égard de Jésus.

89. Sur les exigences d'esthétique physique des Esséniens pour leurs recrues, voir *Les Sources*, note 31. Sur l'aspect physique de Saül, voir *L'Incendiaire — Vie de Saül, apôtre*, note 10.

90. Le signe était ✳. J.E. Pfeiffer, *The Emergence of Society : a Prehistory of the Establishment*, New York, 1977 ; I.S. Shklovskii et Carl Sagan, *Intelligent Life in the Universe*, Hodder and Stoughton, New York, 1968.

91. L'actuelle Begrâm, en Afghanistan, fondée à la faveur de l'installation par Alexandre d'un camp en face de la ville alors indienne de Kapisa, dont il projetait le siège. Le nom d'Alexandrie-du-Caucase est dû à un malentendu, les Grecs ayant pris la haute chaîne de l'Hindou Kouch pour le Caucase (Daniélou, *Histoire de l'Inde*, v. bibl.).

92. L'actuelle Kaboul.

93. Kadphisès Ier fut le premier monarque qui consolida l'empire d'envahisseurs appelés Kushâns (ou Kushânas), nomades chassés par les Huns de leurs habitats traditionnels, dans le Kansu, entre les fleuves Jaxarte et Oxus, et qui s'installèrent dans la Bactriane, en 126 avant notre ère. L'origine des Kushâns n'est pas certaine, mais il semble acquis qu'ils constituaient l'une des grandes tribus des Yueh-Chi, nomades du nord-est asiatique. Les kushâns se heurtèrent en Bactriane aux Parthes et aux Scythes, qu'ils asservirent ou chassèrent. Sous le règne de Kadphisès Ier l'empire kushân s'étendait des frontières de la Perse jusqu aux rives de l'Hydaspe (le Jhelum), c'est-à-dire qu'il comprenait à peu près l'Afghanistan, le

Pakistan et le Cachemire actuels. Kadphisès Ier vint au pouvoir en 30 avant notre ère à l'âge d'environ quarante ans et mourut à quatre-vingts ans (Daniélou, *Histoire de l'Inde*, et Lavallée-Poussin, *L'Inde ancienne jusqu'au temps des pèlerins*, t. I., v. bibl.).

94. Voir carte p. 499.

95. L'identité théologique de Dionysos et de Siva était reconnue par les Grecs, qui décrivent l'Inde comme le territoire sacré de Dionysos (Daniélou, *Histoire de l'Inde*, v. bibl.). Le nom même de Dionysos se décompose en theos-Nysa, le dieu de Nysa, ville située près de l'actuelle Djelalabad, en Afghanistan. Dans sa *Géographie*, Ptolémée appelle Nysa Dionysopolis, étant donné que cette ville était le centre de son culte.

96. Ancienne version grecque, citée par Gray *(Near Eastern Mythology*, v. bibl.). La version la plus courante de nos jours est moins explicite : « Quand le Suprême met en possession les nations, / quand il sépare les fils de l'humain, / il fixe les frontières des peuples selon le nom des Beneï Israël, / Oui, son peuple est la part de Yahweh, / Ia'acob le district de sa possession. » (Deut. *id*, trad. A. Chouraqui, v. bibl.). Les individualités distinctes du Dieu suprême El et de Yahweh sont toutefois explicites au verset 12 : « Yahweh, seul, le mène, sans nul El étranger avec lui. » Ce point en évoque un autre, qui est l'usage également distinct fait dans le Deutéronome de la forme Eloha et de son pluriel Elohim, forme plurielle, parfois présentée par certains exégètes comme un « pluriel de majesté ». Or on doit se limiter à observer que l'usage de ce pluriel, dit de majesté, n'est pas du tout constant dans l'Ancien Testament. Ainsi, au verset 17 du Deutéronome, on lit, par exemple (à propos des infidèles) : « ils sacrifient aux démons, non pas à l'Eloha, / à des Elohim qu'ils ne connaissaient pas, nouveaux, de près venus. » La controverse philologique et théologique suscitée par ce dernier point n'étant pas close, je me limite à indiquer ici l'usage distinct qui est fait d'El et de Yahweh, le premier désignant un Démiurge suprême, le second, le Dieu d'Israël, au service duquel se trouve Satan (du moins pendant la période monarchique d'Israël, c'est-à-dire d'environ 1000 à 586 avant notre ère).

97. Référence à Jn, VIII, 56-58, où Jésus déclare à son auditoire : « Votre père Abraham fut comblé de joie de me voir naître ; il l'a vu et il a été content. » Ce qui suscite

l'étonnement des Juifs : « Tu n'as pas cinquante ans. Comment peux-tu avoir vu Abraham ? » Et Jésus dit : « En vérité, je vous le dis, avant qu'Abraham fût né, j'étais. » Déclarations de caractère essentiellement gnostique, car elles supposent la préexistence de Jésus, mais qui sont toutefois entachées d'une contradiction insoluble : c'est qu'Abraham ne peut pas avoir vu naître quelqu'un qui existait déjà.

98. En 538 avant notre ère, après avoir conquis Babylone, où se trouvaient des dizaines de milliers d'Hébreux déportés depuis par Nabuchodonosor, Cyrus le Grand, fondateur de l'Empire achéménide, décida d'affranchir les captifs. Ceux-ci avaient été déportés en six vagues successives, de 734 à 581 avant notre ère. Zoroastrien éclairé et tolérant, ce monarque mède décréta donc non seulement leur retour en Palestine, mais également la reconstruction du Temple de Salomon, qui avait été détruit par les Babyloniens. Le Deutéro-Isaïe qualifie à ce propos Cyrus d'« oint du Seigneur », c'est-à-dire de Messie. Le retour ne s'effectua toutefois pas rapidement, ni sans encombre. Dix-huit ans plus tard, le successeur de Cyrus, Darius, n'avait pas encore mené la tâche à bien, bien qu'il eût nommé Zérubabbel, descendant de David et donc héritier légitime du trône de Juda, gouverneur perse de Juda, et qu'il lui eût confié l'organisation du retour. Zérubabbel rentra bien au pays avec 42 360 exilés, selon l'Ancien Testament. C'était bien moins que le total des Juifs déportés, et d'autant plus que ceux-là avaient fondé des familles. Mais ce fut seulement près d'un siècle plus tard, en 445, que le retour fut achevé ; il y avait fallu quatre vagues (Paul Johnson, *A History of the Jews*, v. bibl.). Le délai et l'ampleur de l'opération indiquent que le périple fut long et le nombre des Juifs très élevé. Au cours de l'exil, qui avait duré deux cent quatre-vingt-huit ans, dix tribus d'Israël furent portées disparues. Elles ne s'étaient certes pas fondues dans le néant, mais avaient été absorbées par l'Empire babylonien ; les déportés y avaient plongé des racines, ils y avaient fondé des commerces, et pour beaucoup de descendants des premiers déportés, la Terre promise n'était plus qu'un souvenir quand Cyrus décréta le retour. Désormais libres de pratiquer leur religion, souvent prospères, beaucoup de Juifs ne rentrèrent pas au pays, ou d'autres encore retournèrent en Mésopotamie. Un pseudépigraphe intertestamentaire, le

Livre de Tobit, se fait l'écho de ces établissements d'une nouvelle diaspora, en Médie au IVe siècle avant notre ère, et des découvertes archéologiques récentes en confirment la vraisemblance : dans une collection de six cent cinquante tablettes constituant des documents de commerce, gravées en cunéiforme, rédigés entre 450 et 403 avant notre ère dans la ville mède de Nippour, où avait vécu le prophète Ezéchiel, on trouve une longue série de noms : 8 pour 100 d'entre eux sont juifs (Johnson, *op. cit.*). Il existait donc des colonies juives très anciennes dans les territoires soumis à l'Empire babylonien, puis achéménide, et sans doute encore au-delà.

Les tribus perdues (neuf, neuf et demi, dix selon les sources tardives et leurs versions syriaque, arménienne, arabe, éthiopienne) sont un thème de la littérature apocalyptique juive intertestamentaire qui a atteint les dimensions d'un mythe. Il semble bien, toutefois, que comme tous les mythes il ait eu un fondement historique. L'un des pseudépigraphes intertestamentaires en question, le quatrième Livre d'Esdras, dit que ces tribus « prirent la résolution d'abandonner la multitude des nations et de partir pour une région plus éloignée où le genre humain n'a jamais habité, afin d'observer, là au moins, leurs ordonnances qu'ils n'avaient pas observées dans leur pays, ils s'engagèrent donc dans les passes étroites du fleuve Euphrate. [...] Mais pour atteindre cette région, il fallait faire une longue route, un voyage d'un an et demi : cette région s'appelle, en effet, Arzareth » (Quatrième Livre d'Esdras, texte traduit, annoté et présenté par Pierre Geoltrain, *La Bible, écrits intertestamentaires*, v. bibl.). Geoltrain relève dans une note qu'il existe diverses graphies (façon d'écrire ce nom) et qu'on suggère de le traduire simplement par « autre pays ».

Certains auteurs (Andréas Faber-Kaiser, *Jésus a vécu au Cachemire*, v. bibl., citant Al-Maj Khawaja Nazir Ahmad, auteur de *Jesus in Heaven and Earth*, Azeez Manzil, Lahore, 1952) avancent que ce nom correspondrait à celui de Hazara, qui est celui du district d'une province du nord du Pakistan. Je n'ai pas retrouvé cette province ; par ailleurs le nom donné par le Livre d'Esdras n'est pas Asareth, comme l'écrivent ces auteurs, mais Arzareth, et même si, comme le précise Geoltrain, l'orthographe en est incertaine, il me semble que les apparentements étymologiques de cette nature appellent la plus grande circonspection.

Les tribus « perdues » d'Israël ont suscité une littérature assez abondante, hélas ! souvent peu fiable, vu la rareté des témoignages archéologiques, scripturaires et historiques, vu aussi la minceur des études sérieuses qui ont été faites sur eux. Il existe toutefois une tradition tenace, locale aussi bien qu'étrangère, selon laquelle les populations du Cachemire descendraient des Hébreux, le nom même de Cachemire dérivant de Kash, qui fut l'un des fils de Noé. L'une des preuves archéologiques de la présence de Juifs dans le nord de l'Inde d'alors, c'est-à-dire dans les régions aujourd'hui partagées entre ce pays et le Pakistan, est le nom même d'un monument dit Trône de Salomon, situé sur une colline à l'est de Srinagar, au Cachemire. Il s'agit d'un sanctuaire qui présente l'apparence d'un donjon entouré d'un rempart fortifié. Le style, qui en est archaïque, évoque celui de ces tours au plan rectangulaire, dites *gopuram*, qu'on voit dans le sud de l'Inde, et dont le type remonte au XIe siècle. Le Mullah Nadiri, historien du début du XVe siècle (cité par Holger Kersten, v. bibl.) écrit dans son *Histoire du Cachemire (Tarikh e'Kashmir)* que cette tour aurait été restaurée sous le règne de Gopadatta au Ier siècle de notre ère. Il n'existe pas, à ma connaissance, d'étude archéologique de ce monument, dont on ignore l'origine, mais Nadiri avance qu'il aurait existé près d'un millénaire avant le début de l'ère chrétienne. Le nom du roi Salomon devait en tout cas être connu en Inde : selon la Bible, ce monarque (dont le règne dura de 970 à 933 avant notre ère) importa de l'Inde de l'ivoire, des singes et des paons ; mais ni ses achats somptuaires, ni sa légende et son prestige seuls n'auraient justifié l'érection d'un monument à sa gloire au Cachemire ; il fallait que des gens de son peuple les aient préalablement exaltés et entretenus. Et c'est ainsi que ce « trône » plaide pour l'existence de larges et antiques communautés hébraïques au nord de l'Inde. Ce serait à la faveur de cette rénovation, toujours selon Nadiri, que des inscriptions en persan ancien auraient été gravées dans les marches qui mènent au seuil du monument. On verra à la note 102 les raisons de croire que ces inscriptions sont, en fait, beaucoup plus tardives et d'origine islamique.

99. La tonalité de l'attitude de Thomas et la teneur de ses conversations sont inspirées par les Actes de Thomas,

qui expriment la répugnance de l'apôtre à entreprendre le voyage en Inde, en dépit des objurgations de Jésus.

100. La présence de Gondopharès à Taxila a été attestée par les fouilles archéologiques menées sur ce site par le Département d'archéologie du Pakistan (Sir John Marshall, *A Guide to Taxila*, v. bibl.).

101. Ce chapitre s'écarte, à l'évidence, de la version du voyage en Inde de Jésus et de Thomas, selon les Actes de Thomas dans la version à laquelle je me réfère, celle, traduite du grec par Montague Douglas Rhodes dans *The Apocryphal New Testament* (v. bibl.). Et cela pour deux raisons principales. La première est qu'elle comporte plusieurs invraisemblances majeures, à commencer par la déclaration de Jésus au marchand Abbanes, délégué à Jérusalem par le roi Gondopharès pour recruter un charpentier. « J'ai un esclave qui est un charpentier et je désire le vendre. » L'esclave serait Thomas, que Jésus veut ainsi forcer à aller en Inde. Outre que l'image de Jésus vendant un esclave, et à plus forte raison un compagnon de la première heure, ne peut correspondre d'aucune manière à celle du Jésus que nous connaissons d'après les autres Evangiles, aucun texte n'indique que Thomas ait été un charpentier. On serait tenté de supposer que l'apôtre aurait appris le métier en même temps que Jésus dans l'atelier de Joseph, mais rien non plus ne l'indique, et surtout Gondopharès n'avait nullement besoin d'envoyer recruter un charpentier aussi loin que Jérusalem : de la Mésopotamie à la Chine et à l'Inde, les charpentiers ne faisaient certes pas défaut. Enfin, le nom d'Abbanes, ce qui est singulier pour l'émissaire d'un souverain parthe. Le récit des Actes constitue donc une romance au sens spécifique du mot, destinée à relier de manière plausible des éléments historiques disparates, dont le départ de Thomas en Inde à l'instigation de Jésus, et une tradition, évidemment secrète, selon laquelle Jésus aussi était allé en Inde. La deuxième raison pour laquelle je me suis écarté des Actes de Thomas est que ce texte ne fait que métaphoriquement référence au voyage effectif de Jésus en Inde. Or celui-ci est attesté par les *Bhavishya Mahapurana* (v. note 103). Les données sont donc celles-ci : Thomas est allé en Inde, et Jésus y est allé aussi. La conclusion logique est qu'ils y sont allés ensemble.

Les Actes de Thomas ne seraient-ils que pure fiction tardive ? C'est ce que seraient enclins à soutenir nombre de pseudo-exégètes contemporains, pressés de se débarrasser d'un texte dérangeant à plus d'un égard, au nom d'une orthodoxie dogmatique, et pour ne pas poursuivre des enquêtes dans l'histoire de Jésus et dans celle, véritable, des origines du christianisme. Or il n'en est rien : « Les Actes de Thomas sont une autorité maîtresse pour la toute première chrétienté dans les pays à l'est de l'Euphrate », écrit l'*Encyclopaedia Britannica* (« Thomas, St., » v. bibl.). Rédigés en syriaque à une date encore indéterminée, mais guère postérieure au Ier siècle de notre ère, ces textes comportent, écrit encore l'*Encyclopaedia Britannica*, « selon le consensus essentiel, un noyau de vérité historique ». Cette même source conclut que, selon la tradition indienne, Thomas a bien prêché dans l'Inde du Sud. Or, même s'il a vécu jusqu'à un âge avancé, il n'a pas pu exercer ce ministère au-delà de l'an 70 ; ce qui signifie encore qu'il l'a commencé après la crucifixion de Jésus, après l'an 30-33. Il faut donc conclure que les Actes de Thomas ont été rédigés à partir d'éléments historiques épars, dont la visite de Thomas à Gondopharès, puis rassemblés dans un tissu de fiction apologétique.

Ce point suscite à nouveau la question de la personnalité de Judas-Thomas, auteur auquel on attribue des textes particulièrement antinomiques, par leur gnosticisme, de la théologie chrétienne, tels que l'Evangile qui porte son nom. La question dépasse le cadre de ces notes ; j'ai cependant tenté d'y répondre dans *Les Sources*, relevant l'anomalie de son surnom Thomas, *toma* ou *didymos*, c'est-à-dire jumeau en araméen ou (mais alors de façon inexacte, car jumeau se dit *didumogenis*) en grec. Or pareil surnom n'a aucun sens s'il n'est accompagné de la précision « jumeau de Untel ». Je me limite ici à rappeler que ce surnom me paraît être une altération de *didymeos*, διδυμεοζ, c'est-à-dire originaire de la ville de Didymes, et non *didumogenis*, διδυμογεηζ, bien plus éloigné dans la prononciation. On ne peut exclure non plus que le surnom « didymes » puisse être attribué à une caractéristique physique, *didumion*, διδυμιου), qui signifie « petit testicule ».

102. Lors du siège de la place forte des Malliens, l'actuelle Multan, une flèche de près d'un mètre (trois pieds) de long perça l'armure d'Alexandre, atteignant son poumon et causant, d'après la description d'Arrien (*Histoire d'Alexandre*, v. bibl.), une hémorragie bouillonnante, avec des bulles d'air, soit un pneumothorax. Le héros per-

dit connaissance. Plusieurs heures s'écoulèrent avant qu'un chirurgien, sans doute Peucestas, résolut d'ouvrir l'armure et la blessure, à la demande même d'Alexandre, afin de retirer la flèche, ancrée dans le poumon par sa pointe. L'intervention entraîna une forte hémorragie et une nouvelle perte de connaissance. Néanmoins Alexandre entra en convalescence et se rétablit, sans jamais interrompre sa campagne jusqu'à Taxila.

103. La présence de Jésus à Taxila pose évidemment la question cruciale de sa présence en Inde, de ses preuves, et de la chronologie qui s'impose.

Deux éléments se dégagent d'emblée : le premier est la présence de Thomas chez Gondopharès, donc à Taxila, le second, celle de Jésus dans les mêmes régions sous le règne de Shalivahân, le roi mentionné dans les *Bhavishya Mahapurana*. Gondopharès a régné de 20 à 48 selon certains (Louis Frédéric, *Dictionnaire de la civilisation indienne*, v. bibl.), de 19 à 50 selon d'autres (Sir John Marshall, *A Guide to Taxila*, v. bibl.). Shalivahân ou Shalivahâna, dit encore Nahapâna, roi d'Ujjain, aurait été le fondateur de l'ère Shaka (scythe), qui commença très exactement le 3 mars 78. Il aurait été tué en bataille à Karûr en 124 (Alain Daniélou, *Histoire de l'Inde*, v. bibl.). Cette dernière date est toutefois incertaine, car il faudrait attribuer une longévité exceptionnelle à un conquérant qui aurait déjà fondé une ère historique, c'est-à-dire à un adulte, et qui aurait encore guerroyé près d'un demi-siècle plus tard ; l'incertitude est d'autant plus grande que Shalivahân passe pour avoir été l'ami d'un autre souverain, Vikramaditya, précédent souverain d'Ujjain, qu'il avait conquis en 57 avant notre ère (L. Frédéric, *op. cit.*) ; là, il faudrait supposer que Shalivahân aurait vécu près d'un siècle et quart. Cependant il était fréquent que plusieurs rois successifs portassent le même nom, comme ce fut le cas de Vikramaditya, justement, et il a pu avoir un successeur du même nom. Deux éléments peuvent servir de guide dans la recherche d'une chronologie : d'abord, le fait que Shalivahân fut le fondateur certain de l'ère Shaka en 78, le second, que la rencontre de Jésus et de ce potentat fut postérieure au séjour de Jésus chez Gondopharès.

Incidemment, il convient de rester réservé à l'égard de l'assertion du Pr Hassnain, rapportée par Holger Kersten (*in Jesus lived in India*, v. bibl.), selon laquelle Shalivahân aurait régné de l'an 39 à l'an 50 ; en effet, il est établi que ce monarque, premier du nom, a fondé l'ère Shaka en 78.

On peut donc supposer que Jésus fut présent à Taxila entre 35 et 48/50, puis qu'il rencontra Shalivahân à une date postérieure, indéterminée. Taxila se trouve dans le Cachemire, au nord-ouest. Ujjain, dite Ozène par les Grecs, et qui existe encore aujourd'hui à la frontière des Etats du Gujerât et du Madhya Pradesh, bien plus au sud, était la capitale de l'ancien royaume d'Avanti ; il n'y a pas d'indication que Jésus s'y soit rendu. La rencontre avec Shalivahân se serait faite, selon les *Bhavishya Mahapura*, dans le Ladakh. Jésus aurait donc suivi un itinéraire d'ouest en est qui l'aurait mené au Ladakh, avant de le ramener au Cachemire.

Le texte des *Purana* en question (t. III, versets 17-32) est le suivant :

« Shalivahân, qui était un petit-fils de Vikrama Jit, prit le pouvoir. Il vainquit les hordes des Chinois, Parthes, Scythes et Bactriens. Il établit une frontière entre les Aryens et les Mleacha (Méléaques, non-hindous), et ordonna à ces derniers de se retirer de l'autre côté de l'Inde. Un jour, Shalivahân, chez des Sakyas (Scythes), alla dans les Himalaya. Là, au pays du Hun (le Ladakh, qui faisait partie de l'empire kushân), le puissant roi vit un homme assis sur une montagne, qui semblait être de bon augure. Sa peau était claire et il portait des vêtements blancs. Le roi demanda au saint homme qui il était. L'autre répondit : "On dit que je suis un fils de Dieu, né d'une vierge, prêtre des non-croyants, sans cesse en quête de la vérité." Le roi lui demanda alors : "Quelle est ta religion ?" L'autre répondit : — "Ô grand roi, je viens d'un pays étranger où il n'y a plus de vérité et où le mal ne connaît pas de limites. Au pays des non-croyants, je suis apparu comme le Messie. Mais le démon [femelle] Ihamasi des Dasiyu (Barbares) s'est manifestée sous une terrible forme et je lui ai été livré à la manière des non-croyants et je me suis trouvé sous la coupe d'Ihamasi.

« Ô grand roi, prête ton oreille à la religion que j'ai apportée aux non-croyants ; après la purification de l'essence et du corps impur, et après avoir cherché refuge dans les prières du Naigama, l'homme priera l'Eternel. Grâce à la justice, à la méditation et à l'unité de l'esprit, l'homme trouvera son chemin vers Isa au centre de la lumière. Dieu, aussi ferme que le soleil, unira finalement en lui-même l'âme de tous les êtres errants. Ainsi, ô roi, Ihamasi sera détruite ; et l'image bienfaisante d'Isa, le donneur de félicité, demeurera pour toujours dans le cœur ; et j'étais appelé "Isa-Masih." Après que le roi eut entendu ces paroles, il prit le maître [l'enseigneur] des non-croyants et l'envoya dans leur terre sans merci. »

Ce texte, qui a été repris tel quel dans les meilleurs des cas, et fortement dénaturé dans d'autres, par les rares sources qui le citent comme preuve de la présence de Jésus en Inde, appelle les observations suivantes :

— la date de composition en est indéterminée et indéniablement tardive sous sa forme actuelle ; le Pr Fida Hassnain et Dahan Levi avancent dans *The Fifth Gospel* (v. bibl.) que les *Bhavishya Mahapurana* ont été rédigées en 115. D'autres auteurs *(Encyclopaedia Britannica*, v. bibl.) en situent la version actuelle au XVe siècle. Je penche pour cette dernière datation. On peut, en effet, douter que les neuf volumes de ces *Purana* aient pu être rédigés en 115. Plus d'un passage, et en tout cas celui qui nous intéresse ici, révèlent une connaissance confuse des premiers siècles de l'histoire de l'Inde ;

— en témoignent trois contradictions, dont la première est que Shalivahân est présenté comme le vainqueur des Scythes (Sakas, Shakas ou Sakyas) entre autres peuplades, alors qu'il est donné plus loin comme leur chef. Le terme *shaka* désignait dans l'Inde ancienne tous les étrangers venus du nord-ouest et de l'Hindou Kouch, principalement les Scythes, Saces et « Huns » (L. Frédéric, *op. cit.*). De fait, Shalivahân est bien un Shaka, puisqu'il est le fondateur de l'ère qui porte ce nom, mais le rédacteur ne le sait visiblement pas et confond ses données ;

— deuxième contradiction, Shalivahân est donné comme petit-fils de Vikrama Jit, ce qui est un non-sens, étant donné que Vikramâjit est le nom de l'ère Vikrama, fondée le 23 février de l'an 57 avant notre ère ; cette ère est également appelée Samvât, Vikramadityakâla et Vikramasamvat (L. Frédéric, *op. cit.*). Or il n'y a pas eu de rapport entre l'ère shaka et l'ère vikrama, fondées à des dates séparées, dans des territoires distincts. Le rédacteur ignore visiblement ces faits, situés pour lui dans une antiquité reculée et presque mythique. Peut-être a-t-il entendu dire que Shalivahân était l'ami de Vikramâditya et en a-t-il déduit qu'il était son petit-fils ;

— troisième contradiction, dans son discours, Isa (forme aramaïque de Jésus) se présente à la fois comme prêtre et victime des non-croyants ; on peut certes interpréter ces paroles comme signifiant qu'il a été le rabbin et la victime des Juifs, mais dans sa forme sanscrite le texte est difficilement compréhensible. Il s'agit à l'évidence d'un discours attribué à Jésus, mais dont le rédacteur n'a pas pénétré le sens ;

— le démon femelle « Ihamasi des Barbares » est inconnu dans toutes les mythologies. Il s'agit évidemment d'une transcription erronée d'un autre nom, désormais perdu. Un rapprochement avec le surnom Icchâ-vasu (« qui crée des biens à volonté ») du dieu hindou Kubera, régent du Nord, me paraît aventureux. Là encore, le rédacteur a fait une transcription erronée ;

— le terme *Naigama*, qui semble désigner un texte sacré, est impossible à identifier. Il ressemble à une transcription phonétique de l'araméen *naiq'ama* ou *naigama*, le premier terme signifiant « vengeance », mais ici dans un improbable pluriel, le second plus cohérent en analyse logique, signifiant « les étoiles ». Cependant, on imagine mal Jésus priant « les étoiles » ;

— l'ensemble du discours attribué à Jésus est une transcription rhétorique synthétique, basée sur des textes impossibles à identifier, qui auraient résumé l'enseignement de Jésus ;

— le terme « messie », *masih*, repris en fin du texte sous la forme « Isa-Masih », Jésus-Christ, ne peut qu'avoir été incompréhensible pour un roi scythe du Iᵉʳ siècle, l'onction royale et ecclésiastique juive n'étant pas pratiquée en Inde, et la notion complexe et spécifiquement juive de messianité étant étrangère à la pensée asiatique ; tout au plus peut-il s'agir d'une citation phonétique ;

— enfin, l'envoi de Jésus dans un territoire indéterminé d'infidèles laisse perplexe. Il s'agirait là, en effet, d'une décision cruelle selon les termes du texte. Sans doute faut-il entendre par là que Shalivahân aurait renvoyé Jésus dans les régions voisines à peuplement juif (le Cachemire), mais les raisons d'une telle décision sont inconnues. En tout état de cause, celle-ci semble douteuse, Shalivahân n'ayant pas exercé son règne au Ladakh et n'y détenant pas plus d'autorité pour en expulser un saint homme de religion étrangère, qu'au Cachemire, où il aurait renvoyé Jésus.

Pour toutes ces raisons, les versets des *Bhavishya Mahapurana* doivent être considérés comme une transcription tardive et syncrétique de traditions orales et écrites d'origine indéterminée, dont certaines auraient pu être adaptées sous l'influence des chrétiens nestoriens d'Asie, à partir du VIIIe siècle. En ressort toutefois un noyau : Shalivahân a rencontré Jésus au Ladakh et s'est informé de son identité et de sa religion, qu'il ne connaissait pas. Et Jésus était un voyageur impénitent. Le reste est un tissu de pièces rapportées. Les raisons de tenir ces faits, aussi succincts soient-ils, pour historiques, dont : *a)* l'irruption dans la chronique hindoue d'un personnage étranger, à peu près correctement décrit, irruption sans intention apologétique ; et *b)* la réalité de Shalivahân et la concordance approximative des dates. Le chroniqueur hindou n'avait pas de raison de faire intervenir un personnage tel que Jésus, qui n'a joué aucun rôle dans l'histoire religieuse ou politique de l'Inde, s'il n'avait à sa disposition une tradition à ce sujet.

Jésus a-t-il été au Ladakh ? Nicholas Roerich rapporte dans *The Heart Of Asia*, récit de voyage publié en 1930 (v. bibl.), la présence d'un « tombeau de Marie », au nord du Ladakh, dans la province voisine du Xinjian, ancien Sin-Kiang. Mais on ignore s'il s'agit de Marie de Magdala ou de Marie, mère de Jésus, et comme il existe un autre « tombeau de Marie », beaucoup plus célèbre celui-là, dans le village actuellement appelé Murree, entre Taxila et Rawalpindi, force est de verser le tombeau du Xinjian au dossier des éléments archéologiques en suspens. Incidemment, le tombeau de Murree est beaucoup plus célèbre dans la région et, quand les Anglais projetèrent de le démolir en 1916-1917, parce qu'il se trouvait trop près d'un bâtiment militaire, les protestations de la population (pourtant hindouiste et musulmane) furent véhémentes ; c'était, en effet, un lieu de pèlerinage pour les deux communautés hindouistes et musulmanes ; le chef de la garnison, le capitaine Richardson, renonça donc à son projet. Le tombeau en question fut réparé en 1950 grâce à Nazir Ahmad et un entrepreneur musulman (Andreas Faber-Kaiser, *Jésus a vécu au Cachemire* , v. bibl.).

Une dépêche du *Chicago Tribune* en date du 30 mai 1926 annonçait que le Pr Roerich, cité plus haut, « qui depuis trois ans parcourt les régions inexplorées de l'Asie, a découvert dans un monastère du Tibet des manuscrits bouddhistes relatant un voyage que Jésus-Christ aurait fait aux Indes à l'âge de vingt-neuf ans. [...] Ces manuscrits feraient également mention de la mise en jugement de Jésus-Christ par Ponce Pilate ». En dépit de mes efforts, je n'ai pas retrouvé de mention d'une analyse scientifique de ces textes. Il eût pourtant été utile de résoudre la contradiction de textes qui feraient à la fois mention d'un voyage de Jésus en Inde et de sa crucifixion. Peut-être ont-ils été dérobés, voire détruits. On a vu pire.

Il est probable que Roerich a retrouvé une version des manuscrits transcrits une quarantaine d'années plus tôt par Nicolas Notovitch et reproduits en français dans *La Vie inconnue de Jésus-Christ* (v. bibl.). Il faut incidemment déplorer qu'on ait, à l'époque, accordé si peu d'intérêt à ces questions, aussi contrariantes fussent-elles. Voyageur russe, Notovitch rapporte avoir entendu mention, au monastère (*gonpa*) de Chargol, au-dessus du village de Wakkha, au Tibet, de manuscrits traitant du « dalaï-lama des chrétiens », Issa. Il apprend ultérieurement, de la bouche d'un lama au couvent de Himis, au Ladakh, qu'il existe des rouleaux relatifs à la vie de Issa, qui ont été apportés de l'Inde au Népal, et du Népal au Ladakh (Notovitch écrit « Tibet », car le Ladakh dépend à l'époque de ce pays) à une période indéterminée ; ils sont rédigés en langue pali et se trouvent à Lhassa, « mais une copie en langue tibétaine en existe chez nous », assure le lama. Notovitch en a rédigé une transcription, hélas ! invérifiable.

L'ouvrage se présente comme un abrégé sommaire de l'Exode, suivi d'une version syncrétique, sorte de Diatessaron tibétain, des Evangiles, contenant bon nombre de dits inconnus de Jésus (15. « Soyez soumis envers la femme ; son amour ennoblit l'homme, adoucit son cœur endurci, dompte la bête et fait un agneau »). L'une de ses grandes singularités en est la version de l'arrestation et du procès de Jésus, qui contredit formellement les Evangiles ; on y lit, en effet, que Pilate se serait alarmé de la popularité et de la royauté virtuelle de Jésus, et que ce serait le procurateur qui aurait déclenché l'arrestation et le procès. Selon la même version, Jésus serait mort sur la croix et il n'y est pas question de résurrection. Le dernier verset du premier livre de ce texte 5 : « Voici ce que racontent à ce sujet [Issa] des marchands venus d'Israël » explique cette version partielle, et notamment l'exonération totale du Sanhédrin dans la crucifixion : toute la faute est reportée sur Pilate. Le début de cet « évangile » inconnu reflète par ailleurs des colorations bouddhistes si fortes qu'il est évident que l'ensemble est une fabrication à moitié constituée des récits de voyageurs juifs et à moitié d'une récupération syncrétique de Jésus par les moines bouddhistes. Le texte fait en effet de Jésus une réincarnation de Bouddha, qui a fait ses classes en Inde : « Après avoir appris dans la perfection la langue pali, le juste Issa s'adonna à l'étude des rouleaux sacrés des Soutras » (VI, 3). Mieux, on y voit Jésus se lancer dans une diatribe violente contre l'hindouisme, au point que les brahmanes, « ayant appris le discours qu'Issa adressait aux Soudras, résolurent sa mort et envoyèrent à cet effet leurs domestiques pour rechercher le jeune prophète » (VI, 1).

En tout état de cause, il est vraisemblable que les rouleaux retrouvés par Roerich en 1926 sont les mêmes, soit en pali, soit en tibétain, que ceux que Notovitch avait déjà transcrits. Cet « évangile » ne peut d'aucune manière informer sur un séjour de Jésus au Ladakh après la crucifixion. On laissera au lecteur un peu avisé le soin de conclure sur la possibilité que Jésus ait pratiquement fait ses classes bouddhistes au Ladakh et soit passé maître en langue pali.

On comprend, mais partiellement, le rejet expéditif (deux lignes) de ce texte paradoxal par Montague Douglas Rhodes dans *The Apocryphal New Testament*, v. bibl.). Les dits et actes du Jésus des Evangiles sont bien trop imprégnés de l'Ancien Testament pour que la fable d'une formation bouddhiste mérite considération, et l'on n'y trouve pas le plus infime reflet d'une expérience asiatique.

Toutefois, il serait excessif de jeter dédaigneusement aux oubliettes le texte retrouvé par Notovitch, puis par Roerich. D'abord, parce qu'il présente un intérêt historique, épigraphique et exégétique spécifique ; il serait utile de rechercher l'origine des nombreux dits inconnus attribués dans ce texte à Jésus ; ils ne sont pas, en effet, contradictoires avec ses dits des Evangiles aussi bien canoniques qu'apocryphes, notamment l'Evangile de Thomas. Ensuite, parce que ce texte reflète la conscience que les bouddhistes avaient de l'enseignement de Jésus aux premiers siècles de notre ère. Enfin, parce que les chrétiens ont fait aussi bien dans ce type de récupération syncrétique, quand, en 1583, ils ont fait entrer Bouddha lui-même, sous le nom de « Saint Josaphat », dans la première édition imprimée du martyrologe romain (*La sagesse de Balahvar — Une vie christianisée du Bouddha*, traduit du géorgien, présenté et annoté par Annie et Jean-Pierre Mahé, v. bibl.). Tardive victoire du plus grand de tous les syncrétistes, Mani, qui, au IIIe siècle, avait déjà tenté de fondre en une seule foi les enseignements de Zoroastre, Bouddha et Jésus !

Reste une raison supplémentaire de réserve à l'égard de la réfutation de Montague Douglas Rhodes qui, en tant que membre du Government College d'Agra, a participé en 1895 à l'expédition financée par la Church Mission ou Mission évangélique de l'Inde, en même temps qu'un néophyte chrétien indien, Ahmad Shah, pour récupérer les manuscrits transcrits par Notovitch. Dans *The Fifth Gospel*, le Pr Hassnain rapporte que Shah avoua, dans son récit de voyage, *Four Years in Tibet*, que je n'ai pu me procurer, que le seul but de son voyage avait été la réfutation de la découverte de Notovitch. L'aveu ne jette guère une lumière favorable sur l'état d'esprit de Rhodes, ni de Shah, et ne plaide certes pas en faveur de leur objectivité.

De tout cela, il ressort que Jésus a bien été au Ladakh, comme en attestent les *Bhavishya Mahapurana*, mais seulement dans la seconde moitié de sa vie.

Je ne me suis donc pas servi de l'« évangile tibétain » dans le présent travail. Les raisons principales en sont que, mosaïque judéo-bouddhiste tardive, c'est à l'évidence un texte de seconde main, sans informations historiques, rédigé dans le sens d'une propagande bouddhiste antihindouiste et d'une récupération de Jésus par le bouddhisme. Et qu'il ne fait aucune mention de la vie de Jésus en Inde, après la crucifixion, qui est attestée par le texte cité plus haut des *Bhavishya Mahapurana*. Je ne le cite ici que pour satisfaire à l'éventuelle curiosité de certains amateurs de textes secrets, parfois enclins à reprocher aux autres de ne pas avoir poussé leurs investigations assez loin. Quant au texte des *Bhavishya Mahapurana*, son intérêt réside dans les quelques éléments susceptibles de servir de repères à une reconstitution de la vie de Jésus entre l'an 30/33 et la fin de sa vie. Mais ni l'un ni l'autre de ces textes n'offrent la moindre lumière sur ce que put être l'orientation intellectuelle de Jésus après la crucifixion, dans les trente années, environ, qu'il vécut en Asie.

Comme le récit romanesque de ce livre l'indique, il me paraît difficile de penser que Jésus ait affronté sans réaction fondamentale à la fois le bouddhisme, si proche par certains aspects de son propre enseignement, et l'hindouisme, sans doute antinomique à première vue, mais dont l'immense richesse philosophique ne pouvait le laisser indifférent. Or le texte des *Bhavishya Mahapurana* ne donne de Jésus qu'une image misérable et plaintive, celle d'un homme incapable de se détacher de son passé. Les seules informations que ce texte et l'« évangile tibétain » puissent offrir sur le Jésus d'après la crucifixion sont indirectes et négatives : c'est que Jésus fut solitaire et qu'il n'y eut, jusqu'à plus ample informé, aucun témoin capable de le percevoir comme l'avaient fait ses disciples galiléens.

Quelle est donc la pièce essentielle qui fonde ma conviction que Jésus vécut bien en Asie ? Ce n'est pas (bien que l'authenticité ne puisse pas en être exclue jusqu'à plus ample informé) le quatrain inscrit sur le monument dit Trône de Salomon, décrit plus haut :

« Le constructeur de ces colonnes est le très humble Bihishti Zagar en l'an cinquante-quatre.

C'est le seigneur Rukun, fils de Murjân, qui a commandé ces colonnes.

En ce temps-là, Yuz Asaf fit son appel prophétique. En l'an cinquante-quatre.

C'est Jésus, prophète des fils d'Israël. »

(Traduction littérale, selon le Pr Hassnain et d'après des photos de l'inscription aujourd'hui tronquée : « Constructeur de ce pilier est Bihisti Zargar — an 54. Khaja Rukun, fils de Murjân, entrepreneur [promoteur] de ce pilier. Yuz Asaf proclama sa nature prophétique l'an 54. Il est Yusu, prophète des enfants d'Israël » — in *The Fifth Gospel*, v. bibl.).

Il ne s'agit pas là d'une transcription originelle, mais d'une traduction persane réalisée en 874, sous le règne du sultan Zein el-Abdeldine (Zain ul-abidin, c'est-à-dire « Zein, serviteur de la foi »). Selon le Pr Hassnain, le quatrain resta lisible dans son intégrité jusqu'à la fin du XIXᵉ siècle, époque à laquelle il fut photographié. Il n'en reste aujourd'hui que les deux dernières lignes.

En tout état de cause, l'étude de ces inscriptions en persan ancien et de leur iconologie exige une étude sur le terrain qui dépasse de loin le champ de ces pages et de mes compétences. Il conviendrait d'abord de situer cet an 54 par rapport à notre ère. Kersten (v. bibl.), se fondant sur le *Tarikh i'Kashmir* de l'historien du XVe siècle Nadiri (v. note 98, p. 459), tient pour acquis que les inscriptions originelles furent faites sous le règne d'un roi du Cachemire, Gopananda, élu sous le nom de Gopadatta (« Roi vacher »), et que l'an 54 indiqué correspondrait à l'an 107 de notre ère, mais je serais heureux que ce calcul fût vérifié par d'autres autorités. Il m'a été impossible de retrouver mention du monarque Gopananda dans des textes historiques de référence, donc d'établir avec certitude les dates de son règne et l'ère à laquelle se référerait Nadiri. De toute façon, il est difficilement concevable que Jésus ait lancé un appel évangélique en l'an 107, date à laquelle il aurait eu cent quatorze ans.

Le Pr Fida Hassnain, de Srinagar, qui s'est beaucoup intéressé à ces questions, et avec lequel je me suis entretenu, fixe le règne de Gopadatta, né en 49, de 79 à 109, et, de manière assez succincte et inexpliquée, affirme que ce n'est pas « 54 » qu'il faut lire, mais 3154, date qu'il intègre dans l'ère Laukika, fondée en 3076 avant notre ère (ce qui est exact, v. L. Frédéric, *Dictionnaire de la civilisation indienne*). Selon Hassnain, l'an 54 en question correspondrait alors à l'an 78 de notre ère ; mais dans ce cadre chronologique, Jésus aurait eu quatre-vingt-cinq ans, âge qui n'est guère beaucoup plus plausible que dans le cas précédent pour une proclamation évangélique. Il resterait aussi à savoir pourquoi une inscription en persan se référerait à un système de datation kashmiri et bengali, alors tombé en désuétude, et pourquoi elle serait incomplète. Il me semble que la date en question correspond plus commodément au règne d'Auguste (couronné empereur en 27 avant notre ère) ; elle indiquerait alors le début du ministère public de Jésus, vers l'an 27, ce qui est beaucoup plus plausible, le ministère public de Jésus ayant, en effet, duré quelque trois ans et ayant donc commencé vers 27.

Les chronologies indiennes anciennes posent d'ailleurs des problèmes souvent épineux aux historiens contemporains. Si les inscriptions sont bien réelles et effectivement anciennes, et si elles sont bien à leur place sur un monument dit Trône de Salomon, les circonstances de leur gravure peuvent en changer considérablement le sens. Leur seul intérêt pour le moment serait de confirmer que le nom de Jésus était connu au Cachemire entre le Ier et le XVe siècle. Reste néanmoins à établir le lien logique entre les deux premiers et les deux derniers vers du quatrain du Takht Suleiman, qui est loin d'être évident, et à trouver un motif à cette commémoration.

L'élément le plus probant de la présence de Jésus en Inde et l'indication la plus concluante qu'il ait vécu et soit mort au Cachemire est cependant le monument dit Rauza Bal, qui se trouve à Srinagar. Le nom en signifie « Lieu de la tombe du prophète ». Sis à la limite est du cimetière du quartier de Khanyar, au centre de la capitale, il se présente sous la forme d'une maison rectangulaire flanquée d'un pavillon dont la porte, orientée au sud, en constitue l'entrée. A l'intérieur, une galerie de cloisons ajourées *(moucharabiehs)* entoure deux cénotaphes ; ceux-ci sont des pierres tombales au-dessous desquelles se trouveraient, dans une chambre funéraire en sous-sol, les sépultures proprement dites des personnages inhumés. La pierre tombale la plus petite est celle de Sayed Nasr e'Dine Rizvi, saint musulman du XVe siècle qui vouait une vive vénération à Jésus et qui demanda à être inhumé près de lui ; la seconde, à moitié enfouie dans le sol, est donc présumée être celle de Jésus, en tout cas celle d'un saint personnage dit Yuz Asaf, connu également sous les noms de Shahzada nabi, « le prince prophète », et de *Hazrat Isa Sahib*, « Son éminence le maître Jésus ». Il est possible de pénétrer par une fenêtre basse dans la chambre intérieure, afin de poser des cierges sur les pierres tombales, mais il n'est plus possible de descendre dans la crypte, l'escalier extérieur y menant étant muré depuis une période indéterminée, au début de ce siècle.

Il m'a été impossible de retrouver des documents établissant, comme me l'a assuré en 1990 le Pr Hassnain, que le tombeau proprement dit remonte à la fin du Ier siècle ; l'édifice qui le protège a été, lui, construit au XVe siècle, mais dans un style particulier, qui n'est pas celui des tombeaux musulmans de la région, lesquels sont surmontés de dômes bulbeux. La date la plus ancienne qu'on puisse retrouver dans l'histoire écrite de ce monument est 1451 ; c'est celle de l'inhumation de Sayed Nasr ed-Dine Rizvi, mentionnée dans le document établi et signé de cinq muftis en l'an 1184 de l'hégire, c'est-à-dire en 1766. Ce document affirme qu'un prophète nommé Yuz Asaf, qui « proclama l'unicité de Dieu jusqu'à sa mort », vint au

Cachemire au temps du roi Gopadatta, et qu'à sa mort il fut inhumé dans le bâtiment. La tradition locale tient pour assuré que Yuz Asaf est bien Jésus ; ce point sera analysé plus bas. Les traditions comportent le plus souvent une part de vérité, mais ne sauraient évidemment constituer une preuve historique. Il existe également des textes anciens à l'appui de cette tradition. Mais la présomption de preuve la plus concluante me semble tenir dans une pierre parallélépipédique, d'environ 80 centimètres sur 60 centimètres, accotée à l'angle de la pierre tombale de Yuz Asaf et sur laquelle, depuis plusieurs générations, on posait des cierges.

La pierre, nettoyée des accrétions de cire, a révélé des gravures d'empreintes de plantes de pieds stylisées, sensiblement plus grandes que nature. Ces empreintes se caractérisent par les deux représentations de cicatrices différentes, l'une ronde sur le pied gauche, l'autre en croissant de lune sur le pied droit, à hauteur correspondante. Ce ne sont évidemment pas des documents médico-légaux, mais ils frappent par leur vraisemblance anatomique. En effet, en premier lieu les cicatrices sont inexplicables autrement que par un objet perçant traversant les deux pieds et ce, dans le cas d'une crucifixion. Leur dissymétrie est également révélatrice. Un artiste voulant représenter les cicatrices résultant d'une crucifixion serait enclin à représenter deux trous circulaires égaux. Or, là, la cicatrice de la plante de pied droit est en croissant de lune. L'explication en est qu'un objet contondant, le clou unique donc, utilisé pour fixer les deux pieds au support de bois, n'emporte pas, quand il traverse la plante du pied, la totalité du derme correspondant au diamètre de ce clou : il y perce une ouverture « en volet ». Le derme du pied étant relativement épais, le lambeau semi-circulaire constituant le volet en question reste attaché à la plante par un pédoncule, sauf s'il y a adhérence du lambeau à une surface quelconque, adhérence causée par le sang coagulé. Cette adhérence est peu probable si le pied percé est celui qui est en contact avec le bois de la croix ; là, en effet, le creux de la voûte plantaire constitue un espace suffisant pour la prévenir. Quand le clou est retiré, la cicatrice affectera la forme d'un croissant.

Reste à savoir pourquoi la cicatrice du pied gauche est ronde. L'hypothèse la plus immédiate est qu'il y a eu adhérence, et que le lambeau circulaire a été arraché quand le clou a été arraché et que le supplicié a été descendu. Une telle adhérence est inévitable si le pied percé est celui qui est posé en dessus, car la voûte plantaire épouse presque exactement la cambrure du pied en dessous. La cicatrice affectera alors la forme pleine du lambeau arraché.

Un tel détail constitue donc, à mon avis, la présomption de preuve la plus forte que le personnage inhumé au Rauza Bal est un crucifié. Est-ce Jésus ? Il y a eu d'autres crucifiés au Ier siècle, mais d'une part on ne pratiquait la crucifixion que dans les territoires soumis à l'Empire romain, et le Cachemire n'en faisait pas partie, et d'autre part on ne connaît pas de saint homme crucifié qui soit demeuré sur une croix assez peu de temps (à peu près trois heures, alors que le supplice tuait en plusieurs jours) pour y avoir survécu. Si l'on ajoute à cela les autres traces de la présence de Jésus au Cachemire, l'ensemble constitue un faisceau d'indications convergentes exceptionnellement cohérent.

Faber-Kaiser (*Jésus a vécu au Cachemire*, v. bibl.) déclare que la tombe de Yuz Asaf dans la crypte serait orientée d'est en ouest, selon la coutume juive ; n'ayant pas pu vérifier personnellement ce point, la descente à la crypte étant interdite depuis 1981, je me contente de citer cette information. Une étude archéologique de la crypte et, éventuellement, des tombeaux qui s'y trouvent fournirait évidemment des informations déterminantes. On peut toutefois craindre qu'à la fois les conflits confessionnels et politiques dont Srinagar est le siège et l'hostilité des croyants hindouistes et musulmans à de telles recherches ne rendent ces investigations difficiles à l'heure où j'écris ces lignes.

Quelles raisons y a-t-il de penser que Yuz Asaf est bien Jésus ?

— la première est le terme *Yuz*, contraction phonétique persane, donc tardive, de l'araméen Yéshu ;

— l'inscription en persan du Takht Suleiman spécifie bien que Yuz Asaf est le même que Yusu, « prophète des enfants d'Israël » ;

— la réalisation de l'inscription du même monument est totalement dénuée de sens si elle ne commémore pas un événement, aujourd'hui inconnu, liant Jésus à sa présence dans la région ;

— enfin, le discours attribué à Jésus dans les *Bhavishya Mahapurana* ne correspond à la doctrine d'aucune religion ancienne ou moderne de l'Inde, mais correspond en revanche exactement à celui de Jésus.

Il existe un certain nombre d'autres textes anciens se référant à la présence de Jésus en Inde ou en Moyen-Orient (à Nisibe, par exemple, à la frontière turco-syrienne, selon le *Rauzat es'Safa* de Mir Mohammad), fondés sur des traditions orales ou écrites excessivement difficiles à retracer. Chacun de ces textes, et notamment *Le Miroir de verre*, annales chinoises de date encore indéterminée, traduites en tibétain en 1802 par Le-Zan Ches-kyi Nima, exigerait une étude séparée ; mais les plus anciens d'entre eux sont apparemment postérieurs au Xe siècle. Je ne m'en suis donc pas servi ici.

Il faut, à ces égards, craindre que beaucoup de textes anciens aient été négligés ou probablement subtilisés par les autorités religieuses, à des fins de confiscation idéologique, comme cela a failli être le cas pour les manuscrits de la mer Morte. Confiés à une équipe sélectionnée par l'Ecole biblique de Jérusalem, et qui comprenait des antisémites notoires tels que John Strugnell et le P. Roland de Vaux, ces textes se trouvèrent mis sous le boisseau pendant des décennies, au défi de toutes les coutumes et autorités. N'eût été le scandale international déclenché en 1990 par la *Biblical Archeology Review* américaine et son directeur Hershel Shanks, ainsi que par un certain nombre d'autres spécialistes américains, plusieurs de ces manuscrits n'eussent sans doute jamais vu le jour. La volonté délibérée des « autorités » responsables de ces manuscrits ne s'est jamais plus clairement exprimée que lors de la visite du Pr Robert Eisenman à Jérusalem, au cours de laquelle il fut répondu à cet expert : « Vous ne verrez jamais ces manuscrits de votre vivant. » S'ensuivit un piratage audacieux à la suite duquel cinquante manuscrits de la grotte 4 furent quand même publiés (R. Eisenman et M. Wise, *Les Manuscrits de la mer Morte révélés*, v. bibl.), au défi d'une cabale organisée qui avait duré cinquante ans.

104. II Rois, I, 8.

105. II Rois, V, 1-12. Plusieurs auteurs (Bultmann, Jansen, Drews...) ont avancé que Jean le Baptiste (ici appelé Jokanaan, transcription de la prononciation galiléenne, gutturale, de Johanân, qui a curieusement agacé certains zoïles, piqués d'érudition phonétique) serait un personnage mythique, créé par la Tradition à partir de

mythes anciens et de personnages prophétiques de l'Ancien Testament. Le lieu n'est pas ici de traiter d'un point aussi complexe, mais il suffit de rappeler que Flavius Josèphe (*Antiquités judaïques*, XVIII, 7, v. bibl.) atteste de l'existence historique du Baptiste. Les analogies, il est vrai nombreuses, du personnage avec des personnages vétérotestamentaires, la manière dont ils ont reproduit des attitudes et même des modes vestimentaires dans le cas du Baptiste, doivent donc être attribuées à des motivations spirituelles et non à l'invention d'hagiographes plus ou moins tardifs. Il semble plausible que le Baptiste et Jésus, marqués par l'archaïsme volontaire des Esséniens, aient spécifiquement pris pour modèles des personnages de l'Ancien Testament.

106. II Rois, IV, 42-44.

107. XI, 2-3.

108. « Chapitre des Huit », 1, 2, 3 et 6, *Sutta Nipata*, v. bibl.

Troisième partie

109. A l'origine, des anti-dieux gouvernés par le roi céleste Kubera, les Yakshas, d'un mot védique qui signifie « mystérieux » ou « merveilleux », firent des avances aux dieux qui les acceptèrent dans leur groupe (Alain Daniélou, *Mythes et Dieux de l'Inde*, v. bibl.).

110. *Brihad aranyaka upanishad*, III, 9, 1 ; *Ten Major Upanishads*, 2 vol. Adyar, Madras, 1936, cité par A. Daniélou, *id*.

111. Chants du *Zend Avesta*, livre sacré du mazdéisme, qui sont censés être les seuls textes écrits directement par Zoroastre. Ceux qui sont cités ici sont extraits du fragment du Yasna (ghâta sacrificiel) 44' (Gérard Chaliand, *Les Voix du Sacré*, v. bibl.).

112. Isaïe, V, 1-2.

113. Favori de Caligula, Hérode Agrippa réussit à se faire concéder par celui-ci le royaume de son oncle Philippe, essentiellement la Batanée et la Trachonitide, auquel Caligula adjoignit une province de la Syrie méridionale. Héritant virtuellement avec les territoires la couronne de Philippe, qui avait été roi, Hérode Agrippa suscita ainsi la jalousie de sa sœur Hérodiade et du mari de celle-ci, Hérode Antipas, qui était son propre oncle

(v. *L'Incendiaire — Vie de Saül, apôtre*), et qui n'était que tétrarque de Galilée, donc d'un rang inférieur. Antipas se rendit donc à Rome pour demander à Caligula une couronne en bonne et due forme ; son neveu l'ayant appris le dénonça à Caligula, révélant qu'Antipas possédait un arsenal capable d'armer soixante-dix mille hommes, et qu'il envisageait une alliance avec les Parthes. La dénonciation et le tétrarque arrivèrent à Rome en même temps ; Caligula disgrâcia Hérode Antipas et l'exila avec sa femme en Gaule, à Saint-Bertrand-de-Comminges. Par la suite, l'empereur adjoignit la Galilée et la Pérée au royaume d'Hérode Agrippa ; celui-ci devint ainsi le chef du monde juif d'Orient et le véritable successeur à ce titre de son grand-père Hérode le Grand (Flavius Josèphe, *Antiquités judaïques*, v. bibl.). Saül était son cousin.

114. L'exécution de Flaccus eut lieu en 39. La conversation qui constitue ce chapitre a donc lieu cette année-là.

115. Mt., XIX, 17.

116. Ecclésiaste, IX, 7-8.

117. Samuel, XVII, 34 ; XX, 17 et 41.

118. L'un des pics les plus élevés de l'Himalaya (8 126 m au XXe siècle), et également appelé Diamir.

119. Langue encore parlée dans les vallées du nord-ouest de l'Inde.

120. v. note 103.

121. La religion de l'Himalaya et notamment du Ladakh est historiquement mal connue. Il est certain qu'un chamanisme complexe y est pratiqué par les Dardes, les plus anciens habitants de la région, et par les femmes aussi bien que par les hommes, depuis les temps préhistoriques. Ce culte forme le tronc principal de la religion Bön (dont dérive le nom Tibet, Ti Bod), encore pratiquée au Ladakh et au Tibet, mais qui ne prit sans doute sa forme actuelle qu'au XIe siècle. Il y coexista avec le culte totémique du mouflon local, l'ibex. L'introduction tardive du bouddhisme au Ladakh ne parvint pas à éliminer complètement les cultes Bön (*Dictionary of Beliefs and Religions* ; Delacampagne, Christian, *Ladakh*, Buchet-Chastel, 1977, v. bibl.).

122. Allusion à Samuel, XXVIII, 3-20, où le roi Saül se rend chez la sorcière d'Endor pour invoquer le fantôme de Samuel, qui lui annonce sa mort et celle de ses fils pour le lendemain.

123. L'appellation « frère de Jésus » appliquée à Jacques le Juste, premier chef de l'Eglise de Jérusalem, *episcopos*, c'est-à-dire évêque (et non pape), a suscité une littérature abondante. Son origine se trouve dans l'Epître de Paul aux Galates (I, 19). Etant donné que la même Epître indique que c'est un apôtre, c'est-à-dire un des disciples originels de Jésus, et étant donné aussi qu'on ne trouve que deux Jacques parmi ceux-ci, Jacques de Zébédée, dit le Majeur, frère de Jean, et Jacques d'Alphée, il s'ensuivrait que Jacques le Juste ne pouvait être que l'un de ces deux-là (la référence ici utilisée est la liste donnée par Matthieu en X, 1-4, à laquelle manquent deux apôtres, Nathanaël et Judas de Jacques, cités par Luc en VI, 12-16 et Jean en XIV, 22 et en I, 43-51 et XXI, 2 ; v. *Les Sources*, note 42). De plus, Jacques de Zébédée ayant été mis à mort par Hérode Agrippa en 44, et Jacques le Juste ayant dirigé l'Eglise de Jérusalem jusqu'à sa mise à mort en 69 ou 70 (Flavius Josèphe, *Antiquités judaïques*, XX, 9, 1, v. bibl.), il en découlerait que Jacques le Juste et Jacques d'Alphée ne feraient qu'une seule et même personne. Puisqu'il était fils d'Alphée, il ne pouvait être le frère de Jésus, donné comme fils de Joseph et de Marie.

Pour mémoire, le personnage du premier presbytre ou évêque Jacques le Juste apparaît *ex abrupto* dans les Actes (XII, 14 et *seq.*), où il est chef de la communauté chrétienne de Jérusalem, pendant l'emprisonnement de Pierre-Cephas, donc pendant la persécution hérodienne de 44 (James B. Adamson, *James, the Man and his Message*, v. bibl.). Sa prééminence n'est guère discutable, et Paul l'appelle l'« apôtre-pilier » (Gal, II, 9), appellation qui, incidemment, infirme la désignation fabriquée de Cephas-Pierre comme premier chef de l'Eglise.

L'incertitude sur l'identité de Jacques le Juste fut toutefois introduite par la mention d'un troisième Jacques, dit le Mineur, fils d'une certaine Marie (XXVII, 56-Mc, XV, 40), peut-être celle que Jean appelle Marie de Clopas ou Cléophas (XIX, 25). Mais, bien qu'il soit impossible d'identifier Clopas ou Cléophas à Alphée, sauf erreurs de transcription (en syriaque, le nom Cléophas se traduit *Kleopha* et celui d'Alphée, *Chalfai*, phonétiquement assez voisins), ce troisième Jacques ne pouvait être non plus, à première vue, le frère de Jésus.

L'énigme demeurait donc, entretenue, en plus de la précision de Paul, par deux mentions du Nouveau Testament

(Mt., XIII, 55 et Mc, VI, 3) qui parlent d'un « frère de Jésus », appelé Jacques. Or Jésus a bien eu des frères ou plus exactement, des demi-frères, nés du premier mariage de Joseph avec une femme effectivement appelée Marie (v. *Les Sources*, notes 6, 15, 42 et 46), et parmi eux il en était bien un qui s'appelait Jacques. Selon Tertullien (*Adversus Marcionem*, IV, 29) et Eusèbe (*Histoire ecclésiastique*, II, 23, v. bibl.), son ralliement à l'enseignement de Jésus aurait été tardif, ne survenant qu'après la résurrection. Si Paul l'appelle « apôtre », comme on l'a vu plus haut, cela n'implique pas forcément que celui-ci ait été l'un des quatorze disciples originels. Jésus l'aurait élu comme le détenteur de l'autorité sur la première chrétienté en s'inspirant des lois du lévirat, qui désignaient les frères comme premiers héritiers d'une personne, en cas de défaillance de celle-ci.

Il semblerait donc que la confusion fût levée et que Jacques le Juste fût bien un personnage distinct de Jacques d'Alphée et un demi-frère de Jésus. A mon avis, ce n'est pas le cas. En effet, en premier lieu, il y a bien eu une Marie qui était mère d'un Jacques, comme l'indique Matthieu (XXVII, 56) ; il ne s'agit donc pas là de la première femme de Joseph le charpentier, morte depuis longtemps. En deuxième lieu, si Jacques le Juste était bien l'un des demi-frères de Jésus, né d'un premier lit, il aurait eu au moins quarante ans de plus que celui-ci. C'est-à-dire qu'en l'an 30-33 il aurait eu de soixante-dix à soixante-quinze ans, âge considérable pour une époque où la moyenne de vie était bien moindre, et en tout cas il était bien trop avancé pour prendre la succession de Jésus et la tête de la première communauté évangélique. Etant donné qu'il a été mis à mort en 69-70, comme on l'a vu, il aurait alors eu plus de cent ans, ce qui est peu vraisemblable. En troisième lieu, le ralliement tardif d'un demi-frère de Jésus semble plus que douteux : où celui-ci aurait-il trouvé les connaissances sur l'enseignement de Jésus qui lui étaient indispensables pour exercer l'autorité d'un chef ? Et de plus, cette piété tardive ne correspond guère avec ce qu'Eusèbe nous dit du personnage : c'était un Nazaréen de longue date, c'est-à-dire particulièrement proche de l'enseignement de Jésus (*Histoire ecclésiastique*, III, 23, 5 et *seq.*). Incidemment, son surnom, le Juste, correspond bien au portrait d'un Nazaréen rigoureux, sinon rigoriste.

Pour ces trois raisons majeures, les explications traditionnelles sur l'identité de Jacques le Juste me semblent devoir être rejetées.

Certaines hypothèses ont suggéré que Jacques le Juste serait alors né des œuvres de Joseph le charpentier, après la naissance de Jésus. Cette éventualité est toutefois infirmée par le Protévangile de Jacques (Montague Douglas Rhodes, *The Apocryphal New Testament*, v. bibl.), qui spécifie bien que les quatre frères et les deux sœurs de Jésus sont nés d'un premier lit.

En tout état de cause, il s'agit donc là d'un point flou de plus à ajouter à ceux qui abondent déjà dans le Nouveau Testament et, en particulier, à la désignation de « frère », déjà appliquée au « jumeau » fictif de Jésus, Thomas. Jusqu'à plus ample informé, il est plus prudent de s'en tenir à la théorie selon laquelle Jacques le Juste serait Jacques d'Alphée, autant que de s'abstenir de créer un apôtre.

124. Psaumes, LI, 1-6.

125. Les liens entre les Esséniens et les premiers tenants de la chrétienté en ce qui touche à l'art de la divination, à la thaumaturgie, à l'astrologie et à la magie supposée des « faiseurs de pluie » ont été relevés par plus d'un auteur. Dans *Les Symboles chrétiens primitifs* (v. bibl.), le cardinal Jean Daniélou relève que Dosithée, Essénien, formateur de Simon le Magicien, et qui entretenait des relations avec Jean le Baptiste, avait subi l'influence des mages iraniens et se livrait à la prophétie. Dans son étude sur Jacques le Juste (*James, the Man and his Message*, v. bibl.) James B. Adamson écrit que celui-ci est « un mélange unique de saint et de prophète de l'Ancien Testament, étrangement proche du Maître de Justice, qui aurait créé un pont entre les Nazaréens chrétiens et les disciples de la nouvelle alliance de Quoumrân ». Les faiseurs de pluie existaient chez les Esséniens, rappellent Robert Eisenman et Michael Wise dans *Les Manuscrits de la mer Morte révélés* (v. bibl.), tels Honi le Traceur de cercles, « qui officia comme "faiseur de pluie" chez Aristobule, le fils d'Alexandre Jannée, juste avant que Pompée prît le temple d'assaut en 63 avant Jésus-Christ ». Honi est appelé « le Juste » par Flavius Josèphe. Ces deux auteurs poursuivent : « Jacques le Juste (on notera le parallélisme avec le surnom de Honi) fut aussi l'un de ces grands faiseurs de pluie. La chose est confirmée par une notice de

l'historien du Ve siècle après J.-C., Epiphane, s'appuyant probablement sur une œuvre perdue consacrée à Jacques, et qu'il mentionne — les *Anabathmoi Jacobou* (Les Ascensions de Jacques ; *Haeres.*, 78.4). La pluie était invoquée, non seulement au sens littéral, mais également eschatologique, comme un baptême céleste.

126. Pierre ronde et plate qui fermait les sépulcres.

127. Le jinisme ou jaïnisme est la plus ancienne religion de l'Inde avec l'hindouisme et l'une des plus anciennes religions du monde. On cite unanimement, comme son organisateur ou réorganisateur historique, Vardhamâna, dit aussi Mahâvira, qui vécut au VIe-Ve siècle avant notre ère, et qui fut le vingt-quatrième prophète ou « grand héros » de la religion ; mais il existe des traces également historiques de l'existence, quelque deux cent cinquante ans auparavant, du vingt-troisième prophète ou *tirthakara* (ou écrit aussi *tirthankara*), c'est-à-dire « faiseur de gué », Pârsh-vanâtha. Le jinisme remonterait donc au moins à la moitié du IXe siècle avant notre ère (Louis Frédéric, *Dictionnaire de la civilisation indienne ; « Tirthankara, »*, *Encyclopaedia Britannica* ; Nalini Balbir, « Le jinisme », *Grand atlas Universalis des religions*, v. bibl.). Le terme *jina* ou *jaïna* signifie « vainqueur » en sanscrit. La doctrine jiniste est fondée sur trois axiomes, la Vue droite, la Connaissance droite et la Conduite droite, dont l'observance conduit à la délivrance de l'âme. Le jinisme repose sur un système complexe d'interprétation du monde, dont les principes essentiels sont l'existence d'une infinité de monades métaphysiquement semblables et égales qui sont les âmes des mortels, sujettes à la transmigration, mais indépendantes de leur enveloppe corporelle. Pour le jinisme, toutefois, il n'y a pas d'âme universelle, et la notion de divinité unique ou multiple n'y apparaît jamais. Tous les composés naturels du monde, minéraux, végétaux et animaux, sont toutefois doués d'un certain psychisme. Le jinisme a été le premier à postuler que la matière est constituée d'atomes indivisibles, et l'on peut trouver les prémices de la relativité générale dans l'idée jiniste que le temps est composé d'atomes (les *kalanû*).

128. La Route de la soie se doublait sur une partie de son parcours de la Route parfumée, consacrée, comme son nom l'indique, au commerce des parfums, et qui descendait au sud vers l'Arabie, se divisant en deux branches, l'une qui longeait le golfe Persique et l'autre, la mer

Rouge ; comme la Route de la soie, en effet, la Route parfumée empruntait les voies de mer sur de larges segments. Le monde romain faisait, en effet, une consommation effrénée d'épices et de parfums, dont la myrrhe et l'encens ou oliban ; Pline rapporte que la production d'une année d'encens d'Arabie fut consumée par Néron pour les funérailles de Poppée. Les Egyptiens en faisaient, selon certains, usage pour l'embaumement (Gordon Darnell Newby, *A History of the Jews of Arabia*, v. bibl.). Les Juifs désignaient comme « encens pur » la gomme résine de l'oliban d'Arabie (Isaïe, LX, 6, et Jérémie, VI, 20), extraite d'arbustes du genre Boswellia ; le monde arabe, d'ailleurs, a toujours préféré l'encens d'Arabie, dit « d'origine » *(asli)*, à celui d'autres provenances. L'usage de l'encens était recommandé par le Lévitique (II, 14-16 et XXIV, 16). Cet encens était récolté dans l'actuel sultanat d'Oman et au Yémen, ainsi que sur l'île de Socotra et en Somalie, sur la côte africaine. Le Talmud interdisait la vente d'encens pur aux idolâtres. Néanmoins, une variété de Boswellia prospérait dans les régions montagneuses du continent indien et sur la côte de Coromandel, produisant une gomme résine également odorante et qui faisait aussi l'objet d'un commerce fructueux.

129. Au début du service à la synagogue, après les premières prières, sept lecteurs sont présents, dont l'un doit lire une des cent cinquante-trois sections du Pentateuque.

130. Le hazzan est un personnage à tout faire du personnel de la synagogue, assimilable à un second du chef de ce monument : sacristain, gardien, exécuteur des sentences et, s'il n'y en a pas, instituteur.

131. Le midrash est l'homélie ou l'exégèse d'un à trois versets obligatoirement tirés des Prophètes.

132. Chaîne montagneuse de l'actuel Pakistan occidental, qui commence sur la rive droite de la rivière Jhelum et traverse l'Indus pour se fondre dans le système montagneux du Waziristan.

133. Jérémie, XVII, 9.

134. Les impôts religieux existaient chez les Juifs depuis des temps très anciens : Abraham avait déjà donné sa dîme au Seigneur (Gen., XIV ; 20). Au Ier siècle, ils se divisaient en deux catégories, le denier du culte, destiné à l'entretien du Temple et des prêtres de service, et la dîme proprement dite, c'est-à-dire la dixième partie des produits de la terre, en nature. Pour des raisons évidentes,

seul le denier du culte était prélevé dans les communautés juives de la diaspora, à partir du 15 Adar, c'est-à-dire dans le mois qui précédait la Pâque. Tout Israélite de plus de treize ans devait le payer, et il était d'un demi-sicle, comme Yahweh lui-même était censé l'avoir stipulé à Moïse (Ex., XXX, 13). Au temps de Jésus, il aurait été exactement d'un franc or soixante-quinze centimes de 1960 (Daniel-Rops, La *Vie quotidienne en Palestine au temps de Jésus*, v. bibl.), soit quelque 300 francs de 1995. Ces chiffres n'ont évidemment aucun rapport avec la réalité économique de l'époque, puisqu'ils ne peuvent s'apprécier qu'en fonction du coût de la vie et du pouvoir d'achat du temps.

135. Philostrate rapporte, dans sa vie d'Apollonios de Tyane, que celui-ci se rendit en Inde et y visita les douze autels qu'Alexandre avait élevés sur les rives de l'Hyphase, affluent de l'Indus, pour célébrer le terme de son expédition indienne. Il se rendit à Taxila au cours de sa recherche des sages, et le souverain qu'il y rencontra, et qui est décrit par Philostrate comme un philosophe, semble bien avoir été Gondopharès.

136. Allusions aux prescriptions en vigueur dans la communauté essénienne de Quoumrân, où il était recommandé de ne pas vaquer à ses besoins naturels le jour du sabbat. Les autres jours, il fallait aller y satisfaire dans le désert, muni d'une truelle, avec laquelle on pratiquait un trou dans le sol qu'on rebouchait ensuite (J. Pouilly, *La Règle de la communauté de Quoumrân. Son évolution littéraire*, v. bibl.).

137. Les graffitis injurieux à l'égard des Juifs proprement dits, puis des Juifs christianisés ne furent pas rares dans l'Empire, au moins du Iᵉʳ siècle avant notre ère au IIIᵉ siècle. Le plus fréquemment reproduit est celui, évidemment postérieur à l'introduction du christianisme, qui fut retrouvé sur le mont Palatin et qui représentait un homme agenouillé devant un âne crucifié, accompagné de l'inscription en cursives grecques ALEXAMENOS ZEBETE TEON (ΑΛΕ-ΞΑΜΕΝΟΣ ZEBETE ΘΕΟς), « Alexamène honore son Dieu » (Musée de la civilisation romaine, Rome). Un autre, retrouvé à Pompéi, est ainsi libellé : « MULUS HIC MESCELLAS DOCUIT, MENDAX VERACI SALUTEM », « Un âne a ici endoctriné de petites mouches, le menteur à celui qui dit la vérité, salut ». Ce type d'injures est toutefois très antérieur au IIIᵉ siècle, car

déjà, au VIe siècle avant notre ère, Pythagore écrivait : « Législateur ! Ne méprise pas le peuple juif qui adore un âne : les nations qui idolâtrent un homme sont-elles plus sages ? » (*Biblion*, 101, v. bibl.) On ignore l'origine de cette identification du Dieu juif, puis chrétien à un âne.

La réserve, sinon l'hostilité à l'égard du judaïsme sont donc aussi anciennes que Pythagore, qui écrivait encore : « Homme d'Etat ! Le peuple juif s'est vanté d'avoir arrêté le Soleil dans sa course : demande aux successeurs d'Achaz [roi de Juda de 734 à 718 avant notre ère] leur secret de prédire l'avenir ! » (*Biblion*, 1405). Elles prirent une tournure beaucoup plus agressive dans l'Empire et surtout à Rome, lors des mises en cause de hauts fonctionnaires romains par des Juifs, comme dans la célèbre affaire Flaccus, plaidée par Cicéron. Pro-préteur d'Asie en 62 avant notre ère, Flaccus avait été accusé d'avoir détourné l'argent collecté auprès des Juifs d'Asie pour l'entretien du Temple de Jérusalem ; ce fut dans la plaidoirie qu'il prononça à cette occasion *(Pro Flacco)* qu'à l'instar de ses maîtres, Posidonius d'Apamée et Apollonios Molon, le célèbre orateur fonda sans doute la déplorable tradition de l'« antisémitisme », accusant les Juifs de haine des autres (« misanthropie ») et de l'étranger (« misoxénie »). Quelque quatre-vingts ans plus tard, en 19, Tibère exilait déjà environ quatre mille Juifs en Sicile, effectuant ainsi le premier pogrom de l'histoire et scellant la tradition de l'antijudaïsme (à tort appelé de nos jours antisémitisme, les peuples sémites comptant bien d'autres ethnies que les Juifs).

138. Barhebraeus, chroniqueur syriaque du XIIIe siècle, se réfère à des documents non retrouvés (v. Postface) qui parlent d'un recensement de tous les Juifs qui eut lieu sous Claude (41-54), et qui fournit le chiffre étonnant de 6 944 000 Juifs dans le seul Empire. Or on sait par Philon que la plus grande communauté juive de l'époque était celle d'Egypte, qui comptait selon Philon un million de Juifs, Alexandrie étant au Ier siècle déjà la plus grande ville juive du monde (Charles Perrot, *La Population juive de Rome*, v. bibl.). La population juive de l'Empire aurait donc représenté un cinquième du total. Les estimations de la population juive de Rome même sont plus difficiles. A la mort d'Auguste, en 14, l'Empire tout entier comptait environ 35 millions de sujets, dont 6 millions de citoyens romains proprement dits (exactement 5 984 000 lors du

recensement effectué sous Claude (Marcel Le Glay, *Rome, ville surpeuplée*, v. bibl.). Rome même comptait alors moins d'un million d'habitants ; on peut donc estimer, avec Ch. Perrot, la population juive à 50 000, compte tenu du fait que la proportion de Juifs n'était évidemment pas la même partout, la plus forte concentration étant, outre Alexandrie, la Palestine. Cela représente déjà près d'un vingtième de la population totale, c'est-à-dire la plus forte concentration de population « étrangère ».

139. En 41, peu avant son assassinat, Caïus Caligula, s'étant pris pour un dieu, ordonna qu'on plaçât dans le Temple de Jérusalem sa statue en or, ce qui provoqua une sédition, interrompue par la mort de l'empereur. On ne sait si l'agitation juive à Rome cette année-là, celle où Claude fut nommé empereur, et dont il est question dans ce chapitre, fut ou non liée aux événements de Jérusalem ; mais elle fut en tout cas assez alarmante (Dion Cassius, *Histoire romaine*, LX, 2, 1, v. bibl.) pour que Claude publiât le fameux rescrit d'Alexandrie.

140. Dans le rescrit d'Alexandrie, découvert en 1920 dans le nome d'Arsinoë, Claude interdit aux Juifs d'Alexandrie de faire venir dans la ville d'autres Juifs de Syrie ou du reste de l'Egypte, menaçant de les poursuivre « par tous les moyens comme fomentant une peste (νοσον) commune à tout l'univers ».

141. D'après Isaïe XL, 12.

142. Le terme *jaïna* ou *jina* signifie « vainqueur » (correspondant au terme sanscrit *tirthankara* ou « faiseur de gués »), qui désigne celui qui a surmonté les réincarnations successives et créé un chemin exemplaire pour les autres. Dans le système de croyances jiniste, chaque âge cosmique engendre un groupe spécifique de vingt-quatre jinas, dont les premiers sont des géants, la taille des autres décroissant au fur et à mesure des siècles.

143. Le jiniste pieux se munit d'un éventail en plumes de paon, les plus douces, afin de balayer sans violence la poussière devant lui et ne pas nuire aux insectes qui s'y trouvent. Il se voile également le visage d'un mouchoir, afin de ne pas avaler ces insectes par mégarde.

144. Le baptême et la conversion que Saül-Paul accorda aux incirconcis lors de ses campagnes d'évangélisation fut l'un de ses grands objets de conflit avec le Conseil apostolique de Jérusalem, comme en attestent abondamment les

Actes, et les injures adressées par Saül-Paul à Pierre : « faux frère » et en termes à peine voilés, faux jeton (Epître aux Galates, II, 4 et 14). L'attachement rigoureux de Pierre, soutenu par le Conseil apostolique, à ce point de la Loi mosaïque indique sans ambiguïté que ce Conseil, fidèle à Jésus et contrairement à la phrase ajoutée tardivement (« Tu es Pierre... » etc.), n'entendit jamais fonder une Eglise indépendante, mais qu'il s'était déterminé à demeurer dans le sein du judaïsme traditionnel.

145. Descendants théoriques d'Edom, fils d'Isaac, qui fondèrent un royaume bien avant qu'un roi régnât sur Israël (Gen., XXXVI, 31). Le pays des Edomites, maudits par les prophètes, se trouvait au temps de Saül au sud de la mer Morte, puis les Edomites se déplacèrent dans le Néguev et jusque dans la région d'Hébron ; aux temps hellénistiques, leur pays fut connu sous le nom d'Idumée. Les Iduméens étaient considérés comme « païens » (André-Marie Girard, *Dictionnaire de la Bible*, v. bibl.).

146. Jn., V, 45.

147. « C'est pour votre bien que je vous quitte » (Jn., XVI, 7).

148. Proverbes, XX, 13.

149. L'hypothèse de la présence des deux Marie au Cachemire est fondée sur l'existence de la tombe présumée d'une de ces deux femmes, à Pindi Point, près de Murree (v. note 104). Situé à 10 kilomètres de Rawalpindi, 70 kilomètres de Taxila et 160 kilomètres à l'ouest de Srinagar, ce village s'appela d'ailleurs Marie jusqu'en 1875 (« *Kashmir Postal Rules* » *in The Punjab Gazette*, n° 673 de 1869, cité par Andreas Faber-Kaiser *in Jésus a vécu au Cachemire*, v. bibl.). Il existerait une autre tombe à Kashgar, au Ladakh ; il ne m'a cependant pas été possible d'obtenir là-dessus des informations fiables. En tout état de cause, le texte des *Bhavishya Mahapurana* (v. note 104) exclut justement que Jésus soit parvenu au Ladakh, à plus forte raison Marie sa mère ou Marie de Magdala, qui n'auraient rien eu à faire seules.

Il n'existe pas, à ma connaissance, d'études ni de documents archéologiques qui permettent d'établir, fût-ce approximativement, l'ancienneté de la tombe de Murree, et encore moins l'identité de la femme nommée Marie qui y serait inhumée. Un auteur pakistanais (Mumtaz Ahmad Faruqi, *The Crumbling of the Cross*, v. bibl.) avance qu'elle exista déjà vers l'an 1000. L'existence même d'une tombe antérieure à la conquête islamique est paradoxale dans des pays où les hindouistes, jinistes et bouddhistes incinéraient les morts et où il n'existait donc pas de tombes, sinon des cénotaphes et mémoriaux funéraires. La tombe de Murree dite localement *Mai Mari da Asthan*, ce qui signifie « Lieu de repos de Marie », pourrait être donc celle d'une personne musulmane, n'étaient son nom et son orientation d'est en ouest, selon la coutume juive, alors que les tombes musulmanes sont orientées au sud, la tête en direction de La Mecque. Il peut donc s'agir effectivement d'une tombe juive, ou bien alors d'une tombe chrétienne datant de l'entrée des nestoriens en Asie.

Toutefois, c'est l'existence même de la tradition qui me semble constituer le fait le plus probant de l'authenticité de la tombe : l'existence du tombeau d'une des deux Marie en terre majoritairement non juive serait, sans un motif valable, aussi difficilement explicable que celle d'une tombe de Charlemagne en Ethiopie ou d'un tombeau d'Abraham en Illinois. Nul n'avait de raison, au Cachemire, c'est-à-dire à des milliers de kilomètres de la Palestine, d'imaginer qu'un tombeau serait celui de Marie, mère de Jésus ou de Marie de Magdala, compagne de Jésus. Il faut bien un germe de vérité à une tradition aussi exotique. De plus, l'existence d'un tombeau de Jésus à Srinagar renforce l'hypothèse.

Dans leur ouvrage *The Fifth Gospel* (v. bibl.), le Pr Fida Hassnain et Dahan Levi citent un « Evangile » apocryphe de Philippe, qui ferait état d'un voyage de Jésus et des deux Marie « vers l'est ». Je n'ai trouvé aucune mention de cette nature dans le seul Evangile attribué à Philippe qui nous soit parvenu, celui d'inspiration gnostique qui fait partie des manuscrits trouvés en 1945 à Nag Hammadi, en Egypte (« The Gospel of Philip » *in The Nag Hammadi Library*, édité par James M. Robinson ; également, *The Fac simile Edition of the Nag Hammadi Codices*, v. bibl.).

150. Allusion à trois passages concordants du Nouveau Testament ; le premier est celui de Lc, VIII, 19-21 « Sa mère et ses frères vinrent, mais ne purent lui parler, en raison de la foule. On lui dit : "Ta mère et tes frères sont dehors et ils veulent te voir." Il répondit : "Ma mère et mes frères... ce sont ceux qui entendent la parole de Dieu et agissent en conséquence." » Le deuxième est celui de Mt., 46-50 : « Il parlait encore à la foule quand sa mère et ses frères apparurent ; ils se tenaient à l'extérieur, dans l'espoir de lui parler. Quelqu'un lui dit : "Ta mère et tes frères sont dehors ; ils

veulent te parler." Jésus se tourna vers l'homme qui lui apportait ce message et dit : "Qui est ma mère ? Qui sont mes frères ?"; et désignant du doigt ses disciples, il dit : "Voici ma mère et mes frères. Quiconque exécute la volonté de mon Père céleste est mon frère, ma sœur, ma mère." » Le troisième, celui de Mc III, 31-35, reprend le même récit : « Puis sa mère et ses frères arrivèrent et, restés à l'extérieur, lui adressèrent un message pour lui demander d'aller vers eux. Une foule se tenait autour de lui quand on lui apporta le message : "Ta mère et tes frères sont à l'extérieur et demandent à te voir." Il répliqua : "Qui est ma mère ? Qui sont mes frères ?" et, regardant ceux qui l'entouraient, ceux qui faisaient cercle autour de lui, il dit : "Voici ma mère et mes frères. Quiconque accomplit la volonté de Dieu est mon frère, ma sœur, ma mère." »

Ces deux passages, déconcertants d'agressivité et de froideur de la part de Jésus à l'égard de sa mère, sont unanimement contournés par les commentateurs et exégètes traditionnalistes, faute d'explications admissibles par l'hagiographie conventionnelle : ils témoignent pourtant, à l'évidence, du rejet public, donc doublement injurieux, de Marie par son fils. Les causes en sont évidentes (v. note 41), au moins en ce qui concerne Marie : Jésus était informé de sa naissance illégitime et en tenait alors rigueur à sa mère. En ce qui concerne ses demi-frères, on en est réduit aux hypothèses ; la plus vraisemblable est que ceux-ci témoignaient d'une certaine réserve à l'égard du cadet illégitime et de ses prétentions messianiques. Cette hypothèse est confortée par le passage antérieur de Mc, III, 20-21 : « Il entra dans une maison ; et une fois de plus une telle foule se forma autour d'eux qu'ils ne purent pas se nourrir. Quand sa famille entendit cela, elle décida de le reprendre en tutelle ; car les gens disaient qu'il était devenu fou. »

Le désaccord entre Jésus et sa mère, sans parler de ses demi-frères, est donc à ce moment-là devenu patent. Sa famille le croit dément. C'est le dernier rapport entre Jésus et sa mère qui, détail extraordinaire, n'est citée par aucun des Evangiles synoptiques parmi les témoins présents au pied de la croix. Matthieu cite, en effet, Marie de Magdala, Marie la mère de Jacques (désigné par certains comme Jacques le Juste, v. note 124) et de Joseph et Marie, la mère des enfants de Zébédée (XXVII, 55-56). Marc (XV, 40-41) cite Marie de Magdala, Marie la mère de Jacques le Mineur et de Joseph, et Salomé (qui ne saurait donc être confondue avec la mère des enfants de Zébédée). Luc, enfin, ne nomme pas les femmes présentes au pied de la croix, mais seulement « les femmes qui l'avaient suivi depuis la Galilée », soit Marie de Magdala, Joanna [de Sousa] et Marie la mère de Jacques (XXIV, 10-11). Deux communs dénominateurs caractérisent à cet égard les synoptiques : la présence de Marie de Magdala et l'absence de Marie, mère de Jésus, détail qui ne pouvait manquer de frapper les premiers auditeurs des Evangiles, au IIe siècle, et qui ne pouvait donc être accidentel. Seul Jean, dans un discours suspect d'autoglorification, cite, outre l'omniprésente Marie de Magdala et Marie de Clopas, Marie, mère de Jésus au pied de la croix, alléguant que Jésus aurait eu, pendant son supplice, la force de dire à Marie : « Mère, voici ton fils », désignant ainsi Jean, et à Jean : « Voici ta mère. » Si tels avaient été le cas et les circonstances, on se demande pourquoi les synoptiques auraient omis de les mentionner.

Mais le fait est que Marie avait cessé de suivre son fils depuis la Galilée. Quant à ses frères, aucune mention n'en est faite par aucun Evangile dans les descriptions de la crucifixion.

151. Jésus cite lui-même les accusations de vie dissolue portées par les Pharisiens : « Et vous dites : "Regardez-le ! Un glouton et un buveur, l'ami des collecteurs d'impôts et des pécheurs" » (Lc, VII, 33-35).

152. V. *Les Sources*, notes 6 et 15.

153. Toujours consommé en Asie, sous le nom de carcadet.

154. Originellement philosophique, et ne comportant pas de dogme au sens contemporain de ce mot, le bouddhisme historique postulait qu'il n'existe pas de divinité. Précisons ici que le nirvâna auquel chaque adepte doit tendre n'est pas le néant au sens occidental du mot, mais un état de non-désir absolu.

155. Il s'agit de l'une des trois vérités du bouddhisme originel, celui dit du Bouddha historique, le plus rigoureux, la Hînayâna, dit par dérision, aujourd'hui oubliée, « Petit véhicule » (Louis Frédéric, *Dictionnaire de la civilisation indienne*, v. bibl.).

156. Le personnage d'Eléazar ben Dinaï est l'un des plus importants dans l'histoire de la Palestine du Ier siècle et des événements qui devaient conduire à la chute de Jérusalem ; paradoxalement, cette importance est attestée

par les censures dont il a fait l'objet aussi bien de la part des copistes chrétiens que des juifs. Il est ainsi succinctement mentionné dans la version grecque de Flavius Josèphe (*Antiquités judaïques*, XX, 4, *La Guerre des Juifs*, II, 232-235, v. bibl.). Dans les *Antiquités*, Josèphe décrit Eléazar ben Dinaï (dit en grec « fils de Deinaios) comme l'un des trois chefs de factieux dont l'un, Annibas, fut mis à mort par le procurateur Cuspius Fadus (44-45), l'autre étant Amaramus, qui fut exilé en même temps qu'Eléazar. Dans *La Guerre des Juifs*, Eléazar est donné comme le chef unique des « brigands et factieux ». Pourtant, une petite phrase de *La Guerre des Juifs* suivant la mention d'Eléazar ne manque pas d'intriguer : « Eléazar qui depuis vingt ans ravageait le pays. » Cette phrase se situe à la mort de Claude, en 54, au moment où Néron confirme Félix comme procurateur de Judée, le même Félix qui va réserver un accueil de choix au prisonnier Saül-Paul. Donc, en 54, Eléazar poursuivait sa rébellion depuis 34 à la tête d'une bande armée. A coup sûr, quelqu'un qui ravagea la Judée pendant si longtemps méritait un peu plus de commentaires ; il n'en est pourtant rien. De plus, Josèphe n'établit apparemment — dans le texte grec — aucun rapport entre Eléazar et Jésus.

Dans sa remarquable étude sur la version hébraïque de Josèphe, le *Sepher Josippon* et sur Dion Cassius (v. bibl.), Gys-Devic a établi que cet Eléazar est le même dont parle la tradition rabbinique (la Mishnah) et que la sédition qu'il menait se poursuivit sous Caïus Caligula (37-41), et sous Claude (41-54). Eléazar entretenait une agitation messianique, de type insurrectionnel, destinée à hâter la venue du Messie. De plus, reprenant le *Josippon* de la Bibliothèque nationale, à Paris (Ms. hébr. 1280, fol. 123 V°), Gys-Devic a retrouvé une mention qui lie nommément Eléazar et Jésus :

> « *En ces jours-là, il y eut de nombreux combats*
> *et de grandes dissensions en Judée*
> *entre les pharisiens*
> *et les "brigands" en Israël*
> *qui suivirent Jesh'ah*
> *ben Pandera le Nazaoréen*
> *qui fit de grands miracles en Israël jusqu'à ce que*
> *les pharisiens l'aient vaincu*
> *et pendu sur un poteau.* »

Dans une autre version du *Josippon*, celle du Codex Borgianus hébraïque de la Bibliothèque vaticane, les mentions d'Eléazar et de Jésus ont disparu. On conçoit aisément que les copistes juifs aient préféré gommer cet Eléazar, dont la sédition devait mener à la guerre civile qui ravagea Jérusalem avant et pendant le siège, et fut la cause de sa destruction par Titus : c'était indiquer là la persistance de l'agitation messianique qui dura jusqu'en 70 et la perte de pouvoir des Pharisiens et des Sadducéens. Les copistes chrétiens, eux, avaient d'autres raisons de gommer Eléazar : il était tenu pour un brigand et un séditieux, en fait un zélote, et surtout il exhortait les Juifs à « hâter la venue du Messie » plus de vingt ans après la crucifixion : c'était là indiquer que Jésus n'avait pas été considéré comme le Messie, sauf par la communauté restreinte formée autour du Conseil apostolique. C'est là un point essentiel pour la compréhension des origines du christianisme.

Plus important encore : Gys-Devic a également démontré que cet Eléazar est le prêtre Lazare, l'un des deux compagnons de Simon-Pierre, dit Cephas, cités dans les *Pseudo-clémentines* (v. bibl.), l'autre également un prêtre du nom d'Enée. Ce détail a été évidemment occulté volontairement par les copistes des textes relatifs à cette époque (v. Postface : « Les manipulations des textes historiques, du Ier siècle à Staline). Reste à établir combien de temps les relations se poursuivirent entre Simon-Pierre et un zélote qui, bien que chef d'une sédition messianique, ne considérait pas que le Messie était arrivé. Durèrent-elles jusqu'à l'arrestation d'Eléazar par le procurateur Félix (qui envoya Eléazar à Rome, où il fut probablement exécuté) ?

Ces éléments entièrement inédits invitent à reconsidérer intégralement de nombreux passages des histoires de Jésus, y compris la mienne, comme je l'indique dans l'avant-propos de cet ouvrage. Ainsi, on est fondé à se demander si les deux « larrons » crucifiés en même temps que Jésus n'étaient pas des zélotes. On comprend beaucoup mieux, par ailleurs, l'hostilité des Pharisiens à Jésus, considéré comme inspirateur d'une sédition zélote aux visées révolutionnaires.

157. La tunique et le manteau faisaient partie des huit pièces des vêtements pontificaux : les quatre pièces du vêtement des prêtres, la tunique de byssus, le caleçon de byssus, le turban et la ceinture ; et les quatre pièces spéci-

fiquement pontificales, le pectoral, l'éphod (large bande d'étoffe munie de bretelles), la tunique de dessus, ramenée sur la tête, et le diadème d'or, posé sur le turban. Le vêtement pontifical possédait une vertu expiatrice, chacune de ses huit pièces expiant des péchés précis. Ainsi le diadème d'or expiait-il l'impureté du sang de la victime et celle du fidèle quand il offre la victime (d'après Joachim Jérémias, *Jérusalem au temps de Jésus*, v. bibl.).

158. La tour Antonia, ainsi nommée en hommage à Marc Antoine, était une ancienne citadelle, restaurée par Hérode le Grand, et qui jouxtait le Temple. Ses terrasses dominaient le parvis du Temple. C'était à Jérusalem le siège et le symbole de l'occupation militaire romaine.

159. L'affaire gagna en importance, comme le rapporte Josèphe (*Antiquités judaïques*, XX, 6-16). Les Juifs adressèrent une pétition à Fadus, puis au préfet de Syrie, Longinus, lui représentant que la requête du procurateur de Judée entraînerait une révolte des Juifs. Les membres du Sanhédrin demandèrent l'autorisation d'adresser une délégation à Rome, pour plaider leur cause auprès de Claude ; Fadus l'admit, à la condition que les membres du Sanhédrin lui confiassent leurs fils comme otages. La délégation juive arriva à Rome, où ce fut Agrippa II, le fils d'Agrippa récemment décédé, qui plaida leur cause. Claude se rendit à la requête des Juifs et adressa une lettre en ce sens à Fadus. Les vêtements sacramentels ne furent donc jamais serrés à la tour Antonia. Il semble que sa maladresse ait abrégé la magistrature de Fadus, qui partit l'année suivante, en 45. Il faut rappeler que l'initiative de Fadus s'inspirait d'un précédent : après la mort d'Hérode le Grand, et sous le règne de son successeur Archélaüs, les Romains avaient également projeté de s'emparer des insignes du pouvoir du grand-prêtre, tunique et robe sacramentelles ; les Juifs avaient alors adressé une délégation à Vitellius, gouverneur de Syrie, qui avait annulé l'ordre du préfet romain.

Cette affaire jette un jour singulier sur les chroniques de Josèphe, qui, dans *La Guerre des Juifs* (II, 220) loue Cuspius Fadus pour n'avoir jamais contrarié les coutumes juives, alors que, dans *Les Antiquités judaïques*, il décrit au contraire, comme on l'a vu, une ingérence majeure et particulièrement agressive. Mais l'ambiguïté de ce chroniqueur, réchappé de peu aux massacres des Juifs et passé sous les ordres de Vespasien, est déjà connue.

160. L'hypothèse de Louis Renou (*L'Inde classique — Manuel des études indiennes*, 2 vol., Imprimerie nationale, Paris, 1949-1953, v. bibl.) est que l'étymologie du nom Vichnou-Vishnû (*vi-sanû*, « traversant les sommets » et *vis* « actif », l'épithète *sipi-vishta* signifiant « réalisé par le pénis ») indiquerait une origine phallique. Une telle étymologie serait cohérente avec le texte des *Linga purana* (I, 17, 5) qui désigne le phallus comme le nom de la nature fondamentale, donc associé au principe de Vichnou.

161. Le Seigneur des larmes est une forme de Siva. La discipline ici décrite est celle de la voie dite de la main gauche (Alain Daniélou, *Mythes et Dieux de l'Inde*, v. bibl.).

162. Selon le *Vishnu Purana* (VI, 7, 61) la nature se caractérise par le pouvoir de voiler, qui se divise en trois degrés : le pouvoir d'illusion transcendant, le pouvoir de connaissance des choses extérieures, et le pouvoir d'action qui est la manifestation du non-savoir (d'après Alain Daniélou, *Mythes et Dieux de l'Inde*, v. bibl.). Toutefois, il n'y a pas là condamnation univoque de l'action, le non-savoir étant la source de l'expérience *(id.)*.

163. Génies mineurs et malveillants, compagnons de Siva et exécuteurs de ses vengeances.

164. C'est la voie dite de la main droite, opposée à celle de la main gauche, la seule efficace dans l'ère des conflits ou Kali-Yuga (Daniélou, *op. cit.*).

165. Dixième et dernier avatar de Vichnou, appelé à se manifester à la fin de l'ère présente, afin d'inaugurer une ère de prospérité. Vichnou doit apparaître accompagné d'un cheval blanc, ou bien sous la forme d'un homme à tête de cheval.

166. L'auteur a assisté à Ceylan à ce phénomène et l'a rapporté, ainsi que plusieurs autres du même ordre, illustré de photos, dans « Le cerveau qui guérit », *Science et Vie*, n° 920, mai 94.

167. Isaïe, XXXV, 5-6.

168. Mt. V, 22, traduction André Chouraqui, v. bibl.

169. Mt., XXIII, 17 et 23 ; Lc, XI, 40.

170. Mt., V, 44.

171. Mt., XII, 34 ; XXIII, 15, 17, 19, 27 et 33 ; Lc, XI, 40 ; Jn, X, 8.

172. Lc, XXII, 31-33.

173. Mc, IX, 25-26.

174. Mt., X, 5-6 et Jn, IV, 22.

175. Mc, XVI, 15 et Lc, XXIV, 47.

176. Mt., V, 9.
177. Mt., X, 34 et Lc, XII, 51.
178. Mt., XXVI, 52.
179. Lc, XXII, 36.
180. Mt., V, 16.
181. Mt., VI, 1.
182. Lc, XVI, 9.
183. Lc, XVI, 13.
184. Isaïe, XL, 18.
185. Cantique des cantiques, V, 1.
186. L'un des raisinés romains. Nicole Blanc et Anne Nercessian, *La Cuisine romaine antique*, v. bibl.
187. Contrairement à ce qu'on pourrait croire, les Romains avaient de longue date appris que l'ébullition purifiait l'eau. Blanc et Nercessian, *op. cit.*
188. Blanc et Nercessian, *op. cit.*
189. Gallion ayant été proconsul de Corinthe à partir de 51, cette conversation se situe donc après l'expulsion des Juifs de Rome par Claude en 49 (v. Postface). L'expulsion fut motivée par le fait que les « Juifs » en question s'agitaient *impulsore Chresto*, c'est-à-dire sous l'influence du Christ. De fait, c'étaient les seuls chrétiens qui « s'agitaient » ainsi, déclenchant surtout des querelles avec les Juifs orthodoxes.
190. Jotapata, l'actuelle Jefât, se trouve en Basse-Galilée, dans les collines au nord d'El Buttawef. Son siège, commencé par Vespasien et poursuivi par Titus, dura quarante-sept jours, au terme desquels, après de sanglants combats, elle tomba le 20 juillet 67 (selon la correction apportée par Reinach, citée dans l'édition de *La Guerre des Juifs* que j'ai utilisée, v. bibl.). Ce fut au terme de cette guerre que Flavius Josèphe, qui avait défendu la ville contre Vespasien, se trouva en être l'un des deux seuls survivants et passa dans le camp romain après avoir évité le suicide dans des conditions dramatiques. Ce fut grâce à cela qu'il put consacrer le reste de sa vie à la rédaction de ses œuvres, notamment des *Antiquités judaïques* et de *La Guerre des Juifs*, témoignages uniques parce que de première main, sur l'histoire du peuple juif depuis Hérode le Grand jusqu'à la destruction de Jérusalem.
191. Le détail du siège de Jérusalem occupe les chapitres VIII à XIII du livre V et la totalité des dix chapitres du livre VI de *La Guerre des Juifs*.
192. Le 30 mai 70.

193. Ces détails sont repris textuellement de *La Guerre des Juifs*, V, 10.

194. Le 20 juillet 70.

195. Tours carrées montées sur roues, inventées par Démétrios Poliorcète, équipées à chacun de leurs neuf étages de béliers pour détruire des murailles et de balistes pour lancer des projectiles.

196. Le 15 août 70.

197. Le 30 août 70.

198. Le 28 septembre 70. Le siège avait donc duré exactement cent vingt et un jours.

199. L'essentiel de ces descriptions est emprunté, parfois mot pour mot, à *La Guerre des Juifs* de Flavius Josèphe.

200. Nomades présumés descendant d'Agar, l'esclave égyptienne de Sara, qui donna à Abraham un fils, Ismaël (A.M. Gérard, *Dictionnaire de la Bible*, v. bibl.), ils furent classés parmi les ennemis d'Israël avec les Edomites, les Ismaélites, les Moabites, les philistins, les Amalécites, les Ammonites (Psaumes, LXXXIII, 6-7).

201. Allusion à un épisode fabuleux de Juges, III, 31.

202. Juges, XV.

203. La tradition locale veut que Thomas ait évangélisé la côte des Malabars, au sud-ouest de l'Inde, puis qu'il ait traversé la pointe du sous-continent pour se rendre à l'est, sur la côte de Coromandel, à Mylapour, actuellement un faubourg de Madras. C'est soit là, soit à Madras, qu'il aurait été tué par des soldats à coups de lance selon les Actes de Thomas (164, 168). L'article « Thomas » du *Dictionnaire encyclopédique du christianisme ancien* (v. bibl.) rapporte qu'Héracléon affirme que Thomas mourut de mort naturelle. Il semble toutefois que la version des Actes soit la bonne, et que l'apôtre ait gagné une grande notoriété à Madras. En effet, on lui érigea une croix (toujours présente sur le mont Saint-Thomas, à Mylapour, près du sanctuaire qui lui est consacré et qui fut rebâti par les Portugais en 1547). Or cette croix porte une inscription en pahlevi qui remonterait au VIIe siècle (« Thomas », *Encyclopaedia Britannica*, v. bibl.).

Ce vestige historique pose des problèmes qui n'ont pas, à ma connaissance, fait l'objet d'études. En effet, le pahlevi, langue perse, utilisé presque exclusivement pour des textes religieux, ne fut jamais la langue de l'Etat de Madras, ni de celui de l'Andhra Pradesh, au nord ; il n'était utilisé en Inde que par les zoroastriens ou mazdéens, dits en Inde Parsis (communauté actuelle de cent mille âmes) ; il fut la langue des mazdéens chassés de Perse par les Arabes et qui se réfugièrent en Inde en 716. Il est donc singulier qu'une croix à la mémoire de Thomas ait porté une inscription dans leur langue. Par ailleurs, Thomas est connu sous le surnom d'« apôtre des Parthes », population qui fut en revanche très nombreuse en Perse et en Inde. Il resterait donc à établir si ce sont des Parsis qui ont réalisé les inscriptions sur la croix, et les raisons qu'ils auraient eues de le faire.

204. Krishna, le Noir, est l'incarnation *(avatara)* du dieu Vishnou et la huitième incarnation de tous les dieux du panthéon hindouiste ; il est aussi le dieu le plus vénéré de l'Inde.

205. Le sort des apôtres est incertain. La tradition veut que Jean de Zébédée ait été, selon Tertullien, amené à Rome lors de la persécution de Domitien, en 94-96, et jeté dans une chaudière d'huile bouillante, mais qu'il ait survécu miraculeusement, ait été déporté à Patmos, puis se soit rendu à Ephèse après l'avènement de Nerva (96-98), et y ait poursuivi son œuvre apostolique, enfin qu'il soit mort sous le règne de Trajan (98-117). Si l'on suppose que Jean avait une vingtaine d'années au moment de sa rencontre avec Jésus vers 27, c'est-à-dire qu'il était né vers l'an 7, il aurait été presque nonagénaire déjà au moment des persécutions de Domitien, et l'on imagine mal comment un vieillard aussi avancé aurait survécu à l'ébouillantement, et encore moins que les autorités romaines, s'il avait réellement survécu à une épreuve aussi atroce, lui auraient fait grâce et l'auraient déporté à Patmos. Etant donné qu'il exista à Ephèse, au IIe siècle, un autre Jean, dit Jean le Presbytre, sans doute l'auteur des Epîtres de Jean, on sera enclin à conclure qu'on a fait un amalgame entre les deux personnages et prêté ainsi une vie anormalement longue à Jean de Zébédée, à des fins hagiographiques évidentes.

Sans doute Jean avait-il pris la fuite lorsque Hérode Agrippa Ier, persécutant les sectaires chrétiens, entre 41 et 44, fit décapiter son frère Jacques (Actes, XII, 2).

Il exista (v. note 123) un autre apôtre nommé Jacques, qui pourrait être soit Jacques d'Alphée, soit Judas de Jacques. Le grand-prêtre Ananus II s'empara d'un Jacques dit « frère de Jésus », premier chef de l'Eglise de Jérusalem, dit aussi le Juste, et d'un nombre indéterminé de ses compagnons, les traduisit devant le Sanhédrin et les fit condamner à la lapidation en 69 ou 70, c'est-à-dire juste avant ou pendant le siège de Jérusalem (Flavius Josèphe, *Antiquités judaïques*, XX, 9, 1, v. bibl.).

Simon-Pierre, dit Cephas, était encore en vie en 62-64, date à laquelle il écrivit ou dicta de Rome sa Première Epître. Une légende veut qu'il ait pris la fuite de la Ville éternelle en 64, lors des persécutions de Néron contre les chrétiens, soupçonnés d'avoir déclenché l'incendie de la ville, mais que, sur le chemin, il ait eu une vision du Christ qui lui aurait annoncé qu'il allait à Rome pour y être crucifié une deuxième fois. Après cette vision malencontreuse, Pierre retourna donc au cœur du danger et l'on suppose généralement qu'il trouva la mort dans les persécutions. Il ne fut pas décapité comme Saül-Paul, type d'exécution réservé aux citoyens romains, mais supplicié. Une autre légende avance qu'il aurait été crucifié la tête en bas.

La tradition veut qu'André, son frère, ait été supplicié d'une autre manière, sur une croix en X. On ne dispose d'aucune donnée certaine sur son sort, mais une autre tradition, la plus vraisemblable, veut qu'en cours de l'évangélisation de l'Achaïe il ait été arrêté sur l'ordre du proconsul et mis à mort à Patras vers l'an 60.

En ce qui concerne Matthieu, on ne dispose que d'une information d'Eusèbe de Césarée selon laquelle il aurait été mis à mort en Ethiopie, exécuté sur ordre du roi auquel il aurait interdit d'épouser sa nièce, convertie et consacrée à Dieu. La date de l'exécution est inconnue.

On ne sait rien de Judas de Jacques, que certains auteurs proposent, un peu rapidement, d'identifier avec Thaddée. Mais on ne sait rien de la mort de l'un ni de l'autre, non plus que de celle de Simon le Cananéen, dit aussi le Zélote, ni de celle de Nathanaël, qu'une tradition présente comme apôtre de l'Inde, à l'instar de Thomas. Or il n'existe guère de témoignages de quelque intérêt sur l'évangélisation de l'Inde par Nathanaël, et encore moins de sa mort par écorchement. Selon la tradition, Bartholomé ou Barthélémy aurait lui aussi évangélisé l'Inde, mais aurait subi le martyre non en Inde, mais en Grande Arménie. Enfin, Philippe serait mort à Hiérapolis, près d'Ephèse, sans martyre, en dépit d'une tradition tardive qui voudrait qu'il eût été crucifié.

206. Allusion au verset : « Le feu ! Je suis venu le jeter sur la Terre ! Et combien je voudrais qu'il fût déjà allumé ! » (Lc, XII, 49).

Postface

207. On lira avec profit l'excellente édition critique récente du pamphlet de Lorenzo Valla, écrit au XVe siècle. *La Donation de Constantin*, préface de Carlo Ginzburg (v. bibl.).

208. Article « Pierre », in *Dictionnaire de la Bible* d'André-Marie Gérard, v. bibl.

209. A. Dain, *Les Manuscrits*, v. bibl.

210. *Alexandrie la Grande*, v. bibl.

211. Gys-Devic, « De la guerre des Titans à la bataille des manuscrits », *Cahiers du cercle Ernest-Renan*, n°s 181 et 182 ; « Dion Cassius », n° 189 ; « L'énigme du *Josippon* », n° 180.

212. *Codex Theodosianus*, XVI, 6, 66 et *Codex Justinianus* I, 1, 3, cités par Gys-Devic.

213. Loeb Classical Library.

214. « D'un Christ à Jésus », *Cahiers du cercle Ernest-Renan*, n° 180.

L'Orient au milieu du Ier siècle

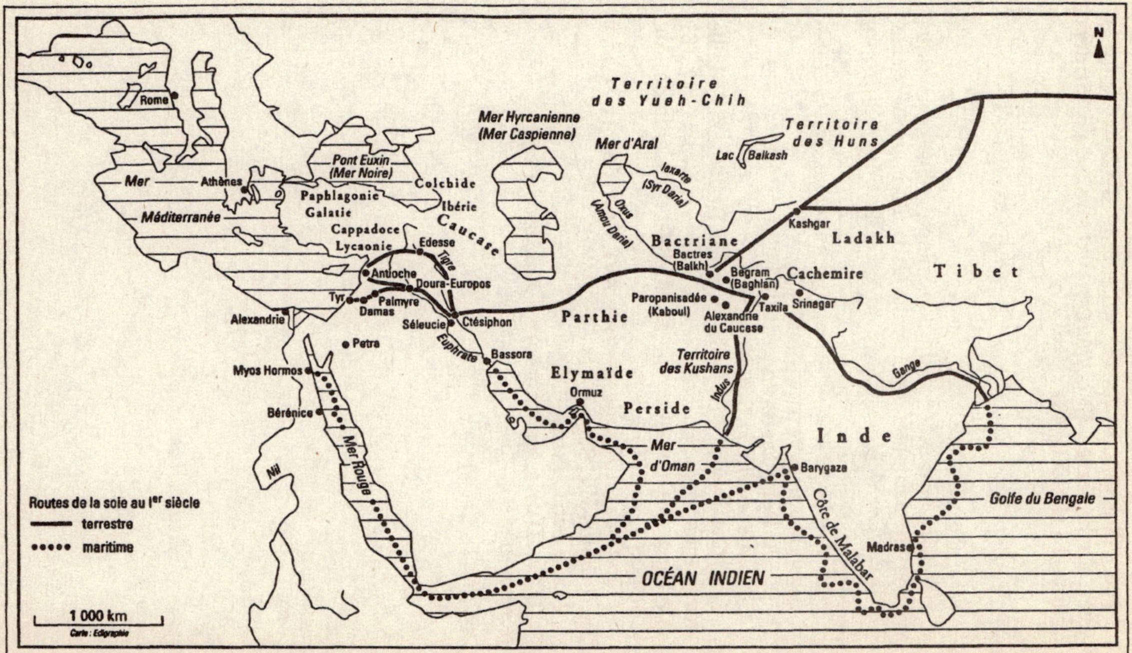

BIBLIOGRAPHIE

ABEGE, Martin, « *Paul, Works of the Law and MMT* », *Biblical Archaeology Review*, 20 (1994).

ADAMSON, James B., *James, the Man and his Message*, William B. Eerdans Publishing Company, Grand Rapids, Mich., 1989.

ALLEGRO, John, *Le Champignon sacré et la Croix*, Albin Michel, 1971.

BERNAND, André, *Alexandrie la Grande*, Arthaud, 1966.

BEURDELEY, Cécile, *Sur les routes de la soie*, Office du Livre, Fribourg, 1985.

Bhavishya Purana, Venkateshvara Press, 2 parties, Bombay, 1912 et 1919.

BLANC, Nicole et NERCESSIAN, Anne, *La Cuisine romaine antique*, Glénat/Faton, Grenoble, 1992.

BONNER, Campbell, *Traces of Thaumaturgic Technique in the Miracles*, Harvard Theological Review, vol. 20, Cambridge, Mass., 1927.

CARMIGNAC, J., *Qui était le Docteur de Justice ?* Revue de Qumrân, 10 (1980).

BULL, Robert J., *The Mithraeum at Caesarea Maritima, in Etudes mithraïques*, E.J. Brill, Leyde, 1978.

CHALIAND, Gérard, *Les Voix du sacré*, Robert Laffont, 1992.

CHALIAND, Gérard et RAGEAU, Jean-Pierre, *Atlas des empires, de Babylone à la Russie soviétique*, Payot, 1993.

CONZE, Edward, *Le Bouddhisme dans son essence et son développement*, Petite bibliothèque Payot, Paris, 1971.

DAIN, A., *Les Manuscrits*, Les Belles Lettres, 2e éd. 1964, 3e éd. 1975.

DANIÉLOU, Alain, *Histoire de l'Inde*, Fayard, 1961.

DANIÉLOU, Alain, *Mythes et Dieux de l'Inde*, Editions du Rocher, 1992.

DANIÉLOU, Jean, cardinal, de l'Académie française, *Les Symboles chrétiens primitifs*, Seuil, Paris, 1961.

DARNEIL NEWBY, Gordon, *A History of the Jews of Arabia, from Ancient Times to Their Eclipse Under Islam*, University of South Carolina, 1988.

DART, John, *The Jesus of Heresy and History — The Discovery and Meaning of the Nag Hammadi Gnostic Library*, Harper et Row, San Francisco, 1988.

DELACAMPAGNE, Christian, *Ladakh*, Buchet-Chastel, 1977.

Dictionary of reliefs and Religions, Chambers, Edinburgh, New York, 1992.

Dictionnaire encyclopédique du christianisme ancien, traduction du *Dizionario patristico e di antichità cristiane* de la Casa Editrice Marietti, 1983, Editions du Cerf, Paris, 1990.

DION CASSIUS, *Dio's Roman History*, Loeb Classical Library, Harvard University Press, 1970-1982. Ont été également consultées les deux autres éditions de Dion Cassius, celle des livres 48-49 et 50-51, en 2 vol., dans la traduction de M. L. FREYBURGER et M. RODDAZ, coll. Les Universités de France, 1991-1994 ; et celle des livres 57-59, dans la traduction de J. Auberger, La Roue à Livres, 1995.

EISENMAN, Robert et WISE, Michael, *Les Manuscrits de la mer Morte révélés*, Fayard, 1995.

ÉPIPHANE DE SALAMINE, *Panarion* : « *The Panarion of Epiphanius of Salamis* » trad. Frank Williams, E.J. Brill, Leyde, 1987.

EUSÈBE DE CÉSARÉE, *Histoire ecclésiastique*, trad. Gustave Bardy, Editions du Cerf, Paris, 1952.

FABER-KAISER, Andreas, *Jésus a vécu au Cachemire*, Editions de Vecchi, Paris, 1993.

The Fac simile Edition of the Nag Hammadi Codices, E.J. Brill, Leyde, 1972.

FARUQI, Mumtaz Ahmad, *The Crumbling of the Cross*, Ahmadiyya Anjuman Isha'at al Islam, Lahore, 1973.

FOUCHET, Maurice, ministre plénipotentiaire, *Notes sur l'Afghanistan*, Maisonneuve Frères, Paris, 1931.

FRÉDÉRIC, Louis, *Dictionnaire de la civilisation indienne*, Robert Laffont, 1987.

FRÉDÉRIC, Louis, *Bouddha en son temps*, éditions du Félin, Paris, 1994.

GENOT-BISMUTH, Jacqueline, *Le scénario de Damas — Jérusalem hellénisée et les origines de l'essénisme*, F.X. de Guibert, Paris, 1992.

GEOLTRAIN, Pierre, *Notes sur le Quatrième Livre d'Esdras*, in *La Bible, écrits intertestamentaires*, La Pléiade, Paris.

GHIRSHMAN, Roman, *L'Iran, des origines à l'Islam*, Albin Michel, Paris, 1976.

GIBBON, Edward, *Decline and Fall of the Roman Empire*, Bison Books, Londres, 1979 ; *Décadence et chute de l'Empire romain*, texte établi d'après l'édition de 1819 de François Guizot, PML, Fernand Nathan, 1981.

GIRARD, André-Marie, *Dictionnaire de la Bible*, Laffont/Bouquins, 1989.

GOODENOUGH, E.R., *Jewish Symbols in the Graeco-Roman Period*, Princeton University Press, Princeton, 1988.

GRAY, John, *Near Eastern Mythology*, 2e éd., Hamlyn, Londres, 1988.

GUIGNEBERT, Charles, *The Christ*, New Hyde Park, New York, 1961.

GUILLEMIN, Henri, *L'Affaire Jésus*, Seuil, Paris, 1962.

GYS-DEVIC (Ghislain GAUDEFROY), « Le *Josippon* et l'énigme d'Eléazar », « De la guerre des Titans à la bataille des manuscrits », « Dion Cassius (vers 155-235) », Cahiers du cercle Ernest-Renan, nos 180, 181, 182 et 189.

HASSNAIN, Fida et LEVI, Dahan, *The Fifth Gospel*, Dastgir Publications, Srinagar, 1988.

HEIM, Roger, *Les Champignons toxiques et hallucinogènes*, N. Boubée et Cie, Paris, 1963 ; *id.* Société nouvelle des éditions Boubée, 1978.

HOFFMANN, Joseph R., *Jesus outside the Gospels*, Prometheus Books, Buffalo, New York, 1984.

HORSLEY, Richard A. et HANSON, John S., *Bandits, Prophets and Messiahs — Popular Movements at the Time of Jesus*, A Seabury Book, Winston Press, Minneapolis, Chicago, New York, 1985.

HULL, John M., *Hellenistic Magic and the Synoptic Tradition*, Studies in Biblical Theology, SCM Press, Londres, 1974.

JEREMIAS, Joachim, *Jérusalem au temps de Jésus*, éditions du Cerf, Paris, 1967.

JEREMIAS, Joachim, *Les Paroles inconnues de Jésus*, éditions du Cerf, 1970.

JOHNSON, Paul, *A History of the Jews*, Harper & Row, New York, 1987.

JOSÈPHE, Flavius, *La Guerre des Juifs*, traduit du grec par Pierre Savinel, éditions de Minuit, 1977.

JOSÈPHE, Flavius (Flavius JOSEPHUS), *Jewish Antiquities*, Loeb Classical Library, Harvard University Press, 1987.

KERSTEN, Holger, *Jesus lived in India*, Element Books, Shaftesbury, 1986.

LAVALLÉE-POUSSIN, *L'Inde ancienne jusqu'aux temps des pèlerins*, De Boccard, 1937.

LE GLAY, Marcel, *Rome, ville surpeuplée*, Le Monde de la Bible, nov.-déc. 1987.

LEIGEGANG, *La Gnose*, Petite Bibliothèque Payot, 1951.

LIPSIUS, *Die Edessenische Abgarsage*, 1880.

LURKER, Manfred, *Lexikon der Götter and Dämonen*, Alfred Kramer Verlag, Stuttgart, 1984.

MACHLIN, Milt, *Joshua's Altar — The Dig at Mount Ebal*, William Morrow and Co., Inc., New York, 1991.

MARSHALL, Sir John & DEPARTMENT OF ARCHAEOLOGY IN PAKISTAN. *A Guide to Taxila*, Cambridge University Press, Cambridge, 1960.

MCEVEDY, Colin, *Atlas de l'histoire ancienne*, Laffont/Bouquins, 1985.

NOTOVITCH, Nicolas, *La Vie inconnue de Jésus-Christ*, Paul Ollendorff, Paris, 1894.

O'CALLAGHAN, Jose, *? Papiros neotestamentarios en la cueva 7 de Qumrân ?* Biblica 53, 1972, et *Los papiros griegos de la cueva 7 de Qumrân*, Editorial catolica, Madrid, 1974.

ORIGÈNE, *Contre Celse*, coll. Sources chrétiennes, éditions du Cerf, Paris.

PARRINDER, Geoffrey (sous la direction de), *World Religions*, The Hamlyn Publishing Group Ltd., Newnes Books, New York, 1985.

PERROT, Charles, *La Population juive de Rome*, in *Le Monde de la Bible*. 1987.

PFEIFFER, J.E., *The Emergence of Society : a Prehistory of the Establishment*, New York, 1977.

PHILOSTRATE, *Vie d'Apollonius de Tyane*, Romans grecs et latins, Gallimard, La Pléiade, 1963.

PORPHYRE, *Pros Markellan*, traduction allemande de W. Potscher, E.J. Brill, Leyde, 1969.

PORPHYRE, *Porphyry's Against the Christians*, trad. comm. R. Joseph Hoffmann, Prometheus Books, Amnerst, New York, 1994.

POUILLY, J., O.C.S.O., *La Règle de la communauté de Qumrân*, J. Gabalda et Cie, Paris, 1976.

PSEUDO-CLÉMENT, *Recognitions* (ou Reconnaissances), in *Les Homélies clémentines*, Verdier, 1991.

PYTHAGORE, *Biblion — Livre des lois morales et politiques*, première traduction complète par Albert Slosman, Robert Laffont, 1980.

QIMRON, Elisha et STRUGNELL, John, *Qumran Cave 4. V, Miqsat Ma'ase Ha Torah, Discoveries* in *the Judaean Desert*, vol. X, Oxford University Press, 1994.

RHODES James, Montague, *The Apocryphal New Testament*, Clarendon Press, Oxford, 1975.

ROBERT, C.H., « *On Some Presumed Papyrus Fragments of the New Testament from Qumrân* », *Journal of Theological Studies*, 23, 1972.

ROBINSON, James M., édité par, *The Nag Hammadi Library*, Harper & Row, San Francisco, 1972.

RŒRICH, Nicolas, *The Heart of Asia*, *La Sagesse de Balahvar — Une vie christianisée de Bouddha*, traduit du géorgien, présenté et annoté par Annie et Jean-Pierre Mahé, Gallimard, 1993.

SARTRE, Maurice, *L'Orient romain*, CNL/Seuil, 1991.

SAULNIER, Christiane, *Il les chassa de Rome*, Le Monde de la Bible, nov.-déc. 1987.

SCHABERG, Jane, *The Illegitimacy of Jesus — A Feminist Theological Interpretation of the Infancy Narratives*, Harper & Row, San Francisco, 1987.

SHANKS, Hershel, « *MMT as the Mallese Falcon* », *Biblical Archaeology Review*, 20 (1994).

SCHONFIELD, Hugh J., *According to the Hebrews*, Duckworth, Londres, 1937.

SHEAFFER, Robert, *The Making of the Messiah — Christianity and Resentment*, Prometheus Books, New York, 1991.

SCHKLOVSKII, I.S. et SAGAN Carl, *Intelligent Life in the Universe*, Hodder and Stoughton, New York, 1968.
The Sutta-Nipâta, trad. H. Saddhatissa, Curzon Press, Londres, 1985.

TERTULLIEN, *Adversus Judeos*, trad. C. Moreschino, Turin, 1974.

ULANSEY, David, *The Origins of the Mithraic Mysteries : Cosmology and Salvation in the Ancient World*, Oxford University Press, Oxford, New York, 1989.

VALLA, Lorenzo, *La Donation de Constantin*. Trad. & Comm. J.B. Giard, préface M. Carlo Ginzburg, les Belles-Lettres, 1993.

WALLIS Budge, E.A., *Books on Egypt and Chaldaea*, vol. II, *Egyptian Magic*, Kegan Paul, Trench, Trübner & Co., Londres, 1901.

WILSON, A.N., *Jesus*, Flamingo, Londres, 1993.

INDEX

A

B

D

E

F

G

H

I

J

Q

R

TABLE

PREMIÈRE PARTIE

LA POURSUITE

DEUXIÈME PARTIE
LES ROUTES DE LA FORTUNE, LES SENTIERS DES DIEUX

TROISIÈME PARTIE
L'INCARNATION

Du même auteur

chez le même éditeur :

Requiem pour Superman, essai, 1988
L'Homme qui devint Dieu :
1. Le Récit, 1988
2. Les Sources, 1989
3. L'Incendiaire, 1991
La Messe de saint Picasso, essai, 1989
Mattias et le Diable, roman, 1990
Le Chant des poissons-lunes, roman, 1992
Histoire générale du diable, 1993
Ma vie amoureuse et criminelle avec Martin Heidegger, roman, 1994
29 jours avant la fin du monde, roman, 1995

En collaboration avec Bruno Lussato :
Bouillon de culture, 1986

Chez d'autres éditeurs :

Un personnage sans couronne, roman, Plon, 1955
Les Princes, roman, Plon, 1957
Le Chien de Francfort, roman, Plon, 1961
L'Alimentation-Suicide, Fayard, 1973
La Fin de la vie privée, Calmann-Lévy, 1978
Les Grandes Découvertes de la science, Bordas, 1987
Les Grandes Inventions de l'humanité jusqu'en 1850, Bordas, 1988
Les Grandes Inventions du monde moderne, Bordas, 1989

Dans Le Livre de Poche

Gerald Messadié

L'homme qui devint Dieu — 1.

Un écrivain, catholique et croyant, relit les Evangiles canoniques. Il s'étonne de lacunes, de contradictions, d'invraisemblances. Il cherche plus d'information dans ces Evangiles dits apocryphes, qui furent les égaux des canoniques jusqu'au Ve siècle. Puis dans l'Evangile retrouvé de Thomas. Puis encore dans les Manuscrits de la mer Morte, et les travaux récents d'archéologie... Au fil des ans, il reconstitue une histoire de Jésus qui n'a été écrite nulle part, et c'est alors qu'il décide de l'écrire lui-même.
Où Jésus passa-t-il ses années de jeunesse ? Pourquoi son enseignement ressemble-t-il tant à celui des Esséniens ? Et pourquoi ne parle-t-il jamais de ceux-ci ? Pourquoi vraiment le sanhédrin le condamna-t-il à mort ? Et pourquoi, impensable scandale, deux des juges du tribunal qui l'a condamné vont-ils réclamer son corps à Pilate ?
C'est à ces questions et à bien d'autres encore que répond le récit de Gerald Messadié. Le décor politique de la Palestine d'alors y est reconstitué dans sa dangereuse complexité, ainsi que les pressions intolérables de l'occupant romain. La vie quotidienne, la fermentation mystique, avec sa pullulation de messies, les intrigues qui divisent les Juifs, et le besoin explosif de renouveau que Jésus incarne en sont quelques-uns des grands traits.
Ce portrait inédit de Jésus et quelques-unes des conclusions de l'auteur sur certains points, notamment la Crucifixion, peuvent surprendre, voire dérouter. Le récit reste cependant toujours respectueux et l'auteur, lui, demeure croyant.

« *L'homme qui devint Dieu,* de Gerald Messadié, c'est le résultat de dix ans de travail pour reprendre la brève et fulgurante trajectoire de Jésus en son temps (...). Passionnant et foisonnant ouvrage (...). La force, l'élan de ces pages suffisent à nous persuader — si besoin était — que Jésus a bouleversé l'état du monde. » Françoise Ducout, *Elle*.

L'homme qui devint Dieu — 2. *Les sources*

Dans le récit historique *L'homme qui devint Dieu,* Gerald Messadié reconstituait l'histoire de Jésus dans sa réalité quotidienne, inconnue du grand public. Ce récit, qui s'écartait fortement de la tradition chrétienne, se fondait sur des sources et des analyses que l'auteur présente ici sous une forme accessible à tous. En plus des éléments qui étaient le récit, on y trouvera des faits dont la plupart ne sont connus que des spécialistes. Par exemple, la véritable histoire de Lazare, le « jeune homme nu » de l'Evangile de Marc, l'identité de la Samaritaine, qui était la grande prêtresse d'une secte de gnostiques, la description de la personnalité réelle de Marie de Magdala, le fait que les Esséniens, dont Jésus suivit l'enseignement, choisissaient leurs recrues d'après leur signe astrologique et leur physique, le fait que Jésus compta soixante-dix disciples en plus des « Douze », qui étaient d'ailleurs quatorze, et auxquels appartenait Lazare, la date réelle de l'arrestation de Jésus et les raisons politiques pour lesquelles il célébra sa Pâque trois jours avant les autres Juifs, les preuves de la fascination qu'il exerçait sur Hérode Antipas et des raisons politiques de son arrestation, la preuve que Barabbas n'a jamais existé, la preuve que Simon-Pierre, qui était un Zélote, ne fut pas le premier pape, titre qui revient à Jacques le Mineur, et bien d'autres encore qui ont été ensevelis depuis près de deux mille ans sous les

interprétations tendancieuses et des monceaux d'érudition.
Cet ouvrage sans équivalent est rigoureusement référencé.

L'homme qui devint Dieu — 3. L'incendiaire. Vie de Saül, apôtre

Saül, notre saint Paul, est exceptionnel à maints égards. Il est le seul saint du calendrier qui ait participé à l'assassinat d'un autre, Etienne. Il est l'« inventeur » de l'Eglise : ce sont ses missions qui ont fondé les premiers grands centres chrétiens à l'extérieur de Jérusalem. Mais ce n'est pas tout... Assurément, il était citoyen romain. Mais comme il se prétend également juif et qu'il était à l'époque impossible d'être officiellement juif et citoyen romain, car on ne pouvait à la fois adorer Jupiter et Jéhovah, il y a là un mystère. Et le mystère s'épaissit quand on apprend par les Actes que, lors de son arrestation, les Romains lui assignèrent une escorte extraordinaire, avec quatre cent soixante-dix archers et soldats. Ce n'étaient certes pas les honneurs qu'ils réservaient d'ordinaire à leurs prisonniers. Quel était donc le rang de Saül ? Pourquoi trois préfets romains le protègent-ils avec tant d'obstination ? Autre mystère, mais non le dernier : il se dit originaire de Tarse ; à l'examen encore, cela apparaît douteux, comme l'avait déjà relevé saint Jérôme au IVe siècle. Pourquoi Saül dissimule-t-il sa véritable origine ? Quelle est, entre autres mystères, la raison profonde de sa longue et violente querelle, ponctuée d'injures telles que « hypocrite » et « mauvais chrétien », avec les apôtres Pierre, Jacques le Mineur et Jean ? Qui donc a fait arrêter Saül à Jérusalem ? Pourquoi Saül insiste-t-il dans ses Epîtres sur le fait qu'il a « vu » Jésus, alors que, sur le fameux chemin de Damas, il rapporte qu'il n'a fait que l'entendre ? Saül aurait-il donc rencontré Jésus quelques années

après la Crucifixion ? Quelle fut vraiment sa vie ? Quelle était son ambition ?
C'est à ces questions et à maintes autres que, pour reconstituer la vie de cet apôtre majeur, Gerald Messadié applique la méthode d'analyse conjecturale qui a valu aux deux premiers tomes de la série *L'homme qui devint Dieu* un succès international. Analysant les sources anciennes, il a pu retrouver de très nombreuses informations inédites ou négligées par les historiens — les sources et les analyses qui fondent cette méthode sont incluses dans ce volume, à la suite du récit.

La Fortune d'Alexandrie

En l'an 38 de notre ère, Alexandrie, autant et plus que Rome, est la reine de la Méditerranée. Toutes les races, tous les dieux, toutes les pensées se côtoient dans ses palais, ses ruelles et ses bouges, où voisinent l'orgie et l'ascétisme, la science et la magie, l'administration romaine, le commerce levantin ou juif, les cultes de l'Egypte antique, la philosophie grecque...
La disparition de Delia, une courtisane en vue, après qu'on a tenté de l'empoisonner, va précipiter la ville dans un tourbillon de rumeurs et de violences. Faut-il accuser Anaxo, la magicienne et jeteuse de sorts ? Cornelia, l'épouse de son riche protecteur Alexianus ? Ou quelque secte religieuse, comme ces Esséniens du lac Maréotis que l'on connaît si mal et dont chacun se défie ?
Avec l'étonnante érudition et le prodigieux sens du récit qui ont fait le succès de *L'homme qui devint Dieu,* Gerald Messadié nous entraîne, au fil d'une véritable intrigue policière, dans les profondeurs et les secrets de cette ville fascinante, qui préfigure les grandes mégapoles d'aujourd'hui, et dont il excelle à faire revivre le grouillement, les couleurs, les senteurs, les figures.

Composition réalisée par JOUVE

Imprimé en France sur Presse Offset par

BRODARD & TAUPIN

GROUPE CPI

La Flèche (Sarthe).
N° d'imprimeur : 32507 – Dépôt légal Éditeur : 65512-01/2006
Édition 03
LIBRAIRIE GÉNÉRALE FRANÇAISE – 31, rue de Fleurus – 75278 Paris cedex 06.
ISBN : 2 - 253 - 14353 - 7

31/4353/4